新注和歌文学叢書 18

忠通家歌合新注

鳥井千佳子 著

青簡舎

目次

解　説

凡例

一、本書は、藤原忠通が主催した歌合のうち、現在陽明文庫に所蔵されている類聚歌合巻十二の巻頭目録に名前が見えていて、一部分でも本文が伝わっている歌合を注釈したものである。

一、注釈で用いた歌合の名称は次のとおりである。他の歌合と区別するため便宜的に歌合の開催年月日を前に記した。

永久三年前度　内大臣家歌合
永久三年後度　内大臣家歌合
永久五年五月十一日　内大臣家歌合
元永元年十月二日　内大臣家歌合
元永元年十月十一日　内大臣家歌合
元永元年十月十三日　内大臣家歌合
元永二年七月　内大臣家歌合
保安二年　関白内大臣家歌合
大治元年　摂政左大臣家歌合

一、本文の作成は次の方針に従った。

1　漢字は通行の字体を用い、清濁は著者の見解によって施した。

2　読解の便をはかって、本文を歴史的仮名遣いに整え、送りがなを補うなどの校訂を施した。また、「可申」を「申すべし」とするなど、漢文は読み下した。

3　底本の本文を生かすために、仮名遣いを改めた場合は、もとの文字を振りがなの位置に記し、送りがな等を補った場合は、補った字に傍点を付してこれを示した。また、反復記号に文字をあてた場合はもとの記号を、漢字をひらがなに改めたり読み下した場合はもとの漢字を、振りがなの位置に記した。

一、全体を、校訂本文、〔校訂付記〕、〔現代語訳〕、〔引用歌〕、〔語釈〕、〔他出〕、〔参考〕、〔補説〕の順に記した。

1　ただし、元永元年十月二日の歌合については、類聚歌合の本文がほとんど伝わらないため、〔校訂付記〕ではなく、〔主な校異〕として六本の本文異同を記した。また、類聚歌合の本文が伝わっている番については、はじめに〔校訂本文〕を示し、次に底本である今治市河野美術館蔵本の本文の左側に、類聚歌合の本文を太字で対校する方法によって、両本の本文異同を示した。

2　〔引用歌〕には、判詞に引用されている和歌や漢詩句の本文と出典を示した。〔他出〕には、歌合の歌が勅撰集、私家集にとられている場合にその歌番号と詞書を、〔参考〕には、後代の歌学書や歌合判詞などに判が引用されている場合にその書名や歌合の名称などを記した。また、必要と思われる場合は本文を引用した。

一、歌集・歌合は原則として『新編国歌大観』によったが、読解の便をはかって本文の表記を改めたところがある。

1　万葉集の歌については、とりあげようとする歌が『俊頼髄脳』『綺語抄』など歌合当時の歌学書に引用されている場合は、それらの歌学書によって本文をあげた。引用がみあたらない場合は、原則として現訓ではなく西本願寺本の訓によって本文をあげた。歌番号は旧番号を付した。

2　金葉集には初度本・二度本・三奏本があるが、原則として二度本によった。ただし、二度本には見あたらず、初度本や三奏本だけにある歌を引く場合は、それぞれ出典を金葉集初度本、金葉集三奏本と記した。

3　拾遺抄と拾遺集に重複して採られている和歌を引用する場合は、拾遺抄を優先した。

一、歌学書の引用については次の通りである。

1　『俊頼髄脳』は冷泉家時雨亭叢書第七十九巻（朝日新聞社出版局　二〇〇八年）所収の影印本によった。引用本文には、歌合本文と同じ方針で作成した校訂本文を用いた。また、『俊頼髄脳』の諸伝本をも参照した。

2　『袋草紙』は新日本古典文学大系（岩波書店　一九九五年）の訓読本文によった。

3　そのほかの歌学書は原則として日本歌学大系によったが、通読の便をはかって本文の表記を改めたところがある。また、次にあげる本を参照した。

綺語抄　『桐火桶・詠歌一躰・綺語抄』徳川黎明会叢書　和歌篇四　思文閣出版　一九八九年

奥義抄　『大東急記念文庫善本叢刊　中古中世篇　第四巻』汲古書院　二〇〇三年、『磯馴帖　古典研究資料集　松風篇』和泉書院　二〇〇二年

袋草紙　『袋草紙注釈』塙書房　一九七四年

袖中抄　『袖中抄の校本と研究』笠間書院　一九八五年

八雲御抄　『八雲御抄　伝伏見院筆本』和泉書院　二〇〇五年

一、先行の校注本について、日本古典全書『歌合集』（朝日新聞社　一九四七年）は『全書』、日本古典文学大系『歌合集』（岩波書店　一九六五年）は『大系』と略称した。

一、巻末には、「判詞索引」「各句索引」「作者索引」を付した。

注釈

永久三年前度　内大臣家歌合

内大臣家歌合　永久三年十月廿六日

題　水鳥　氷　寄神楽恋
　　歳暮　鷹狩　雪

歌人　内大臣　顕国朝臣　顕俊　永実　忠隆　宗国
　　　雅光　重基　盛家　仲房　忠房　兼昌

読師　顕国朝臣

講師　宗国

一番　水鳥　左　内大臣

1　三島江《みしまえ》や蘆《あし》の枯《か》ら葉《は》の下《した》ごとに羽交《はかゐ》の霜《しも》をはらふをしどり

右　治部大輔雅光

2　波《なみ》にのみ洗《あら》はるれども水鳥《みつとり》のあをばは色も変《か》はらざりけり

〔現代語訳〕　一番　水鳥　左　内大臣

1　三島江よ。蘆の枯葉の下のあちらこちらに、左右の羽が重なり合う背においた霜を払っているおしどりたちがいる。

右　　　　　　　　　　　　治部大輔雅光

2　波に洗われてばかりいるけれど、青葉とは違って、水鳥の青羽は色が変わらないのだなあ。

〔語釈〕　1**〇三島江**　摂津国、現在の大阪府高槻市を流れる淀川の右岸のあたり。**〇蘆**　水辺に群生するイネ科の多年草。背丈は一〜三メートルにもなる。葉は細長く、五〇センチメートルぐらいで、下に垂れる。「みしま江の玉江のあしをしめしよりおのがとぞ思ふいまだからねど」（拾遺集・雑恋・一二二二・人麿、万葉・巻七・一三四八　第二句「玉江之薦乎」〈たまえのこもを〉）の例がある。**〇枯ら葉**　枯れ葉に同じ。俊頼は元永元年十月二日の歌合の判で、『ならのからは』といへるほど、いひにくきやうなり」と「枯れ葉」を「枯ら葉」と詠むことを批難している（「時雨」十二番24）。**〇下ごとに**　「ごとに」は「毎に」。文字通りに解釈すると、すべての蘆の枯れ葉の下に、をしどりがいることになるが、誇張した表現であろう。**〇羽交**　はがひ。鳥の、左右の羽が重なるところ。『綺語抄』は「羽交」の項をたて、万葉歌「あしべゆくかものはがひにしもふりてさむきゆふべの人をしぞおもふ」（巻一・六四）を引く。**〇霜をはらふ**　体全体をゆすって霜を払うのであろう。能因本枕草子に「かもは、羽の霜うちはらふらんと思ふに、をかし」（「鳥は」）とある。「かも」は小形の水鳥の総称で「をしどり」も含まれる。

2**〇波にのみ洗はるれども**　副助詞「のみ」は、水鳥に波がかかってばかりいると強調する。水鳥と月の違いはあるが、「あきの海にうつれる月を立ちかへり浪はあらへど色も変はらず」（後撰集・秋中・三二二・深養父）の例がある。**〇水鳥のあをば**　水鳥の羽色の「青」は黒みがかった緑色。「青羽」に「青葉」を掛けている。**〇色も変はらざりけり**　冬になると「青葉」は枯れるが、水鳥の「青羽」は色が変わらないというのである。「水鳥の青羽は色も変はらぬをはぎのしたこそけしきことなれ」（源氏物語・若菜上）

〔補説〕　**「水鳥」題**　古今六帖第三帖「水」、堀河百首に例があり、歌合では、源大納言家歌合（一〇三八年）や、本歌合の翌年に催された六条宰相家歌合（一一一六年）で出題されている。

二番　氷　左　　　左近権少将顕国

3 堰《せ》き入《い》るれど岩間《いはま》に氷《こほり》むすびつつとくる水無《みつな》き冬《ふゆ》の山里《さと》

右　　　散位重基

4 冴《さ》えわたる月《つき》の光《ひかり》やみがくらむつららゐにけり玉川《たまかは》の水《みつ》

〔現代語訳〕　二番　氷　左　　　左近権少将顕国

3 水の流れを堰きとめて導き入れているけれど、岩と岩とのすき間にどんどん氷が張っていき、とけ出す水も無い冬の山里だよ。

右　　　散位重基

4 一面に澄み切った月の光が磨いているのだろうか。氷が張ったのだなあ。宝石のように美しい玉川の水。

〔語釈〕　3 **○堰き入るれど**　流れをせきとめて、水を導き入れるのである。**○岩間に氷むすびつつ**　厳しい寒さで、岩と岩の間を流れる水が次々と結氷するのである。「つつ」は反復や継続を表す接続助詞。**○とくる水無き**　「とくる」「水」は氷の縁語。「浪かくる岩間ひまなくたるひして氷とぢたる山川の水」（堀河百首「凍」九九七・顕季）

4 **○冴えわたる**　「わたる」は補助動詞で、「あたり一面～する」という意。澄み切った月の光があたりを照らしている。**○みがくらむ**　氷が月の光をうけてかがやく様子を「みがく」と詠んでいる。「冬の夜の池の氷のさやけきは月の光のみがくなりけり」（拾遺集・冬・二四〇・元輔）**○つららゐにけり**　氷が張ってしまったのだなあ。「けり」は詠嘆の助動詞。三句と四句の二ヶ所で切れる。なお、「つらら」は長く垂れ下がっている氷とは別である。**○玉川**　「玉川」は所所にあり、場所を特定するのは難しいが、1の歌に詠まれている三島江のあたりにも、卯の花の名所とされる「三島の玉川」がある。「玉川」は宝石を意味する「玉」を掛けていて、「みがく」は、「玉」の縁語。

崇徳院が詠んだ「つらゐてみがける影のみゆるかなまことにいまや玉川の水」（千載集・冬・四四二）に影響を与えたか。

〔補説〕「氷」題　古今六帖第一帖「天」、和漢朗詠集、堀河百首に例があり、歌合では、源大納言家歌合（一〇三八年）や、永承四年（一〇四九）六条斎院歌合で出題されている。

三番　寄神楽恋　左　　散位顕俊

5 庭燎《にはひ》たき篠波《さゝなみ》をりてあそぶほどたまゆらいかで恋《こひ》をやすめむ

右　　左馬権頭盛家

6 朝倉《あさくら》をかへすがへすは祈《いの》れどもそのしるしなき恋《こひ》もするかな

〔現代語訳〕　三番　寄神楽恋　左　　散位顕俊

5 庭火をたき篠波を舞い奏でている間は、ほんのわずかの時間でもなんとかして恋しい気持ちを忘れたいものだ。

右　　左馬権頭盛家

6 朝倉を奏でて、なんどもなんども祈るけれど、そのかいもなく片思いをつづけているなあ。

〔語釈〕　**〇神楽**　神をまつるために奏する舞楽。楽人は神楽歌をうたって楽器を奏し、舞人は舞を舞う。

5 **〇庭燎**　神楽を演奏する場にたく火。**〇篠波**　神楽歌の「篠波」は「細波や　志賀の辛崎や　御稲搗く　女のよささや　それもがな　かれもがな　いとこせに　まいとこせにせむや」というもので、稲搗女《いなつきめ》に求愛する内容である。**〇をりてあそぶほど**　舞い奏でている間。「折る」は波の縁語。舞が同じ動きを繰り返すさまを、波が繰り返し折れ重なって寄せるようすにたとえたか。「あそぶ」は管弦、舞などをおこなうことである。**〇たまゆら**　ほん

のわずかの間。（→補説）

6〇**朝倉**　神楽歌の「朝倉」は「朝倉や　木の丸殿に　我が居れば　我が居れば　名告りをしつつ　行くは誰」というものである。「ゆふかけていはふ社の神楽にもなほ朝くらのおもしろきかな」（堀河百首「神楽」一〇四九・師時）の例がある。なお、新古今集は天智天皇御歌として「あさくらやきのまろどのに我がをれば名のりをしつつ行くは誰が子ぞ」（雑中・一六八九）を採っており、『俊頼髄脳』にこの和歌が詠まれたときの説話が記されている。〇**かへすがへす**　なんどもなんども。左5の歌と同様に、同じ動作を繰り返す舞の動きを詠みこんでいる。〇**しるしなき**　効果があらわれない。恋が成就しないのである。

〔補説〕　**たまゆら**　『綺語抄』は「しばしといふ事也」と注釈し、万葉歌の「たまゆらに〈玉響〉きのふのくれも見しものをけふのあしたにこふべきものか」（巻十一・二三九一、人丸集二〇二）を引く。

『隆源口伝』の著者隆源は、叔父の通俊や祖母の康資王母（筑前）らの説を次のように記している。

通俊歌云、「惜むにはからくに人のたまきなるたまゆらだにも春のとまらぬ」。

或人云、たまゆらとはしばしといふことなり。

康資王母云、たまゆらとはひさしき事也。「ゆくほどにたまゆら咲かぬ物ならば山の桜をまちか誰がこむ」。

或古双紙云、具平親王此歌を四条大納言にとひ給ひければ、「たまゆらとはわくらばといふやうなる事也」とぞ申しける云々。唯心うるに久しきことを云給（略）

「しばし」はほんのわずかの間、「ひさし」は長い間、「わくらば」はまれにという意味。四条大納言（公任）のころからこの語句の解釈が論議されていたことがわかる。

堀河百首では「かきくらし玉ゆらやまずふる雪のいくへつもりぬこしのしら山」（堀河百首「雪」九四八・師頼、新勅撰集・雑四・一三三〇）以下三首（異本を含めれば四首）がこの語句を詠んでいる。

「神楽」題　古今六帖第一帖「歳時」、堀河百首に例があり、歌合では源大納言家歌合（一〇三八年）、永承四年（一

○四九）六条斎院歌合、媞子内親王家歌合（一〇八三年）、従二位親子歌合（一〇九一年）、東塔東谷歌合（一〇九七年）で出題されている。「寄△△恋」という形の歌題は、歌合開催当時に流行していたようで、金葉集や金葉集時代の歌人の家集の詞書に多く見ることができるが、「寄神楽恋」という題は他には見あたらない。

四番　歳暮　左　　散位永実

7 数《かぞ》ふるに残《のこ》りすくなき身《み》をつめばせめても惜《を》しき年《とし》の暮《く》れかな

右　　淡路守仲房

8 年暮《としく》れぬ明日《あす》は雪《ゆき》げの空晴《そらはれ》れていつしか霞《すみ》たちやわたらん

〔現代語訳〕　四番　歳暮　左　　散位永実

7 寿命を数えると残り少ない我が身をつねってみると、なおさら切実に惜しいと思う年の暮れだなあ。

右　　淡路守仲房

8 年が暮れてしまった。明日は、雪が降りだしそうな空も晴れて、はやくも霞があたり一面にたつことだろう。

〔語釈〕　7 **○残りすくなき身**　老い先短い身。「はかなしや我が身ものこりすくなきに何とて年の暮をいそぐぞ」（堀河百首「除夜」一一二九・紀伊）**○身をつめば**　わが身をつねって、その痛みによって心の痛みを再確認するのである。「身をつめばあはれとぞ思ふはつ雪のふりぬることもたれにいはまし」（後撰集・恋六・一〇六八・右近）の例がある。**○せめて**　痛切に。切実に。

8 **○雪げの空**　雪が降りだしそうな空模様。「雪気」の字をあてる。初出例は「冬のよのゆきげのそらにいでしかどかげよりほかにおくりやはせし」（金葉集・恋下・四七四・経信）か。一方、古今集などには「雪げの水」の用例があるが、それは雪解け水のことで、「雪消・雪解」の字をあてる。**〇いつしか**　早くも。「いつしかとはるのしるしにたつものはあしたのはらのかすみなりけり」（金葉集・春・六・長実）

〔他出〕　7金葉集・冬・三〇一「摂政左大臣家にて各題どもをさぐりてよみけるに、歳暮をとりてよめる」第三句「身にしあれば」　8後葉集・冬・二二九「関白前太政大臣家歌合に　源長房」

〔補説〕　**永実**　左7の歌は、他出に示したように金葉集に採られており、左注には「この歌よみて、としのうちに身まかりにけるとぞ」とある。この左注を事実と考えれば、永実の命日は本歌合が催された日からその年の暮れまでのあいだということになる。「残りすくなき身」と歌に詠んでしまったために、それが現実のこととなって新しい年を迎えられずに亡くなってしまったということは、和歌の不思議な力を感じさせる出来事で、おそらくは当時の人々の間でも評判になったことであろう。金葉集が奏覧される時点でも、それを直接知る人たちは多く生存していたはずなので、左注は事実と考えてよいのではないかと私は考える。ただし、『歌合大成』（歌合番号二七五）は金葉集の歌を「永実自身もしくは同名異人の永実が、曾て本歌合において出詠した歌7の第三句を少し改めて、再び用いた類歌であると判定すべきであろう。」とする。

「歳暮」題　古今六帖第一帖「歳時」、和漢朗詠集、堀河百首に例があり、歌合では、永承四年（一〇四九）の六条斎院歌合で出題されている。

五番　鷹狩　左　散位忠隆

9　をさめたるこゐのけしきのしるければ草とる鷹《たか》にまかせてぞみる

右　散位忠房

10　やつながら空《そら》とる鷹《たか》をひきすゑてとほくも狩《か》りにいでにけるかな

〔現代語訳〕 五番　鷹狩　左　散位忠隆

9 翼を休めて木にとまっている様子から獲物を見つけたことがはっきりしているので、草の中で獲物を捕る鷹にまかせてみている。

右　散位忠房

10 数多くいるすべての、空中で獲物を捕る鷹をひきつれて、遠くまで狩りに出てきてしまったものだ。

〔語釈〕

9 **○をさめたる**　鷹が翼を休めること。**○こゐ**　木居。鷹が木にとまること。**○しるければ**　「しるし」は、はっきりしているという意。下句に「鷹にまかせて」とあるので、獲物を見つけた様子がはっきりわかると解釈した。**○草とる鷹**　草の中で獲物を捕らえる鷹。「ゆふまぐれはねもつかれにたつ鳥を草とるたかにまかせてぞみる」（散木集・六一四「皇后宮亮顕国の君の家にて鷹狩の心をよめる」）

10 **○やつながら**　「八つ」は数がおおいこと。「ながら」は全部。**○空とる鷹**　空中で小鳥などの獲物を捕らえる鷹。鳥羽院の大嘗会和歌で匡房が「もろかへりそらとるたかをひきすゑてあはづのはらをかるやたかこそ」（江帥集・五一二）と詠んでいる。

〔補説〕 「鷹狩」題　古今六帖第二「野」のなかに「大たかがり」「こたかがり」という題がある。堀河百首の歌題でもあり、また私家集等の詞書から、歌合開催当時は歌会でも好んで詠まれていたことがわかる。元永元年十月十三日の歌合にも「鷹狩」題がある。

六番　雪　左　宮内権少輔宗国

降《ふ》る雪《ゆき》にをののすみがまうづもれてけぶりばかりぞ空《そら》にたちける

右　　　　皇后宮少進兼昌

12 降《ふ》る雪《ゆき》にかざこしのみねあとたえてこえぞわづらふ木曽《きそ》のたび人

〔現代語訳〕 六番　雪　左　　宮内権少輔宗国

11 降る雪にをののすみがまは埋もれて、煙ばかりが空にたっているよ。

右　　皇后宮少進兼昌

12 降る雪でかざこしのみねも道が隠れて、山越えに苦労する木曽の旅人。

〔語釈〕 11**○をののすみがま**　山城国愛宕郡小野郷では炭焼きが盛んだったが、「小野の炭竈」という語句については、堀河百首で四例詠まれているのが初出。本歌合でいちはやくこの語句を取り入れていることが注目される。「おほ原やをののすみがま雪ふりて心ぼそげに立つけぶりかな」（「炭竈」一〇七六・師頼）後に教長が「ふるゆきにをののすみがまうづもれてけぶりばかりやしるしなるらん」（教長集・六一三）と類似歌を詠んでいる。

12**○かざこしのみね**　『和歌童蒙抄』は出典未詳の古歌「風越の峯よりおるゝ賤の夫の木曽の麻衣まくり手にして」の歌を引いて、「かざこしの峯は信濃の国にあり。風常に吹こす処なり。木曽の麻衣もやがて信濃国の木曽の郡に織出せる也」と記している。第五句に「木曽」とあるのは、「風越の」の歌を意識して詠んだからであろう。なお、元永二年の歌合の顕季判では「かざこし」が、「いとにくし」と批難されている。（「草花」九番17）

〔補説〕「雪」題　古今六帖第一帖「天」、和漢朗詠集、堀河百首に例があり、歌合でも、寛和二年（九八六）内裏歌合、永承四年（一〇四九）六条斎院歌合、気多宮歌合（一〇七二年）、承暦二年（一〇七八）内裏歌合、同内裏後番歌合、若狭守通宗朝臣女子達歌合（一〇八六年）、左近権中将藤原宗通朝臣歌合（一〇九一年）、高陽院七番歌合（一〇九四年）、権大納言家歌合（一〇九六年）など、多くの例がある。また元永元年十月十三日の歌合では「初雪」が出題されている。

永久三年後度　内大臣家歌合

同家歌合　同夜講了　当座被下題　奥州所名　探分左右

衣川　内大臣

1　夜をさむみ岩間《いはま》の氷《こほり》むすびあひていくへともなき衣川《ころもかは》かな

顕国

2　名にながれ衣《ころも》の川《かは》といふことはあさゆふ霧《きり》のたてばなりけり

〔現代語訳〕　衣川　内大臣

1　夜は寒いので岩間の氷が凍結して、幾重ということもなくなった衣川だよ。

顕国

2　その名が知られて、衣の川ということは、衣を裁つように、朝夕に霧がたつからだったのだ。

〔語釈〕　**○衣川**　陸奥国、現在の岩手県奥州市を流れる。

1　**○夜をさむみ**　夜は寒いので。形容詞の語幹に「み」がついて、原因理由を表す。**○いくへ**　幾重。衣は重ねて着ることから、「いくへ」は衣川の「衣」の縁語。「水上にいくへの氷とぢつらんながれもやらぬ山川の水」（堀河

百首「凍」一〇〇八・河内）

2 **〇名にながれ**　名が世間に広く知られていること。**〇たてばなりけり**　たつからだったのだ。衣川の「衣」と「裁つ」は縁語、「裁つ」と霧が「立つ」は掛詞である。句末の「なりけり」は今気づいたという気持ちを表す。

〔他出〕　1田多民治集・九九

〔補説〕　**所の名**　所の名を題にして詠むという趣向は当時の流行だったようで、堀河天皇の御前でも所の名を探題で詠んでいる。（「堀河院御時御前にて殿上のをのこども題をさぐりて歌つかうまつりけるに、しほがまのうらをとりてよめる」金葉集三奏本・雑上・五四五・俊頼）また、同時代歌人の紀伊の家集の詞書にも「一宮のうたあはせにくにぐにのをかしき所所の名をだいにて人人うたよまれしに、あきのみなと」（4）とある。なお、「一宮のうたあはせ」は祐子内親王家歌合をさすが、開催年次は特定できない（『歌合大成』歌合番号一三〇）。

また、俊頼の家集によると、「殿下にて鹿を所の名に寄せてよませさせ給ひけるによめる」（散木集・四五三）のように、忠通家でも所の名を組題にして詠むこともあったようである。

宮木野　顕俊

3 枯《か》れわたる草のけしきにみやぎ野《の》の花のさかりをおもひやるかな

忠房

4 みやぎ野《の》のもとあらのこはぎ霜《しも》枯《か》れてすずのしのやもかくれなきかな

〔現代語訳〕　宮木野　顕俊

3 あたり一面枯れている草のようすに、宮城野が花盛りだったときを思いおこしてみるのだ。

忠房

4　宮城野のもとあらの小萩は霜枯れて、野の中にある篠竹で作った小家を隠すものもない。

〔語釈〕　**○宮木野**　みやぎの。陸奥国、現在の宮城県にある。陸奥国府の多賀城を中心とした広範囲の原野だったという。萩の名所である。

3　**○枯れわたる**　枯れ野となった宮木野を詠んでいる例はめずらしく、本歌合より前には見あたらないが、後代では「しかのねもむしもさまざまこゑたえて霜がれはてぬみやぎののはら」（六百番歌合「枯野」五一二・家隆）などと詠まれている。**○花のさかり**　冬枯れの野を見ながら、花が咲き乱れる秋の野に思いをはせているのである。俊頼がみやぎ野の秋を「さまざまに心ぞとまるみや木のの花の色色虫のこゑごゑ」（堀河百首「野」一四〇〇、千載集・秋上・二五六）と詠んでいる。

4　**○もとあらのこはぎ**　古今集の「みやぎののもとあらのこはぎつゆをおもみ風をまつごときみをこそまて」（恋四・六九四・不知）による。「もとあら」はまばらに生えていることをいう。**○すずのしのや**　「すず」は篠竹のこと。篠竹で作った小家をいう。（↓補説）

〔補説〕　**すずのしのや**　『隆源口伝』は、「或人歌云」として「時鳥とこめづらなることぞなき鳴くことかたきすずのしのやは」を引き、「すずといふ竹のあるなり。それして作りたる家なるべし。鳴くことかたきとは、すずのやは山も里も遠き野中にあるなり。時鳥は山には常にあらんずるなれば、かかる野中には聞くことかたしといふなるべし」という。右4の歌も『隆源口伝』の説と同じく、野の中にある家として詠んでいるようである。『綺語抄』にも「すずといふたけをしてふきたる也」とある。

塩竈浦

永実

5　くもかけてたくしほがまにたつけぶり浦《うら》ふく風になびきわたれり

忠隆

6　浦《うら》にゐていのちをかけしもののふはかずさだまれりちかのしほがま

永実

〔現代語訳〕　塩竈浦

5　雲がかかったように焼く塩竈に立つ煙は、浦を吹く風によってあたり一面になびいている。

忠隆

6　浦にとどまって命をかけた武士たちは、数も定まっている、ちかのしほがま。

〔語釈〕　**○塩竈浦**　しほがまのうら。陸奥国、現在の宮城県にある。

5**○けぶり**　「しほがま」の縁語。**○しほがま**　海水を煮詰めて塩をつくるのに用いるかまど。**○浦ふく風**　この語句は後撰集に一例用例があるほか、万葉集にも用例があるが、「しほがまの浦」とともに詠んだ例としては初出である。「しほがまのうらふくかぜに霧はれてやそ島かけてすめる月かげ」（千載集・秋上・二八五・清輔）に影響を与えたか。

6**○もののふ**　武人のこと。万葉集には用例が多いが、平安時代の和歌の用例は少ない。俊頼が「もののふのかりにのみくる秋の野をすみかとたのむ鹿ぞはかなき」（散木集・一〇九三）と詠んでいる。**○ちかのしほがま**　千賀の浦が近いので、このようにもいう。「みちのくのちかのしほがまちかながらはるけくのみもおもほゆるかな」（古今六帖「しほがま」一七九九）

〔補説〕　**いのちをかけしもののふ**　塩竈には多賀城があったが、そのあたり一帯が戦場となった前九年の役（一〇五一～六二）、後三年の役（一〇八六～八七）のことを和歌に詠んだか。和歌の題材としてはめずらしい。ただし、第四句「かずさだまれり」の典拠は不明である。

白川関

7 あづまぢを思《おも》ひたちしはとほけれどたづねきにけり白川《しらかは》の関《せき》　盛家

8 にどりせよ草のまくらに霜《しも》おきて月出《い》でばこえむ白《しら》川の関《せき》　宗国

〔現代語訳〕 白川関

7 あづまぢに行こうと思い立ったのはずっと前だが、遠い道のりをたづねて来たよ、白河の関。　盛家

8 荷を手にとれ。草の枕に霜がおいて、月が出たら越えよう、白河の関を。　宗国

〔語釈〕 **〇白川関** 陸奥国の出入り口にあたる関。現在の福島県にある。能因の歌がよく知られている。「みやこをばかすみとともにたちしかど秋風ぞふくしらかはのせき」（後拾遺集・羈旅・五一八・能因法師「みちのくにまかりくだりけるに、しらかはのせきにてよみはべりける」）

7**〇あづまぢ** 京都から東国にむかう道。白河の関は東山道にある。**〇とほけれど** 右にあげた能因の歌によると、都から白川の関まで三ヶ月は要したようである。

8**〇にどりせよ** 出発するので荷物を取れというのである。万葉集に「…ゆふたすき　かたにとりかけ〈肩荷取懸〉いはひへを…」（巻十三・三二八八）とあるが、この漢字表記から「荷取」を抽出して歌語にしたとも考えられる。**〇月出でばこえむ** 「出で」は未然形なので仮定条件。もし月が出たら越えようと詠むのである。

〔他出〕 7続詞花集・別・六九九「題しらず」

末松山　　　　　　　　　仲房

9 あづさゆみたなびく雲《くも》のたえまよりほのかに見《み》ゆるすゑのまつ山

兼昌

10 いろまさる春《はる》のちかくもなりぬるかくれゆく春《はる》のすゑのまつ山《やま》

〔現代語訳〕 末松山　　仲房

9 梓弓のような月が、たなびくくものたえまからほのかにみえる、すゑのまつ山。

兼昌

10 まわりの色が美しくなる春が近くなったのだろうか。春の一日が暮れてゆくすゑのまつ山。

〔語釈〕 **〇末松山** 陸奥国の歌枕。「きみをおきてあだし心をわがもたばすゑのまつ山浪もこえなん」（古今集・みちのくうた・一〇九三）が有名である。

9 **〇あづさゆみ** ここでは弓張り月をいう。「あづさゆみはるかに見ゆる山のはをいかでか月のさして入るらん」（拾遺集・雑下・五三三・能宣）のように、月という語句とともに詠むのが一般的である。**〇たなびく雲** 雲がいくつかの層になって横に長く引いていること。「いづかたへゆくとも月のみえぬかなたなびくくものそらになければ」（後拾遺集・雑一・八四〇・永胤法師）

10 **〇すゑのまつ山** 春の「すゑのまつ山」を詠んだ例に「いつしかとすゑの松山かすみあひて浪とともにや春はこゆらん」（金葉集橋本公夏筆本拾遺・春・三・俊頼）がある。**〇くれゆく春** 日が沈んであたりが暗くなると言う意味と、春という季節が終わりに近づくという意味があり、後者を意味する「暮春」は歌題にもなっているが、右10の歌は第二句に「春のちかくも」とあるので、春の一日が暮れていくと解釈すべきであろう。ただし、本文の誤写があるかもしれない。「春」ということばが二度使われていることは、歌合では歌病として批難されることが多い。

（↓元永元年十月二日「時雨」十一番21補説）

11　　忍里　　重基

かずならでふるをしのぶのさとなれば我が身《み》のみこそすむべかりけれ

12　　雅光

いはねどもしのぶもぢずりしるければそのさと人とかねてこそみれ

〔現代語訳〕　忍里　　重基

11　取るに足りない身のまま年をとっていくことを耐えしのぶ、しのぶの里なので、私だけが住むことが出来るのだ。

雅光

12　口に出して言わないけれども、しのぶもぢずりではっきりわかるように、耐えしのんでいることもはっきりしているので、その里の人だと前々から思って見ているのだ。

〔語釈〕　**○忍里**　陸奥国、現在の福島県にある。

11　**○かずならで**　物の数ではない、取るに足りないと、自分自身を卑下する表現である。**○ふる**　「経る」とも「古る」とも解釈できる。年をとっていくという意。（↓補説）

12　**○しのぶもぢずり**　「みちのくのしのぶもぢずりたれゆゑにみだれむと思ふ我ならなくに」（古今集・恋四・七二四・源融）によって有名な語句である。**○そのさと人**　歌題の「しのぶのさと」ということばを直接詠まずに、「そのさと」と間接的に詠んでいることは、歌合では批難の対象になる。

〔補説〕　かずならでふる　左11の歌の初二句はそれ以前に用例が見当たらないが、本歌合の翌年披講された永久百首で、俊頼が「かずならでふりぬることをすず虫となきかはしてもあかしつるかな」（「鈴虫」三二五）と詠んでいる。「ふる」は「古る」と「振る」の掛詞、「振る」と「鈴虫」が縁語と、新たに技巧を付加しているが、本歌合から俊頼が指導者として参加しているとすれば、歌合の席で聞いた左11の歌から着想を得たと考えることもできる。

永久五年　内大臣家歌合〔断簡〕

月　左　　顕仲朝臣

1 くもりなきかがみにむかふここちしておいののちこそ月はまばゆき

為真

2 秋のよのあくらむそらもしらずしてふたみのうらのつきを見るかな

〔現代語訳〕　月　左　　顕仲朝臣

1 曇りのない鏡にむかうような気持ちがして、老いてからのほうが、月はまばゆい。

為真

2 秋の夜の明けていく空にも気づかないで、二見の浦にでている月を見るのだ。

〔語釈〕　1 **○くもりなきかがみ**　「くもりなきかがみのひかりますますもてらさんかげにかくれざらめや」〈後拾遺集・賀・四四三・能信〉は、伊勢大輔が幼いころの白河天皇を讃えて詠んだ歌の返歌として詠まれた。左1の歌は「くもりなきかがみ」という同じ語句を用いて、主催者の忠通を寿いでいる。

2 **○あくらむ**　「あく」は「明く」に「開く」を掛ける。「ふたみのうら」の「蓋《ふた》」と「開く」は縁語である。**○ふたみのうら**　但馬国、現在の兵庫県の城崎温泉の近くにあるか。古今集には「たじまのくにのゆへまかりける時に、ふたみのうらといふ所にとまりて…」という詞書で「ゆふづくよおぼつかなきを玉匣ふたみの浦はあけてこそ見め」（羇旅・四一七・兼輔）とある。

〔他出〕 1万代集・三〇二一・藤原顕仲「法性寺入道前関白の家歌合に」、夫木抄・五二二七「法性寺入道前関白家歌合」

3

祝　　　　道経

さほがはにむれゐるたづのかずごとによはひを君にゆづるなりけり

〔現代語訳〕

3 佐保川に群れてとまっている鶴はそれぞれに、千歳の齢をあなたにゆずるのですよ。

〔語釈〕 3 **○さほがは** 大和国、現在の奈良県にある。**○むれゐるたづ** 佐保川の鶴を詠んだ例が後撰集にある。「冬くればさほの河せにゐるたづもひとりねがたきねをぞなくなる」（後撰集・冬・四四六・不知）。**○かずごとに** この語句を祝歌に詠んだ最初の例とみられるのは、長久二年（一〇四一）弘徽殿女御歌合で赤染衛門が詠んだ歌である。「なぬかゆくはまのまさごのかずごとにいはほとならんほどをへよきみ」（九番「祝」18）。**○よはひを君にゆづる** 類似した表現をもつ歌に「おくれゐてなくなるよりはあしたづのなどてよはひをゆづらざりけん」（拾遺抄・雑下・五二一・実頼）がある。この拾遺抄歌は「小一条左大臣まかりかくれてのち、かの家にかひはべりけるつるのなき侍りけるをききはべりて」という詞書をもち、藤原師尹の死を悼む歌なので、その語句をとって詠むことは、祝の歌にはふさわしくないかもしれない。

〔他出〕 3夫木抄・一二六四五「永久五年五月内大臣家歌合、祝」

元永元年十月二日　内大臣家歌合

内大臣家歌合　三十六番

題

時雨　残菊　恋

読人

左

皇后宮摂津公　女房　少将君（俊頼朝臣女　関白家女房）

顕仲朝臣　上総君[1]　師俊朝臣

定信朝臣　盛家《方》朝臣[2]　信濃君（永実女　関白家女房）

忠房朝臣　俊隆朝臣　重基朝臣

右

俊頼朝臣　顕国朝臣　雅兼朝臣

道経朝臣　基俊朝臣　雅光朝臣

宗国朝臣　　忠隆朝臣　　信忠朝臣
兼昌朝臣　　時昌朝臣　　為実朝臣
判者　　俊頼朝臣
　　　　基俊朝臣

〔主な校異〕　1上総君（和・昌）―ナシ（今・書）上総公（東・群）　2盛家朝臣（意改）―盛方朝臣（今・書・東・群・和・昌）

〔類聚歌合〕

内大臣家歌合　元永元年十月二日、当座探被分左右、依仰毎講、左右作者各献疑難詞。俊頼基俊為上首。但隠作者、任意疑難也。

題三首　残菊　時雨　恋

歌人　上総　摂津　少将　女房　信乃　俊頼朝臣
顕国、、　雅兼、、　顕仲、、　師俊　盛家　基俊
定信　道経　信忠　重基　俊隆　忠隆
忠房　雅光　宗国　兼昌　為真　時昌

〔語釈〕　**○当座探被分左右**　当座、探りて左右を分けらる。「当座」とは歌合の席でという意。「被分左右」とあるがその方法についてはよくわからない。本歌合は題ごとに番の相手も披講の順序も異なる。類聚歌合巻十二の巻頭目録（→参考）には「去月晦日被下題」とあり、前の月の末日、つまり閏九月二十九日に出題されたことがわかる。参加者は前もって歌を詠んできた。**○依仰毎講左右作者各献疑難詞**　仰せにより講ずるごとに、左右の作者、各疑

ひ難ずる詞を献ず。主催者忠通の仰せである。これは、承暦二年（一〇七八）内裏歌合において、当時の関白師実が「共に難有れば申すべし」と左右の方人に発言を促した例にならったと思われる。「承暦歌合時は、一番左右歌講畢後、関白殿仰曰。共有難可申。此後方人難陳之」（袋草紙・和歌合次第）**〇俊頼基俊為上首**　俊頼基俊を上首と為す。「上首」とは最上位の者という意。この場合は、官位ではなく、和歌の実力のことで、判者をつとめたことをこのようにいう。**〇但隠作者、任意疑難也**　但し作者を隠し、意に任せて疑ひ難ずるなり。忠通は「女房」と称して出詠した。（→「時雨」二番3補説）

〔参考〕　類聚歌合巻十二巻頭目録

同家歌合　元永元年十月二日　去月晦日被下題　有俊頼基俊両人判

題　時雨　残菊　恋

一番　時雨　左　両人共為勝　皇后宮摂津公

1　夜もすがら嵐の音にたぐひつつ木葉とともにふる時雨かな

右　俊頼朝臣

2　おぼつかないかにしぐるる空なればうらごの山[1]のかたみなせなる

俊頼云、さきの歌、心も詞もめづらしからねど、させる難見えず。後の歌は「かたみなせなる」とそへたる詞おぼつかなし。もし《若》、この《此》山にさもよむべきこと《可読事》のあるにか。ただ、「うらごの山」といふにつき《付》て[2]いはば、うたことば《歌詞》ともおぼえぬかな。人々も申されん。しか《然》れば左勝つとや申すべき。

基俊云、「木葉とともにふるしぐれかな」と心にしみてを《お》かしうおもひたまふるに、[3]右の歌、「うらごの山」はいかに「かたみなせ」とはあるにか。心得がたく侍り。左まさりたりと申すべきか。

〔主な校異〕　1かたみなせなる（今・書・和・昌）―かたみなせなり（東・群）　2いは、（東・群・和・昌）―いか、（今・書）　3右の歌（今・書・和・昌）―右の（東・群）

〔現代語訳〕　一番　時雨　左　両人共為勝　皇后宮摂津公

1　一晩中、嵐の音にまぎれながら、木の葉とともに音をたてて降る時雨だなあ。

右　俊頼朝臣

2　どういうことなのだろう。どのように空がしぐれると、うらごの山が片身頃だけ、秋の形見をなすような、蘇芳色になるのだろうか。

俊頼云、前の歌は心にも詞にも目新しさはないけれど、さしたる欠点は見えない。後の歌は、「かたみなせなる」と添えて詠んでいることばが気になる。もしや、この山にそのように詠むというきまりがあるのだろうか。ただ、「うらごのやま」ということばの縁で詠んだとすれば、歌のことばとも思えないなあ。人々もそう申しておられるでしょう。だから左が勝つと申すのがよいだろう。

基俊云、「木の葉とともに降るしぐれかな」と心にしみて趣深く思いますのに、右の歌の「うらごの山」は、どうして「かたみなせ」とあるのか。理解できません。左がまさっていると申すべきでしょう

〔語釈〕　1**○嵐の音**　一首の中に「時雨」と「嵐」をともに詠むのは、この当時の新しい表現である。「しぐれつつかつちるやまのもみぢ葉をいかにふくよのあらしなるらん」（金葉集・秋・二五八・顕季）。**○木の葉とともに**　「神な月時雨とともにかみなびのもりの木の葉はふりにこそふれ」（後撰集・冬・四五一・不知）の歌によって、「時雨とともに」木の葉が降るという表現はこれまでにもあったが、それを「木の葉とともに」時雨が降ると転換した。14、

18の歌も同様に詠んでいる。
2 **〇うらごの山**　『和歌初学抄』、『八雲御抄』は信濃国に在るとするが、本歌合より前にこの地名が和歌に詠まれた例は見あたらない。「うらごの山」は「裏濃」を掛ける。これは襲の色目の一つである裏濃蘇芳のことで、蘇芳色は紫がかった赤色。紅葉の色でもある。**〇かたみなせ**　難解である。『全書』は秋の「形見と為す」と解釈している。『歌合大成』は本文に「片身捺染《かたみなせ》」と漢字をあてており、『大系』もその解釈にしたがっている。「捺染」は染色の方法の一つ。上の「うらご」が衣装に関係することばなので、「片身」はその縁語である。山の片側だけが蘇芳色に紅葉しているさまを、身頃の左右の色を変えて仕立てた着物に見立てているのであろう。しかし、『全書』の秋の「形見」とする説も捨てがたく、掛詞として現代語訳した。

〈俊頼〉判定は左の勝ち。自分が詠んだ歌を批難している。**〇めづらしからねど**（→補説）**〇人々も申されん**　「人々」は歌合の参加者。類聚歌合冒頭部分の断簡に、「仰せに依りて講ずるごとに、左右の作者、各《おのおの》疑ひ難ずる詞を献ず」とあることを裏付ける。**〇うたことばともおぼえぬかな**　「かたみなせなる」は和歌のことばとしてふさわしくないという。（→補説）

〈基俊〉判定は左の勝ち。

【他出】　2散木集・五七六「殿下にて時雨のこころを」

【補説】 **めづらし**　「めづらし」は表現の目新しさをいう。公任が著した『新撰髄脳』に「古く人の詠める詞をふしにしたるわろし。一ふしにてもめづらしき詞を詠み出でむと思ふべし」とあり、これをうけて俊頼は著書の『俊頼髄脳』の冒頭部分で、

思ひをのぶるにつけても、よみのこしたるふしもなく、つづけもらせる詞もみえず。いかにしてかはすゑの世の人のめづらしきさまにもとりなすべき

（思いを述べようとしても、あらゆる趣向がつくされていて残りはなく、詠まれていない詞も見あたらない。いったいどう

すれば末の世に生きる我々が目新しい表現を工夫することができるのだろうか）

と嘆きつつも、「おほかた歌のよしといふは、心をさきとしてめづらしきふしをもとめ、詞をかざりよむべきなり」と秀歌について書いている。「めづらしきさま」すなわち、表現の目新しさは俊頼が理想とする和歌の要素なのである。それに対して、本歌合で論をたたかわせた基俊はよく知られた昔の歌の語句を尊重し、語句は変えずにそのまま利用すべきだと考えていて、両者の見解が大きく異なるところである。

うたことば　和歌に詠むのにふさわしい語句。その語句はうたことばではないという批難は、経信の『難後拾遺』に見えている。例えば、

　ひとしらでねたさもねたしむらさきのねずりのころもうはぎにをきん（後拾遺集・雑二・九一一・顕光）

の第五句について「『うはぎ』といふこと、歌などにはよむべくも見えず」、

　あけぬよのここちながらにやみにしをあさくらといひしこゑはきききや（同・雑四・一〇八一・不知）

の初句と第三句について「『あけぬよの』といふことや、歌にはありともおぼえぬはたづぬべし。『やみにしを』こそただごとなれ」とある。『難後拾遺』は経信の口述を俊頼が筆記したものとされており（袋草紙）、うたことばとして適切かどうかという批評の観点は、経信から引き継いだと言えよう。俊頼は永縁奈良房歌合（一一二四年）の判でも「『くらくはくらく』などいへるなど、はらあしき人のいはんことばとぞきこゆる、うたことばとはおぼえず」と述べている。後代の例では、俊成の六百番歌合の判に「『まうけの』や歌詞には不宜にや」などとある。

3

　二番　左　俊持　基勝　女房

あやしくも時雨にかへる袂かなゐ《い》なのかさはらさしてゆけども

右　顕国朝臣

4 ぬるれども[1]う《有》れしくもあるかな紅葉ばの色ます雨の雫とおもへば
俊云、前の歌は「ゐ《い》なのかさはら」などいへるわたり、いひなれたり。ただ《但》し、「しぐれにかへる」などいはば、[2]衣のことにやあらん。次の歌は、けふ紅葉の下に立ちて、そのしづくにぬれてこそ「うれし」ともよむべけれ。ただおほかたのしぐれにぬれて、これ《是》はころもをそむるしぐれなればうれしと、たちものかざらん、あぢきなくぞきこゆる。[3]ともにおぼつかなしと聞こゆれば、持とや[4]これ《是》を申すべき。
基云、「しぐれにかへるたもと」は、「う《嬉》れしくもあるかな」と侍る、次にはまさりてや侍らん。

〔**主な校異**〕 1有かな（今・書・昌）―あるか（東・群・和） 2衣の（東・群・和・昌）―右の（今・書） 3共に（東・群・和・昌）―ナシ（今・書） 4是を申へき（今・書）―可定申（東・群・和・昌）

〔**現代語訳**〕 二番 左 俊持 基勝 女房
3 ふしぎなことに、時雨のためにかえる袂だよ。笠という名をもつゐなの笠原をさしてすすんでいるというのに。
右 顕国朝臣
4 濡れはするけれどもうれしくもあるなあ。紅葉の色を美しくする雨の雫だと思えば。
俊頼云、前の歌は「ゐなの笠原」などと詠んでいるあたりは詠みなれている。ただし、「時雨にかへる」などと詠むと、衣のことだろうか。次の歌は、今日紅葉の下に立って、その雫に濡れてこそ「うれし」と詠むべきだろう。ただふつうの時雨にぬれて、これは衣を染める時雨なのでうれしいといって立ち去らないのは、つまらなく思える。どちらも気になるところがあるので、持と申すのがよいでしょう。
基俊云、「時雨にかへる袂」は、「うれしくもあるかな」とある、次の歌よりもまさっているでしょう。

〔**語釈**〕 3**〇女房** 女房とあるが、作者は忠通である。（↓補説）**〇かへる袂** 忠通の家集、田多民治集には「かへす」とある。五番9の基俊判に、時雨が降ると「袂をかへすなどこそ世の常のこと」とあるように、「かへす」の本文のほうが適当である。時雨は急に降ってくることが多いので、袂を折り返して頭上にかざし雨をしのぐのである。しかし、歌合本文では諸本ともに「かへる」とあるので、忠通は「かへす」と詠むべきところを「かへる」と詠んでしまったのであろう。なお、「かへる袂」の用例は「露わけてかへる袂にいとどしくしぐるる空のつらくもあるかな」（朝光集・二〇）。詞書に「十月ばかり、女のもとよりかへりたまふに、しぐれのふるに」とあるので、朝露に袂を濡らしつつ、恋人のもとから帰る時の歌である。**〇ゐなのかさはら**　「ゐなの」は摂津国にある。「ゐなのふし原」（拾遺集・神楽歌・五八六、堀河百首「凍」九九九等など）、「ゐなのささはら」（後拾遺集・恋二・七〇九など）の例はあるが、「ゐなのかさはら」の例は見あたらない。**〇さしてゆけども**　地名の「笠原」に雨具の「笠」を掛けて、「笠」を差しているのに、袂を笠のかわりにしなくてはならないのは不思議だと詠む。「あまづたふ時雨に袖もぬれにけりひ笠の浦をさしてきつれど」（堀河百首・時雨・九〇一・顕季）

4**〇ぬるれどもうれしくもあるかな**　雨にぬれるのは、いつもはいやだが、今はうれしいと詠んでいる。「ぬるるさへうれしかりけりはるさめにいろますふぢのしづくとおもへば」（金葉集・春・八七・源顕仲）をまねて、春雨を時雨に、藤を紅葉に転換したか。二句切れで第二句は字余り。（→八番15補説）

〈俊頼〉判定は持。**〇けふ紅葉の下に立ちて、そのしづくに**　「けふ桜しづくにわが身いざぬれむかごめにさそふ風のこぬまに」（後撰集・春中・五六・融）は、桜の下に立ってそのしずくに濡れようと詠んでいる。桜と紅葉の違いはあるが、この後撰集の歌をふまえての発言である。

〈基俊〉判定は左の勝ち。

【他出】　3田多民治集・九〇　第二句「時雨にかへす」

【補説】　**女房**　忠通は、本歌合以降に催された家歌合で「女房」と称して出詠している。その後、九条兼実、良経、道家と、摂関家の家歌合でも踏襲された。また、後鳥羽院、順徳院も「女房」と称してそれぞれが主催した歌合などに出詠している。

貴人が歌合で身分を隠し、「女房」と称して出詠した最初の例は、本歌合の二年前、永久四年（一一一六）に催された六条宰相家歌合である。四番左の歌の作者名を「有女房　宰相上云」とするが、実は主催者である実行が詠んだと推測できる。四番左の歌は、判者の顕季が堀河百首で詠んだ歌そのものなのである。判者の歌をそのまま出詠するといった大胆なことができるのは、「宰相上」すなわち実行の北の方ではなく、主催者の実行だけだと考えるからである。『歌合大成』は六条宰相家歌合の例を「内大臣忠通歌合において、主催者忠通の歌を常に「女房」と記した例にならったもの」（歌合番号二八四）と説明している。しかし、そもそも身分を隠し「女房」と称して出詠するのは、自分が詠んだ歌に対する忌憚のない批評を期待するからである。永久四年に先立って催された、永久三年前度、永久三年後度の二度の内大臣家歌合は「無判」であり、忠通は、どちらの歌合も、探題で得た題によって一番左から出詠している。あえて匿名にする必要はない。筆者は本歌合が六条宰相家歌合の例をまねたと考えている。

三番　左　俊勝　[1]少将君

5 しぐれには色ならぬ身の袖がさもぬるればかを《ほ》るもの《物》にぞあり《有》ける

右　基勝　雅兼朝臣

6 冬くれば散りしく庭のならの葉に時雨おと《音》なふみ山べ《辺》の里

俊云、前の歌の「色ならぬ身」といへる、着《き》たりける衣の白《しろ》かりけるにや。わが身を色ごのみにあらずといへるにや。衣[2]のしろきならば色かはるといはんこと《事》かたし。わが身を色ごのみならずといはば、袖がさ[3]かを《ほ》らんこと《事》、また《又》かたし。大かたは歌がらはなだらかなり。後の歌は、ふるき歌をあしざまにとりなしたる[4]とぞみゆる。「[5]ならの葉を散りしくには」とこそいふべけれ。「ちりしく庭のならの葉」と侍れば、次第あしき心ちぞする。これ《是》はあながちのことを。ふる《古》き歌のとが《過》、さりがた《難避》ければ、なほ《猶》負く《可》べ《負》きにや。

基云、「色ならぬ身」ぞいかなる身にかとゆかしく。「[6]ぬるればかを《ほ》る」などよめる、梅などをこそふる《古》き歌にはかくよみて侍れ。なほ《を》「時雨お《を》となふみ山べ」にたちよりぬべくぞおもひ給[7]ふ《へ》る。

〔主な校異〕　1少将君（今・書・和・昌）─少将公（東・群）　2しろき（和・昌）─いろき（今・書・東）いろ白き（群）　3かほらん（今・書・和・昌）─かをるらん（東・群）　4とそ（今・書・和・昌）─と（東・群）　5ならの葉を（今・書・昌）─ならの葉の（群・和）ならの（東）　6ぬるれは（東・群・和）─ぬれは（今・書・昌）　7給ふる（意改）─給へる（今・書・東・群・和・昌）

〔現代語訳〕　三番　左　俊勝　　　　少将君

5　時雨が降ると、見た目のはなやかさのない私の袖笠も、ぬれると香るものだったのだなあ。

右　基勝　　　　雅兼朝臣

6　冬が来ると散りしく庭の楢の葉に、時雨が音をたてて降るみ山べの里。

俊頼云、前の歌の「色ならぬ身」といっているのは、着ていた衣が白かったのだろうか。我が身は色好みではないといっているのだろうか。衣が白であれば、色がかわるということは難しい。我が身は色好みではないというのなら、袖笠が香ることはまた難しい。おおむね歌全体の雰囲気はなだらかである。後の歌は、よく知られた昔の歌を悪しざまにとっていると見える。「ならの葉を散りしく庭」というべきだ。「散りしく庭のならの葉」とありますと、続き方が悪いような気がする。これはちょっと考え過ぎかな。よく知られた昔の歌に似ているという欠点はのがれようがないので、やはり負けにすべきでしょう。

基俊云、「色ならぬ身」はどのような身なのだろうかと知りたい。「ぬるればかをる」など詠んでいるのは、梅などを昔の歌ではこのように詠んでいます。やはり「しぐれおとなふみ山べ」に立ち寄りたいと思います。

〔語釈〕 5**○色ならぬ身**　両方の判者がいうように難解であるが、見た目のはなやかさのない私と訳しておく。古今集仮名序に「いまの世中、色につき、人の心、花になりにけるより、あだなる歌、はかなきことのみいでくれば」とあり、「色」は見た目のはなやかさと解釈できることによる。**○袖がさ**　雨が降ったので、袖を頭上にかけて笠の代わりにすること。堀河百首の基俊の歌に「はれくもりさだめなければ初しぐれいもが袖がさかりて来にけり」（時雨・九〇七）とあるのが初出。万葉集には「わぎもこが袖をたのみてまののうらのこすげのかさをきずてきにけり」（綺語抄による、巻十一・二七七二）など、袖を笠のかわりにするという表現がある。**○ぬるればかをる**　袖の香りは、有名な「さつきまつ花橘のかをかげば昔の人の袖のかぞする」（古今集・夏・一三九・不知）の歌によって、恋愛の場面を連想させる。

6**○み山べの里**　固有名詞ではなく、山奥にある里をいう。「神な月ふかくなりゆくこずゑよりしぐれてわたるみやまべのさと」（後拾遺・冬・三八一・永胤法師）も時雨を詠んでいる。

〈俊頼〉判定は左の勝ち。**○衣の白きならば**　内閣文庫和学講談所本、同昌平坂学問所本による。**○色かはるといはんことかたし**　左5の歌の中には「色かはる」とつながりがある表現が見あたらない。現代語訳では直訳したが、判詞の意図がよくわからない。**○なだらかなり**　詠みあげたときになめらかに聞こえること。（→補説）**○ふるき歌**　よく知られた昔の歌。ここにいう「ふるき歌」は特定できないが、「秋はててとふ人もなき山里におとなふ物は時雨なりけり」（金葉集初度本・冬・二八九・覚雅法師）などは、時雨がおとなふと詠んでいる。**○「ならの葉の散りしく庭」とこそ**　全く同じ表現は見あたらないが、後拾遺集初出の歌人である資通の歌に「こずゑにてあかざりしかばもみぢ葉のちりしく庭をはらはでぞみる」（詞花集・秋・一四二）とある。**○次第あしき心ち**　「次第」とは言葉の順序をいう。俊頼は、目新しさをねらって語句を不自然な順序に並べることを嫌うようで、永縁奈良房歌合（一一二四年）の判にも「『雪のしら山』心えず。『しらやまのゆき』とぞ、次第はいはまほしき」（51）とある。（→補説）**○あながちのこと**　本質的なことではないが、それでも言っておきたいことを主張した後に、「あながちにや」などと言い添えることが多い。**○ふるき歌のとが**　「とが」は欠点。「ふるき歌のとが」は、先行歌に似すぎているという欠点である。

〈基俊〉判定は右の勝ち。**○梅などをこそふるき歌にはかくよみて侍れ**　古くから梅の香を愛でる歌は多いが、濡れると香ると詠んでいる例は不明。「よろづよにかはらぬものは五月雨のしづくにかをるあやめなりけり」（金葉集・夏・一二八・経信）は、五月雨に濡れて香るあやめを詠んでいる。

〔他出〕　6後葉集・冬・二〇二「関白前太政大臣家歌合に、時雨をよめる」初句「夕ぐれは」は「冬」の誤写か。

〔補説〕　**なだらか**　歌合では和歌を詠み上げて披講するので、音の印象は特に大切である。俊頼は、本歌合で六例、大治元年の歌合で二例、また永縁奈良房歌合でも「なだらか」という評語を判に用いている。現存する歌合判における初出例は康平六年（一〇六三）の丹後守公基朝臣歌合で、「歌合の歌にしつしつ、いとなだらかなり」（5）とある。判者は範永。次に東塔東谷歌合（一〇九七年）で、判者は未詳だが、「ことばづかひなだらかならず」（17）とあり、本歌合の前年に顕季が判者をつとめ、俊頼も参加した六条宰相家歌合（一一一三年）に「ことばづかひなだらかならず」（1）とある。また、元永二年の歌合の顕季判にも五例あり、「なだらか」という評語を、俊頼や顕季が好んで用いていたことがわかる。勝ち負けを判定するときには、両方の歌に明らかな欠点があるわけではないが、「なだらか」なので勝ちとし、「なだらか」ではないので負けとする、といった使い方をしているようである。

語順　忠通家歌合の判では、語句の順序についてさまざまな表現で言及している。この番の俊頼判は「次第あしき心ち」というが、十一番21の俊頼判には「ことばさきにこそあるべけれ」、「恋」十二番71の基俊判には「かみに

『なみ』といひて「たかしの」とはいはばや」、元永二年「草花」十番19の顕季判には「かみにあらまほし」のようにある。

7 四番 左 基勝 顕仲朝臣

水鳥の青ば《葉》の山やいかならんこずゑをそむるけさのしぐれに

右 俊勝 道経朝臣

8 かきくもりあま《海士》を《小》舟にふくとまの下とほ《を》る《沾》まで時雨しにけり

俊云、「水鳥の青羽の山」とつゞ[1]けて、「梢をそむる」といふ《云》ほど、無下にあらはなり《也》。次の歌、あまのを舟にかからんほど、おもひかけぬさまなれ[2]ど、とが《過》にはあらねば勝つとや申すべからん。

基云、「水鳥の青ば《葉》の山」などいへる、いみじくふるめきたれど、右の歌の「かきくもりあまのを舟にふくとま」など侍れ[3]ど、春雨五月雨などのやう《様》に、つくづく《〱》とふるもの《物》にもあらねば、下とほ《を》る《沾》まであるべしとおぼえはべらず。なほ《を》こずゑをそむるしぐれ、すこしまさるとこれ[4]を《是》申すべし《可申》。

〔主な校異〕 1つゝけて（今・書）―つゝきて（東・群・昌）つけて（和） 2なれと（東・群・和・昌）―なれは（今・書） 3侍れと（東・群）―はへれは（今・書・昌）いへれは（和） 4是可申（今・書）―定申へし（東・群）可定申（昌）さたむへし（和）

〔現代語訳〕 四番 左 基勝 顕仲朝臣

7 水鳥の青い羽根の色のような、青ばの山はどうなったのだろうか。梢を染める今朝の時雨で。

右　俊勝　　　　　　道経朝臣

8　空がかき曇り、あまの小舟の屋根にふいた苫の下まで染みとおるほど、時雨が降っているなあ。

俊頼云、「水鳥の青羽の山」とつづけて、「梢を染むる」と詠むあたりは、ひどく安直で何の工夫もない。後の歌、あまのを舟に時雨がかかるのは、思いがけない表現だが、批難すべき欠点ではないので勝ちと申すのがよいでしょう。

基俊云、「水鳥の青羽の山」などというのは、ひどく古めかしいですが、右の歌は「かきくもりあまのを舟にふく苫」などとありますが、春雨や五月雨などのように、つくづくと降るものではないので、時雨が下に染みとおるまで降るとは思えません。やはり、梢を染むる時雨が少し勝ると申すべきでしょう。

〔語釈〕　7**○水鳥の青ばの山**　「青羽」と「青葉」が掛詞。万葉集に「あきのつゆはうつしなりけりみづとりのあをばのやま〈水鳥乃青羽乃山〉のいろづくみれば」（巻八・一五四三）とある。「水とりのあをばの山も神無月しぐれにあへず色かはるらん」（堀河百首・時雨・九〇三・仲実）

8**○あまのを舟にふくとま**　「苫」は菅や茅などを編んで葺いた屋根。「あまをぶねとまふきかへす浦風にひとりあかしの月をこそみれ」（新古今集・雑中・一六〇二・俊頼）の例がある。**○下とをるまで**　時雨が、屋根のすき間からもれてくるほど、激しく降るのである。

〈俊頼〉**○無下にあらはなり**　「青ば」を「染める」という表現が、安直で何の工夫もないことを批難している。

〈基俊〉**○いみじくふるめきたれど**　万葉集に典拠がある語句を、古めかしいと評している。今の感覚では、万葉集は古い時代の作品ととらえるのが自然なことだが、当時は、万葉集の語句はむしろ斬新な印象をあたえるものだった。万葉語を古めかしいと評するのは、基俊の特徴である。（→「残菊」二番27基俊判）**○春雨五月雨などのやうに、つくづくと…**　春雨がつくづくと降ると詠んでいる例に「はるさめのふりぬることを思ふにはただつくづくとそでぞそほつる」（相模集・二二七）、五月雨の例に「五月雨は軒のしづくのつくづくとふりつむ物は日かずなりけり」

（散木集・三〇〇）などがある。（→補説）**〇下とほるまであるべしとおぼえはべらず**　時雨は急に降ってすぐに晴れるものなので、苫から水が漏れるほど降るはずがないと批難している。時雨が「とをる」と詠んでいる例に、「れいよりもしぐれやすらん神無月袖さへとほる心ちこそすれ」（和泉式部集・二八五）があるが、和泉式部の歌は袖にまでしみ通る理由を、ふだんよりもはげしく時雨が降るためと説明している。このような配慮をすべきか。

〔補説〕　時雨　基俊が判でくりかえし春雨や五月雨にふれているのは、当時の歌語注釈を意識したからである。題を与えられて和歌を詠む場合は、題を正しく解釈して詠むことが求められる。（→「残菊」五番34補説）

『俊頼髄脳』は時雨について次のように記している。

春のあめをば春さめといふ。夏のあめをばときの雨といふべきなり。されど十月のあめをば時雨とかきてしぐれとは申すぞかし。さみだれは、五月のあめとかきたれば、五月にもちゐて四月六月にはもちゐず。六月にはゆ《い》ふだちといひて、にはかにふるあめをゆふだちとかけるはゆふぐれにふるべきなめり。まことにもさぞふるめる。秋のあめはべちにいふ事なし。

ただしあきのしぐれに人の申すうた

我やどのわさだもいまだかりあげぬにまだきふりぬるはつしぐれかな《哉》

このうたの心を思ふに「まだき」といふは、なほ《猶》あきの歌とはきこえず。時雨かなといふは十月のそらのにはかにくもりて、ひとむらさめふりてほどもなくはるるなり。そのを《お》りのけしきにてふりけるにや。されば時は秋なれど、そらのけしきのしぐれのするを《お》りのけしきなりければよめりける歌とぞおぼゆる。

（春の雨を「春雨」という。夏の雨は「ときのあめ」というべきである。だが十月ごろに降る雨を「時雨」と書いて「しぐれ」と申しますね。「さみだれ」は「五月雨」と書いているので、五月の歌に用いて、四月六月の歌には用いない。六月には「ゆうだち」といって、突然降る雨を「夕立」と書いているのは、夕暮れに降るはずだからのようだ。じっさいそのように降っているようだ。秋の雨は特にいうこともない。／ただし、秋の時雨について人が申す歌、／我が宿の早稲田もまだ刈り終えていないのに、早くも降ってしまった初時雨だよ／この歌の心を思うと、「まだき」というのは、やはり秋の歌とは思えない。「時雨かな」というのは、十月の空が突然曇って、さっと一雨降ってすぐに晴れるのだ。その時のようすで降ったのだろうか。それなら、季節は秋だけれど、空模様が時雨が降るときのようなので詠んだ歌と思われる。）

現代に生きる我々の感覚では、時雨は冬の初めの十月にさっと降ってすぐに晴れる雨に決まっていると思うが、歌合当時はそうではない。『綺語抄』にも次のようにある。

しぐれをば、いつもよむべきなり。

神無づきふりみふらずみさだめなきしぐれぞ冬のはじめなりける

これは、ふりみふらずみするしぐれを云也。さらぬしぐれをば、いつも〳〵よむべきなり。

いま案、春夏などはいかがあるべからん。

季節を特に限定せず、いつでも時雨を詠んでよいという説が当時はあり、それに対して、俊頼や基俊、『綺語抄』の著者の仲実らは、春や夏に降る雨は、時雨とは別だと主張するのである。

五番　左　俊持　上総君[1]

9 時雨には菅の小《を》笠も水もりてをちの旅人ぬれやしぬらん

右　基勝　基俊朝臣

10 霜さえてかれ行くをのの岡べなる楢の朽葉に時雨ふるなり《也》

俊云、[2]前の歌に「水もりて」といへる、おぼつかなし。後の歌、「岡べなる」、すべらかにくだらず。「ならのくちば」もいかが。くちなばお《を》とづれずもやあらん。あながちのこと《事》か。

基云、「時雨にはすげのをがさも水もりて」といへることば《詞》、なずらへ申すべきかたなし。「水もり」とは、玉だれのかめなどの石間あらん心ちぞし侍る。いかなるしぐれのさまで侍るべきにか。たもとをかへすなどこそよのつねのこと《事》にては侍れ。いとすぐれたること《事》なければ、楢《なら》の朽葉《くちは》に《を》おとづれん時雨《しぐれ》は、今すこし聞きなれたる心ちぞし侍る。

〔主な校異〕　1上総君（今・書・昌）―上総公（東・群）上総（和）　2前歌に（東・群・和・昌）―□〈一字分空白〉歌に（今）歌に（書）

〔現代語訳〕　五番　左　俊持　上総君

右　基勝　基俊朝臣

9 時雨では菅の小笠も水がもれて、遠くを旅する人はぬれているだろうか。

10 霜が冴えて枯れてゆく小野の岡辺にある楢の朽葉に時雨が降るようだ。

俊頼云、前の歌に「水もりて」といっているのは、どうも納得がゆかない。後の歌は「岡べなる」が下句になめらかにつづいてゆかない。「ならの朽葉」もいかがなものか。朽ちてしまったら音がしないだろうに。考え過ぎでしょうか。

基俊云、「時雨には菅の小笠も水もりて」と詠んでいることばは、似た例をあげることができません。「水もり」とは、玉だれの瓶などにひび割れがあるような気がします。どんな時雨がそこまで降るでしょうか。袂を返すなどと詠むのが世の常でしょう。たいしてすぐれていることばもないので、「ならの朽葉」におとずれる時雨は、少しは聞きなれているように思います。

〔語釈〕　9○菅の小笠　経信が「みむろ山もみぢちるらしたび人のすげのをがさににしきおりかく」（金葉集・冬・

二六三）と詠んでいる。**〇水もりて**　この語句の用例は見あたらないが、笠から雨がもれると詠んだ歌に「さしてこと思ひしものをみかさ山かひなく雨のもりにけるかな」（後撰集・恋六・一〇二九・不知）がある。**〇をちの旅人**　遠い旅先にいる人を思いやっている。俊頼が詠んだ「あやめかるあさかのぬまに風ふけばをちの旅人袖かをるかな」（散木集・二九二）によるか。

10**〇岡べなる楢**　後拾遺集初出の歌人である国房が「さびしさをいかにせよとてをかべなるならのはしだり雪のふるらん」（新古今集・冬・六七〇）と詠んでいる。**〇朽葉**　朽ちた落ち葉。「落ち積もる朽葉が下のみなし栗何かは人に有りと知られむ」（新撰朗詠集「隠倫」五一三）「…これもさこそは　みなしぐり　くち葉が下に　うづもれめ…」（堀河百首「述懐」一五七六・俊頼、千載集・雑下・一一六〇）などの例がある。

〈俊頼〉判定は持。**〇くちなばおとづれずもやあらん**　落ち葉が朽ちてしまっていたら、雨つぶが落ちても音はしないだろうという。右10の歌は千載集では第四句「ならの広葉に」とある。この批難をうけて本文を改めたか。

〈基俊〉判定は右の勝ち。自分の歌を勝ちにしている。**〇いかなるしぐれのさまで侍るべきにか**　「さまで」とは菅の小笠から水がもれるほどという意。前の番と同じく、実際の時雨の降り方とは異なると批難している。

【他出】　10千載集・冬・四〇一「題しらず」第四句「ならの広葉に」

六番　左　基持　師俊朝臣

11　さもこそは槇のまやぶきうすからめもるばか《斗》りにも打つ時雨かな

右　俊勝　雅光朝臣

12　木葉のみ染《そ》むるかとこそおもひしに時雨は人の身[1]にもしみけり

俊云、前の歌、「槇のまやぶき」など[2]いひなれたり。するに「うつしぐれ」とよめるぞおぼつかなき。もし、「[3]蕭々暗雨打窓声」[4]といふ、きこゆるをおもひてよめるにや。さりとも[5]歌によまず《不読》は、さらずも[6]やあるべからん。かかることをよまんとては、そのすぢにいはで、みぐるしからずかまふるなり。右、これ《是》はにはか《俄》なれば、いたげに[7]きこゆるなり。ただし《但》、いかなる色にかしみけん。もし木の葉の色にしまば、[8]おびたたしくやあるべき。「松かぜの色に」などいへる、これ《是》もなどかよまざらん。「[9]うつしぐれ」などよめるには、すこしまさりてぞ[10]みゆる。

基云、槇のまやぶき、さこそうすくとも打ちとほ《を》すまで[11]ふるらんしぐれこそ、うちにゐ《い》たらん人おそろしかりぬべくおぼえ侍れ。代のはじまりにこそ、くるまの[12]よこがみなどのやう《様》にて雨はふり侍りければ、いとおそろしう侍りけるしぐれかな。「暗雨打窓声」などぞ、もろこしの歌にも侍るかし。風ふかれてよこざまに、さはりたるかきを[13]うつにこそはべるめれ。されば、「窓打つ雨にめをさましつつ」などよめる、いとあはれに[14]聞こゆるもの《物》を。また《又》時雨は四方の山のこずゑをそむるはさること《事》にて侍り。人の身にはいかにしむにか。「ゐもりのしるし」などのやうにきこえ侍るかな。これ《是》はいづれもおなじ程にこそ。

〔主な校異〕 1身にもしみけり（今・書）―身にしみにけり（東・群・和・昌） 2いひなれたり（東・群）―いひなせ（今・書）いひなせたり（和・昌） 3蕭々（書・東・群・和・昌）―番々（今） 4といふ（今・書）―と云〔五字分空白〕（東・群・和・昌） 5歌に（東・群・和）―歌は（今・書・昌） 6あるへからん（東・群・和・昌）―あるへから（今）あ

るへからす（書） 7きこゆるなり（今）―聞ゆる（東・群）聞ゆるなる（書・和・昌） 8おひたゝしく（今・東・群・和）―おもひたゝしく（書・昌） 9うつ時雨（東・群・和）―しくれ（今・書・昌） 10みゆる（今・書・和・昌）―聞ゆる（東・群） 11ふるらん（今・書・昌）―ふらん（東・群・和） 12よこかみ（今・書）―よこか（東・群・和・昌） 13うつに（東・群・和・昌）―うへに（今・書） 14聞ゆる（今）―聞侍る（書・東・群・和・昌）

〔現代語訳〕 六番　左　基持　師俊朝臣

右　俊勝　雅光朝臣

11 まったくもって板で葺いている屋根は薄いのだなあ。雨漏りするほどに打ちつけて降る時雨だ。

12 木の葉だけを染めるのかと思っていたが、時雨は人の身に染みるのだなあ。

俊頼云、前の歌は「槇のまやぶき」など詠みなれている。末句に「打つ時雨」と詠んでいるのは不審である。もしや「蕭蕭暗雨打窓声」という、よく知られた詩句を思って詠んだのだろうか。それにしても和歌に詠まないことばは、避けないわけにはいかないだろう。このような漢詩句を詠もうと思えば、そのまま使うのではなく、見苦しくないように工夫するのである。右、これは不意をつかれたので、よさそうな感じがする。ただし、どのような色に染まったのだろうか。もし木の葉の色に染まったのなら、とても派手になるにちがいない。「松風の色に」などと詠んだ例もあるので、これも詠まないことはない。「うつ時雨」などと詠んでいる歌よりも、すこしまさっているように思う。

基俊云、槇のまやぶきはどんなに薄くても、それを打ち通すまで降るような時雨は、屋内にいた人はきっと恐ろしかったにちがいないと思います。代のはじまりに、雨脚が車軸のような雨は降りましたので、これもとてもおそろしい時雨ですな。「暗雨打窓声」などと唐の詩にもありますよ。風に吹かれて横ざまに、間を隔てている垣根を打つようです。だから「窓うつ雨に目をさましつつ」など詠んでいる歌は、とても心にしみるように聞こえますのに。また、時雨が四方の山の梢を染めるのはもっともなことです。人の身にはどのように染みるのか。「いもりのしるし」などのように聞えますなあ。これらはどちらも同じ程度でしょう。

〔引用歌・引用句〕 秋夜長《あきのよながし》　夜長無眠天不明《よながくしてねぶることなければてんもあけず》　耿耿残灯背壁影《かうかうたるのこんのともしびのかべにそむけたるかげ》　蕭蕭暗雨打窓声《せうせうたるくらきあめのまどをうつこゑ》　上陽人白（和漢朗詠集「秋夜」二五五、白氏文集）

松かぜはいろやみどりにふきつらんものおもふ人の身にぞしみける（後拾遺集・雑三・九九一・堀河女御）

こひしくはゆめにも人をみるべきをまどうつあめにめをさましつつ（後拾遺集・雑三・一〇一五・高遠「文集の蕭蕭暗雨打窓声といふ心をよめる」）

〔語釈〕 11**〇槙のまやぶき**　槙は「真木」とも書く。「ま」は美称で、りっぱな木という意味。「真屋《まや》」は切り妻屋根の家。板で屋根を葺いている。**〇打つ時雨**　両方の判が引く白居易の詩句を典拠としている。

12**〇人の身にもしみけり**　時雨が身にしむと詠んだ例は見あたらないが、風や風の音が身にしむと詠んだ例は、俊頼が判で引用した「松かぜは」の歌以外にも多い。「かぜのおとのみにしむばかりきこゆるはわがみに秋やちかくなるらん」（後拾遺・恋二・七〇八・不知）

〈俊頼〉判定は右の勝ち。**〇さらずもやあるべからん**　「さらず」に漢字をあてると「避らず」である。反語表現ととり、避けないわけにはいかないと解釈した。つづけて「かかることをよまんとては、そのすぢにいはで、みぐるしからずかまふるなり」とあるので、「かかること」すなわち、漢詩句を和歌に詠むときにはやわらげて詠むべきだという。漢詩句を和歌に詠むことを批難したわけではない。**〇いたげにきこゆるなり**　よさそうな感じである。「いたげ」は形容詞「いたし」を形容動詞にしたもの。「いたし」には苦痛である、すばらしい、という正反対の意味があるが、勝ちと判定されているので、ほめていると判断した。**〇松かぜの色になどいへる**　経信の『難後拾遺』は、俊頼判が引く「まつかぜ」の歌について、「みにしめば、わがみやみどりになりぬらんとこそよまるべけれ。まつかぜやみどりにならんとあれば、ひがごとか」と述べている。俊頼はそれと同じように、右12の歌では身体が紅葉色に染まると解釈するのである。

〈基俊〉判定は持。**○代のはじまりにこそ、車のよこがみなどのやうにて**　「よこがみ」とは車の軸のこと。和名抄に「軸　与古加美　持輪者也」とある。豪雨をたとえて、車軸のように雨脚の太い雨が降るという。なお、出典について、『全書』『歌合大成』は「漸降二大雨一、滴如二車軸一」と長阿含経を引き、『大系』は「大千界将レ成時、大雲降雨、名二洪霔一」「竜王於二大海中一霔レ雨如二車軸一」と華厳経を引いている。**○さはりたるかき**　『大系』は「障壁」の和訓かという。**○「ゐもりのしるし」などのやうに**　『俊頼髄脳』は「ぬぐくつのかさなることのかさなればゐもりのしるしいまはあらじな」の歌を引き、「とほき所などにまかる時かひなにつけつれば、あらひのごひすれどおつる事なし。ただをとこのあたりによるをりにおつるなり」とする。腕につけておいた、いもりの血によって、留守中に妻が不貞をはたらいたかどうかを判定するらしい。右12の歌の時雨が人の身を朱色に染めるというところから、いもりの血の色を連想したのだろう。歌合の場では「全身が真っ赤な色に染まったら『いもりのしるし』のようですなあ」などと軽口をたたきあって、盛り上がったのではなかろうか。

七番　左　両人共勝[1]　定信朝臣

13　音にさへ袂をぬらすしぐれかな槇の板屋《や》の夜半《は》のねざめに

右　宗国朝臣

14　しぐれとてははそ《柞》のもり《杜》に立ちよれば木葉とともにふりかかるかな

俊云、前の歌、音を聞くに袂ぬるとよめる、いとを《お》かし。さもあ《有》ることときこゆ。次の歌もなだらかなり。すゑの七文字をおもふべかりけるとみゆ。されば前の歌勝つにや。あなおそろし。

基云、槇の板屋《いたや》の夜半のしぐれは、ことにめざましく[2]きこえ侍るも《物》のかな。袂《たもと》ぬるらんもいとを《お》かしく侍り。ははそのもり《杜》、あしうは見えねどめづらしげなきやう《様》なれば、夜半《は》のねざめ《覚》ぞ、げにさることとはおもひ給ふる。

〔主な校異〕 1両人共勝（今・書・和・昌）—両人共為勝（東・群） 2きこえ（今・書・和・昌）—きき（東・群）

〔現代語訳〕 七番　左　両人共勝　定信朝臣

13 雨でぬれるだけではなく、雨の音を聞いても涙で袂をぬらす時雨だなあ。槇の板屋の夜半の寝覚めに。

右　宗国朝臣

14 時雨と思って柞の杜に立ち寄ると、雨が木の葉とともに降りかかるなあ。

俊頼云、前の歌は、音を聞くと袂がぬれると詠んでいるところが、とても趣がある。そういうこともあるなあと思う。次の歌もなだらかである。末の七文字をよく吟味すべきだったと思う。したがって、前の歌が勝つだろうか。ああ、畏れおおいことだ。

基俊云、槇の板屋の真夜中の時雨は、とくにすばらしく聞こえますなあ。袂がぬれるのもとても趣深いものです。柞の杜は、悪くはないがめずらしさがないようなので、夜半の寝覚めは実にもっともだと思います。

〔語釈〕 13**○槇の板屋** 木の板で屋根を葺いた家。このことばの用例は本歌合より前には見あたらないが、後代に「まばらなるまきのいたやにおとはしてもらぬ時雨やこのはなるらん」（千載集・冬・四〇四・俊成）などと詠まれている。**○夜半のねざめ** 夜中に目を覚ますこと。心を通い合わせる人もなく、寂しい気持ちを詠むことが多い。「ひとしれず心ながらやしぐるらんふけゆくあきのよはのねざめに」（後拾遺集・雑二・九三六・相模）

14**○ははそのもり** 山城国の祝園《ほうその》神社の神域。現在の京都府相楽郡精華町祝園にある。「いかなればおなじしぐれにもみぢするははそのもりのうすくこからん」（後拾遺集・秋下・三四二・頼宗）

〈俊頼〉判定は左の勝ち。**○すゑの七文字をおもふべかりける** 右14の歌の第五句「降りかかるかな」は「か」文字が続くので詠みにくく聞いた感じもよくない。このことを批難するか。**〇あなおそろし**　神域である「柞の杜」を詠んだ右の歌を負けと判定することを、神に対して畏れ多いことだというのである。

〈基俊〉判定は左の勝ち。**〇ことにめざましく**　「めざまし」は、ほめる時にも悪くいう時にも用いられるが、ここでは左の歌を勝ちと判定しているので、前者の意味である。**〇めづらしげなきやうなれば**　基俊が「めづらしげなし」という理由で負けにした例はめずらしい。相手の歌の評価が高かったからであろう。（↓一番1補説）

【他出】　13金葉集初度本・冬・三八三「しぐれをよめる」。同二度本異本歌・二五九の次「ならに人人の百首歌よみけるに時雨をよめる」初句「おとにだに」。千載集・冬・四〇三「法性寺入道前太政大臣内大臣に侍りける時、家の歌合に、時雨をよめる」。続詞花集・冬・二八六「法性寺入道前太政大臣家にて、時雨をよみ侍りける」。

八番　左　[1]両判持　　[2]盛家朝臣

15 神無月みむろの山の紅葉ばも色に出でぬべくふるしぐれかな

右　　[3]忠隆朝臣

16 神無月しぐれてわたるたび《度》ごとに生田の杜を思ひこそやれ

俊云、前の歌、かみな月とは[4]月次の月の名なり。みむろ山とてかみな月といはんこととおぼつかなし。証歌やあらん。五文字の[5]六字ある、七文字の[6]八字あるはつねのこと《事》なり。それは聞《き》きよきにつきてよむなり《也》。これ《是》はあらはにあまりたりと聞《き》こゆれば、いかがあるべからん。次の歌はふるきこととこそ見給ふれ。かれはおぼつかなきことおほし。これは古《ふ》るなればおなじほどのことにや。

基云、この《此》歌、いづれもあしくは見え侍らねば、持とや[7]はべるべからん。

〔主な校異〕 1両判持（今・書・和）―両判共為持（東・群）両人持（昌） 2盛家朝臣（意改）―盛方朝臣（今・書・東・群・和・昌） 15神無月み室の山の紅葉はも色に出ぬへく降しくれ哉（東・群・和・昌）―ナシ（今・書）この異同によって、今治本・書陵部本の系統と、東大本・群書類従本の系統が区別できる。今治本は16の歌が、左の15の歌の位置にある。そして、右は「右」とだけあって、作者名と歌があるべき部分は空白になっている。校異にはあげていないが彰考館本も同じである。書陵部本は、16の歌が、左の15の歌の位置にあるところは今治本と同じだが、「右」という文字はない。 3忠隆朝臣（東・群・和・昌）―ナシ（今・書） 4月次の（書・和・昌）―次の（今）月日の（東・群） 5六字（今・書）―六文字（東・群・和・昌） 6八字（今・書・和・昌）―八文字（東・群） 7はへる（今・書・昌）―申す（東・群）申侍（和）

〔現代語訳〕 八番　左　両判持　盛家朝臣

15 神無月、みむろの山の紅葉もきっと色づくように降る時雨だなあ。

右　忠隆朝臣

16 神無月、時雨が通りすぎていくたびごとに生田の杜に思いをはせるのだ。

俊頼云、前の歌、神無月とは一月、二月などの月の名である。みむろ山といって神無月と詠んでいることが気になる。証歌があるのだろうか。五文字が六字あり、七文字が八字あるのはいつものことである。それは聞きよい場合に詠むのだ。この歌はあからさまに字余りときこえるので、いかがなものか。次の歌はよく知られた昔の和歌のことばと見ております。前の歌は気がかりなことが多い、後の歌は古めかしい歌なので、同程度でしょう。

基俊云、これらの歌はどちらも悪くは見えませんので、持と申すのがよいでしょう。

〔語釈〕　15**○みむろの山**　大和国、現在の奈良県生駒郡斑鳩町にある。紅葉の名所として有名である。

16**○神無月しぐれて**　この初二句は「神な月時雨もいまだふらなくにかねてうつろふ神なびのもり」（古今集・秋下・二五三・不知）「神無月しぐれふるらしさほ山のまさきのかづら色まさり行く」（新古今集・冬・五七四・不知「寛平御時きさいの宮歌合に」）など、古くから例がある。**○しぐれてわたる**　「神な月ふかくなりゆくこずゑよりしぐれてわたるみやまべのさと」（後拾遺集・冬・三八一・永胤法師）を意識して詠んだか。**○生田の杜**　摂津国、現在の神戸市にある、生田神社の神域。

〈俊頼〉判定は持。**○みむろ山とてかみな月と**　みむろの山は「神なびのみむろの山を秋ゆけば錦たちきる心地こそすれ」（古今集・秋下・二九六・壬生忠岑）「神がきのみむろの山のさかきばは神のみまへにしげりあひにけり」（古今集・神あそびの歌・一〇七四）のように「神」ということばとともに詠まれているが、それにならって不用意に、旧暦十月の名である「神無月」とともに詠んでいることを批難する。**○五文字の六字ある、七文字の八字あるはつねのことなり**（→補説）**○あらはにあまりたり**　左15の歌の第四句「色に出でぬべく」は、八音あることではなく、一首全体の中でのおさまりがよくないことが問題なのである。**○ふるきこと**　よく知られた昔の和歌のことば。右16の歌の「神無月しぐれ」をいう。

〈基俊〉判定は持。とくに論評はしていない。

〔補説〕　**字余り**　字余りがすべてよくないのではなく、詠み方によるという説は『俊頼髄脳』にもある。

うたは三十一字あるを、三十四字あらばあしくきこゆべけれども、よくつづけつればとがもきこえず

ほのぼのとありあけの月のつきかげにもみぢふきお《を》ろす山お《を》ろしのかぜ

しぬるいのちいきもやするると心みむたまのを《お》ばかりあはむといはなん

さきのうたは三十四字あるなり《也》。次のうたは三十三字あるなり。はじめの五文字、七文字ある歌、

いでわがこまははやくゆきませまつち山まつらむいもをはやゆきてみん

これらみなよきうたにもちゐて人にしられたり。

〔校訂本文〕

九番　左　俊持　基勝　　[1]信濃君

17 神無月旅行く人も[2]いづこにか[3]立ちかくるべきしぐれもる山

右　信忠朝臣

18 くらぶ山いかがこゆべき神無月木葉とともにしぐれ[4]ふりけり

俊云、前の歌は、「神無月旅」とつづくべしともおぼえず。「[2]いづこにか」もなだらかにも[5]聞こえぬものかな。後の歌は、「くらぶ山」といひて「くらし」ともいひ、「くれぬ」ともいひてこそ「いかがこゆべき」とはいふべけれ。木葉とともに[6]しぐれふりてかといひて、こえわづらふはおぼつかなし。木葉の[7]散るとみて[8]こえむことをおもひわづらふならば、[9]もみぢの歌とやきこゆる。[10]あながちのことなり。ただおなじ程にぞ見給ふる。

基云、「もる山」のしぐれは、「くらぶ山」には今すこしまさりてや。[11]立ちかくるべきかげの[12]なからんもことわりとぞ[13]おぼえはべる。

〔校訂付記〕類聚歌合ノ本文アリ〔全部〕九番〔今・書・東・群・和・昌〕―二十一番〔類〕類聚歌合所収の本文は、歌題を「残菊、時雨、恋」の順に並べ、番には通し番号をつけている。したがって、一～十二番が「残菊」題、十三〜二十四番が「時雨」題、二十五〜三十六番が「恋」題である。1信濃君（今・書・和・昌）―しなの（類）信濃公（東・群） 2いつこ（類）―いつく（今・書・東・群・和・昌） 3立かくる（類・今・和）―立かへる（書・東・群・昌） 4ふりけり（類）―ふるなり（今・書・東・群・和・昌） 5も聞こえぬ（類）―聞こえ侍らぬ（今・書・東・群・和・昌） 6しくれふりてか（類）―しぐる（今・書・東・群・和・昌） 7散るとみて（類）―散るを（今・書・東・群・和・昌） 8こえむことをおもひ（類）―ナシ（今・書・東・群・和・昌） 9もみち（類）―みち（今・書・東・群・和・昌） 10あながち（類）―これはあなかち（今・書・東・群・和・昌） 11立かくるへき（類・今・書・和・昌）―たちかへるへき（東・群） 12なからんも（類・東・群・和・昌）―なからんに（今・書） 13おほえはへる（類）―おもひたまふる（今・書・東・群・和・昌）

〔本文対校〕 太字は類聚歌合

二十一 九番

左　俊持《**ち俊ゝ**》《**基ゝかつ**》　基勝　信濃君《**しなの・**》

17 神無月旅行人もいつく《**こ**》にか立かくるへき時雨もる山』

『右　信忠朝臣《**のふたゝ・・**》

18 くらふ山いかゝこゆへき神無月木葉とゝもに時雨ふる也《**りけり**》・

俊《**頼**》云、前歌は《・》、かみな月たひとつゝくへし共おほえす。いつく《**こ**》にか《・》もなたらかに・《**も**》聞え侍《・》ら《・》ぬものかな。

後歌は、くらふ山といひて・《も》くらしともいひ、くれぬともいひてこそいか丶こゆへきとは云へけれ。木葉と共にしくる・・・《れふりてか》といひて、こえわつらふはおほつかなし。木葉の散《・》・・・・・・・・《るとみてこえむこと》を・・・《おもひ》わつらふならは、・《も》みちの歌とや聞ゆる。是《・》は《・》あなかちの事也。た丶おなし程にそ見給ふる。

基《俊》云、もる山のしくれは、くらふ山・《の》には今すこしまさりてや。立かくるへきかけのなからんに《も》ことは《わ》り

とそおもひたまふる《ほえはへる・》。

〔**現代語訳**〕　九番　左　俊持　基勝　信濃

17 神無月、旅行く人もどこに立ってかくれるのがよいのだろうか、時雨が漏るというもる山では。

右　信忠朝臣

18 くらぶ山をどのように越えればよいのか。神無月、木の葉とともにしぐれが降るのだ。

俊頼云、前の歌は、「神無月旅」と詠むのがよいとは思えません。「いづくにか」もなめらかに聞えないものです。後の歌は「くらぶ山」といって、「暗し」とも詠み、「暮れぬ」とも詠んでこそ、「いったいどのようにすれば越えることができるのか」といえるのです。「木の葉とともにしぐれる」といって、越えるのに苦労するのは疑わしい。木の葉が散るので苦労するのなら、紅葉の歌と聞こえます。これは考え過ぎですかね。ともかく同程度と見ました。

基俊云、「もる山のしぐれ」は、「くらぶ山」よりも今少しまさっているでしょうか。立ってかくれることができる木陰がないのも、もっともなことと思います。

〔**語釈**〕　17 **〇神無月旅行く人**　俊頼の判もいうように「神無月旅」とつづけて詠んだ例は見あたらないが、神無月

の旅を詠んだ歌に「かみな月しぐるるたびのやまごえにもみぢをかぜのたむけつるかな」（好忠集・五一九）がある。
○もる山　『八雲御抄』が近江国、遠江国、上野国の三ヶ所をあげているように、所在については歌学書で説が分かれている。「漏る」の意を掛ける。

18**○くらぶ山**　山城国、現在の京都市左京区にある鞍馬山の古名という。「暗い」の意を掛ける。**○いかがこゆべき**　くらぶ山の紅葉を詠んだ歌に「わがきつる方もしられずくらぶ山木木のこのはのちるとまがふに」（古今集・秋下・二九五・敏行）がある。落葉のために道がわからなくなるという発想はこの歌によったか。

〈俊頼〉判定は持。**○「くらぶ山」といひても、くらしともいひ、くれぬともいひてこそ**　「暗い」を掛ける「くらぶ山」の名を生かすように、縁語を用いて詠むべきだという。「くらぶ山くらしとなにはたてれどもいもがりといはばよるも越えなん」（古今六帖・九一三）「梅花にほふ春べはくらぶ山やみにこゆれどしるくぞ有りける」（古今集・春上・三九・紀貫之）（→「恋」一番49補説）**○もみぢの歌とや聞こゆる**　「もみぢの歌」は類聚歌合による。「時雨」題の歌なのに、紅葉の印象のほうが強く、「紅葉」題で詠まれた歌のようだという。（→「残菊」五番33補説）

〈基俊〉判定は左の勝ち。

〔校訂本文〕

十番　左　俊持　忠房朝臣

19　浪よするあまのとまやのひまをあらみもるにてぞしるよはのしぐれは

右　基勝　兼昌朝臣

20　ゆ[1]ふづく日いるさの山の高ねよりはるかにめぐる初しぐれかな

俊云、前の歌は、しぐれすげなきやうに聞こゆ。時雨はおきゐて聞きあかすべきことならねど、これはもるにはじめてしるといへば、寝入りたるが、もりてきぬのぬれければ、おきさわぐとみゆ。もし[2]もらずは、またの日人づてにこそ[3]きかましとおぼつかなくぞきこゆる。後の歌は、山の高ねをめぐるといへる、おぼつかなし。「もろともに山めぐりする」といへる歌は、この山に「ふる」といへることなり。これはおなじ高ねをめぐると[4]いへれば、行道しけるときこゆるなり。さも有りなんにや。ひとへに難じ申すにはあらず。おぼつかなきなり。ききあきらめんほどは持とや申すべき。

基云、おしなべてところもわかず[5]ふるも、しぐれにあまのとまやまではおもひよらでも[6]しりぬべかりけることかな。また、槇のいたやなどには[7]はらはらとふりかからんにて、しぐれの[8]音はしり侍りなんかし。春雨のいとを[9]みだりて音もせずしてもらんにやおどろかれ侍らん。右の歌、めをよろこばしむるまで[10]あそびにすべく[11]はあらねど、「はるかにめぐる初しぐれ」[12]はいますこし心あり[13]とや侍らん。

〔校訂付記〕 類聚歌合本文アリ〔基俊判〕 1ゆふづくひ（語釈）―夕月夜（今・書・東・群・和・昌） 2もらずは（東）―もらましかは（今・書・群・和・昌） 3聞まし（和・昌）―きかまほし（今・書・東・群） 4いへれば（今・書・東・和・昌）―いへば（東・群） 5ふるも（類）―ふるらん（今・書・東・群・和・昌） 6しりぬ（類）―侍ぬ（今・書・東・群・和・昌） 7はらはらとふりかからんにて（類）―は只かれにても（今・書・和・昌）たゝかるにても（東・群） 8音は（類・今・書・昌）―をとを（東・群・和） 9みだりて（類）―みだり（今・書・東・群・和・昌） 10あそびに（類）―もてあそびとは（今・書・東・群・和・昌） 11はあらねど（類）―もあらねども（今・書・東・群・和・昌） 12は（類）―ナシ（今・書・東・群・和・昌） 13とや（類）―てや（今・書・東・群・和・昌）

〔本文対校〕 太字は類聚歌合

十番

左　俊持　　忠房朝臣

19 浪よするあまのとまやの隙をあらみもるにてそしるよはの時雨は

右　基勝　　兼昌朝臣

20 夕月夜入左の山の高ねよりはるかにめくる初しくれかな

俊云、前歌は、しくれすけなき様に聞ゆ。時雨はおきゐて聞あかすへきことならねと、是はもるにはしめてしるといへは、ね入たるか、もりてきぬのぬれけれはおきさはくとみゆ。もしもらましかは、又の日人つてにてそきかましと、おほつかなくきこゆる。後の歌は、山の高ねをめくるといへる、おほつかなし、もろ共に山めくりするといへる歌は、この山にふるといへることなり、是はおなし高ねをめくるといへれは行道しけるときこゆる也。さも有なんにや。偏に難申にはあらす。おほつかなき也。きゝあきらめんほとは持とや可申。

『基《俊》云、おしなへて所・・《としころ（ママ）》もわかすふるらん《も・》しくれにあまのとまやまてはおもひよらて《やらむ》も侍・《しり》ぬへかりける事かな。又、槇のいたやなどには只かれ・・・・・・・・《らはらとふりかからむ》にても《・》、しくれの音はしり侍りなんかし。春雨のいとをみたり・《て》音もせすしてもらんにやおとろ《な（ママ）》かれ侍らん。右の歌、めをよろこはしむるまでもて《・・》あそひと《に・》はすへく《は》もあらねとも《・》、はるかにめくる初しくれ《は》・、いますこし心ありて《と》や侍らん。』

〔現代語訳〕 十番　左　俊持　　忠房朝臣

19　波が寄せるところにあるあまの苫屋のように隙間が多いので、雨漏りによって気づくのだ、夜半の時雨は。

右　基勝　　兼昌朝臣

20　夕日が山の端に入ってゆく、その、いるさの山の高根を通って、はるかにめぐる初時雨だなあ。

俊頼云、前の歌は、歌題である時雨に対して素っ気ないようにきこえます。時雨は一晩中起きて聞くようなものではないけれど、この歌は雨が漏れたことによってはじめて気づくというので、寝入っていたのに、雨が漏れて衣が濡れたので、起きてさわいでいるとみえます。もし雨が漏れなければ、次の日に人づてに前夜の時雨のことを聞いたのだろうかと思うと疑わしく思える。後の歌は、山の高根をめぐるといっているのが気になる。「もろともに山めぐりする」と詠んでいる歌は、この山に「経る」、すなわち、時雨とともに山中を巡ると詠んでいるのである。この歌はおなじ高根をめぐるというので、山の周囲を巡っていると聞えるのだ。そういうことがあるだろうか。一方的に批難しているのではない。よくわからないのである。聞いてはっきりさせるまでは持と申すべきでしょう。

基俊云、あたり一面ところかまわず降ったとしても、時雨にあまの苫屋まで連想しなくてもわかるはずですよ。また、木の板で屋根を葺いた家などでは、ぱらぱらと降りかかることで、時雨の音はきっとわかるでしょう。春雨のように雨脚を乱して音もせずもれたので、はっと気づいたのでしょうか。右の歌は、めをよろこばせるほどまでのあそびにすることはできませんが、「はるかにめぐる初しぐれ」は、もう少し心がこもっているでしょう。

〔引用歌〕　もろともにやまめぐりするしぐれかなふるにかひなき身とはしらずや（金葉集三奏本・冬・二六三・道雅「百寺をがみけるにしぐれのしければよめる」、玄玄集・一五三、詞花集・冬・一四九）。『俊頼髄脳』では「もろともに」の歌を、上句が道雅の三位、下句が兼綱の中将が詠んだ連歌として引き、「人して百寺の金口うち歩き給ふにしぐれをするをみてしけるとぞ」と記している。金口は「こんく」とよみ、「金鼓《こんぐ》」をいうか。金鼓とは仏殿などの前の軒につり下げている鰐口のこと。

〔語釈〕 19**〇ひまをあらみ** 「…を—み」で原因・理由を表す。隙間が多いので。当時、好んで詠まれた語句である。「山ざとのしづの松がきひまをあらみいたくなふきそこがらしのかぜ」（後拾遺集・秋下・三四〇・大宮越前）「あしのやのしののこすだれひまをあらみもらしてしがなかくるこころを」（源宰相中将家和歌合・七・家職）

20**〇ゆふづく日** 諸本ともに「夕月夜」とあるが、新勅撰集のように「ゆふづく日」とあるべきである。万葉集に用例がある。「ゆふづく日さすやをかべにつくる屋のかたちをよしみしかぞよりくる」（綺語抄による、巻十六・三八二〇）元永二年「暮月」四番29の顕季判はこの語句を批難している。**〇いるさの山** 但馬国、現在の兵庫県豊岡市出石町にあるという。「入る」を掛ける。「つくづくとおもひいるさのやまのはにいづるはあきのゆふづくよかな」（経信集・一〇九）**〇高ねより** 格助詞「より」は経由地を示す。山のいただきを通って。**〇はるかにめぐる** 時雨を降らせる雲がいるさの山の周囲を回っている。

〈俊頼〉判定は持。**〇すげなきやうに聞こゆ** 雨漏りしてはじめて気づくようでは、時雨に関心を持っていなかったと思われても仕方がない。歌合では、題に対する思いの強さもはかられるのである。（→補説）**〇この山にふる** 引用歌の「もろともに」の歌の第四句「ふる」は、時雨が「降る」と世に「経る」の掛詞。時雨とともに山中を巡るということ。**〇行道**《きょうどう》 本来は、僧が読経しながら仏像や仏殿の周囲を巡ることをいうが、右20の歌は時雨を詠んだ歌なので、時雨を降らせる雲がいるさの山の周囲を巡っていると解釈できる。

〈基俊〉判定は右の勝ち。**〇あまのとまや** あまの苫屋がある海辺にも時雨は降るかもしれないが、時雨の歌にあまの苫屋を詠まなくてもよいだろうという。基俊は、この語句を「五月雨にあまの苫屋に旅寝して哀れ露けき草枕かな」（基俊集・二一一「雨中旅宿」）と詠んでいる。**〇はらはらとふりかからんにて** 類聚歌合による。「槙の板屋」に時雨がパラパラと音をたてて降ることをいう。**〇春雨のいとをみだりて**（→四番8基俊判）**〇めをよろこばしむるまであそびに** 「あそび」は類聚歌合による。『古今集真名序』に「為耳目之翫」とあり、それを利用している。後代の『玄玉集』の序にも「…つひに耳をたのしみめをよろこばしむるもてあそびとして…」とある。

〔他出〕 20新勅撰集・冬・三八五「法性寺入道前関白家歌合に」初句「ゆふづくひ」。後葉集・冬・二〇一「関白前太政大臣家歌合に、時雨をよめる」初句「ゆふづく日」。

〔補説〕 **題に対する思いの強さ**　俊頼はたまたま「時雨」に気づいたという左の歌の詠みぶりを批難しているが、元永二年の歌合にも「月をみる心ざしにてはあらで、関にとどめられて、心にもあらで見けんこそ本意なき心ちすれ」（「暮月」十一番43又判）と同様の判がある。

これらの判の先例は天徳四年（九六〇）内裏歌合にある。「郭公」題の歌「さよふけてねざめざりせばほととぎす人づてにこそきくべかりけれ」について、「左歌、きかむともおもはでねざめしけんぞあやしき。されど、うたがらをかし」という。「郭公」題で詠んでいるのに、夜中に目が覚めたのでたまたま郭公の声を聞いたというのは変だというのである。この判詞が、以後の歌合判に影響を与えている。

なお、題に対する思いについて、『俊頼髄脳』には四条大納言公任が関わる次のような話が記されている。

　あられふるかたののみののかりごろもぬれぬやどかす人しなければ

　ぬれぬれもなほ《を》かりゆかむはしたかのうはげのゆきをうちはらひつつ

これは長能《なかたう》、道済《なり》と申すうたよみどもの、鷹狩《たかゝり》を題《たい》にするうたなり。ともによき歌どもにて、人のくちにのれり。かの人々、われもわれもとあらそひてひごろへけるに、なほ《を》この事けふきらむとて、ともにぐして四条大納言のもとにまうでて「この歌ふたつ、たがひにあらそひていまに事きれず。いかにもいかにも判《はむ》ぜさせ給へとておの《を》おのまゐ《い》りたるなり」といへば、かの大納言、この歌どもしきりにながめ案《あむ》じて、「まことに申したらむに、おの《を》おのはらたたれじや」と申されければ、「さらにともかくもおほせられむに、はらだち申すべからず。そのれうにまゐ《い》りたれば、すみやかにうけたま《給》はりてまかりいでなん」と申しければ、「さらば」とて申されけるは、「『かたののみのの』といへる歌は、ふるまへるすがたも文字《もむし》づかひなどもまことにお《を》もしろく、はるかにまさりてきこゆ。しかはあれど、もろもろ《〈》のひがごと《事》なり。鷹狩《たかゝり》は雨《あめ》のふらむばかりにぞえせでとど《ゝ》まるべき。霰《あられ》のふらむによりて、やどかりてとまらむはあやしきこと《事》なり。霰《あられ》などはさまで狩衣《かりころも》などのぬれとほ《を》りてをしきほどにはあらじ。『なほ《を》かりゆかむ』とよまれたるは、鷹狩《たかゝり》の本意《い》もあり、まことにお《を》もしろかりけんとおぼゆ。うたがらも優《いう》にてをかし。撰《せむ》集などにもこれやいらむ」と申されければ、道済《せい》まひかなでて《ゝ》いでにけり。

（これは長能、道済と申す歌詠みたちが、鷹狩を題にして詠んだ歌である。ともにすぐれた歌で、人々の評判になっている。その人たちは、私が私がとあらそって数日がすぎたので、やはりこの事を今日決着させようと思って、一緒に連れ立って四条大納言のもとに参上し、「これらの二つの歌は、互いに優劣をあらそってまだ決着していません。なんとか優劣を判定していただきたいと思ってそれぞれ参りました」と言ったので、その大納言は、これらの歌をしきりに詠み上げ、思案して、「本当のことを申したとしても、あなたがたは腹をお立てになりませんか」と申されたので、「決して、あれこれおっしゃるとしても、腹を立てるはずがありません。そのために参ったのですから、すぐにお聞きして退出いたしましょう」と申したので、「それなら」ということで申されたことに、「『かたののみのの』と詠んでいる歌は、和歌の姿も、言葉づかいなども、まことにおもしろく、はるかに優れていると感じます。そうなのですが、いろいろ間違っています。鷹狩は雨が降ったぐらいで、できなくなって留まるでしょうか。霰が降ったというだけで、宿をかりて留まるようなことは、理解できないことです。霰などは狩衣などの下までぬれて、惜しいというほどでもないでしょう。『なほ狩りゆかん』とお詠みになっているのは、鷹狩をする人の心があらわれていて、ほんとうにおもしろかったのだろうと思います。歌の姿も美しく趣があります。勅撰集などにもこちらが入るでしょう」と申されたので、道済は舞いながら出て行ってしまった。）

公任が、濡れてもなお鷹狩を続けようとする強い気持ちを評価したことが、題詠の歌の優劣を判定するひとつの基準になったと言えよう。

〔校訂本文〕

十一番　左　俊隆朝臣

21 さ衣の袂はせばしかづけどもしぐれの雨は心してふれ

右　両判為勝　時昌朝臣

22 初しぐれおとづれしより水ぐきの岡の梢の色をしぞ思ふ

俊云、[1]さきの歌、「心してふれ」といへるは、ぬれんことのをしさにいへるか。また「かづけども」といへる[2]ことは、さきに[3]こそあるべけれ。初しぐれの[4]歌は[5]めづらしからねども、すべらかにきこゆ。「いろをしぞおもふ」[6]もふるきことにて[7]耳とまる心ちする。されど、「水ぐき」などよまれたればにや、[8]これまさるとぞみゆる。

基云、「さ衣」といひて「せばし」とは、いかによまれたるにか。四条大納言の式には、浅歌重言とてわろきことにぞして侍る。右の歌、「初しぐれおとづれしより」といへる、時雨はかやうにこそは侍らめとおもひ給ふる。「岡の[9]梢の色を思ふ」などいへるも[10]いひなれてをかし。まさりたるにや。

〔校訂付記〕　類聚歌合ノ本文アリ〔右歌・俊頼判〕　1さき（類）—さ衣（今・書・東・群・和・昌）　2ことは（類）—こと（今・書・東・群・和・昌）　3こそあるへけれ（類）—有べければ（今・書・昌）—あるべきか（東・群・和）　4うたは（類）—歌（今・書・東・群・和・昌）　5めつらしからねとも（類）—めつらしからねと（今・書・群・和・昌）めづらしからぬ（東）　6もふるき事にて（類）—そふるき事よと（今・書・東・群・和・昌）　7み丶とまる（類）—み丶

にと丶まる（今・書・東・群・和・昌）　8これまさるとそ（類）―まさりそ（今・書・昌）まさりてそ（東・群・和）
9梢の（東・群・和・昌）―時雨の（今・書）　10いひなれて（東・群・和・昌）―いひて（今・書）

〔本文対校〕　太字は類聚歌合

十一番

左　　俊隆朝臣

21 さ衣の袂はせはしかつけともしくれの雨は心してふれ

右　両判為勝《かつ・・》　　時昌朝臣《ときまさ・・》

22 初しくれ音信しより水くきの岡の梢の色をしそ《こそ》思ふ《へ》

『
俊《頼》云、さ衣《き》の歌、心してふれといへるは、ぬれんことのお《を》しさにいへるか。又かつけともといへる事・《は》さきに・・《こそ》有へけれは、初しくれの歌・《は》めつらしからねと・《も》すへらかにきこゆ。いろをしそおもふそ《も》ふるき事よと《にて》み丶にと丶まる心ちする。されと、水くき、なとよまれたれはにや・・《これ》まさり・《ると》そみゆる。』

基云、さ衣といひて、せはしとはいかによまれたるにか。四条大納言の式には、浅歌重言とてわろきことにそして侍る。右歌、初しくれをとつれしよりといへる、時雨は可様にこそは侍らめとおもひ給る。岡の時雨の色を思ふ、なといへるもいひておかし、まさりたるにや。

〔現代語訳〕　十一番　左　　俊隆朝臣

21 狭衣の袂は狭い。頭上にかぶってはいるけれど、時雨の雨は気をつかって降れよ。

右　両判為勝　　時昌朝臣

22

初時雨がおとずれてからは、もう紅葉したかと、水ぐきの岡の梢の色のことを思ふのだ。

俊頼云、前の歌が「心してふれ」と詠んでいるのは、ぬれることが惜しくていっているのだろうか。また、「かづけども」ということばは、前にあるべきだ。「はつ時雨」の歌は目新しくはないけれど、なめらかにきこえる。「色をしぞおもふ」は昔の和歌にある表現で耳ざわりな気持ちがする。けれど、「水ぐき」などをお詠みになっているからだろうか、まさっているように思われる。

基俊云、「狭衣」といって「狭し」とは、どうしてこのようにお詠みになったのか。四条大納言の式では、浅歌重言といって、よくないこととしています。右の歌は「初しぐれおとづれしより」と詠んでいるが、時雨はこのように詠むべきだと思います。「岡の梢の色を思ふ」などと詠んでいるのも、詠みなれていて情趣がある。まさっているでしょう。

〔語釈〕　21**○さ衣**　万葉集に「ひとづまにいふはたがことさごろも〈酢衣〉のこのひもとくといふはたがこと」(巻十二・二八六六)の例がある。「さ」は接頭語で、本来は衣服という意味だが、平安時代の用例は「狭衣」に「狭い」という意味を掛ける。**○かづけども**　頭にかぶるけれども。「しぐれゆゑかづくたもとをよそ人はもみぢをはらふ袖かとや見る」(拾遺抄・冬・一三七・兼盛)の例がある。**○心してふれ**　気をつかって降れよ。「夏衣まだひとへなるうたたねにこころしてふけあきのはつ風」(拾遺抄・夏・八七・安法法師、新撰朗詠集)の例がある。

22**○初しぐれ**　旧暦では十月から冬になるが、その冬の始めに降る雨。「はつしぐれふれば山べぞおもほゆるいづれの方かまづもみづらん」(後撰集・秋下・三七五・不知)**○水ぐきの岡**　古今集の大歌所御歌の中にも水ぐきの岡を詠んだ歌があるが(一〇七二「みづぐきぶり」)、右22の歌が紅葉を詠んでいるのは万葉集歌による。「あきかぜのひにけにふけばみづくきのをか〈水茎能岡〉のこのはもいろづきにけり」(巻十・二一九三)

〈俊頼〉**○さきにこそあるべけれ**　「こそ」「べけれ」は類聚歌合による。語順を「かづけども袂は狭し」とすべきだという。(→三番5補説)**○いろをしぞおもふぞふるきことよと**　「ほのぼのと明石の浦の朝霧に島がくれ行く舟をしぞ思ふ」（四〇九）、「唐衣きつつなれにしつましあればはるばるきぬるたびをしぞ思ふ」（四一〇・在原業平）などよく知られた古今集歌の「…をしぞ思ふ」という表現との類似をいう。なお、「色をしぞ思ふ」について、俊頼判は「ふるきこと」と批判的だが、基俊判は「いひなれてをかし」と好意的に評価している。**〇耳とまる**　類聚歌合による。（↓「残菊」一番25補説）

〈基俊〉**〇四条大納言の式には、浅歌重言とてわろきことにぞして侍る**　四条大納言公任が著した『新撰髄脳』には浅歌重言ということばは見あたらないが、意味が同じことばを重ねて詠むことを歌の病としている。一方、俊頼の判は、左の歌の「狭衣」と「せばし」の重言についてふれていない。（↓補説）

【参考】　21『袋草紙』・古今歌合難「基俊云、さ衣又せばしとよめる、重言病也。仍負云々」

【補説】　**歌病**　公任が著した『新撰髄脳』には、

やまひ数多ある中にむねとさるべきことは、二所に同じことのあるなり。但、詞同じけれども心異なるはさるべからず

A　み山には松の雪だに消えなくに都は野辺の若菜つみけり

詞異なれども心同じきをばなほさるべし。

B　もがり船今ぞ渚にきよすなるみぎはの田鶴の声さわぐなり

一文字なれども心同じきは猶去るべし。

みさぶらひ御笠と申せ宮城野の木の下露は雨にまされり

優れたることのある時には惣じてさるべからず。

C　み山には霰ふるらし外山なるまさ木のかづら色づきにけり（下略）

のようにある（A～Cの記号は私にこれを付し、次にあげる『俊頼髄脳』の用例と対応させた）。

『俊頼髄脳』は、「重言」を同心病と文字病に区別し、『新撰髄脳』の用例も引きつつ、次のように記している。

又うたのやまひをさる事、ふるき髄脳《すいなう》にみえたるごとくならばそのかずあまたあり。それらをさりてよまば、おぼろけの人のよみ得べきにもあらず。ただ世のすゑの人のたもちさる事のかぎりをしるし申すべし。ふるきうたにもそれらのやまひをさりてよめりともみえず。いまにもさるべしとみゆるは同心のやまひ、文字やまひなり。同心のやまひといへるは、もじはかはりたれど、心ばへの同きなり。

やまざくらさきぬるときはつねよりもみねのしらくもたちまさりけり

これは山とみねとなり。やまのいただきをみねとはいへば、やまひにもちゐるなり。

B　もがりふねいまぞなぎさにきよすなるみぎはのたづのこゑさはぐなり

これ又なぎさとみぎはとなり。みぎはをなぎさともいへば、もじかはりたれど、をなじ心のやまひとするなり。

みちよへてなるてふもものことしよりはなさくはるにあひぞしにける

これもとしと世とをやまひとて、ていじのゐんのうたあはせにさだめられたり。

もじのやまひといふは、こころばかりはかはりたれども、をなじもじあるをいふなり。

A　みやまにはまつのゆきだにきえなくにみやこはのべにわかなつみけり

このみやことみ山となり。みやまにといへるはじめのいつもじのみやは、まことのおくやまといひ、みやこはのべにといへるみやは、はなのみやこといへる、もじはをなじけれど心はかはるなり。(中略)

又ふるきうたの中にさり所なきやまひあるうたもあまたみゆる。いかなる事にかあらん。

C　み山にはあられふるらしとやまなるまさきのかづらいろづきにけり

これはみやまと山となり。(中略) これらみな三代集《さむたいしふ》にいれり。これはたとへば人のかたちのすぐれたる中に、ひとところをくれたる所みゆれども、くせともみえぬがごとし。これらありとていとしもなからんうたのやまひさへあらむには、ひきぢからもなくやあらむ。(下略)

さらに、古今集仮名序に「このふたうたはうたのちちははのやうにてぞ手ならふ人のはじめにもしける」と述べられている、「なにはづにさくやこの花冬ごもり今ははるべとさくやこの花」「あさか山かげさへ見ゆる山の井のあさくは人をおもふものかは」の二首を引いて、「この花」、「あさか山」と「あさく」が文字病であることを指摘し、「このちちはのうたのやまひのあれば、すゑのよの子孫《しそむ》のうたのやまひあらむはとがなからんか。」と記している。

以上をまとめると、優れた歌であれば、歌病はあまり問題にしなくてもよいというのが俊頼の立場である。

基俊と歌病　本歌合で基俊は「狭衣」と「せばし」（「時雨」21）、「暁」と「朝」（「残菊」40）を「重言」と批難するが、俊頼が指摘した「人」と「独《ひと》り」（「残菊」46）の歌病にはふれていない。『俊頼髄脳』の定義によれば、前の二例は「同心の病」、後の例は「文字の病」である。基俊は『新撰髄脳』の「詞同じけれども心異なるは去るべからず」という説にしたがって、「同心の病」のみを問題にしているとみられる。

〔校訂本文〕

十二番　左　俊勝　　重基朝臣

23　ははそはら紅ふかく染めてけりしぐれの雨は色なけれども

右　基勝　　為実朝臣

24　[1]山ざとはならのから葉の散りしきてしぐれの音も[2]けはしかりけり

俊云、ははそはらの歌は、露霜などの[3]いろなくて[4]紅葉をそめ、[5]菊をうつろはするは、わぎも子が[6]裳のこしよりおちたることなれば、めづらしげなし。[7]山ざとの歌は「ならのからは」といへる[8]ほど、[9]いひにくきやうなり。「かれ」といはむに、つづかずはこそさもいはめ。また「しぐれの[10]音けはし」といへることいかが。あらち山の高ねより谷の[11]岩かどなどを見おろしていはん心ちぞする。[12]なほさきの歌やすこしまさらん。

基云、[13]左右、歌がら同じほどなれど、左は時雨の[14]こころはすくなくて、ひとへに紅葉の歌にて侍れば、「ならのから葉」[15]は、いますこしまさりてやはべらん。

〔校訂付記〕 類聚歌合ノ本文アリ〔全部〕　1山ざとは（類）―山家は（今・書・和・昌）山家には（東・群）　2けはしかりけり（類）―はけしかりけり（今・書・東・群・和・昌）　3いろなくて（類）―ナシ（今・書・東・群・和・昌）　4もみちを（類）―紅葉（今・書・東・群・和・昌）　5きくを（類）―草木を（今・書・東・群・和・昌）　6ものこしより（類）―もすそより（今・書・東・群・和・昌）　7山さと（類）―山家（今・書・東・群・和・昌）　8ほといひにくきやうなり（類）―いとにくき様也（今・書・東・群・和・昌）　9いひにくき（類）―いとにくき（今・書・東・群・和・昌）　10の音けはし（語釈）―おとなはゝ（類）の音はけし（今・書・東・群・和・昌）　11いはかとなと（類）―いはとを（今・書・東・群・和・昌）　12なを（類）―ナシ（今・書・東・群・和・昌）　13左右（類・今・書・和・昌）―左右の（東・群）　14こゝろはすくなくて（類）―こゝろなくて（今・東・群・和・昌）こゝろはなくて（書）　15は（類・書・東・群・和・昌）―ナシ（今）

〔本文対校〕 太字は類聚歌合

十二番

左　俊勝　重基朝臣

『　**かつ俊ゝ**　**しげもと・・**

23 柞はら紅ふかく染てけり時雨の雨は色なけれとも

右　基勝　為実朝臣

かつ基ゝ　**ためざね・・**

24　山家《さと》・は楢のから葉の散しきて時雨の音はけ《けは》しかりけり

俊云・《より》、はゝそはらの歌は、露霜などの・・・・・《いろなくて》紅葉・《を》そめ、草《きく》木をうつろはするは、わきも子かもすそ・《のこし》よりおちたる事なれは、めつらしけなし。山家・《さと》の歌は、ならのからはといへる・・《ほと》い《ひ》とにくき様也。かれ・《らは》(ママ)といはむにつゝかすはこそさもいはめ。又しくれの音は《おとなはゝ》けしといへる事いかゝ。あらち山の高ねより谷の岩戸・・・《かどなど》を見おろしていはん心ち・《そ》する。・・《なを》さきの歌やすこしま《そめさりた》さらん。

基云《丶》、左右、歌から同ほとなれと、左は時雨のこゝろ・・・《はすく》なくて、偏に紅葉の歌にて侍れは、ならのからはいますこしまさりてやはへらん。

』

〔現代語訳〕　十二番　左　俊勝　重基朝臣

右　基勝　為実朝臣

23　ははそはらをすっかり紅く染めてしまったなあ。時雨の雨は色が無いけれども。

24　山里はならのから葉が散り敷いて、しぐれの音もけわしいようだなあ。

俊頼云、「ははそはら」の歌は、露霜などが色もなくて紅葉をそめ、菊の花の色を変えるのは、いとしいあの子が着ている裳が腰から下に垂れているようなことなので、めずらしさはない。「山ざと」の歌は、「ならのから葉」といっているのが言いにくそうだ。「かれ葉」というようなときに、つづかないのならそうもいうだろうが。また、時雨の音がけわしいと詠んでいるのは、あらち山の高根から谷の岩かどを見おろしていうような気持ちがする。やはり前の歌が少しまさっているだろう。

基俊云、左右の歌の詠み様は同じ程度だけれど、左の歌は時雨の心が少なくて、まったく紅葉の歌ですので、「ならのから葉」は今少しまさっているでしょうか。

〔語釈〕

23**○ははそはら**　ははその木が生えている原。ははそはミズナラなどのナラ類の木である。万葉集に「やましなのいはたのをののははそはらみつつかきみがやまぢこゆらむ」（巻九・一七三四、新古今集・雑中・一五八九）の例がある。**○色なけれども**　露には色がないのに木々を染めるという表現は「秋の野の錦のごとも見ゆるかな色なきつゆはそめじと思ふに」（後撰集・秋下・三六九・よみ人しらず）など多くみられるが、時雨に色がないと詠んでいるのは、堀河百首の「いかにして時雨は色もみえなくにから紅にもみぢそむらん」（時雨・九〇八・永縁）の影響か。

24**○山ざとは**　類聚歌合による。堀河百首に「山家」題があり、俊頼は「木がらしのけしきのみかは山ざとは鹿のなくねも身にはしみけり」（一四九六）と詠んでいる。「山家」は「山ざと」または「山ざとの住まい」という意味で、後拾遺集時代以降「山家〇〇」という組題が好んで詠まれている。**○ならのから葉**　枯れて乾いた葉なので、かさかさと音をたてる。「やまふかみおちてつもれるもみぢばのかわけるうへにしぐれふるなり」（金葉集三奏本・冬・二六四・大江嘉言、玄玄集・九六、詞花集・冬・一四四）**○けはしかりけり**　類聚歌合による。俊頼判に「あらちの山の高ねより谷の岩かどなどをみおろしていはんここち」という論評があり、底本の今治本などの「はげしかりけり」という本文よりも「けはしかりけり」の本文のほうがそれに合致すると考えた。後代の例になるが、「あじろぎにかかるかがりのしめるまでけはしきよはのむらしぐれかな」（為忠家初度百首「雨中網代」五一四・為忠）は、時雨を「けはしき」と詠んでいる。

〈俊頼〉判定は左の勝ち。**○わぎも子が裳のこしよりおちたること**　「裳のこしより」は類聚歌合による。大治元年の歌合にも「衣かりがねは、ものこしよりおちたることばなれば、めづらしげなくや」（「旅宿雁」三番5）とあり、俊頼が好んで用いた表現だったらしい。後に俊成も六百番歌合の判でこの表現を用いている。裳は、女性が正装するときに腰に当てて結び、後方に長く引く衣服で、腰から下に落ちるのは当然のことである。ありふれていることのたとえとして用いているのであろう。**〇いひにくきやうなり**　「いひにくき」は類聚歌合による。家集をみると俊頼は「ならのはのかれは」と詠んでいる。「ならのはのかれはに風のふきつればいつそよぐともなき身なりけり」（散木集・一四六四）**〇しくれのおとけはしといへる**　「おとけはし」は、類聚歌合の和歌本文「けはしかりけり」によって改めた。今治本の「おとはげし」、類聚歌合の判詞の「おとなはば」という本文では、「あらちのやま」のたとえとつながらないからである。俊頼は「けふぞしるこえくる山のけはしさに年も卯杖をつくにやあるらん」（散木集三四）のように「山のけはしさ」と詠むほか、「奥つ風ふけ井のうらのけはしさになごろとともに千鳥たつなり」（同六一八）のように「風」も「けはし」と詠んでいる。**〇あらちのやま**　越前国、現在の福井県敦賀市にある。越中に行く道の途中にある、高くて険しい山である。万葉集に一例、「やたののあさぢいろづくあらちやま〈有乳山〉みねのあわゆきさむくふるらし」（巻十・二三三五）とある。また忠通家の歌会でも詠まれたようで、金葉集初度本に「摂政太政大臣家にて冬夜月をよめる」という詞書で「あらちやまゆきふりつもるたかねよりさえてもいづるよはの月かげ」（冬・四二五・雅光、二度本異本歌六八五）が採られている。
〈基俊〉**〇時雨の心はすくなくてひとへに紅葉の歌にて侍れば**　左23の歌は「時雨」題なのに、紅葉ばかり詠んでいると批難する。（→「残菊」五番34補説）

25

一番　残菊　左　両判為勝　上総君[1]

紫ににほへる菊は万代のかざしのために霜やおき《置》つる

右　俊頼朝臣

26 お《を》のづから残れるきくを初霜はわが《我》お《を》けばとぞおもふべらなる

俊云、前の歌はめづらしげなけれども《共》なだらかなり。はての「お《を》きつる」ぞ耳《み》にとまる心ちすれども、さまではいかが。後の歌に「べらなる」と[2]いへること《事》は、[3]世のすゐには聞《き》きもつかずと人々申さるれども、[4]さることときこゆとて左のかちとす。

基云、「紫ににほへる菊」とまで[5]歌めきて侍れども、「かざしの[6]ために」などいへるわたり、また《又》、はての「お《を》きつる」なども、文字つづきささへたる所おほかるやう《様》にて、たをやかなることすくなけれど、[7]次の歌の「お《を》のづから残《のこ》れるきく」などいへる、はての「べらなる」も、いかなることのもじつづきにか[8]あらんと聞きなれぬやう《様》におぼゆれば、むらさきのかたにはいま一しほ染めまさりて、[9]むつましうぞおもひたまふる。

〔主な校異〕 1上総君（今・書・和・昌）―上総公（東・群） 2いへる（今・書・和・昌）―いふ（東・群） 3世のすゐ（今・書）―末の世（東・群・和・昌） 4さる事と（東・群・和・昌）―さることか（今・書） 5歌めきて（今・東）―歌めき（書・群・和・昌） 6ために（今・書・昌）―ためと（東・群・和） 7次歌の（今・和・昌）―次の歌（東・群）歌の（書） 8あらんと（東・群・和）―あらんも（今・書・昌） 9むつましうそ（今・書・和・昌）―むつましう（東・群）

〔現代語訳〕 一番　残菊　左　両判為勝　上総君

25 紫に色づいている菊は、万代のかざしにするために、霜が置いたのだろうか。

右　俊頼朝臣

26

たまたま残っている白菊なのに、初霜は、自分がよけておいたからだと思っているだろうよ。

俊頼云、前の歌は目新しさは無いけれど、なめらかである。句末の「おきつる」は耳障りなように思うけれど、そこまでいうのもいかが。後の歌に「べらなる」といっている語句は、末世の今では聞き慣れないと人々が申されるけれども、それもそうかと思って左の勝ちとする。

基俊云、「紫ににほへる菊」までは歌めいていますが、「かざしのために」などといっているあたり、また句末の「おきつる」なども、言葉がなめらかにつながらないところが多いようで、柔らかくて美しいことばが少ないけれど、次の歌が「おのづから残れる菊」などといっているところや、句末の「べらなる」も、どういったわけでこのような言葉をつかうのだろうかと聞き慣れないように思うので、紫のほうが、今一しほ染めまさって、好ましく思います。

〔語釈〕 25**○むらさきににほへる菊**　白菊は霜にあたると薄紫に色づく。**○万代のかざし**　不老長寿の象徴である菊の花をかざしにする。「露ながらをりてかざさむきくの花おいせぬ秋のひさしかるべく」（古今集・秋下・二七〇・友則）などの先行歌があり、同時代歌人の顕季も「よろづ代のかざしとおもへば年ごとにとへとぞ思ふしらぎくの花」（六条修理大夫集・一三〇）と詠んでいる。

26**○おのづから**　自然にそうなることをいう。**○わがおけばとぞ**　霜が「おく」と表現する場合は、「置く」、すなわち、霜が覆うという意味に用いるのが普通だが、ここではひとひねりして「措く」、すなわち、取り除けるという意味で用いている。「くさがれのふゆまでみよとつゆじものおきてのこせるしらぎくのはな」（詞花集・秋・一二九・好忠）

〈俊頼〉判定は左の勝ち。**○はての「おきつる」ぞ耳にとまるここちすれども**　「しもやおきつる」という音の流れが心地よくないことを問題にしている。「耳とまる」は俊頼が判詞でしばしば用いる評語である。元永二年「草花」四番7の又判も句末の「おきつる」を批難している。（→補説）**○「べらなる」**　古今集の歌には「べらなり」が多用されているが、その後はほとんど用いられていない。『俊頼髄脳』は「うたの詞に、らし、かも、いも、べらなり、まにまに、いまはただ、みわたせば、ここちこそすれ、わびしかりけり、かなしかりけり、つつ、そも、これらはおぼろけにてはよむまじと古き人々申しけりとぞ承りし」と記している。

〈基俊〉判定は左の勝ち。**○歌めきて**　和歌らしく聞こえるという意味。ここでは声調がなめらかなことをいうか。**○ささへたる**　「ささふ」ということばには「はばむ、防ぎ止める」という意味があり、和歌の評語として用いる場合は、ことばの流れを止めてしまっているという意味に解釈できる。本歌合が初出と思われる。**○むらさきのかたにはいま一しほ染めまさりて**　「紫」を詠んだ左の歌のほうがまさっているという意。「一しほ」は染色用語で、紫色に染めるという言葉の縁で用いている。

〔補説〕　耳とまる・耳にとまる　俊頼は、重大な欠点ではないが、聞いた感じが好ましくないという意味で「耳とまる」という語句を用いている。左近権中将俊忠朝臣家歌合（一一〇四年）の俊頼判に「……天徳歌合に、もとのはじめの字とすゑのはじめの字とおなじきは、別のとがにはあらねども、みみとまる心ちぞするとさだめられてはべるやうにおぼゆるを、いかが……」(23)とある。現存する天徳四年（九六〇）内裏歌合の判詞に一致する文は見あたらないが、俊頼が天徳四年内裏歌合のものと考えていた判詞を意識して「耳とまる」という評語を用いていることがわかる。他の用例をみると源宰相中将家和歌合（一一一〇年）の判に「左歌は『たえずながるるわが袖の』とつづきたり。きと耳とまり侍る…」、永縁奈良房歌合（一一二四年）の判に「はての『くせかな』などいへる、深き難にはあらねど、みみとまりてきこゆれば…」(8)、「すゑの『からめらる』といへることばおびたたし。ふるきことになきことにはあらねど、なほみみとまる心地してぞ…」(12)、「…『思ふ』といへることとふた所あるは、さきにもまうしつるやうに、やまひにはあらねども、みみとまりてきこゆ」(60)など、言葉づかいについて主観的に批難するときにこの評語を用いるようである。

二番　左

27 真袖もて朝お《を》く霜を払ふかなあへずうつろふ菊のを《お》しさに　顕国朝臣

右　両判為勝

28 露むすぶ霜夜のかずをかさぬればたへ《え》でや菊のうつろひぬらん　師俊朝臣

俊云、前[1]の歌はいとを《お》かし。ただし《但》、「あへずうつろふ」といへること《事》たづぬべし。きこえ[2]かぬやう《様》におぼえ侍るかな《哉》。「とりもあへず」[3]「紅葉もあへず」などいへる心詞[4]につきてこころうるに、「たへ《え》ず」などいへる詞にや。たとひふるきことばなりとも、よみたること《事》あらん、この歌にては聞きつかぬここちぞする。次の歌は、心ことばいとを《お》かし。ただし、これ《是》もおぼつかなし。「露むすぶ」[5]と初めに置かれたるはいかに。もし露むすびて霜となるといへること[6]か。それならばこよみなどにつき《付》たること《事》なれば一夜のことなめり。つぎの夜よりは霜のかぎりこそお《を》くべけれ。この歌の心は、夜ごとに露の霜になるやう《様》に[7]きこゆ。これ《是》はひがごとならん。おぼつかなけれども文字づかひなど優《ゆう》なれば、まさりてぞみゆる。

基云、左の歌は、すがた歌めきて侍れども《共》、「ま袖もて」ぞいとよままほしき詞ともおぼえぬ。また《又》、古の万葉集に侍[8]るめり。これさればにや、古今の序には「見上古之歌、存古質之語、未[9]為耳目之翫、徒為教誡之端」とぞ申したるやう《様》におぼえ侍る。古今、後撰、拾遺ならび《并》に中比の歌合に、この《此》詞よみたりとも見えず。あそびにする[10]こと《事》とは、皆見侍るめり。この《此》袖こそ、延喜十二年の歌合にも「[11]とよむまで」とよみてわらはれて講じ侍らずなりにけん[12]心ちぞし侍る。右の歌、しなすぐれねど、「露結ぶ霜夜のかず」など文字つゞきあしうも侍らねば、なほ露《を》むすばれぬべき心ちし侍り。

〔主な校異〕 1前歌は（今・書・和・昌）―前歌（東・群） 2きこえかぬ（今・書）―聞えぬ（東・群・和・昌） 3とりもあへす紅葉もあへす（今・書・和・昌）―とりもあへす（東・群） 4心詞につきて（今・書・和・昌）―詞につきて（東・群） 5露結ふと初に置れたるはいかにもし（東・群・和・昌）―ナシ（今・書） 6こと（今・書・和・昌）―ナシ（東・群） 7きこゆ　是は（今・書・和・昌）―聞ゆれは（東・群） 8に（今・書・和・昌）―にも（東・群） 9未為耳目之翫（東・群・和・昌）―為耳目之翫（今・書） 10する事とは（東・群）―する事をは（今・書・和・昌） 11とよむまてとよみて（語釈）―とよむてとよみて（今・書・和・昌）とよみて（東・群） 12心ちそ（東・群）―心ち（今・書・和・昌）

〔現代語訳〕　二番　左　顕国朝臣

27 真袖で朝に置く霜を払ふのだ。抵抗しきれないで色がかわってしまう菊が惜しくて。

右　両判為勝　師俊朝臣

28 露が凍る霜夜の数が重なるので、たえきれずに菊が色を変えてしまったのだろうか。

俊頼云、前の歌はとても趣がある。ただし、「あへずうつろふ」ということばはすこし探ってみる必要がある。よくわからないように思えますよ。「とりもあへず」「紅葉もあへず」などということばから類推すると、「耐えられず」などということばだろうか。たとえ昔のことばだとしても、詠むことはあるだろうが、この歌ではしっくりこない気持ちがする。次の歌は、心も詞もとても趣がある。ただし、この歌も気になる。「露結ぶ」と初めに置いておられるのはいかがなものか。もしや露が結氷して霜となるといっているのか。

それならば暦などにしたがっていうことなので一夜のことのようだ。次の夜からは霜ばかりが置くはずだ。この歌の心は、毎夜露が霜になるように思われる。これは誤りだろう。疑問がのこるけれど、言葉づかいなどが美しいので、まさっているように見える。

基俊云、左の歌は、全体に歌めいていますが、「真袖もて」はそれほど詠みたいことばとも思えません。また、昔の万葉集にあるようです。このような場合をいうのでしょうか、古今集の序には、「上古の歌を見たところ、古めかしいことばを用いていて、目や耳を楽しませるようなものでもなく、ただ人々を教え誡めるための手段である」と申していたように思います。古今、後撰、拾遺ならびに少し前の時代におこなわれた歌合で、この詞を詠んでいる例は見あたりません。あそびにすることと皆が見ているようです。この袖こそ延喜十二年の歌合で「とよむまで」と詠んで笑われて披講しないことになったのと同じことのようです。右の歌は、品格は優れていませんが、「露むすぶ霜夜の数かず」などの言葉づかいは悪くありませんので、やはり、露が結ばれるべきだと思います。

〔引用歌〕　かたをかのあしたのはらをとよむまでやまほととぎすいまぞなくなる（亭子院歌合・四八）

〔語釈〕　27**〇真袖もて**　「真《ま》」は美称。『綺語抄』は「まそで」の項をたて、万葉集歌「まそでもちゆかうちはらひきみまつとをりしあひだに月かたぶきぬ」（巻十一・二六六七）を引く。判者の一人の俊頼は、「真袖」ということばを特に好んで用いているようで、散木集には「まそでもてのごへる空のきよきうへにみがける月をすませてぞみる」（五一一「顕仲の公の八条の家にて人人十首歌よみけるに月をよめる」）など五例ある。基俊が「真袖」を強く批難するのは、それも理由の一つか。**〇あへずうつろふ**　抵抗しきれないで色がかわってしまう。古今集の紀貫之の歌に「ちはやぶる神のいがきにはふくずも秋にはあへずうつろひにけり」（秋下・二六二）とある。（→補説）

28**〇露むすぶ**　『袋草紙』古今歌合難が引く「或所歌合　永久四年七月廿一日　仲実朝臣判レ之」の判に「右は、露むすぶといふことおぼつかなし。秋のはじめにはありがたくや。すゑつかたにつゆむすぼれて霜となると云事のあるなり」（六番「薄」右）とあり、当時は露が凍って霜になると考えられていたことがわかる。「草のうへにここら玉ゐし白露を下葉の霜とむすぶ冬かな」（新古今集・冬・六一九・好忠）**○霜夜**　古今集に一例（一〇四七）あるが、それ以降は堀河百首で三例詠まれるまで見あたらない。「さむしろにおもひこそやれささの葉にさゆるしも夜のをしのひとりね」（堀河百首「霜」九一七・顕季、金葉集・冬・二九八）

〈俊頼〉判定は右の勝ち。**○とりもあへず**　「さかさまに年もゆかなむとりもあへずすぐるよはひやともにかへると」（古今集・雑上・八九六・不知）などの例がある。**○紅葉もあへず**　「おはらきのもりのくずはもふくかぜにもみぢもあへずちりやしぬらん」（寛和元年内裏歌合「風」三・為理）などの例がある。**○たとひふるきことばなりとも、よみたることあらん**　逆接的に下につづく。たとえ昔のことばだとしても、詠むことはあるだろうが。「ふるきことば」とは「あへず」である。**○こよみなどにつきたることなれば一夜のことなめり**　ここでいう暦は二十四節気の霜降のこと。霜降の日に一夜で露が霜になる。『大系』が引く中国の類書『淵鑑類函』には「霜降為㆑中、露変為㆑霜。故以㆓霜降㆒為㆑中」とある。（→補説）

〈基俊〉判定は右の勝ち。**○古今の序には見上古之歌…とぞ申したる**　古今集真名序の引用である。その大意は現代語訳に記したとおりであるが、基俊はこれを上古の歌である万葉集についての評と考えている。**○あそびにすることとは皆見侍るめり**　基俊の家集などをみると、基俊自身も百首歌や私的な歌会の歌には積極的に万葉歌を摂取している。それらの詠歌を「あそび」と一括りにして、「歌合の歌」とは区別している。**○延喜十二年の歌合にもとよむまでとよみて**　亭子院歌合に「かたをかのあしたのはらをとよむまでとあるを、とよむにくしとわらはれて、するはよまずしてまけぬ。」とある。基俊がこの判詞をふまえていることは明らかなので、底本の本文「とよむて」を「とよむまで」に改めた。「とよむ」は「ほととぎすきなきとよますたちばなのはなちるにはをみむひとやたれ」（万葉集・巻十・一九六八）など、万葉集に多く詠まれていることばなので、亭子院歌合の判が歌合の歌に万葉集のことばをよんではならないということの証になると、基俊は考えたようである。なお、亭子院歌合は延喜十三年

（九一三）に催されているので、十二年というのは基俊の勘違いである。（↓保安二年「野風」十二番24基俊判）

〔他出〕　28新勅撰集・冬・三七七「法性寺入道前関白、内大臣に侍りける時、家歌合に」

〔補説〕　**うつろふ菊**　白菊は、霜にあたると色が変わり、薄紫に色づく。本歌合が催されたのは十月二日、開催時期にあった「残菊」の題で、多くの歌が菊の花が「うつろふ」と詠んでいる。「うつろふ」ということばは、通常は好ましくない方向に事態がすすむことをいうのだが、菊の花にかぎっては、

　秋をおきて時こそ有りけれ菊の花うつろふからに色のまされば（古今集・秋下・二七九・平定文）

　むらさきにやしほそめたるきくのはなうつろふいろとたれかいひけん（後拾遺集・秋下・三五〇・義忠）

のように「うつろふ」ことを好ましく思うこともあり、本歌合でも、両方の詠み方が混在しているのである。

題の配列　類聚歌合は「残菊」「時雨」、それ以外の伝本は「時雨」「残菊」の順に歌題が配列されている。歌題は季節の進行にしたがって並べられるものなので、類聚歌合とそれ以外の伝本では「時雨」と「残菊」の時期を逆に考えていることになるのである。

二十四節気は、太陽の運行をもとにした暦で、約十五日ごとの分点に節気と中気を交互に配するが、「寒露」は旧暦九月の節、「霜降」は旧暦九月の中、「立冬」は旧暦十月の節にあたる。時雨は冬の初めに降る雨で、残菊は霜にあたって白菊が紫に色づいたものをいう。二十四節気の「霜降」は「立冬」よりも前にあるので、暦によれば、残菊のほうが時雨よりも先ということになる。類聚歌合で歌題が「残菊、時雨、恋」の順にならんでいるのは、暦に従っているからなのである。俊頼の家集『散木集』でも、「秋部九月」の部に「菊帯霜」（五四二）「残菊帯霜」（五四九）、「冬部十月」の部に「時雨をよめる」（五七〇）、「時雨染紅葉といへる事を」（五七五）などの題で詠まれた歌を配置している。

一方、自然界では霜が降りて菊の花の色が変わるのは冬になってからである。類聚歌合以外の伝本のように歌題を「時雨、残菊」の順に配列するのは、暦ではなく自然現象に合わせたのであろう。

三番　左　[1]〔俊持〕　　顕仲朝臣

右　[3]〔基勝〕　　基俊朝臣

29　よろづよ《万代》の秋のかたみに[2]なるものは君がよはひをのぼる白菊

30　けさみればさながら霜をいただきて翁さびゆく白《しら》菊の花

俊云、この《此》歌、祝にことよせて、ともかくも申しがたし《難申》。次の歌には、「翁《おきな》さびゆく《行》」といへること《事》、たしかにしらぬこと《事》なり《也》。ただふるき歌につき《付》てこころうるに、「翁《おきな》さび」といふ《云》ことは、翁されといふ《云》詞とこそ承りお《を》きたるに、これ《是》はこの《此》心にたがへり。よもさは侍らじ。たしか《慥》なること《事》を[4]承りて一定を申す《可申》べし。

基云、「万代の秋のかたみになるもの《物》は」といへる、兼盛が名歌[5]にて、[6]よくみなよみたる[7]かな《哉》と、これ《是》はを《お》かしうこそ侍れ。「なるもの《物》は」といへる、[8]いとつめげにみえはべり。さても下句、「よはひをのぼる白菊」と、そのことと[9]なくなん見え侍る。友則が歌に、「露ながらおりてかざさん」とよめる、また《又》九月九日に忠岑、貫之がもとにをくれる返しに、「しづくもてよはひのぶてふ菊《きく》」などぞよみて侍るか[10]し。さやう《左様》にてこそ[11]よはひをのぶるかたみにはよく侍れ。右の「[12]さながら霜をいただきて翁《おきな》さびゆく」とよめる、のこれる菊はかやう《様》にもよみてんと見え侍り。ひがごとにや。

〔主な校異〕　1俊持（意改）―ナシ（今・書・東・群・和・昌）　2なる（今・書・和）―なす（東・群・昌）　3基勝（意改）―ナシ（今・書・東・群・和・昌）　4承て（今・書・和・昌）―たづねて（東・群）　5にて（東・群）―に（今・書・

昌）と（和） 6よく（今・書・和・昌）―ナシ（東・群） 7哉と（今・書・和・昌）―なり（東・群） 8いと（今・書・和・昌）―ナシ（東・群） 9と（今・書・昌）―ナシ（東・群・和） 10かし（今・書・昌）―ぞかし（東・群）らし（和） 11よはひを（今・書）―齢（東・群・和・昌） 12さながら（東・群・和・昌）―さながらに（今・書）

〔現代語訳〕 三番 左 俊持 顕仲朝臣

右 基勝 基俊朝臣

29 万代の秋のかたみになるものは、わが君の齢を延ばす白菊である。

30 今朝みるとそのまま白い霜を上にのせて、白髪の翁になってゆく白菊の花だよ。

俊頼云、前の歌は祝によせて詠んでいるので、とやかく申しがたい。次の歌では、「翁さびゆく」ということばは、はっきりとわかっていないことである。ただ、よく知られた昔の歌によって理解するに、「翁さび」ということばは、「翁ざれ」という詞であると聞いておりますのに、この歌はこの心とは相違しています。まさかそのようなことはないでしょう。たしかなことをお聞きしてから勝ち負けを申しあげましょう。

基俊云、「万代の秋のかたみになるものは」といっているのは、兼盛の名歌でみんながよく詠んでいるなあと、これは趣があります。「なるものは」といっているのは、とてもきゅうくつそうに見えます。また、下句に「よはひをのぶる白菊」とは、そのことではないように見えます。友則の歌に、「露ながらおりてかざさむ」と詠んだり、また九月九日に忠岑が貫之のもとに送った歌の返事に、「しづくもてよはひのぶてふ菊」などと詠んでいますね。そのように詠んでこそ寿命が延びる形見としてよいのです。右の歌に「さながら霜をいただきて翁さびゆく」と詠んでいるのは、残っている菊はこのようにも詠めるはずだとみえます。間違っているでしょうか。

〔引用歌〕 露ながらをりてかざさむきくの花おいせぬ秋のひさしかるべく（古今集・秋下・二七〇・友則）

しづくもてよはひのぶてふ花なればちよの秋にぞ影はしげらん（後撰集・秋下・四三三・友則）。第三句を「菊なれば」とする後撰集の諸本は見あたらない。

〔語釈〕　29**○よろづよの秋**　御代が永久に続くことを祝している。元輔の歌に「わがやどの菊のしらつゆよろづ世の秋のためしにおきてこそ見め」（新勅撰集・賀・四七六）とある。**○よはひをのぶる白菊**　基俊判が引く「しづくもて」の歌は、菊の花につけておくられた歌に対する返歌である。九月九日の重陽の日には、長寿を願って、前夜から菊に着せていた綿にたまった露を集めて、口に含んだり身体につけたりするという習わしがあった。

30**○霜をいただきて**　白い霜を白髪に見立てている。この歌の作者である基俊が撰集した新撰朗詠集に、「残菊応製」として「菊是孤叢臣数代《きくはこれこそうしんはすだい》　戴霜共立玉欄前《しもをいただいてはともにたてりぎよくらんのまへに》」（二五二・実頼）という漢詩句がとられている。また和歌の例では、和歌六人党の一人、頼実が「おいせじとおもひおもひていとへどもしもいただけるしらぎくの花」（故侍中左金吾家集・五〇）と詠んでいる。**○翁さびゆく**　基俊は堀河百首でも「夕霧にたちかくれつつ女郎花我なづさひて翁さびせん」（「女郎花」六一八）と詠んでいる。（↓俊頼判）

〈俊頼〉判定は持。**○祝にことよせて**　「よろづよ」、「君がよはひをのぶる」などの語句で主君を寿いでいる。（↓補説）**○翁さびゆく**　『俊頼髄脳』は「おきなさび人なとがめそ狩衣けふばかりとぞたづもなくなる」（後撰集・雑一・一〇七六・行平、伊勢物語）をあげて、「おきなさびといふはおきなざれといふことなり」と、判詞と同じ内容のことを記している。俊頼の判にいう「ふるき歌」とは「おきなさび」の歌をさすのであろう。「翁ざれ」は「夕され」「春され」と同じ語法で、「翁になる」「年老いる」という意。**○一定**　確定すること。

〈基俊〉判定は右の勝ち。自分の歌を勝ちとしている。**○兼盛が名歌にて、よくみなよみたるかな**　兼盛の歌であれば、「くれて行くあきのかたみにおくものは我がもとゆひの霜にぞ有りける」（拾遺抄・秋・一三三）をさすか。「秋のかたみ」ということばの用例は比較的多い。**○名歌**　優れた歌であり、かつ、勅撰集に入集している歌。（↓元永二年「暮月」一番23補説）**○そのこととなくなん見え侍る**　「そのこと」とは「露」や「雫」ということば。菊の露が寿命をのばすといわれているのに、肝心の「露」や「雫」ということばを詠んでいないと批難するのである。

○又、九月九日に忠岑、貫之がもとにをくれる返しに、しづくもてよはひのぶてふきくなどぞよみて侍るぞかし

現存する資料の範囲では「しづくもて…」と詠んでいるのは友則である。九月九日の忠岑と貫之の贈答にあてはまる例としては、「九月九日壬生忠岑がもとより　をる菊の雫をおほみわかゆといふぬれ衣をこそ老の身にきれ　とよみておくれる返し　露しげき菊をしをれる心あらば千世のなき名のたたむとぞ思ふ」（貫之集八一一、八一二）がある。

〔他出〕　29続千載集・賀・二一二〇「法性寺入道前関白、内大臣に侍りける時、家歌合に」　30千載集・秋下・三四六「法性寺入道前太政大臣内大臣に侍りける時、家の歌合に、残菊をよめる」

祝にことよせて　『俊頼髄脳』は、永承四年（一〇四九）内裏歌合の歌「春日山いはねの松は君がためちとせのみかはよろづ世やへむ」が披講されたときのことを次のように記している。

　これを大二条とのと申しし関白殿のその座《ざ》にさぶらはせ給ひて、いまだ判者のさだめ申されぬさきに、春日とよまれたらむうたはいかがまけむ、さたにもお《を》よぶまじとまうさせ給ひければ、さる事とて、またさたすることもなくてかちにけり。藤氏の長者にてまうさせ給ひければ、めでたき事にてやみにけり。

（これを大二条殿と申した関白殿がその場にいらっしゃって、まだ判者が勝ち負けを定め申し上げないさきに、春日と詠まれている歌がどうして負けることがあろうか。論じるまでもないだろうと申し上げなさったので、もっともなことだといって、改めて論じられることなく勝ってしまったのだ。藤原氏の氏長者として申し上げなさったので、すばらしいこととしておさめられたのである。）

大二条殿は教通。春日山は藤原氏の氏神である春日大社の神域なので、春日山を詠むことで藤原氏を讃えている。俊頼の父の経信が、高陽院七番歌合のあとで筑前と交わした書簡のなかで、この例をあげて、だから祝の歌は判を避けたという意味のことを述べているので、俊頼は経信から聞いていたのであろう。

　そのほかの歌合判の例をみると、古い例では、麗景殿女御歌合（九五六年）で「はるの野のわかなはきみがためにこそおほくのとしをつまむとはおもへ」に対して、「みぎのうたはおとりたれど、いはひあるによりてぢになす」とある。また、承暦二年（一〇七八）内裏歌合の判に「いはひのうたはとかくなまうしそとて、ひだりかちぬ」とある。俊頼の判はこれらの先例をふまえて祝の歌を特別扱いにしているが、基俊の判には祝の歌に対する配慮はない。

四番　左　基持　　　　雅兼朝臣

31　白妙の霜夜におきて見つれどもうつろふ菊はまがはざりけり

右　俊勝　　　　忠房朝臣

32　[1]八重菊の花の袂をあかずとや霜のうはぎをなほ《猶》かさぬらん

俊云、前の歌、月もなく星もなくて、よる、霜にまがふらんこと《事》かたし。人々申されしも、[2]さるあることと聞こゆ。後の歌、花の袂をあかずおもはん[3]こと《事》、誰か思ふべきぞ。なほ《猶》、着《き》たる人やいる《入》べき。もし、菊をぬしになしたるにや。[4]さらば[5]八重といふ《云》こと《事》たがひぬ。されど歌がら[6]たくみなり。まさりたりとぞ見たまふる。

基云、この《此》歌は、「白妙の霜夜におきて」などよめる。すこしいひなれたるを、「うつろふ菊はまがはざりけり」とよめる。うつろひなん菊を霜いかがまがはすべき。また《又》右の歌の「やへぎくの花の袂をあかずとや」とよめるこそ、[7]いとおもひかけね。[8]人の袂にや、菊の袂にやと、かた〳〵思ひわづらひ《悩》はべるかな。ことばたくみなるやう《様》にて、ことたらぬ[9]ここちし[10]侍れば、勝ち負けのほどさだめがたくこそ。

〔主な校異〕 1八重菊（書・東・群・和・昌）―八重（今） 2さるあることゝ（今・書・和・昌）―さる事有りと（東・群） 3事（今・書）―事は（東・群・和・昌） 4さらは（今・書・昌）―されは（東・群・和） 5八重と（今・書・和・昌）―八重菊と（東・群） 6たくみなりまさりたり（今・書・昌）―たくみなりける（東・群・和） 7おもひかけね（今・書・昌）―おもひかけず（東・群・和） 8人の袂（東・群・和・昌）―人たもと（今・書） 9ここち（東・群）―心（今・書・和・昌） 10侍は（今・書・和・昌）―侍るは（東・群）

〔現代語訳〕 四番　左　基持　雅兼朝臣

31 白妙の霜が夜のあいだに置いて、夜中に起きて見たけれど、薄紫に色を変えた菊は白い霜に紛れたりはしなかったなあ。

右　俊勝　忠房朝臣

32 八重菊は花の袂では満足できないと思って、霜の上着をさらにかさねるのだろうか。

俊頼云、前の歌は、月もなく星もなくて、夜、霜にまぎれるようなことは難しいと、人人が申されたのも、もっともなことと思います。後の歌は、花の袂を物足りなく思うというようなことは、いったい誰が思うというのか。やはりそれを着る人がいるはずでしょう。もしや、菊を主にしているのだろうか。それなら八重ということばが違っている。そうはいっても歌の雰囲気は巧みです。まさっていると見ました。

基俊云、この歌は、「白妙の霜夜に置きて」などと詠んでいるのは、すこし詠みなれているが、「うつろふ菊はまがはざりけり」と詠んでいるのは、色が紫に変わってしまった菊を、霜がどのようにしてかくすことができようか。また右の歌が、「八重菊の花の袂をあかずとや」と詠んでいるのは、とても意外だ。人の袂だろうか、菊の袂だろうかと、みな思い悩みますなあ。ことばは巧みなようで、ことばが足りない気持ちがしますので、勝ち負けのほどは定めがたい。

〔語釈〕 31 **○白妙の**　白いものを表す語句にかかる。ここでは霜。**○まがはざりけり**　白菊の上に白い霜が置いて見る人を惑わせると詠んだ、古今集の躬恒の歌、「心あてにをらばやをらむはつしものおきまどはせる白菊の花」（秋下・二七七）を下敷きにして一ひねりし、白菊に霜が置くと薄紫色に色づくので、まぎれたりはしなかったのだという。「わすれては雪にまがへししら菊をよなよな霜のおきかへてける」（堀河百首「菊」八四〇・俊頼）

32 **○花の袂**　はなやかな衣服をいうが、ここでは花そのものを衣服に見立てている。「かりにのみ人の見ゆればをみなへし花のたもとぞ露けかりける」（拾遺抄・秋・一一九・貫之、拾遺集・秋・一六六）**○うはぎ**　この語句について、経信の『難後拾遺』には「歌などにはよむべくも見えず」（雑二・九一一の歌の注）とあるが、堀河百首では「しめのうちに八重さく菊の朝ごとに露こそ花のうはぎなりけれ」（「菊」八三三・公実）など、好んで詠まれている。**○なほかさぬらん**　八重菊に霜が置いて九重に見えると詠んだ「あさまだきやへさくきくのここのへにみゆるはしものおけばなりけり」（後拾遺集・秋下・三五一・長房、新撰朗詠集・二五八）を意識して詠んでいるか。

〈俊頼〉判定は右の勝ち。**○月もなく**　月の光を霜と見まちがえると詠んだ歌に「しろたへのころものそでをしもかとてはらへばつきのひかりなりけり」（後拾遺集・秋上・二六〇・国行）がある。**○星もなくて**　古今集に「久方の雲のうへにて見る菊はあまつほしとぞあやまたれける」（秋下・二六九・敏行、和漢朗詠集・二七二）とある。「谷川のきしべにたてる白菊をひるさへほしとおもひけるかな」（堀河百首「菊」・八四三・基俊）**○花の袂をあかずおもはんこと、誰かおもふべきぞ**　基俊の判にも「かたがた思ひなやみはべるかな」とあることから、あかず思う主体が人なのか菊なのかということについて、歌合の場において議論されたようである。現代語訳は菊を主体に訳した。（→補説）**○八重といふことたがひぬ**　八重菊が上着を重ねると、合わせて九重になるということか。**○歌がら**　歌の雰囲気。品格。人がらの「がら」と同じと考えるとわかりやすいだろう。

〈基俊〉判定は持。**○ことばたくみなるやうにて、ことたらぬ心ちし侍るは**　古今集仮名序には「在原業平は、その心あまりて、ことばたらず」「文屋康秀は、ことばたくみにて、そのさま身におはず」のようにある。これらの評をとり合わせたか。

〔補説〕擬人法　この番における、花の袂を「あかず」思うのは人か、花かという人々の議論、六番35の基俊判における「霜、心なき物なれば」という指摘、十一番46の基俊判における「菊の思ふらんもおしはかりごとにこそ」という指摘は、いずれも菊を擬人化していることを批判的に見ている。擬人法は「おしはかりごと」、つまりは現実にはあり得ない想像で、論理性に欠けるため、それを排除しようとする空気が本歌合の論難の場にはあったようである。ただし、歌合の歌に擬人法を用いてはならないという決まりが、その後の歌合判で定着することはなかった。

五番　左　俊持基勝[1]　信濃君[2]

33 秋はてて霜がれぬれど菊の花残れる色はふかく見えけり[3]

右　女房

34 しら菊もうつろひにけりうき人の心ばかりに[4]何おもひけん

俊云、前の歌、「秋はてて霜がれぬ」といへる、名残なき心ちす。秋はてぬれど菊はなほ《猶》みゆれば、すゐに「残れる色はふかくみゆ」[5]と侍る、首尾相たがへり。後の歌は、人に忘られたる人の恨みたるに常によむ《読》ふしなり。恋の歌とぞいふ《云》べき、菊の歌とは見えず。されどさせること《事》なき歌に、おぼつかなきことどもあれば、持とぞ申すべき《可申》。

基云、「のこれる色はふかくみえけり」といへる、何ごととみゆることとなくて、いかに見えけるにか。また《又》歌の体もすぐれてもあらず。詞もとどこほりたるやう《様》に見え侍り。されど右の歌のひとへに菊をを《お》しむ歌とは見えで、いかにぞや、かれがれになりたらんを《お》とこ女の、菊《きく》によそへて恨みやりたらん心ち[6]して、題の心ふか[7]からねば、なほ《猶》左のかつべきとぞ見[8]たまふる。

〔主な校異〕　1俊持基勝（東・群・和・昌）―俊持（今・書）　2信濃君（今・書・和・昌）―信濃公（東・群）　3けり（書・東・群・和・昌）―ける（今）　4に（今・書）―と（東・群・和・昌）　5みゆ（今・書・和・昌）―みえ（東・群）　6心ち（東・群・和・昌）―心（今・書）　7ふかゝらねは（今・書）―ふかゝらされは（東・群・和）　ふかゝらねと（昌）　8見たまふる（今・書）―思たまふる（東・群・和）　たまふる（昌）

〔現代語訳〕　五番　左　俊持基勝　信濃君

33 秋が終わって霜で枯れてしまったけれど、菊の花よ、残っている色は濃くみえるなぁ。

右　女房

34 白菊も色が変わってしまったなあ。変わるのはつれない人の心だけだとどうしておもっていたのだろうか。

俊頼云、前の歌は「秋が終わって霜で枯れてしまった」と詠んでいるのは、あとに残るしみじみとした味わいが無いように思う。秋は終わってしまったが菊はまだ見えているので、下句に「残れる色は深くみえる」とありますのは、首尾が一貫していません。後の歌は、人に忘れられた人が恨んでいるときにいつも詠むような趣向です。恋の歌というのが適当でしょう。菊の歌とは見えません。しかし、前の歌もたいしたことのない歌で、疑問なこともあるので、持と申すのがよいでしょう。

基俊云、「残っている色は濃くみえるなあ」と詠んでいるのは、これといって見えるものもなくて、どのように見えたのだろうか。また、歌の姿もすぐれていない。詞もとどこおっているように見えます。けれど右の歌は、ひたすら菊を惜しむ歌とは見えず、どういうことか、離れ離れになっている男女が、菊によそへて恨みごとを詠み送ったような気がして、題の心が深くないので、やはり左が勝つのがよいと私は思います。

〔語釈〕 33**〇霜がれぬれど**（↓補説）**〇残れる色**　霜がおいて、紫色になった白菊の花びら。
34**〇女房**　作者は忠通。（↓「時雨」二番3補説）**〇うき人**　自分につらい思いをさせる人。同時代の例では「うき人にきかせにだにも聞かせばや涙の底におもひしづむと」（堀河百首「思」一二四五・隆源）などとあり、俊頼判、基俊判が指摘するように、恋の歌によく詠まれる語句である。

〈俊頼〉判定は持。**〇首尾相たがへり**　上句に霜枯れてしまったと詠んで、下句に花が残っていると詠むのはつじつまが合わない。ただし、補説に述べたように、左の歌の作者は、「残れる色」を霜によって変化した紫色と考えている。**〇恋の歌とぞいふべき。菊の歌とは見えず**　「残菊」題なのに恋を詠むのはあやまちである。（↓補説）

〈基俊〉判定は左の勝ち。**〇何ごととみゆることなくて**　上句に「霜枯れぬれど」とあるので、見るべきものがなくなったと解釈したのであろう。**〇題の心ふかからねば**　具体的には、俊頼判の「恋の歌とぞいふべき。菊の歌とは見えず」と同内容の指摘である。（↓補説）なお、本歌合は別に「恋」題が出題されているので、傍題（傍らの題をおかす）という歌病にあたるが、どちらの判者もふれていない（↓保安二年「庭露」七番41補説）。

〔補説〕霜がれ　「霜がれ」の用例のほとんどは草木が霜で枯れると詠んでいる。

　霜がれの草葉をうしとおもへばや冬のの野べは人のかるらん（貫之集・二〇「おほたかがり」）

　霜がれの枝となわびそ白雪のきえぬ限は花とこそみれ（後撰集・冬・四七六・不知）

菊が霜で枯れると詠んでいる例は、醍醐御時菊合（九一三年）に二例あるほか、拾遺抄初出の歌人である高遠が、「きくのしもがれたるをみて」という題で、「ももくさのはなのなかにはひさしきをかくしもがれんものとやはみし」（大弐高遠集・四五）と詠んでいる例ぐらいしか見あたらない。ところが、堀河百首では「菊」題で三例、「雪」題で一例が霜枯れの菊を詠んでおり、本歌合でも六首（33・35・37・38・46・47）の歌が「霜枯れ」と詠んでいる。忠通家歌合の歌が、堀河百首の影響を強くうけていることがはっきりとあらわれている例のひとつである。

霜枯れは、つまりは枯れてしまうことなので、はじめにあげた草木が霜枯れると詠んでいる例と同じく、菊が霜

枯れるということも、好ましくないこととととらえるのが自然なことである。ところが、堀河百首の紀伊の歌、

霜がれの匂ひも更にたぐひなくまがきの菊はのどけくぞみる（「菊」八四七）

は、堀河百首のほかの三首の歌とは異なり、霜にあたって紫に色づくことを「霜枯れの匂ひ」と表現し、好ましいものととらえている。左の歌は、この紀伊の歌の影響をうけているようである。（→元永元年十月十一日2補説）

題の心　基俊判が用いている「題の心」という語句を、現存する歌合判詞の中で最初に用いているのは、応和二年（九六二）内裏歌合である。村上天皇の勅判といわれるが「だいのこころたがへりとてまく」（1）「だいのこころなしとて持」（12）のようにある。東宮学士義忠歌合（一〇二五年）にも二例あるが、その後この語句が判詞に見られるのは本歌合と同時代になってからである。源宰相中将家和歌合（一一〇〇年）は俊頼や基俊も参加して衆議判が行われたが、「題のこころうかれたるやうにみたまうれ」（20）とある。基俊が判者をつとめた雲居寺結縁経後宴歌合（一一一六年）では「萩」題で詠まれた歌に対して、「題のこころそなはりて、したたかなるやうにはべめり」（5）「ひとへにはぎをよめる心にはあらで、むかしをおもひいづるこころにてぞある、題の心ならば…」（6）とある。忠通家歌合でも、元永二年「暮月」の又判に一例（39）、「尋失恋」の顕季判に五例（49、51、55、59、65）ある。題を与えられて詠むという形式をとるからには、題をいかに詠むかということが重要だったのである。

題の心は三つ　忠通家歌合の判詞を読むと、大きく分けて三つの観点から「題」について批難している。Aは狭義の題の心。B、Cは広義の題の心といえよう。

A主題（テーマ）　この番の俊頼と基俊の判のように、「残菊」題なのに、恋を詠んでいるという批難、「時雨」題の俊頼判（18）や基俊判（23）の、「時雨」題なのに主に紅葉を詠んでいるという批難などである。また、元永二年の歌合の「尋失恋」題で、顕季判は「尋ねる」「失う」という両方の心を詠むことを要求し、一方が欠けている歌を批難している。

B解釈　「時雨」題の基俊判の、水もれがするほど長い間降る雨を詠んだ歌を、時雨の降り方ではないという批難

（8、9）、元永二年「暮月」題の又判の、「夕月夜」を光が冴えわたる満月に近いころの月と混同して詠んでいるという批難（26、27、31、33、40、41）などである。

C熱意　題に対する思いが希薄だという批難もある。（→「時雨」十番19補説）

六番　左　俊持　　[1]少将君

右　基勝　　信忠朝臣

35 枯れゆくを嘆きやすらん初しもの菊のゆかりにお《を》くと思へば

36 わが《我》やどの籬にやどる[2]菊なくは何につけてか人もとは《問》まし

俊云、前の歌、ふることにておもしろしとおぼゆることも見えず。また《又》何なることもなし。次の歌も、ふりてめづらしげなし。「[3]なくは」などいへるこしのもじづかひを《お》さなきなり《也》。これ《是》も[4]持とぞ申すべき《可申》。

基云、霜、心なきもの《物》なれば、[5]菊の〔ほ〕にを《お》しむをなげくべき[6]ことにもあらず。右の歌は、後中書王の四条大納言に送られ《被送》ける歌に、「花もみな散りなんのちはわが《我》やどのなににつけてか人をまつべき」といへる歌のすゑにて侍り。これ《是》はすこし歌めきたれば、右まさるとや申すべからむ。

〔主な校異〕　1少将君（今・書）―少将公（東・群・和・昌）　2菊なくは（書・東・群・和・昌）―菊ならば（今）　3なくは（書・東・群・和・昌）―ならは（今）　4持とぞ（今・書・和・昌）―持と（東・群）　5菊の〔ほ〕に（語釈）―菊のほに（今・書）菊のたよりに（東・群・和・昌）　6事にもあらず（今・書・昌）―事にてあらず（東・群・和）

〔現代語訳〕　六番　左　俊持　　少将君

35 どうして枯れてゆくことを嘆いたりするだろうか。いやそんなことはない。初霜が白菊を紫色にかえるきっかけとして置くと思うので。

右　基勝　　信忠朝臣

36 わが宿の籬にやどる菊がなければ、なにをめあてにして人は通うのかしら。

俊頼云、前の歌は、使い古されたことばづかいで、おもしろいと思うことばも見えない。またどうと言うこともない。次の歌も、昔の歌に似ていて、目新しさがない。「なくは」などといっている第三句のことばづかいも稚拙である。この番も持と申しましょう。

基俊云、霜は心が無いものなので、菊が枯れてゆくのをなげくはずがない。右の歌は、後中書王が四条大納言にお送りになった歌で、「花もみな散りなん後はわが宿のなににつけてか人をまつべき」といっている歌の下句と同じです。この歌は少し歌めいているので、右の歌がまさっていると申すのがよいでしょう。

〔引用歌〕　はなもみなちりなんのちはわがやどになににつけてか人をまつべき（後拾遺集・春上・一二七・具平親王「大納言公任はなのさかりにこむといひておとづれはべらざりければ」）

〔語釈〕　35 **○枯れゆくを嘆きやすらん**　「や」は疑問の係助詞。反語として現代語訳した。33の歌と同じく、初霜が置いて白菊が霜枯れの紫色になることを好ましく思っている。**○ゆかり**　古今集の「紫のひともとゆゑにむさしのの草はみながらあはれとぞ見る」（雑上・八六七・不知）によって、「紫のゆかり」ということばが生まれた。「ゆかり」は縁があることをいう。

36 **○何につけてか人もとはまし**　引用歌の具平親王の歌は、春の桜を詠んでいるが、それを秋の菊に転換している。俊頼判はそれを「ふりてめづらしげなし」と批難し、基俊判は「歌めきたれば」と好意的に評価している。

〈俊頼〉**○ふること**　使い古されたことばづかい。**○もじづかひをさなきなり**　言葉づかいが稚拙である。「をさなし」という評語は、経信の『難後拾遺』に「ひきにゆくとあるこそ…おほよそをさなげなるなり」（春上・三二の

注）「ねたきものから、いとをさなげなり」（秋上・二八五の注）のように見えている。話しことばをそのまま用いているように感じられるので、和歌のことばにふさわしくないというのである。

〈基俊〉**〇霜、心なきものなれば**　生物ではない「霜」を主体に詠んでいることを批難している。（→四番32補説）

〇きくの〔ほ〕にをしむをなげくべきことにもあらず　本文が乱れている。底本の今治本は「ほに」東大本には「たよりに」とある。ひらがなの「ほ（保）」と「便」は字形が似ているので、混同したとみられるが、いずれにしても意味が通じない。文脈から推測すると、霜は無生物なので、心がない。したがって、菊が枯れることをなげくことはないということか。

七番　左　基勝　　　定信朝臣

37　霜枯《か》れの菊なかりせばいとどしく冬の籬やさびしからまし

右　俊勝　　　雅光朝臣

38　[1]霜枯《か》るる初めを[2]みずは白菊《きく》のうつろふ色を[3]惜しまざらまし

俊云、前の歌、菊なりとも《共》霜がれなんのちは冬のまがきのさびしからんこと《事》は、いかがあるべからんと人々申されしが、さもやあるべからん。冬もふかくなりて[4]こそ、菊《きく》は見所なくならめ、あさからん程はなどかさもよまざらんとぞきこゆる。後の歌は同じ程の歌なれど、今すこしたましひ《ゐ》あるここちす。

基云、[5]左右おなじけれど、冬のまが[6]きさびしからんと[7]いへるぞ、げにさもやと見え給ふる。

〔主な校異〕　1しも枯る（東・群）―霜かゝる（今・書・和・昌）　2みずは（今・書・東・群）―みれば（和・昌）　3惜

さらまし（東・群・和・昌）―まさらまし（今・書）　4こそ（東・群・和・昌）―ぞ（今・書）　5左右（東・群・和・昌）―さ様（今・書）　6さびしからん（今・書・昌）―さびしく侍らん（東・群）さして侍らん（和）　7いへるぞ（今・書・昌）―いへり（東・群・和）

〔現代語訳〕　七番　左　基勝　　定信朝臣

右　俊勝　　雅光朝臣

37 もしも霜がれの菊が無かったとしたら、ますます冬の籬がさびしく見えるだろうに。

38 霜枯れしていくはじめを見なければ、白菊が紫色に変わっていくのを惜しみはしなかっただろうに。

俊頼云、前の歌は、たとえ菊であっても、霜枯れしてしまった後では冬のまがきが寂しいと思うが、どうだろうかと人々が申されたが、それももっともだろう。冬も深まってしまうと菊は見所がなくなるだろうが、冬のはじめのころは、左の歌のようにも詠めるはずだと思う。後の歌も同程度の歌だが、もう少し才気があるような気がする。

基俊云、左と右の歌は同程度の出来だけれど、冬の籬がさびしいでしょうと詠んでいるのは、なるほどそのとおりかもしれないと私には思えます。

〔語釈〕　37**○なかりせば…さびしからまし**　反実仮想の表現なので、結論は、霜枯れの菊があるから冬の籬はさびしくはないということになる。「わがやどのまがきの菊をうゑざらば花なきふゆやさびしからまし」（康平六年丹後守公基朝臣歌合「菊」六・国基）に似ている。

38**○みずは…をしまざらまし**　左の歌と同じく反実仮想の表現。最初に霜で枯れるところを見てしまったばかりに、白菊の色が変わってしまうことが惜しいという。

〈俊頼〉判定は右の勝ち。**○さもやあるべからん**　菊であっても、霜枯れしてしまえばさびしいはずだという人々の意見に、俊頼も一応は賛同してみせる。**○あさからん程はなどかさもよまざらん**　冬のはじめのころなら、葉や茎はすこし枯れてみすぼらしくなってはいても、菊の花は紫に色づいているので、まったく見所がなくなるということにはならないだろうと、菊の花が冬の籬に咲いている様子を思い描きながら自説を述べている。**〇たましひあるここち**　才気がある。評語の「心あり」を強調してこのようにいうか。

〈基俊〉判定は左の勝ち。

【他出】　38詞花集・秋・一二七「関白前太政《（ママ）》大臣の家にてよめる」、初二句「しもがるるはじめとみずは」、第五句「なげかざらまし」。

【参考】　六百番歌合「残菊」五〇二の判　六百番歌合は当座の論難をもとに、俊成が後日、判をまとめたといわれているが、「残菊」の題で詠まれた、

　しもがれぬきくにしあらばむらさきにうつろふ色もうれしからまし（右・五〇二・家房）

の歌が、この番の右38の歌と変わらないという左の方人の発言に対して、

　判云、…右は、雅光歌ににたるよし、前も申し侍るやうに、撰集之外はさりあへがたき事なり、但、法性寺どのの先年御歌合、残菊題などの歌ならば尤可被去。然而さまでは不相似にやとは見え侍れど（下略）。

（右は、雅光の歌に似ているとのこと、前も申しましたように、撰集以外の歌との類似を避けるのは難しいことです。ただし、法性寺殿の先年の御歌合の、残菊題などの歌なら、避けることはできるでしょう。しかし、それほどは似ていないのではと見えますが…）

と述べている。右の歌は詞花集に入集しているので、勅撰集の歌でもある。俊成はこの点を思い違いをしているようだが、その誤解はともかくとして、忠通家歌合の歌と勅撰集の歌を、ほぼ同等に扱っていることに注目したい。

八番　左　俊勝　基持　　盛家《方》朝臣

39 冬がれにうつろひ残る白菊は上葉にお《を》ける霜かとぞみる

右　道経朝臣

40 露霜の暁おきの朝ごとにうつろひまさる白菊《きく》の花

俊云、「冬がれに」といへる文字、[1]聞こえかぬる心ちして侍るを、万葉集によめること、たしか《慥》にもおぼえ侍らず。[2]右の方は、なだらかに[3]こころもいとを《お》かしくこそ。「朝《あさ》お《を》く霜の」など[4]いふこそ聞きなれ侍れ、これ《是》はことありがほなるものかな。なほ《猶》さきの[5]歌ぞまさりたらん。

基云、左の歌、「うつろひ残《のこ》る」といふ《云》、わきがたし。また《又》、花を「うは葉にお《を》ける霜」と、実にいみじきひがめなり。右の歌は、「暁おき」とよめる、また《又》「朝ごとに」といへる、重言。いづれもかちまけのほど、さだかに見え侍らず。持とや申すべからん。

〔主な校異〕　1聞えかぬる（東・群）―聞えかぬ（今・書）聞へかね（昌）聞かぬ（和）　2右の方（今・書・和・昌）―右歌（東・群）　3こゝろも（今・書・和・昌）―も（東・群）　4いふこそ聞なれ侍れ（今・書・昌）―云事聞きなれ侍り（東・群）いふこそ聞なれ侍り（和）　5歌ぞ（東・群・和・昌）―ぞ（今・書）

〔現代語訳〕　八番　左　俊勝　基持　　盛家朝臣

39 冬枯れにも色が変わらずに残った白菊を、上葉に置いている霜かと見る。

右　道経朝臣

40 露霜が明けがたに置く朝ごとに、紫色がまさっていく白菊の花。

俊頼云、「冬枯れに」といっている文字は、あまり耳にしないような気がしていますが、万葉集に詠んでいることは、全く思いあたりません。右の歌は、なめらかで、とても情趣があります。「朝置く霜の」などという語句は聞きなれていますが、これはいわくありげな様子ですなあ。やはり前の歌がまさっているでしょう。

基俊云、左の歌に「うつろひ残る」というが、分け隔てするのは難しい。また、花を「上葉に置ける霜」というのは、実にひどい見間違いだ。右の歌は、「暁おき」と詠んでいる、また、「朝ごとに」といっている、これは重言。どちらの歌も勝ち負けは、はっきりとわかりません。持と申すべきでしょうか。

〔語釈〕 39 **○冬がれ** 古今集に一例、「冬がれののべとわが身を思ひせばもえても春をまたましものを」（恋五・七九一・伊勢）とあるが、万葉集には見あたらない。**○上葉** 草木の上のほうの葉。荻の上葉の例はあるが、菊の上葉を詠んだ例は見あたらない。「さりともとおもひし人はおともせでをぎのうはばにかぜぞふくなる」（後拾遺集・秋上・三二一・三条小右近）

40 **○露霜の暁おき** 「おき」に「置き」と「起き」を掛ける。「おく霜の暁おきをおもはずは君がよどのによがれせましや」（後撰集・恋五・九一四・不知）に似ている。

〈俊頼〉判定は左の勝ち。**○万葉集に詠めること、たしかにもおぼえ侍らず** 「冬枯」は万葉集に典拠があることばだと、左の方人がいったのだろうか。当時の人々は、耳慣れないことばは「万葉集にある」と言い逃れるように思える。（↓保安二年「山月」四番8裏書判）**○あさおく霜のなどいふこそ聞きなれ侍れ** 『源氏物語』藤袴巻で玉鬘が「心もて光にむかふあふひだに朝おく霜をおのれやは消つ」と詠んでいる。聞き慣れているとあるが、「あさおく霜」と詠んだ例は他には見あたらない。俊頼は「朝置く露」と詠んでいる。「女郎花朝おく露を帯にしてむすぶ袂はしをれしにけり」（堀河百首「露」七二八）

〈基俊〉判定は持。**○うつろひのこるといふ、わきがたし** 「うつろひ残る白菊」とは色が紫に変わっていない菊だ

が、区別するのは難しいという。**○重言**「暁」と「朝」が重言。（→「時雨」十一番21補説）

〔参考〕 摂政家月十首歌合の判　建治元年（一二七五）に催された摂政家月十首歌合では、「つきかげのはるかにすめるをちかたのはにふのこやにころもうつなり」の、「はるかに」と「をちかた」が同心病であると指摘し「…元永元年法性寺殿歌合に、露霜のあかつきおきの朝ごとに、といふ歌をば、基俊判に二重言なりと難じて侍るにこそ、暁と朝とは時分さすがへだたりてはべるすらかく難ぜり、いまのはるかにすめる、をちかたは、見わたされておなじ心かくれもなくやとて、為持」とこの番の判を引いている。

九番　左　基持　　重基朝臣

41 秋暮れてちくさ《千種》の花はのこらねどひとり《独》うつろふ白菊の花

右　俊勝　　[1]忠隆朝臣

42 かぎりなく君がちよ《千世》へんしるしにや散り残るらん[2]宿の白菊

俊云、「秋暮れて」の歌、させること《無指事》なし。そのなかにも、「のこらねど」といへる、「のこりてぞ」とやいふ《云》べき。さてこそ、「ひとり《独》うつろふ」とはいふ《云》べけれ。次の歌、菊《きく》ちるといへる歌はなににあらねど、なほ《を》いかがきこゆ。さはあれど権門にことよせたり。などかかたざらん

基云、左右の歌、心もことばもおなじほどなれば、いづれと見え侍らず。これ《是》も同じほどに[3]ぞ。

〔主な校異〕 1忠隆朝臣（書・東・群・和・昌）―ナシ（今）　2宿の（東・群・和・昌）―窓の（今・書）　3そ（今・書・和・昌）―こそ（東・群）

〔現代語訳〕 九番　左　基持　重基朝臣

41 秋が暮れて千草の花は残らないけれど、ひとり色を変えていく白菊の花。

右　俊勝　忠隆朝臣

42 かぎりなく、我が君が千代をお治めになるしるしであろうか、散り残っている宿の白菊は。

俊頼云、「秋暮れて」の歌はたいしたことがない。その中でも、「残らねど」といっているのは、「残りてぞ」と詠むべきか。それでこそ、「独りうつろふ」と詠むことができる。次の歌、菊が散るといっている歌は、何がということはないのだが、やはりいかがなものかと思われる。それでも、権門に結びつけて詠んでいる。どうして勝たないということがあろうか。

基俊云、左右の歌は心も詞も同じ程度の出来なので、どちらともわかりません。これらは同程度でしょう。

〔語釈〕 41 **○ひとり** 『大系』は「三秋已暮、一草独芳」（本朝文粋・一一「惜残菊」）を注にあげている。また基俊が編纂した新撰朗詠集には「九月廿七日《くぐわつにじふしちにち》　孰不謂之尽秋《たれかこれをつきぬるあきといはざらむ》　孤叢両三茎《こそうりやうさんかう》　孰不謂之残菊《たれかこれをさんきくといはざらむ》　」（菊・二五一「秋尽翫菊」菅原道真）とある。漢詩文では、菊を「独」「孤叢」などとよむ例は多かったようであるが、和歌の例では「うゑおきしあるじはなくてきくの花おのれひとりぞつゆけかりける」（後拾遺集・秋下・三四七・恵慶法師「にしの京にすみはべりける人のみまかりてのち、まがきのきくを見てよめる」）などとある。**○ちくさの花はのこらねど** 俊頼は批難するが、花がすべて枯れたあとに菊が残るという和歌全体の発想は、新撰朗詠集の「百卉尽零《ひやくくゐことごとくにおちぬ》　残菊猶開《さんきくなほはん》　繁霜之後《さうののちにひらけたり》　」（九月尽・二六〇、「残菊」紀斉名）によるか。

42 **○ちよ** 永遠に続くことをいう。「ぬれてほすやまぢのきくのつゆのまにいかでかちよをわれはへにけん」（古今集雅俗山荘本・秋下・二七三、定家本は第四五句「いつかちとせを我はへにけむ」）

〈俊頼〉判定は右の勝ち。**○のこらねどといへる、のこりてぞとやいふべき** 他の花がなくなった中で「独り」と詠むよりも、たくさんの花が残っている中で「独りうつろふ」と詠む方が効果的だという。**○さはあれど権門にこ**

とよせたり　権門とは、官位が高く権勢がある家のこと。ここでは主催者の忠通を言祝いでいる。（→三番29補説）

〈基俊〉判定は持。祝の歌だからといって俊頼のように勝ちにしてはいない。

十番　左　宗国朝臣

43 植ゑしその心もお《を》かぬ白《しら》菊はあだなる霜にうつろひにけり

右　両判為勝　兼昌朝臣

44 菊の花夜のまに色やかはれると霜を払ひてけさみつるかな

俊云、前の歌、「心《こゝろ》もお《を》かぬ」といへること《事》にや。後の歌の文字づかひはを《お》さなけれども、霜をはらふこと《事》はさもときこゆ。まさりてもやあらん。

基云、何ごとにてかは菊《きく》に心お《を》きけん。これ《可》を尋《尋》ぬべし《之》。右、夜のまの色[1]をおぼつかなしとて、霜をはらひみつらんこそ、いとを《お》かしう侍れ。なほ《猶》こなたぞ老の心もとまりぬべき。

〔主な校異〕　1色を（今・書・和・昌）―色心（東・群）

〔現代語訳〕　十番　左　宗国朝臣

43 植えた人の心もとどめておかない白菊は、浮気っぽい霜によって変わってしまったなあ。

右　両判為勝　兼昌朝臣

44 菊の花が夜の間に色が変わっているかと、霜を払って今朝見てしまったよ。

俊頼云、前の歌は「心も置かぬ」ということだろうか。後の歌の文字づかいはおさないけれども、霜を払ふことは、そういうこともあるかと思う。まさっているだろう。
基俊云、いったいどういうわけで菊に心を置くだろう、そんなわけはない。これを尋ねなくてはならない。
右の歌は、「よのまの色」が気がかりだといって、霜を払って見たことは、とても趣があります。やはりこちらの歌に老の心もとまるにちがいありません。

〔語釈〕　43**〇植ゑしその心もおかぬ**　植えた時は咲くのが待ち遠しかったが、心変わりしてしまったのである。「うゑし時花まちどほにありしきくうつろふ秋にあはむとや見し」（古今集・秋下・二七一・大江千里）による。
44**〇霜を払ひて**　夜のあいだに置いた霜を払うのである。「夜をさむみおくはつ霜をはらひつつ草の枕にあまたたびねぬ」（古今集・羈旅・四一六・凡河内躬恒）
〈俊頼〉判定は右の勝ち。**〇心もおかぬといへることにや**　「心も置かぬ」と詠んだ例は見あたらないが、心を花に置くと詠んだ例はある。「露ならぬ心を花におきそめて風吹くごとに物思ひぞつく」（古今集・恋二・五八九・紀貫之）**〇文字づかひはをさなけれども**　右44の歌の「夜のまに」「けさみつるかな」などの語句についてこのようにいうか。「残菊」六番36の俊頼判は「なくは」という語句を、「文字づかひをさなし」と評している。
〈基俊〉判定は右の勝ち。

十一番　左　両判為持　信濃君[1]

45　苔のむす岩ねにのこるやへぎくはやちよ《八千世》さくとも君ぞみるべき

右　時昌朝臣

46　霜がれに我ひとり《独》とやしら菊の色をかへても人に見すらん

俊云、苔のむす岩ね《根》に菊の残れる、証歌やあらん。もしなくはきはめてあし[2]。すゑはことのほかにふりたり。後の歌は、「我ひとりとや」といへる、心ゆきても聞こえず。「人[3]」、「ひと〱」、やまひといふことに[4]いまだ事きれず。持とや申すべからん。

基云、まがきをばお《を》きて、岩ねにのこるらん菊こそ松などの心ちし侍れ。右の、我[5]ひとりと菊《きく》の思ふらんもおしはかりご《事》とにこそ。「此花開けて」などいひて侍るは、みる人のおもふことにこそ侍れ。いづれも勝ち負けのほど見えねば、持とや申すべき。

〔主な校異〕 1信濃君（今・和・昌）―信濃公（書・東・群） 2あし（東・群）―あらし（今・書・和・昌） 3人、ひと（語釈）―人〱（今・書・東・群・和・昌） 4いまだ事きれず（語釈）―事きれる（今・書・和・昌）事きる丶（東・群） 5我ひとりと（書・東・群・和・昌）―ひとりと（今）

〔現代語訳〕 十一番　左　両判為持　信濃君

45　こけのむす岩ねに残る八重菊は、八千代咲くとしてもわが君は見ることができるはずだ。

右　時昌朝臣

46　霜がれの中に我ひとりといって、白菊は色を変えて人に見せているのだろうか。

俊頼云、苔のむす岩ねに菊が残っているという証歌があるのだろうか。もし無ければとてもひどい。下句はことのほか古めかしい。後の歌は、「我ひとりとや」と詠んでいるのが、納得がゆかない。「ひと」と「ひとり」は、歌病ということではまだ決着していない。持と申すのがよいでしょう。

基俊云、籬をさけて岩ねに残るような菊は、松などの気がします。右の歌の、ひとりと菊が思っているだろうということも現実にはあり得ない想像でしょう。『此花開けて』などと詠んでいますのは、見る人が思うことです。どちらの歌も勝ち負けのほどがわからないので持と申すのがよいでしょう。

〔引用句〕 不是花中偏愛菊《これはなのなかにひとへにきくをあいするにはあらず》　此花開後更無花《このはなひらけてのちさらにはなのなければなり》
（和漢朗詠集・菊・二六七）

〔語釈〕 45 **○苔のむす岩ね** 祝賀の歌に詠まれる語句である。「わが君は千世にやちよにさざれいしのいはほとなりてこけのむすまで」（古今集・賀・三四三・不知） **○八重菊** 同じく祝の意味をもつ。「金色に八重さく菊はむかしより老いせぬ秋のかざしなりけり」（堀河百首「菊」八三九・仲実） なお、大治三年（一一二八）に催された西宮歌合では、源顕仲が「菊寄祝」の題で「岩間ゆく菊の下水たえせねばくみてぞ千代の数はしらるる」と詠んでいる。また後代の例になるが、良経が「たにがはのいはねのきくやさきぬらむながれぬなみのきしにかかれる」（秋篠月清集・一二三九）と詠んでいる。これらの歌は、中国河南省の南陽の酈《り》県を流れる谷川の水には、上流に生えている菊の露が流れこんでいて、それを飲む人は長生きできるという故事（『芸文類聚』）をふまえている。この歌の「岩ねに残る八重菊」ということばも同じ故事から発想したか。

46 **我ひとりとや** （↓九番41）

〈俊頼〉判定は持。 **○苔のむす岩ねに菊の残れる、証歌やあらむ** 苔むしてはいないが、岩間に生えている菊を詠んだ歌はある。「いはまよりおふるにしるき菊なれやなべての花は霜にかれにき」（公任集・一四一「いしのなかに菊のただ一もとのこりたるを」） **○「人」、「ひと」、やまひといふことに** ほとんどの伝本が「人〱」と表記しているが、文字の病を指摘しているので、「人」「ひと」と書くべきである。 **○いまだ事きれず** まだ結論がでていない。歌合本文には「事きれる」とあるが、参考にあげた『袋草紙』によって校訂した。『俊頼髄脳』の記述によれば、俊頼は歌病について結論をだしていないので、『袋草紙』のように「未だ事切れず」とあるほうがよい。（↓「時雨」十一番21補説）

〈基俊〉判定は持。歌病にはふれていない。 **○松などの心ちし侍れ** 「かすがやまいはねの松はきみがためちとせのみかはよろづよぞへむ」（後拾遺・賀・四五二・能因法師）など、岩ねに生えた松を詠んだ歌は多い。

【参考】『袋草紙』古今歌合難　いはねのきく心えず。両判者共に是を難也。又、俊頼判云、独と人と未事切云々。仍持也。基俊は不難之。

十二番　左　　俊隆朝臣

47 霜がれにうつろひのこるむら菊はみる朝ごとにめづらしきかな《哉》

右　[1]両判為勝　　為実朝臣

48 おく《を》霜のなからましかば菊の花うつろふ色を[2]今日みましやは

俊云、前の歌、させることなし《無指事》。むらぎくを《お》さなげなり《也》、次の歌は、霜お《を》きつればうつろへる色も見せずとこそいふ《云》べけれ、霜《しも》お《を》きて見ゆといへる、ことたがひぬ。ただし、お《を》きたれば[3]ひさしく有りてみゆとよめるにや。[4]こころえてはかち[5]にもやせん。

基云、この《此》歌、させる難は見えねど、歌合の歌とは見えず。なげ歌のやう《様》にぞ侍るめる。右の歌もさせる《指事》ことはなけれども、「うつろふ色をけふ[6]みましやは」といへる、すこしいひなれたるやう《様》に侍れば、まさりたりとや申すべからん。

【主な校異】 1両判為勝（今・東・群・和・昌）―両判為持（書）　2今日みましやは（書・東・群・和・昌）―今日はみましや（今）　3ひさしく有て（今・書・昌）―ひさしく有と（東・群・和）　4こころえて（書・東・群・和・昌）―すろえて（今）　5にもやせん（今・書・和・昌）―もやせん（東・群）　6みましやは（書・東・群・和・昌）―ましやは（今）

〔現代語訳〕 十二番　左　俊隆朝臣

47 霜枯れしても色が変わっていないむら菊は、見る朝ごとに目新しいなあ。

右　両判為勝　為実朝臣

48 もし置く霜がなかったなら、菊の花の移ろふ色を今日見ることができただろうか。いや、できなかったはずだ。

俊頼云、前の歌はとりたててよいところもない。「むらぎく」は稚拙な感じである。次の歌は霜が置いたなら変わっている色もみせないというべきなのに、霜が置いて見えるといっているのは間違っている。ただし、置いているので長く残っているように見えると詠んでいるのだろうか。歌の心がわかれば勝ちとしようか。

基俊云、この歌はさしたる欠点は見えないけれど、歌合の歌とは見えません。なげ歌のようです。右の歌もたいしたことは無いけれど、「移ろふ色をけふみましやは」と詠んでいるのは、少し詠みなれているようですので、まさっていると申すべきでしょう。

〔語釈〕 47 **○むら菊**　群がり咲いている菊。「のどかなる月にまかせて我はただ霜をばはらふ宿の村菊」（公任集・一三八）の例がある。

48 **○おく霜のなからましかば…今日みましやは**　「ましかば…まし」は反実仮想、句末の「や」「は」は反語。霜が置いたので、白菊の花の紫に変わった色を今日見ることができたのである。

〈俊頼〉 **○むらぎくをさなげなり**　「むら菊」ということばだけではなく、一首全体の表現が稚拙だというのであろう。（→「残菊」六番35俊頼判） **○霜おきつればうつろへる色もみせずとこそいふべけれ**　「こそ」は係助詞。「…と詠むべきなのに」と逆接的に下につづく。「うすくこくうつろふいろはおくしもにみなしら菊とみえわたるかな」（上東門院菊合・四・弁乳母）に詠まれているような、紫に色づいた菊の上に一面に霜が置いている情景を考えて、このようにいうか。

〈基俊〉**〇歌合の歌とは見えず、なげ歌のやうにぞ侍るめる**　「なげ」ということばは、「なげのあはれ」「なげのなさけ」などのように用いられるので、「なげ歌」とは心のこもらない歌という意味か。基俊の考える「歌合の歌」はその対極にある。元永二年「尋失恋」十二番47の又判も「歌合の歌」について言及している。

一番　恋　左　俊勝　　摂津君[1]

49 たえずたく室の八島の煙にもなほ《猶》立ちまさる恋もするかな

右　基勝　　顕《頼》[2]国朝臣

50 盃のしひ《ゐ》てあひ《相》見む[3]とおもへばや恋しきこと《事》のさむる世もなき

俊云、前の歌、「たえずたく」[4]といへるは、ひがごと《事》[5]とや申すべからん。この《此》「室《むろ》の八島」は、[6]まことの火をたくにはあらず。野中に清水のあるより、けのたつが煙のごとく見ゆるなり。それをたくといはんこと《事》いかが。ただし、まこと《誠》のけぶりとのみよみきたれば、などかさもいはざらんや。歌がらはあしくもみえず。後の歌はたくみにておもしろけれど、かならずよまるべきやう《様》の見えぬなり。盃といひては[7]酒の有りなんや。また《又》、のむといへること《事》、大切なり《也》。酒もなく、[8]のむともいはで[9]は、いかがしひ《ゐ》んとする。また《又》「さかづきの」とはじめに詠じ出さんも、いかがあるべからん。これ《是》はたくみにおもしろけれどこと《事》たらず。左[10]は歌めきたればかちとや申すべからん。

基云、「たえずたく室の八島《しま》の煙[11]にも」と[12]よまれたるは[13]いかに侍るにか。この《此》所に火たくとは、いかに見えて侍るにか。「室の八島」といふこと《事》、二あり。一には下野にあり。一[14]には人の家にあるなり《也》。か[15]な《夏》へに《は》室ぬりたるをいふ《云》と式[16]の物に見えて侍り。これ《是》はいづれによりて[17]よまれたるにか。いづれにても「たえずたく」といふ《云》こと《事》、いまだ見給はず。さればにや、惟成歌にも[18]、「風ふけば室の八島の夕煙心のうちに立ちにけるかな」とよめるも、たえず立ちけるとは見えず。「あさまのたけ」「ふじの山」などぞ、[19]煙《烟》たえず《不絶》たつためしにはよみふるし侍[20]るめる。たえずたつ[21]心を本意にて、この《此》歌はよまれて侍るめれば、かやう《可様》に尋ね申し侍[22]るなり《也》。みるところ《所見》すくなくて、さやう《左様》のこと《事》を見給はぬにや。右の歌、「さかづきのしひ《ゐ》てあひ《相》みんとおも[23]へばや」とよめるは、「しひ《ゐ》て」といふ心は、げにめづらしく聞こえ侍るに、「恋しきことのさむる世もなき」とは、なにとよみたるにか。「さむる」といふ《云》[24]こと《事》とは、思ふに、ゑひによせてよめるにこそ侍るめれ。それ[25]ならば、なほ《猶》「ゑひ」といふ《云》本文ありてやよくははべらん。たとひゑひたるにても、また《又》いかなれば、さむる世もなく[26]はありけるにか。もろこしにこそ、千日酔ひたる人は侍りけれ。それも三年が間こそ侍りけれ。これ《是》はいつといふこと《事》も侍らず。もし《若》、法文に無明の酔などにや侍らん。それこそさむる世もなくは侍るなれ、この《此》歌なずらへまうすべき《可申》かたなし。左の歌、たえずたくらんよりは、いますこしまさりて、いとを《お》かしくぞ侍る。

〔主な校異〕　1摂津君（今）―摂津公（書・東・群・和・昌）　2顕国朝臣（意改）―頼国朝臣（今・書・東・群・和・昌）　3おもへはや（今・書・昌）―おもへとも（東・群・和）　4いへるは（今・書・群・和・昌）―いへる（東）　5とや（東・群・和）―にや（今・書・昌）　6まことの（今・書・和・昌）―実に（東・群）　7酒の（今・書）―酒（東・群・和・

昌）　8なく（今・書）─なくて（東・群・和・昌）　9いはては（東・群・和・昌）─いはんは（今・書）　10左は（今・書・和・昌）─左（東・群）　11煙にも（今・書・和・昌）─焼にも（東・群）〈「焼」ノ横ニ「本ノマ、煙歟」トアリ〉　12よまれたる（今・書・和・昌）─読たる（東・群）　13いかに（今・書・和・昌）─何に（東・群）　14一には（今・書・和・昌）─二には（東・群）　15かなへに（語釈）─夏は（今・書）夏（和・昌）爰は（東・群）　16式の物（今・書・和・昌）─或物（東・群）　17よりて（東・群・和・昌）─ナシ（今・書）　18にも（今・書・昌）─にや（東・群・和）　19烟不絶たつ（今）─煙不絶（書・和）煙たえす（昌）煙絶ぬ（東・群）　20侍るめる（今・書・和・昌）─侍めり（東・群）　21たつ心（今）─たく心（書）焼心（東・群）　22侍る（今・書・和・昌）─ナシ（東・群）　23おもへはやと（今・書・昌）─おもへと（東）思へともと（群）思へはやとも（和）　24事は（今・書・昌）─詞は（東・群・和）　25それならは（書・東・群・和・昌）─ならは（今）　26なくはありけるにか（今・和・昌）─なくはありけるか（書）なくてはありけるにか（東・群）

〔現代語訳〕　一番　恋　左　俊勝　摂津君

49 常に火を燃やし続けている室の八島の煙よりも、いっそう身をこがす恋をするなあ。

右　基勝　顕国朝臣

50 盃を強いるように、強引に逢おうと思うので、恋しい気持ちが醒めることもないのだろうか。

俊頼云、前の歌が「絶えずたく」と詠んでいるのは誤りであると申さねばならない。この「室の八島」は実際に火を焼くのではない。野の中に清水があり、そこから気体が発生しているのが煙のように見えるのである。それを「たく」と詠むのはいかがなものか。ただし、これまで本物の煙とばかり詠んできているので、そのように詠むこともあるだろう。歌の感じは悪くない。後の歌は巧みでおもしろいけれど、必ず詠まれていなくてはならないことばが見あたらないのだ。盃といっては酒があるはずだ。また、飲むと詠むことも大切だ。酒という語句もなく、飲むとも詠まないのなら、どうして無理強いしようとするのか。「盃の」と初句に詠み出すのもいかがなものか。この歌は巧みでおもしろいけれど言葉足らずである。左の歌は歌らしく聞こえるので勝ちと申すのがよいだろう。

基俊云、「絶えずたく室の八島の煙にも」と詠んでいるのはどういうことでしょう。この場所で火をたくとは何に見えているのでしょうか。「室の八島」といふことに二つある。一つには下野にあり、一つには人の家にあるのです。かまどに室をぬっているものをいうと式の物に見えています。この歌はどちらの説によって詠まれているのか。どちらであっても、「絶えずたく」という語句の例はまだ見ていません。そういうことなので、惟成の歌だったでしょうか、「風ふけば室のやしまの夕煙心のうちに立ちにけるかな」と詠んでいるのも、絶えず立ったとは見えません。浅間の岳や、ふじの山などを煙が絶えない例として詠み古しているようです。絶えずたく心を本意にして、この歌は詠まれているようですので、このようにお尋ねするのです。文献などを見ることが少なくて、そのようなことをご覧にならないのでしょうか。右の歌が「杯のしひてあひみんとおもへども」と詠んでいるのは、「しひて」といふ心は、実にめずらしく聞こえますが、「恋しきことのさむるよもなき」とは、何を詠んでいるのでしょうか。「さむる」といふ詞は、思うに、酔いによせて詠んでいるようですが、それならばなお、「酔ひ」といふ本文があるほうがよくはないでしょうか。たとえ酔っていても、またどういうわけで、「さむるよ」がないということがあろうか。唐には千日酔っていた人がいます。それも三年の間でした。この歌はいつまでということもありません。もしや、法文の無明の酔などでしょうか。それこそ「さむる世」もないでしょうが、この歌をこれらの本文になぞらへて申すことはできません。左の歌の「たへずたくらん」よりは、もう少しまさっていて、とてもおもしろいと思います。

〔引用歌〕 風ふけばむろのやしまの夕煙心のそらにたちにけるかな（新古今集・恋一・一〇一〇・惟成）

〔語釈〕 49 **〇室の八島** 「しもつけやむろの八しまに立つ煙おもひ有りとも今こそはしれ」（古今六帖「しま」一九一

○）によると、下野国にあるが、基俊判は人家のかまどという説もあげている。

50 **○盃のしひてあひ見む**　盃の酒を飲めと強いるように強引に逢おう。「しひて」は「盃」と「あひ見む」の両方に掛かる。歌合には酒がつきものであったらしく、天徳四年内裏歌合の記録をみると「勝負之次坏酌必勧」と、勝ち負けが決まるたびに酒を勧めている。**○おもへばや**　思うので〜だろうか。「ば」は接続助詞、「や」は疑問の係助詞。一方、東大本などは「おもへども」とする。その場合は「強引に逢おうとは思うけれど、恋しいことが醒めることはない」と解釈できる。

〈俊頼〉判定は左の勝ち。**○この「室の八島」は、まことの火をたくにはあらず**　『袖中抄』に「むろのやしまとは下野国の野中に嶋あり。俗はむろのやさまとぞいふ。むろは所名歟。その野中にし水のいづるけのたつが、けぶりににたる也。是は能因が坤元儀にみえたる也」とある。能因が著した「坤元儀」という書物は現存しないが、俊頼はそれによっているらしい。また、俊頼は忠通家の歌会で「煙かとむろのやしまをみしほどにやがても空のかすみぬるかな」（千載集・春上・七「法性寺入道さきのおほきおほいまうちぎみ内大臣に侍りける時、十首歌よませ侍りけるによめる」）と詠んでいるが、第四句「やがて」に「焼かで」を掛けていて、判で述べた説と一致している。**○まことの煙とのみよみきたれば、などかさもいはざらんや**　歌学の説とは無関係に、煙の意味で詠んでもかまわないという。ことばに対する俊頼の柔軟な態度がうかがえる。**○かならずよまるべきやうのみえぬなり**　「盃」と「さむる」は縁語であるが、それらを結びつける「酒」「飲む」ということばが必要だという。（↓補説）

〈基俊〉**○一には人の家にあるなり。かなへに室ぬりたるをいふと式の物に見えて侍り**　「かなへ」は『袋草紙』『袖中抄』に引用されている本文による。（↓参考）「かなへ」は炊事に使う金属製の釜をいうが、『袖中抄』は、俊頼の「さらひするむろのやしまのことこひに身のなりはてん程をしるかな」（散木集・六八三「歳暮の歌とてよめる」）の歌を引いて、「私考…此歌は、かまどをむろのやしまとよみたるにや。」とする。また、『色葉和難集』に「むろのやしまとはかまどをいふなり。かまをぬりこめたるをむろといふ。室なり。かまをばやしまといふなり」とあることから、「かなへ」と「かま」「かまど」を同じ意味に用いていると考えられる。**〇あさまのたけ、ふじの山などぞ煙たえずたつためしにはよみふるし侍るめる**　「あさまのたけ」の例は「いつとてかわがこひやまむちはやぶるあさまのたけのけぶりたゆとも」（拾遺集・恋一・六五六・不知）。「ふじの山」の例は「むねはふじそではきよみがせきなれやけぶりもなみもたたぬひぞなき」（金葉集三奏本・恋・三九七・平祐挙、詞花集・恋上・二一三）。（→補説）**〇見る所すくなくてさやうのことを見給はぬにや**　言葉づかいはていねいだが、ずいぶん高飛車なものの言い方である。**〇もろこしにこそ千日酔ひたる人は侍りけれ**　『大系』は「酒有㆓千日酔㆒」（南史劉香伝）「昔劉玄石於中山酒家酤酒。酒家与千日酒、忘言其節度。帰家当酔而家人不知、以為死也。…俗云、玄石飲酒一酔千日」（博物志雑説下）を引く。**〇法文に無明の酔などにや侍らん**　『大系』は「衆生飲無明酒」（宗鏡録）「空酔無明之酒」（秘蔵宝鑰上）「無名酒衆生知見酔之」（観心論疏）を引く。

〔参考〕　49 50『袋草紙』古今歌合難　たえずたくといへる、僻事ともや申べからむ。かのむろのやしまは、まことに火をたくにはあらず。野中にしみづのあるが、けのたつが煙とみゆるなり。それをたくといはむことかたし。右はたくみにおもしろけれど、かならずよまるべきさけのなきなり。又、のむといふこと大切也。さきの歌は歌めきたれば勝ともや。基俊云、むろのやしまにたえず火をたくとなにゝ見えたるにか。むろのやしまと云有㆑二。一は下野にむろのやしまと云所あり。一は人の家にかなえにむろぬりたるよめりとぞ、或ふみにみえたる。たとへば、いづれにてもたえず火たくといふことみえず。右、こひしきことのさむるまもなき、心えずとて負。

49『袖中抄』　又法性寺殿内大臣時歌合、恋、左勝、摂津「たえずたく…（略）」判者基俊云、たえずたくむろのや嶋の煙にもとよめる如何に侍べき事にか。室のや嶋に不㆑絶火たくとはなにゝみえ侍にか。むろのやしまと云事嶋有。一には下野にむろのや嶋と云所あり。今一には人の家などにあるかなへに室ぬりたるをよめりとぞ、或人の文にみえたるはいづれによりて詠たるにか侍らん。たとひいづれにても不㆑絶火たくと云事まだみえ侍らず。然ばにや、惟成歌にも「風ふけば…（略）」と読るも不㆑絶たきたる火とは聞えず。あさまのたけ、富士の山などをこそ煙たえぬためしには詠ふるして侍れ。此たえずたくをおほむねにて此歌にはよまれて侍めれば、かく尋申侍也。みたる所すくなくて、さやうの事をまだ見侍ぬにや申やるかたなし。俊頼判云、左歌不レ絶たくと云る事僻事ともや申べからん。此むろのや嶋は実の火をたくにはあらず。の中にし水あるいきの立がけぶりとみゆる也。其をたくといはん事はいかゞ。但実のけぶりとのみ読たればなどかさも云ざらん。歌がらはあしくもみえず。

〔補説〕 **縁語**　天徳四年（九六〇）内裏歌合では「むらさきににほふふぢなみうちはへてまつにぞちよのいろはかかれる」の歌について、歌合では「藤浪」を「水、池、岸」などによせて詠むべきであると述べており、この判が後代の歌合判の先例となっている。

　左歌、みづなくてふぢなみといふことは、ふるきうたにをりをりあり。されど、たづぬる人なければ、とどまれるなるべし。うたあはせにはいかがあらん。ことによせぬはあるまじ。いはれなし。なほ、みづ、いけ、きしなどぞよすべかりける。歌がらはきよげなり。

つまり、歌合の歌はすじみちだてて表現しなくてはならないということになるのだが、この番の俊頼判に「かならずよまるべきやうの見えぬなり。盃といひては酒の有りなんや。また、のむといへること大切なり。酒もなくて、のむともいはでは、いかがしひんとする」とあるのも、基俊判に「『さむる』といふことは、思ふにゑひによせてよめるにこそ侍るめれ。それならばなほ『ゑひ』といふ本文ありてやよくははべらん。」とあるのも、その方針にそっていると思われる。また、元永二年内大臣家歌合でも、「暮月」六番33の又判に「竹なども思ひよせは、よともいひ、ふしなどにかけて歌めかせば」、「たかまど思ひかけず、ただし、すゑに弓はりといはんとて、的とおぼしくて引きよせたるにや」とある。

富士山の煙　定家・為家の死後に分かれた歌道家では、『古今集仮名序』の注をめぐって、富士山の煙を「不レ絶」とする説と、「不レ立」とする説とが対立している。前者は二条家の説、後者は冷泉家・京極家の説であるが、二条家の手になる『延五記』によると、古今伝受において、本歌合の基俊の判にふれていたらしい。

侍従中納言為明ノ云フ、延文五年十月廿九日、二条ノ前ノ関白古今伝受ノ時仰ニ云ハク、扶桑葉林ノ第十三巻ニ云ハク、基俊卿ノ歌合ノ判云フ、ムロノ八嶋ノ煙ノ事ヲ判ズルトテ、煙ノタエヌ事ニハ富士ノ山ヲコソイヒナラハシタレトアリ。基俊ノ時マデ不レ絶。フジノ煙今ニ至リテ絶ンヤ。

二番　左　[1]俊持　俊頼朝臣

51　くちを《お》しや雲井がくれにすむたつも思ふ人にはみえけるものを

右　[2]基勝　基俊朝臣

52　[3]かつみれどなほ《猶》ぞ恋しきわぎも子がゆつのつまぐしいかでささまし

俊云、前の歌は、こころもえず、ことやう極まりなき歌に[4]こそ侍るめれ。後の歌は、「ゆつのつまぐし」とは、素盞烏尊の稲田姫に[5]逢ひ初め給ひし時、[6]御みづらに[7]さし給ふくしなり《也》。この《此》歌は、「かつみれど」とよまれたれば、既にあひ《相》にける心なん見ゆる。するの句に、「いかでささまし」とあれば、まださぬとこそみゆれ。本文にはたがひたるやう《様》にみゆる。読人にたづぬべきことなり《可尋事也》。昔、承りし[8]にはたがひたり。ひがごとの覚えけるにや。勝負論無《無論》し。

基云、「くちを《お》しや」などよみたらんは、かやう《可様》の歌合など未だ見侍らず。無下にこそおぼえ侍れ。[9]和歌、詩などは、ことばをえりて「先花後実」とぞ[10]いふ《云》と[11]いにしへの人も申しける。さればにや諸家集ならび《幷》に歌合などにもこの《此》詞よみたりとみえず。[12]況んやまたはじめの句にもあらず。また《又》「雲井がくれにすむたづ」といふ《云》こと《事》、和歌にいまだ見出し侍らず。唐の文の中にやとうたがはれ侍る。もし《若》、世説といふ《云》文に、「鳴鶴日下」といへる心をよまれたるにや。次の句に、「あをき雲をひらいてしろき鶴を見る」とこそいひ《云》たれ。「雲井がくれにとぶ」などいはんこと《事》こそ侍らめ、鶴といひながら雲の中にすみ侍るべきこそ。淮南鶏ぞ[13]雲ゐにはいり侍り[14]けれ。また《又》、もしく《若》は[15]つるみといふこと《事》にや。しかれば《然者》、源近公相鶴経といふ《云》文に、[16]つるみ百八十歳にて雌雄あひ見て[17]はらめること《事》は侍れ。さらば人といふこと《事》は[18]いかがいふべき《可謂》にか。また《又》「雲井がくれにすむ」と[19]いふところもなければ、ことわり《は》ともおぼえず。大かたこの《此》歌は、詞も心もおよばず《不及》ぞ見給ふる。[20]右の歌、詞にあやまつところ《所》もなく、歌がらもあしからねば、[21]すこしよろしとはひがごとにや。

〔主な校異〕 1俊持（東・群）―ナシ（今・書・和・昌） 2基勝（東・群）―ナシ（今・書・和・昌） 3かつみれと（今・東・群）―かつみれは（書・和・昌） 4こそ（書・東・群・和・昌）―そ（今） 5逢初給し時（今・東・群）―相給し時（書・昌）あひ初給し（和） 6御みつらに（和・昌）―御みつからに（今・書・東・群） 7さし給ふ（今・書）―さし給ひし（東・群・和・昌） 8には（今・書・和・昌）―に（東・群） 9和歌、詩なと（東・群）―和詩なと（今・書・昌）和歌伝なと（和） 10云と（今）―ナシ（東・群）いふ（書・和・昌） 11いにしへの人（今・東・群）―れいの人（和・昌）れつの人（書） 12況やまたはしめの句にもあらす（東・群・和・昌）―ナシ（今・書） 13雲ゐには（今・書・和・昌）―雲に（東・群） 14けれ（今・書・昌）―けれは（東・群・和） 15つるみ（今・書・和・昌）―つる（東・群） 16つるみ（今・書・和・昌）―つるは（東・群） 17はらめる事（東・群）―侍らんと云事（今・書・和・昌） 18いか、（今・書）―いかに（東・群・和・昌） 19いふ（今・書・東・群）―云といふ（和・昌） 20右歌詞に（書・東・群・和・昌）

—右歌に（今） 21すこし（今・書・和・昌）—ナシ（東・群）

〔現代語訳〕 二番 左 俊持 俊頼朝臣

51 残念なことだ。雲ゐがくれにすむたつも、思う人にはみえたのになあ。

右 基勝 基俊朝臣

52 かりそめに逢っただけだけれどやはり恋しい。愛しいあの子のゆつのつまぐしをどのように挿したものだろうか。

俊頼云、前の歌は、その心もわからず、異様なこと極まりない歌のようです。後の歌は、「ゆつのつまぐし」とは、素盞烏尊が稲田姫に初めてお逢いになった時に御みづらにお挿しになった櫛である。この歌は、「かつみれど」と詠まれているので、すでに逢ってしまったようにみえる。しかし、第五句に「いかでささまし」とあるので、まだ櫛を挿さないようにみえる。典拠と相違しているように思う。詠んだ人に尋ねなくてはならない。昔私がお聞きしたことと違っている。間違って思い出したのだろうか。勝ち負けは論じない。

基俊云、「口惜しや」などと詠んでいることばは、このような歌合などではまだ見ていません。ひどいことばだと思います。和歌、詩などは、ことばをえらんで「先花後実」〈花を先にし、実を後にす〉と昔の人も申しました。それだからでしょう、諸家集並びに歌合などでこの詞を詠んでいる例は見えない。ましてや初句に詠んだ例がないのも当然だ。また、「雲ゐがくれに住むたづ」ということは、和歌にまだみません。漢詩文の中にあるのだろうかと疑われます。もしや、世説という文に、「鳴鶴日下」という心を詠んでいたでしょうか。次の句は「青き雲をひらいて白き鶴をみる」とみました。「雲ゐがくれにとぶ」などということばはあったでしょうが、鶴といいながら雲の中に住むといえるのでしょうか。淮南の鶏ならば雲に入りました。または、つるみということでしょうか。それなら、源近公の相鶴経という文に、鶴が百八十歳で雌雄が出会って孕むことがあります。それならば、「人」ということばはどうしていえるのか。また、「雲井がくれに住む」という場所もないので、もっともなこととは思えません。だいたいこの歌は、詞も心も充分ではないように見ます。右の歌は、詞に誤ったところもなく、歌の雰囲気も悪くないので、まずまず良いというのは、まちがいでしょうか。

〔語釈〕 51**○雲井がくれにすむたつ** 「たつ」は龍。作者の俊頼は、葉公の故事を詠んでいる。（↓補説）

52**○かつみれど** 「かつ」はかりそめに、わずかにという意味。「みちのくのあさかのぬまの花かつみかつ見る人にこひやわたらむ」（古今集・恋四・六七七・よみ人しらず）の例がある。なお、「かつ」には一方ではという意味もあるが、俊頼判ではその解釈はとっていない。**○ゆつのつまぐし**（↓俊頼判）**○いかでささまし** どのように挿したものだろうか。「まし」はためらう気持ちを表す助動詞。

〈俊頼〉**○素盞烏尊の稲田姫に逢ひ初め給ひし時、御みづらにさし給ふくしなり** 「御みづら」は内閣文庫昌平坂学問所旧蔵本、同和学講談所旧蔵本による。『日本書紀』神代上の第八段、出雲国に下った素戔嗚尊が、八岐大蛇に呑まれてしまう運命にある奇稲田姫を妻にする許しを得て、「故《かれ》、素戔嗚尊《すさのをのみこと》、立《たちなが》ら奇稲田姫《くしいなだひめ》を湯津爪櫛《ゆつつまぐし》に化為《とりな》して、御髻《みづら》に挿したまふ」とある。その後八岐大蛇を退治し、二人は結婚して、大己貴神（おほあなむちのかみ）を生むのである。わが国最初の和歌とされている「やくもたつ出雲八重垣つまごめに八重垣つくるその八重垣を」の歌はこのときに詠まれている。**○本文にはたがひたるやうにみゆる** 「ゆつのつまぐし」の典拠となった故事では、初めて逢った日に櫛をさしている。右の歌では、すでに逢ったことがあるのにまだ櫛をさしていないということになり、相違しているというのである。ただし、補説に引いた『袖中抄』は、この俊頼判を批難している。

〈基俊〉**○ことばをえりて、先花後実とぞいふといにしへの人も申しける** 本は散佚して伝わらないが、『安倍清行式』の説。『袋草紙』に「勘解由安次官清行和歌式云、凡和歌者先花後実、不詠古語并卑陋所名奇物異名、只花之中求華、玉之中択玉…」とある。「先花後実」は他はおいて先ず表現の美しさを求めるべきだというのであろう。

○世説といふ文に、鳴鶴日下といへる心を… 「世説」とは南宋の劉義慶が著した『世説新語』をさすが、「あをき雲をひらいてしろき鶴を見る」という句を伝える本は見あたらない。**○淮南鶏ぞ雲ゐにはいり侍りけれ**　『神仙伝』に「淮南王白日昇天。余薬器置在中庭。鶏犬舐啄之、尽得昇天」とあることによる。**○源近公相鶴経といふ文に…**　『大系』は、「淮南八公相鶴経曰、…復百六十年、雌雄相視、目睛不転而孕」（淵鑑類函四六〇）をあげて、「源近公」は「淮南八公」の誤写かという。基俊は以上のように、鶴《たづ》に関するさまざまな知識を披露するのだが、俊頼はなんと龍《たつ》を詠んでいたのである。（→補説）**○すこしよろしとはひがごとにや**　「ひがごと」は道理に合わないこと。基俊は自らの歌を勝ちとすることに、多少は後ろめたい気持ちがあるのかもしれない。

〔他出〕　51散木集一二一九「同殿にて三首の歌ありけるに恋の心を」　52新勅撰集・恋三・七八八「法性寺入道前関白家歌合に」

〔参考〕　51和歌童蒙抄・龍、無名抄　52奥義抄、袖中抄

〔補説〕　**鶴《たづ》と龍《たつ》**　鴨長明の『無名抄』に次のようにある。

　基俊ひが難する事

俊恵云、法性寺殿にて歌合ありけるに、俊頼基俊ふたり判者にて、名をかくして当座に判しけるに、俊頼の歌に、

　くちをしや雲井がくれにすむたつも思ふ人にはみえける物を

是を基俊鶴と心えて、たづはさはにこそすめ、雲井にすむ事やはあると難じてまけになしてけり。されど俊頼其座には詞もくはへず。

　其時殿下よろこびのことばおのおのかきてまゐらせよとおほせられける時なむ俊頼朝臣の「是はたづにてはあらず、龍なり。かのなにがしとかやがたつをみむと思へる心ざしふかかりけるにより、かれがためにあらはれてみえたりし事侍をよめるなり」とかきたりける。基俊弘才の人なれと思わたりけるにや。すべてはおもひはかりもなく、人の事を難ずるくせの侍ければ、ことにふれて失おほくぞありける。

俊頼が詠んだのは、葉公の故事である。葉公は龍をとても好み、龍の装飾物をいつも身の回りにおくほどだったので、その評判を聞いた龍が姿を見せたという。しかし、葉公は実際に龍をみると肝をつぶして逃げだしてしまったという。「葉公子高好竜。…於是天竜聞而下之。窺頭於牖、施尾於堂。葉公見之、弃而還走。失其魂魄、五色無主。」（新序、雑事五）

この番でも基俊は漢籍の豊富な知識を披露しつつ弁駁していたので、俊頼が種明かしをした時の落胆ぶりを想像すると気の毒になる。俊恵は俊頼の息子で、筆者の鴨長明の和歌の師である。

ゆつのつまぐし　『袖中抄』の「ゆつのつまぐし」の項のうち、この番について述べている個所を一部引用する。

又基俊が恋歌に、かつみれどなをぞ恋しきわぎもこがゆつのつまぐしいかがささまし、是は法性寺殿歌合に詠ず。俊頼判云

ゆつのつまぐしとは、すさのをのみことのいなだひめにあひそめ給ひし時に、御びづ《（ママ）》らにさし給ひし櫛也。此歌は、「かつみれど」とよまれたれば、すでにあひにける心になんみゆる。末句に「いかにささまし」とあれば、まださささぬとぞみゆれば、本文にはたがひたるやうになんみゆる。世の人に可尋事也云々。

私云、此歌に条々不審あり。

日本紀云、素盞嗚尊勅云、若然者汝当以女奉吾耶。対云、随勅奉矣。故素盞嗚尊立化奇稲田姫子為湯津抓櫛、而挿於御髻云々。

如此文者、いなだ姫をゆつのつまぐしにとりなして、わがみづらにさし給ふときこえ《ゑ》たり。「わぎもこがゆつのつまぐし」と云べからず。わぎもこをゆつのつまぐしにとりなして、いかでわがみづらにささましとぞよむべき。たとへばけふのこひの心にては、女をいなだひめになして、いまだあはぬほどみるがわりなきに、ゆつのつまぐしになしてあひしやうに、とくならばやと云にても、「わぎもこがゆつのつまぐし」猶心えず。又判詞もこころえ《ゑ》ず。「かつみれど」と云事、あひてのちとのみさだむべきにあらず。

顕昭は、右52の歌の「わぎも子がゆつのつまぐし」という語句と俊頼判の「かつみれど」の解釈を批難している。

三番　左　両判為勝　女房

53 いはぬまのしたはふ蘆のねをしげみひま《隙》なき恋を君しるらめや

右　雅兼朝臣

54（×）〔身をつみておもひやしるとこころみにながためつらき人もあらなん〕

俊云、前の歌、いとを《お》かし。させること《指事》みえず《不見》。後の歌[1]は「汝がためつらき」と女をいはんこと《事》は、[2]なめげにやあるべき。女房などは、我にしなくだりたれど、詞はうやまひてこそいふめれ。させる《指》[3]証歌なくは前の歌勝つ[4]にもや。

基云、[5]この歌、難じ申すべきこと《可難申事》も侍らざめり。それが中にも「したはふ蘆」はいますこしやさしうぞ見給ふる。

〔主な校異〕 54の歌ナシ（今・書・東・群・和・昌）万代集ニヨリ補ウ。 1は（今・書・和・昌）—ナシ（東・群） 2なめけ（東・群）—なまけ（今・書・和・昌） 3証歌なくは（今・書・群）—証歌（東）証なくは（和・昌） 4にもや（今・書・昌）—にや（東・群・和） 5此歌（東・群・和・昌）—此（今・書）

〔現代語訳〕 三番　左　両判為勝　女房

53 岩沼の下にはう蘆の根が重なって隙間もないような、ひまなき恋をあなたは知っているだろうか。

右　雅兼朝臣

54 自分自身が苦しい思いをすれば、他人の苦しみに気づくだろうかと、試しに、おまえにつらい思いをさせる人がいてほしいよ。

俊頼云、前の歌はとても趣きがある。さしたる欠点は見えない。後の歌は、「おまえにつれなくする」と女にいうことは失礼なのではないか。女房などは自分よりも身分が下であるが、詞では相手を敬っているように詠むようだ。たいした証歌が無いなら前の歌の勝ちであろうか。

基俊云、これらの歌は欠点とすべきことも無いようです。その中でも「下はふ蘆」は今少し優美であると見ました。

〔語釈〕 53 **○女房**　作者は忠通。（↓「時雨」二番3補説）**○いはぬま**　「岩沼」に「言はぬ」を掛けている。「いはぬまはつつみしほどにくちなしのいろにやみえし山吹のはな」（後拾遺集・雑四・一〇九三・規子内親王）**○したはふ蘆**　女のもとにひそかに通うことを象徴する。「したにのみはひ渡りつるあしのねのうれしき雨にあらはるるかな」（後撰集・雑三・一二三四・不知「ちちは侍りける人のむすめにしのびてかよひ侍りけるを、…月日へてかくれわたりけれど、…ゆるすよしいひて侍りければ」）**○ひまなき恋**　相手のことがいつも脳裏に浮かんでいるような恋。「あしがきにひまなくかかるくものいの物むつかしくしげるわがこひ」（金葉集・恋下・四四六・経信）

54この歌は万代集によって補った。（↓他出）**○身をつみて**　本来の意味はわが身をつねることで人の痛みを知るということ。「身をつめばいるもをしまじ秋の月山のあなたのひともまつらん」（後拾遺集・秋上・二五四・永源法師）**○つらき人**　自分につらい思いをさせる人。「つらきをも思ひしるやはわがためにつらき人しも我をうらむる」（拾遺集・恋五・九四七・不知）

〈俊頼〉判定は左の勝ち。**○なめげにやあるべき**　俊頼は同席している女房たちに気を遣って、このように如才なく言うのであろう。

〈基俊〉判定は左の勝ち。

〔他出〕　53金葉集・恋上・四〇一「恋歌とてよめる」、田多民治集・一四五「元永元年十月二日歌合、恋」　54万代集・恋四・二三八〇・前中納言雅兼「法性寺入道前関白、内大臣のときの歌合に　身をつみておもひやしるところみにながためつらき人もあらなん」

〔校訂本文〕

四番　左　両判為勝　　[1]上総君

55(54)　恋ひわぶる君が雲井の月ならばおよばぬ身にも影は見てまし

右　　顕仲朝臣

56(55)　いのるらん神のたたりはなさるとも逢ふてふことに身をばけがさじ

俊云、前の歌は人を月になすは、天徳の歌合に。「およばぬ身[2]にも」といふにぞ、歌かはるべき。後の歌は人にしられたる歌とぞみゆる。さはよむらんやは。証歌ぞいるべき。また、をとこのもとよりいのりをなんするとよみおこせたらん返しな[3]どにぞ、[4]かくはよみやるべき。見しらぬに似たり。負けぬるにや。

基云、左の歌、「君が雲ゐの月ならば」といへる文字つづき、優なるやうに見え侍る。「およばぬ身にも」とある、天暦歌合に中務が「雲井の月」とよみたるを思ひてよまれたるにや。「恋しきかげ」はいと[5]よく見え侍るに、詞とどこほりたるやうにこそ。右、「いのるらむ神のたたり」などまでは有りなん。

「逢ふてふことに身をばけがさじ」といへる、いかにと心得がたし。あふと[6]いふことは、いかなる物なれば[A]身をばけがすべきにか。[7]みぞなどにおち入りたらん心ちし侍り。いづれもをかしき心はなけれど、[8]なほ「雲井の月」や今すこし[9]よろしく侍らん。

〔校訂付記〕　類聚歌合ノ本文アリ〔基俊判A～〕　1上総君（今・書・和・昌）—上総公（東・群）　2身にも（今・書）—身をも（東・群・和・昌）　3なとにそ（今・書・和・昌）—なとに（東・群）　4かくは（今・書・和・昌）—かく（東・群）　5よく（東・群）—よくこそ（今・書・和・昌）　6云事は（今・書・和・昌）—いふ事（東・群）　7みぞ（類・東・群・和・昌）—み（今・書）　8なをくもゐのつきや（類）—雲井の月は（今・書・東・群・和・昌）　9よろしく（類）—よろしくや（今・書・東・群・和・昌）

〔本文対校〕　太字は類聚歌合

四番　左　両判為勝　　上総君

55 恋わふる君か雲井の月ならはをよはぬ身にも影は見てまし

右　　顕仲朝臣

56 いのるらん神のたゝりはなさるとも逢てふことに身をはけかさし

俊云、前歌は人を月になすは、天徳の歌合に。をよはぬ身にもといふにそ、うたかはるへき。後歌は人にしられたる歌とそみゆる。さはよむらんやは。証歌そ入へき。又おとこのもとよりいのりをなんするとよみおこせたらん返しなとにそ、かくはよみやるべき。みしらぬに似たり。負ぬるにや。

基云、左歌、君か雲ゐの月ならはといへる文字つゝき、優なる様に見え侍る。をよはぬ身にもとある、天暦歌合に中務か、雲井の月とよみたるを思ひてよまれたるにや。恋しきかけはいとよくこそ見え侍に、詞とゝこほりたる様にこそ。右、いのるらむ神のたゝりなとまては有なん。逢てふことに身をはけかさしといへる、いかにと心得かたし。あふと云事は、いかなる物なれば身をはけかすへきにか。み・《そ》なとにおち入たらん心ちし侍り《れ》。いつれもおかしき心《・（ママ）》はなけれと、・・《なを》『雲井の月は《や》今すこしよろしく《・》や侍らん』

〔引用歌〕 ことならばくもゐの月となりななむこひしきかげやそらにみゆると（天徳四年内裏歌合「恋」三七・中務）

〔現代語訳〕 四番　左　両判為勝　上総君

55 恋いわびるあなたが空の月ならば、手の届かない私でも姿は見えるでしょうに。

右　顕仲朝臣

56 あなたが祈っているという神がたたりをなすとしても、逢うということにわが身を穢すまい。

俊頼云、前の歌は人を月になぞらえる例は、天徳の歌合に〔あるが〕、「およばぬ身にも」というので、天徳歌合の歌とは変わるはずです。後の歌は人に知られている歌と思われる。そのように詠んでよいのだろうか。証歌が必要だろう。また男のもとから、祈祷をしていると詠んでよこしたようなときの返事などに、このように詠みおくるのがよい。何も知らないようなものだ。負けたでしょう。

基俊云、左の歌、「君が雲ゐの月ならば」といっているのは、ことばづかいが美しいようにみえますが、「およばぬ身にも」とあるのは、天暦歌合に中務が、「雲井の月」と詠んでいるのを思ってお詠みになったのだろうか。「恋しきかげ」のほうはとてもよいと思いますが、こちらの歌はことばが滞っているようです。右は、「祈るらん神のたたり」などまではまあいいでしょう。「逢ふてふ事に身をばけがさじ」と詠んでいるのは、どうして、と理解しがたい。逢うということは、どのようなものであれば身をけがすのだろうか。みぞなどに落ちてしまったような気がします。どちらも趣きはないけれど、やはり「雲井の月」はそれでもすこしよいでしょうか。

〔語釈〕　55**〇およばぬ身**　自分自身の恋心が相手に受け入れられないことをいう。「世の人のおよばぬ物はふじのねのくもゐにたかき思ひなりけり」（拾遺集・恋四・八九一・天暦御製）

56**〇神のたたり**　「ならの葉のはもりの神のましけるをしらでぞをりしたたりなさるな」（後撰集・雑二・一一八三・仲平）この歌は『俊頼髄脳』、『綺語抄』など同時代の歌学書にも引かれている。**〇身をばけがさじ**　「けがす」という語句は、和歌にはあまり詠まれていない。「みわがはのきよきながれにすすきてしわがなをさらにまたやけがさむ」（和漢朗詠集「僧」六一二）

〈俊頼〉判定は左の勝ち。**〇人を月になすは天徳の歌合に**　引用歌にあげた「ことならば」の歌をさす。基俊判もこの歌を引いている。**〇天徳の歌合に**　「天徳の歌合に」と「およばぬ身」のあいだに本文の脱落があると考えられる。**〇歌かはるべき**　「およばぬ身をも」と詠んだことで、天徳四年内裏歌合の歌に新しい趣向が加わったのである。元永二年「草花」一番1の又判に「歌はかはりたれどもふしおなじ心なるは、なほさるべしと先達の申しける事なれば」とあるが、左の歌は、詠み替えに成功しているといえよう。**〇人にしられたる歌とぞみゆる**　語釈に引いた「ならの葉のはもりの神」の歌をさす。

〈基俊〉判定は左の勝ち。**〇みぞなどにおち入りたらん心ちし侍り**　「身をばけがさじ」という表現が異質であることをからかって、このようにいうのだろう。

〔他出〕　55新勅撰集・恋五・九六一「法性寺入道前関白、内大臣に侍りける時、家に歌合し侍りけるによめる」初句「こひわたる」

〔校訂本文〕

五番　左　俊持　師俊朝臣

57（56）つれなさのためしは[1]誰ぞたれにても人[2]なげかせてはては[3]よしやは

右　基勝　　定信朝臣

58（57）逢ふことをまつのみぎはに年ふればしづえに浪のかけぬ日ぞなき

俊云、前の歌はすがた詞ことにして、ともかくも申しがたし。後の歌、「逢ふことをまつのみぎはに」といへる程歌めきたれども、「しづえに波のかけぬ日ぞなき」といへるわたり、恋の歌とも見えず。涙をかけたらましかばさもやと[A]聞こえなまし。[4]左の歌は恋の心見ゆれど、すがたことば優ならず。[5]つぎの歌はなだらかなれど恋の心すくなし。よりて持と申すべし。

基云、[6]この歌、ことばは滑稽のことばにこそ侍るめれ。いみじく[7]のろのろしくはらぐろげに思ひよりて侍[8]ることかな。[9]なかとみのとくゐんか返事といふ文[10]のなかにこそ、[11]かかることは見たまへしか。「よしや草葉の」とよみたることも[12]侍れど、それはいとをかしうつづきたるに、これはいと[13]むくつけげにぞ[B]聞こえ侍る。さて、「逢ふことをまつのみぎはに」などよめるわたり、まことにをかしくこそ。次句の「しづえに浪のかけぬ日ぞなき」と、[14]いとしたたかに見え侍るめり。小町が歌にむかひたるやうに見給ふるものかな。これは右勝ちと申すべし。

〔校訂付記〕　類聚歌合ノ本文アリ〔左の歌、俊頼判A～基俊判B〕　1誰ぞ（今・書・東・群・和・昌）―誰に（類）　2なけかせて（類）―なけかせん（今・書・東・群・和・昌）　3よしやは（類）―すくやは（今・書・東・群・和・昌）　4のうた（類）―ナシ（今・書・東・群・和・昌）　5つぎのうたは（類）―右（今・書）右は（東・群・和・昌）　6このうたことは、滑稽のことは（類）―此歌は詞滑にて詩（今・書・東・群・和・昌）7のろ〳〵しく（類）―色々しく（今・書・和・昌）けつ〳〵しく（東・群）〈「けつ」ノ横ニ「よろイ」トアリ（東）〉8こと（類）―恋（今・書・東・群・和・昌）9なかとみのとくゐんか返事（類）―なかとものとくゐかへし（今・書・東・群・和・昌）10のなか（類）―ナシ（今・書・東・群・和・昌）11ことは（類）―詞は（今・書・東・群・和・昌）12侍れど（類）―侍めれど（今・書・東・群・和・昌）13むくつけゝにそ（類・書・和・昌）―むくつけゝに（今）むくつけに（東・群）14いとしたゝかに（今・書・和・昌）―いとゝたしかに（東・群）

〔本文対校〕　太字は類聚歌合

五番《『二十九》　左　俊持《ち俊》　師俊朝臣《もろとし・・》

57 つ《き（ママ）》れなさのためしは誰そ《に》たれにても人なけかせん《て》はてはすく《よし》やは《』》

右　基勝　定信朝臣

58 逢ことを松の汀に年ふれはしつえに浪のかけぬ日そなき

俊云、前歌はすかた詞ことにして、ともかくも申かたし。後歌、逢事を松の汀に、といへる程、歌めきたれとも、しつえに波のかけぬ日そなきといへるわたり、恋の歌とも見えす。涙をかけたらましかはさもや《『と》・聞えなまし。左・・・《のうた》は恋の心・《は》見ゆれと、体・・《すかた》、詞、優ならす。右・・・・・《つきのうたは》、なたらかなれと恋の心すくなし。仍持と・可申《やまうすへからん》。

基云、此歌は詞・《・は》滑・《稽のことは》にて詩・にこそ侍めれ。いみしく色々・・《のろ〳〵》しくはらくろけに思ひよりて侍る恋・《こと》かな。なかとも《み》のとくゐ・・かへし《んか返事・》といふ文・・・《のなか》にこそ、かゝる詞・《こと》は《へ》見たまひしか。よしや草葉のとよみたる事も侍めれと、それはいとおかしう（ママ）つゝきたるに、是はいとむくつけゝに《そ》・聞え侍る。さて、あふ事を松の汀になとよめるわたり、まことにおかしくこそ。次句のしつえに浪のかけぬ日そなきと、いとしたゝかに見え侍めり。小町か歌にむかひたる様に見給るものかな。是は右勝と申へし。

〔現代語訳〕　五番　左　俊持　　師俊朝臣

57　冷淡さのお手本は誰なのか。誰であっても人を嘆かせて人生の最後は幸せでしょうか。そんなはずはありません。

右　基勝　　定信朝臣

58　逢うことを待って、松が生えている汀に年月がすぎれば、下枝に波がかからない日がない。

俊頼、前の歌は歌の姿や詞が異様で何とも申し上げがたい。後の歌は、「逢ふことを松の汀に」といっているところは歌めいているけれども、「しづえに波のかけぬ日ぞなき」といっているあたり、恋の歌とも見えません。もし「涙」をかけていたら、それらしく聞こえたでしょうに。左の歌は恋の心は見えますが、歌の体裁や詞が美しくありません。次の歌はなだらかですが、恋の心が少ない。そこで、持と申しましょう。

基俊、この歌の詞は滑稽のことばのように見えます。ひどくいまいましく腹黒い様子で思いつめている恋ですねえ。なかとみのとくゐんかへしといふ文に、このような詞を見ましたっけ。「よしや草葉の」とよんでいることばもあるようですが、それはとても趣きがあるようにつづけているのに、この歌はとても不愉快に聞こえます。一方、「逢ふことをまつの汀に」などと詠んでいるあたりは、ほんとうに趣きがあります。次の句の「しづえに波のかけぬ日ぞなき」と、とてもしっかり詠んでいるようにみえます。小町の歌に対面しているようにみえるものですね。これは右の勝ちと申すべきでしょう。

〔引用句〕　むかし、宮のうちにて、ある御達の局の前を渡りけるに、なにのあたにか思ひけむ、「よしや草葉よな

らむさが見む」といふ。（下略）（伊勢物語・第三十一段）

〔語釈〕 57○**つれなさ**　恋しく思う相手が、冷たい態度をとること。「つれなさにおもひたえなでなほこふるわがこころをぞいまはうらむる」（永承四年内裏歌合「恋」二七・兼房）○**誰ぞ**　誰なのか。類聚歌合には「誰に」とあるが、「誰ぞ」のほうがよい。○**はてはよしやは**　類聚歌合による。「や」「は」はそれぞれ疑問と強意の係助詞で、反語表現。終わりがよいはずがない、あわれな末路をたどるにちがいないと脅しているのである。

58○**逢ふことをまつ**　「待つ」と「松」の掛詞。○**しづえ**　下枝。「おきつかぜふきにけらしなすみよしの松のしづえをあらふしらなみ」（後拾遺集・雑四・一〇六三・経信）によっている。

〈俊頼〉判定は持。○**涙をかけたらましかばさもや聞こえなまし**　松のしづ枝に「波」をかけるのではなく、「涙」をかけて詠んでいたら、恋の歌らしくなっただろうにという。具体的な助言である。

〈基俊〉判定は右の勝ち。○**いみじくのろのろしく**　「のろのろし」は類聚歌合による。「呪呪し」と書き、「いまいましい」「のろわしい」という意味。○**なかとみのとくゐんかへし**　類聚歌合による。未詳。呪詛のことばをのせているか。○**小町が歌にむかひたるやうに見給ふるものかな**　小野小町の歌にたとえるのなら、ほめことばである。『古今集仮名序』は小野小町を「あはれなるやうにて、つよからず。いはば、よき女のなやめる所あるに似たり」と評している。それによると、この歌に強い主張はないが、歌の姿が美しいということか。

六番　左　俊持　少将公

59（58） うかりけるみぎ《汀》はにおふるうきぬなはくること[1]絶えていく世へぬらん

右　基勝　信濃公

60（59） 夜とともに袖のみぬれて衣川恋こそわたれあふせなければ

俊云、左右[2]の歌、とも《共》にさ《指》せる難見えず、ふるめかしきはつねのこと《事》なれば、ひとしとや申すべからん。

基云、これ《是》はいづれ[3]もいづれもよろしう見給ふる。逢ふせなくて恋ひわたらんこそいとを《お》かしけれ。

〔主な校異〕　1絶て（今・書）—なくて（東・群・和・昌）　2左右歌（今・書・和・昌）—左右（東・群）　3いつれも〳〵（東・群・和・昌）—いつれ〳〵（今・書）

〔現代語訳〕　六番　左　俊持　　少将公

59 物思いにしずむことが多くつらかった、わが身は、汀に生えている蓴菜《じゅんさい》。手繰りよせることがないように、来ることも絶えてどれほどたったのだろう。

右　基勝　　信濃公

60 毎夜毎夜、袖ばかりがぬれて、衣川を恋しい気持ちだけがわたっているよ。逢瀬がないので。

俊頼、左右共にたいして欠点もありません。ふるめかしいのはいつものことなので、同程度と申すべきでしょう。

基俊、これらはいずれもいずれも悪くないと見ました。逢瀬がなくて恋い渡るとあるのはとてもよいでしょう。

〔語釈〕　59 **○うかりけるみぎは**　水のほとりという意味の「みぎは」に「身」を掛けている。「うかりける身」は「憂き身」に過去の助動詞「けり」が加わっている形で、意味はほとんど同じ。物事が思うようにならないで、つらいことの多い身の上をいう。「うかりける身のふのうらのうつせがひむなしきなのみたつはきききや」（後拾遺集・雑四・一〇九七・馬内侍）**○うきぬなは**　水面に浮いている蓴菜《じゅんさい》のこと。茎をたぐりよせて収穫する。「わがこひはますだのいけのうきぬなはくるしくてのみとしをふるかな」（後拾遺集・恋四・八〇三・小弁）

60 **○夜とともに**　当時の歌人たちが好んで詠んでいる語句で、忠通家歌合でも多くの用例がある。**○衣川**　陸奥国、現在の岩手県奥州市を流れている。「袖」は縁語。永久三年十月後度の歌合の歌題である。

〈俊頼〉判定は持。どちらの歌も目新しさがないと批難している。

〈基俊〉判定は右の勝ち。俊頼の判とは対照的に、両方の歌を好意的に評価している。

七番　左　　兼昌朝臣

61(60) 恋せじとおもひなるせによる浪の〔かへりてそれも苦しかりけり〕

右　両判為勝　　雅光朝臣

62(61) 玉もかるしのぶの浦のあまだにもいとかく[1]袖はぬるるもの《物》かは

俊云、いづれもいづれ《〱》もを《お》かし。ただ《但》し、前の歌は初めの五文字、[2]明言《云》を《お》かしたれば、うちきくに思ひ出でられぬ。ふるき人も、かやう《様》のことば、さるべしとこそ申されけれ。お《を》とるべきにや。

基云、これ《是》もかれもひがごとにはあらねど、「なるせに[3]よる浪」の下句のこし、[4]たえだえ《〱》しくくるしげに見え侍る。しのぶの浦のあまよりもけにぬるらん袖こそ、いますこし恋まさりて[5]見給ふれ。


〔主な校異〕61下句ナシ（諸本）『袋草紙』ニヨリ補ウ　1かく（東・群・和・昌）―よく（今・書）　2明言を（東・群・和・昌）―明云を（今・書）　3よる波（今・書・和・昌）―よする波（東・群）　4たえ〱しく（東・群）―たひ〱しく（今・書・和・昌）　5み給ふれ（書・和）―見たまふ（今）みえ給ふれ（東・群）みたまふる（昌）

〔現代語訳〕七番　左　　兼昌朝臣

61　恋をするまいと思うようになったものの、音をたてて流れる川の浅瀬によせる波が返るように、かえってそれも苦しいものだなあ。

右　両判為勝　　雅光朝臣

62 玉藻を刈る忍ぶの浦のあまでさえも、まったくこのように袖が濡れるものだろうか。いや、自分の袖のほうが涙でもっとぬれているはずだ。

俊頼、どれもこれも趣がある。但し、前の歌は初めの五文字が明言をおかしているので、聞くとすぐ思い出されます。むかしのすぐれた人もそのようなことばは避けなくてはならないと申していましたよ。劣るでしょう。

基俊、あれもこれも間違いではありませんが、「なるせによする波」の歌の下句のまん中、たえだえして苦しそうに見えますので、忍ぶの浦のあまよりもはっきりとぬれているであろう袖のほうが、いま少し恋の心がまさってみえます。

〔語釈〕 61 **○恋せじと**　初句に「恋せじと」あれば、自然と「恋せじとみたらし河にせしみそぎ神はうけずぞなりにけらしも」（古今集・恋一・五〇一・不知）の歌が思い浮かぶ。俊頼判はこれを「明言」と批難するのである。**○思ひなるせ**　鳴瀬《なるせ》は、音をたてて流れる川の浅瀬のこと。「為《な》る」を掛ける。**○かへりてそれも苦しかりけり**　下句は『袋草紙』によって補った。波が「かへりて」に、予想とは反対にという意味の副詞「かへりて」を掛けている。

62 **○玉もかる**　「海人《あま》」にかかる枕詞。「たまもかるあまとはなしにきみこふるわがころもでのかわくときなき」（亭子院歌合・五八）**○忍ぶの浦**　『和歌初学抄』、『八雲御抄』は陸奥国に在るとする。右62の歌が最初の用例である。**○いとかく**　まったくこのように。**○あまだにも…ぬるるものかは**　「だに」は一方をあげて他を類推させる用法。「ものかは」は反語表現である。藻を刈る海人の海水でぬれた袖をあげて、涙にぬれた自分の袖を類推させて、自分の袖のほうがもっとぬれているというのである。

〈俊頼〉判定は右の勝ち。**○初めの五文字、明言をおかしたれば**（→補説）

〈基俊〉判定は右の勝ち。**〇下句のこし**　左61の歌の「それも」という語句をさす。和歌の第三句を「腰の五文字」「腰句」などということは多いが、「下句のこし」という言い方はめずらしい。

〔他出〕　62千載集・恋二・七一三「法性寺入道前太政大臣、内大臣に侍りける時、家の歌合に、恋のうたとてよめる」第二句「のじまの浦」

〔参考〕　61『袋草紙』古今歌合難

〔補説〕　**明言**《めいげん》　「明言」ということばは用いていないが、『俊頼髄脳』の次の記述が参考になる。

「いも」などいへることば、などてかあしからむと思ふ。とかく聞《き》きそめつれば、ありつかぬやうにきこゆるは、「いもがりゆけば」といへる歌うたのめでたきが、耳《み》うつしにてきこゆるにやとぞひとも申しし。「みわたせば」といへる五文字も、「まつのはしろし」とも、「やなぎさくらこきまぜて」とも、つづけつれば、「みわたせば」とぞこのみよむべきとぞきこゆる心ちこそすれども（略）

「いも」または「みわたせば」ということばを耳にしたとたんに、

思ひかねいもがりゆけば冬の夜の河風さむみちどりなくなり（拾遺集・冬・二二四・紀貫之）

見わたせば松の葉しろきよしの山いくよつもれる雪にか有るらむ（拾遺抄・冬・一四八・平兼盛）

みわたせば柳桜をこきまぜて宮こぞ春の錦なりける（古今集・春上・五六・素性法師）

などの有名な歌が思い出されてしまうというのである。そこから類推すると、たとえば左61の歌なら「恋せじと」と聞いたところで、「恋せじとみたらし河にせしみそぎ…」という古今集の有名な歌が思い出されてしまう。そのことを「明言」というのであろう。

〔校訂本文〕

八番　左　俊持　基勝　盛家朝臣[1]

63（62）山のはにはつかの月のはつ[2]はつにみしばかりにやかくは恋しき

右　信忠朝臣

64（63）恋すてふみな人ごとにとひ[3]みばやいとわが[4]ごとはあらじとぞ思ふ

俊云、前の歌はふるき歌にかかる歌[5]ある心ちするはひが覚えにや。すゐやすこしかはりたらん。次の歌は文字つづきのこ[5]はげにぞ聞[6]こゆる。同じ程の歌にや。

基云、左の歌は、二十日の月の出づるよりはてまで、しづのをだまきくり返し、いそのかみふるき歌どものもとすゐにて、めづらしげなく侍れど、人ごとにみるよりは歌めきたれば、なほ左の勝ちにや。

〔校訂付記〕　類聚歌合ノ本文アリ〔両歌、俊頼判〕　1盛家朝臣―もりいへ（類）盛方朝臣（今・書・東・群・和・昌）　2はつ〳〵に（今・書・東・群・和・昌）―さへ〳〵に（類）　3とひ（類・東・群）―人（今・書・和・昌）　4わがごとは（類）―わればかり（今・書・東・群・和・昌）　5歌（類）―歌の（今・書・東・群・和・昌）　5の（類）―ナシ（今・書・東・群・和・昌）　6聞ゆる（類・今・書・和・昌）―聞ゆ（東・群）

〔本文対校〕　太字は類聚歌合

『三十二　八番

左　俊持**ち俊**　基勝**ヽ勝基ヽ**　盛方朝臣**もりいへ・・**

63 山のはにはつかの月のはつ〳〵**さへ**にみしはかりにやかくは恋しき

右　　　　　　　　　信忠朝臣《のぶただ・・》

64　恋すてふみな人ことに人・《とひ》みはやいと我はかり・《わかことは》あらしとそ思ふ

俊・・・《としより・》云、前・・《さきの》歌は古歌にかゝる歌のある心ちするはひか覚にや。するやすこしかはりたらん。次歌は文字つゝき・《の》こはけにそ聞ゆる。同程の歌にや。

基云、左歌は、二十日の月の出るよりはてまて、しつのをたまきくり返し、いそのかみふるき歌とものもとするにて、めつらしけなく侍と、人ことにみるよりは歌めきたれは、猶左の勝にや。

〔現代語訳〕　八番　左　俊持　基勝　　　　盛家朝臣

63　山のはの二十日の月のように、ほんのちょっと見たばかりにこのように恋しいのだろうか。

右　　　　　　　　　信忠朝臣

64　恋するという人皆に尋ねてみたい。とても、私だけが、こんなありさまではないと思う。

俊頼、前の歌は古歌にこのような歌があるような気がするのは思い違いだろうか。末はすこし変わっているだろうか。次の歌は文字つづきがごつごつしているように聞こえる。同程度の歌でしょう。

基俊、左の歌は「はつかの月」が出るところから最後の句まで、しづのをだまきくりかへし、石上ふるき歌の上句と下句のままで、めずらしさもないようですが、「人ごとにみる」よりは歌めいているので、やはり左の勝でしょう。

〔語釈〕　63 **〇山のはにはつかの月の**　俊頼判、基俊判ともに「山のはにさしいづる月のはつはつに君をぞみつるこひしきまでに」（古今六帖・五八三・人丸）を念頭において論評している。**〇はつはつに**　ほんのちょっと、かすかにという意味。類聚歌合には「さえ〳〵」とあるが、澄んだ月の光を形容する語句なので、二十日の月の形容には適さない。

64〇**みな人ごとにとひみばや**　同時代に詠まれた歌に「けふこずはおとはのさくらいかにぞと見るひとごとにとはましものを」（新勅撰集・春下・八一・俊忠）がある。

〈俊頼〉〇**ふるき歌**　語釈63に引いた歌をさす。〇**すゑ**　下句。〇**文字つづきのこはげに聞こゆる**　言葉遣いが未熟でぎこちない感じがすること（→元永二年「草花」五番9補説）

〈基俊〉〇**しづのをだまきくり返し**　「しづのをだまき」は日本古来の織物である「倭文《しづ》」を織るための糸を巻いたもので、「くりかえし」を導く。〇**いそのかみふるき歌ども**　「いそのかみ」は「古き」の枕詞。

九番　左　基勝　道経朝臣

65（64）あふこと《事》の今はかた野となりぬればかりにとひこし人もとひこず

右　俊勝　[1]忠隆朝臣

66（65）おさふればあまる涙はもる山のなげきにあたる雫なりけり

俊云、前の歌は、「かた野」となりなば、「かりにく」とこそ[2]いふ《云》べけれ。「こず」といへるはたがひたり。次の歌は、「あまる涙はもる山の」などいへる、思ふ心なきにはあらず。さもと聞こゆれば勝つとも申さむにかたからじ。

基云、この《此》歌[3]ともに、いづれもいづれもことなる難もなく、心とどめたること《事》も侍らぬ中にも、かりに

音する人なからんはいますこし心ぼそくぞ見え侍る

〔主な校異〕 1忠隆朝臣（東・群・和・昌）―ナシ（今・書）　2云へけれ（今・書・和・昌）―いふけれ（東・群）　3ともに（書・東・群・和・昌）―ナシ（今）

〔現代語訳〕 九番　左　基勝　　　道経朝臣

65 逢ふことが今となっては、難しくなってしまったので、交野に狩りに来るように、仮にたづねて来る人も訪ねてこない。

右　俊勝　　　忠隆朝臣

66 おさえるとあまる涙は、もる山の木のような、嘆きにあたる雫だったのだ。

俊頼、前の歌は、「かた野」となったのなら、「狩をしに、仮に来る」というべきだ。「来ない」といっているのは違う。次の歌は、「あまる涙はもる山の」などと詠んでいるのは、思ふ心がないわけではない。なるほどと聞こえるので勝ちと申すのは、「かた野」とは違い、むずかしくないだろう。

基俊、これらの歌はともにどちらも特にこれといった欠点もなく、心をとどめていることもない中にも、仮におとずれる人もないようなことは、もうすこし心細く見えます。

〔語釈〕 65**○あふことの今はかた野**　地名の「交野」に、「難し」を掛ける。交野は摂津国、現在の大阪府枚方市にある。皇室の狩猟場があった。「あふことのいまはかた野にはむこまはわすれぐさにぞなつかざりける」（金葉集三奏本・恋・三八八・交野女）

66**○あまる涙**　袖から涙がこぼれること。「いかにせんかずならぬ身にしたがはでつつむ袖よりあまる涙を」（金葉集・三八四・恋上・不知）**○もる山のなげき**　「嘆き」に「木」を掛けている。「もるやまになげきこる身はおともせでけぶりもたたぬおもひをぞたく」（好忠集・五五九）

〈俊頼〉判定は右の勝ち。**○かた野となりなば、かりにくとこそいふべけれ**　交野は狩猟場なので「狩りに来」と詠むべきだという。「狩りに来」は「仮に来」を掛けている。「野とならばうづらとなきて年はへむかりにだにやは君かこざらむ」（古今集・雑下・九七二・不知、伊勢物語・第百二十三段）などをふまえて、このようにいうのであろう。**○こずといへるはたがひたり**　「逢ふことの今はかたの」すなわち、逢うことが難しくなったのだから、「来ず」と詠んでも問題はないはずだが、俊頼がこだわるのは交野が狩猟地だということである。人が狩りに来ないはずがないのである。**○申さむにかたからじ**　回りくどい言い方なのは、左65の歌の「かた野」に掛けているからであろう。

〈基俊〉判定は左の勝ち。

〔他出〕　66金葉集・恋下・四四七「題しらず」初句「おさふれど」

〔校訂本文〕

十番　左　俊持基勝　　忠房朝臣

67(66) うき人を忘れはてなでわすれ川なにとて絶えず恋ひわたるらん

右　　宗国朝臣

68(67) 恋すてふことはこれにてかぎりてむのちにもかかるものをこそ思へ

俊云、前の歌は何ともなし。これほどの歌はめもおどろかず。[1]のちの歌は、「これにてかぎりてん」と[2]いへるは、この人のほかにこと人[3]をばこひじといへるにや。[4]ひとをこひじといはばこころざしあり。[5]あすよりは[6]こひじといはんことは[7]かたし。たしかにもきこえ[8]ねばおぼつかなし。[9]この歌おなじほどの歌にや。

基云、いづれもいづれもとがむべきも侍らざるに、右は「これにてかぎりてん」こそいみじう庶幾せず見え侍れ。「なにとて絶えず」とあるは、いますこし歌めきてぞ[10]思ひ給ふる。

〔校訂付記〕 類聚歌合ノ本文アリ〔両歌、俊頼判〕 1のち（類）―おく（今・書・東・群・和・昌） 2いへるは（類）―いひたれは（今・書・東・群・和・昌） 3をは（類）―を（東・群・和・昌）ナシ（今・書） 4ひとをこひしといはゝこゝろさしあり―あすよりはこひしといへると　ひとをこひしといはゝこゝろさしあり〈「あすよりはこひしといへると」ハ衍字カ〉（類）ナシ（今・書・東・群・和・昌） 5あす（類）―又あす（今・書・東・群・和・昌） 6こひし（類）―恋せじ（今・書・東・群・和・昌） 7は（類）―ナシ（今・書・東・群・和・昌） 8ねは（類・書・東・和・昌）―ぬは（今・群） 9この歌（類）―ナシ（今・書・東・群・和・昌） 10思ひ給ふる（今・書・和・昌）―思ふ給ふる（東・群）

〔本文対校〕 太字は類聚歌合

十番　左　俊持　基勝　忠房朝臣
勝基俊　**たゝふさ**・・
『三十四　**ち俊頼**

67 うき人を忘れはてなてわすれ河何とて絶す恋わたるらん

右　宗国朝臣
・・

68 恋すてふ恋・は是にてかきりてむ後にもかゝる物をこそ思へ
こと　・

俊・・・云、前・・歌は何共なし。是・ほとの歌はめもおとろかす。おくの歌は、是にてかきりてんと云
としより・　**さきの**　**かう**　**のち**
たれは、此人・外にこと人を・恋しといへるにや。・・・・・・・・・・・・・・・・・・・・
へる　**の**　**は**　**あすよりはこひしといへるとひとをこひしといはゝこ**

・・・・・《ゝろさしあり・》又あすよりは恋・《せ》しといはん事・《は》かたし。たしかにもきこえねはおほつかなし。・・・・《このうた》お
なしほとの歌にや。』

基云、いつれも〳〵とかむへきも侍らさるに、右は、是にてかきりてんこそいみしう庶幾せす見え侍れ。なにとて絶すとあるは、いますこし歌めきてそ思ひ給ふる。

〔現代語訳〕　十番　左　俊持基勝　　　忠房朝臣

67 自分につらい思いをさせる人を忘れてしまうこともなく、忘川よ、どうしていつも恋しいと思い続けてしまうのだろう。

右　　　宗国朝臣

68 恋をするということはこれで最後にしてしまおう。後にもこのようなことを思うのだろうけれど。

俊頼、前の歌は何ということもない。この程度の歌は目も驚かない。後の歌は、「これにて限りてん」といっているので、この人のほかには、別の人を恋しく思わないといっているのだろうか。明日からは恋しく思わないというのか。ほかの人を恋しく思うまいというのなら意志がある。明日からは恋はするまいというようなことは難しい。はっきりとしないので不審である。おなじ程度の歌では。

基俊、どちらもどちらもとがめなくてはならないことはありませんが、右、「これにて限りてん」はとても好ましくないように見えます。「なにとて絶えず」とあるのは、それでも少し歌めいていると思います。

〔語釈〕　67 **○うき人**　自分につらい思いをさせる人。**○わすれ川**　「忘る」という名をもつが、忘れることができないと詠んでいる例がほとんどである。「わすれがはまたやわたらぬうきことのわすられずのみおもほゆるかな」（忠岑集・八三）

68 **○恋すてふ**　有名な「恋すてふわがなはまだきたちにけり人しれずこそおもひそめしか」（拾遺抄・恋上・二二八・忠見、天徳四年内裏歌合）の初句をそのまま利用している。「明言」にあたるが、二句以下の表現が斬新なので問題にされなかったか。（→「恋」七番61補説）

〈俊頼〉判定は持。**○ひとをこひじといはば**　文脈から判断して俊頼は、今恋しいと思っている人以外の人には、恋心をいだくまいという解釈が好ましいと考えている。

〈基俊〉判定は左の勝ち。**○庶幾せず見え侍れ**　「庶幾」は強くねがう意。そのようなことばは、進んで使おうとは思わないというのである。後に俊成がしばしば判詞に用いた。

十一番　左　俊勝　基持　　重基朝臣

69（68）逢ふこと《事》をその年月とちぎらねば命や恋の限りなるらん

右　　俊隆朝臣[1]

70（69）夜とともにもえこそ[2]わたれわが《我》恋はふじの高ねの煙ならねど

俊云、前の歌あしくもみえず。次の歌ことの外にふるめかし。よりて《仍》、前の歌を勝ちとすべし《可為勝》[3]。

基云、逢ふこと《事》をその年月とちぎらで、命を恋の限りにて侍らんこそ、あはれに心ぐるしく侍るに、また《又》夜とともにもえわたらん[4]人もいとほ《を》し。さればおとりても侍らず。ひとしくぞみえ[5]侍る。

〔主な校異〕　1俊隆朝臣（今・書・和・昌）―ナシ（東・群）　2もえこそ（東・群・和）―雲こそ（今・書・昌）　3可為勝（今・書・和・昌）―勝たるへし（東・群）　4もえわたらん（書・東・群・和・昌）―えわたらん（今）　5みえ（今・書・和・昌）―ナシ（東・群）

〔現代語訳〕 十一番　左　俊勝　基持　　重基朝臣

69 逢ふことをいつの年のいつの月と約束しないので、私の命が恋の限りとなるのだろうか。

右　俊隆朝臣

70 夜になるとともに燃えつづけるのだ。私の恋は、富士の高嶺の煙ではないけれど。

俊頼、前の歌は悪くは見えない。次の歌はことのほかふるめかしい。そこで、前の歌がまさっているに違いない。

基俊、逢うことを「何年の何月」と約束しないで、命が恋の限りであるようなことは、とても哀れで心苦しいけれど、また、夜になるとともに燃え続ける人もかわいそうだ。だから劣ってはいません。等しいようにみえます。

〔語釈〕 69**〇限り** 「わがこひはゆくへもしらずはてもなし逢ふを限りと思ふばかりぞ」（古今集・恋二・六一一・躬恒）は、逢うことで恋しい気持ちが止むことを期待しているが、左69の歌は、逢う約束もないので、自分が死んだときに恋が終わるのかと詠んでいる。

70**〇ふじの高ねの煙** 「恋」一番49の基俊判に、富士山の煙は絶えないとある。「よとともにもえゆくふじの山よりもたえぬ思ひは我ぞまされる」（古今六帖・七七七）

〈俊頼〉判定は左の勝ち。

〈基俊〉判定は持。

〔他出〕 69千載集・恋二・七一四「法性寺入道前太政大臣、内大臣に侍りける時、家の歌合に、恋のうたとてよめる」

十二番　左　俊勝　　為実朝臣

71（70）わが《我》恋はたかしの浜にゐるたづのたづねて行かんかたもおぼえず

右　基勝　　時昌朝臣

72（71）[1]逢ふことをたのむる人のなき時は[2]身をうきもの《物》と思ひぬるかな《哉》

俊云、左右の歌、同じ程とぞ見たまふる。はじめの歌はいささか[3]ことあるさま[4]なれど、[5]させることなし。[6]おくの歌はしたることなし。「ゐるたづの[7]たづねてゆかん」、かつと申すべからん。

基云、「わが《我》恋はたかしの浜」の歌、なほ《猶》、かみに「なみ」といひて、「たかしの」とはいはばやとこそ見給ふれ。忠房の返しに貫之よみたるにも、「おきつなみたかしのはま」とぞよみたる。浜はいづくにもおほかるに、この「たかしの浜」のふしにてこと[8]たがひて、すずろにおぼえ[9]侍るも、老いほけにたる心なるに、ひが《僻》覚えにも侍らんかし。右の歌、「身をうきもの《物》」と[10]おもひたらん、[11]今すこしなだらかなる[12]やうにぞ見給へ侍る。

〔主な校異〕　1逢事を（今・書・昌）―あふことの（東・群・和）　2身を（今・書）―よを（東・群・和・昌）　3ことある（今・書・昌）―ことなる（東・群）こそある（和）　4なれと（東・群）―なれは（今・書・和・昌）　5指事（今・書・和・昌）―指てこと（東・群）　6おくの歌はしたる事なし（今・書・和・昌）―ナシ（東・群）　7たつねて（東・群・和・昌）―たつねてや（今・書）　8たかひて（東・群・和）―たらはて（今・書・昌）　9侍るも（今・書・和・昌）―侍る（東・群）　10おもひたらん（今・群・和・昌）―思ひたらんと（書）思ひたらんそ（東）　11今すこし（今・和・昌）―少し（書・東・群）　12様にそ（今・書・和・昌）―やうに（東・群）

〔現代語訳〕 十二番　左　俊勝　　為実朝臣

71 私の恋は、波が高い、たかしの浜にいる鶴《たづ》のように、たずねてゆく方法もわからない。

右　基勝　　時昌朝臣

72 あふことをあてにできる人がいないときは、わが身をつらいものと思ってしまうなあ。

俊頼、左右の歌は同じ程度と見ました。はじめの歌はすこしわけありのようだが、これといったことはない。奥の歌は工夫のあとがみえない。「ゐるたづのたづねてゆかん」を勝ちと申すのがよいだろう。

基俊、「わが恋はたかしの浜」の歌は、やはり先に「浪」といって、「たかしの」といいたいものだとみました。忠房の歌の返しに貫之が詠んだ歌にも、「おきつなみたかしの浜」と詠んでいる。浜はどこでも多いのに、この「たかしの浜」を詠んだことでことばたらずになって、いいかげんなように思えます。年老いてぼうっとしているので、まちがっているかもしれんませんな。右の歌、「身をうきもの」と思っているようなところは、少しなめらかなように見ております。

〔引用歌〕 おきつ浪たかしのはまの浜松の名にこそ君をまちわたりつれ（古今集・雑上・九一五・紀貫之）

〔語釈〕 71 **○たかしの浜**　和泉国、現在の大阪府高石市から堺市にかけての海岸をいう。「おとにきくたかしの浜のあだ波はかけじや袖のぬれもこそすれ」（堀河院艶書合・一八・紀伊、百人一首）**○たづ**　基俊判が引く貫之の歌は、忠房の歌への返歌として詠まれたものであるが、その忠房の歌は「貫之がいづみのくにに侍りける時に、やまとよりこえまうできてよみてつかはしける」という詞書で、「君を思ひおきつのはまになくたづの尋ねくればぞありとだにきく」（古今集・雑上・九一四）と詠まれている。左71の歌が貫之と忠房の歌を両方とも利用して詠んでいることがわかる。

72 **○たのむ**　下二段動詞の「たのむ」は、当てにして信頼する、期待するという意。「つれなさにしひてたのめば水のうへにうきたるくさの心ちこそすれ」（元良親王集・一〇四）

〈俊頼〉判定は左の勝ち。
〈基俊〉判定は右の勝ち。**○なほ、かみに「なみ」といひて**　「わが恋はたかし」という語句のつながりが唐突であることを批難する。引用歌は「おきつ浪たかしのはま」と「浪たかし」という縁語表現、語釈71に引いた紀伊の歌は、「おとにきくたかしの浜」と「音たかし」という縁語表現を用いている。このように詠むべきだというのであろう。**○老いほけにたる心なるにひが覚えにも侍らんかし**　「ひが覚え」は記憶違いという意。最後の番の判まできて、基俊はすこし弱気になっているようである。

73
(72)

　　基俊判奥に献する歌

身をおきてなどやうき世をうらむらんことわ《は》りしらぬわがこころかな

〔現代語訳〕

73　私自身のことを抜きにして、どうしてこのつらい世の中をうらむだろうか。道理をしらないわが心だなあ。

元永元年十月十一日　内大臣家歌合〔断簡〕

同家歌合　元永元年十月十一日　当座出題　講席次探被分左右

題　雨後寒草

歌人　相府　季房　師俊　盛家　尹時　重基　忠隆　朝隆　清高　盛定

判者　俊頼朝臣

雨後寒草

一番　左勝　内府

1 雨《あめ》はるとみくまののべにかぜふけばをぎのかれはにたまぞちりける

〔校訂付記〕　右の歌と判を欠く。

〔現代語訳〕　一番　左勝　内府

1 雨が晴れたと、みくまのの野辺に風が吹くと、荻の枯葉の上に玉のような水滴が散らばるのだ。

〔語釈〕　1**○みくまののべ**　紀伊国、現在の和歌山県の熊野。「みくまのにこまのつまづくあをつづらきみこそわれがほだしなりけれ」（金葉集・恋下・四九三・不知）の例がある。**○をぎのかれは**　冬なので枯れ葉と詠んでいる。「さ夜さむみ人まつ人に聞かせばや荻のかれはにあられふるなり」（堀河百首「霰」九三五・仲実）**○たまぞちりける**　水滴が風に散るさまをこのように詠んでいる。「白露に風の吹敷く秋ののはつらぬきとめぬ玉ぞちりける」（後撰集・秋中・三〇八・朝康）

〔補説〕「雨後寒草」題　めずらしい四字題であるが、金葉集に採られている俊頼の歌は、「雨後野草」というよく似た歌題で詠まれている。

二条関白の家にて雨後野草といへる事をよめる
このさともゆふだちしけりあさぢふに露のすがらぬくさの葉もなし（夏・一五〇）

「二条関白」は師通のこと。忠通の祖父にあたる。師通家の歌会は夏におこなわれたようだが、本歌合は旧暦十月におこなわれている。師通家の歌会の歌題「雨後野草」に倣いつつ、開催した時期にあわせて、題を「雨後寒草」としたと考えられる。

2 神無《な》月夜半《よは》のしぐれにことよせて朝《あさ》露ふかしをののはぎはら
朝隆

3 白露《しらつゆ》のたまぬきかけてみゆるかな枯野《かれの》の野《の》辺に雨《あめ》はれにけり

左の歌、得るところ無きか《無得乎》。右、光儀優美に非ず《非優美》。

〔校訂付記〕「二番」「左」「右」という表記や勝負付け、左の歌の作者名を欠く。

〔現代語訳〕

2　神無月の夜半の時雨にかこつけて、朝露がたっぷりと置いている小野の萩原。

3　白露が、宝石が糸で貫かれてつながっているように見えるなあ。枯れ野の野辺は雨が晴れたよ。

朝隆

左の歌は取り柄がない。右は、歌の姿が美しくない。

【語釈】 2 **〇神な月よはのしぐれにことよせて**　上句が「神な月よはのしぐれにことよせてかたしくそでをほしぞわづらふ」（後拾遺集・恋四・八一六・相模）と同じである。「ことよせて」は、かこつけて。関係の薄いものに無理にむすびつけて口実にするのである。相模の歌は、独り寝の袖が濡れている理由を夜中に降った時雨のせいにするという趣向のおもしろさがあるが、左2の歌は、朝露を夜中に降った時雨のせいにしている。露に涙を連想させているのだろうか。**〇をののはぎはら**　歌合当時に好んで詠まれた語句である。「ゆふぐれはをののはぎはらふくかぜにさびしくもあるかしかのなくなる」（承暦二年内裏歌合「鹿」二一・正家、千載集・秋下・三〇六）

3 **〇たまぬきかけて**　宝石が糸などで貫かれてつながっているように。首飾りや腕輪を想像すればよい。**〇枯野**（→補説）

〈判〉判定は持か。**〇光儀**　歌の姿と同じ。

【補説】 **枯る**　古今集には「山里は冬ぞさびしさまさりける人めも草もかれぬと思へば」（冬・三一五・宗于）と枯野をよんだ例があるが、その後の和歌の例をみると、「枯る」ということばを詠んでいる例はとても少なく、そのわずかな例は、「女のもとにつかはしける　枯れはつる花の心はつらからで時すぎにける身をぞうらむる」（後撰集・恋一・五四〇・不知）のように贈答歌である。ところが元永元年十月二日の歌合では、「霜枯れ」や「枯る」ということばが多く詠まれている。（→「残菊」五番33補説）そして、その九日後の十月十一日におこなわれている本歌合でも、同じ傾向が見られるのである。和漢朗詠集にとられている「霜草欲枯虫思苦《さうさうかれなんとしてむしのおもひねむごろなり》」（「虫」三二八・白居易）など、漢詩句の影響も考えられるが、直接、影響を与えているのは、堀河百首の、

萩がえの下葉をやどとするむしはうら枯れて行く秋やかなしき（「虫」八一七・藤原公実）
さ夜さむみ人まつ人に聞かせばや荻のかれはにあられふるなり（「霰」九三五・藤原仲実）
おく霜におひたる蘆の枯れふしてすがたの池にあらはれにけり（「寒蘆」九六九・源師時）
冬さむみすゑの枯はも落ちはててもとしのばかりたてる蘆かな（「寒蘆」九七三・隆源）

などの歌であろう。「枯る」ということばは、好ましくないイメージがあるので、積極的に和歌に詠まれてこなかったが、堀河百首のころから表現の幅がひろがっていることがわかる。

三番　左　　前丹波守季房朝臣

4 冬ざれの枯野《かれの》の草にぬくたまとみゆるは夜半《よは》のしぐれなりけり

右勝　　源盛定

5 見《み》るままにしぐるるそらは[1]は《か》れゆけどをぎのかれははなほぞかはらぬ

これ《是》また《又》、得る《無》ところ《得》無き《乎》か。右の歌、とが《無》無し《咎》。よりて《仍》勝つ。

〔校訂付記〕　1はれゆけど（語釈）―かれゆけど（類）

〔現代語訳〕　三番　左　　前丹波守季房朝臣

4 冬になった枯れ野の草に貫かれている玉と見えるのは、夜半の時雨だったのだ。

右勝　　源盛定

5 見ているうちにしぐれていた空は晴れていくけれど、荻の枯れ葉はそれでもかかわらず、ぬれたままだ。これもまた、取り柄がない。右の歌は欠点がない。よって勝つ。

〔**語釈**〕 4 **〇冬ざれ**　冬になること。
5 **〇そらはれゆけど**　類聚歌合の本文の「そらはかれゆけど」では意味が通じない。「ゝ」を「か」と誤写したと考えられる。**〇なほぞかはらぬ**　空が晴れてゆくのに対して、荻の枯れ葉は時雨のなごりの水滴にぬれたままだという。

〈判〉判定は右の勝ち。

四番　左持　刑部少輔尹時

6 しぐれはれあさぢがはらは月しろみかれ葉にしものおくかとぞみる

右　忠隆

7 しをれつつふゆのの草のつゆふすはしぐれにあへるなごりなりけり

とも《共》にさせることなし。

〔**現代語訳**〕 四番　左持　刑部少輔尹時

6 時雨が晴れて雑草が生えて荒れ果てた野原には月が白く光るので、枯れ葉に霜が置いているのかと思う。

右　忠隆

7 しおれながら冬の野の草に露がおいて倒れているのは、時雨にあったなごりだったのだ。

どちらもたいしたことはない。

〔**語釈**〕 6 **〇あさぢがはら**　雑草が生えて荒れ果てた野原。普通名詞である。「おもひかねわかれし野辺をきてみればあさぢがはらに秋風ぞふく」（金葉集三奏本・秋・一六五・道済、詞花集・雑上・三三七）**〇月しろみ**　月の光が白いので。「み」は形容詞の語幹について理由を表す。**○しものおくかとぞみる**　月の光を霜と見なしている。「夏の夜もすずしかりけり月かげはにはしろたへのしもとみえつつ」（後拾遺集・夏・二二四・長家）

7**○しをれつつ**　しおれながら。**○つゆふす**　草が雨や露に濡れて倒れているさま。（↓元永二年「草花」九番17補説）

〈判〉判定は持。

8

左少弁師俊

あまぐものかへしの風にさそはれてふゆのの尾《を》花ゆくへ《ゑ》しられず

左歌、題の心《有題心》あり。すがたもあしくもあらず。右歌、風にさそはれてを花のゆくへ《ゑ》なく、心[1]ゆゆし。もつと《尤》もおぼつかなし。

〔校訂付記〕　五番左の歌を欠く。1心ゆゆし（語釈）―「心ゆへ」ノ後ニ「し」ヲ補入（類）

〔現代語訳〕

左少弁師俊

8　雨雲から吹き返して来る風にさそわれて、冬の野の尾花はどこへいったのか、わからない。

左の歌には、題の心がある。歌の姿も悪くはない。右の歌、風に誘われて、尾花の行方がわからないとは、なんだか不吉だ。いかにも不審である。

〔語釈〕　8**○左少弁**　『歌合大成』が指摘するように、「右少弁」の誤り。永久四年（一一一六）に任官した。**○あまぐものかへしの風**　空の雲を吹き返す風。「あまぐものかへしのかぜのおとせぬはおもはれじとのこころなるべし」（金葉集・恋下・四九一・不知）の例がある。**○ゆくへしられず**　尾花の穂の先が枯れて、ふわふわと飛んでいってしまう様子を詠んだか。

〈判〉 **○心ゆゆし** なんとなく不吉だ。類聚歌合の本文は「心ゆへし」だが、意味が通じない。「ゝ」を「へ」と誤写したと考えられる。

元永元年十月十三日　内大臣家歌合

内大臣家歌合　元永元年十月十三日　加御作　俊頼朝臣歌

題　千鳥　初雪　鷹狩

歌人　兼昌　忠隆　雅兼　女房
宗国　顕仲　師俊　道経
顕国　盛家　定信　雅光

判者　前木工頭俊頼朝臣

一番　千鳥　左勝　兼昌

1　なみのあらふそでしの浦《うら》の[1]きよきせに[2]あとふみつくる浜千鳥《はまちどり》かな

右　忠隆

2　風わたるまかみがはらやさむからしゆふかたかけて千鳥《ちとり》しばなく

〔校訂付記〕　1きよきせに―「きよきせ」ノ「せ」ノ右ニ「イソ」ト傍記（類）きよきいそ（書）　2あとふみつくる（書）―「あとふる」の「ふる」の右に「ミツク」と傍記する（類）

〔現代語訳〕　一番　千鳥　左勝　兼昌

1　波があらうそでしの浦の美しい浅瀬に足跡をつける浜千鳥だよ。

右　忠隆

2　風が吹き抜ける真神が原は寒いのだろうな。夕方になるとたくさんの千鳥が鳴く。

〔語釈〕　1**○そでしの浦**　『八雲御抄』は出雲国にあるとする。現在の島根県松江市。「からころもそでしのうらのうつせがひむなしきこひにとしのへぬらん」（後拾遺集・恋一・六六〇・国房）が初出か。**○きよきせ**　美しい浅瀬。万葉集に典拠がある。「ちどりなくさほのかはせのきよきせ〈清瀬〉にこまうちかはしいつかかよはん」（綺語抄による。巻四・七一五）**○あとふみつくる**　足跡をつける。浜千鳥の「あと」とは、鳥の足跡のことである。筆跡をいうこともあるが、ここではとらない。**○浜千鳥**　浜辺にいる千鳥。

2**○まかみがはら**　大和国、現在の奈良県の明日香村にある。万葉集に「おほくちのまかみのはら〈真神之原〉にふるゆきはいたくなふりそいへもあらなくに」（巻八・一六三六）とあり、俊頼が「みそらにも吹きかよふらしおほくちのまかみがはらのこのしたかぜは」（散木集・九〇三）と詠んでいる。**○ゆふかたかけて**　夕方になると。『綺語抄』は時節部に「ゆふかたかけて」の項をたて、万葉歌の「草枕たびにものおもふわがきけばゆふかたかけてなくかはづかな」（巻十・二一六三、第四句の現訓「夕片設而」〈ゆふかたまけて〉）を引く。**○千鳥しばなく**　万葉集に用例が多い。「ぬばたまのよのふけゆけばひさぎおふるきよきかはらにちどりしばなく」（万葉集・巻六・九二五）

〔補説〕　**「千鳥」題**　古今六帖第三帖「水」、同第六帖「鳥」、堀河百首にある。歌合では永承四年（一〇四九）内裏歌合、天喜五年（一〇五七）八月の六条斎院歌合、気多宮歌合（一〇七二年）、媞子内親王家歌合（一〇八三年）、左近権中将藤原宗通朝臣歌合（一〇九一年）、権大納言家歌合（一〇九六年）、俊頼朝臣女子達歌合（一一〇五年）で出題されている。

万葉集の影響　本歌合の歌は、全体として万葉集の語句を積極的に取り入れているようである。

二番　左　　右中弁雅兼

3 たびねしてあかしの浦《うら》のふゆのよにうらさびしくもなく千鳥《ちとり》かな

右勝　　女房

4 神かぜやゆふ日の浦《うら》のはまちどりたちゐしばなく浜《はま》千鳥《ちとり》かな

〔現代語訳〕二番　左　　右中弁雅兼

3 旅寝をして夜を明かす、明石の浦の冬の夜に、心さびしく鳴く千鳥だなあ。

右勝　　女房

4 神風や夕日の浦の浜千鳥よ、立ったりすわったりしてくりかえし鳴く浜千鳥だなあ。

〔語釈〕 3 **○あかしの浦**　播磨国、現在の兵庫県明石市の海岸。本歌合のころから、千鳥とともに詠まれはじめた。「夜もすがら友待ちかねてはま千鳥ひとりあかしの浦に鳴くなり」（俊頼朝臣女子達歌合「千鳥」一九）「月影のあかしの浦をこぎ行けば千鳥しばなくあけぬこの夜は」（堀河百首「千鳥」九七八・匡房）「明石」という地名に、夜を「明かす」という意味を掛けている。**○うらさびしくも**　心さびしく。「うら」は心という意味。一首中に「うら」という語句を二度用いているが、意味が異なるので許容されるか。（→元永元年十月二日「時雨」十一番21補説）

4 **○神かぜや**　『俊頼髄脳』は、古今六帖や人麿集にもとられている「神風や伊勢のはまをぎ折りふせて旅ねやすらむあらき浜べに」（万葉集・巻四・五〇〇、初句の現訓は「神風之」〈かみかぜの〉）を引き、「神風」は吹く風のことではなく「神のおほむめぐみ」のことであり、伊勢以外の所に詠んでもかまわないという。また「かかることはふるくよみつるままにておそろしさにえよまぬなり。このごろの人もおぢなくよむものあらばよまれてこそはあらめとぞ申さるとうけ給ひし」ともいう。俊頼の父、経信が詠んだ「きみがよはつきじとぞおもふかみ風やみもすそがはのすまむかぎりは」（後拾遺集・賀・四五〇）が有名である。**○ゆふ日の浦**　夫木抄に「いさごふみ見にこそきつれ入るかたや夕日のうらのあまのはしだて／祐挙家集云、この歌をききてある人よめると云云　きてもとへかへるとおもへば下ひものゆふひの浦のかひもなきかな」（一一六四〇・平祐挙／一一六四一・不知）の例がある。平祐挙は拾遺抄初出の歌人。**○はまちどり**　第三句と第五句に「浜千鳥」とあり、ことばが重なっている。田多民治集には第三句「おきつなみ」とあり、後日改めたようである。**○たちゐ**　立ったりすわったりして。「風はやみとしまがさきをこぎゆけば夕なみ千鳥立ちゐなくなり」（金葉集二度本異本歌・六八四・源顕仲）の例がある。

〔他出〕　4田多民治集・九二「千鳥」第三句「おきつなみ」

三番　左勝　　宗国

5 浜千鳥《はまちとり》いそぎたつなるこゑすなりむれゐるかたにしほやみつらん

右　　顕仲朝臣

6 さよふけてなるみの浦《うら》にたつ千鳥《ちとり》おもはぬかたに友《とも》やたづぬる

〔現代語訳〕　三番　左勝　　宗国

5 浜千鳥が急いで飛び立つような声がするようだ。群れてとどまっていた方向の干潟に潮が満ちたのだろうか。

右　　顕仲朝臣

6 夜もふけてなるみの浦にたつ千鳥は、思ってもみなかった方向の干潟で友がたづねもとめているのだろうか。

〔語釈〕　5**○いそぎたつなる**　急いで飛び立つような。「なる」は推定の助動詞。音声によって推定する。**○しほやみつらん**　潮が満ちたのだろうか。「なにはがたしほみちくらしあま衣たみのの島にたづなき渡る」（古今集・雑上・九一三・不知）など、干潟に潮が満ちてきたので飛び立つ鳥を詠んだ歌はよく知られている。**〇むれゐるかたに**　群れてとどまっていた方向にある干潟に。「かた」は、方向を示す「方」と干潟の「潟」の掛詞である。「友千鳥むれてなぎさにわたるなりおきのしらすに塩やみつらん」（堀河百首「千鳥」九七九・国信、新勅撰集・冬・四〇五）

6**〇なるみの浦**　尾張国、現在の名古屋市緑区にある。「君こふとなるみのうらの浜ひさぎしほれてのみもとしをふるかな」（源宰相中将家和歌合・三五・俊頼、新古今集・恋二・一〇八五）**〇おもはぬかたに**　思ってもみなかった方向の干潟に。**〇友やたづぬる**　友がたづねもとめているのだろうか。「冬さむみさほのかはらのかはぎりにともまどはせる千鳥なくなり」（拾遺抄・冬・一四三・貫之）によって着想を得たか。

四番　左　　右少弁師俊

7　友千鳥《ともちどり》あしのはずゑにさわ《は》ぐなりなにはの浦《うら》にしほやみつらん

右勝　　道経

8　空《そら》さえてしがのうら風うみふかば夕波千鳥《ゆふなみちどり》たちゐなくなり

〔現代語訳〕　四番　左　　右少弁師俊

右勝　　道経

7　友千鳥が葦の葉の先のほうで、さわいでいるようだ。難波の浦に潮が満ちているのだろうか。

8　空が澄み切って、志賀の浦風が湖上を吹くと、夕波千鳥が立ち上がったりうずくまったりして鳴くようだ。

〔語釈〕　7**〇友千鳥**　群れ集まっている千鳥。「友千鳥むれてなぎさにわたるなりおきのしらすに塩やみつらん」（堀河百首「千鳥」九七九・国信、新勅撰集・冬・四〇五）が初出例か。**〇はずゑ**　葉の先端の部分のこと。「おもひぐさ葉ずゑにむすぶしらつゆのたまたまきてはてにもかからず」（金葉集・恋上・四一六・俊頼）の例がある。**○なにはの浦**　大阪湾の古称。難波江《なにわえ》、難波潟《なにわがた》に同じ。葦や満ち潮を詠んだ歌は古くから多い。「難波潟塩みちくれば山のはに出づる月さへみちにけるかな」（貫之集・一二二二）

8 **○空さえて**　空が澄み切って。**○しがのうら風**　志賀の浦を吹く風。「志賀の浦」は琵琶湖の西岸である。**○うみふかば**　「うみ」は湖のこと。万葉集に「ささなみのひらやまかぜのうみふけば〈海吹者〉つりするあまのそでかへるみゆ」（巻九・一七一五）の例がある。**○ゆふなみちどり**　『綺語抄』は「ゆふなみちどりながなけば」の項をたて、万葉歌の「あふみのうみゆふなみちどりながなけば心もしのにむかしおもほゆ」（巻三・二六六・柿本人麻呂、第五句「いにしへおもほゆ」）を引く。「しがの浦の松吹く風のさびしきに夕浪千鳥たちゐなくなり」（堀河百首「千鳥」九七七・公実）と下句が同じである。

五番　左勝　　皇后宮権亮顕国朝臣

9　夜《よ》とともになみうついその浜千鳥《はまちとり》あとだにとめずなきわたるなり

右　　盛家

10　ありあけの月《つき》のでしほやみちぬらんゐるかたもなき千鳥《とり》なくなり

〔現代語訳〕　五番　左勝　　皇后宮権亮顕国朝臣

9　夜になると波打つ磯の浜千鳥は、足跡さえとどめずにずっと鳴いているようだ。

右　　盛家

10　有明の月の出のころに潮が満ちているのだろうか。とどまる干潟もなくて千鳥が鳴いているようだ。

〔語釈〕 9 ○浜千鳥あとだにとめず　波が磯に寄せて千鳥の足跡を消すのである。「よとともになみしあらへばすまの浦にかよふちどりのあとはみえぬか」（輔親集・一五〇）
10 ○月のでしほ　月が出る時刻に満ちてくる潮をいう。俊頼が「なけかしなふな木の山の郭公月のでしほに浦伝ひして」（散木集・二四七）と詠んでいるが、それ以前の用例は見あたらない。○みちぬらん　潮が満ちているのだろうか。「らん」は現在推量の助動詞。眼前にないものを推量する。三句切れ。

六番　左勝　　刑部大輔定信

11　ちはやぶるかものかはせにすむちどりゆふかけてこそなきわたるなれ

右　　治部大輔雅光

12　ゆふさればしほかぜさむみすみよしのうらがなしくもなくちどりかな

〔現代語訳〕 左勝　　刑部大輔定信

11 ちはやぶる賀茂の社を流れる川の瀬にすむ千鳥は、木綿《ゆふ》をかけて幣にするように、夕方かけてずっと鳴きつづけているよ。

右　　治部大輔雅光

12 夕方になると潮風が寒いので、住吉の浦で、もの悲しく鳴く千鳥だなあ。

〔語釈〕 11 ○ちはやぶる　神にかかる枕詞。次の句の「かも」にかかる。「ちはやぶるかもの社のゆふだすきひと日も君をかけぬ日はなし」（古今集・恋一・四八七・不知）○かものかはせ　賀茂の社の中を流れる川の川瀬。「あけぬなりかものかはせにちどりなく今日もはかなくくれむとすらん」（後拾遺集・雑三・一〇一四・円昭法師）○ゆふか

けて　「夕」と「木綿」とを掛ける。木綿《ゆふ》は、木綿《もめん》とは別のもので、楮《こうぞ》を原料にした白い繊維。榊につけて神事に用いる幣にする。

12 **〇ゆふされ ばしほかぜ**　能因が詠んだ「ゆふされば しほ風こしてみちのくののだの玉河千鳥なくなり」（新古今集・冬・六四三）の冒頭部分を意識したのであろう。**〇すみよしの浦**　摂津国、現在の大阪市住吉区のあたりにある。**〇うらがなしくも**　「浦」と、心という意味の「うら」とを掛けている。「君まさで煙たえにししほがまのうらさびしくも見え渡るかな」（古今集・哀傷・八五二・紀貫之）

七番　初雪　左　師俊

13 初雪《はつゆき》のみねのまにまに《く》ふりぬればときはの山ぞ[1]あをすそごなる

右勝　女房

14 ふるさとのみかきのはらの初雪《はつゆき》を花とやよその人はみるらん

〔校訂付記〕

1 あをすそご（書）―「あをすそご」の右に「そ」と傍記する。（類）

〔現代語訳〕　七番　初雪　左　師俊

13 初雪が山の頂のあたりに降り積もったので、ときはの山も青裾濃のように、上は色が薄く裾にいくにつれて緑色が濃くなっているのだ。

右勝　女房

14 昔、離宮があったみかきの原に降る初雪を、花だと、離れた場所にいる人は見るのだろうか。

〔語釈〕　13 **〇みねのまにまに**　山の頂のくぼんだ部分に雪が積もっているのである。**〇ときはの山**　『能因歌枕』

は常陸国、『八雲御抄』は山城国にあるという。ときは山とは、全体が常緑樹におおわれ、年中色が変わらない山という意。古今集に「秋くれど色もかはらぬときは山よそのもみぢを風ぞかしける」（賀・三六二）の例がある。

○あおすそご　「青裾濃」と書く。上のほうを薄く、下のほうを濃く染めたもの。青裾濃の布は、天徳四年（九六〇）内裏歌合の飾り付けにも「まづ右のすはまたてまつる。……すはまのおほひ、あをきすそごにてぬひものしたり」と用いられている。山頂のあたりは白く雪が積もって緑の色が薄く見え、ふもとのほうは緑の色が濃く見える様子をいうのであろう。和歌の用例は他には見あたらない。元永元年十月二日「時雨」2の歌で、俊頼が「うらごの山」と詠んだことから着想を得て、同じ染色用語を詠んだか。

14**○ふるさと**　旧跡。万葉集には代々の天皇が吉野の離宮を訪れたときに詠んだ歌が多く見られる。**○みかきの原**　大和国、奈良県の吉野にある。「ふるさとは春めきにけりみよし野のみかきのはらをかすみこめたり」（天徳四年内裏歌合・二一・兼盛、金葉集三奏本・春・四）**○よその人はみるらん**　離れた場所にいる人は見るのだろうか。「山高み霞をわけてちる花を雪とやよその人は見るらん」（後撰集・春下・九〇・不知）によるか。ただし、右14の歌は、後撰集歌とは逆に雪を花と見立てている。

〔他出〕　14田多民治集・一〇二「雪」

〔補説〕　**「初雪」題**　永久百首に例がある。歌合では、永承四年（一〇四九）内裏歌合、媞子内親王家歌合（一〇八三年）などで出題されている。

八番　左勝　　定信

15　きのふまでもみぢちりしくわがやどの庭《には》しろたへに雪《ゆき》ふりにけり

右　　道経

かもとりのあをばのいろのしひ《ゐ》しばもみなしろたへ《ゑ》にふれる初雪《はつゆき》

〔現代語訳〕　八番　左勝　　定信

15　昨日まで紅葉が散り敷いていた、私の家の庭に一面、白い布におおわれたように雪が降ったよ。

右　　道経

16　鴨の青羽の色をした、群生している椎の木を、一面、白い布のようにおおって降っている初雪。

〔語釈〕　15**〇もみぢちりしく**　元永元年十月二日「時雨」6の歌「冬くれば散りしく庭のならの葉に時雨おとなふみ山べの里」は、庭に散り敷いている紅葉の上に、時雨が降ったと詠んでいるが、左15の歌は、時雨ではなく、雪が降ったと詠んでいる。**〇庭しろたへに**　庭一面が白い布におおわれたように。しろたへとは白い布のこと。雪が積もったさまを白い布にたとえている。「よるならば月とぞみましわがやどの庭白妙にふりつもる雪」（後撰集・冬・四九六・不知、拾遺集・冬・二四六・貫之）

16**〇かもとりのあをばのいろ**　かもとりは鴨のこと。青羽は緑がかった色である。万葉集には「水鳥の鴨の羽色」という用例もある「みづとりのかものはいろのはるやまのおぼつかなくもおもほゆるかも」（巻八・一四五一・笠女郎）。近い時代の用例に「ははそちるいはまをかづくかもどりはおのがあをばももみぢしにけり」（金葉集・秋・二五一・伊家「大井河逍遥に水上紅葉といへる事をよめる」）がある。**〇しひしば**　群生している椎の木。常緑樹である。「むれゐたる鴨の青羽も見えぬまで庭しろたへに雪ふりにけり」（玄玄集・一〇六・左忠）「おぼつかなこしのをやまのしひしばのあをばもみえずつもるしら雪」（俊忠集・一三）などの歌を取り合わせて詠んだか。

九番　左勝　　雅光

17 みどりなるこけぢもみえず初雪《はつゆき》のひとへにしろくふりにけるかな

右　　忠隆

18 なみかかるすゑのまつともみゆるかな雪《ゆき》ふりそむる白河《しらかは》の関《せき》

〔現代語訳〕九番　左勝　　雅光

17 緑色の苔地も見えない。初雪が地面にうっすらと白く降ったのだなあ。

右　　忠隆

18 波がかかる末の松とも見えるなあ。雪が初めて降った白河の関。

〔語釈〕17 **○こけぢ**　和歌の用例としては、匡房が「もみぢばのこけぢのうへにちるときはしのぶとすれどいろにでにけり」（江帥集・三八三）と詠んだのが初出か。匡房の歌は和漢朗詠集の白居易の詩句「不堪紅葉青苔地《たへずこうえふせいたいのち》」（「紅葉」三〇一）をふまえて詠んでいると思われるが、左17の歌は苔の上に紅葉ではなく、雪を降らせている。**○ひとへ**　うっすらと雪がつもったさまをいう。

18 **○すゑのまつ**　「末の松山」に同じ。（↓永久三年後度「末松山」9）**○雪ふりそむる**　雪を白波に見立てている。「浦ちかくふりくる雪は白浪の末の松山こすかとぞ見る」（古今集・冬・三二六・興風）**○白河の関**（↓永久三年後度「白河関」7）

十番　左　　雅兼

19 あづまぢのひとにとはばやかひ《ゐ》がねの山にもけふの雪《ゆき》や初雪《はつゆき》

20

右勝　　　　　　　宗国

よをさむみこしのねわたしさえさえ《〱》ておもふもしるしけさの初雪《はつゆき》

〔**現代語訳**〕　十番　左　　　　雅兼

19　東国の人に尋ねたいものだ。甲斐が嶺の山でも今日の雪が初雪だったのかと。

右勝　　　　　宗国

20　夜が寒いので、越の嶺を吹きわたる風も凍てついて、はっきりとわかる、今朝の初雪は。

〔**語釈**〕　19**○あづまぢのひとにとはばや**　東国の人に尋ねたいものだ。この初二句は「あづまぢの人にとはばやしらかはのせきにもかくやはなはにほふと」（後拾遺集・春上・九三・長家）と同じである。**○かひがね**　甲斐国、現在の山梨県にある高い山。「かひがねに雪のふれるか白雲かはるけきほどは分きぞかねつる」（能因集・一〇四）の例がある。

20**○こしのねわたし**　越の嶺を吹きわたる風。「こしのね」は現在の石川県、福井県、岐阜県の県境にある白山のこと。後の例になるが、為忠家後度百首に「ふぶきしてこしのねわたしかぜたけしいかがあらちのやまはこゆべき」（「行路雪」四五七・俊成）と詠まれている。**○さえさえて**　凍てつく夜を形容する。高陽院七番歌合（一〇九四年）で頼綱が「ころもでによごのうらかぜさえさえてこだかみやまに雪ふりにけり」（「雪」五四、金葉集・二七八・冬）と詠んだのが初出か。「夜もすがらまののかやはらさえさえて池のみぎはもこほりしにけり」（散木集・六四九）

〔**他出**〕　19雅兼集・四二一「初雪」

十一番　左　顕仲

21 こけむせるいはにも花のさけるかとみるまでふれるけさの初雪《はつゆき》

右勝　兼昌

22 あけぐれのはれゆくままにみわたせばよもの山辺にふれる初雪《はつゆき》

〔**現代語訳**〕十一番　左　顕仲

21 苔むしている岩にも花が咲いているのかと思うほど降っている今朝の初雪。

右勝　兼昌

22 夜明け方の空が晴れてゆくのにしたがって見渡すと、四方の山々に降っている初雪。

〔**語釈**〕21 **○こけむせるいは**　苔むしている岩。前後関係はわからないが、忠通も「苔むせる岩の枕に旅ねして外山の桜ちるまでもみん」（田多民治集・一八「さくら」）と詠んでいる。また本歌合にも参加している雅兼の家集には、「苔上落花」という歌題が見えている。

22 **○あけぐれ**　夜明け方のまだ薄暗いころ。「あけぐれ」と濁ってよむ。「あけぐれのそらにぞ我は迷ひぬる思ふ心のゆかぬまにまに」（拾遺集・恋二・七三六・順）**○よもの山辺**　四方の山々。「わがやどのこずゑばかりとみしほどによもの山べにはるはきにけり」（後拾遺集・春上・一〇六・顕基）

十二番　左　盛家

23 いつしかとめづらしきかなをの山のまつのうは《わ》ばにふれる初雪《はつゆき》

右勝　顕国

24 としをへてめなれじとてや初雪《はつゆき》のふるかとすればあかずきゆらん

〔現代語訳〕 十二番　左　盛家

23「いつの間に」と、めずらしいなあ。小野山の松の上の方の葉に降っている初雪。

右勝　顕国

24 何年たっても見慣れることがないようにしようというのだろうか。初雪が、降ったと思うと物足りないますぐに消えてしまうのは。

〔語釈〕 23 **〇いつしか**　いつの間にか。知らない間に。「いつしかとはるのしるしにたつものはあしたのはらのかすみなりけり」（金葉集・春・六・長実）**〇めづらしきかな**　初雪をめずらしいと詠んだ歌に「としをへてよしののやまにみなれたるめにめづらしきけさのはつゆき」（詞花集・冬・一五四・義忠）がある。**〇をの山**　山城国。洛北の山間部をいう。「はつゆきはまきの葉しろくふりにけりこやをのやまのふゆのさびしさ」（金葉集・冬・二八〇・経信）堀河百首の「炭竈」題では九例の歌が、小野という地名をよんでいる。**〇まつのうはば**　松の上の方の葉。前項に引いた経信の歌によれば、本来の本文は「まつ」ではなく「まきのうはば」か。「まき」は美しい木という意味で、洛北に多く生える杉などをさす。

24 **〇めなれじ**　見慣れないようにしよう。「じ」は打消意志の助動詞。**〇あかずきゆらん**　「飽く」は満足する。「らん」は原因推究の助動詞。満足できないうちに初雪が消える理由を推測する。

十三番　鷹狩　左　雅光

25 たつとりのゆく《行》へ《ゑ》も見えぬゆふぎりに空《そら》とる鷹《たか》をあはせつるかな

右　盛家

26 ふるゆきにましろの鷹《たか》をひきすゑてしらぬとだちをたづねつるかな

〔現代語訳〕 十三番　鷹狩　左　　雅光

25 飛びたつ鳥の行方も見えない夕霧の中に、空中で獲物を捕らえる鷹を放ったのだなあ。

右　　盛家

26 降る雪の中、真白の鷹を腕にとまらせて、鳥が集まる知らない草むらをたずねたのだなあ。

〔語釈〕 25 **○空とる鷹**　空中で獲物をとらえる鷹。永久三年前度の歌合でも詠まれている（「鷹狩」10）。**○あはせつるかな**　獲物に向けて鷹を放すことをいう。

26 **○ひきすゑて**　鷹を腕にとまらせて。**○とだち**　鳥が集まる草むら。「やかた尾のましろの鷹を引きすゑてうだのとだちを狩りくらしつる」（堀河百首「鷹狩」一〇六三・仲実）

〔補説〕 「鷹狩」題は堀河百首に例があり、歌合では、源大納言家歌合（一〇三八年）、媞子内親王家歌合（一〇八三年）、東塔東谷歌合（一〇九七年）で出題されている。また、永久三年前度の歌合でも出題されている。

十四番　左勝　　師俊

27 時雨《しくれ》ふるかりばのすそのはひまゆみこゐならなくに[1]なにそぼつらん

右　　定信

28 はし鷹《たか》をけふもあはせつみしま野《の》のふるきとだちはかはらざりけり

〔校訂付記〕 1なにそぼつらん（『歌合大成』の校訂本文にしたがう）―難そほつらん（歌合大成）、なそはへらん（研究）、袖そほつらん（書）

〔現代語訳〕 十四番　左勝　師俊

27 時雨が降る狩場の裾野に生えている、はいまゆみの木は、鷹がとまる木居というわけでもないのに、どうして恋をして泣いているようにぬれているのだろうか。

右　定信

28 はし鷹を今日も獲物に向けて放った。みしま野のむかしながらの鳥が集まる草むらは変わらないなあ。

〔語釈〕 27 **○すその**　ことば足らずだが、「裾野の」と同義か。**○はひまゆみ**　柾《まさき》の古名という。まさきは低木の常葉樹。和歌の用例は他には見あたらない。**○こゐ**　木居。鷹が木にとまること。左27の歌は「木居」に音が似た「恋」を掛けている。**○なにそぼつらん**　どうして濡れているのだろうか。『歌合大成』と『纂輯類聚歌合とその研究』の翻刻本文が相違しているが、どちらの本文によっても意味が通じない。

28 **○はし鷹**　小型の鷹。「はしたかをとりかふさはにかげ見ればわが身もともにとやがへりせり」（金葉集・冬・二八二・俊頼）の例がある。**○みしま野**　越中国、現在の富山県射水郡。万葉集に、鷹狩を詠んだ家持の歌「矢形尾のたかをてにすゑみしまの〈美之麻野〉にからぬひまねくつきぞへにける」（巻十七・四〇一二）がある。

十五番　左勝　雅兼

29 みかりするかたののをのとしりながらなにときぎすのあとをとむらん

右　兼昌

30 みかりするのなかのしみづそこすみてとりかふ鷹《たか》のかげぞうつれる

〔現代語訳〕 十五番　左勝　雅兼

29 御狩りをする交野の小野と知りながら、どういうつもりで雉のあとを探し求めているのだろう。

右　　兼昌

30 御狩りをする野の中の清水は、底が澄んでいて、飼っている鷹の姿がうつっている。

〔語釈〕 29 **○かたの** 摂津国、現在の大阪府枚方市。皇室の狩猟地があった。「御狩するかたのの野べのすずむしの恋する声かふりたててなく」（堀河百首「虫」八一九・国信） **○なにときぎすのあとをとむらん** どういうつもりで雉のあとを探し求めているのだろう。能因が詠んだ「うちはらふゆきもやまなんみかりののきぎすのあともたづぬばかりに」（後拾遺集・冬・三九四「たかがりをよめる」）に対して、左29の歌は、自由な出入りを禁じられている御狩場なのに、どうしてあとを追うことができるのかと異議をとなえているかのようである。
30 **○のなかのしみづ** 『俊頼髄脳』に、天智天皇が鷹狩をしていたところ、鷹がいなくなってしまったので、野守をよんで尋ねると、まわりを見回すこともなく、頭を地につけたままで鷹の居場所を答えたので、その理由を聞いたところ、「しばの上にたまれる水を鏡として、かしらの雪もさとり、おもてのしはをもかぞふる物なれば、そのかがみをまもりて、御たかのこゐをしれりと申しければ、其の後、野中にたまれる水を野もりのかがみとは云へりとぞいひつたへ《え》たる」とある。『俊頼髄脳』には徐君の鏡とする別の説も記されているが、右30の歌は、野にたまった水に映る鷹の姿をみて居場所を知ったという説によって詠んでいることが明らかである。**○とりかふ鷹** 飼っている鷹。**○かげ** 鷹の姿。

〔他出〕 29 雅兼集・四一「鷹狩」

十六番　左勝　　顕国

31 ましらふのてなれの鷹《たか》もこころあらばみゆきのときは空《そら》にとらなん

32

右　　顕仲

かりわたるつかれのとりにあはむとやこゐ《ひ》する鷹《たか》の空《そら》にまふらむ

〔現代語訳〕　十六番　左勝　　顕国

31　真白斑の飼いならしている鷹も、思慮分別があるのなら、行幸の時は空中で獲物を捕らえてほしい。

右　　顕仲

32　狩りがつづいて疲れた鳥に向かおうと思ってか、木にとまっていた鷹が空に舞っているようだ。

〔語釈〕　31 **○ましらふ**　鷹に白い斑があること。「しらぬりの鈴もゆららにいはせ野にあはせてぞみるましらふのたか」（堀河百首「鷹狩」一〇六一・顕季）**○てなれの鷹**　飼いならしてなついている鷹。「手なれ」には「てなれ」「たなれ」という二通りの読み方がある。「てなれけるぬしはしらねどむらさきの扇の風のなつかしきかな」（永久百首「扇」一六一・大進）「とやかへるたなれの鷹を手にすゑて雉子鳴くなるかたのへぞ行く」（堀河百首「鷹狩」一〇六八・永縁）**○こころあらば**　思慮分別があるのなら。**○みゆき**　行幸。天皇の外出のこと。**○空にとらなん**　空中で獲物を捕らえてほしい。「なん」はあつらえの終助詞。「あはせつるましろのたかも心あらば御こしちかくて空にとらなん」（永久百首「野行幸」三五五・兼昌）と全体によく似ている。

32 **○つかれのとり**　初出である。鷹から逃げるのに疲れた鳥。似た例として、俊頼が「ゆふまぐれはねもつかれにたつ鳥を草とるたかにまかせてぞみる」（散木集・六一四「皇后宮亮顕国の君の家にて鷹狩の心をよめる」）と詠んでいる。

○こゐするたか　本文を「こゐ」に改めた。（→十四番27）

十七番　左勝　　忠隆

33 かりぞゆくかたののべのみちすがらまろぶきぎすのあとをたづねて

右　　道経

34 みみかたきしらふの鷹《たか》のやまがへりこころゆるさずかりわたるかな

〔現代語訳〕　十七番　左勝　　忠隆

33 狩りをしながら行くよ。交野ののべの道を行く途中で、ころぶようにいそぐ雉のあとを尋ねて。

右　　道経

34 耳の硬い白斑の鷹が山に帰ってしまうかと、心の緊張をゆるめることなく狩りをつづけているよ。

〔語釈〕　33 **○かりぞゆく**　狩りをしながら行くよ。初句切れ。**○みちすがら**　道の途中で。**○まろぶ**　ころぶ。雉が逃げまどうさまをいうか。

34 **○みみかたき**　耳の硬い。和歌にはめずらしい語句である。**○やまがへり**　鷹が山に帰ってしまうことか。「あし引のやまがへりなるはしたかのさも見えがたき恋もするかな」（六条修理大夫集・一四〇）は、相手がなかなか姿を見せない恋の比喩にしている。**○こころゆるさず**　心の緊張をゆるめることなく。

十八番　左勝　　女房

35 はし鷹《たか》のみよりのさかばかきくもりあられふるのにみかりすらしも

右　　宗国

36 きぎすなくとぶひののべをかりにきて空《そら》とる鷹《たか》にまかせつるかな

〔現代語訳〕 十八番　左勝　　女房

35 羽が三回ねじれて逆立っているはし鷹が、空が急にくもって霰が降る野で御狩りをしているようだよ。

右　　宗国

36 雉が鳴く、飛火の野辺に狩りにきて、空中で獲物を捕らえる鷹にまかせてしまうのだ。

〔語釈〕 35 **○みよりのさかば** 「さかば」は、ねじれて逆立っている羽をいう。「みより」は「三縒り」か。

36 **○とぶひののべ** 「とぶひの」の若菜や野守を詠んだ歌がほとんどで、きぎすや鷹を詠んだ例は見あたらない。

〔他出〕 35田多民治集・一〇一

千鳥　　内大臣殿

37 [1]をちこちのたつきもしらぬあけぐれにいかでちどりのうらつたふら《覧》ん

初雪

38 はつゆきをふるとは人のいひながらかつめづらしくおもひこそすれ

鷹狩

39 みかりすとと だちのしばをあさりつつかたのの野辺にけふも[2]くらしつ

〔校訂付記〕 1をちこち（書）―「をこち」の右に「チ」と傍記する（類）　2くらしつ―□らしつ（類）

〔現代語訳〕 千鳥　　内大臣殿

37 遠近の区別もつかない、夜明け方のまだ薄暗いころに、どうして千鳥が浦から浦へと移っていくのだろうか。

初雪

38　初雪なのに古《ふ》ると人がいいながらも、それでもめずらしいと思ったりするのだ。

鷹狩

39　狩りをしようと、鳥が集まる野にはえている小さな雑木をさがし歩いて、交野の野辺に今日も暮らしたよ。

〔語釈〕 37**○をちこちのたつきもしらぬ**　遠近の区別もつかない。初二句は古今集の「をちこちのたつきもしらぬ山なかにおぼつかなくもよぶこどりかな」（春上・二九・よみ人知らず）と同じである。**○うらづたふらん**　どうして浦から浦へと移っていくのだろうか。現在推量の助動詞「らん」は、「いかで」と結びついて原因を推究する。「なにはがたあさみつしほにたつちどりうらづたひするこゑきこゆなり」（後拾遺集・冬・三八九・相模「永承四年内裏歌合にちどりをよみ侍ける」）

38**○ふるとは**　雪が「降る」と「古」とを掛ける。**○かつめづらしく**　古いけれども目新しいと矛盾した気持ちを詠む。「宮こにてめづらしくみるはつ雪を吉野の山はふりやしぬらむ」（拾遺抄・冬・一四七・景明）から着想を得たか。

39**○しば**　山野にはえる小さい雑木。新古今集では「しば」ではなく「原」としている。**○あさりつつ**　さがし歩いて。

〔他出〕 37田多民治集・九五「千鳥」　38田多民治集・一〇三「雪」第二句「みるとは」　39新古今集・冬・六八六・法性寺入道前関白太政大臣「内大臣に侍りける時、家歌合に」第二句「とだちのはら」、田多民治集・一〇〇「鷹狩」

40

俊頼朝臣

しほがまのけぶりに[1]まよふはまちどりおのがはがひをなれぬとやなく

41 いそのかみ《神》むかしのあとも[2]はつゆきのふりつむままにめづらしきかな

42 ゆふまぐれやまかたつきて[3]たつとりのはおとにたかをあはせつるかな

〔校訂付記〕 1まよふ（書）―「まかふ」の「か」の右に「ヨ」と傍記する（類） 2はつゆきの（書）―「はつゆきに」の「に」の右に「ノ」と傍記する（類） 3たつとりの―「たつとりに」の「に」の右に「ノ」と傍記する（類）

俊頼朝臣

〔現代語訳〕

40 しほがまの塩を焼く煙に迷う浜千鳥、〔自分の「はがひ」が〕なれないと鳴くのだろうか。

41 昔の跡も初雪が降りつもるにつれて、古くても目新しく感じるなあ。

42 夕暮れのあたりが暗くなったころ、山のふもとで、飛び立つ鳥の羽音にむかって鷹を放つのだ。

〔語釈〕 40 **〇しほがま** すべての歌学書が「しほがまの浦」は陸奥国にありとするが、作者の俊頼は地名の「しほがま」ではなく、製塩に用いる普通名詞の「しほがま」を詠んでいる。俊頼は、堀河天皇の御前で催された探題和歌で「しほがまのうら」という題を得て、「すまのうらにしほやくかまのけぶりこそはるにしられぬかすみなりけれ」（金葉集三奏本・雑上・五四五「堀河院御時御前にて殿上のをのこども題をさぐりて歌つかうまつりけるに、しほがまのうらをとりてよめる」、詞花集・雑上・二七三 第二句「やくしほがまの」）と須磨の浦の塩竈を詠んでいる。万葉集には「すまのあまのしほやききぬ」（巻三・四一三、巻六・九四七）という用例があり、古今集のよみ人しらず歌「すまのあまのしほやき衣をさをあらみまどほにあれや君がきまさぬ」（恋五・七五八）の例もある。昔から須磨の浦で製塩が行われていたことはよく知られていたのである。40の歌も、須磨という地名は無いが、「あはぢしまかよふちどりのなくこゑにいくよねざめぬすまのせきもり」（金葉集・冬・二七〇・兼昌）と同じように、須磨の浦の「しほがま」と千鳥をとり合わせて詠んだと考えられる。 **〇まよふ** 「まよふ」「まがふ」という二通りの本文があるが、40の歌は、浜千鳥が主体なので「まよふ」という本文が適当であろう。「まがふ」はよく似ていてまぎらわしいことをいう。**〇はがひ**　この語句には、鳥の左右の羽が重なったところという意味の「羽交」と、葉と葉が交わって生えているという意味の「葉交」があり、俊頼はこれらの語句をそれぞれ和歌に詠んでいるが、第五句「なれぬとやなく」につなげて解釈するのは、どちらにしても困難である。

41**〇いそのかみ**　「古る」にかかる枕詞。「古る」と「昔」は意味が似ているが、41の歌のように「いそのかみむかし」とつづけた例は他には見あたらない。**〇ふりつむ**　雪が「降り」と「古り」の掛詞で、「古り」は「むかし」の縁語。**〇めづらしきかな**　古くても目新しく感じるなあ。忠通の38の歌と同じく、「むかし」「古り」と「めづらし」という、反対の意味を持つ語句の対比を趣向にしている。

42**〇ゆふまぐれ**　あたりがくらくなる夕暮れ時をいう。「あきはなほゆふまぐれこそただならねをぎのうはかぜはぎのしたつゆ」（和漢朗詠集「秋興」二二九・義孝）**〇やまかたつきて**　山のふもとに。『俊頼髄脳』では、万葉集歌の「雪をおきて梅をなこひそあしひきの山かたつきて〈山片就而〉いへゐ《ゑ》せるきみ」（巻十・一八四二）を引き、「山かたつきてといへるは、山のふもとにといへるなり《也》」と記している。

〔他出〕　40散木集・六二一「千鳥をよめる」　第二句「けぶりにまよふ」　41散木集・六五二「殿下にて初雪を」
42千載集・冬・四二三「堀河院の御時、百首歌たてまつりける時、鷹狩の心をよめる」。散木集・六一五「おなじ〔鷹狩の〕心をよめる」。堀河百首異伝歌。

元永二年　内大臣家歌合

内大臣家歌合　元永二年己亥七月十三日鳥羽院御時也

題

草花　暮月　尋失恋

歌人

左

備[1 肥]後守季通　摂津君

殿　右馬権頭源盛家

刑部少輔正時　上総

為忠　治部大輔雅光

顕仲　宗国

左近衛少将顕国

右

前淡路守仲房　　左中弁源雅兼
道経　　刑部大輔源定信
散位忠隆　　式部少輔行盛
散位基俊　　時雅
兼昌　　忠季
師俊
判者　修理大夫顕季

〔類聚歌合〕　内大臣殿歌合

判者　修理大夫藤原顕季朝臣

左方人

[1]備後守季通朝臣　　皇后宮津君
無名女房実内大臣殿　　馬権頭盛家
刑部少輔尹時　　前左衛門佐基俊
時昌　　皇后宮前大夫進兼昌

前和泉守道経　散位忠季

右小弁師俊

右方人

前淡路守仲房　左中弁源雅兼

刑部大輔定信　散位忠隆

故中宮上総君　式部少輔行盛

為真　治部大輔雅光

前兵衛佐顕仲　宮内少輔宗国

左近衛権少将顕国

題二[2]

草花　晩月　□□□[3]

〔主な校異〕 1備後守（類）―肥後守（静）　2題二（類）―題三（書）　3□□□―「尋失恋」を摺り消ちにしたような痕がある。根津美術館本の「尋失恋」題以降の部分が切断されているためであろう。

一番　[1]草花　左持　　[2]備後守季通

1　さまざ《〱》まの花にしおけば白露もあきは色をぞさだめざりける

右　　前淡路守仲房

2　をみなへしなづさふほどに花薄まねく[3]かたには《も》ゆかれざりけり

顕季判云、左右歌、よみあはせ侍りにたり。勝ち負け定め申すべきよしおほせられたり。三十一字をわづかにそなふといへども《雖備》、勝ち負けのほどわきまへがたき《難弁》よしを申すに、御返事無きによりて《依無御返事》、仰せをおそりて《恐》、[4]末の代までのあざけり《嘲》をわすれて、むなしきおもんばかり《慮》、[5]もつとも《尤》拙きをあらはすのみ《耳》。[6]左歌に、露の心かちてなん見給ふる。右歌、「なづさふほど」などいやしきさまなり《也》。「まねくかたには」なども、[7]心ゆかぬすがたなどにもや侍らん。よりて《仍》持とす。

又判云、左歌は、四条のみやの扇あはせに、「萩原やにほふさかりはしら露も色々にこそ見えわたりけれ」といふ《云》歌きこえしに、心にたればめづらしげなし。歌はかはりたれども、ふしおなじ心なるは、なほ《を》さるべしと先達の申しけることなれば、いかがとうけたまはる《給》うちに、「秋は色をぞ」といはむこともおぼつかなし。露はむねとは秋のもの《物》なり。いつともなきもの《物》などをこそさはいはめ。思ひ給ふればあながちのこと《事》にはさふらはずや。右歌はさせるふしもなく、したること《事》もなけれども、なにとなく歌めきてきこゆ。「まねく[a]かたには《へ》」などいへることぞ、すすき心あらば恨みつべきことなれど、かれをほむべきただならねば、とがにはあらじ。されば持《侍》とや申すべからん。

〔類聚歌合〕〔[1]草花〕一番左持　[2]季通

1 さまざ《く》まのはなにしおけばしらつゆもあきはいろをさだめざりける

右　仲房

2 をみなへしなづさふほどにはなすすきまねく[3]かたに《へ》はゆかれざりけり

左右歌、よみあはせてを《お》はりにたり。かちまけまうすべきよしおほせらるる《、》に、三十一字をわづかにそなふといへども、かちまけのほどわきまへがたきよしをまうすに、御返事なきによりて、仰せをおそりて、[4]すゐのはぢあざけりをもわすれて、むなしきおもばかり[5]のことど《、》も、つたなきをのみあらはすらくのみ。

[6]左歌に、露の心かちてなん見給ふる。右歌、「なづさふほど」などいやしきさまなり。「まねくかたには」なども、[7]心ゆかずや侍らむ。よりて持とす。

〔主な校異〕1草花（静）―ナシ（類）　2備後守「肥後守」の「肥」の右に「備イ」とある（静）―季通（類）　3かたには（語釈）―かたにも（静）かたへは（類）　4末の代までの（静）―すゐのはち（類）　5尤（静）―のこと、も（類）　6左歌に露の心かちてなん見給ふる（静）―ナシ（類）　7心ゆかぬすかたなとにもや（静）―心ゆかすや（類）

aかたには（語釈）―かたへは（静）

〔現代語訳〕一番　草花　左持　備後守季通

1 さまざまな花の上に置くので、白露も秋はその色を白とは定めないのだなあ。

右　　前淡路守仲房

2　女郎花とむつみ合っているうちに、花薄が手招きするほうには行けなくなったよ。

顕季判にいう、左右の歌を詠み合わせてしまいました。勝ち負けを定めて申せとの仰せがありました。三《み》十一字《そひともじ》の和歌についての知識をわずかながら身につけているとはいえ、勝ち負けを判別するのは難しいと申し上げましたのに、お返事がありませんので、仰せを畏れつつしんで、末代までのあざけりも忘れて、つまらない考察の、いかにも拙いものを述べるばかりです。

左の歌は、露のほうが主題であるように思われます。右の歌、「なづさふほど」などは下品です。「まねくかたには」なども、不満が残るでしょう。よって持とします。

別の判にいう、左の歌は、四条の宮の扇合で「萩原よ、花の盛りにはあたりの白露も色々に見えるなあ」という歌が評判になったが、その歌と着想が似ているので目新しさはない。歌は違うけれども、これぞという表現上の工夫が同じであることは、やはり避けなくてはならないと先達が申したことなので、いかがなものかとお聞きしていると、「秋は色をぞ」というようなことばも気になる。露は主に秋の景物である。季節感のない景物などを、そのように詠むにちがいない。思いますに私だけの意見というわけではないでしょう。右の歌はとくに注目される表現上の工夫もなく、これといったこともないけれど、なんとなく歌めいて聞こえる。「まねくかたには」などと詠んでいることばは、薄に心があればきっと恨むにちがいないが、あちらをほめる気持ちが並々でないので、批難されることではないだろう。したがって持と申すのがよいでしょう。

〔引用歌〕　はぎはらやにほふさかりはしら露もいろいろにこそみえわたりけれ（四条宮扇歌合・一一、金葉集・秋・二二八・行尊　初句「こはぎはら」）

〔語釈〕　1 **○さまざまの**　いろいろな種類の。「もる人はたれともなしにさまざまの花にものりをそなへてぞ見る」（散木集・八九九）の例がある。五番10又判では右の歌の初句「くさぐさの」を批難して、「などてか『さまざまの』

といはざりけんとくちをしうきこゆ」という。**○色をぞさだめざりける**　花の色ごとに、そこに置いた白露の色が変わると見ているのである。

2　**○なづさふ**　なれ親しんで離れない。『綺語抄』は「たはれを」（＝放蕩する男）の項に、この語句を詠んだ万葉歌「うなばらのとほきわたりをたはれをのあそぶをんなとなづさひぞこし」（巻六・一〇一六）を引く。また堀河百首では「夕霧にたちかくれつつ女郎花我なづさひて翁さびせん」（「女郎花」六一八・基俊）など四例詠まれている。

○まねくかたには　「まねく」とは薄の穂が風になびくさまを、人が手招きしているさまになぞらえている。なお、この句は静嘉堂文庫本と類聚歌合の和歌本文と二つの判が引く和歌本文がそれぞれ異なる。静嘉堂文庫本では、和歌本文は「かたにも」、顕季判が引用する本文には「かたには」、又判が引用する本文には「かたへは」とあり、類聚歌合では、和歌本文は「かたへは」、顕季判が引用する本文には「かたには」とある。整理すると、顕季判の引用本文が一致していることから、歌合の席上で顕季が判をしたときの本文は「かたには」だったと考えられる。以下、静嘉堂文庫本、類聚歌合本の和歌本文は、可能な限り、歌合の席上で顕季が判をしたときの本文になるように整定することとする。

〈顕季〉判定は持。**○左右歌…拙きをあらはすのみ**（↓補説）**○左歌に、露の心かちてなん見給ふる**　類聚歌合はこの一文脱落。歌題が「草花」なのに、「露」を主体にして詠んでいると批難する。（↓元永元年十月二日「残菊」五番34補説）

〈又判〉判定は持。**○ふしおなじ心なるは**　「ふし」とは注目される表現上の工夫。趣向。ここでは、白露がいろいろな色に変化すると詠んでいるところが引用歌と同じというのである。**○先達の申しける**　公任の『新撰髄脳』に「古く人の詠める詞をふしにしたるわろし。一ふしにてもめづらしき詞を詠み出でむと思ふべし」とある。**○かれをほむべきただならねば、とがにはあらじ**　「かれ」は女郎花をさす。女郎花を愛でる気持ちがとても強いので、薄に対して冷淡であっても、「草花」題からはずれることはないということか。

〔参考〕　1袋草紙・古今歌合難。

〔補説〕　**左右の歌…拙きをのみあらはすらくのみ**　判者顕季が、自らが判をおこなうことについて弁明しているが、実は次にあげる天徳四年（九六〇）内裏歌合の判者、藤原実頼の発言をほぼそのまま利用したものである。

　左右の歌読み合はするに、少臣に勅して曰はく、「勝り劣りを定めて奏すべし」と。逡巡して奏して云はく、「少臣わづか《纔》に三十《卅》一の字を備ふと雖も、全く勝劣の義をわきまへ《弁》難し。伏して天裁を請ふ」と。勅して云はく、「もし《若》勝り劣りを定めざれば、已に今日の興を失ひ、兼ねて後代の鬱を結ばんか。猶ほ速やかにこれを定め申すべし」と。天気の不詳に遇ひて、空しき慮りの尤も拙きを表すのみ。（原文は漢文）

天徳四年内裏歌合は歌合の規範と仰がれていて、判詞も後の歌合にしばしば引用されているので、ほとんどの歌人がこれに気づいたはずである。昔の有名な歌合の参加者に自分たちを擬して興じるような雰囲気が、このグループにはあったのであろう。

「**草花」題**　「草花」という題は、承保二年（一〇七五）に白河天皇が催した殿上歌合に見えているだけであるが、金葉集などをみると、「草花告秋」（一六八・雅兼）「待草花」（異本歌六七五・皇后宮美濃）「中納言俊忠の許にて草花露重といへる事を」（散木集・四〇五）などの題がある。当時、歌会などでは好んで詠まれていた題のようである。

二番　左　　　　　　　　摂津君

3　むすびおく露やわくらんいろいろ《色々》にみだれてさけるもも草の花

右勝　　　　　　　　右中弁源雅兼

4　小萩原花さきにけりことしだにしがらむ鹿にいかでしらせじ

顕季判云、左歌、「露やわくらん」とはいかなること《事》にか。花の色にひかれてこそ、色々に見ゆべけれ。

右歌、別の難[1]見給へ《は》られねば勝ちとす。

又判云、左歌、すゐの「もも草の花」と、文字づかひぞささへたるやうにきこゆれど、ことなる難には候はじ。右歌は、「小萩《はぎ》原」とよむべきにては、「花」とつづきぞいかがときこゆる、また《又》、「ことしだに」といへるこしのもじも、うた《歌》ことば《詞》とはきこえず。されどす[a]ゐは心いとをかしうきこえ候ふめれど、左にはなほ《猶》いかがとぞ思ひ給ふる。

【類聚歌合】 二番　左　　つのきみ

3 むすびおくつゆやわくらむいろいろ《〱》にみだれてさけるもも草のはな

右勝　　まさかね

4 こはぎはら花さきにけりことしだにしがらむしかにいかでしらせじ

左歌、「つゆやわくらん」とはいかなることにか。花の色にひかれてこそ、いろいろ《〱》にみゆべけれ。右歌、べちのなん[1]みたまへられねばかちとす。

【主な校異】 1みたまへられねは（類）―見給はねは（静）　aすゐは（語釈）―すは（静・神）　すはノ横ニ「ゐ歟」トアリ（刈・今）

【現代語訳】 二番　左　　摂津君

3 草花に置いた露が染め分けたのだろうか。色とりどりに乱れて咲いている百草の花は。

右勝　　　　　　　　　右中弁源雅兼

4 小萩原は花が咲いたなあ。せめて今年だけでも、花にまとわりついて散らす鹿に、何とかして花が咲いたことを知らせないようにしたい。

顕季判にいう、左の歌、「露が染め分けたのだろうか」とはどういうことだろうか。花の色にひかれてこそ、色とりどりに見えるはずだ。右の歌、とりたてて批難すべきところも目に入りませんので、勝ちとします。

別の判にいう、左の歌、第五句の「百草の花」という言葉づかいが流れを止めているように聞こえるが、特に批難すべきことでもないだろう。右の歌は「小萩原」と詠むつもりなら、「花」とつづけるのはいかがなものかと感じる。また「ことしだに」という第三句も和歌のことばとは思えない。それでも第五句は、そこに詠まれている心情がとても風流だと思われますが、左の歌とくらべるとやはりいかがなものかと思います。

〔語釈〕 3 **○むすびおく**　水滴が丸まって草花の上にあること。**○露やわくらん**　露が花の色を染め分けたのだろうかという。「うすくこくいろぞみえけるきくのはなつゆや心をわきておくらん」（後拾遺集・秋下・三五三・元輔）によるか。**○もも草の花**　たくさんの種類の花。古今集に「ももくさの花のひもとく秋ののを思ひたはれむ人なとがめそ」（秋上・二四六・不知）の例がある。

4 **○ことしだに**　せめて今年だけでも。「だに」は最小限の願望を表す。**○しがらむ鹿**　まとわりついて花を散らす鹿。「あきはぎをしがらみふするしかのねをねたきものからまづぞききつる」（後拾遺集・秋上・二八五・為善）**○いかでしらせじ**　「じ」は打消意志。「いかで」と呼応して、なんとかして知らせないでおきたいという。拾遺抄の「あしひきの山がくれなるさくら花ちりのこれりと風にしらすな」（春・四五・命婦少弐）を利用し、桜を散らす「風」を萩を散らす「鹿」に転換している。美しく咲いた花をできるだけ長い間見ていたいのである。

〈顕季〉判定は右の勝ち。**○花の色にひかれてこそ**　1の歌参照。ただし、語釈3にあげた元輔歌のように、露が花の色を染め分けると詠んでいる例もある。**○見給へられねば**　類聚歌合により本文を改めた。「給へ」は下二段動詞の未然形。謙譲の補助動詞で「目に入りませんので」という意味である。静嘉堂文庫本の本文の「見給はねば」なら、「給は」は四段動詞の未然形。尊敬の補助動詞で「ご覧にならないので」という意味になり、文意にあわない。

〈又判〉判定を変えて左の勝ち。**○小萩原とよむべきにては、花とつづきぞ**　「こはぎはらはな」と「は」文字がつづくこと問題にしている。**○うたことばとは聞こえず**　高陽院七番歌合（一〇九四年）でも、判者の経信が「右の歌の『思ふことつゆだになし』などは、まこと歌のことばには似ずこそみたまふれ」と「だに」を用いている歌を批難している。

三番　左勝　　殿[1]

5 女郎花野原のきりにかくろへてうたても露に[2]たはれふすかな

右　　刑部大輔源定信

6 をみなへし匂ふは秋のさがなれどなほ《猶》はつ花はめづらしきかな

顕季判云、左歌、[3]くちをしきさまなり。右歌の「秋のさがなれどなほ《猶》はつ花はめづらし」と[4]いふは、めなれなば[5]目にはたつまじきにや、まこと《事》に花ごころの人にこそ。より《仍》て左勝つ。

又判云、左歌、心詞いとをかし。「うたて」といふに思ふところなきにあらず。露にたはれふすといへること《事》やあらん。たしかにおぼえ候はず。露には「しを《ほ》る」といひ、風にぞ「たはる」とは申すやうに覚えんを、露にたはれふすといへる証歌あらば、もつとも《尤》勝つべし《可勝》。右歌は、あしうもきこえ候はず。すゑぞ盛房《もりふさ》が、「初花よりも」とよみたりしにおぼえて候へども、さのみやはさるべきと思ひ給ふれば、持とも申しつべし。

〔類聚歌合〕　三番　左勝　　女房[1]

5 をみなへしのはらのきりにかくろへてうたても露にたは《を》[2]れふすかな

右　　さだのぶ

6 をみなへしにほふはあきのさがなれどなほ《を》はつ花はめづらしきかな

左歌、[3]くちをしきさまなり。みぎのうたの「秋のさがなれどなほ《を》はつ花はめづらし」と[4]いへるは、めなれなば[5]めにたつまじきにや。まことにはなごころの人にこそ。よりて左かつ。

〔主な校異〕　1殿（静）―女房（類）　2たはれふす哉（静）―たれをふすかな（類）　3口惜き（静）―くちをかしき（類）　4いふは（静）―いへるは（類）　5目には（静）―めに（類）

〔現代語訳〕　三番　左勝　　殿

5 女郎花は野原の霧にかくれて、気にくわないことに、露といちゃついて共寝しているよ。

右　　刑部大輔源定信

6 女郎花が美しく咲くのは秋のならいだけれども、それでもやはり今年はじめて咲いた花はめずらしいなあ。

顕季判にいう、左の歌は残念な詠みぶりだ。右の歌が「秋のさがなれどなほはつ花はめづらし」というのは、もし見慣れてしまったら、もう目にとまらないのだろうか。ほんとうに移り気な人だ。そこで左が勝つ。

別の判にいう、左の歌、心も詞もおもしろみがある。「うたて」というところにすこし見所がありそうだ。「露にたはれふす」ということばはあるだろうか。はっきりとは思い出せません。露に「しをる」といい、風には「たはる」と申すように思いますが、「露にたはれふす」と詠んだ証歌があるのなら、そうはいっても勝つはずだ。右の歌は悪くありません。下の句は、盛房が「初花よりも」と詠んだ歌に似ていますが、それぐらいは避けなくてもよいと思いますので、持と申しましょう。

〔引用歌〕 夏山のあを葉まじりのおそ桜はつはなよりもめづらしきかな（金葉集・春・九五・盛房）

〔語釈〕 5 **○かくろへて** 隠ろへて。物陰にかくれて目立たないようにすること。**○うたても** 気に入らない気持ちを表す。「も」は強意。**○たはれふすかな** 静嘉堂文庫本による。（↓又判）

6 **○秋のさが** 「さが」は、ならい、ならわしという意。地名の「嵯峨」を掛けている。山城国、現在の京都市右京区にある嵯峨野は秋草の名所である。**○はつ花** （↓補説）**○めづらしきかな** 「初花」と「初雁」の違いはあるが、「こですぐす秋はなけれどはつかりのきくたびごとにめづらしきかな」（拾遺抄・秋・一二〇・不知）と似た心境を詠んでいる。

〈顕季〉判定は左の勝ち。**○花ごころの人** 移り気な人。「花ごころ」は花のように変わりやすい心という意。顕季はこの語句を和歌に詠んでいる。「さくらばな花ごころにもこころみんこのはるかぜはふかずもあらなん」（六条修理大夫集一三二）

〈又判〉判定が変わって持。**○露にたはれふす** 古今集・誹諧歌に「あきくればのべにたはるる女郎花いづれの人かつまで見るべき」（一〇一七・よみ人しらず）とあるが、「たはれふす」と一語にした用例は見あたらない。俊頼は「霧隔女郎花」という題で「しほれふす」と詠んでいる。「女郎花うちたれがみをゆふぎりにかくれてたれとしをれふすらん」（散木集三九九）**○露にはしをるといい、風にぞたはるるとは申す** 「しをる」と「たはる」を詠み分けるべきだという。露に「しをる」と詠んだ例は「女郎花朝おく露を帯にしてむすぶ袂はしをれしにけり」（堀河百首「露」七二八・俊頼）。風に「たはる」と詠んだ例は「心からあだのおほ野におひたちて風にたはる女郎花かな」（堀河百首「女郎花」六一七・師時、ただし新編国歌大観所収の本文は第四句「風にをらるる」）。ともに堀河百首の用例である。**〇盛房**　同時代の歌人。金葉集に引用歌にあげた歌一首が入集。金葉集の俊頼歌の詞書（雑上・五七五）にも名前が見えている。**〇初花よりも**　盛房の歌は、「初花」よりも青葉にまじって咲く「おそ桜」のほうがめずらしいと詠んでいるが、右6の歌は「初花」がめずらしいと詠んでいる。意識的に変えて詠んだか。

〔他出〕　5田多民治集・六六「草花」

〔補説〕　秋の「初花」　平安時代の用例の多くは、

　谷風にとくるこほりのひまごとにうちいづる浪や春のはつ花（古今集・春上・一二・当純）

　わがやどの梅のはつ花ひるは雪よるは月とも見えまがふかな（後撰集・春上・二六・不知）

のように、春の初めに咲く花を詠んでいるが、万葉集では、

　なにすとかきみをいとはむあきはぎのそのはつはなのうれしきものを（巻十・二二七三）

　わがせこがやどのなでしこちらめやもいやはつはなにさきはますとも（巻二十・四四五〇）

のように、春の「はつ花」のほかに、萩やなでしこなど秋の草花の「はつ花」が詠まれている。本歌合では三首の歌（6、14、15）が秋の「初花」を詠んでおり、忠通家歌合に参加したグループによる万葉集受容の一例と考えてよいだろう。

四番　左　　左馬権頭源盛家

7 めかれせず我こそ見つれをみなへしいつのまにかは露[1]の《を》おきつる

右勝　　散位忠隆

8
うらうへになにまねくらん花すすきひとかたにこそ秋はゆくらめ

顕季判云、左歌、「我こそ見つれ」[2]心えずなむ。また《又》、あやしく「いつの人まにうつろひぬらん」といふ《云》歌のおもひいだされ侍るものかな。[3]右歌、初めの句ぞいとしも見給へねど、右勝つべきにこそ。

又判云、左歌は、はじめの五文字優《ゆう》にもきこえぬかな。げにふるき歌にもよまぬ句にもあらねど、中の詞も心もえもいはぬにひかれて、あしうもきこえぬなり。これははじめてよみあぐるにみみとどまりて聞こえ、また《又》「お《を》きつる」もこはご《く》はしくきこえ《ゆ》つるものかな。などか「露はお《を》くらむ」といはざりけんと思ひ給ふるは、あぢきなきさかしらなりや。右歌は、「うらうへにまねく」といへるはおぼつかなし。すすきの人をまねくは、風にしたがふも《物》のなれば、風のふくらん方をこそまねくといはんとおもはば、風のふくかたをぞ、かれがやうに「定めなし」といふべき。また《又》、秋のゆくかたをまねくといへるこ《事》とやあらん。しらぬこ《事》となれば、ともかうも申しがたし。もし、頼綱《よりつな》が「まねくや秋をお《を》くるなるらん」とよめる歌を思ひてよめるにや。それならば証としがたし。されど何となく歌めきたれば、勝つともや申すべからん。

〔類聚歌合〕　四番　左　　もりいへ

7
めかれせず我こそみつれをみなへしいつのまにかは[1]つゆはおきつる

右勝　　忠隆

8 うらうへになにまねくらむ花すすきひとかたにこそ秋はゆくらめ

左歌、「われこそみつれ」、[2]こころえずなむ。また《又》、あやしく「いつの人まにうつろひぬらん」といふ歌おもひいだされ侍るものかな。[3]右歌、はじめの句《く》ぞいとしもみたまへねど、右は勝つべきにこそ。

〔主な校異〕　類聚歌合本は7と8の歌と作者名が入れ替わっており、それを訂正するしるしが付されている。右には訂正後の本文をあげた。1露のをきつる「をくらん」ヲミセゲチシテ「をきつる」トスル（静）―つゆはおきつる（類）　2こゝろえずなむ（類）―こそなん心えず（静）　3右歌（類）―左歌（静）

〔現代語訳〕　四番　左　左馬権頭源盛家

7 目を離さないで、私は見ていたのに。女郎花よいつの間に露がおいたのだ。

右勝　散位忠隆

8 ひらひらとひるがえして何をまねいているのだろうか、花すすきは。一方向に秋は去って行くのだろうに。

顕季判にいう、左の歌、「我こそ見つれ」がわからない。またふしぎと「いつの人まにうつろひぬらん」という歌が思い出されますよ。右の歌、初句はたいしてよいとも思えませんが、右が勝つべきです。

別の判にいう、左の歌は初めの五文字が優美に聞こえないなあ。なるほど昔のすぐれた歌に詠まないわけではないが、それは第三句以下の表現や情感がすばらしいので、それにひかれて悪くは聞こえないのだ。この歌ははじめて詠みあげる時に耳にのこるように聞こえ、また「おきつる」もごつごつしているように聞こえてしまうなあ。どうして「露はおくらむ」と詠まないのだろう、と思いますのはつまらない利口ぶった心でしょうか。右の歌は、「うらうへにまねく」といっているのは不審だ。薄が人をまねくのは、風にしたがうものなので、風が吹いている方向をまねくといおうと思うのなら、風が吹いている方向を、あの歌のように「さだめなし」というべきだ。また、秋のゆく方向をまねくということがあるだろうか。わからないことなので、とやかく申しがたい。もしや、頼綱が「まねくや秋をおくるなるらん」と詠んだ歌を思って詠んだのだろうか。それならば証としがたい。けれども、何となく歌めいているので、勝ちと申しましょう。

〔引用歌〕 くるとあくとめかれぬものを梅花いつの人まにうつろひぬらむ（古今集・春上・四五・貫之）
さだめなきかぜのふかずははなすすきこころとなびくかたはみてまし（後拾遺集・秋上・三二五・経衡、長暦二年九月源大納言家歌合「薄」一〇）
ゆふひさすすそののすすきかたよりにまねくやあきをおくるなるらん（後拾遺集・秋下・三七一・頼綱）

〔語釈〕 7**○めかれせず** 目を離さないで。判者の顕季も「めかれせずながめてをらんさくらばなやましたかぜにちりもこそすれ」（六条修理大夫集・一五七）と詠んでいる。**○我こそ見つれ** 私はみていたのに。「こそ」が逆接の意を添える。**○おきつる** 又判が詠み上げた時の音を批判し、「おくらむ」とすべきだという。元永元年十月二日「残菊」一番25の判でも俊頼、基俊の両人がこのことばを批難している。

8**○うらうへ** 「うらうへ」は裏と表という意。袖や衣の裏表をいうことが多い。古くから、薄の穂が風になびくさまは手まねきする袖にたとえられているので、薄の穂がひるがえすようにゆれるさまをこのように表したのであろう。**○ひとかたにこそ秋はゆくらめ** 「ひとかた」は一方向という意。倒置法が用いられているので、初二句の「うらうへになにまねくらん」を続けて、一方向に秋は去って行くのだろうに、あちらこちらをどうして手招きしているのろうと解釈する。

〈顕季〉判定は右の勝ち **○心えずなん** 類聚歌合による。「なん」の下に「侍る」が省略されている。**○いとしも見給へねど** あまり好ましくない表現を評してこのようにいう。

〈又判〉判定は右の勝ち **○げにふるき歌にもよまぬ句にもあらねど** 「ふるき歌」とは顕季判に引用されている古今集の貫之の歌を指す。古今集のことばだからよいというわけではなく、和歌全体の詠みぶりが問われるというのは、俊頼に特徴的な主張である。**○こはごはしく** 表現がぎこちないことをいう。五番9の顕季判は「こはく」という似た評語を用いている。**○風のふくかたをぞ、かれがやうに定めなしといふべき**　引用歌の「さだめなき」の歌は、当時よく知られていたらしく、備中守仲実朝臣女子根合（一一〇〇年）でも「右歌に、風なんあまたかたより吹くるいかがと左人論ずる、かたさだまりてふくときのかぜをだに、『さだめなきかぜしふかずば花すすき』と、経衡、一条大納言歌合によめり」と、風がいろいろな方向から吹くことの証歌として引かれている。**○秋のゆくかたをまねくといへることやあらん**　判者は知らないというが、判に引いている頼綱の歌のほかに、拾遺集にも例がある。「あきかぜをそむくものから花すすきゆく方をなどまねくなるらん」（秋・一九二・よみ人しらず）**○それならば証としがたし**　ここで引かれている頼綱の歌が、近年詠まれた歌であることが理由か。頼綱は後拾遺集初出の歌人である。

五番　左　　　　刑部少輔正時

9 露はそめきりたつ野べの藤袴ふく秋風にほころびにけり

右勝　　　　式部少輔行盛

10 草々の花の袂をむつましみ野もりはみるといざたはれなん《南》

顕季判云、左歌、「露はそめ」、[1]いみじくこは《わ》くきこゆ。右歌、たましひ《ゐ》心あるをもちて、右の勝ちとす。又判云、左歌、はじめに「露はそめ」といひては、次の句に「霧は」とやお《を》くべからん。「きりたつ野べ」といへる詞、いひしらぬに似てあしうきこゆるなり。藤ばかまを風にほころぶとは、あけくれのこと《事》にて、いまはめなれてなにとも聞こえず。右歌は「くさぐさ《〱》の」といへる文字なだらかならず。などてか「さまざま《〱》の」といはざりけんとくちを《お》しうきこゆ。また《又》、野もりにはばかることは何事ぞ。もしをり《お》とらば、せいしもやするとかや。野もりは花などをを《お》らせじとてもるにやはあらん。おぼつかなきこと《事》かな。さらば、「とぶひの野もりいでて見よ」などいはんこと《事》は、心たがひてや候ふべからん。かれこそはわかなれば、心しらざらん人にもつませじとも思ふべけれ。ただし《但》、野のぬしのもらする野守にや。さらばよし。これは花にむつびあそばんは、あながちに野もりせいすべしともきこえず。また《又》、花の中にをみなへしのあるにたはれんとおもひてよめるにや。さらば女郎花ととりわかずして荒涼なり《也》。ききあきらめざらんかぎりは、持とぞ申すべき。

〔類聚歌合〕五番　左　まさとき

9 つゆはそめきりたつのべのふぢばかまふく秋風にほころびにけり

右勝　ゆきもり

10 くさぐ《〱》さの花のたもとをむつましみのもりはみるといざたは《わ》れなん

左歌、「つゆはそめ」、いみじく[1]こは《わ》くきこゆ。右歌、たましひ《ゐ》こころあるをもちて、みぎのかちとす。

〔主な校異〕　1いみしく（静）―いみしき（類）

〔現代語訳〕　五番　左　刑部少輔正時

9 露は草花を染め、霧が立つ野辺の藤袴は、吹く秋風のためにほころびてしまったよ。

右勝　式部少輔行盛

10 草々の花の袂になれ親しみたいので、野守は見るが、さあ戯れよう。

顕季判にいう、左の歌、「露はそめ」はひどくぎこちなく聞こえる。右の歌、才気や心があるので、右の勝ちとする。

別の判にいう、左の歌、はじめに「露はそめ」といへば、次の句に「霧は」とおくべきだろう。「霧立つ野辺」ということばは、詠み方を知らないようで良くないと感じるのだ。藤袴を風にほころぶと詠むのは、いつものことで、今となっては見慣れて何とも感じない。右の歌は「草草の」という文字がなめらかではない。どうして「さまざまの」と詠まなかったのだろうと残念に感じる。また野守を気にかけているのはどういうことだ。もし花を折りとったら制止するとか。野守は花などを折らせまいとして守っているのか。心もとないことだな。それなら「とぶひの野守いでて見よ」などということばは、意味が変わるでしょう。あれこそ若菜なので、その値打ちがわからないような人には摘ませまいとも思うはずです。ただし、野の持ち主が守らせる野守なのか。それならばよい。この歌は、花に親しみ遊ぶようなことを強引に野守が制止するとも感じられない。また、花の中に女郎花があるので、それにたわむれればと思って詠んだのだろうか。それならば、女郎花と特定していないのは興ざめです。聞いてはっきりさせないかぎりは、持と申しましょう。

〔引用歌〕 かすがののとぶひののもりいでて見よ今いくかありてわかなつみてむ（古今集・春上・一八・不知）

〔語釈〕 9**○露はそめ**　露は草花を染める。「花の色はただひとさかりこけれども返す返すぞつゆはそめける」（古今集・物名・四五〇・高向利春「さがりごけ」）**○藤袴…ほころびにけり**　「ほころぶ」は「袴」の縁語。古今集の誹諧歌に「秋風にほころびぬらしふぢばかまつづりさせてふ蟋蟀なく」（一〇二〇・在原棟梁）とある。（→又判）

10**○草々の**　いろいろな草花の。源順が「のべごとに花をしつめばくさぐさのかうつるそでぞつゆけかりける」（女四宮歌合「くさのかう」）と詠んでいる。**○花の袂**　花をはなやかな衣服に見立てて花の袂という。

〈顕季〉判定は右の勝ち。**○こはく**（→補説）

〈又判〉判定が変わって持。**○はじめに露はそめといひては、次の句に霧はと**　「露は…霧は…」と対句にすべきだというのであろう。後の時代の例だが、俊恵が「露はそめしもはおくてふ…」（林葉集・五五八）と詠んでいる。**○藤ばかまを風にほころぶとは…いまはめなれてなにとも聞こえず**　堀河百首では、藤袴を詠む「蘭」題の歌のうち六首までが「ほころぶ」と詠んでおり、それを「めなれて」というか。しかし、堀河百首以前には語釈9に引いた古今集誹諧歌の例があるぐらいである。「秋風の日に日にふけばふちばかまきる人なしにほころびにけり」（堀河百首「蘭」六六七・基俊）**○などてかさまざまのといはざりけん**　1の歌は「さまざまの花」と詠んでいる。**○野もりにはばかることは**　判者はとりあげていないが、野守の目をはばかっている歌としては「あかねさすむらさきのゆきしめのゆきのもりはみずやきみがそでふる」（万葉集・巻一・二〇・額田王）がある。本歌合よりも前に、匡房がこの万葉歌を利用して「がまふののしめののはらのをみなへしのもりに見すないもがそでふる」（江帥集・五〇五「鳥羽院大嘗会悠紀方和歌近江国　天仁元年十一月」）と詠んでおり、右10の歌はこれらの歌の影響をうけていると考えられる。**○とぶひの野もりいでて見よなどいはんことは、心たがひてや候ふべからん**　古今集の「とぶひののもり」の歌は、前項に引いた万葉歌とは異なり、あと何日待てば若菜をつむことができるかと野守に若菜の生育を管理させている。**○女郎花ととりわかずして**　歌合の和歌は表現が明解であることを求められる。「たはれん」などの表現から女郎花を詠んでいることは推測できるが、やはり「女郎花」ということばを用いるべきだというのである。（↓保安二年「庭露」五番37裏書）**○荒涼なり**（↓補説）

〔補説〕　**こはし・こはごはし・こはげなり**　「こはし」は「強し」とも書き、かたくるしい、ごつごつしたという意をもつ。「こはごはし」、「こはげなり」はその派生語。歌合では、承暦二年（一〇七八）内裏歌合の判に「したがへばとよめるも、むげにうたのことばともおぼえず、こはげなれ」（23）とあるのが初出。東塔東谷歌合（一〇九七年）の判にも「あまりにこはくて、おそろしきまでしだらかならず」（1）「しだらかならずこはく」（13）とある。忠通家歌合の判でも、元永元年十月二日「恋」八番64の俊頼判に「文字つづきのこはげにぞ聞こゆる」とあるなど、全部で五例ある。

荒涼なり　「荒涼」は本来は荒れはててもの寂しい様子を表すことばなので、古語の「すさまじ」と同じ意味、すなはち興ざめであると解釈した。古くは天徳四年（九六〇）内裏歌合の判に例がある。本歌合ではもう一例、「尋失恋」四番51の又判に例があるほか、永縁奈良房歌合（一一二四年）にも「きかで、『なきとよむらむ』とおしはからんこと、すこぶる荒涼なり、なかずもあらんものを」(21) とある。これらの用例を考え合わせると、表現が不充分であることを批難する評語のようである。

六番　左持　　女房前中宮上総君

11 秋[1]の野のち《千》くさの花のさく中にみるも露けきをみなへしかな《哉》

右　　散位基俊

12 白露のおりだす萩のからにしき鹿のよるきる衣なりけり

左歌、「みるもつゆけき」[2]といへる文字、心えずなん。右歌「露のお《を》りだす」とはいかが[3]、露霜をたてぬきにこそよみたれ。露、錦[4]お《を》りいづらん、人《ひと》にて侍るか。また《又》「いだす」などこそいひ[5]侍れ、「だす」こそ[6]をさなびたれ。[7]されども左、歌がらよからず。もて《以》[8]持とや。

又判云、左歌は「秋の野の」といへるはての「の」文字をぞ、「に」といふべしと見給ふる。それ《其》ほどに「の」もじのしきりなるなり《也》。また《又》、「き」もかなはずぞきこゆる。こしのはての「に」もじのささへたればお《を》けるにや。これは証歌どもおほかるもの《物》を。また《又》、「みるも露《つゆ》けき」といへるはたが《誰》こと《事》ぞ。をみなへしの露けきか。見る人の露けきか《歟》。見る人の露けからんにては、ちくさ《千草》の花の中にとはいひがたし。女郎花のすぐれて露けきにや。さやはあらん。おぼつかなきこと《事》かな。右歌に、「白露のお《を》りだす」といへること《事》ばおぼつかなし。萩のにしきとは露のお《を》るといへること《事》やあらん。さだめて証歌候ふらん。もし、「霜のたて露のぬき」などいへる歌につきてよめるにや。もしそれならばいかがとぞきこゆる。「鹿のよるきる」もいかがとぞきこえ候ふ。「よるきる衣なり《也》けり」とさしていはば、見たらんこそなからめ。よるのことば《詞》みえがたくやあらん。また《又》、「お《を》りだす」とかかれたるは、書写のあやまりにや。作者の書きたらば、とがとも申すべし。持にや。

〔類聚歌合〕　六番　左持　かむつさの君

11　[1]あきのの《に》ち草のはなのさくなかにみるもつゆけきをみなへしかな

右　もととし

12　しら露のお《を》りだすはぎのからにしきしかのよるきるころもなりけり

左歌、「みるも[2]つゆけき《し》」とい《云》へるもじ、こころえずなん。みぎの歌に「つゆのお《を》りだす」とは[3]いかに。つゆしもをたてぬきにこそよみたれ。つゆ、[4]にしきをおりいづらんは、人にて侍るか。また、「いだす」など[5]こそはべれ、「だす」[6]こそをさなびたれ。[7]されども、左、歌がらよからず。もて[8]持とす。

〔主な校異〕　1秋の野の（静）―あきのゝに（類）　2つゆけき「つゆけし」の「し」の右に「き歟」と注記する（静）―つゆけし（類）　3いかゝ（静）―いかに（類）　4錦をりいつらん（静）―にしきをおりいつらんは（類）　5い

ひ侍れ（静）―はへれ（類）　6をさなひたれ（類）―おさなく侍れ　「く侍れ」に「ひたれイ」と傍記（静）　7されとも（類）―ナシ（静）　8持とや（静）―持とす（類）

〔現代語訳〕　六番　左持　　女房前中宮上総君

11　秋の野の千草の花が咲く中に、見るからに露にぬれている女郎花だなあ。

右　　散位基俊

12　白露が織り出す萩の唐錦は、鹿が夜に着る衣だったのだなあ。

左の歌は、「見るも露けき」という文字が理解できない。右の歌に、「露のおりだす」とあるのはどうだろう。露と霜をたてぬきと詠んでいる。露が錦を織り出すとすれば、人でしょうか。また「いだす」などとありますが、「だす」は幼稚です。けれども左は、歌の雰囲気がよくない。そこで持とする。

別の判にいう、左の歌は「秋の野の」といっている終わりの「の」文字を、「に」というべきだと見ております。それほどに「の」文字が多くでてくるのです。また、「き」も合わないように聞こえます。腰句の終わりの「に」文字がことばの流れを止めているので、置いたのだろうか。これは証歌なども多いのに。また「みるもつゆけき」といっているのは誰のことか。女郎花が露を帯びているのか。見ている人が露を帯びたように涙ぐんでいるのか。見る人が涙ぐんでいるのなら、千草の花の中にとは言い難い。女郎花がとくに露を帯びているのでしょうか。それはないでしょう。はっきりしませんね。右の歌に「白露のおりだす」といっていることも不審です。萩の錦とは、露が織るということがあるのだろうか。きっと証歌があるのでしょう。もしや「霜のたて露のぬき」などという歌によって詠んでいるのだろうか。もしそうならばいかがなものかと感じます。「鹿の夜着る」もいかがなものかと聞こえます。「夜着る衣なりけり」と限定していうなら、見たことはないだろう。夜ということばでは見えにくいのでは。また、「おりだす」と書かれているのは、書写の誤りでは。作者が書いたのなら、欠点と申さねばなりません。持でしょう。

〔引用歌〕 霜のたてつゆのぬきこそよわからし山の錦のおればかつちる（古今集・秋下・二九一・関雄）

〔語釈〕 11 **○秋の野の** 静嘉堂文庫本による。（↓又判）**○露けきをみなへし** 貫之の歌に「かりにのみ人の見ゆればをみなへし花のたもとぞ露けかりける」（拾遺抄・秋・一一九）とある。

12 **○萩のからにしき** 「萩の唐錦」と詠んだ例は見あたらないが、「萩の錦」は「あきののはぎのにしきをふるさとにしかのねながらうつしてしかな」（和漢朗詠集「萩」二八五・元輔）「かひもなき心地こそすれさをしかのたつこゑもせぬはぎのにしきは」（後拾遺集・秋上・二八三・白河天皇）のように「鹿」とともに詠まれている。

〈顕季〉判定は持。**○みるもつゆけきといへる文字** 静嘉堂文庫本の傍記による。又判でも「き」文字に言及している。**○人にて侍るか** 露がまるで人のようだという。（↓元永元年十月二日「残菊」四番30補説）**○「だす」こそをさなびたれ** 「いだす」が正しい形で、「だす」は幼稚だと評している。又判も「おりだす」の本文を批難している。

〈又判〉判定は持。**○「の」文字のしきりなるなり** 類聚歌合と又判を付加した静嘉堂文庫本などでは、左11の歌の初句の本文が異なるが、又判は「秋の野のちくさの花の咲くなかに」という本文についての判なので、又判の判者が見た本文には「秋ののの」とあったのであろう。類聚歌合の「あきの、に」という本文は、又判のあとで改めた本文である。**○「き」もかなはずぞきこゆる** 第四句「見るも露けき」の末尾の文字を批難する。**○こしのはての「に」もじのささへたればおけるにや** 左11の歌の第三句「咲くなかに」とあるので、初句を「秋の野に」とせず、「秋の野の」としたかという。初句と第三句の終わりの文字が同じであることは、当時は歌病とされていた。（↓補説）**○みるもつゆけきといへるは** たしかに、女郎花が露を帯びているのか、女郎花を見ている人が涙ぐんでいるのかはっきりしない。前者であろうと判者も考えているが、それならば、たくさんの種類の花が咲いている中で女郎花だけが露を帯びていることになり道理に合わないと、さらに疑問を呈している。明解かつ論理的な表現を歌合の歌に求めているのである。**○萩のにしきとは露のおるといへることやあらん** 「秋萩の花の上なる露みればにしきにおれる玉かとぞみる」（堀河百首「萩」六〇四・永縁）のように、露の玉が萩をかざるというとらえ方はよくあるが、露が錦を織ると詠んでいる例は見あたらない。**〇もし、霜のたて露のぬきなどいへる歌につきて**　引用歌の「霜のたて露のぬき」の歌は、霜を縦糸、露を横糸にして織っているのに、右の歌は露だけで織っている。このような理由から証歌としてはふさわしくないというのである。**〇見たらんこそなからめ**　「夜の錦」ということを意識しているのであろう。「夜の錦」は「見る人もなくてちりぬるおく山の紅葉はよるのにしきなりけり」（古今集・秋下・二九七・貫之）と詠まれているが、『奥義抄』はこの古今集歌を「ことわざに夜のにしきといふことをよめるなり。百詠注云、買臣昇進ののち本国にかへらぬは、にしきをきて夜行くがごときなりとか」と朱買臣の故事を引いて注釈している。

【参考】　12袋草紙・古今歌合難

【補説】　こしのはての「に」もじ　源宰相中将家和歌合（一一〇〇年）では、基俊が詠んだ「月草にすれる衣の朝露にかへるけささへこひしきやなぞ」（12）の歌の初句と第三句の終わりの文字が同じであることについて、次のようなやりとりがあった。

「…句のすゑにおなじ文字あるは、和歌髄脳に、さりがたきとがにまうししはいかが」とまうせば、「…同じ文字のとがはひがごとにこそ。『山風にとくる氷のひまごとに』といふふるきこと侍らば、此歌も、さらにとがにあらず」と申さるるは。「げに証歌侍りければ、此とがはのがれさせ給ふとも、のこりの難はさりがたし」と申せども、作者のみづからの判にて、「さりとも持」とぞ申さるめる。

（「…句の末尾に同じ文字があるのは、和歌髄脳に、見逃すことはできない過ちであると申しているが、いかが」と申すと、「…同じ文字の過ちというのはまちがいでは。『山風にとくる氷のひまごとに』という昔のことばがありますので、この歌も決して過ちではありません」と申されたのだ。「なるほど証歌がありますので、この過失は問われませんが、残りの欠点は見逃せません」と申すけれど、作者の自らの判で、「そうであっても持」と申されたようだ。）

また『俊頼髄脳』も次のように記している。

はじめのいつもじのはてのもじと、中のいつもじのはてのもじとお《を》なじきはみみとどまりてあしときこゆとかきたれど、ふるきうたにみなよみのこしたることとみえず。

　山風にとくるこほりのひまごとにうちいづるなみやはるのはつ花

「山風に」といへる「に」文字と、「ひまごとに」といへる「に」のもじとなり。

　ふるさとはよしのの山しちかければひとひもみゆきふらぬひはなし

「ふるさとは」といへる「は」の字《し》と「ちかければ」といへる「は」の字《し》となり。これともにあしくもきこえず。かやうのほどのとがはうたによるべきなめり。

（初めの五文字の終わりの文字と、中の五文字の終わりの文字が同じなのは耳についてよくないように聞こえると書いているけれど、昔の歌が皆、詠まないでいるとは見えない。〈歌略〉「山風に」という「に」文字と、「ひまごとに」という「に」文字とである。〈歌略〉「ふるさとは」という「は」の字と「ちかければ」という「は」の字とである。これらはともによくないとは聞こえない。この程度の欠点は歌によるべきであるようだ）

どちらの例も、公任が著した『新撰髄脳』の「ふた句に末に同字あるは世の人みな去るものなり」という説をふまえている。

七番　左　　藤原為忠

13 をみなへしいかにぬへばか藤ばかま[1]ひと野にま《もあ》らずほころび[2]ぬらん

右[3]勝　　藤原時雅

14 行く末のにほひさへこそゆかしけれ君が千とせの秋の[4]はつ花

左歌は、詞づかひの[5]「ま《あ》らず」[6]こそゆゆしくきたなけれ。かくろへたる歌と思ひけるにや。にのまひにこそ。右の歌の心かしこし。また《又》、すぢかへること《事》なし、よりて《仍》右勝つ。

又判云、左歌に、をみなへしにふぢばかまをきするはつねのこと《事》。また《又》は、女たる歌はあらめども、たしかにもおぼえず。さもなどかぬはざらんとうけたま《給》はる。ただし《但》、これも先の歌のを《お》りに申しつるやうに、「ひと《人》のにもあらず」と書くべきなり《也》。さて、あまらんもじをば略して詠むべきなり。「ほころぶ」とい《云》ふ詞は、常の詞なれど、これ《是》はまぎれてあしうもきこえず。右歌は、祝にこと《事》よせてともかうも申がたし。

〔類聚歌合〕 七番 左 ためざね

13 をみなへしいか《如何》にぬへばかふぢばかま[1]ひとのにま《あ》らずほころび[2]ぬらん《にけり》

右〔勝〕[3] ときまさ

14 ゆくすゑのにほひさへこそゆかしけれきみがちとせのあきのはつ[4]花《萩》

左の歌のことばづかひの[5]「まらず」[6]こそゆゆしくきたなけれ。かくろへたる歌にとおもひけるにや。にのまひにこそ。右のうたこころかしこし。また《又》、すぢかへることなし。よりて右かつ。

〔主な校異〕 1ひとのにまらず（語釈）―ひとのにまあらす（類）ひと野にもあらず（静） 2ぬらん（静）―にけり（類） 3勝（静）―ナシ（類） 4はつ花（静）―はつ萩（類） 5まらず（類）―あらず（静） 6こそ（類）―ナシ（静）

〔現代語訳〕 七番 左 藤原為忠

13 女郎花がどのように縫ったために、藤袴はひとつの野だけではなくいたるところでほころびてしまったのだろうか。

右勝　　藤原時雅

14　将来の照り輝く美しさまで見たいものです。あなたの千年の栄華に咲く秋の初花。

左の歌の言葉づかいの「まらず」は、ひどくきたない。公表しない歌とおもったのだろうか。二の舞であろう。右の歌は歌の心が畏れおおい。また、正統的な表現である。よって右が勝つ。

別の判にいう、左の歌で、女郎花に藤袴を着せるのはいつものこと。または女とする歌はあるでしょうが、はっきりとは思い出せません。そのようにどうして縫わないことがあろうかとお聞きしています。ただし、これも前の歌の時に申したように、「ひと野にもあらず」と書くべきです。そうして、余る文字を略して詠むべきです。「ほころぶ」ということばは、普段使っていることばですが、この歌ではなじんでいて悪くはない。右の歌は、祝にこと寄せて詠んでいるのでとやかく申し上げにくい。

〔語釈〕 13 **〇いかにぬへばか**　已然形に接続した「ば」は原因・理由を示す。「か」は疑問の助動詞。**〇ほころびぬらん**　静嘉堂文庫本による。「らん」は原因推究の助動詞で、「いかにぬへばか」をうける。どのように縫ったために、ほころんでしまうのだろうか。**〇ひと野にまらず**　顕季判、又判の内容によって本文を「まらず」と整えた。「ひと野」の用例は堀河百首の匡房の歌「ぬぎかけし主はたれともしらねども一野にたてる藤ばかまかな」（「蘭」六五八）のほかには見あたらず、この歌を利用して詠んだと思われる。野全体という意。

14 **〇行く末…きみが千とせ**　「ゆくすゑも子の日の松のためしには君がちとせをひかむとぞ思ふ」（拾遺集・賀・二九〇・藤原頼忠）に似ている。**〇秋のはつ花**　静嘉堂文庫本による。（→三番6補説）

〈顕季〉判定は右の勝ち。**〇まらずこそ、ゆゆしくきたなけれ**　「まらず」は類聚歌合による。左13の歌の第四句の音数を七音にするために「もあらず」を「まらず」と縮めたことが、きびしく批難されている。**〇にのまひ**　稚拙な物まね。もともとは安摩《あま》の舞を不器用に真似て舞う滑稽な舞をいう。東宮学士義忠歌合（一〇二五年）は義忠の自歌自判の歌合といわれているが、「…といふうたのにのまひ《ゐ》のをこがましきに」とこのことばが用いられている。**○心かしこし**　主君を寿ぐ歌なのでこのようにいう。〈又判〉判定は右の勝ち。**○をみなへしにふぢばかまをきするはつねのこと**　「ふぢばかまはたおるむしのおりだしてをみなへしにはきするなりけり」（夫木抄・四五一七・橘能元「天仁二年〈一一〇九〉十一月顕季卿家歌合、蘭」）また、散木集の連歌に「はぎほそしふぢばかまきよをみなへし／まねくすすきにみもぞあかるる」（一五七九・俊頼／平基綱）とある。**○女たる歌はあらめども**　2、5、18の歌など「女郎花」を女性に見立て詠んでいる例は多い。**○さもなどかぬはざらんとうけたまはる**　「女郎花」が「藤袴」を縫うと詠んだ例は見あたらないが、同じ野に咲いているので不自然ではないということか。**○先の歌のをりに申しつるやうに**　六番12の又判で右の歌の「おりだす」を批難したことをさす。**○常の詞**　日常語で、本来は和歌に詠むべきではない語句。**○祝にことよせて**　（↓元永元年十月二日「残菊」三番29補説）

八番　左　治部大輔雅光

15 年をへてふる野《の》のをの《小野》に匂へどもなほ《猶》めづらしき萩の初《はつ》花

右勝　散位源兼昌

16 秋くればち《千》くさに匂ふ花の色の心ひとつにいかでしむらん

左歌、「ふる野のをの《野》」こそ[1]いとこのもしくも聞こえ侍らね。初花もつぎつぎには[2]目《め》なれぬべきにや。

右歌、ちくさ《千草》の花の色の心ひとつに[3]しむらん、こころなきにあらず。[4]より《仍》て、よきかとて右勝つ。

又判云、左歌は「ふる野《の》のをのに」なんどいへるわたり、いひなれたる様なれどもおぼつかなし。ふる野のうちに、また《又》、べちにをのといへる所のあるにや。さもなけれど、ただなどかはさもいはざらんといはんこと《事》は、証歌になるべきこと《事》にや。ふる野にさけらば、目《め》もおどろくまじけれど、「なほ《猶》めづらし」といへるほど心あり。さきにもこれがやうなる歌はきこえつれども、もし《若》、上下してまぎれてきこゆ。右歌は、あしうもきこえず。「ちくさ《千種》に」といひて、すゑに「心ひとつに」などいへるほど、風情無きにあらず。これもなほ《猶》、持とや申すべからん。

〔類聚歌合〕　八番　左　　まさみつ

15　としをへてふるののをのににほへどもなほ《を》めづらしきはぎのはつはな

右勝　　かねまさ

16　あきくればちくさににほふ花《はな》のいろの心ひとつにいかでしむらん

左歌、「ふるののをの」こそ、[1]いとこのましくもきこえ侍らね。はつ花もつぎつぎ《〱》[2]は目《め》なれぬべきにや。

右の歌、ちくさのはなのいろのこころひとつにし[3]むる、こころなきにあらず。[4]右かつ。

〔主な校異〕　1いと（類）―ナシ（静）　2には（静）―は（類）　3しむらん（静）―しむる（類）　4仍よきかとて（静）―ナシ（類）

〔現代語訳〕　八番　左　　治部大輔雅光

15　年を経て古びていくという、ふる野の小野に美しく咲くけれど、それでもやはりめずらしい萩の初花。

右勝　　散位源兼昌

16　秋がくるといろいろに色づく花の色が、ひとつしか無い私の心にどのように染み入るのだろうか。

左の歌、「ふる野の小野」はたいして好ましくも聞こえません。初花も次々咲くと見慣れてしまうのでは。右の歌、千くさの花の色が、心ひとつに染み入るさまは、情趣があります。それがよいと思い、右が勝つ。別の判にいう、左の歌は「ふる野の小野に」などといっているあたりが、詠み慣れているようだけれど疑問だ。ふる野の中に、また別に小野というところがあるのだろうか。そうではないが、ただ、そのようにいわないこともないだろうというようなことは、証歌になるのでしょうか。ふる野に咲いているので、見つけてはっとするはずもないが、「それでもやはりめずらしい」といっているところは情趣がある。前にもこのような歌は耳にしましたが、もしや、句の上下が入れ替わってわからなくなるかもしれません。右の歌は悪くはありません。「千くさに」といって、下句で「心ひとつに」などといっているのは、情趣がないわけではありません。これもやはり持と申すのがよいでしょう。

〔語釈〕　15 **○ふるののをの**　初出例は「やきすてしふるののをののまくずはらたままくばかりなりにけるかな」（山家五番歌合〈一一一〇年〉一六・定通、千載集・夏・一四五）。左15の歌はさらに「古」と「経る」を掛けている。古いのにめずらしいという発想が左の歌の趣向であるが、古くは「いその神ふるのの草も秋はなほ色ことにこそあらたまりけれ」（後撰集・秋下・三六八・元方）などの例がある。（→又判）**○萩の初花**　今年初めて咲く花のこと。ふる野の「古」と対比させている。（→三番6補説）

16 **○ちくさ**　種類が多いこと。**○心ひとつ**　ひとつしか無い心。「をみなへし秋のの風にうちなびき心ひとつをたれによすらむ」（古今集・秋上・二三〇・時平）による。

〈顕季〉判定は右の勝ち。**○千くさの花の色の、心ひとつに**　「千」と「一」の対比に注目している。古くは「月見ればちぢに物こそかなしけれわが身ひとつの秋にはあらねど」（古今集・秋上・一九三・千里）などの例がある。

〈又判〉判定が変わって持。**○ふる野のうちに、また、べちにをのといへる所のあるにや**　「ふるのの小野」は、ふる野の中に小さな野が別にあるようだと批難する。**○ただなどかはさもいはざらんといはんことは**　「ふる野」の中に小さい野があったとしてもおかしくはないはずだという反論があったのかもしれない。「草花」七番13の又判にも似た言い回しがある。**○さきにもこれがやうなる歌はきこえつれども**　6の歌を指すか。**○上下して**　句の上下が入れ替わる。左15の歌は、三番6の又判が引く「夏山のあを葉まじりのおそ桜はつはなよりもめづらしきかな」（金葉集・春・九五・盛房）の下句の語句の順番を入れ替えて、「なほめづらしき萩のはつ花」と詠んでいる。次の番18の又判にも「句上下したり」とある。

【参考】16太皇太后宮亮平経盛朝臣家歌合（一一六七年）「秋の野の千くさの花の色色を心ひとつにそめてこそみれ」（22）の歌について、「右、元永二年内大臣家歌合に兼昌歌にや、秋くれば千くさに匂ふ花の色の心ひとつにいかでしむらんと侍るにたがはねば、左勝にや」とある。

九番　左持[1]　散位顕仲

17 [2]たむけにとむ《とも》すびてゆかん[3]かざこしのすそ[4]野《の》に尾花ほに出でにけり

右　散位通経

18 あだしのの[5]はぎ《花》のにしき《錦》や床《とこ》ならん露ふしあかす女郎花かな

左歌、「かざこし」はいとにくし。所の名などは、をかしきをこそとりいでまほしけれ。[6]又「すそのに」といへる、ちがひたり。「すそのの」とこそあらまほしけれ。右歌、露ふすこそめづらしけれ。露はお《を》くとこそ申しつたへたれ。もし証歌や[7]いる《入》べからん。なくは持とす。

又判云、左歌、心得がたし。たむけといへること《事》、山のいただきにおほくはすること《事》なり《也》。すそ野にもやすらん。されどこれはかざこしの峰にすべきと見ゆるなり。「すそ野の尾花」といへば、そのすそ野にすべきとぞきこえたる。また《又》、すそ野の尾花《をはな》なり《也》。かりとりてかざこしの峰にのぼりて手向けをすべきにや。この《此》歌には「むすびてゆかん」といへば、ただたてながら、しるしばかりにひきむすびて過ぎたるとぞきこゆる。いかにも心得がたし。右歌に、「萩のにしきや床ならん」といへること《事》おぼつかなし。もし、「とこにしき」といへるもののあるをいへるにや。さらば、句上下したり。ただ、床といへるか。また《又》、さるにても「露ふしあかす」とはなにごと《事》ぞ。しらぬこと《事》なり、もし、露ふしすなどいへることのあるをよめるか。それにてはよまれたらんや。おぼつかなきこと《事》かな。これも勝ち負けのほどたしかならず。

〔類聚歌合〕　九番　左〔持〕[1]　あきなか

17　[2]たむけにとむすびて[3]ゆ《を》かんかざこしの[4]すそのにをばなほにいでにけり

右　みちつね

18　あだしのの[5]はぎのにしきやとこならむつゆふしあかすをみなへしかな

左歌、「かざこし」いとにくし。ところの名ならば、をかしきをこそとりいでまほしけれ。[6]また《又》、「すそのに」といへる、ちがひたり。「すそのの」とこそあらまほしけれ。右歌のつゆふすこそめづらしけれ。

露はおくとこそまうしつたへたれ。もし証歌《そうか》や[7]はべるらん。なくはぢとす。

〔主な校異〕　1持（静）―ナシ（類）　2たむけにと（類）―手向とも「とも」に「にとイ」と傍記（静）　3ゆかん（静）―をかん（類）　4すそのにをはな（類）―すそ野の小花（静）　5はき（類）―花（静）　6又すそのにといへるち

がひたり　すそののとこそあらまほしけれ（類）—ナシ（静）　7入へからん（静）—はへるらん（類）

〔現代語訳〕　九番　左持　　散位顕仲

17 手向けにと結んでゆこう。風越のすそ野に尾花が穂にでてしまったよ。

右　　散位通経

18 あだしのの萩の錦が床なのだろうか。露と共寝して夜を明かす女郎花だなあ。

左の歌、「かざこし」はとても不快です。所の名などは、趣のある名をとりたいものです。また、「すそ野に」というのは間違っています。「すそ野の」とありたいものです。右の歌の「露ふす」はめずらしい。露は「おく」ものと申し伝えられています。もしや証歌があるのでしょうか。なければ持とします。

別の判にいう、左の歌は理解しがたい。手向けということは、山の頂上に、多くはすることである。すそ野にもするのだろうか。それでもこの歌は風越の峰にすべきだと思われる。すそ野の尾花といえば、そのすそ野にするにちがいないと聞こえる。また、すそ野の尾花である。刈り取って風越の峰に登って手向けをするつもりだろうか。この歌では「むすびてゆかん」というので、生えている尾花をそのまま刈り取らずに、かたちばかり引き結んで通り過ぎていると思われる。いかんとも理解しがたい。右の歌に、「萩の錦や床ならん」といっているのは疑問である。もしや「床錦」というものがあるのをいっているのだろうか。それならば、ことばが上下に入れ替わっている。ただ、「床」といっているのか。また、そうであっても「露ふしあかす」とはなにごとだ。わからないことばである。もしや、「露ぶしす」などということがあるのを詠んだのか。それで詠めるのだろうか。心もとないことだ。これも勝ち負けははっきりしない。

〔語釈〕　17**○たむけにとむすびてゆかん**　「ゆかん」は静嘉堂文庫本による。（↓又判）たむけとは、道の神に道中の安全を祈るために、供え物をすること『俊頼髄脳』には、「いはしろの浜松が枝をひきむすびまさしくあらばまたかへりこむ」（万葉集・巻二・一四一）などの歌を引いて、「結び松の心はたむけといへる同じなり。松の葉を結びてこれがとけざらむさきにかへりこむとちかひて結ぶなり。…松を結びて、時にしたがひて、花をも紅葉をもいのりてたむくるなり。たむけ草といふはこれらを申すなり」とある。左17の歌で薄を手向け草としているのは「花すすき我こそしたに思ひしかほにいでて人にむすばれにけり」（古今集・恋五・七四八・仲平）などの、薄を結ぶと詠んでいる歌からの連想か。**○かざこし**　風越。「かざこしのすそ野」と詠んだ例は見あたらないが、永久三年前度「雪」12で兼昌が「かざこしのみね」を詠んでいる。**○すそ野に尾花**　類聚歌合による。（↓顕季判）

18**○あだしの**　「あだ」すなわち移り気な心を掛ける。「あだしののつゆふきみだる秋かぜになびきもあへぬをみなへしかな」（金葉集・秋・二三七・公実「鳥羽殿前栽合に女郎花をよめる」）「あだし野の心もしらぬ秋風にあはれかたよるをみなへしかな」（堀河百首「女郎花」六一九・藤原顕仲）**○はぎのにしき**　類聚歌合による。「あきののはぎのにしきをふるさとにしかのねながらうつしてしかな」（和漢朗詠集「萩」二八五・元輔）一方、静嘉堂文庫本の「花の錦」の例も、堀河百首に二例（「柳」一二一・師時、「春雨」一七五・紀伊）あるが、躬恒が詠んだ「あをやぎのいとめもみえずはるごとに花のにしきをたれかをるらむ」（躬恒集・二二六）を拠りどころにする春の歌である。**○露ふしあかす**　露と共寝して夜を明かすと解した。

〈顕季〉判定は持。**○又すそのにといへる、ちがひたり　すそののとこそあらまほしけれ**　この二文は類聚歌合にのみ存在する。作者は「かざこしのすそ野のを花」と「の」の音が続くのを避けるために「に」としたのだろうが、顕季はそれを批難している。なお、「すそのの薄」は「ゆふひさすすそののすすきかたよりにまねくやあきをおくるなるらん」（後拾遺集・秋下・三七一・頼綱）のように詠まれている。尾花と薄は同じもので、この頼綱の歌は四番8の又判に引用されている。**○露ふすこそめづらしけれ**（↓補説）

〈又判〉判定は持。**○されどこれはかざこしの峰にすべきと見ゆるなり**　たむけは、山であれば道を登りつめたところにするのがならわしなので、すそ野ではなく峰にすべきだというのである。**○むすびてゆかんといへば、ただたてながら…きこゆる**　「たてながら」を現代語訳では「生えている尾花をそのまま刈り取らずに」と言葉を補って訳した。左17の歌の第二句を「むすびてゆかん」とすると、通りすがりに、すそ野に生えている薄を結んでいっただけだと批難するのである。**○とこにしき**　床に敷いた美しい絹織物をいうか。俊頼がこの語句を詠んでいる。「朝露のおきゐるにはのとこにしきたがしきしまのやまとなでしこ」（散木集・三二四）**○句上下したり**　「にしきや床ならん」と「とこにしき」の語順が逆ということ。**○露ぶしすなどいへることのあるをよめるか**　顕季判にいうように、「露ふす」「露ふし」と詠んだ例は現在では見あたらないのだが、又判の筆者にとっては既知の表現だったようである。

〔参考〕18袋草紙・古今歌合難

〔補説〕　**露ふす**　「露ふす」という語句について、顕季判はめずらしいといって証歌を求めているが、又判の判者にとっては既知の表現だったようである。元永元年十月十一日「雨後寒草」7で忠隆が「つゆふすは」と詠み、保安二年「庭露」30でも師俊が「つゆふしぬらむ」と詠んでいる。また、忠隆は忠通家歌合以外の歌合でもこの語を詠んでいる。「をしかなくあだのおほのにをみなへしうたてもこよひつゆふしにけり」（夫木抄・秋三・四八二〇・宗国「永久四年七月忠隆家歌合、女郎花」）

つまり、「露ふす」は忠通家歌合という場の中で共有されていた語句なので、普段、そこに参加していない顕季は知らなかったのであろう。（→解説426ページ）

十番　左　[1]宮内権少輔宗国

19　たつたやま《辰田山》すそのににほふ《匂》藤袴たま《[2]また》ぬきかくる露や置くらん

右勝　散位忠季

20　さほ川の汀ににほふ藤袴《ふちはかま》浪のよりてやかけんとすらん

左歌、露、かみにあらまほし。右歌、[3]心ばへ《侍り》まさりたり。より《仍》て勝ち[4]とす。又判云、左歌、つきてもきこえず。たつた山も思ひかけぬやうなり。藤ばかまなれば、たつといはんとてよめるか。また《又》、「ぬきかくる」も藤ばかまに大切のことともきこえず。右歌は「さほ川の」といひ《云》て、すゐに波のよりてかけんも心ち《地》あり。心も詞もさてありなん。勝つとも申しつべし。

〔類聚歌合〕 十番　左　〔むねくに[1]〕

19 たつたやますそのににほふふぢばかま[2]たまぬきかくるつゆやおくらむ

右勝　ただすゑ

20 さほかはのみぎはににほふふぢばかまなみのよりてやかけむとすらむ

左の歌、露、かみにあらまほし。みぎのうた、[3]心ばへまさりたり。よりて右かつ。

〔主な校異〕 1宮内権少輔宗国（静）―ナシ（類）　2たま（類）―また（静）　3心はへ（類）―心侍り（静）　4勝とす（静）―右かつ（類）

〔現代語訳〕 十番　左　宮内権少輔宗国

19 たつた山のすそ野に咲きにおう藤袴を脱いでかけるように、玉をつらぬきかけるように露が置いているのだろうか。

右勝　散位忠季

20 竿という名をもつさほ川の水際に咲きにおう藤袴、浪が寄ってかけようとするのだろうか。

左の歌、露ということばが上の句にあったほうがよい。右の歌、発想が勝れている。よって右が勝つ。

別の判にいう、左の歌、全体にしっくりしない。たつた山も思いがけないようである。藤袴なので、「裁つ」といおうと思って詠んだのか。また「ぬきかくる」も藤袴に大切なこととも思えない。右の歌は、「さほ川の」といって、下の句に「波のよりてかけん」とあるのも心がある。心も詞もそのようにあるのがよい。勝ちと申すべきでしょう。

〔語釈〕 19**○たつたやますそのににほふ藤袴**　「たつ田山ふもとに匂ふふぢばかま誰がきてなれしうつりがぞそも」（堀河百首「蘭」六七〇・肥後）の上句とほとんど変わらない。**○たまぬきかくる**　類聚歌合による。「貫《ぬ》き」と「脱ぎ」は掛詞。また「脱ぎ掛く」は「袴」の縁語である。「ぬししらぬかこそにほへれ秋ののにたがぬぎかけしふぢばかまぞも」（古今集・秋上・二四一・素性）

20**○さほ川の…かけんとすらん**　「棹」を掛詞にし、「袴」をさほ川の「棹」にかけようとすると詠んでいる。「さほ川」をこのように詠んだ例は、本歌合よりも前には見あたらず、又判はこの着想を評価している。

〈顕季〉判定は右の勝ち。**○露、かみにあらまほし**　語順をかえたほうがよいという。堀河百首の「山がくれ風にしらすなしら露の玉ぬきかくるしのの小すすき」（「露」七二一・公実）の歌などを念頭においてこのようにいうか。**○心ばへまさりたり**　類聚歌合による。「心ばへ」は心の向かうところ。高陽院七番歌合の「ちりつもるにはをぞみましさくらばな風よりさきにたづねきざりせば（13）…左の歌は、いと心ばへをかしうはべめり」の例なども考え合わせると、目新しい視点で旧来の表現を工夫していることを評価しようとして、「心ばへ」がすぐれているというようである。ここでは着想と訳しておく。

〈又判〉判定は右の勝ち。**○藤ばかまなれば、たつといはんとてよめるか**　「たつた山」と「裁つ」とが掛詞であり、「裁つ」は「袴」の縁語である。**○「ぬきかくる」も、藤ばかまに大切のことともきこえず**　「露の玉を貫く」と「藤袴を脱ぎ掛ける」という趣向の過多を嫌ったか。

〔他出〕　20金葉集・秋・二三四「摂政左大臣家にて蘭をよめる」

十一番　左勝　左近衛権少将顕国

21　あづまぢの名こその関に[1]おひ《あり》ながらなほ《猶》人まねく花すすきかな《哉》

右　右少弁師俊

22　[2]やまのかげ《山陰の》いく野にさけるをみなへし色ゆゑ《へ》人につまれぬるかな《哉》

左歌、いと興ある歌なり《也》。右歌は、[3]くち《すかた》いとにくさげなり。歌がらもおとりてなん。より《仍》て左勝つ。

又判云、左歌は、めでたからねどさてありなん。「なほ《猶》人まねく」などぞすべらかならぬ。右歌は、「色ゆゑ《へ》人につまる」といへる詞、心えず。をみなへしは名をめでてこそ、馬よりおちてもて[a]かくばかりぞともいひ《云》ける。色ゆゑ《へ》といへることは、証歌やあらん。さらばいとよし。さらずは、色の黄ならんによりてはそむべしともおぼえめ。また《又》、つむとはよむらんや。これも証歌あらんずらんや。露草の花などいふ《云》やうにはいはんこと《事》はいかがあるべからん。「山のかげ」も思ひかけぬ五文字なり《也》。負くべきにや。

〔類聚歌合〕　十一番　左勝　あきくに

21　あづまぢのなこそのせきに[1]おひながらなほ《を》ひとまねく花すすきかな

右　もろとし

22　[2]やまのかげいくのにさけるをみなへしいろゆゑひとにつまれぬるかな

左歌、いとけうあるうたなり。右の歌は、[3]くちいとにくさげなり。歌がらもおとりてなむ。よりて左かつ。

〔主な校異〕　1おひなから（類）―ありなから（静）　2やまのかけ（類）―山陰の（静）　3くち（類）―すがた（静）

aてかくす（語釈）―てかく（静）

〔現代語訳〕　十一番　左勝　　左近衛権少将顕国

21 東路のなこその関に生えていながら、それでも人をまねく花すすきだよ。

右　　右少弁師俊

22 山のかげを行く、生野に咲いている女郎花、その色香のために人につまれてしまうなあ。

左の歌、とてもおもしろい歌である。右の歌は、いい方がとても憎々しそうだ。歌の雰囲気も劣っている。よって左が勝つ。

別の判にいう、左の歌は美しくはないけれどそれはそれでよい。それでも「人まねく」などはなめらかではない。右の歌は、「色ゆゑ人につまる」ということばが理解できない。女郎花は名に心ひかれたからこそ、馬からおちても手をのばすほどだと詠んだ。「色ゆゑ」ということは、証歌があるだろうか。それならばとてもよい。そうでなければ、色が黄色であることによって、染めようと思ったのだろう。またどうして摘むとよむのだろうか。これも証歌があるというのだろうか。露草の花などをいうようにいうのはいかがなものだろう。「山のかげ」も思いがけない五文字である。負けて当然でしょう。

〔語釈〕　21**○なこそのせき**　東海道の関所。現在の福島県いわき市勿来町にあったという。「な来そ」、すなわち、「来るな」という意味を名にもつ。**○おひながら**　類聚歌合による。生えていながら。

22**○やまのかげ**　類聚歌合による。「やまのかげいくの」の「いく」は地名の「生野」と「行く」の掛詞である。万葉集には「やまかげ」の用例もある。「よしのなるなつみのかはのかはよどにかもぞなくなるやまかげ〈山影〉

にして」（万葉集・巻三・三七五）

〈顕季〉判定は左の勝ち。**○いと興ある歌なり**　左21の歌は「来るな」という意味を持つ「なこその関」に生えていながら、人をまねくという矛盾した行動のおもしろさを趣向にしており、判者はそれを評価している。「あづまぢはなこそのせきもあるものをいかでか春のこえてきつらん」（後拾遺集・春上・三・師賢）**○くちいとにくさげなり**　類聚歌合の本文による。ことばづかいがよくないこと。静嘉堂文庫本には「すがた」とあるが、下に似た意味の「歌がら」があるので、意味が重複する。「にくさげ」という評語は、承暦二年（一〇七八）内裏歌合に「歌はもじづかひをこそいへ、『もあるか』といへるわたりいとにくさげなり」（21）と用いられている。

〈又判〉判定は左の勝ち。**○をみなへしは名をめでてこそ、馬よりおちてもてかく**　「名にめでてをれるばかりぞをみなへし我おちにきと人にかたるな」（古今集・秋上・二二六・遍昭）によってこのようにいう。なお、ほとんどの古今集の伝本には詞書は無いが、基俊本（ノートルダム清心女子大学蔵黒川本による復原本文）に「をみなへしのさきたりけるを、うまにのりながらをりはべりけるほどに、むまよりをちて」とある。遍昭集にも同様の詞書がある。「おちてもてかく」は静嘉堂文庫本には「おちてもてかくす」とあるが、「手掛く」の意と考えて本文を改めた。

○色ゆゑといへることは、証歌やあらん　女郎花という「名」に心ひかれたのではなく、「色」にひかれたと詠んでいる証歌はある。「てもたゆくうゑしもしるく女郎花いろゆゑきみがやどりぬるかな」（拾遺抄・秋・一〇四・不知）

○色の黄ならんによりてはそむべしともおぼえめ　後に「露草の花などいふやうにはいはんことはいかがあるべからん」とある。露草は染色の材料として用いられることから、又判の判者は右の歌の作者が女郎花を染色の材料にするために摘むと思ったらしい。

1　一番　暮月　左勝　　雅光

23　いなり山杉のむらだち《立》葉をしげみおぼろにみゆる夕月夜かな

24　ゆふづく夜[2]ともしき影をみる人の心はそらにあくがらしけり

右　　兼昌

左歌、[3]よからねどもなだらかにきこゆ。右歌[4]いひつゞけにくきものかな。左勝つ[5]にこそ。

又判云、左歌、あしうも侍らず。すゑぞふること《事》なれど、たしかなる名歌ならねば、ふかきとが《科》にあらず。

右歌、優《ゆう》なり《也》。いますこし心ちあり。おぼろけなり《也》。

〔類聚歌合〕　晩月[1]　一番　左〔勝〕　　まさみつ

23　いなり山すぎのむらだちはをしげみおぼろにみゆるゆふづくよかな

右　　かねまさ

24　ゆふづくよ[2]ともしきかげもみる人のこゝろはそらにあくがらしけり

左歌、[3]よからねどなだらかにきこゆ。右歌、[4]よみいひつゞけにくし。左かつ。[5]

〔主な校異〕　1一番　暮月（静）―晩月　一番（類）　2ともしき影を（静）―ともしきかけも　「ともしかけ」とあり、「し」の右下に「キ」。「け」の右下に「モ」（類）　3よからねとも（静）―よからねと（類）　4いひつゝけにくきものかな（静）―よみいひつゝけにくし（類）　5にこそ（静）―ナシ（類）

〔現代語訳〕　一番　暮月　左勝　　雅光

23　いなり山は杉がかたまって立ち、葉が茂っているので、ぼんやりとかすんでみえる夕月夜だなあ。

右　　兼昌

24　夕月夜のとぼしい光で、見る人の心は中空に迷わされてしまうのだ。

左の歌、良くはないが、なめらかにきこえる。右の歌、声に出して詠みにくい。左が勝つ。別の判にいう、左の歌は悪くはありません。下句はよく知られたことばですが、たしかな名歌ではないので、強く批難されるようなことではありません。右の歌は優美です。もうちょっと気持ちがこもっています。勝ち負けははっきりしませんね。

〔語釈〕 23 **〇いなり山**　山城国、現在の京都市伏見区にある山。**〇杉のむらだち**　杉が密集して生えている。「いなり山杉のむらだちおしなべてこのもとごとにくるよしもがな」（古今六帖・九〇〇）**〇おぼろにみゆる**　又判は、この語句を詠んだ「いにしへをこふるなみだにくらされておぼろにみゆるあきのよの月」（玄玄集・五六・藤原公任、詞花集・雑下・三九二）を「たしかなる名歌ならねば」という。公任の歌は自らが流す涙によって月がぼんやりと見えると詠むが、左23の歌はたくさんの杉の葉にさえぎられたために月がぼんやりと見えると詠んでいる。**〇夕月夜**（→補説）

24 **〇ともしき影**　月の光が乏しい。「くらはしのやまをたかみかよごもりにいでくるつきのひかりともしき〈光乏寸〉」（万葉集・巻三・二九〇、猿丸集八）「しもつやみひかりともしきこのまよりもる月かげとみゆるうの花」（山家五番歌合・五・道経）**〇心はそらにあくがらしけり**　「あくがらす」は、迷わせる、心ここにあらずという状態にさせるという意。「くもがくれおぼろにつきを見てしよりそらにこころのあくがるるかな」（江帥集・二二七「あるところにて、ほのかに人をみて」）

〈顕季〉判定は左の勝ち。

〈又判〉判定は持。**〇すゑぞふるごとなれど**　ふるごととは、語釈23に引いた公任の「いにしへを」の歌をさしている。**〇たしかなる名歌ならねば**（→補説）**〇おぼろけなり**　このことばを歌合判の評語として用いた例は見あたらないが、おぼろにみえる夕月夜の歌の判なので機転を利かせて用いたか。勝ち負けがおぼろげ、すなわち、はっきりしないので持と解釈した。

〔補説〕　**夕月夜**　歌題の「暮月」は、日が暮れるころ空にでている上弦の月をいう。光の量が乏しいので、

　ゆふづく夜をぐらの山になくしかのこゑの内にや秋はくるらむ（古今集・秋下・三一二・貫之）

　ゆふづくよおぼつかなきをたまくしげふたみの浦はあけてこそ見め（同・羈旅・四一七・兼輔）

「暗い」という意味を掛けた「をぐらのやま」とともに詠んだり、「おぼつかなし」と詠んでいる。左23の歌の「おぼろにみゆる」、右24の歌の「ともしきかげ」も同様の詠み方である。

一方、二番26の又判では「十二、三日のほどの月などにや」、三番27の又判では「暮れゆく空にある月をみな『ゆふづくよ』としりたるにや」「一四、五日のほどの月とぞ聞えたる」とあるように、夕月夜と満月に近いころの月を混同していると批難されている歌もある。（→元永元年十月二日「残菊」五番34補説）

名歌　この語句は東塔東谷歌合（一〇九七年）の判で「『ころもしでうつ』などいふことは、なかごろの名歌なれば」と用いられたのが最初である。その名歌とは、後拾遺集の伊勢大輔の歌「さよふけてころもしでうつこゑきけばいそがぬ人もねられざりけり」（秋上・三三六）である。忠通家歌合でも、元永元年十月二日「残菊」三番29の基俊判は、拾遺抄の平兼盛の歌（秋・一三三）を、「暮月」五番32の又判は、拾遺抄のよみ人知らずの歌（恋上・二五四）をさして名歌といっている。とくに最後の例は、有名歌人が詠んだ歌ではなく、よみ人知らず歌を名歌としているので、名歌とよばれる条件は、勅撰集にとられていることであると考えてよい。この番の又判で「たしかなる名歌ならねば」と、語釈23にあげた公任の歌をいう理由も、有名歌人の公任が詠んだ歌であっても、本歌合が催された時点では、勅撰集に入集していなかったからだと思うのである。ただし、例外が一例ある。保安二年「庭露」四番36の裏書判に「名歌詞」とあるが、この例については勅撰集の歌とのつながりは未詳である。

二番　左　　顕仲

25 山の端にいそぎないりそ夕月夜うき身だにこそ世にはすみ《住》けれ

右勝　道経

26 大空のたそかれときの[1]くも《この》まよりもりくる月の影ぞさやけき

左歌、よしなし。さきざきの[2]歌合などに、この《此》さまの歌なし。右歌、初めの句ぞいかにせましととりかかるべき方なく見ゆれども、右勝つべきにこそ。

又判云、左歌、述懐の心なり《也》。歌合にはよまずとぞうけたま《給》はる。ふるき歌合に、その現世などはよむにや。それはべちのこと《事》なり。右歌は、夕月夜とも覚えず。十二、三日のほどの月などにやとぞ見ゆる。「大空のたそかれ時」もこころえず。持と申さんにもなほ《猶》たらず。

〔類聚歌合〕　二番　左　あきなか

25 山のはにいそぎないりそゆふづくようき身だにこそよにはすみけれ

右勝　みちつね

26 おほぞらのたそかれどきの[1]くもまよりもりくるつきのかけぞさやけき

左歌、よしなし。さきざきの[2]歌合などに、このさまのうたなし。右歌ははじめのくぞ、いかにせましととりかかるべきかたなくみゆれど、みぎにはかつべきにや。

〔主な校異〕 1くもま（類）―このま（静）　2歌合（静）―歌　ふるき（類）　もとは「合」を「古」と誤読したために、「ふるき」という本文が生じたか。

〔現代語訳〕 二番　左　顕仲

25 山の端に急いで入ってはいけない、夕月夜よ。つらい私でさえこの世に住んでいるのだ。

右勝　道経

26 大空のたそかれどきの雲間からもれてくる月の光は明るくはっきりとしている。

左の歌、不都合である。以前の歌合などに、このような歌はない。右の歌は、初めの句こそ、どうしようかしらととりつくしまもないように見えますが、右は当然勝つでしょうか。

別の判にいう、左の歌は述懐の心である。歌合にはよまないとお聞きしています。昔の歌合に、その現世などはよむでしょうか。それは別の事です。右の歌は、夕月夜とも思えません。十二、三日のころの月などではと見えます。「大空のたそかれ時」も理解できません。持と申そうにも、やはりもの足りません。

〔語釈〕 25 **○いそぎないりそ**　急いで入ってはいけない。「な〜そ」は禁止の用法。夕月夜は夜中にしずんでしまう。**○うき身**　つらいことの多い身。「世のなかはうき身にそへるかげなれやおもひすつれどはなれざりけり」（堀河百首「述懐」一五七七・俊頼、金葉集・雑上・五九五）の例がある。

26 **○たそかれどき**　夕暮れ時と同じ。「おおぞらのたそかれどき」とつづけて詠んだ例は見あたらない。**○くもまより**　類聚歌合による。「たまくしげふたかみやまのくもまよりいづればあくる夏のよの月」（金葉集・夏・一五二・親房）。静嘉堂文庫本の「このまよりもりくる月」という本文は、よく知られた「このまよりもりくる月の影見れば心づくしの秋はきにけり」（古今集・秋上・一八四・不知）にひかれたことによる誤写であろう。**○影ぞさやけき**　月の光が明るく澄んでいること。拾遺抄の「ここにだに光さやけきあきの月雲のうへこそおもひやらるれ」（秋・一一六・経臣、拾遺集・秋・一七五）は、詞書に「延喜御時に八月十五夜後涼殿のはざまにて蔵人所の男ども月の宴し侍りける」とあり、十五夜の月を「さやけき」と詠んでいる。
〈顕季〉判定は右の勝ち。**○さきざきの歌合などに、このさまの歌なし**　静嘉堂文庫本による。又判には、述懐の心は歌合では詠まないとあるので、「このさま」とは述懐の歌ということであろう。
〈又判〉判定は変わって左の勝ちか。**○述懐の心**　我が身の不遇を憂え嘆く心　**○歌合にはよまずとぞうけたまはる**（→補説）**○ふるき歌合に、その現世などはよむにや**　十巻本と二十巻本の類聚歌合に収められている左兵衛佐定文歌合に「なくこゑはするものからに身はむなしあなおぼつかなうつせみのよや」（「晩夏」忠岑）とある。**○十二、三日のほどの月などにやとぞ見ゆる**　語釈26に述べたように、右の歌の第五句「影ぞさやけき」のように詠むと、夕月夜の歌とは思えない。（→一番23補説）

〔他出〕　25続千載集・雑中・一八二四「法性寺入道前関白内大臣の時の歌合に、晩月」

〔補説〕　**述懐の歌**　顕季判に「さきざきの歌合などに、このさまの歌なし」とあるのを、又判が述懐の心は歌合には詠まないと補足している。「唐国にしづみし人もわがごとく三代まであはぬ歎をぞせし」（堀河百首「述懐」一五八〇・基俊）など、述懐の歌は身の不遇を歎く歌が多いので、特に晴儀の歌合では詠まないことになっていたのであろう。大治三年（一一二八）に源顕仲が催した西宮歌合で初めて述懐題が出題された。

三番　左　盛家

27 秋はなほ《猶》くれゆく空に照る《・1の》月をおぼろけならぬひかりとぞみる

右勝　忠隆

28 風ふけば枝やすからぬ木のまよりほのめく秋の夕月夜かな

左歌、くれゆくそらにてる月をおぼろけならぬ光とおどろかるらむこそ。右歌、「枝やすからぬ」といへるこそ、歌めきて[2]見給ふれ。[3]右勝つ。

又判云、左歌はこしも夕月夜にあらず。暮れゆく空にある月をみな「ゆふづくよ」としりたるにや。不便なり。また《又》、夕月夜ならば、「おぼろけなり」とこそいふべけれ。「おぼろけならず」といへば、十四、五日のほどの月とぞ聞こえたる。いかが候ふべき。右歌は、あしうも候はず。論に及ばず。右の勝ちにや。

〔類聚歌合〕 三番　左　もりいへ

27 あきはなほくれゆくそらにてる[1]月をおぼろけならぬひかりとぞみる

右勝　ただたか

28 風吹けばえだやすからぬこのまよりほのめくあきのゆふづくよかな

左歌の、くれゆくそらにてる月をおぼろけならぬひかりとおどろかるらむこそ。右のうた、「えだやすからぬ」などいへるこそ、歌めきて[2]みたまふれ。[3]もて右かつ。

〔主な校異〕 1月を（類）―月の（静）　2みたまふれ（類）―見給へ侍れ（静）　3右勝（静）―もて右かつ（類）

〔現代語訳〕 三番　左　盛家

27 秋はやはり暮れてゆく空に照る月を、光もぼんやりとかすんでなどはいないと見る。

右勝　忠隆

28 風が吹くと、枝がゆれる木の間からほのかに照らす秋の夕月夜だなあ。

左の歌、暮れてゆく空に照る月をぼんやりとしていない光だと気づくとはね。右の歌、「枝やすからぬ」

と詠んでいるところが、歌めいていると見ました。右が勝つ。

別の判にいう、左の歌は第三句も夕月夜ではない。暮れてゆく空にある月は、みんな夕月夜と思っているのでしょうか。困ったことです。また、夕月夜ならば「おぼろけなり」というはずでしょう。「おぼろけならず」というので、十四、五日のころの月と聞こえます。いかがなものでしょうか。右の歌は、悪くはありません。議論するまでもなく、右の勝ちでは。

〔語釈〕 27**○秋はなほ**　秋の月といえばやはり明るく透んだ月の光を連想するのであろう。**○照る月を**　類聚歌合による。「てる月をゆみはりとしもいふことは山べをさしていればなりけり」（大和物語一三二段・躬恒）によって詠んでいるか。夕月夜は弓を張ったような形をしている。

28**○枝やすからぬ**　この歌ではじめて詠まれた語句と思われる。「やすし」は安心していられるという意。「ぬ」は打消の助動詞。風で枝が揺れて不安定なのだろう。**○木のまより**　「このまよりもりくる月の影見れば心づくしの秋はきにけり」（古今集・秋上・一八四・不知）30、35の歌も「木の間」と詠んでいる。**○ほのめく**　ほのかにあらわれる。月が「ほのめく」と詠むのはこの時期からである。「さとのあまのうらづたひするいなぶねのほのめきわたる秋のよの月」（肥後集・一〇七）

〈顕季〉判定は右の勝ち。**○おどろかるらむこそ**　下に「おぼつかなけれ」などのことばが省略されている。

〈又判〉判定は右の勝ち。**○こしも夕月夜にあらず**　「こし」は腰句で、第三句のこと。左の歌の第三句は「照る月」である。この語句は語釈27に引いた躬恒の歌のように弓張り月を詠んでいる例はめずらしく、多くは、「てる月の秋しもことにさやけきはちるもみぢばをよるもみよとか」（後撰集・秋下・四二八・不知）「てる月のひかりさえゆくやどなれば秋のみづにもこほりゐにけり」（金葉集・秋・一九三・皇后宮摂津）のように、明るく澄んだ光を放つ月を詠んでいる。**○暮れゆく空にある月をみな「ゆふづくよ」としりたるにや**　（→一番23補説）**○十四五日のほどの月とぞ聞こえたる**　光が明るく透き通った満月を詠んでいるというのである。前の番26の又判にも「十二、三日のほどの月などにや」と似たような言い回しがある。

〔他出〕 28金葉集・秋・一七五「摂政左大臣の家にてゆふづくよの心をよませ侍りけるによめる」

四番　左　宗国

29 ゆふづくひいるやお《を》そきと久かたの空すみわたるゆみ《弓》はり《張》の月

右勝　忠季

30 [1]あづまぢや《の》ふな木の山のこの《木間》まよりほのかにみゆる夕月夜かな

左歌、ゆふづくひ《月夜》こそ、耳《みゝ》にたちてきこゆれ。また《又》、ゆみはりの月に空すみわたらんこと《事》もかたし。右歌、[2]はじめ《初》の句の「や」、はての「の」ぞよしなけれども、すゑのなだらかなれは、より《仍》て右勝つ。

又判云、左歌は、べちに優《いふ》ならねども、ひがごと《事》はきこえ候はず。「いるやおそき」と見て、すゑに「ゆみはりの」と思ひよりたるもつねのこと《事》なれど、ちりばかり思ふ所あり。右歌、「ほのかに」とばかりをいはんとて、あづま路のふな木の山までもとめたるもあながちにきこゆれど、ふかきとがにはあらず。されど、左歌は、なほ《猶》今すこしわれはとおもひげなり《也》。

〔類聚歌合〕 四番　左　むねくに

29 ゆふづく日いるやおそきとひさかたのそらすみわたるゆみはりの月

右かつ　ただすゑ

30

[1]あづまぢやふなきの山のこのまよりほのかにみゆるゆふづくよかな

左歌、「ゆふづく日」こそみみにたちてきこゆれ。また《又》、ゆみはりの月の空《そら》すみわたらんこともかたし。

右歌は、[2]はじめのくの「や」、はての「の」こそよしなけれど、すゑなだらかなれば、よりてかつ。

〔主な校異〕 1あつまちや（類）―あつまちの（静）　2はしめのくのやはての、こそ（類）―初句のはてののそ（静）

〔現代語訳〕 四番　左　宗国

29　ゆふづく日が沈むのが遅いと、久かたの空にあってずっと光っている弓張の月。

右勝　忠季

30　あづまぢよ、ふな木の山の木の間からぼんやりと見える夕月夜だなあ。

左の歌、「ゆふづくひ」は耳ざわりなように聞こえます。また、ゆみはりの月がでている空が澄みわたることも難しい。右の歌、初句の「や」、（第二句の）おわりの「の」は不都合だが、下句がなだらかなので、それによって右が勝つ。

別の判にいう、左の歌は、格別に優れているということもないけれど、まちがったところはありません。「いるやおそき」と見て、すゑに「ゆみはりの」と思いついたのもいつものことですが、わずかに思う所はあります。右の歌、ただ「ほのかに」と詠もうとして、「あづま路のふな木の山」までもとめているのも強引に聞こえますが、強く批難されるようなことではありません。けれど、左の歌は、やはりもうすこし、われこそは優れていると思っているようです。

〔語釈〕 29**○ゆふづくひ**　『綺語抄』は「ゆふづくひ」の項をたてて「ゆふ日をいふ」と注記し、万葉歌「ゆふづく日さすやをかべにつくる屋のかたちをよしみしかぞよりくる」（巻十六・三八二〇）を引いている。元永元年十月二日「時雨」29の歌にも例がある。**○すみわたる**　「住み」と「澄み」の掛詞。**○ゆみはりの月**　第二句「いるや」

の「入る」と「射る」は掛詞、「射る」は「弓」の縁語である。「てる月をゆみはりとしもいふことは山べをさして
いればなりけり」（大和物語一三二段・躬恒）

30 **○あづまぢや**　「や」は類聚歌合による。（→顕季判）「あづまぢ」は京から東国に向かう東山道のこと。**○ふな木の山**　東山道の美濃国にある。「舟」を掛けている。「いかなればふなきの山のもみぢばのあきはすぐれどこがれざるらん」（後拾遺集・秋下・三四六・通俊）「なけかしなふな木の山の郭公月のでしほに浦伝ひして」（散木集・二四七）
○ほのかに　「あづま路のふな木の山」は序詞。「舟」と「帆」の縁語を利用して「ほのかに」を導いている。

〈顕季〉判定は右の勝ち。**○ゆふづくひこそ耳にたちてきこゆれ**　「みみにたつ」という評語はこれより前には見あたらないが、六百番歌合では俊成や方人がしばしば用いている。「ゆふづくひ」の音がなめらかではないことをいう。（→補説）**○はじめの句の「や」、はての「の」**　類聚歌合による。右30の歌の初句「あづまぢや」の「や」、第二句「ふな木の山の」の終わりの「の」を批難している。「暮月」九番39の顕季判にも「上五文字のはての『や』もじもいとにくし」とあるが、初句が「や」で終わる歌についてこのように批難している例は、他の歌合には見あたらない。一方、静嘉堂文庫本の和歌本文は「あづまぢの」とあり、和歌本文にあわせて「はじめの句のはての」と「や」を除いている。後人の意図的な本文改変と考えられる。

〈又判〉判定は変わって左の勝ち。**○あづま路のふな木の山までもとめたるも**　遠くはなれた所の名を詠んでいることを批難している。（→保安二年「山月」一番2補説）**○われはとおもひげなり**　われこそは優れているという様子である。得意げな顔という意味で「われは顔」という熟語もある。

〔参考〕　袋草紙・古今歌合難

〔補説〕　**ゆふづくひ**　『袋草紙』は「古今歌合難」に、郁芳門院根合（一〇九三年）「郭公」8の匡房の歌と判詞を次のように引く。

　ゆふづく日いればをぐらの山のはにをちかへり鳴くほととぎすかな

……右いといと耳とほし。かかることは、ふるき歌合にもよからぬことばとありければ、いづれもおとりまさらずなん。

「ふるき歌合」の先例は不明だが、顕季の判は、郁芳門院根合の判にいう「かかること」が「ゆふづく日」をさすと考え、それに倣ったのかもしれない。郁芳門院根合は寛治七年（一〇九三）に催された。判者は源顕房である。

五番　　左勝　　顕国

31 夕されば竹のあみ戸も月影もさしあはせてぞ[1]もの《秋》はかなしき

右　　師俊

32 月のまゆ嶺にちかづく夕まぐれ《暮》おほろけにやはもの《物》あはれなる

左右歌、同じ心に、もの《物》あはれげに侍りけるかな。しかはあれども、右の「夕まぐれ」、たづきなし。

よりて《仍》左勝つ。

又判云、左歌、竹のみどりに月影さしそふほど、やうありげなり《也》。ただし《但》、これも夕月夜とはいへること《事》見えず。また《又》、すゑに「かなし」といへる詞、はばかるべし。右歌は「おぼろけにやは」といへる句、名歌の秀句なり《也》。すこぶる《頗》論ずべからず《不可論》。また《又》、末の七文字いひにくし。同じほどの歌にや。

〔類聚歌合〕　五番　左かつ　　あきくに

31 ゆふさればたけのあみども月かげもさしあはせてぞ[1]ものはかなしき

右　　もろとし

32 月のまゆみねにちかづくゆふまぐれおぼろけにやはものあはれなる

左右の歌、おなじこころにものあはれげにはべりけるかな。しかはあれど、右の「夕まぐれ」、たづきなし。よりて左かつ。

〔主な校異〕 1ものは（類）―秋は（静）

〔現代語訳〕 五番 左勝 顕国

31 夕方になると竹のあみ戸も月の光もさしあはせてなんとなくかなしいものだ。

右 師俊

32 月の眉が嶺にちかづく夕暮れ時はぼんやりともの悲しいだろうか、いや、はっきりともの悲しいのだ。

左右の歌、同じ心で、しみじみと悲しげですね。そうはいうものの、右の「夕まぐれ」はよりどころがない。よって左が勝つ。

別の判にいう、左の歌、竹のみどりに月の光がさすあたり風情がありそうだ。ただし、この歌も夕月夜といっていることばは見えない。また、末句に「かなし」ということばは、慎むべきだ。右の歌は「おぼろけにやは」といっている句が名歌の秀句である。全く議論にならない。また、末の七文字はいいにくい。同程度の歌でしょう。

〔語釈〕 31 **○竹のあみ戸** 細い竹を編んで作った戸。和歌の用例は少ない。「夏くればいくよくひなにはかられて竹のあみ戸をあけてとふらん」（散木集・三五三） 竹と月との組み合わせは、『和漢朗詠集』にとられた白居易の詩句「第一傷心何処最《だいいちにこころをいたましむることはいづれのところかさいなる》 竹風鳴葉月明前《ちくふうはをならすつきのあきらかなるまへ》」（「秋興」二二六）によっている。**○さしあはせてぞ** 戸を「鎖す」と月の光が「差す」とを掛けている。**○ものはかなしき** 類聚歌合による。句末を「かなしき」と詠んでいる三代集の例歌に、「秋山のあらしのこゑをきく時はこのはならねど物ぞかなしき」（拾遺集・秋・二〇七・遍

昭）「おく山に紅葉ふみわけなく鹿のこゑきく時ぞ秋は悲しき」（古今集・秋上・二一五・よみ人しらず）などがある。（↓又判）

32 **○月のまゆ**　眉の形に似た三日月をいう。この歌が初出とみられるが、万葉集には「ふりさけてみかづきみればひとめみしひとのまよびきおもほゆるかも」（巻六・九九四）などとある。**○夕まぐれ**　夕暮れ時。「あきはなほゆふまぐれこそただならねをぎのうはかぜはぎのしたつゆ」（和漢朗詠集「秋興」二二九・義孝）「ゆふまぐれはねもつかれにたつ鳥を草とるたかにまかせてぞみる」（散木集・六一四「皇后宮亮顕国の君の家にて鷹狩の心をよめる」）の例がある。**○おぼろけにやは**　「おぼろけ」は月が雲などにさえぎられて、ぼんやりとしている様子を表す。「や」は疑問、「は」は強意の係助詞で、あわせて反語表現となる。

〈顕季〉判定は左の勝ち。**○たづきなし**　「たづき」はよりどころという意味。和歌の評語の場合は縁語をさす。縁語が使われていないので、「月のまゆ」などの目立つ語句が唐突にきこえるということか。

〈又判〉判定は変わって持。**○これも夕月夜とはいへること見えず**　「これも」とあるのは、26、27の歌と同様に、「夕月夜」に特有の、ぼんやりとした光を詠んでいないということか。33、40も同様である。（↓「暮月」一番23補説）

○すゑに「かなし」といへる詞、はばかるべし　（↓補説）**○名歌の秀句なり**　「あふことはかたわれづきの雲がくれおぼろけにやは人は恋しき」（拾遺抄・恋上・二五四・不知）をさすか。（↓一番23補説）

〔補説〕　**かなし・うれし**　この番の又判には「すゑに『かなし』といへる詞、はばかるべし」とあるが、八番38の又判では「すゑの『うれしき』も、ひたくちてよろこびたり」と批難されている。「うれし」「かなし」などの、感情をそのままあらわすような表現はよくないというのである。そこで思い出されるのが、鴨長明の『無名抄』が伝える、俊恵と俊成の自讃歌についてのやりとりである。俊恵は、俊成が自身の「おもて歌」としてあげた「夕されば野辺の秋風身にしみて鶉鳴くなり深草の里」について、第三句の「身にしみて」を批難して「いみじういひもてゆきて、歌の詮とすべきふしをさはといひ現したれば、むげにこと浅く成りぬる」と言ったという。俊恵は俊頼の息子なので、俊頼からそのように聞かされていたのかもしれない。

六番　左　女房摂津君[1]

33 竹の葉に秋風そよぐゆふぐれ《夕暮》は月のひかりも心にぞしむ

右勝　雅兼

34 たかまとの山のすそ野の夕露に光さしそふゆみはり《弓張》の月

左歌、させること《事》なし。右歌は、すゐなだらかにや。[2]より《仍》て右勝つ。

又判云、はじめの竹のおなじ心にや。なほ《猶》、竹なども思ひよせば、「よ」ともいひ《云》、「ふし」などにかけて歌めかせばや。さしごと《事》なれば、させること《事》なきやうに見ゆ。これ《是》もなほ《猶》、夕暮れの月といふばかりを、夕月夜にせんこと《事》おぼつかなし。暮月といふは、これも[a]ひがごと《事》には候はずもやあらん。なほ《を》、[b]ついたちの月をいふ《云》べきにや。ただし《但》、みる心ありてこそこれにもよみ候ふらめ。ひとへ《偏》に難じ申すべきにはあらず。ただ御言に候ふべきなり《也》。右歌は、たかまと思ひかけず。ただし、すゐに「弓はり」といはんとて、的とおぼしくて引きよせたるにや。こと《事》おほかるやうにきこゆれど、たはぶれねば、勝つにもや候はん。

〔類聚歌合〕　六番　左　女房つ[1]

33 たけのはにあきかぜそよぐゆふぐれは月のひかりもこころにぞしむ

右かつ　まさかね

34 たかまとのやまのすそののゆふつゆにひかりさしそふゆみはりのつき

ひだりの歌、させることなし。右の歌、すゑなだらかにや。[2]右かつ。

【主な校異】 1摂津君（静）―つ（類） 2よりて（静）―ナシ 「よりて」をミセゲチ（類） aひがごと（語釈）―いか事（静） bついたち（語釈）―つちたち（静） 今治本のみ「ち」に「い歟」と傍記する。

【現代語訳】 33 六番 左 女房摂津君

33 竹の葉に秋風がそよぐ夕暮れは月のひかりも心にしみる。

右勝 雅兼

34 たかまとの山のすそ野の夕露にさらに光を加える弓張の月。

左の歌はこれというほどのこともない。右の歌は、下句がなだらかでは。そこで、右が勝つ。

別の判にいう、はじめの竹と同じ心でしょうか。やはり竹なども縁語を用いて、「よ」といい、「ふし」などにかけて歌めかせたいものです。この語をいきなりさしはさんでいるので、これということがないように見える。この歌もやはり夕暮れの空にある月というだけなので、夕月夜とするのは疑問です。「暮月」ということでは、これもあやまりではないかもしれません。それでもやはり、月の始めのころの月をいうべきでは。ただし、見る心があってこそ、この歌にも詠んでいるのでしょう。一方的に批難しているのではありません。ただお言葉のとおりでございます。右の歌は、「たかまと」が思ひがけない。ただし、末句に「弓張り」といおうとして、「的」と思わせて引きよせているのだろうか。技巧が多いように聞こえるが、不自然ではないので、勝ちでしょうか。

【語釈】 33 **○竹の葉に秋風そよぐ** 『和漢朗詠集』にとられた白居易の詩句「第一傷心何処最《だいいちにこころをいたましむることはいづれのところかさいなる》竹風鳴葉月明前《ちくふうはをならすつきのあきらかなるまへ》」（「秋興」二二六）によっている。

34 **○たかまとの山**　又判にいうように、地名の「たかまと」と「的《まと》」は掛詞。また「的」は「弓」の縁語である。「しきしまやたかまと山の雲まより光さしそふゆみはりの月」（新古今集・秋上・三八三・堀河院御歌）

〈顕季〉判定は右の勝ち。**○右歌は、すゑなだらかにや**　下句は語釈34に引いた堀河天皇の歌と同じである。

〈又判〉判定は右の勝ち。**○はじめの竹のおなじ心にや**　31の歌と同じく、白居易の詩句によって、月に照らされた竹をみて悲しみがつのる心を詠んでいる。**○竹なども思ひよせば、よともいひ、ふしなどにかけて**　「思ひよせ」とは、連想的に縁語を用いてという意味である。「よ」は竹の節と節の間のこと。「よ」も「節」も「竹」の縁語である。**○さしごとなれば**　「さしごと」という評語はめづらしく、他には「尋失恋」十番63又判に例があるだけである。文脈から判断すると、縁語を用いていないことを批難している。「歌めく」の反対。**○これもなほ夕暮れの月といふばかりを…**（→「暮月」一番23補説）**○ひがごとには候はずもやあらん**　諸本「いか事」とあるが、「ひがごと」に改めた。「ひがごと」は間違ったことという意。「も」は強意、「や」は疑問の係助詞で、あわせて反語表現となる。間違いであると結論している。**○ただ御言に候ふべきなり**（→補説）**○たはぶれねば**（→補説）**○ついたちのつき**　月の初めごろの月。月の上旬の月。

〔補説〕　**ただ御言に候ふべきなり**　又判は、「暮月」はただ夕暮れ時の空にある月をいうのではなく、月の初めのころの、ぼんやりとした光を放つ月をいうのだとここまで強く主張してきたのに、ここにきて月齢とは関係なく、夕暮れ時の空にある月でもよいかもしれないと、あきらかに発言の勢いが落ちている。

元永二年内大臣家歌合の又判は、歌合とは別の日に評定したもので、忠通が歌合の参加者の中の数名とともにそれを聞いていたと考えられる。（→解説432ページ）したがって、「ただ御言に候ふべきなり」という発言は、主催者である忠通の判断におまかせするという意味ととれるのである。

たはぶれ（たはぶれうた・たはぶれごと）　歌合の判詞で「たはぶれ」ていると評している例はあまり多くはないが、藤原通俊が判者をつとめた若狭守通宗朝臣女子達歌合（一〇八六年）では、「あるるむまはみなあしげにぞみえつれど沢にうつれるかげもありけり」（『春駒』２）に対して、「…あしげ、かげなど思ひよりたるほど、たはぶれうたなり」と、馬の毛色の「葦毛」「鹿毛」をそれぞれ「悪しげ」「影」と掛詞にしていることをとりあげて「たはぶれうた」と評している。また、判者不明の東塔東谷歌合（一〇九七年）では「…おほよそ風に神の心なびくといふことの、たはぶれごとのやうにおぼえて、をばなのすゑなどにおもひなされはべるなり」（23）、俊頼が判者をつとめた左近権中将俊忠朝臣家歌合（一一〇四年）では「からにしきしげるにはとも見ゆるかなこけぢにさけるなでしこの花」（『瞿麦』12）の「苔ぢ」を「錦」に見立てた表現について「…たはぶれごとのことばもゆかずいひさしたるやうなれど」とある。これらの例から考えあわせると、それまでにあまり例がなく、無理にこじつけたような表現を「たはぶれ」というようである。

右の歌がたはぶれていないので勝ちというのは、「たかまど山」の「的」と「弓張りの月」の「弓」という縁語表現が自然であると判者が判断したからであろう。

七番　左勝　　殿《との》[1]

35　夕されば木のまの月し《も》[2]くらければたどりぞわたる《すぐる》[3]こやの松原

右　　定信

36　たそかれのおぼつかなきにあまのはら《原》空めづらしき夕月夜かな《哉》

左歌、松のした、夕月夜は、まこと《事》におぼつかなかりけん、お《を》しはかられてなん。右歌、つだ《たつ》[4]つだ《〱》に《しく》きこゆ。より《仍》て左勝ちとす

又判云、左歌、あまりにくらきやう《様》にきこゆ。ともしなんどすらん心ちぞする。右歌は、「たそかれのおぼ

つかなきに」とつづけたるほど、ことたらぬ《事》やうなり《也》。また《又》、「空《そら》めづらしき」いとあやし。空はくもりたりともいはねば、ひねもす《終日》に見けんもの《物》を。月をこそめづらしともいふべけれ、空、おもひかけず。あはれ、持の歌なり《也》。

〔類聚歌合〕　七番　左勝　〔女房〕[1]

35　ゆふさればこのまのつき[2]しくらければたどりぞわたる[3]こやの松ばら

右　さだのぶ

36　たそかれのおぼつかなきにあまのはらそらめづらしきゆふづくよかな

左歌、まつのした、ゆふづくよ、まことにおぼつかなかりけむとおしはかられてなむ。右の歌、つだ[4]つだ《〵》にきこゆ。よりて左をかちとす。

〔主な校異〕　1殿（静）―ナシ（類）　2つきし（類）―月も（静）　3わたる（類）―すくる（静）　4つた〳〵に（類）―たつ〳〵しく（静）

〔現代語訳〕　七番　左勝　殿

35　夕方になると木々の枝の間から見える月が暗いので、道をたどりながら行くこやの松原。

右　定信

36　たそがれ時のうす暗くてよく見えない天の原、空はめずらしく夕月夜だなあ。

左の歌、松の下、夕月夜、本当に心もとなかっただろうと想像できます。右の歌、切れ切れに聞こえます。そこで、左を勝ちとする。

別の判にいう、左の歌、あまりに暗いように聞こえる。松明などをともしそうな気持ちがします。右の歌は「たそかれのおぼつかなきに」とつづけているあたり、ことばが足りないようです。また、「空めづらしき」はとても変です。空は曇っているともいわないので、一日中見たでしょうに。月をこそめずらしいというべきなのに、「空」はおもいがけない。残念ながら持の歌です。

〔語釈〕 35**〇たどりぞわたる** 類聚歌合による。古今集に「天河あさせしら浪たどりつつわたりはてねばあけぞしにける」（秋上・一七七・友則）とあるが、これは川を渡ろうとしている。陸地にあるこやの松原を通るのなら、静嘉堂文庫本のように「すぐる」とあるほうがよい。歌合後に「わたる」を、より適切な本文に改めたと考えた。他出に記したように忠通の家集、田多民治集も第四句「すぐる」としている。**〇こやの松原** 「こや」は摂津国の歌枕で和歌にもしばしば詠まれているが、「こやの松原」は初出。

36**〇たそかれ** 「誰そ彼」と漢字をあてる。人の顔が見分けにくくなる夕暮れ時。「夏の日のたそかれ時におぼつかなたたく水鶏の声ばかりして」（永久百首「くひな」二一〇・大進）

〈顕季〉判定は左の勝ち。**〇つだつだに** 類聚歌合による。「つだつだに」は切れ切れにという意。現代語「ずたずた」の元の形という。ただし判詞の評語にはあまり使われていない。一方、静嘉堂文庫本の本文の「たづたづし」は、たしかではなく心細い様子を表す語句。『俊頼髄脳』はこの語句を詠んだ万葉歌「ゆふさればみちたづたづし月まてばかへれわがせこそのまにも見む」（巻四・七〇九）を引いている。ここでは右36の歌を批難する語句なので、「つだつだに」のほうが適当だと考えた。音が滑らかではないというのである。

〈又判〉判定は変わって持。**〇ともし** ともし火のこと。和歌では狩りの時などにともす松明の火を詠むことが多い。**〇あはれ、持の歌なり** 判者は作者に少し気兼ねしているようである。

〔他出〕 35田多民治集・七四「夕月」（第二句「つきし」、第四句「すぐる」）夫木和歌抄・雑四・九九一七・法性寺入道関白「こやの松ばら、摂津」（第四句「わたる」）

八番　左　季通

37 さらぬだにかすかに見ゆる三日月を夕霧《ゆふ》しばしたちなへだてそ

右勝　仲房

38 筏[1]おろ《と》すそま《杣》やま《山》がは《川》のゆふぐれは月の光のさすぞうれしき

左歌、「かすかに」とよめる、ちからなげになん。右歌も、「いかだ[2]おと《ろ》す」とこそいへれ、「[3]おろす」は心えず。されども[4]すゑなむ歌めきたれば、右勝つ。

又判云、左歌は、ことなる難見えず。右歌、いとを《お》かしうおもひよりたるやうなれども、月の光に舟ささすること《事》、ちかき人の歌なれば、さらでもや候ふべからん。また《又》、心もおぼつかなし。もとの歌は、月の光のさすにまかせて。我はさほもとらずともいはねば、げにともきこえず。また《又》、するの「うれしき」も、ひたくちてよろこびたり。左の勝ちなり。

〔類聚歌合〕　八番　左　すゑみち

37 さらぬだにかすかにみゆるみか月をゆふぎりしばしたちなへだてそ

右かつ　なかふさ

38 いかだ[1]おろすそまやまかはのゆふぐれは月のひかりのさすぞうれしき

左歌、「かすかに」とよめる、ちからなげになむ。右の歌も、いかだは「[2]おとす」とこそいへれ、「[3]おろす」はこころえず。されど[4]すゑなむうためきたれば、右かつ。

〔主な校異〕 1おろす（類）―おとす（静）　2おとすと（語釈）―おとすとすと（類）おろすと（静）　3おろすは（類）―とは（静）　4すゑなむ（類）―も（静）

〔現代語訳〕 八番　左　季通

37 そうでなくてもかすかに見える三日月を、夕霧よ、しばらくの間隔てないでくれ。

右勝　仲房

38 筏をおろす杣山川のゆふぐれは月の光がさすことがうれしい。

左の歌、「かすかに」とよんでいるのは、力が入らない様子です。右の歌も、いかだは「おとす」とはいうけれど、「おろす」は理解できない。けれど下句が歌めいているので右が勝つ。
別の判にいう、左の歌は、とくに批難されるようなところはみえない。右の歌、とてもおもしろく思いついたようだけれど、月の光に舟をささせることは、近ごろの人の歌なので、そのように詠まなくてもよいでしょう。また、詠んでいる内容も疑問です。もとの歌は、「月の光のさすにまかせて」。この歌は私は棹もとらないとも詠まないので、なるほどとは思えない。また、句末の「うれしき」も、手放しで喜びすぎている。左の勝ちです。

〔引用歌〕 みなれざをとらでぞくだすたかせぶね月のひかりのさすにまかせて（後拾遺集・雑一・八三五・師賢）

〔語釈〕 37**○さらぬだに**　「さらぬだに」を初句においた歌は、堀河百首や永久百首、俊頼や基俊の家集にも見られる。当時、流行した表現だったようである。「さらぬだにむかしの人の恋しきに花橘の匂ふなるかな」（堀河百首「盧橘」四六〇・永縁）

38**○筏おろす**　「おろす」は類聚歌合による。（↓顕季判）

〈顕季〉判定は右の勝ち。**〇いかだは「おとす」とこそいへれ、「おろす」は心えず**　和歌の用例をみると「おろす」「おとす」両方の本文が存在していたようである。「おろす」の用例は「いかだおろすそま山河のみなれざをさしてくれどもあはぬ君かな」（古今六帖・一〇一五、新勅撰集・恋二・七一一）。基俊も「いかだおろす杣山川にうき沈み君に逢ふべきくれを待つかな」（基俊集・七八）と詠んでいて、金葉集（一一四〇）にも例がある。一方、判者の顕季の家集を見ると、俊頼と藤原顕仲に同じ文面の書状を送っている中に「おほ井がはにおとすいかだのいかなる事ききたまへるにかと」（六条修理大夫集・一九五詞書）とある。また、俊頼も「風ふけばとなせにおとすいかだしのあさのころもににしきおりかく」（散木集・五八七）と詠んでいて、顕季と俊頼は「おとす」という本文の方がよいと考えていたらしい。したがって、「おろす」という本文を批難する、類聚歌合の顕季判が本来のかたちと推測できる。

〈又判〉判定は変わって左の勝ち。**〇月の光に舟さすること、ちかき人の歌なれば…**　引用歌にあげた「みなれざを」の歌をさす。「ちかき人」といわれている作者の源師賢は、承暦二年（一〇七八）内裏歌合などに参加し、本歌合が催される三十八年前の永保元年（一〇八一）に没している。**〇すゑの「うれしき」**（→五番31補説）**〇ひたくちてよろこびたり**　「ひたくち」は直口と書き、感情をありのままに表現しすぎていることをいう。この例と「尋失恋」七番58又判のほかには、俊頼の判を伝える永縁奈良房歌合（一一二四年）に「ひたくちにぞみゆれど」（64）とあるぐらいである。

九番　左　正時

39

[1]夕ざれや《は》あまつ空なるしらま弓と見れば月ぞ山のはにいる

右勝　行盛

40　いづるよりさやけき月の光かな《哉》いり《入》日のかげのそふにやある《有》らん

左歌、「しらま弓」[2]とよめるは月とはきこえたるに、「と見れは月の」[3]とよめる、いかに。この《此》心にては、月ともしらざりけるにや。さては「いる」ばかりのれうにや。[4]このさだめならば、しらまゆみはなにと思ひけるにか。ふるくよめる歌にも「あまのはらふりさけ見ればしらまゆみはりてかけたるよみちはよけむ」とこそよみたれ。心えぬこと《事》なり。また《又》、かみのいつもじ《上五文字》のはての「や」もじも、いとにくし。右歌は、なだらかに侍るめり。日《ひ》のひかり《光》のさしそふぞこころえぬ。日のひかり《光》の[5]あらんほどは、月のひかりは[6]いかがあらんと思ひ給ふれども、なほ《猶》、右勝つべきにや。

又判云、「白真弓」は木の名とこそうけたま《給》はれ。これは、いまだうるしもぬらぬ弓ににせたるにや。いとあやしうぞきこゆる。されど題の心は候ふめり。右歌は、夕月夜いづるほど人に見えず。日の入りて後にほのかにあらはるるなり《也》。日の光そはば月は見えずぞあるべき。此歌、かたがたにそらごと《事》なり。よりて《仍》左の勝ちになん。

〔類聚歌合〕　九番　左　　まさとき

39　[1]ゆふざれやあまつそらなるしらまゆみとみれは月ぞ山のはにいる

右かつ　　ゆきもり

40　いづるよりさやけき月のひかりかないり日のかげのそふにやあるらん

左歌、しらまゆみと[2]いへれば月とはきこえにたるに、「とみれば月の」と[3]いへる、いかに。このこころにては、つきともしらざりけるにや。さてはいるばかりのれうにや。[4]ここならば「しらまゆみ」はなにとおもひけるにか。ふるくよめる、「あまのはらふりさけみればしらまゆみはりてかけたるよみちはよけむ」とこそよみたれ。心えぬことなり。また《又》、かみのいつもじのはての「や」もじ、いとにくし。右歌、なだらかに侍るめり。日のひかりのさしそふぞこころえぬや。日のひかりの[5]あるをりは、月のひかりは[6]いかがはあらむとおもひたまふれども、なほ《を》、みぎのかつべきにや。

〔主な校異〕　1ゆふされや（類）—夕されは（静）　2よめるは（静）—いへれは（類）　3よめる（静）—いへる（類）　4このさため（静）—ここ（類）　5あらんほと（静）—あるをり（類）　6いかゝあらん（静）—いかゝはあらむ（類）

〔現代語訳〕　九番　左　正時

39 夕方になると天の空にあるしらま弓、と見ると月は山の端に入る。

右勝　行盛

40 出たときから明るく澄んでいる月の光だなあ。入日の光が加わっているのだろうか。

左の歌、「しらま弓」といえば月と理解しているのに、「と見れば月の」といっているのはどうだろう。この心では、月とは知らないのでは。それでは「いる」というためだけではなかろうか。ここでは「しらまゆみ」はなにと思ったのだろうか。むかしの歌に「あまのはらふりさけ見ればしらまゆみはりてかけたるよみちはよけむ」と詠んでいる。よくわからないことです。また、上の五文字の末尾の「や」文字も、とてもいやです。右の歌は、なだらかなようです。日の光が加わるのは理解できません。日の光が残っているときには、月の光はどのようになっているのだろうかと思いますが、やはり、右が勝つべきでは。別の判にいう、「白真弓」は、木の名と聞いています。この歌は、まだうるしも塗っていない弓に似せているのでしょうか。とても不思議にきこえます。けれど題の心はあるようです。右の歌は、夕月夜は出るときは人には見えず、日がしずんだ後にほのかにあらわれるのです。日の光が加われば月は見えないはずです。これらの歌は、どちらもうそです。そこで、左の勝です。

〔引用歌〕 あまのはらふりさけみれば白真弓はりてかけたるよみちはよけむ（奥義抄、和歌一字抄、万葉集・巻三・二九二）

〔語釈〕 39 **〇夕ざれや** 類聚歌合による。『能因歌枕』に「晩をば、ゆふぐれといふ、ゆふざれといふ」とある。「ゆふざれやそらもをぐらのほととぎすありすのやまにこゑなしのびそ」（経信集・七八）**〇しらま弓** 顕季判は「月」、又判は「木の名」と説が異なる。（→補説）**〇山のはにいる** 「いる」は「射る」と「入る」の掛詞。「射る」は「弓」の縁語である。

40 **〇いづるより** 「より」は即時を示す。月が出るとすぐに。**〇いり日のかげ** 日が沈むときに放つ光をいう。「けふはいとど涙にくれぬ西の山おもひ入日の影をながめて」（新古今集・釈教歌・一九七四・伊勢大輔）**〇さやけき月の光** 「さやけし」は明るく澄んでいるという意。二番26も「影ぞさやけき」と詠んでおり、又判が「一二、三日のほどの月などにやと見ゆる」と批難している。

〈顕季〉判定は右の勝ち。**〇しらま弓** 顕季自身の説では「しらま弓」は月のことなので、さらに第四句に「月」と詠んでいることを重言だと批難する。（→元永元年十月二日「時雨」十一番21補説）**〇さてはいるばかりのれうにや** 顕季は「しらまゆみ」の実体を弓ではなく月と考えているので、「入《い》る」と詠むためだけに「しらまゆみ」の「ゆみ」という音を縁語として利用したのかという。**〇上五文字のはての「や」もじ、いとにくし** 左39の歌の初句「夕されや」の「や」を批難する。四番30の顕季判（類聚歌合）も初句の末尾の「や」文字を批難している。

〈又判〉判定は変わって左の勝ち。**〇しらま弓は木の名と**　顕季判とは別の説を述べている。**〇夕月夜いづるほど人に見えず**　十番41の又判に、月が「いづ」とは山の端から出るところを言うのだとある。旧暦の上旬の月は、日中の明るい時間に出るので、山の端から出てくる瞬間を見ることはできない。日没後に空が暗くなってから目に見えるようになる。このことをいうのである。

〔補説〕　**しらま弓**　『歌合大成』も指摘するように、この番の「しらまゆみ」に対する判詞によって、又判は顕季とは別の人が付したことが証明される。

　顕季判と同じ「月」説をあげるのは、顕季の孫にあたる清輔が著した『奥義抄』で、「しらまゆみとはかたはれ月をいふ也」とある。また、『八雲御抄』枝葉部では「月」と「弓」の両方の項に「しらまゆみ」がある。

　一方、又判にいう「木の名」説だが、万葉集で「しらまゆみ」を「白檀」と表記する例がある。檀《まゆみ》はニシキギ科の落葉低木で、弓の材料にも使われている。「しらまゆみ〈白檀〉ひたのほそえのすがどりのいもにこひめやいをねかねつる」（綺語抄による。万葉集・巻十二・三〇九二）

　ただし、平安時代の和歌では、ただ弓の名として詠まれることのほうが多いようである。「手もふれで月日へにけるしらま弓おきふしよるはいこそねられね」（古今集・恋二・六〇五・紀貫之）「みちのくのあだちの原のしらまゆみ心ごはくも見ゆるきみかな」（拾遺集・恋四・九〇五・不知）同時代の用例では、俊頼が国信の坊城の堂で詠んだ長歌に「…たちゐつつ　なげきゐるとも　しらまゆみ　しらでやたれも　ひかざらむ…」と、弓の縁語の「ゐる」（射ると音が似ている）、「引く」とともに詠んでいるし、国信も堀河百首で「露おけばあさえのいてのしらまゆみかへる佗しき今朝にも有るかな」（「後朝恋」一一八七）と「射手の白真弓」を詠んでいる。

十番　　左持　　　女房上総

41 よひのまにいづ《出》る影だにさやかなり《也》月みつ空を思ひこそやれ

右　　基俊

42 なぐさむるほど《程》こそなけれよひのまにわけて入りぬるさらしなの月

左歌、「いづる影だにさやかなり月みつ空を思ひこそやれ」とよめる、心えず。みたんを《お》りこそと[1]心ばへ《侍》あるにこそ。それにこれは、[2]月みつ空《そら》、みたぬ空《そら》ならびてあるにやとおぼ《覚》えてなん。右歌に「さらしなの月」とよめる。山なくてよまんこと《事》にや。それぞおぼつかなき。証歌なくては、持とやすべき。

又判云、これも「いづる」はいかが。月は山の端よりいづるをこそ、いづとはいひならはしたれ。これは、はじめて見えそむるを、いづとよめるにや。さるべきこと《事》にや。また《又》、すゑはことば《詞》たらぬやう《様》なり《也》。月のみちゆかんほどの空こそ思ひやらるれといふべき心にや。右歌は、ふるき歌の心をとりてよめるなめり。などかはさもときこえたる。うちまかせて勝つべし。

〔類聚歌合〕　十番　左持　　女房

41 よひのまにいづるかげだにさやかなり月みつそらをおもひこそやれ

右　　もととし

42 なぐさむるほどこそなけれよひのまにわれていりぬるさらしなの月

左歌、「いづるかけだにさやかなり月みつそらをおもひこそやれ」とよめる、こころえずなん。みたむをりこそと[1]心ばへあるにこそ。これは、[2]みつそら、みたぬそらのならびてあるにやとおぼえてなむ。右歌、さらしなの月とよめる、山なくてよむことにや。それぞおぼつかなく、証《そう》歌なくは持とす。

〔主な校異〕 1心はへある（類）―心は侍る（静） 2月（静）―ナシ（類）

〔現代語訳〕 十番 左 持 女房上総

41 夜になる前の時間に出る光でさえ明るく澄んでいる。満月の空を思いやってみなさい。

右 基俊

42 なぐさめられる時間もない。宵の間にわけて入ってしまったさらしなの月。

左の歌、「いづる影だにさやかなり月みつ空を思ひこそやれ」と詠んでいるのは理解できない。月が満ちるような時はと、そちらの方に心があるのでしょう。それにこれは、月が満ちている空と満ちていない空が、並んであるのだろうかと思われます。右の歌に、「さらしなの月」と詠んでいるのは、山が無くても詠むのだろうか。それは疑問で、証歌が無いなら、持とするべきでしょう。

別の判にいう、これも「いづる」はどうだろうか。月は山の端から出るところを「いづ」と言い慣わしている。この歌は、はじめて見えたのを「いづ」と詠んでいるのでは。それでよいのだろうか。また、末句は詞が足りないようだ。月が満ちてゆくころの空に思いをはせてしまうと詠むべきでは。右歌は、よく知られた昔の歌の心をとって詠んでいるようだ。どうしてなるほどと思えるだろうか。思うはずがない。ふつうに考えて左が勝つはずです。

〔語釈〕 41 **○よひのま** 日が暮れてから夜中になるまでの間。「よひのまにいでていりぬるみか月のわれて物思ふころにもあるかな」（古今集・雑体・一〇五九・不知） **○月みつ空** このことばの用例はほかには見あたらないが、又判がいうように、満月のころの空という意味であろう。

42 **○なぐさむる…さらしなの月**　「わが心なぐさめかねつさらしなやをばすて山にてる月を見て」（古今集・雑上・八七八・不知）による。保安二年「山月」3の歌に、をばすて山の月が詠まれている。

〈顕季〉判定は持。**○みたんをりこそと心ばへあるにこそ**　「心ばへ」は類聚歌合による。歌題の「暮月」よりも満月の方に心が向いているという。**○さらしなの月とよめる、山なくてよまんことにや**　語釈42に引いた古今集歌の「さらしなやをばすて山の月」を縮めて「さらしなの月」と詠んでいる。堀河百首にも「いづくとも月はわかじをいかなればさやけかるらむさらしなの山」（「月」七九七・隆源）などの例はあるが、山を詠まずに「さらしなの月」を詠んでいる先行歌は見あたらないようである。顕季判は、「わが心なぐさめかねつ」の歌を利用して詠むには「山」ということばが大切だと考えているが、保安二年「山月」3の歌も同じ古今集の歌を利用して詠んでいて、俊頼が詠んだ歌に基俊が判をつけている。両者の判を比べると興味深い。

〈又判〉判定は左の勝ち。**○これもいづるはいかが**　「これも」とあるのは前の番40の又判をうけている。月が山の端から出る瞬間を「いづ」と言うのであり、すでに空にのぼっている月は「いづ」とは言わない。**○ふるき歌の心をとりて**　「ふるき歌」とは語釈42に引いた「をばすて山」の歌をさす。なぐさめられることがないという「心」をそのまま詠んでいることを批難している。

十一番　　左持　　為忠

43 夕月夜せきのを川にやどらずは[1]たちどまり《ら》ても人の見ましや

右　　時雅

44 山の端にを《お》しむもしらぬ夕月夜いつありあけ《明》にならんとすらん

左歌、別にそのこと《事》とある難見え給はず。右歌は、ふるうた《古歌》とこそ思ひ給ふれ。まこと《事》に今はものおぼえずまかりなり《成》にたれば、ひがこと《事》なくは持と申すべし。「山の端にあかで入りぬる夕月夜いつありあけ《明》にならむとすらん」、かくやとこそおもひいだされ侍れ。なにの歌にか。わかき人はおぼえ侍るらんものをや。[2]

又判云、左歌、月をみる心ざしにてはあらで、関にとどめられて心にもあらで見けんこそ本意なき心ちすれ。されど歌めきたり。右歌は後拾遺抄の歌なり。ただひと句やかはりたらん。されば左の勝ちとぞ申すべき。

【類聚歌合】 十一番　左持　　ためざね

43 ゆふづくよせきのをがはにやどらずは[1]たちどまりても人のみましや

右　　ときまさ

44 山のはにを《お》しむもしらぬゆふづくよいつありあけにならんとすらむ

左歌、べちにそのこととあるなんみえず。右うたは、ふる歌とこそおもひたまふれ。まことにいまはものもおぼえずまかりなりにたれば、ひがことなくは持と申すべし。「山のはにあかでいりぬるゆふづくよいつありあけにならむとすらん」、かやうにぞおもひいだされ侍る。なにの歌にか、わかき人おぼえはべらんものを。[2]たづねうしなふ事。

【主な校異】 1たちとまりても（類）―たちとまらても（静）　2たつねうしなふ事（類）―ナシ（静）

【現代語訳】 十一番　左持　　為忠

43　夕月夜。もしもせきのを川に月が映らなければ、立ち止まって人が見たりするだろうか。いや、見なかっただろうに。

右　　時雅

44　山の端でなごりを惜しむことを知らない夕月夜は、いつ有り明けの月になろうとするのだろうか。

左の歌、別にこれといった欠点は見えません。右の歌は、昔の歌だと思います。ほんとうに今はものを思い出せなくなっておりますので、誤りがなければ持と申しましょう。

「山の端にあかで入りぬる夕月夜いつありあけにならむとすらん」、これだったのではと思い出しました。

何の歌か、若い人は思いうかぶでしょうに。

別の判にいう、左の歌は、月をみるつもりはなくて、関にとどめられて、思いがけなく見たようなところがもの足りない気がする。けれど、歌めいている。右の歌は、後拾遺抄の歌である。ひと句だけ替わっているだろうか。だから左の勝と申すのがよいでしょう。

〔引用歌〕　やまのはにあかでいりぬるゆふづくよいつありあけにならんとすらん（金葉集初度本・秋・二五四・大江公資「みか月の心をよめる」、金葉集・秋・一七四　第二句「あかずいりぬる」）

〔語釈〕　43**○せきのを川**　関のそばを流れる小川か。俊頼と道経が一首づつこのことばを詠んでいる。「おとはやまもみぢちるらしあふさかのせきのをがはににしきおりかく」（金葉集・秋・二四六・俊頼）「夕されば玉ゐるかずもみえねどもせきのを川のおとぞすずしき」（千載集・夏・二一一・道経）**○やどらずは**　「ずは」は「ましや」と対応して反実仮想を表す。「や」は疑問の係助詞。月が水面に映ることを「やどる」と詠んだと考えられるが、又判の解釈は、人が関にやどるというものである。**○たちどまりても**　類聚歌合による。

44**○ありあけ**　有り明けの月は夜遅い時間に出るので山の端に沈むのが遅い。夕方の早い時間に出て夜中ごろには山の端に入る夕月夜とは対照的である。

〈顕季〉判定は持。**○ふるうた**　ここでは、引用歌の「山の端に」の歌をさしている。**○山の端に…ものをや**　この部分は、判定後につけ加えられているが、これも顕季の発言であろう。**○わかき人おぼえはべらんものを**　顕季はこのとき六十四才。**○たづねうしなふ事**　類聚歌合のみにある。つづく歌題が「尋失恋」であることから、たわむれてこのように言うか。

〈又判〉判定は左の勝ち。**○月をみる心ざしにてはあらで**　「月」を題にした歌なのに、月を見るぞという気持ちもなく、たまたま見かけたというような詠み方をしていることを批難している。歌題の「月」に対する熱意が足りないというのである。（→元永元年十月二日「時雨」十番19補説）**○右歌は後拾遺抄の歌なり**　「やまのはにあかでいりぬる…」の歌は、金葉集の初度本と二度本には入っているが、現在の後拾遺集には見あたらない。後拾遺集は応徳三年（一〇八六）の春ごろ草稿ができ、源経信らに批評を仰いだあと、九月に撰進、翌年の寛治元年に再度奏上されているが、それらの過程で切り出された歌か。

一番　尋失恋　左　摂津君[1]

45　暮れごとに尋ねわびつつゆく《行》かた《方》もしらぬ恋路にまどふころ《比》かな

右勝　雅兼

46　さりともと尋ねこしぢ[2]のかひもなくあと《跡》をだに見でかへる山かな《哉》

左歌、「暮《く》れごとに尋《たつ》ねわびつつ」、いとあやし。右歌、めづらしからねどたくみなる心ちす。よりて《仍》勝《為》ちと《勝》す。

又判云、左歌、するぞふるめかしけれど見ぐるしうはなし。右歌は、山人を恋ひたるとぞ見え候ふ。山野《の》をば尋ねえで帰らんは、おびただしく《敷》や候ふべき、されば左の勝つにや。

【類聚歌合】 一番　尋失恋　左　ねうばう[1]

45 くれごとにたづねわびつつゆくかたもしらぬこひぢにまどふころかな

右かつ　まさかぬ

46 さりともとたづねこしぢのかひ《た》[2]もなくあとをだにみでかへる山かな

左歌[3]、「くれごとにたづねわびつつ」いとあやし。右歌、めづらしからねどたくみなるここちしたり。よりてかちとす。

【主な校異】 1摂津君（静）―ねうはう（類）　2かひ（静）―かた（類）　3群書類従本ニヨリ補ウ。

【現代語訳】 一番　尋失恋　左　摂津君

45 日が暮れるたびに尋ねあぐねて、ゆくえもわからない恋路に惑うこのごろだなあ。

右勝　雅兼

46 こんどはあえるだろうと尋ねて越路に来たかいもなく、行方さえわからないで帰る、かへる山だなあ。

左の歌、「暮れごとにたづねわびつつ」はとても変だ。右の歌、めずらしくはないが巧みな気がする。そこで勝ちとする。

別の判にいう、左の歌、末の語句が古めかしいけれど見苦しくはない。右の歌は、山に住む人を恋ひ慕っていると見えます。山野で探しあてることができないで帰るようなことは、大げさでしょう。だから左の勝では。

【語釈】 45 **○恋路にまどふころかな**　「をしかふす夏ののくさのみちをなみしげきこひぢにまどふころかな」（新古今集・恋一・一〇六九・是則）「あやめぐさかけしたもとのねをたえてさらにこひぢにまどふころかな」（後拾遺集・恋

二・七一五・後朱雀院）などの例がある。又判はこれらの下句を「ふるめかし」と評するが、49、57の歌にも同じ語句が詠まれている。

46〇**さりともと**　これまではだめだったが、こんどは逢えるだろうという意。「さりともとかくまゆずみのいたづらにこころぼそくもおいにけるかな」（金葉集・雑上・五八六・俊頼「青黛画眉眉細長といへることをよめる」）〇**こしぢ**　越の国へ行く道。「来し」を掛ける。越は北陸地方の古称である。〇**かへる山**　越前国、現在の福井県中部の峠の一帯をいう。「帰る」という意味を掛ける。「わすれなん世にもこしぢのかへる山いつはた人にあはんとすらむ」（新古今集・離別・八五八・伊勢）〇**かひもなく**　静嘉堂文庫本による。努力したのに効果がないというのである。

〈顕季〉判定は右の勝ち。〇**めづらしからねど**　「かへる山」を発想の中心にして詠んでいる歌は多い。

〈又判〉判定は変わって左の勝ち。〇**山人**　山に住む人。「山人のこれるたきぎは君がためおほくの年をつまんとぞ思ふ」（後撰集・慶賀・一三八〇・不知）〇**山野**　野山に同じ。「山野にはさけるかひなし色見つつ花としるべき宿にうつさむ」（貫之集・四二八）の例がある。

【他出】　46雅兼集・四九「尋不遇恋」第三句「かひもなく」、新続古今集・恋二・一一〇一「法性寺入道前関白太政大臣家歌合に、尋失恋といふ事を」

二番　左勝　為忠

47　たづねかねゆきけんかたもしら雲の心そらなる恋もするかな《哉》

右　時雅

48　なほ《を》ざりに三輪の杉とは教へ・お《を》きてたづぬる時はあはぬ[1]いもかな

左歌、なだらかなり《也》。右歌は、みわの杉とをしへをきてければ、うしなひたるとはあら[2]ざりけんにや。
[3]よりて左かつ。

又判云、左歌は「しら《白》雲」といへる句ぞいひさしたる心ちし候ふ。ふるき歌にはかうも常々よむめり。それはけさうの歌などは、たづねさたする人もなければ、をかしなどいひて過ぎぬ、歌合の歌はなほ《猶》いかが候ふべからん。されど歌めきたり。右歌は心えず。杉のもとの家には、尋ねいきたるにや。えいかずはわれがわろきにてぞあるべき。行《い》きつきなばただおしていれかし。また《又》、あはぬにもあらじ。また《又》、家には行《い》きつきたれどぬしのなきか。こもりをせたむべきにや。おめてぞきこゆる。まくべし。

〔類聚歌合〕　二番　左勝　ためざね

47 たづねかね行きけむかたもしらくものこころそらなるこひもするかな

右　ときまさ

48 なほざりにみわのすぎとはを《お》しへおきてたづぬるときはあはぬ[1]きみかな

左歌、なだらかなり。右歌は、みわのすぎとを《お》しへおきてければ、うしなひたるにはあら[2]ざなり。[3]よりて左かつ。

〔主な校異〕　1いも（静）―きみ（類）　2ざりけんにや（静）―ざなり（類）　3よりて左かつ（類）―ナシ（静）

〔現代語訳〕　二番　左勝　為忠

47 たづねることができなくてゆくえもわからず、白雲のように心が空をさまよう恋をするなあ。

48
右　　　　時雅

いいかげんな気持ちで三輪の杉と教えておいて、たづねる時には逢わないあの人だよ。

左の歌、なだらかです。右の歌は、「みわの杉」と教えているので、失ったということではないようだ。

そこで左が勝つ。

別の判にいう、左の歌は、「白雲」と詠んでいる句が、途中でいうのをやめているような気がします。昔の歌ではこのようにいつも詠むようだ。それは私的な恋の歌などでは、表現を吟味する人もいないので、趣があるなどといって終わる。歌合の歌としてはやはりいかがなものでしょうか。けれど歌めいている。右の歌はよくわからない。杉の木のそばにある家には、尋ねていったのだろうか。行くことができないのでは、自分自身が悪いにちがいない。行き着いたのならともかく強引に入れよ。また、逢わないこともないだろう。また、家には行き着いたけれど主がいないのだろうか。中に隠れて出てこないことを責めるべきだろうか。気後れしているように思える。負けです。

〔語釈〕 47**○ゆきけんかたもしら雲の**　「白雲」に「知ら」を掛ける。（↓又判）**○心そらなる**　心が身体をはなれて、空にうかんでいるようだ。「いつとなく心そらなるわがこひやふじのたかねにかかるしらくも」（後拾遺集・恋四・八二五・相模）64の歌は「心はそらにみち」と詠んでいる。

48**○三輪の杉**　三輪山の杉。三輪山は大和国、現在の奈良県桜井市にある。『俊頼髄脳』は、三輪明神が詠んだ歌として「恋しくはとぶらひ来ませちはやぶる三輪の山もと杉たてるかど」をあげ、「杉をしるしにて三輪の山をたづぬとよむも、みな故あるべし」とし、正体を明かさないで通ってくる男のあとをたどってゆくと、三輪明神の祠に着いたという故事を記している。「わがいほはみわの山もとこひしくはとぶらひきませすぎたてるかど」（古今集・雑下・九八二・不知）

〈顕季〉判定は左の勝ち。**○うしなひたるにはあらざなり**　住んでいる所がわかっているのなら、「尋失恋」という題の見失うにはあたらないという。

〈又判〉判定は左の勝ち。**〇いひさしたる心ちし候ふ**　本来は「行きけむかたも知らず」などと詠むべきなのに、最後までいい終えていない。同様の例に「君がいにし方やいづれぞ白雲のぬしなきやどと見るがかなしさ」（後撰集・哀傷・一四一六・清正）がある。**〇けさうの歌**　懸想。私的な恋の歌。おおやけの場で披露される歌合の歌と対比させている。**〇歌合の歌はなほいかが候ふべからん**　歌合における恋の歌の詠み方ということを強く意識している発言で興味深い。左の歌は「いひさしたること」、つまり心情をすべて言い表していないことが、歌合の歌としては不適当なのである。元永元年十月二日「残菊」十番48の基俊判には「歌合の歌とは見えず。なげ歌のやうにぞ侍るめる」とある。**〇行きつきなばただおして入れかし**　又判の判者は恋愛に関してはずいぶん強気である。六番56の又判も同様であるが、和歌の論評からは脱線しているように感じられるのは、場を盛り上げるべく軽口をたたいているからであろう。**〇おめて**　「怖《お》む」は臆す、気後れするという意。

【他出】　47新続古今集・恋二・一一〇二「法性寺入道前関白太政大臣家歌合に、尋失恋といふ事を」　48千載集・恋三・七九四「法性寺入道内大臣に侍りける時の歌合に、たづねうしなふ恋といへるこころをよめる」

三番　　左　　盛家

49　人[1]しれぬ《す》心はゆきてたづぬれどあはぬ恋路にまどふころかな《比哉》

　　　右勝　　忠隆

50　ありしだにうかりしもの《物》をなぞもかくゆくへ《行末》[2]もしらぬつらさそふらん

左歌、たづねうしなひたりと[3]いふこと[4]聞こえず。右歌、はじめの二句ぞふるうた《古歌》なれども題の[5]心侍れば、

右[6]かちとや

又判云、左歌、人しれぬ心ゆきかよふばかりにてはあふらんものを。あふらめども、まこと《事》の身のいかねばかひなしとぞよむべき。心えず。すゐはさきにふるめかしと申しつるにおなじこと《事》にや。右歌は、「ありしだにうかりしもの《物》を」とは、にくかりけるにや。さらばたづぬべからず。また《又》、あはざりしがうかりしか。さらばさもいはばや。すこしおぼつかなし。「つらさそふ」といへるにて、あはざりけるとは心うべきにや。左の歌はすゐふりたり。右の歌はもとふりたり。持とぞ見給ふる。

〔類聚歌合〕 三番　左　もりいへ

49 ひと[1]しれぬ心はゆきてたづぬれどあはぬこひぢにまどふころかな

右勝　ただたか

50 ありしだにうかりしものをなぞもかくゆく《行》へ《ゑ》も[2]しらずつらさそふらん

左歌、たづねうしなひたりと[3]いと[4]みえず。右歌ははじめのふた句《く》ふる歌なれど、だいのこころばへ侍る[5]・めれば。[6]

〔主な校異〕 1しれぬ（類）―しれす（静） 2しらぬ（静）―しらす（類） 3いふこと（静）―いと（類） 4聞えす（静）―みえす（類） 5心侍れは（静）―こゝろはへ侍めれは（類） 6右かちとや（静）―ナシ（類）

〔現代語訳〕 三番　左　盛家

49 人に知られない心は行って探し求めるけれども、逢うことのない恋路に心が迷うこのごろだなあ。

50　右勝　　忠隆

50 今まででさえもつらかったのに、どうしてこのようにゆくえも分からずつらさが加わるのだろうか。

左の歌、尋ねて失ったとはたいして見えない。右の歌は、はじめの二句はふる歌だが、題の心がありますので、右が勝つ。

別の判にいう、左の歌、人に知られない心だけが行き通うのでは逢っているようなものだろうに。逢っているようだけれども、生身のからだが行かないのでどうしようもないと詠むべきだ。理解できない。下の句は前に古めかしいと申したものと同じことばでは。右の歌は、「ありしだにうかりしものを」とは、憎かったのだろうか。それならば尋ねるはずがない。また、逢わなかったことがつらかったのか。それならばそういいたい。すこし疑問である。「つらさそふ」といっていることで、逢わなかったと理解するべきか。左の歌は下の句が古びている。右の歌は上の句が古びている。持と見ました。

〔語釈〕　49 **○人しれぬ**　類聚歌合による。**○心はゆきて**　身体をはなれて心だけが行くのである。「山たかみくもゐに見ゆるさくら花心の行きてをらぬ日ぞなき」（古今集・賀・三五八・素性法師）

50 **○ありしだにうかりしものを**　「ありし」は以前。顕季判が「ふるうた」というのは、「有りしだにうかりしものをあかずとていづこにそふるつらさなるらん」（後撰集・恋五・九五二・中務）であろう。

〈顕季〉判定は右の勝ち。**○たづねうしなひたりといふこと**　顕季は「尋失恋」の題意を、「失なひし恋を尋ぬ」ではなく、「尋ねて失なふ恋」、つまり探し求めても見つからない恋と解釈している。**○題の心**　左の歌は尋ねても見つからないという心を詠んでいない。右の歌はその心があるという。前の番48もそうだが、これ以降の四番51、六番55、八番59でも顕季判は「題の心」の有無に言及する。

〈又判〉判定は変わって持。**○人しれぬ心ゆきかよふばかりにてはあふらんものを**　心だけ逢いにいっているはずだと批難している。「夜な夜なはめのみさめつつおもひやるこころやゆきておどろかすらん」（後拾遺集・恋四・七八

五・道命法師）〇すゑはさきにふるめかしと（↓一番45）

【参考】 50袋草紙・古今歌合難

四番　左勝　顕国

51 うつゝにはゆく《行》へ《末》もしらぬ君なれは[1]夢に[2]命をかくるころかな《哉》

右　師俊

52 たづぬるもたづぬるかぎりありければ神にぞいのる夢にし《み》る[3]がに《と》

左歌、題の心よ《は》[4]わけれど、「ゆく《行》へ《ゑ》もしらぬ」など申したれば。右の歌は、尋[5]ぬば《るかき》かりを題[6]の心にしたるにや。いと[7]ちから《おほつか》なくなん。より《仍》て左勝ちとす。

又判云、左歌は「夢にいのちをかく」とはいかに。あふとみるにや。さらばさぞいふべき。また《又》、見ぬにては荒涼なり。えあはずとも見えなんものを。おぼつかなきこと《事》なり《也》。右歌は、はての「がに」いとにくし。などか「夢に見ゆや」とはいはざらん。「がに」などはふるき歌にあるを見ては、さはかうもよむべきにやとお《を》ろか心を得てよめるにや。あれはうるはしういへば心たがふや《様》うなるをりにわびてお《を》くなり。束帯したる人の、わらうづと申すもの《物》はきたらん心ちぞする。ただ二文字《もじ》によりて持などにやなるらん。

【類聚歌合】 四番　左勝　あきくに

51 うつゝにはゆくへ《ゑ》もしらぬきみなれば[1]ゆめに[2]命《心》をかくるころかな

52
右　　　　もろとし

たづぬるもたづぬるかぎりありければかみにぞいのるゆめに[3]しるがに

左歌は、[4]題のこころはよはけれど、「ゆくへ《ゑ》もしらぬ」などは申したためれば。みぎの歌は、[5]たづぬばか[許]りを[6]題のこころにしたるにや、いと[7]ちからなくなむ。よりて左のかちとす。

〔主な校異〕　1なれは（類）―なれと（静）　2命（語釈）―心（静・類）「心」ニ「命イ」ト傍記（静）　3しるかに（類）―みるかと「と」ニ「に歟」ト傍記（静）　4題（静）―あらは（類）「題」を「顕」と誤読したか。　5たつぬ許（類）―尋ぬるかきり（静）　6題（静）―あらは（類）　7ちからなく（類）―おほつかなく（静）

〔現代語訳〕　四番　左勝　　　　顕国

51 現実にはゆくえもわからないあなたなので、夢に命をかけるこのごろです。

右　　　　師俊

52 尋ねても尋ねることには限度があるので神に祈ります。夢でわかるようにと。

左の歌、題の心が弱いけれど、「行へもしらぬ」など申しているようです。右の歌は、尋ねることだけを題の心にしているのか、たいして力が入らない。よって左の勝ちとする。

別の判にいう、左の歌は、「夢に命をかく」とはどういうことか。夢で逢うと見るのか。それならばそのようにいうべきだ。また、見ないのでは興ざめだ。逢えなくても夢に見えるだろうに。不審である。右の歌は、末尾の「がに」がとてもいやだ。どうして「夢に見ゆや」とはいわないのだろう。「がに」などは昔の歌にあるのを見て、それではこのようにも詠むことができるのかとおろかな心で理解して詠んだのでは。それは美しくきちんというと思いが伝わらないようなときに、苦し紛れにおくのだ。正装をした人が藁ぐつをはいているような気がします。たった二文字によって持などになるでしょう。

〔語釈〕　51**○夢に命を**　静嘉堂文庫本による。「あふと見てうつつのかひはなけれどもはかなきゆめぞいのちなりける」（金葉集・恋上・三五四・顕輔「顕季卿家にて恋歌人人よみけるによめる」）と同時代に詠まれている。

52**○たづぬるかぎり**　探し求めるのにも限度があるという意。「つらけれどうらむるかぎり有りければものはいはれでねこそなかるれ」（拾遺抄・恋下・三三六・不知）**○夢にしるがに**　『俊頼髄脳』は、句末に「がに」を詠んだ「さくら花ちりかひくもれおいらくのこむといふなる道まがふがに」（古今集・賀・三四九・業平）について、「末なだらかならぬ歌」と評している。

〈顕季〉判定は左の勝ち。**○題の心**　類聚歌合本に「あらはの心」とあるのは、「題」を「顕」と誤写または誤読し、「顕」をひらがなで表記したのであろう。**○尋ぬばかりを**　類聚歌合本による。歌題の「尋失恋」のうち「尋ぬ」だけで、「失ふ」という心がないと批難している。

〈又判〉判定は変わって持。**○あふとみるにや**　さらばさぞいふべき　語釈51に引いた金葉集の歌は、現実には逢えないが、逢う夢を見ると詠んでいる。**○「がに」などは…うるはしういへば心たがふやうなるおりにわびてをくなり**　独自の見解である。**○束帯したる人のわらうづと申すものはきたらん心ち**　足もとがちぐはぐで変に目立つようす。現代におきかえると、タキシードにゴム長靴といったところか。判者の冗談である。

五番　左勝　女房上総

53　尋ねわび恋しき人をありといはば雲のはてにもゆきてとはばや

右　基俊

54　おもひかね清水《しみつ》くみにと尋ぬれば野中ふるみちしを《お》りだにせず

左歌、はじめの句など《ん心》[1]よからねども、心ざしはふかくなん見給ふる。右歌、なにごと《事》にか、恋といふことば《事》見えずなん。水くみにとて野中の道《みち》になんまどひたるとぞ見ゆる。より《仍》て左勝つ。

又判云、左歌、「雲のはて」とはいかなる所ぞ。けうとき所にかくれたり。たづねでもありなんかし。右歌は、清水《し》たづぬること《事》、思ひかけず。もし暑《あつ》かりけるにや。しを《お》りは人のかくれ所にするにや、また《又》、清水《し》のほとりにすること《事》にや。もしまた《又》「野中の清水」といへること《事》のある《有》をよめるにや。さらば「水」と「野中」とこと《事》のほかにはなれたり。いかにも心えがたき歌なめり。あは《わ》れ持の歌かな。

〔類聚歌合〕　五番　左かつ　　女房

53 たつねわびこひしき人をありといはゞくものはてにもゆきてとはゞや

右　　もととし

54 おもひかねしみづくみにとたづぬればのなかふるみちしを《ほ》りだにせず

ひだりの歌、はじめの句《く》[1]などよからねど、心ざしふかくなんみたまふる。右歌、なにごとにか、恋といふ《云》ことばみえずなん。みづくみにとてのなかのみちにまどひたるとなんみゆる。よりて左かつ。

〔主な校異〕　1なと（類）―なん心（静）

〔現代語訳〕　五番　左勝　　女房上総

53 尋ねかねて、恋しい人がいるというのなら雲のはてにでも行って訪ねたい。

右　　基俊

54　おもいあぐねて清水を汲みにと尋ねると野中のふる道の枝を折って目じるしにさえしない。

左の歌、はじめの句などはよくないけれども、心ざしは深いと見ております。右の歌、どうしたことでしょう。恋ということばが見えません。水をくみにと思って野中の道で迷っているとみえます。そこで左が勝つ。

別の判にいう、左の歌、「雲のはて」とはどのような所か。いやだといって避けたい所にかくれている。たずねなくてもよいでしょうよ。右の歌は、清水をたずねることが思いがけない。もしや暑かったのだろうか。枝を折る目じるしは人がかくれている所にするのだろうか。また、清水のほとりにするのだろうか。もしやまた、「野中の清水」ということを詠んでいるのだろうか。それならば、「水」と「野中」とがことのほかに離れている。どうみてもわかりにくい歌のようです。残念ながら持の歌だな。

〔語釈〕　53 **○尋ねわび**　「わぶ」は他の動詞について、その行為をなかなかできないので困るという意味を表す。**○雲のはて**　空のはてと同じ。現実に想像できる範囲で最も遠いところという意味。「あきの夜はそらゆく月にさそはれてくものはてまで心をぞやる」（肥後集・一一五）と詠まれている。

54 **○のなかふるみち**　又判が指摘するように野中の清水を詠んでいるか。「いその上ふるのの道の草分けて清水くみにはまたもかへらん」（貫之集・五九〇）**○枝折り**　枝を折って道しるべにすること。

〈顕季〉判定は左の勝ち。**○はじめの句などよからねども**　左53の歌の初句を詠み上げたときに、音がなめらかではないからか。**○恋といふことば見えずなん**（↓補説）

〈又判〉判定は変わって持。**○けうとき所**　「けうとし」は避けたいような気持ちをあらわす。「雲のはて」ということばに不吉な印象をもったのかもしれない。**○野中の清水**　「いにしへの野中のし水ぬるけれど本の心をしる人ぞくむ」（古今集・雑上・八八七・不知）の歌で有名である。「汲みみてし心ひとつをしるべにて野中の清水わすれやはする」（源宰相中将家和歌合「遇不逢恋」一二一・仲実、詞花集・恋下・二六三）

〔参考〕 54袖中抄　初句「いにしへの」

〔補説〕 **恋の字を用いない恋題の歌**　承暦二年（一〇七八）内裏歌合では、「ひだりのうたはいづこにこひはあるぞ」(29)と、恋題の歌なのに「恋」ということばが詠まれていないことを方人が批難し、判者の顕房が負けと判定している。その後、郁芳門院根合（一〇九三年）でも「右方の歌詞中に恋の字無し」(18　原文漢文)という批難があった。方人は「昔天徳の歌合中に、あふことのたえてしなくはなかなかに人をも身をもうらみざらまし…この歌恋の字無し」(同)と、当時の歌合の規範とされていた、天徳四年（九六〇）内裏歌合の十九番左38の歌を証として反論するが、承暦二年内裏歌合の時と同じ判者である顕房が判を変えてもよいのかという左方の手厳しい意見もあって、持と判定されている。天徳四年内裏歌合の判は「左右の歌、いとをかし。されど、左のうたは、ことばきよげなりとて、以て左の勝ちとす」というものである。

六番　左　殿[1]

55 たづぬれど君にあふ瀬もなみだ川ながれて[2]こひ《つゐ》にしづむべきかな《哉》

右勝　定信

56 ゆくかたをとへどもさらにいはし水そこにすむともしらぬ恋かな

左歌、題《だい》の心なし。右歌、題の心侍[3]れば、右勝つ[4]べきにや。

又判云、左歌は歌めきたり。ただし《但》「べきかな《哉》」といへるは、ただいまはまだ泣《な》かぬにや。もし、泣《な》かば涙にしづむべきと女をおどす。おぢず《を》もあらんもの《物》を。右歌は「とへども」といへるは、その人にはむかひたりけるにや。さるにては何事をとふぞ。もし家をたづねけるにや。まさしき女にむかひなば、いへ《ゑ》たづねずともありけんものを。なほ《猶》きかまほしうは人をぞつくべき。また《又》、従者《すさ》などにや。それなりとも、ましてせためてとふべし。なほ《猶》、左の歌や勝つべかるらむ。

〔類聚歌合〕　六番　左　女房[1]

55 たつぬれどきみにあふせもなみだ川ながれてこひ[2]にしづむべきかな

右勝　さだのぶ

56 ゆくかたをとへどもさらにいはしみづそこにすむともしらぬこひかな

左歌、題《だい》の心なし。右歌は、題の心侍めり[3]。右かちとす[4]。

〔主な校異〕　1殿（静）―女房（類）　2こひ（類）―つゐ（静）　3侍れは（静）―侍めり（類）　4勝へきにや（静）―かちとす（類）

〔現代語訳〕　六番　左　殿

55 尋ねるけれどあなたに逢うことも無く、涙川が流れるように泣かれて、恋に沈むにちがいない。

右勝　定信

56 ゆくえをたずねるけれど決して言わないだろう。石清水の底が澄むように、そこに住むとはわからない恋だなあ。

左の歌、題の心がない。右の歌は、題の心があるようです。右の勝ちとします。

別の判にいう、左の歌は歌めいている。ただし「べきかな」といっているのは、今はまだ泣かないのだろうか。もし、泣いたら涙にしずむにちがいないと女をおどす。怖がることなどないだろうに。右の歌は「とへども」といっているのは、その人と向かい合っているのだろうか。それならば何を聞くのか。もしや家を聞いたのだろうか。身分のある女に向かい合ったのなら、家を聞かなくてもよかったのに。それでも聞きたいのなら、人につけさせればよい。または、従者などだろうか。そうだとしても、なおさらしつこく責めて聞けばよい。やはり左の歌が勝つべきでしょう。

〔語釈〕 55**〇なみだ川**　「なみだ川」に「無み」、「流れて」に「泣かれて」を掛け、「川」の縁語である「瀬」、「流る」、「沈む」を詠むなど、技巧の多い歌である。「あさみこそ袖はひつらめ涙河身さへ流るときかばたのまむ」（古今集・恋三・六一八・業平、伊勢物語一〇七段）**〇こひにしづむべきかな**　「こひ」は類聚歌合による。「もらさばやほそたにがはのむもれみづかげだに見えぬ恋にしづむと」（金葉集・恋下・四七八・読人不知）

56**〇いはし水**　岩の間からわきでる清らかな水。「言はじ」を掛けている。「つらしともいざやいかがはいはし水あふせまだきにたゆる心は」（堀河院艶書合・二三・中宮上総、新勅撰集・恋二・七三六）

〈顕季〉判定は右の勝ち。

〈又判〉判定は変わって左の勝ち。**〇「べきかな」といへるは…**　助動詞の「べし」は、これから起きるであろうことを確信をもって述べる。**〇おぢずもあらんものを**　主語は女である。涙に沈むのは作者のほうなので、女のほうは別に怖れることもないということか。**〇まさしき女**　あとにいう「従者《ずさ》」の女と対の関係にあると見て貴族の女と解釈した。**〇せためてとふべし**　「せたむ」は責めさいなむということ。ここでも、二番48又判と同じく、恋愛話で場を盛り上げるべく冗談を言ったか。

〔他出〕 55田多民治集・一四六「尋失恋」

57

七番　左　顕仲

たづぬれどありかさだめすかくろふる人を恋路にまどふころ《比》かな

右勝　道経

58 夢路にてありとだにさは見てし[1]がなうつつにこそはかくれはつとも

左歌、[2]こひぢふるめかし、右歌もおなじやうなれど、よくこそもとめうしなひたれ。[3]よりて《仍》右勝ちとす。

又判云、「かくろふる」といふ五文字いひにくし。などあながちにかかる文字をしももとめすゑ《へ》けん。右歌、もじつづきをさなげなり。すゑなどひたくちなり。左の勝つにや。

〔類聚歌合〕七番　左　あきなか

57 たつぬれどありかさだめすかくろふる人をこひぢにまどふころかな

右かつ　みちつね

58 ゆめぢにてありとだにさは見て《へ》し[1]がなうつつにこそはかくれはつとも

ひだりの歌、[2]こひぢふるめかし。右の歌もおなじやうなれど、よくこそもとめうしなひたれ。[3]

〔主な校異〕1見てし（静）―見へし（類）　2こひぢふるめかし（静）―こひちとふるめかし（類）　3仍右勝とす（静）―ナシ（類）

〔現代語訳〕七番　左　顕仲

57 たずねるけれど居場所を定めずに隠れてしまった人を恋い慕い、恋路に惑うこのごろだなあ。

右勝　道経

58 せめて夢の中にいてそこで逢いたいものだなあ。現実には隠れおおせてしまったとしても。

左歌、「こひぢ」はふるめかしい。右の歌も、同じようだけど、よくぞ尋ね求め、失っている。そこで、右の勝ちとする。

別の判にいう、「かくろふる」といふ五文字が言いにくい。どうして無理にこのような文字をさがしだして置いたのだろうか。右の歌、言葉遣いが幼稚なようだ。下句などは安直である。左の勝ちでは。

〔語釈〕 57**○かくろふる**　又判はこのことばを批難しているが、「いまははやさきにほはなんさくらばなもずの草ぐきかくろへにけり」（顕季集・一五一「於七条亭人人、桜の歌十首よみしに」）「夏山のならのひろ葉にかくろへてこのもかのもに鳴く蝉のこゑ」（永久百首「蝉」二〇一・兼昌）など、当時の歌にはしばしば詠まれている。また「草花」5の歌にも例がある。**○恋路にまどふころかな**（→一番45）

58**○ゆめぢ**　夢に見ること。「夢ぢにはあしもやすめずかよへどもうつつにひとめ見しごとはあらず」（古今集・恋三・六五八・小野小町）**○見てしがな**　静嘉堂文庫本による。「てしがな」は願望の終助詞。

〈顕季〉判定は右の勝ち。**○こひぢふるめかし**　左の歌の「恋路にまどふころかな」は45、49の歌の下の句とおなじだが、顕季判はここではじめて「ふるめかし」と評している。**○よくこそもとめうしなひたれ**　「尋失恋」という題の心をよく表しているという。

〈又判〉判定は変わって左の勝ち。**○もじつづきをさなげなり**　「ありとだにさは」などのごつごつした表現を批難している。**○ひたくちなり**　感情をありのままに表現しすぎている。（→「暮月」八番38又判）

八番　左　　宗国

59　かひなしや尋ねきたれどみちのくのあひづの里も名のみなり《成》けり

右勝　　忠季

60　尋ねかね[1]そこにありともきかなくにあぶくま川の名をたのむかな《哉》

左歌、題の心あさし。右歌、すこし歌めきたれは勝ちとす。

又判云、左歌、たづねたれどなほ《を》あはぬにや。あはぬ恋の歌とぞ見ゆる。右歌、あしうも見えず。よりて《仍》、かつべし。

〔類聚歌合〕 八番　左　むねくに

59 かひなしやたづねきたれどみちのくのあひづのさともなのみなりけり

右かつ　ただすゑ

60 たづねかね[1]そこ《ら》にありともきかなくにあぶくまかはの名をたのむかな

ひだりの歌、だいの心あさし。みぎはすこし歌めきたれば、かつ。

〔主な校異〕 1そこに（静）—そらに（類）

〔現代語訳〕 八番　左　宗国

59 かいの無いことだなあ。尋ねてきたけれど、陸奥の「逢ひ」という名をもつ「あひづの里」も名ばかりだったよ。

右勝　忠季

60 尋ねわびて、川底ならぬ、そこにいるとも聞かないのに、それでも「あぶくま川」の「逢ふ」という名をたのみにするのだ。

左の歌、題の心が浅い。右の歌、すこし歌めいているので勝ちとする。

別の判にいう、左の歌、尋ねたけれどやはり逢わないのだろうか。「あはぬ恋」の歌と見える。右歌、悪くない。よって勝つ。

〔語釈〕 59 **○あひづの里**　陸奥国、現在の福島県西部。地名に「逢ひつ」を掛ける。「あいづの里」の用例は本歌合よりも前には見あたらないが、俊頼が「くる毎にあひづの関もわれといへばかたくなしてもぬらす袖かな」（散木集・一一九八「関恋といへる事を」）と「あひづの関」を詠んでいる。また64の歌は「あひづの山」を詠んでいる。60 **○そこにありとも**　静嘉堂文庫本による。「そこ」は指示語の「そこ」と「底」の掛詞。「底」は「川」の縁語である。**○あぶくま川**　陸奥国、現在の福島県から宮城県を流れる大きな川。「逢ふ」を掛ける。「きみがよにあぶくま河のそこきよみよよをかさねてすまんとぞおもふ」（金葉集三奏本・冬・三一一・頼通、詞花集・賀・一六一）

〈顕季〉判定は右の勝ち。**○題の心あさし**　左59の歌は「尋失恋」の、見失うという心がない。

〈又判〉判定は右の勝ち。**○あはぬ恋の歌**　ただ逢えないことを嘆いている歌。顕季判と同じく、見失うという心がないことを批難している。堀河百首の歌題に「不遇恋」がある。

九番[1]　左　正時

61　ねぎごとをい[2]なうの神のいなう[3]と《らて》もたづぬる人のゆくへ《ゑ》しらせよ

右勝　行盛

62　尋ねくるしるしの杉も名のみしてゆくへ《ゑ》もしらぬ恋[4]をするかな《哉》

左歌、こと《事》がましくしてさせること《事》なし、右歌もまた《又》させること《事》なけれども、すがた歌めきたれば、右勝つ。

又判云、左歌、あしうも見えず。この《此》神の名は稲生とこそかきたなれ、仮名にはいかがかくべからん。おぼつかなし。大かたの歌ざまは歌めきたり。右歌は、たのめざらんしるしの杉のやどはかひあらじ。もしそらごと《事》をいひて外をしへけるか。むげにねたげなること《事》かな。「いなう」ぞおぼつかなけれど、左の勝つにや。

〔類聚歌合〕〔九番〕[1] 左　まさとき

61 ねぎことも[2]いなう《は》の神の[3]いなうともたづぬる人のゆく《行》へ《ゑ》しらせよ

右　ゆきもり

62 たづねくるしるしのすぎも名のみしてゆく《行》へ《ゑ》もしらぬ[4]恋もするかな

左歌、させることなし。右歌もさせることなけれども、すがた歌めきたれは、右のかつべきにや。

〔主な校異〕 1 九番（静）—ナシ（類） 2 いなうの神（静）—いなはの神（類） 3 いなうとも（類）—いなゝらて（静） 4 恋を（静）—恋も（類）

〔現代語訳〕 九番　左　正時

61 願いごとを否《いな》ぶ、いなうの神よ、たとえ否ぶとしても、たずねる人のゆくえを知らせてよ。

右勝　行盛

62 尋ねてくる目印になるというしるしの杉も名ばかりで、あの人のゆくえもわからないまま恋をするのだ。

左の歌、おおげさでたいしたことがない。右の歌もたいしたことはないけれど、姿が歌めいているので、右が勝つのがよいか。

別の判にいう、左の歌、悪くは見えない。この神の名は「稲生」と書いているが、仮名ではどのように書くのだろうか。知りがたい。大体において歌のようすは歌めいている。右の歌は、あてにできないような「しるしの杉」の家ではしかたがないだろう。もしやうそをいって外の場所を教えたのだろうか。ひどくいまいましいことだな。「いなう」は心もとないが、左の勝ちでは。

〔語釈〕 61 **○ねぎごと** 神仏に祈願すること。**○いなうの神** 静嘉堂文庫本による。「いなふ」のウ音便で、「否ぶ」を掛けている。（→又判）**○いなうとも** 類聚歌合による。「いなうの神のいなうとも」は同音のくり返し。静嘉堂文庫本の「いなならで」という本文では、「否ぶのではなく」と言う意味になる。

62 **○しるしの杉** 48の歌は「三輪の杉」と詠んでいる。「みわの山しるしのすぎは有りながらをしへし人はなくていくよぞ」（拾遺集・雑上・四八六・元輔）

〈顕季〉判定は右の勝ち。

〈又判〉判定は変わって左の勝ち。**○仮名にはいかがかくべからん** 又判を記すときに見た歌合の記録には、「稲生の神」とだけ書かれていたのであろう。保安二年「恋」二番46では「伊勢ぢなるいなふの神」と詠まれている。伊勢国、現在の三重県鈴鹿市に稲生という地名があり、伊奈冨神社がある。

十番　左持　　季通

63 いづかたと宿をしらせし時だにもあはざりしをばいかがなげきし

右　　仲房

64 ゆき《行》かへる心は空《そら》にみちのくのしのぶの里をなほ《猶》尋ねみん

左歌ことば《詞》たらず。いはまほしきこと《事》あるやうにぞ見給ふる。右歌もさせること《事》なし。持とす。

又判云、左あしうもきこえず。すこしさしごと《事》にぞきこゆれども、右歌は、ゆきかへるらん心のその人はしのぶの里《さと》にありけりといふにや。さらばさこそは驚かめ。させること《事》なけれど、左勝つばかり。いかがはせん。

〔類聚歌合〕　十番　左〔持〕　すゑみち

63 いづかたとやどをしらせし時だにもあはざりしをばいかがなげきし

右　仲房

64 ゆきかへる心はそらにみちのくのしのぶのさとをなほたづねみん

左歌はことばたらず。いはまほしきこと《事》あるやうにぞみたまふる。右もさせることなし。持とす。

〔現代語訳〕　十番　左持　季通

63 どこと宿を知らせた時でさえ逢わなかったことを、どのように嘆いたことだろう。

右　仲房

64 行ったり帰ったりする心は空に満ちている、みちのくのしのぶの里をそれでもやはり尋ねてみよう。

左の歌はことば足らず。いいたいことがあるように思いました。右の歌もたいしたことはない。持とします。

別の判にいう、左、悪くは聞こえない。すこし表現に工夫がみられないように思われるけれど、右の歌は、行ったり来たりするような心をもつ、その人はしのぶの里にいたというのだろうか。それならばさぞかし驚くだろう。たいした事は無いけれど、ともかく左が勝つ。どうしようもない。

〔**語釈**〕 63**〇いづかたと** 場所を示す。「いづかたときだにわかずほととぎすただひとこゑのこころまどひに」(後拾遺集・夏・一九七・大江嘉言) **〇いかがなげきし** 「し」は直接経験したことを表す過去の助動詞「き」の連体形。疑問詞「いかが」の結びである。

64**〇心は空にみちのくの** 「みちのく」と「満ち」が掛詞。心が空に満ちるという表現は、「君にのみあはまくほしのゆふされば空にみちぬる我が心かな」(古今六帖「ほし」二七八)の例がある。**〇しのぶの里** 陸奥国信夫郡。現在の福島県福島市にある。離れたところにいる人を思い慕うという意味の「忍ぶ」を掛ける。「君をのみしのぶのさとへゆくものをあひづの山のはるけきやなぞ」(後撰集・離別・一三三一・滋幹がむすめ)

〈顕季〉判定は持。

〈又判〉判定は変わって左の勝ち。**〇さしごとにぞきこゆれども** 表現に工夫がないことをいう。「暮月」六番33又判は縁語を用いていないので和歌らしくないことを「さしごと」といっている。

十一番　左　　雅光

65 たづぬれどあはでぞかへる花染めの袖や我身のたぐひなる《成》らん

右かつ　　兼昌

66 ゆふけとふうら[1]まさしかれわきもこがゆくへ《行ゑ》をこよひしらせざらめやは

左歌、そのこと《其事》ともなし。右歌、題のこころにかなへり。よりて勝ちとす《仍為勝》。

又判云、左、はなぞめのそではぬれてこそかへるらめ。さらばぬらさばや。ぬれねどもその《其》色のきぬ着《き》つれば、人にはあはでかへるといふこと《事》のあるにや。おぼつかなし。右歌は「ゆふけ」つねのことなれど、あしうも見えず。えよまざらん人はかやうにてありなん。かちぬ。

〔類聚歌合〕　十一番　左　まさみつ

65 たづぬれどあはでぞかへる花ぞめのそでや我身《み》のたぐひなるらん

右　かつ　かねまさ

66 ゆふけとふうら[1]まさしくはわきもこがゆく《行》へ《ゑ》をこよひしらざらめやは

左歌、そのこととなし。右歌は題《たひ》のこころにかなへり。よりてかつ。

〔主な校異〕　1まさしかれ（静）―まさしくは（類）

〔現代語訳〕　十一番　左　雅光

65 尋ねたけれど逢わないで帰る。花染めの袖は我が身のようなものだろうか。

右勝　兼昌

66 夕占の結果が正しくあれ。愛しいあの子のゆくえが今夜もわからないということがあっていいのか。

左の歌、これといったこともない。右の歌は、題の心にかなっている。よって勝ちとする。

別の判にいう、左、花染めの袖は濡れて帰るものでしょう。それならば濡らしたい。濡れないけれども花色の衣を着ていたので、人には逢わないで帰るということがあるのだろうか。不審だ。右の歌は、「ゆふけ」はいつものことばだけれど、悪くは見えない。歌を詠むことができない人は、このように詠むのがよい。勝つ。

〔語釈〕　65 **〇花染めの袖**　「花染め」は、月草とよばれる、露草の花を用いた。「花染めの袖」と一語で詠んだ例は本歌合より前には見あたらない。「世中の人の心は花ぞめのうつろひやすき色にぞありける」（古今集・恋五・七九五・不知）

66**○ゆふけ**　夕占。夕方、道のそばに立ち道行く人の言葉を聞いて吉凶を占う。「まさしてふやそのちまたにゆふけとふうらまさにせよいもにあふべく」（拾遺集・恋三・八〇六・柿本人麿）**○うらまさしかれ**　「うら」は占。右66の歌は、前項の拾遺集歌の「うらまさにせよ」をふまえて、「うらまさしかれ」と詠んでいる。

〈顕季〉判定は右の勝ち。**○題のこころにかなへり**　右66の歌は、探し求めているけれど、行方がわからない恋人を詠んでいる。

〈又判〉判定は右の勝ち。**○はなぞめのそではぬれてこそかへるらめ**　「月草に衣はすらむあさつゆにぬれてののちはうつろひぬとも」（古今集・秋上・二四七・不知）によってこのようにいうか。語釈65に述べたように、花染めには月草を用いていた。なお、基俊はこの古今集歌を利用し、「後朝」の題で「月草にすれる衣の朝露にかへるけささへこひしきやなぞ」（源宰相中将家和歌合・一二）と詠んでおり、古今集の「月草に」の歌は、恋人と一夜をともにして朝露に濡れながら帰ることを願っている歌と、当時は解釈されていたようである。**○その色のきぬきつれば**　花染めの色は花色とも縹《はなだ》色ともいわれるが、薄い藍色である。**○ゆふけつねのことなれど**　「夕占」は万葉集に出典をもつことばだが、万葉集の異伝歌が拾遺集にとられているので、当時の人々にとってはさほどめづらしくはないのであろう。**○えよまざらん人は、かやうにてありなん**　和歌の初心者にむけての発言である。

保安二年　関白内大臣家歌合

関白内大臣家歌合　保安二年九月十二日　兼日被下題　当座分左右

題　山月　恋二首　野風　庭露

歌人

左　殿下　前木工頭俊頼朝臣　宮内少輔宗国　散位重基　治部大輔雅光　大膳亮親隆　女房

右　前弾正大弼明賢朝臣　前左衛門佐基俊　右少弁師俊　刑部大輔定信　散位道経　蔵人修理亮為真　文章生時昌

判者　前左衛門佐基俊

一番　山月　左持　女房

1　木《こ》の間《ま》よりいづるは月のうれしきに西なるやまの西《にし》にすまばや

右　明賢朝臣

2　みそらはれところもわかずてる月のかげもてはやす越《こし》の白山

左歌、月は山の端《は》よりこそいづる[1]ものと知《し》りてはべるに、木《こ》の間《ま》よりはいかにいでけるにか。ふるきうたどもあまた見《み》はべるに、「木《こ》の間《ま》よりもりくる」などぞ詠《よ》みてはべるかし。また、「西《にし》なるやまの西《にし》にすまばや」と詠《よ》まれたるもいと心得《え》がたくぞ。月をとく見《み》むにはひんがしの山の東にこそすままほしうはべれ。さればふるき歌《うた》にも、「月のいづるやまのあなたのさと人とこよひばかりは身をやなさまし」とぞ詠《よ》みてはべる。右歌、みやこの山《やま》どもをおほく過《す》ぎ来《き》て「越《こし》の白山《しらやま》」までおもひよりけんは、雪に月をもてはやさする心とこそ見《み》はべるに、さらばなほ雪と詠《よ》みてやたよりあるここちはすべからん。おほかたのさまもいと優《いう》にもはべらざめれば、こよひの月の影こそいづれまされりとも申《まう》しがたく。

〈裏書〉左歌、木《こ》の間《ま》より月のいづといふことはいかに。本文おぼつかなし。また《又》「西《にし》なるやまの西《にし》にすまばや」と申《まう》す、そこはかとなきやうなり。右歌「かげもてはやす白山《しらやま》」と申《まう》すは雪の義《き》か。しからば雪の字大切なり《也》。白山の名《な》ばかりにてはいかがもてはやすべからん。持《ち》とや申《まう》すべからん。

〔校訂付記〕 1いづるものと（語釈）―いるものと（類）

〔現代語訳〕 一番　山月　左持　女房

1 木の間から出てくる月がうれしいので、西の方にある山のさらに西に住みたいものだ。

右　明賢朝臣

2 美しく空がはれていて、あまねく照らす月の、光を引き立たせる越の白山だよ。

左の歌、月は山の端から出るものと思っていますのに、木の間からはどのように出るのか。昔の歌などをたくさん見ますと、「木の間から月の光がもれてくる」などと詠んでいますよね。また、「西の方にある山のさらに西に住みたい」と詠んでいらっしゃるのもひどくわかりにくい。月を早く見るには東の山の東にこそ住みたいものです。それで昔の歌にも「月が出る山のむこうの里人と、今夜だけは、わが身もそこにおこうかしら」と詠んでいます。右の歌、都の山々をたくさん通り過ぎて「こしのしらやま」まで考えついたのは、雪に月をほめたたえさせる心と見ますので、それならばやはり雪と詠んでこそつながりがある気持ちがするはずです。だいたいの様子もたいして優れているということでもありませんので、今宵の月の光はどちらが勝っているとも申しがたい。

〈裏書〉左の歌、木の間から月が出るということはどうか。先例があるのか不審だ。また、「西なるやまの西にすまばや」と申すのは、とりとめがないようです。右の歌、「かげもてはやすしらやま」と申すのは雪の意味か。それならば「雪」の字は大切だ。「白山」の名だけではどうして引き立てることができるだろうか。持と申すべきでしょう。

〔引用歌〕 木の間よりもりくる月の影見れば心づくしの秋はきにけり（古今集・秋上・一八四・不知）

月の入る山のあなたのさと人とこよひばかりは身をやなさまし（恵慶集・一六五「月、山のはに入るをみて」）初句の本文異同については語釈参照。

〔語釈〕 1 **○木の間よりいづる** 「木の間より」で始まる月の歌といえば、だれもが引用歌の「木の間よりもりくる月」の歌を思いうかべるが、それを意図的に変えているのである。（↓判） **○西なるやま** 西は月が沈む方角である。西にある山を詠んだ歌に「月かげのいるををしむもくるしきに西には山のなからましかば」（後拾遺集・恋四・八三二・宇治忠信女）があり、月が山に隠れてしまうのが惜しいので、月が沈む西の方角には山が無ければよいのにという。左の歌はこの歌から着想を得たと思われるが、月が沈む山よりもさらに西に住んで、木の間からでてくる月をいつも見ていたいと、立場を変えて詠むのである。

2 **〇みそら**　空の美称。『綺語抄』は「みそら」の項をたてて、万葉歌「みそらゆく月のひかりにただひとめあひみし人のゆめにしみゆる」（巻四・七一〇）を引く。**〇ところもわかず**　照らすところ、照らさないところを区別することなく、月があまねく照らす。**〇月のかげもてはやす**　月の光をひきたてている。「越の白山」を擬人化している。**〇越の白山**　「越」は北陸道の古称で、白山は現在の石川県と岐阜県の県境に位置する。「君がゆくこしのしら山しらねども雪のまにまにあとはたづねむ」（古今集・離別・三九一・兼輔）など、地名の「白」の縁で「雪」とともに詠まれることが多い。（↓裏書）

〈判〉判定は持。**〇いづるものを**　類聚歌合本には「いるものを」とあるが、それでは意味が通じないので改めた。**〇木の間よりはいかにいでけるか**　左1の歌の、木の間から月が出るという表現を批難している。判者の基俊は、古今集の表現は特に墨守するので、「木の間よりもりくる月」というよく知られた表現を変えることは受け入れがたいのであろう。（↓二番3の判）ただし、判者に反論するならば、貫之も「つねよりもてりまさるかな山のはのもみぢをわけていづる月影」（拾遺抄・雑下・五〇三）と、「紅葉」の間から出る月を詠んでいる。**〇月をとく見むにはひんがしの山の東にこそ**　月は東の山から出て西の山に入るので、月の出を早く見ようと思うなら、判者がいうように、東の山のさらに東にいるほうがよさそうに思える。**〇月のいづるやまのあなたの…**　この歌は引用歌にあげたように、恵慶集にあるが、初句の本文が異なっており、それによって解釈も異なる。すなわち、基俊の判が引くように初二句が「月のいづる山」なら東の方の山の里人、現存する恵慶集のように「月の入る山」なら西の方の山の里人になりたいということになる。判者の勘違いなのか、恵慶集の異文が存在していたのかは不明である。**〇みやこの山どもをおほくすぎきて**（↓補説）

〈裏書〉判定は持。**〇本文**　典拠となる和歌の先例。「ほんもん」と読む。「野風」二番18の裏書判にも「人のくさぶしといふ本文ありや」とある。**〇かげもてはやす白山と申すは雪の義か**　越の白山は、語釈に述べたように「雪」とともに詠まれることが多いが、右2の歌は「雪」ではなく、「月の光」の白い色を、越の白山の「白」に結びつけて詠んでいる。「しろたへのころものそでをしもかとてはらへばつきのひかりなりけり」（後拾遺集・秋上・二六〇・国行）のように、「月の光」を白い「霜」と見立てた例を参考にしたのだろうか。

〔補説〕　みやこの山どもをおほくすぎきて　歌合で、都から離れたところにある地名を詠むことを批難した最初の例は、源順が判者をつとめた女四宮歌合（九七二年）の「さがのをうちすぎてくらぶ山にてもとめありきけんもあぢきなし」という判である。承暦二年（一〇七八）内裏歌合では、「霞」題で「きびのなかやま」を詠んだ歌を、方人の通俊が、この女四宮歌合の判も引いて「このかすみはたちどこそはるかなり」と批難している。また、六条宰相家歌合（一一一六年）の顕季の判詞にも「まぢかきさくらさくところは、むかしもいまもあまたよみきたるところをさしすぎて、花もよみこぬすゐのまつ山、まことに思ひかけられず」とある。本歌合の基俊の判もこのような例をふまえているのである。

ただし、『八雲御抄』巻一歌合子細には「歌合には遠国名所詠たるをば或為難例。仍近代多。上古も有例。是等はあまり事也」とある。「あまり事也」とは、それほど気にしなくてもよいということで、後代になると問題にされなくなったようである。

二番　左　俊頼朝臣

3　こよひしもをばすて山《やま》の月をみて心のかぎりつくしつるかな

右　基俊

4　あなし山《やま》ひばらがしたにもる月をはだれ雪ともおもひけるかな

左歌は、「こよひしもをばすて山の」などいへるもじつづき、ことなることもなくぞみえはべるに、また「をばすて山の月」はなぐさめがたきことにぞ、いにしへより詠《よ》みふるしたるを、この歌《うた》には「心をつくす」とはべるこそ、耳《みゝ》なれずあたらしきここちしはべれ。右の「ひばらがしたにもる月」は、難《なん》ずべきところはなけれども、ふるめきすぎてめづらしからぬさまにはべれば、おとると申《まう》すべきにやはべらん。

〈裏書〉このうたども別にその難無し《別無其難》。左歌は、「木《こ》の間《ま》よりもりくる月のかげみれば心づくしの秋は来《き》にけり」といふ歌《うた》あり。それによそへられたれども、「つくしつるかな」とある義に合はず、心得《え》ず。方人申云、「わが心なぐさめかねつさらしなやをばすてやまにてる月をみて」とよめる歌《うた》あれば、「つくしつるかな」はさやうの心にやさぶらふらん。判者云、をばすてやまの月は「なぐさめかねつ」とこそよめれ、心づくしにはあらず。右歌、「あなしやまひばらがしたのなかつ道はだれしもふる月いでにけり」といふ歌をおもひてよめるか。左、僻事を詠めり《詠僻事》。右、古歌に似たり《以古歌》。持とや申《まう》すべからん。

〔現代語訳〕 二番　左　俊頼朝臣

3 とりわけ今夜は、をばすてやまの月を見て心をすべて使い果たしてしまうほどの物思いをしているなあ。

右　基俊

4 あなしやまのひばらのしたにもれている月の光をまだら模様の雪と思ってしまった。

左の歌は、「こよひしもをばすて山の」などといっている言葉遣いは特にこれといったことも無いように見えますが、また「をばすて山の月」はなぐさめがたいものと昔から詠みふるしていますのに、この歌では「心をつくす」とありますのが、聞き慣れず今までにないような気持ちがします。右の「ひばらがしたにもる月」は、批難すべきところはないけれど、ふるめかしすぎてめずらしくない様子ですので、劣ると申すのがよいでしょうか。

〈裏書〉これらの歌はとりわけて批難すべきところは無い。左の歌は、「木の間からもれてくる月の光をみると、心を尽くさせてしまうような秋が来たなあ」という歌がある。それになぞらえているけれど、「つくしつるかな」とある意味には合わず、理解できない。方人が申す、「わが心なぐさめかねつさらしなやをばすてやまにてる月をみて」と詠んでいる歌があるので、「つくしつるかな」はそのような心でしょう。判者がいう、をばすてやまの月は「なぐさめかねつ」と詠んでいるが、心づくしではない。右の歌、「あなしやまひばらの下の中の道は、まだらに霜が降っている、月が出ているなあ」という歌を思って詠んだか。左の歌は間違いを詠み、右は古歌に似ている。持と申すべきでしょう。

〔引用歌〕 このまよりもりくる月の影見れば心づくしの秋はきにけり（古今集・秋上・一八四・不知）

わが心なぐさめかねつさらしなやをばすて山にてる月を見て（古今集・雑上・八七八・不知）

あなしやまひばらがしたのなかつ道はだれしもふる月いでにけり（出典未詳）

〔語釈〕 3 **○こよひしも**　今夜は。「し」「も」は強意の助詞。**○をばすて山**　信濃国、現在の長野県千曲市（旧更級郡上山田町）と東筑摩郡の境界にある冠着山《かむりきやま》のこと。左3の歌の作者である俊頼は、著書の『俊頼髄脳』に「をばすて山」の伝説を「むかし人の姪を子にして年来やしなひけるが、母をば年老いてむつかしかりければ、八月十五夜のつきくまなくあかかりけるに…」と記し、「わが心なぐさめかねつ」の歌は、捨てられたおばが山の頂で「夜もすがら月を見て詠めける歌なり」という。**○心のかぎりつくしつるかな**　あれこれと思いなやんではげしく心を痛めているなあ。「心をつくす」は心を使い果たしてしまうほどという意。前項にあげた『俊頼髄脳』の説によると、捨てられたおばの心中を表現しているとも解釈できよう。

4 **○あなしやま**　大和国、現在の奈良県桜井市にある。**○ひばら**　檜《ひのき》の茂っている原。「あなしのひばら」とも詠まれる。「まきもくのあなしのひばらはるくればはなかゆきかと見ゆるゆふしで」（新勅撰集・春上・二〇・好忠）という例がある。**○はだれ**　雪や霜がまだらに降り積もるさまをいう。「はだれ雪」と一語にして詠んだ例は本歌合より前には見あたらないが、「…冬の夜の　庭もはだれに　ふるゆきの　猶きえかへり…」（古今集・雑体・一〇〇二・貫之）「はるくればふくかぜにさへさくら花にはもはだれにゆきはふりつつ」（躬恒集・二二三）などと詠まれている。後の躬恒歌は「桜の花」を「雪」に見立てているが、右4の歌は「月の光」を「雪」に見立てている。

〈判〉判定は左の勝ち。裏書の判定と異なる。基俊が自分が詠んだ歌を負けにするのはめずらしい。**○耳なれずあたらしきここち**　聞き慣れず今までにないような気持ち。この評語は「野風」四番21の判にもあるが、基俊の判では「あたらし」はよくない評価である。雲居寺結縁経後宴歌合（一一一六年）の判でも、基俊は「歌のことばもあまりあたらしければ」（9）と言う理由で負けと判定している。

〈裏書〉判定は持。**○「つくしつるかな」とある義に合はず**　判者の基俊は、引用歌の「木の間より」の歌によって、「心をつくす」対象を固定的にとらえていることがわかる。**○をばすてやまの月は…心づくしにはあらず**　判者の基俊は「をばすてやまの月」は、引用歌の「わが心」の歌のことばどおり、「なぐさめかねつ」と詠むべきだと、前項と同様に強く主張するが、方人は、「心をつくす」も「なぐさめかねつ」も似た心なのでかまわないという。方人の意見は左3の歌の作者である俊頼の意向を反映していると考えられ、古歌利用に対する基俊と俊頼の意見の相違がわかりやすく示されている個所として注目される。**○「あなしやまひばらが…」**　判者が引くこの古歌は出典がわからない。和歌のデーターベースは充実してきたが、現代に伝わらない古歌も多いようである。

三番　左勝　　殿下

5 神のますみかさの山《やま》に月影のゆふかけてしもさしのぼるかな

右　　定信

6 われひとりいるさの山《やま》とおもひしにまづすみまさる秋の夜の月

左歌、月はつとめて照るなどいへるものならばこそ、「ゆふかけてしも」とは詠《よ》みはべらめ。「さしのぼる」などいへるわたりも、月とはおぼえで「たかせぶね」など詠《よ》まむここちぞしはべる。おほかた歌《うた》がらもひまおほかるやうに見《み》えはべめり。なほ《を》、海《うみ》の上《うへ》、舟のうちの月ならば、さしのぼらんもよくはべりなむかし。また《又》、右歌、三十一字とるべきところなくは詠《よ》みてはべらむ。左《ひだり》におとれりとはおぼえず。されど、みかさの山《やま》の神にことよせたてまつりたる、わづらはし。さらば、いかでかかたさりたてまつりはべらざらむ。

〈裏書〉右歌、ことばだびたり。左歌、たけたかし。かちとや申す《可申》べからん。

〔現代語訳〕　三番　左勝　殿下

5 神がおわしますみかさの山に、月の光が白い木綿《ゆふ》をかけるように、ちょうど夕方の時間帯にかけて、光をさして月がのぼってくるなあ。

右　定信

6 自分ひとりが入っていく、いるさの山と思っていたのに、先に住んで、澄んだ光を放っている秋の夜の月。

左の歌、月は早朝に照るというのならば、「夕かけてしも」と詠むでしょうが。「さしのぼる」など詠んでいるところも、月の歌とは思えなくて高瀬舟などを詠んでいるような気持ちがします。全体的に歌の詠み方も隙間が多くことばがつながっていないように見えます。やはり、海の上や舟の中からみる月ならば、「さしのぼる」ということばもふさわしいはずですよ。また、右の歌は三十一文字不要なことばもなく詠んではいます。左の歌より劣っているとは思いません。けれども左の歌が三笠山の神をお詠みしているのがやっかいです。それでは、気を遣わないわけにはまいりません。

〈裏書〉右の歌、ことばの音が濁っている。左の歌、ことばがなめらかにつながっている。勝ちと申すべきでしょう。

〔語釈〕 5 **○神のますみかさの山** 「みかさ山」は大和国、現在の奈良県奈良市にある。「神のます」は、みかさ山のふもとに藤原氏の氏神をまつる春日大社があることによる。「けふまつるみかさの山の神ませばあめのしたにはきみぞさかえん」（後拾遺集・神祇・一一七八・範永）**○ゆふかけてしも** 「し」「も」は強意の助詞で、「ゆふかけて」を強調する。「ゆふ」は「木綿」と「夕」の掛詞、「木綿」は「神」の縁語。月の光の白さを木綿の白い色と見立てた絵画的な表現といえよう。（↓元永元年十月十三日「千鳥」11）**○さしのぼるかな** 光がさして、月がのぼると詠んでいるが、判はそれを批難する。

6 **○いるさの山** 但馬国、現在の兵庫県豊岡市にあるという。地名に「入る」を掛けている。**○まづすみまさる** 月の光が「澄み」と月が「住み」が掛詞である。月が空にあることを、月を擬人化して「住む」と詠んでいる。

〈判〉判定は左の勝ち。**○月はつとめて照るなどいへるものならばこそ** 月が早朝も夕方も照るのなら、「ゆふかけてしも」と夕方を強調する意味があるが、そうではないということ。歌合の判ではよくある批難である。一見理にかなっているようだが、あまり意味が無い。**○たかせぶねなどよまむここちぞしはべる** 「さしのぼる」という語句は、「いしまゆくいはなみたかしたかせぶね月いでてこそさしものぼらめ」（関白殿蔵人所歌合・一六）「かはぶねもさしのぼるらんさみだれにわたるべきせもなくなりにけり」（六条右大臣家歌合・六）のように、「舟」とともに詠むことが多い。月が「さしのぼる」と詠んだ例はみあたらない。**○歌がらもひまおほかるやうに見えはべめり** 和歌を評して「ひま多し」と述べた例はほかには見あたらない。次項参照。**○なほ、海の上、舟のうちの月ならば…**

海、舟などのことばがあれば、棹をさしてのぼるという縁語表現が生きてくる。前項でいう「ひま」すなわち隙間とは、こうしたつながりのあることばが抜け落ちていることをいうか。**〇いかでかかたさりたてまつりはべらざらむ**　「かたさる」は気を遣う、遠慮するという意。反語表現を用いており、藤原氏の氏神であるみかさの山の神に気を遣わないわけにはいかないというのである。（→元永元年十月二日「残菊」三番29補説）

〈裏書〉判定は左の勝ち。裏書判は詳しい論評もなく、左の忠通の歌を勝ちとしているが、表の判では、左の歌の問題点を指摘しつつ、藤原氏の神を詠んでいるので負けにできないという。右の歌が優勢であるような判詞である。忠通から自詠への論評を求められたか。**〇ことばだびたり**　音が濁っていること。「だみたり」に同じ。天徳四年（九六〇）内裏歌合では「ゆくはるのとまりをしふるものならばわれもふなでておくれざらまし」（「暮春」28博古）の歌について、「右歌、ことばだみたるやうなり、うたがらおとれり」と難じている。下の句に濁音がつづいているためであろう。その他の歌合判詞には見あたらない。**〇たけたかし**（→補注）

〔他出〕　5田多民治集・七五「保安二年九月十二日歌合、山月」

〔参考〕　5治承三年右大臣家歌合・九番「月」の判「裏書云、法性寺殿内大臣の時の歌合に山月神のますみかさのやまの月影はゆふかけてしもさしのぼるかな」

〔補注〕　**たけたかし**　歌合の判詞に「たけたかし」ということばを用いたのは基俊が最初である。裏書では「ことばだびたり」という右の歌と比べて、左の歌を「たけたかし」と評している。また、「恋」七番55の判では「たかくやはべらん」とあるが、「むげにつぶぎれに」という左の歌と比べて、右の歌を「たかく」と評している。ここから考えると、ことばがなめらかにつながっているという意味が適当か。俊成もこの評語を用いたが、『定家十体』の中にも長高様がある。

四番　左　　　　雅光

7 月影を待《ま》つも惜《を》しむもくるしきにいづらなるらむやまなしの里《さと》

右　　　師俊

8 いさらなみはれにけらしなたかさごのをのへの空《そら》にすめる月影《かげ》

左歌、待《ま》つも惜《を》しむもくるしくて、やまなき里《さと》、求《もと》むらむこそ、むげに月のおぼえうすくて、もてあそばむの心もなきやうに見《み》えはべれども、右歌の「いさらなみ」とはなににかはべらん。ふるき歌《うた》にも見《み》えたるところもはべらず。また《又》、「をのへの空《そら》にすめる月かげ」などもおほかたおもひ得《え》たるところなくおぼえはべれば、なほ《を》、左《ひだり》は今すこしよろしきにや。

〈裏書〉右歌、「いさらなみ」とあるはなにの名ぞ。おぼつかなし。方人申云、雲の名なり《也》。判者云、さらば証歌あるべし。方人申云、万葉集の歌なり《也》。判者、その歌を問ふ《問其歌》。方人、陳べず《不陳》。よつて《仍》左勝つ。

〔現代語訳〕　四番　左　　　雅光

7 月の出を待つのも、月の入りを惜しむのも心苦しいので、どこにあるのだろうか、山が無い里は。

右　　師俊

8 雲は晴れてしまったなあ。たかさごの尾上の空に住んで、澄んだ光をはなつ月。

左の歌、待つことも惜しむことも心苦しくて、山の無い里を探しもとめるようなことは、ひどく月の存在感が薄くて、興じ楽しもうという心も無いように見えますが、右の歌の「いさらなみ」とはなんでしょうか。昔の歌でも目にしたこともありません。また、「尾上の空にすめる月かげ」などもほとんど工夫したことも無いように思いますので、やはり左はもうすこしよろしいのでは。

〈裏書〉右の歌、「いさらなみ」とあるは何の名か。疑わしい。方人が申す、雲の名である。判者がいう、それならば証歌があるはずだ。方人が申す、万葉集の歌である。判者がその歌を問う。方人は述べない。よって左の勝ち。

〔語釈〕 7**〇待つも惜しむも**　月の出を待つのも、月の入りを惜しむのも。月は山の端からでて、山の端に沈むので、山が無ければもっと長い時間見ていられるというのである。**〇いづらなるらむ**　どこにあるのだろうか。**〇やまなしの里**　山が無い里。固有名詞ではない。「ほかよりもひかりひさしくさやけきはつきのかくるるやまなしのさと」（国基集・三三「無山里月」）の例がある。

8**〇いさらなみ**　「いさら」は接頭語で、小さい、細いという意味をそえる。したがって、文字通りに読むと細波《さざなみ》と同じ意味になる。空にたつ細波という比喩表現であろう。だが、裏書によると、この歌の作者や右方の人たちは「雲」と考えている。また、本歌合の末尾にある筆者不明の注記には「いさらなみとは、きりのなりとぞ。たれかしらぬことぞ。よろづのずいなうにはべり」とあるが、これは後代に清輔が著した『奥義抄』（物異名の項）と『和歌初学抄』（物名の項）に「霧」とあるのに一致している。**〇たかさごのをのへ**　『俊頼髄脳』は「山守はいはばいはなん高砂のをのへの桜折りてかざさむ」（後撰集・春中・五〇・素性法師「花山にて道俗さけらたうべけるをりに」）を引いて、「この素性が歌おほかたの山の名をたかさごといふことのあれば、をのへといへるは山に尾《を》といへる所あれば、そのをのへにといへるなり」という。また『隆源口伝』にも「高砂といふにあらそひあり。…高砂とはよろづの山をいふなるべし」とある。判詞ではふれられていないが、播磨国の高砂とは別に、まわりよりも高くなっているところ、つまり、山そのものを「高砂」という説があった。右8の歌は、歌題の「山月」の「山」にあてはまることばとして「たかさご」を用いている。

〈判〉判定は左の勝ち。裏書の判定と異なる。**〇むげに月のおぼえ薄くて**　月を見ることを心から楽しみにしているからこそ、月の出を待ったり、月が沈むことを惜しむ気持ちになるはずなのに、負の感情ばかりを強調していることをこのようにいう。題に対する思いが弱いのである。元永元年十月二日「時雨」十番19の俊頼判にも「しぐれすげなきやうに聞こゆ」とある。**〇もてあそばむの心**　風物や事物のよさを愛で楽しむ心。古今集真名序に「為耳目之翫」とある。

〈裏書〉判定は左の勝ち。**〇証歌あるべし**　基俊の判は、典拠となる先行表現があることを重要視する。本文《ほんもん》を確かめるのも同じことである。（→一番1裏書判）**〇万葉集の歌なり**　現存する万葉集の本文に「いさらなみ」の用例は見あたらない。難しそうなことばなので、とっさに「万葉集の歌」とごまかしたか。（→元永元年十月二日「残菊」八番39俊頼判）

五番　左持　宗国

9 もみぢする山《やま》の端《は》にすむ月影《かけ》はいとどひかりぞさしまさりける

右　道経

10 もみぢするかがみの山の月影はひかりことにぞてりまさりける

この歌《うた》、左も右もこころもことばもただおなじやうにはべれば、いづれまされりと見《み》えはべらず。

〈裏書〉左右皆おな《同》じさま《様》なり《也》。持とや申すべからん。

〔現代語訳〕　五番　左持　宗国

9 紅葉する山の端に住む、澄んだ月の光は、紅葉に映えてますます光があざやかに見えるなあ。

右　道経

10 紅葉する鏡山の月は、紅葉に映え、鏡に照らされて、光が格別に輝いてみえるなあ。

この歌は右も左も、心も詞もただ同じようですので、どちらかが勝っているというようには見えません。

〈裏書〉左右みな同じようである。持と申すのがよいだろう。

〔語釈〕　9**○いとどひかりぞさしまさりける**　「いとど」はよりいっそうという意。末尾の「ける」は詠嘆の助動詞。紅葉によって月の光がいっそう明るくみえるという表現は、「つねよりもてりまさるかな山のはのもみぢをわけていづる月影」（拾遺抄・雑下・五〇三・貫之）による。

10**○かがみの山**　近江国、現在の滋賀県野洲町と竜王町との境にある山。「鏡」を掛ける。本歌合に近い時期の用例に「かがみやまみねよりいづる月なればくもるよもなきかげをこそみれ」（金葉集・秋・一九六・紀伊、高陽院七番歌合）がある。**○ひかりことにぞてりまさりける**　「ことに」は格別に。左9の歌と同じく、山一帯が紅葉している上、「鏡」に照らされているのである。

〈判〉判定は持。歌が似ているので勝負がつかない。

〈裏書〉判定は持。

六番　左勝　　重基

11 秋の夜の月のひかりのもる山《やま》は木《こ》の下《した》かげもさやけかりけり

右　　時昌

12 神のすむみかさの山《やま》の月なれどかりそめにきる雲だにもなし

左歌、すがた心ともにいとをかしうよまれてはべめり。右歌、「かりそめにきる雲だにもなし」と。いかに詠《よ》めりといふ心、えしりはべらず。難《なむ》ずるにもおよばず。このみかさの山の神、おなじ心にわづらはしく侍れども、ことのほかならむをばことわりにごらんじゆるしてむとぞ思ひたまふる。

〈裏書〉右歌、「きる」といふことば心得《え》ず。「あまぎる雪」などと詠《よ》めるは、雪の降《ふ》るが霧《き》りてみゆるを詠《よ》めるなり。雲を「きる」とよめる証歌不審なり《也》。左歌、ことなる難なし。左を勝ちとす《為勝》。

〔現代語訳〕　六番　左勝　　重基

11 秋の夜の月の光が漏れてくる、もる山は木の根元のあたりも光が澄んでいて明るいなあ。

右　　時昌

12 神のすむといふみかさのやまの月だけれど、笠が無いばかりか、一時的に月をぼんやりさせる雲さえも無い。

左の歌、姿、心ともにとてもすばらしく詠まれています。右の歌、「かりそめにきる雲だにもなし」とどういうつもりで詠んでいるのか心が理解できません。批難するまでもありません。この三笠の山の神も、おなじで気がとがめますが、とても話にならないので、負けるのももっともなことと神もご覧になってゆるしてくださると思っております。

〈裏書〉右の歌、「きる」といふことばが理解できない。「あまぎる雪」などと詠んでいるのは、雪が降るようすが霧がかかったように見えるのを詠んでいるのだ。雲を「きる」と詠んでいる証歌があるのかはあやしい。

左の歌、これといって欠点は無い。左を勝ちとする。

〔引用歌〕　梅花それとも見えず久方のあまぎる雪のなべてふれれば（古今集・冬・三三四・不知）

〔語釈〕　11 ○もる山　近江国、現在の滋賀県守山市にある山。「漏る」を掛けている。「しら露も時雨もいたくもる山は下葉のこらずいろづきにけり」（古今集・秋下・二五六・貫之）がよく知られていて、ほとんどの用例は、露や雨などのしずくが漏る山と詠んでいる（↓元永元年十月二日「時雨」九番17）。左11の歌のように「月の光」が漏れると詠んでいる例は、本歌合より前には見あたらない。**○木の下かげ**　木の根元のあたり。**○さやけかりけり**　「さやけし」は光が澄んでいて明るいこと。「けり」は詠嘆の助動詞。

12**○神のすむみかさの山**　地名に「笠」を掛けている。**○かりそめにきる**　一時的に月をぼんやりさせる。笠を「着る」と「霧《き》る」が掛詞である。（↓補説）**○雲だにもなし**　「だに」は、一つの事柄をあげて、別の事柄を類推させる。「みかさの山」なのに、月を完全に隠す笠が無いと言外にいうのである。

〈判〉判定は左の勝ち。**○このみかさの山の神、同じ心にわづらはしく…**　藤原氏の氏神を詠んだ歌を負けにすることについてくどくどといいわけをしている。「同じ心」とは三番5の判に「三笠の山の神にことよせたてまつりたるわづらはし」とあることをさす。**○ことのほかならむを**　下句の「かりそめにきる雲だにもなし」という表現を、判者の基俊は強く批難している。俊頼は、右12の歌の第四句を「かりそめにゐる」として、金葉集初度本に採っている。

〈裏書〉判定は左の勝ち。**○あまぎる雪**　雪が降ったために、霧がかかったように、空がどんよりと曇ること。引用歌にあげた古今集三三四番歌に例がある。また、『綺語抄』は「あまぐもきりあひ」の項目をたてて「雪のふるをりくもれるをいふ」と記し、万葉歌の「うちなびきはるさりくればしかすがにあまぐもきりあひ雪は降りつつ」（巻十・一八三二）を引く。

【他出】

11詞花集・秋・九九「関白前太政大臣の家にてよめる」　12金葉集初度本・秋・三〇二「摂政左大臣家にてよめる」、金葉集二度本橋本公夏筆本（解題五五）「摂政左大臣家にて山月といへることをよめる」第四句「かりそめにゐる」

【補説】　**きる**　万葉集には「いもがきるみかさのやま〈妹之著三笠山尓〉」（巻六・九八七）「きみがきるみかさのやま〈君之服三笠之山〉」（巻十一・二六七五）などの例がある。『萬葉集注釋』は前の例に「妹が着る」と漢字をあて、

「み笠の枕詞。ここに一つ見える即興的なもの」と注する。これらの万葉集の用例を利用して詠んだのであろう。

七番　左持　親隆

13 みわの山杉間《やますきま》もりくるかげみれば月こそ秋のしるしなりけれ

右　為真

14 いこま山木繁《やまこしけ》きものをいかにして谷《たに》のをがは《河》に月のすむらん

この歌《うた》、左右、かちまけさだめがたし。

〈裏書〉左右ことなる難なし。よつ《仍》て持《為持》とす。

〔現代語訳〕　七番　左持　親隆

13 みわのやま、杉の間からもれてくる光をみると月こそが秋のしるしだったのだ。

右　為真

14 いこまやまは木が密に生い茂っているのに、どのようにして谷の小川に月がすんでいるのだろうか。

これらの歌は、左右の勝ち負けを定めるのが難しい。

〈裏書〉左右、特に批難すべきこともない。よって持とする。

〔語釈〕　13 **○みわの山**　大和国、現在の奈良県桜井市にあり、「しるしの杉」で有名である。「ふるさとのみわのやまべをたづぬれどすぎまの月のかげだにもなし」（後拾遺集・雑二・九四〇・素意法師）（→元永二年「尋失恋」48）**○月こそ秋のしるしなりけれ**　「こそ」は月を強調し、よく知られた杉ではなく、月が目印だったのだとひとひねりしている。

14**〇いこま山**　大和国と河内国、現在の奈良県と大阪府の境にある。伊勢物語二三段では「高安の女」が「君があたり見つつを居らむ生駒山雲なかくしそ雨は降るとも」と詠んでいる。**〇木繁きものを**　木が密集して生えているのに。「ものを」は逆接の接続助詞。「相坂のせきの杉むらこしげきにまぎれやすらんかひの黒駒」（堀河百首「駒迎」七八四・河内）**〇いかにして**　どのようにして。木が密集しているので、月が木の間に「すむ」のは難しいだろうにというのである。**〇谷のをがは**　本歌合より前には、この語句の用例が見あたらない。**〇月のすむらん**　「澄む」と「住む」が掛詞。ここでは美しく光っている月が川の水面に映っているようすを「すむ」という。

〈判〉判定は持。

〈裏書〉判定は持。

【他出】　13金葉集二度本橋本公夏筆本（解題・四八）「摂政左大臣家にて山月といへる事をよめる」

一番　野風　左　　　俊頼朝臣

15　けさみればはぎをみなへしなびかしてやさしの野辺の風のけしきや

右勝　　　基俊

16　たかまとの野路《ち》のしのはらすゐさわぎそそや秋風けふ吹きぬなり

左歌、「はぎをみなへしなびかして」といふもじつづき、「やさしの野辺《べ》」などまで、いと見《み》どころなくはべめり。誹諧の体の、ことばゆかぬにてこそ侍めれ。右歌、さまもいとたかく、ことばをかしうはべれば勝《か》つべきにやと思ひ給ふるも、いかがはべらん。

〈裏書〉左方人、右歌の「そそや」といふことばをすこぶるあざけり申《まう》す。判者云、左歌、「なびかして」と[1]

いふことばいみじく褻《け》なるさまなり。上句すこぶるちからもなきやうなり。右歌、「そそや」とよめるは、曾禰好忠歌に「そそや秋風ふきぬなり」とよめれば証歌なきにあらず。されば右をやまされりと申すべからん。

〔校訂付記〕 1といふことは（語釈）―といふとは（類）

〔現代語訳〕 一番　野風　左　　俊頼朝臣

15 今朝見ると萩や女郎花を風がなびかせて、美しい女性がしなだれかかっているように優美な、野辺に吹く風のけしきだなあ。

右勝　　基俊

16 たかまとの野路の篠原は、葉の先のほうがゆれて、そうそう、そよそよと秋風が今日吹いたのだ。

左の歌、「はぎをみなへしなびかして」という言葉遣い、「やさしののべ」などまで、たいして見所もないようです。誹諧のありさまで、ことばが十分に伝わらないようです。右の歌、全体の様子もなめらかにつながっていて、ことばも美しいので勝つはずだと思っていますが、いかがでしょうか。

〈裏書〉左方の人は、右の歌の「そそや」という語句をひどくばかにしました。判者がいう、左の歌「なびかして」というとは、ひどく日常語にちかいようです。上の句はひどく力がぬけているようです。右の歌、「そそや」と詠んでいるのは曾禰好忠の歌に、「そそや秋風ふきぬなり」と詠んでいるので証歌がないわけではありません。だから右が勝っていると申すべきでしょう。

〔引用歌〕 をぎの葉にそそやあきかぜ吹きぬなりこぼれやしぬるつゆのしらたま（詞花集・秋・一〇八・大江嘉言）。詞花集では作者が好忠ではなく、大江嘉言となっている。

〔語釈〕 15 **○はぎをみなへしなびかせて**　「はぎ」には萩の花という意味のほかに、人の足の膝の下からくるぶしの上の部分にあたる脛《はぎ》という意味がある。「いつしかとまたく心をはぎにあげてあまのかはらをけふやわたらむ」（古今集・誹諧歌・一〇一四・兼輔）。また、「をみなへし」は元永二年の歌合の「草花」題でも多く詠まれているが、女郎花という文字をあてて、女性を連想させる。左15の歌は、風になびく草花の様子を詠みながら、美しくしなやかな女性が脛をあらわにした艶めかしいイメージを重ねているのである。作者の俊頼が好んだ表現のようで、忠通との私的な和歌の贈答でも「おのづからはぎ女郎花咲きそめて野べもや秋のけしきなるらん」（散木集・三五六）と詠んでいる。**○やさしの**　優美な。「けしき」にかかる。

16**○たかまと**　大和国、現在の奈良県奈良市に高円山がある。「たかまど」と濁って読まない。**○野路**　野の中の道。「あづまぢののぢの雪まをわけてきてあはれ宮この花を見るかな」（拾遺抄・雑上・三八九・長能）「ふみしだきあさゆくしかやすぎつらむしどろに見ゆるのぢのかるかや」（雲居寺結縁経後宴歌合「刈萱」七・道経）の例がある。**○すゑさわぎ**　葉の先がゆれてそよそよと音をたてるのである。**○そそや**　それそれ、そよそよと。驚きや感動を示すときに発する感動詞と風の音の擬音語との掛詞と解した。古今集にも「ひとりして物をおもへば秋のよのいなばのそよといふ人のなき」（恋二・五八四・躬恒）の「そよ」のように、風の擬音語とあいづちをうつときに発する語との掛詞の用例がある。後代の例になるが、「いつしかと荻の葉むけのかたよりにそそや秋とぞ風もきこゆる」（久安百首・秋・三二一・崇徳院）と詠まれている。

〈判〉判定は右の勝ち。**○誹諧の体**（↓補説）**○さまもいとたかく**（↓「山月」三番5補説）

〈裏書〉判定は右の勝ち。**○なびかしてということば**　底本は「といふとは」。「とは」の前に「こ」を補入した。**○いみじく褻《け》なるさまなり**　「なびかして」は、和歌に詠まれるべき雅語ではなく、日常語にちかいという意。「なびかして」の和歌の用例はほとんどない。（↓補説）**○そそやとよめるは曾禰好忠歌に…**　基俊は左方の人々が「そそや」という語句をひどくばかにしたことに対して、好忠の名前を出し、歌の一部を引用して反論している。当時の人々の間で好忠は人気があったようである。

〔他出〕 15散木集・四一〇「殿下にて野風といへる事をよめる」 初句「ゆふされば」
16新古今集・秋上・三七三「法性寺入道前関白太政大臣家の歌合に、野風」新編国歌大観は第四句「そらや木がらし」とするが、「そゝや」の誤読であろう。『定家十体』にもとられている。

〔補説〕 **褻なるさま** 「庭露」四番35の判にも「さきすさびたるこそいみじう褻《け》におぼえはべれ」とあるが、歌合の判で「褻」と評したのは本歌合の基俊判が初めてだと思われる。後の歌合でも、用例は多くないが、俊成が別雷社歌合（一一七八年）で「すゑの句にかくすといひはてたるにやすこし褻なる心ちし侍らん」(60)、治承三年（一一七九）右大臣家歌合で「ゆづらましとおきてぬしとなりなばといへる詞やすこし褻《け》なる様に侍らん」(10)などと用いている。判詞にいう「褻」とは、和歌のことばらしくない、日常の生活で用いることばという意味。似た意味を持つ評語に「つねのことば」(↓元永二年「草花」七番13又判)がある。

誹諧の体 判者基俊は中宮亮顕輔家歌合（一一三四年）でも「ひたぶるに思ひたえてもあるべきにあなむつかしの心なさけや」(64)の歌に対して「右歌、已存誹諧之体、尤為誑誕」といっている。「誑誕」とは、でたらめをいう、大げさにいうなどの意である。『俊頼髄脳』に「次に誹諧歌といへるものあり。これよく知れるものなし。又髄脳にも見えたることなし。古今についてたづぬれば、ざれごと歌といふなり。よく物いふ人の、ざれたはぶるるが如し」とあり、よく口の回る人がふざけて冗談をいうようなものと説明されている。歌合の判詞でも、承暦二年（一〇七八）内裏歌合で「みぎもざれうたなりとて、持とさだめられしも、ざれうたとはいかなるをいふにかとて、いらへまほしかりし」(6)、源宰相中将家和歌合（一一〇〇年）では「左の歌は、ざれごと歌にこそ侍るめれ」(3)と、「ざれ歌」「ざれごと歌」の例があるが、本歌合以降は「誹諧の体」というようになったようで、太皇太后宮亮平経盛朝臣家歌合（一一六七年）の清輔判、別雷社歌合（一一七八年）や六百番歌合（一一九三年）の俊成判でも「誹諧」という評語が用いられている。

二番　左勝　　上総

17 風はやみうへのの尾花《をはな》おきふすを須磨《すま》の浦波《うらなみ》たつかとぞ見《み》る

右　　明賢朝臣

18 たびごろも野路《ち》のくさぶし寒《さむ》けきに風もおなじくゆふゐせよかし

左歌、「風ふけばうへのの尾花《をはな》おきふすを」などまでは、すゐいかなることかあらむずらんとおもふほどに、「須磨《すま》の浦波《うらなみ》たつかとぞみる」と詠《よ》める、いとおもはずなり。「うのはなさけるたまがはのさと」などこそ、「波《なみ》のしがらみかくる」もげにとおぼえはべれ。この「須磨《すま》の浦波《うらなみ》」はいとこちたく、尾《を》花はさまでお《を》しこりて生《お》ふるものにてもはべらず。ひとむらづつなどこそ秋野にもまねきはべめれ。右歌の「たびごろも野路《ち》のくさぶし」こそ、また《又》心も得《え》ず。さをしかこそ「をののくさぶし」はしはべれ、[1]たびゆく人の「のぢのくさぶし」は、なほ《を》、ふるき歌《うた》のさやうによみたるこそおぼえはべらね。また《又》、風も「ゆふゐせよ」などいへるわたり、いふにもたらずおぼえはべれば、なほ《を》、「須磨《すま》の浦波《うらなみ》」のすこしはたちまさるべきにや。

〈裏書〉左歌、尾花《をはな》、なみににたりとよめる証歌不審なり《也》。右歌、「野ぢのくさぶし」はおほく鹿《しか》の歌《うた》にぞ詠《よ》める。されば、「をののくさぶし」などと詠《よ》めり。人の「くさぶし」といふ本文ありや。方人申云、「いせのはまをぎをりふせて」と詠《よ》めれば、「くさぶし」と詠《よ》めるもなどかとこそきこえはべれ。判者云、「いせのはまをぎ」の歌《うた》はこの証歌にひくべからず。その義すでにことなり。左右歌、皆よろしからず《不宜》。ただし《但》、右歌難多ければ、左をやまされりと申すべき。

〔校訂付記〕

17 1たひゆく人ののちの（意改）―たひゆく人のちの（類）

〔現代語訳〕 二番　左勝　上総

17 風がはげしいので、高いところにある野の尾花が風になびいて上下に波打つようにゆれている様子を、須磨の浦波がたつのかとみる。

右　明賢朝臣

18 たびにでて、野の中の道で草の上で寝るのは寒そうなので、風も私と同じように、夕方はとどまってくれよな。

左の歌、「風ふけばうへのの尾花おきふすを」などまでは、下句にはどういうことがあるのだろうと思ううちに、「すまのうらなみたつかとぞみる」と詠んでいるのは全く予想外です。「うのはなさけるたまがはのさと」などこそ、「なみのしがらみかくる」もなるほどと思います。この「すまのうらなみ」はとても大げさで、尾花はそれほどまでかたまって生えるものではありません。ひとかたまりずつなどが秋の野でまねくのです。右の歌の「たびごろも野ぢのくさぶし」は、また、理解できません。さを鹿は「をののくさぶし」をするでしょうが、たびゆく人の「野ぢの草ぶし」はやはり昔の歌でそのように詠んでいる例は思いあたりません。また、「風もゆふゐせよ」などといっているあたりは論外だと思いますので、やはり「須磨の浦波」がすこしは勝っているでしょうか。

〈裏書〉左の歌、尾花が波に似ていると詠んでいる証歌は不審である。右の歌、「野路のくさぶし」は多くは鹿の歌に詠んでいる。だから、「をののくさぶし」などと詠んでいる。人がくさぶしするという先例はあるだろうか。方人が申す、「伊勢の浜荻をりふせて」と詠んでいるので、「くさぶし」と詠んでいることもどうしてないといえようかと思います。判者がいう、「いせのはまをぎ」の歌はこの証歌に引くべきではない。その意味はことごとく異なっている。左右の歌はどちらもよくない。ただし右の歌に欠点が多いので、左が勝っていると申すべきでしょう。

〔引用歌〕 みわたせばなみのしがらみかけてけりうの花さけるたまがはのさと（後拾遺集・夏・一七五・相模）
神風やいせのはま荻をりふせて旅ねやすらむあらき浜べに（『俊頼髄脳』『綺語抄』、万葉集・巻四・五〇〇、新古今集・羇旅・九一一・不知）

〔語釈〕 17 **○うへの** 固有名詞ではなく、高いところにある野という意味。「おのづからすぎがてにするおほはらのうへののはぎにすがるなくなり」（万代集・秋下・一〇七〇・仲実）の例がある。**○須磨の浦波たつかとぞみる** 尾花すなわち薄が、風になびいて波打つように上下にゆれている様子を、浦波がたつと見立てている。尾花を波に例えるのは、俊頼が詠んだ「うづらなくまののいりえのはまかぜにをばななみよる秋のゆふぐれ」（金葉集・秋・二三九）による。この歌は堀河天皇の御前で探題和歌がおこなわれた時に詠まれた歌で、自らが撰集した金葉集にも採るなど、俊頼の自信作だったのであろう。なお、浦とは、海が陸地に入りこんだ部分をいい、浦波は浦にたつ波をいう。したがって浦波は須磨の浦に限定されるものではないが、「秋風の関吹きこゆる度ごとにこゑうちそふる須磨の浦なみ」（新古今集・雑中・一五九九・忠見）の例がある。

18 **○くさぶし** 草の上で横になること。万葉集に典拠がある。（↓判）**○寒けきに** 寒そうなので。**○風もおなじく** 風もここでとどまる私と同じように。**○ゆふゐせよかし** 夕方はとどまってくれよな。「ゆふゐ」の「ゐ」は「ゐる」の連用形が名詞化したもので、じっと動かないでいるという意味をもつ。すぐ上に「寒けきに」とあるので、風に同じところにとどまって吹けというのではなく、夕方以降は風は吹かないでほしいといいたいのであろうと考えて現代語訳したが、他に用例が見あたらず、判者も批難するようにわかりにくい表現である。文末の助詞「かし」は念押しをする用法。

〈判〉判定は左の勝ち。**○風ふけば**　左17の歌の初句「風はやみ」と相違する。**○いとおもはずなり**　まったく予想外の表現である。語釈17にあげた俊頼の「うづらなく」の歌は念頭に無いのだろうか。あるいは意識してのことか。以下、尾花を波に例える表現を批難している。**○うのはなさける…**　裏書判には見あたらない例歌である。引用歌にあげた相模の歌は、白い卯の花を白波に、つまり植物を波に見立てているところが左17の歌と共通している。**○ひとむらづつ**　薄は茎や葉がひとつの根元からかたまって生える。それを「ひとむら」という。「きみがうゑしひとむらすすき虫のねのしげきのべともなりにけるかな」（古今集・哀傷・八五三・三春有助）**○さをしかこそをののくさぶしはしはべれ**　万葉歌の「さをしかのをののくさぶし〈小野之草伏〉いちしろくわがとはざるにひとのしるらく」（巻十・二二六八）を典拠にして、このようにいう。また、関白頼通の時代に活躍した藤原家経は、「しかのねぞねざめのとこにかよふなるをののくさぶしつゆやおくらん」（後拾遺集・秋上・二九一）と、この万葉歌を利用して詠んでいる。

〈裏書〉判定は左の勝ち。**○をばななみににたりとよめる。証歌不審なり**　用例は多くないが、語釈17にあげた俊頼の「うづらなく」の歌より前に、和歌六人党の一人、頼実が「はなすすきほにいでてなびく秋風に野べはさながらなみぞたちける」（頼実集・五八）と詠んでいる。**○方人申云、いせのはまをぎをりふせてとよめれば**　引用歌の「神風や」の歌は、浜荻を「をりふせて」旅寝をすると詠んでいる。浜荻も草の一種なので、人が「草ぶし」をする証歌になると方人は主張するが、判者はあくまでも「草ぶし」という語句を用いているかどうかということにこだわっている。

三番　左　　　雅光

かるもかくゐなののはらの秋風にこやのいけみづささらなみたつ

20　右〔勝〕　　師俊

からさきやながらの山《やま》にあらねどもをささなみよるまのの秋風

此歌どもはただおなじほどにはべめれど、なほ《を》、「をささなみよるまののあき風」はよろしうはべめり。〈裏書〉左歌、「かるもかくゐなの」とよめるはいかに心えたるぞや。雄略天皇の御時の事なり《也》。「ゐなの」とよめるはゐのししなき野とよめるなり。さればゐなき野にはなにのかるもはかくべきぞ。方人申云、「ゐなの」とよまむとてかるもかくゐもなきのとよそへてよめるなり。ゐのししのありなしはその難はべるべからず。判者云、陳じ申す旨、なほ《を》うちまかせたらず。右歌ことなる難《なん》なければかちとや申すべからん。

〔現代語訳〕　三番　左　　雅光

19　枯れ草をかき集めて寝床にする猪の名をもつ、ゐなののはらの秋風によってこやのいけみづに小さな波がたつ。

右勝　　師俊

20　からさきのながらのやまではないけれど、風に揺れる笹がさざ波のように見えるまのの秋風だよ。

これらの歌はただ同じ程度の出来のようですが、それでも「をささなみよるまののあき風」が良いように思います。

〈裏書〉左の歌、「かるもかくゐなの」と詠んでいるのはどのように考えているのか。雄略天皇の御時のことです。「ゐなの」と詠んでいるのは、猪無き野と詠んでいるのです。だから、猪のいない野でどんな「かるも」がかけるのでしょうか。方人が申す、「ゐなの」と詠もうと思って「かるもかく猪も無き野」と言寄せて詠んでいるのです。猪の有り無しは、批難すべきではありません。判者がいう、申し述べる内容はやはり受け入れられません。右の歌はとくに欠点もないので勝ちと申しましょう。

〔語釈〕 19 **○かるもかく**　いのししが枯れ草をかき集めて寝床にする。「かるもかきふすゐのとこのいをやすみさこそねざらめかからずもがな」（後拾遺集・恋四・八二一・和泉式部）による。『俊頼髄脳』はこの歌をあげて「是は猪の穴をほりて、いりふして上に草をとりおほひしてふしゐれば四五日もおきあがらでふせるなり」と、猪を詠んだ歌であることを説明する。和泉式部の歌は当時よく知られていたようで、24の歌には「ふすゐのとこ」が詠まれている。**○ゐなの**　摂津国にある野。現在の大阪府池田市から兵庫県尼崎市、伊丹市、川西市まで広がる。『俊頼髄脳』は「昔雄略天皇の野にてかりし給ひけるに、…ゐなのとはゐのししのなかりければいふなりとぞ申しつたへたる」と地名の由来を解く。左19の歌は、「かるもかく」と「ゐなの」を結びつけて詠んだ例としては初出。猪からの連想で「かるもかくゐなの」とつづけたのであろう。**○こやのいけみづ**　昆陽池《こやのいけ》は兵庫県伊丹市にある。堀河百首に「しながどりゐなのふしはら風さえてこやの池水こほりしにけり」（「凍」九九九・仲実、金葉集・冬・二七三）の例がある。**○ささらなみ**　小さい波。「ささなみ」に同じ。

20 **○からさき**　滋賀県大津市、琵琶湖西岸の地名。万葉集に「ささなみのしがのからさき〈辛碕〉さきくあれどおほみやひとのふねまちかねつ」（巻一・三〇）などの例がある。平安時代には種々の祓をおこなう重要な場所だった。「氷ゐし志賀のからさきうちとけてさざ浪よする春風ぞふく」（堀河百首「立春」・匡房、詞花集・春・一）**○ながらの山**　からさきの南側にある山。「さざなみのながらの山のながらへてたのしかるべき君がみよかな」（拾遺集・神楽歌・五九九・能宣）のように「長らえる」すなわち長生きをするという、好ましい語感をもつ地名である。**○をささなみよる**　「をささ」は笹のこと。「をささなみよる」に、細かくたつ波という意味の「ささなみ」を掛けている。**○まの**　滋賀県大津市、琵琶湖西岸の地名。からさきから十キロほど離れている。「うづらなくまののいりえのはまかぜにをばななみよる秋のゆふぐれ」（金葉集・秋・二三八・俊頼）

〈判〉判定は右の勝ち。

〈裏書〉判定は右の勝ち。**〇かるもかくゐなのとよめるは…**　判者の基俊は、「ゐなの」すなわち猪のいない野なのに、猪が「かるもかく」と詠むのはおかしいと批難する。和歌をことばどおり正確に解釈しようとする基俊の判の特徴がよくあらわれているが、杓子定規すぎる感があり、方人が反論している。後日まとめられた判には、判者と方人が「かるもかく」について論議したことが記されていない。

四番　左勝　親隆

21 うづらなく交野《かたの》にたてるはじもみぢ散《ち》りぬばかりに秋風ぞふく

右　為真

22 秋風の尾花《をはな》ふきまくゆふざれは野辺には雪のふるかとぞみる

左歌、「はじもみぢ」こそむげに耳《みゝ》なれず、ことあたらしうはべれ。ははそかへでなどをおきて、はじもみぢをしも思ひよりはべるこそいとおもひかけず。たとひよむいろなりとも、はじのもみぢなどや詠《よ》むべからん。の文字《もし》なきが、いみじうことたらぬやうにおぼえはべるに、また《又》、右歌の「をばなふきまく」といへる、ふるき歌《うた》にも、かくよみたらん尾花《をはな》の歌《うた》、まだ見《み》はべらず。下《しも》の句《く》に「野辺《のへ》には雪のふるかとぞみる」といへるも、花の風にちるをこそ雪とぞみるなどはよみはべめれ、秋の尾花《をはな》の雪と詠《よ》みたるふる《古》歌《うた》こそ、え見《み》いではべらね。

あしの花をぞからの歌《うた》には雪によそへてつくりてはべるかし。かみしもに二義あれば、まことにをばなふきまくるにこそはべめれ。

〈裏書〉左歌、「はじもみぢ」ぞあたらしきやうにきこゆれど、歌《うた》ざまあしくも見《み》えはべらず。右歌、をばなを雪のふるに似《に》たりとよめるうたありや。またをばなをば「まねく」などとこそおほく詠《よ》みならへれ、「[1]ふきまく《まねく》」とはいかがあるべからむ。方人申云、「さくら吹きまく」とよめる歌《うた》はべれば、などかさもよそへはべらざらん。判者云、「さくらふきまく」といふは、花《はな》の散《ち》りたるが風《ぜ》にまきあげられたるなり。尾花《をはな》はさやうに風にまきあげらるべきものかは。されば陳じ申す証歌、その義ことなり。

よつて《仍》左まされりと見《み》ゆ。

【校訂付記】　1 ふきまく（語釈）—まねく（類）

【現代語訳】　四番　左勝　親隆

21 鶉が鳴く交野にたっているはじもみぢが散ってしまうほどに秋風がふくなあ。

右　為真

22 秋風が強く吹いて尾花をまきあげている夕暮れは、野辺には雪が降っているのかと思う。

左の歌、「はじもみぢ」こそひどく耳慣れない、新しいことばです。ははそかへでなどをおいて、よりによって「はじもみぢ」を思いついたのがとても思いがけないことです。たとえよむとしても、「はじのもみぢ」などとよむべきでしょう。「の」文字が無いのがひどくことば足らずのようにおもいますのに、また、右の歌の「をばなふきまく」と詠んでいますが、昔の歌にもこのように詠んでいる尾花の歌はまだ見ません。下の句に「のべには雪のふるかとぞみる」と詠んでいるのも、花が風に散るさまを雪と見るなどとは詠んでいるけれど、秋の尾花の雪と詠んでいる古歌は見いだすことができません。

あしの花を、漢詩では雪によそへて作っていますね。上下に二つの意味があるので、ほんとうに尾花は「ふきまく」のでしょう。

〈裏書〉左の歌、「はじもみぢ」は目新しいように聞こえるけれど、歌の様子は悪くはないようです。右の歌、尾花を雪が降るのに似ていると詠んでいる歌はあるだろうか。また、尾花を「まねく」などと多くは詠み慣らわしているのに、「ふきまく」とはどういうことか。方人が申していう、「さくら吹きまく」と詠んでいる歌がありますので、それになぞらえることができるでしょう。判者がいう、「さくら吹きまく」というのは、花が散っているのが風にまきあげられているのだ。尾花はそのように風にまきあげられるものだろうか。だから、例にあげておられる証歌は、意味が違うのだ。よって、左が勝っていると思われる。

〔引用歌〕 山かぜにさくらふきまきみだれなむ花のまぎれにたちとまるべく（古今集・離別・三九四・遍昭）

〔語釈〕 21 **○うづらなく**　鶉を詠んだ歌でよく知られているのは「野とならばうづらとなりて鳴きをらむかりにだにやは君は来ざらむ」（伊勢物語・第百二十三段）である。「憂し」「つらし」の語幹を掛けて、鶉の泣き声を「う、つら」と聞きなしていた。『綺語抄』は「うづらなくふりにしさと」と項目をたて、万葉歌の「うづらなくふりにしさとの秋はぎはおもふ人ともあひみつるかな」（巻八・一五五八、和漢朗詠集二二八・丹比国人・第二句「いはれののべの」）を引いている。**○交野**　摂津国、現在の大阪府枚方・交野市付近の台地。平安時代は皇室の狩猟場だった。**○はじもみぢ**　櫨《はぜ》の木の紅葉。襲の色目の名でもある。判で指摘されているとおり、この語句が和歌に詠まれたのは初めてである。**○散りぬばかりに**　散ってしまうほどに。「ぬ」は完了の助動詞。「ばかり」は程度を表す助詞。

22 **○をばなふきまく**　風が強く吹いて薄をまきあげている。**○ゆふざれは**　夕暮れは。**○雪のふるかとぞみる**　薄の穂先が枯れて白くなり風に飛んでいるさまを、雪にたとえている。

〈判〉判定は不明。**○耳なれずことあたらしうはべれ**（→「山月」二番3判）**○ははそかへで**　「ははそ」は主に楢の木をいう。「ははそかへで」の用例はみあたらないが、「ははそのもみぢ」は古くから詠まれている。「秋ぎりはけさはなたちそさほ山のははそのもみぢよそにても見む」〔古今集・秋下・二六六・不知〕「時ならではははその紅葉ちりにけりいかにこのもとさびしかるらん」〔拾遺集・哀傷・一二八四・村上天皇〕**○たとひよむいろなりとも**　「いろ」は「こと」などの誤写か。**○の文字なきが**　「はじもみぢ」を詠むにしても、「はじのもみぢ」と「の」文字を入れるべきだという。**○あしの花をぞからのうたには**　ここから後の部分は、「をばなふきまく」を批難している直前の部分と相違する。後から書き加えられたのであろう。「からのうた」とあるが漢詩の用例は不明である。

〈裏書〉判定は左の勝ち。**○あたらしきやうに聞こゆれど**　裏書判ではこのように記すだけだが、後日まとめられた判では「はじもみぢ」を強く批難している。**○ふきまくとはいかがあるべからむ**　類聚歌合には「まねく」とあるが、前後の文脈から判断して改めた。尾花に「まねく」と詠むのは普通のことである。ここでは「ふきまく」という語句を、引用歌の「さくら」だけではなく、「尾花」にも用いることができるかどうかが議論されている。基俊はいつものように、「尾花ふきまく」は認められないと主張している。

【他出】　21新古今集・秋下・五三九「法性寺入道前関白太政大臣家歌合に」

五番　左勝　　殿下

23　ありま山《やま》すそののはらに風ふけば玉藻《たまも》なみよるこやの池水《いけみつ》

右　　定信

24　秋ふかみ風《かせ》ふきとよむみやぎのにふすゐのとこもあれやしぬらん

左歌、すがた心ともに[1]もてあそぶべき〔ことな〕けれども、右歌の、みやぎのにとよむらん風こそいとおどろおどろしう、山や林などの風こそさはふきとよめ、こはぎがうはばふかむ風はつゆばかりやみだれはべらん。また《又》、みやぎのにはつまこふる鹿《しか》こそすむとしりてはべるに、「ふすゐのとこ」もききならはずぞおぼえはべる。されば左の勝《か》つべきとさだめ申しはべり。

〈裏書〉右歌、「風ふきとよむ」と詠《よ》める。万葉集などにはおほく「とよむ」と詠《よ》めれど、寛平九年歌合に鶯歌に「とよむ」と詠《よ》めるを、そのことばよろしからずとさだめられたり、また《又》、「山したとよみ」などとこそ詠《よ》めれ、野には「とよむ」と詠《よ》めるうたおぼえはべらず。草の葉《は》を音《おと》すと詠《よ》むは、竹《たけ》、荻《をぎ》の葉《は》などをこそあまた詠《よ》みならへれ。お《を》しなべて草《くさ》のとよまむことはいかがはべるべからん。左歌、すこぶる《頗》よろし《宜》きか《歟》。

〈校訂付記〉　1もてあそふへき〔ことな〕けれとも（語釈）―もてあふへき□□《本》　けれとも「けれとも」カラ次ノ行（類）

〈現代語訳〉　五番　左勝　殿下

右　定信

23　ありま山の裾野にある野原に風が吹くと、玉藻がなみよるこやのいけみづ。

24　秋が深いので風が吹きとよむみやぎのに、ふすゐのとこも荒れてしまうだろう。

左の歌は、和歌の詠みぶりも詠まれている心情もどちらも野風の美しさやよさを賞翫しよう〔としていませんが〕、右の歌の、みやぎのにとよむとかいう風はおどろくほどおおげさで、山や林などの風ならそのように音をたてて吹くでしょうが、小萩の上葉を吹くような風では、ほんの少し乱れるぐらいでしょう。また、みやぎ野には妻を恋い慕う鹿が住むと理解していますのに、「ふすゐのとこ」も聞き慣れないと思います。それで左が勝つべきだと定めました。

〈裏書〉右の歌、「風ふきとよむ」と詠んでいる。万葉集などでは多く「とよむ」と詠んでいるけれど、寛平九年歌合に鶯の歌に「とよむ」と詠んでいるのを、そのことばはよくないと定められています。また、「山したとよみ」などとは詠みますが、野には「とよむ」と詠んでいる歌は思い当たりません。草の葉が音をたてると詠むのは、竹、荻の葉などを多く詠み慣らわしています。総じて草が「とよむ」ようなことはいかがでしょうか。左の歌はとてもよいです。

〔語釈〕 23 **○ありま山**　摂津国、現在の神戸市北区にある有馬温泉の近くの山。万葉集に「しながとりゐなのをくればありまやま〈有間山〉ゆふぎりたちぬやどはなくして」（巻七・一一四〇、新古今集・羇旅・九一〇）の例がある。**○すそのはら**　山裾にひろがっている野原。堀河百首の「はる雨のふり初めしよりかた岡のすそのの原ぞあさみどりなる」（「春雨」一七一・基俊）「会津山すそののはらにともしすとほぐしに火をもかけあかしつる」（「照射」四二三・仲実）が初出例である。**○玉藻なみよる**　池の「玉藻」を詠んだ歌としては「わぎもこがねくたれがみをさるさはのいけのたまもとみるぞかなしき」（拾遺抄・雑下・五五五・人丸「さるさはのいけにうねべのみなげてはべりけるを見はべりて」）がよく知られている。また、永承四年（一〇四九）内裏歌合で伊勢大輔が詠んだ「池水のよよにひさしくすみぬればそこの玉藻もひかりみえけり」（新古今集・賀・七二三）の例がある。「なみよる」は玉藻が水中でゆれているさまを波に見立てたのであろう。**○こやのいけみづ**　ありま山の裾野にある原は「ゐなの」で、そこに「こやの池」がある。

24 **○かぜふきとよむ**　「とよむ」はあたりに響きわたるほどの音をたてること。鹿の声や流れる水の音、郭公の声を詠んだ例はあるが、風が吹いて「とよむ」と詠んだ例は見あたらない。（→裏書）**○みやぎの**　陸奥国、現在の宮城県にある。永久三年後度の歌合に出題されている。**○ふすゐのとこ**　猪の寝床。「かるもかきふすゐのとこのいをやすみさこそねざらめかからずもがな」（後拾遺集・恋四・八二一・和泉式部）の例がある。

〈判〉**○すがた心ともに**　和歌の詠みぶりも詠まれている心情もどちらも。**○もてあそぶ**　類聚歌合には「もてあふ」とあるが、「もてあそぶ」の誤写と考えて本文を改めた。「山月」四番7の判詞にも「もてあそばむの心もなきやうにみえはべれども」とある。対象となるものの美しさやよさを味わうという意。**〇〔ことな〕けれども**　類聚歌合の本文が乱れている。書写の際に本文が脱落したと考え、試みに語句を補った。（↓補説）**〇とよむらん風こそ**　歌合当日の論議が裏書にある。**〇こはぎがうはばふかむ風は**　宮城野の小萩は「宮木ののもとあらのこはぎつゆをおもみ風をまつごときみをこそまて」（古今集・恋四・六九四・よみ人しらず）によって、よく知られている。また「萩の上葉」は「あさなあさな鹿のしがらむ萩のえの上葉のつゆのありがたの世や」（玄玄集・一二七・増基）の例がある。**〇みやぎのにはつまこふる鹿こそすむと**　「つまよぶしか」を詠んだ長能の歌「みやぎのにつまよぶしかぞさけぶなるもとあらのはぎにつゆやさむけき」（後拾遺集・秋上・二八九）による。**〇ふすゐのとこも聞きならはずぞおぼえはべる**　宮城野の猪は先例が無いうえ、「ふすゐのとこ」という耳慣れないことばを用いていることを批難する。

〈裏書〉**〇万葉集などにはおほくとよむとよめれど**　『綺語抄』は「ほととぎすとよます」の項をたて、万葉歌の「ほととぎすなきとよませたちばなの花ちるにはをみむひとやたれ」（万葉集・巻十・一九六八）などを引いている。**〇寛平九年歌合に鶯歌にとよむとよめるを…**　寛平九年（八九七）とあるが、正しくは延喜十三年（九一三）。亭子院歌合の「郭公」題の歌「かたをかのあしたのはらをとよむまでやまほととぎすいまぞなくなる」（48）に対する、「かたをかのあしたのはらをとよむまでとあるを、とよむにくしとわらはれて、すゐはよまずしてまけぬ」という判があてはまる。亭子院歌合は宇多法皇の勅判でおこなわれた。元永元年十月二日「残菊」二番27の基俊判にも同じ判詞が引かれている。**〇山したとよみ**　古今集に「秋はぎにうらびれをればあしひきの山したとよみしかのなくらむ」（秋上・二一六・不知）、拾遺抄に「あしひきの山したとよみ行く水の時ぞともなくこひ渡るかな」（恋上・二九五、万葉集・巻十一・二七〇四）などの例がある。**〇草の葉を音すと詠むは、竹、荻の葉などを**　「竹」の例に「わがやどのいささむらたけふく風のおとのかすけきこのゆふべかな」（綺語抄による。万葉集・巻十九・四二九一）、「荻の葉」の例に「秋風の吹くにつけてもとはぬかな荻の葉ならばおとはしてまし」（後撰集・恋四・八四六・中務）などがある。**○おしなべて草のとよまむことはいかがはべるべからん**　判者は風に吹かれて鳴る草の音が響きわたると解釈しているらしく、音をたてる草を竹、荻の葉などと特定していないことを批難している。

〔他出〕　23田多民治集・八三「歌合、野風」

〔補説〕　**すがた心ともにもてあそふべき〔ことな〕けれども**　試みに、元の本文を推測して補った。判詞の論調は、左23の歌もあまり感心できないが、右24の歌の「とよむ」「ふすゐのとこ」という語句がよくないので、左の勝ちというものである。左の歌を手放しに褒めているわけではないので、〔　〕内には「もてあそぶ」を否定する語句が入ると考えた。「和歌の詠みぶりも詠まれている心情も、野風の美しさやよさを賞翫しようとしていませんが」という意味になる。

六番　左　宗国

25　秋の野の花《はな》ずりごろもふきかへしいろならなくに風ぞ身にしむ

右勝　道経

26　つねよりも身にしむものはさをしかのあさ立つ小野のくずのうら風

此歌ども、すがたただおなじほどにはべれども、左歌の、「秋の野の花《はな》ずり」とよめる、いづれの花《はな》してすれるにか。「はぎが花ずり」にこそははべ《侍》める。花《はな》とても、おしなべて、をみなへし、ふぢばかまなどにてするものならねば、なほ《を》、「秋の野の花《はな》ずりごろも」には、はぎが大切《たいせち》におぼえはべるなり。

右歌はことなる難なければ、右のかつべきにやはべらん。

〈裏書〉左歌、「花《はな》ずりごろも」とよめるは、なにの花してすれるころもぞ。「はぎが花ずり」などとこそよめれ、この歌《うた》にては「はぎが花ずり」のやうにいはまほしくこそみゆれ。されば[1]こと《い》たらぬ歌《うた》なり。右歌、ことなる難《な》なし。よつて勝ちとす《仍為勝》。

〔校訂付記〕 1ことたらぬ（語釈）―こといたらぬ（類）

〔現代語訳〕 六番　左　　　　　　　宗国

25 秋の野の花を衣に摺りつけて色を染めた衣が風で裏返しになり、衣を染める花のように色はないのに、風が身に染みる。

右勝　　　　　　　道経

26 いつもよりも身に染むものは、さをしかが朝立っている小野の葛の葉を裏返す、恨みがましい風。

これらの歌は、姿はまったく同じ程度ですが、左の歌の、「秋野のはなずり」と詠んでいるのは、どんな花で摺っているのか。「はぎが花ずり」のようです。花といっても、すべて一様に女郎花、藤袴などで摺るものではないので、やはり、「秋野のはなずりごろも」には「萩」ということばが大切だと思うのです。右の歌は、特に批難すべきこともないので、右が勝つべきでしょう。

〈裏書〉左の歌、「はなずりごろも」と詠んでいるのは、何の花で摺っている衣か。「はぎが花ずり」などと詠んでいる。この歌では「はぎが花ずり」のように言いたいと見える。それならことば足らずで表現が未熟な歌だ。右の歌、特に批難すべきこともない。よって勝ちとする。

〔語釈〕 25**○はなずりごろも**　花を衣に摺りつけて色を染めた衣。花摺りには萩やつゆくさの花を用いる。**○ふきかえし**　風が吹いて衣が裏返しになる。**○いろならなくに風ぞ身にしむ**　衣を染める花のように色はないのに、風が身に染みる。「吹く風は色も見えねど冬くればひとりぬるよの身にぞしみける」（後撰集・冬・四四九・不知）から着想を得たか。

26**〇さをしかのあさ立つ**　「さをしか」について、『綺語抄』は「わかきしかなり」と自らの説を記し、さらに「伊勢大輔も、ちひさきしかをいふとぞいひける」と記す。「さをしかのあさたつ〈棹壮鹿之朝立〉のへのあきはぎにたまとみるまでおけるしらつゆ」（万葉集・巻八・一五九八・大伴家持、新古今集・秋上・三三四）**〇くずのうら風**　葛の葉は裏が白いので、風に吹かれるとはっきりと裏が見えることから、「恨み」という語を導くが、「葛のうら風」はこれを熟語にしたものである。「秋風の吹きうらがへすくずのはのうらみても猶うらめしきかな」（古今集・恋五・八二三・貞文）の例がある。「ひとりねやいとどさびしきさをしかの朝ふす小野の葛のうら風」（新古今集・秋下・四五〇）と詠んだ顕綱は、右26の歌の作者の道経の父である。

〈判〉判定は右の勝ち。**〇いづれの花してすれるにか**　下に「はぎが大切におぼえはべるなり」ともある。「庭露」五番37の裏書判でも「草葉」とだけ詠んで、具体的な草の名を明らかにしていないことを批難している。**〇はぎが花ずり**　催馬楽に「更衣《ころもがへ》せむや　さきむだちや　わが衣は　乃波良〈ノハラ〉篠原　萩の花摺《はなずり》や」（更衣）とある。「けさきつるのばらのつゆにわれぬれぬうつりやしぬるはぎが花ずり」（後拾遺集・秋上・三〇四・範永）**〇はぎが大切におぼえはべるなり**　「萩」という語句を詠んでいないことを批難している。あいまいさを残すような表現は歌合では避けるべきだと考えているのだろう。「高円の野をすぎゆけば秋萩の花ずり衣きぬ人ぞなき」（堀河百首「萩」六〇八・河内）は「秋萩の花ずり衣」と詠んでいる。

〈裏書〉判定は右の勝ち。**〇ことたらぬ歌なり**　ことば足らずで表現が未熟な歌だ。具体的には、花の名を「萩」と特定していないことをいう。なお、類聚歌合の本文には「こといたらぬ」とあるが、「こといたらぬ」という判詞はみあたらない。天徳四年（九六〇）内裏歌合に「ことたらぬここち」(29)、高陽院七番歌合（一〇九四年）に「ことたらぬやうにこそみたまふれ」(24)という判詞の例があり、「野風」四番21の判にも「のもじなきがいみじうことたらぬやうにおぼえはべるに」とあることから、本文を「ことたらぬ」と校訂した。

七番　左　　重基

27 吹く風はいろなけれども野原《はら》ゆく人の身にしむ秋のゆふぐれ

右　　時昌

28 いとどしくうらがれもていく秋の野にさびしくもある風の音《おと》かな

此歌どもはいづれもまされりとおぼえず。持《ち》とまうすべきにや。

〈裏書〉左歌、ことなる難なし。右歌、おもへるところあり。左右ともにひとつの体をえたれば、持《ち》とや申すべからむ。

〔現代語訳〕　七番　左　　重基

27 吹く風は色が無いけれども、野原をゆく人の身にしむ、秋のゆふぐれ。

右　　時昌

28 どんどんと葉の先から枯れてゆく秋の野に、さびしくもある風の音だなあ。

これらの歌はどちらがまさっているとも判断できません。持と申すべきでしょう。

〈裏書〉左の歌、これといった欠点は無い。右の歌、作者の思いが伝わってくる。左右ともにひとつの体を得ているので、持と申すべきでしょう。

〔語釈〕　27 **〇いろなけれども…人の身にしむ**　25の歌と似ている。

28 **〇うらがれ**　葉の先が枯れること。「うら」は先端をいう。「わがせこをわがこひをればわがやどの草さへ思ひうらがれにけり」（拾遺集・恋三・八四五・人麿、万葉集・巻十一・二四六五）

〈判〉判定は持。

〈裏書〉判定は持。**○おもへるところあり**　作者の思いが伝わってくる。**○ひとつの体をえたれば**（↓補説）

〔他出〕　28千載集・秋下・三〇五「法性寺入道前太政大臣内大臣に侍りける時の家の歌合に、野風といへる心をよめる」初句「露さむみ」

〔補説〕　**ひとつの体**　この評語を歌合の判に用いたのは、本歌合の基俊の判が初めてだが、後の時代の歌合判詞を見ると、俊成がしばしば用いている。嘉応二年住吉社歌合で、「左歌、こころしかるべし、すがた又ひとつの体なるべし」(133)、六百番歌合では「判云、左、たはぶれごとにしもやは、是も一の体なるものを…」(875)のように述べているところをみると、手放しでほめているというわけではなく、総合的にみてよい評価を与えるときにこのようにいうようである。基俊の判の場合も同様に考えてよいだろう。

一番　庭露　左勝　雅光

29　朝《あさ》まだき庭《には》のあさぢのうへごとにつらぬきかくる露の白玉《たま》

右　師俊

30　刈萱《かるかや》の乱《みた》るる秋の朝《あさ》ぎよめしづの衣《ころも》や露《つゆ》ふしぬらむ

左歌、ふるき歌《うた》どもにぞおぼえてはべる。歌《うた》のすがた、すこししたたかにはべめり。右歌、「朝《あさ》ぎよめ」「露《つゆ》ふしぬらん」などいへる、いふにもたらずぞおぼえはべれば、左の勝《か》ちとぞ見《み》たまふる。

〈裏書〉左歌、古歌のここちぞしはべる。右歌、「朝《あさ》ぎよめ」とよめる歌《うた》を思《おも》へるか。それは「朝《あさ》ぎよめすな」など詠《よ》めればこそ聞《き》きよくはべれ。この「朝《あさ》ぎよめ」はことばも足《た》らずこそ聞《き》こゆれ。左、まされりと申《まう》すべし。

右方人、「なほ《猶》、庭《には》のあさぢはいかが」とかたぶきはべりしかど、判ののちなりしかば思《おも》ひながらぞ。

〔現代語訳〕　一番　庭露　左勝　　雅光

29 まだ夜が明けきらないころ、庭に生えているどの浅茅の上にも、貫かれてぶら下がっている露の白玉。

右　　師俊

30 刈萱が伸び放題になっている秋の朝の掃除は、下役人が着る衣も露でしめっているだろうか。

左の歌、昔の歌に似ているように思われます。歌の姿はすこししっかりしてるようです。右の歌、「あさぎよめ」「露ふしぬらん」などいっているのは、言いようもないと思いますので、左の勝ちと見ております。

〈裏書〉左の歌、昔のよく知られた歌のような感じがします。右の歌、「朝ぎよめ」と詠んでいる歌が念頭にあるのだろうか。あれは、「朝ぎよめすな」などと詠んでいるからこそよいのです。この歌の「朝ぎよめ」はことばが足りないように思える。左が勝っていると申すのがよいでしょう。

右方の人が「それでも、庭のあさぢはどうだろう」と首をかしげていましたが、判の後なので、思っただけで発言はしませんでした。

〔引用歌〕　とのもりのとものみやつこ心あらばこの春ばかり朝ぎよめすな（拾遺抄・雑上・三九七・公忠）。「とのもりのとものみやつこ」は主殿寮《とのもりょう》の下役人で、宮中の清掃などにあたる。

〔語釈〕　29 **○朝まだき**　まだ夜が明けきらないころ。**○庭のあさぢ**　浅茅《あさぢ》は丈の低い茅《ちがや》のこと。多くは「小野のあさぢ」「野べのあさぢ」などと詠んでおり、「庭のあさぢ」は初出。「庭露」という歌題にあわせて詠んだのであろう。**○うへごとに**　「ごとに」は「毎に」。どの浅茅の上にも。「ささがにのすがくあさぢのすゑごとにみだれてぬける白露の玉」（後拾遺・秋上・三〇六・長能）には「すゑごとに」とある。**○つらぬきかくる**　貫かれてぶら下がっている。葉の先端に露の水滴がついているようすを、白玉が葉を貫いてぶら下がっていると見なす。「しののめの朝露しげきあさぢふは玉つらぬかぬ草のはぞなき」（堀河百首「露」七四二・師頼）

30**○刈萱**　イネ科の多年草。刈り取って屋根を葺くのに用いる。**○朝ぎよめ**　朝の掃除。**○しづのころも**　宮中の清掃などにあたる下役人が着る水干の、袖をくくる緒の垂れた端を「つゆ」という。草葉におく「露」をそれに掛けたか。**○露ふしぬらむ**　草が「露伏す」という表現は忠通家歌合で好んで詠まれているが（↓元永二年「草花」九番18）、衣が「露伏す」の意味はよくわからない。衣がしめっていることを言うか。

〈判〉**○ふるき歌どもにぞおぼえてはべる**　「おぼえて」は似ているという意。ふるき歌とは、語釈29に引いた「ささがにのすがくあさぢのすゑごとにみだれてぬける白露の玉」（後拾遺・秋上・三〇六・長能）か。**○したたか**　しっかりしている。好意的な評価をあらわす。**○いふにもたらず**　言うまでも無い。

〈裏書〉**○左歌、古歌のここちぞしはべる**（↓判）**○ことばも足らずこそ聞こゆれ**　引用歌の「とのもりの」の歌は、地上に落ちた花びらを残しておきたいという理由から「朝ぎよめ」をするなと詠んでいる。和歌に詠むべきことばとも思えない「朝ぎよめ」を詠むには、そのような理由付けが必要だというのであろう。**○右方人、なほ、庭のあさぢはいかがと**　浅茅は通常は野に生えているのに、「庭のあさぢ」と詠んでいることに疑問をもっている。**○思ひながらぞ**　「ぞ」は係助詞。下に、おかしいと声に出して指摘することはなかったという内容が省略されている。

〔補説〕裏書の記録者　裏書の「右方人、なほ、庭のあさぢは…」以降の発言が判に反映されていないところをみると、判者に聞こえないところで、このように言ったのだろう。ここから推測すると、裏書は判者の基俊以外の人が、基俊の発言を中心に、当座の論議を記録したものということになる。

二一番　左持　　宗国

31 庭《には》も狭《せ》に玉《たま》とき散《ち》らす白露をみだれてぬける糸《いと》すすきかな

右　　　　道経

32 朝《あさ》まだき草《くさ》葉《は》の露《つゆ》のきえぬまは玉《たま》敷《し》く庭《には》のここちこそすれ

左右、おとりまさりのほど、さらに見《み》えはべらず。

〈裏書〉左歌、「糸《いと》すすき」とよめる不審なり《也》。証歌をたてまつるべし。おほかたの歌《うた》がらはあしくもはべらず。右歌、歌がらはいとしもなけれどさせる難なし。持《ち》とや申すべからん。

〔現代語訳〕　二番　左持　　　　宗国

31 庭いっぱいに玉をまき散らしている白露を、ばらばらに散らばったまま貫いている糸すすきだよ。

右　　　　道経

32 まだ夜が明けきらないで草葉の露が消えないあいだは、美しい玉を敷いている庭のような気がする。

左も右も劣り勝りはまったくわかりません。

〈裏書〉左の歌、「いとすすき」と詠んでいるのは不審です。証歌をお出しするべきです。全体の詠みぶりは悪くはありません。右の歌、詠みぶりはたいしたことがないけれどこれといった欠点もない。持と申すべきでしょう。

〔語釈〕　31 **○庭も狭に**　庭も狭くなるほどいっぱいに。**○玉とき散らす**　つないでいたひもが解けて宝石がちらばるように、露が散らばって薄の上においているのである。**○みだれてぬける**　糸すすきの上に露が置く様子を、ばらばらに散らばった宝石を、散らばったままの状態で糸で貫いていると見立てている。「ささがにのすがくあさぢのすゑごとにみだれてぬける白露の玉」（後拾遺・秋上・三〇六・長能）**○糸すすき**　葉の幅が細く糸状になっている

薄。（→裏書）

32 **○玉敷く庭**　宝石を敷きつめたように美しい庭。露を「玉」すなわち宝石と見立てている。「秋ののにおく白露をけさ見れば玉や敷けるとおどろかれつつ」（後撰集・秋中・三〇九・忠岑）。36の歌も「玉敷く庭」と詠んでいるが、本歌合より前にこの語句を詠んだ例は見あたらない。

〈判〉判定は持。

〈裏書〉判定は持。**○糸すすきとよめる不審なり**　「糸すすき」の用例がめずらしいので、このようにいうのだろう。『袋草紙』には或所歌合（永久四年七月二十一日）の「薄」題の歌「白露のたまぬきかくるいとすすきふきなみだりそやまおろしの風」（忠隆）が引かれている。また夫木抄には「永久四年七月忠隆家歌合、薄を」という詞書で「風ふけばくるすのをのの糸すすきたよりにのみとなびくなりけり」（四四一七・意尊法師）とあり、本歌合に近い時期にはじめて詠まれた語句のようである。左31の歌が「糸すすき」という新奇な語句を取り入れて詠んでいることを、判者の基俊は認めない。

三番　左持　殿下

33 しづが家《いへ》のそともの庭《には》のよもぎふにやつれず露《つゆ》の玉《たま》とおくかな

右　定信

34 いろいろの玉《たま》とぞ見《み》ゆるもみぢばの散《ち》りしく庭《には》における朝露《あさつゆ》

左歌、「しづが家《いへ》の」と詠《よ》めるもじつづきくるしげにはべめり。「玉《たま》とおくかな」といへるも、いとこはごはしくぞ。右歌、散《ち》れらむもみぢのうへには時雨《しぐれ》のおとなひしぞつねのことにてはべる。ちくさの花《はな》におけらむ露《つゆ》も「いろいろ《く》の玉《たま》」とは見《み》えはべりなむものを。このもみぢの露《つゆ》にぞげにともおぼえはべらねば、いづれもおなじほどの歌《うた》にこそはべめれ。

〈裏書〉左歌、「しづが家《いへ》の」と詠《よ》めることばづかひいとしもなし。右歌、古歌にいくばくもたがはねば、持《ち》とや申すべからん。

〔現代語訳〕　三番　左持　殿下

33 身分が低い人々がすむ家の外の庭に生い茂った蓬などの雑草に、みすぼらしくならないで、露が美しい宝石のようにおくなあ。

右　定信

34 色々な宝石と見える。もみぢばが散り敷いた庭においた朝露は。

左の歌、「しづが家の」と詠んでいる言葉づかいがくるしそうです。「玉とおくかな」といっているのも、とてもこわばっていて。右の歌、散っている紅葉の上には時雨が訪れるのがいつものことです。ちくさの花におく露もいろいろな色の玉と見えますのに。このもみぢのつゆにはなるほどとは思えませんので、どちらも同じ程度の歌でしょう。

〈裏書〉左の歌、「しづがいへの」とよめる言葉づかいはよくない。右の歌、よく知られた昔の歌とどれほども違いはないので、持と申すべきでしょう。

〔語釈〕　33 **○しづが家**　身分が低い人の家。**○そとも**　そとがわ。**○よもぎふ**　蓬などが生い茂った、荒れはてた所。**○やつれず**　みすぼらしくならない。身分の低い者のもとにあるけれども、みすぼらしくはならないと詠む趣向が、当時は流行していたらしい。「しづのめがあしびたくやもうのはなのさきしかかればやつれざりけり」（金葉

集・夏・一〇三・経信）「あらてくむ賤のかきねに郭公なけどもなれが声はやつれず」（堀河百首「郭公」三七八・顕仲）

34**○いろいろの**　露は白一色なのに、色とりどりの散っている紅葉の上に露が置いていると、いろいろな色があるように見えるという。**○もみぢ葉のちりしく庭**　散った紅葉が一面に広がっている庭。「こずゑにてあかざりしかばもみぢ葉のちりしく庭をはらはでぞみる」（詞花集・秋・一四二・資通）の例がある。資通は後拾遺集初出の歌人。

〈判〉**○もじつづきくるしげにはべめり**　左33の歌の初句「しづがいへの」は字余りである上に、音がつまって発音しにくいことをこのようにいう。**○いとこはごはしくぞ**　言葉遣いがあまりなめらかではない。（→元永二年「草花」四番7又判）**○つねのこと**　いつも決まって用いられる表現。ことは「言」。**○露もいろいろの玉とは**　「こはぎはらにほふさかりはしらつゆもいろいろにこそ見えわたりけれ」（四条宮扇合一一、金葉集・秋・二二八・僧正行尊）は萩の花の上におく露を「いろいろ」と詠んでいる。

〈裏書〉**○古歌にいくばくもたがはねば**　古歌とは判に引いた「こはぎはら」の歌をさすか。

〔他出〕　33田多民治集・六七「庭露」

四番　左　　　　俊頼朝臣

35　庭《には》も狭《せ》にさきすさびたるつきくさの花にすがれる露《つゆ》の白玉《しらたま》

右勝　　　　基俊

36　岩《いは》のうへの苔《こけ》の葉《は》ごとにおく露《つゆ》を玉敷《し》く庭《には》とみけるはやわが

左歌、「さきすさびたる」こそいみじう褻《け》におぼえはべれ。万葉集などには侍りもやすらん。かやうの歌合、古今、後撰などにこそ、ことによみたりともみえはべらね。「すがれる露《つゆ》」もいとをかしうもみえはべらず。右歌、させることはなけれども、歌《うた》ざまなだらかにて詠《よ》みしりたるさましてはべれば、右のまさりたるにやはべらん。

〈裏書〉左歌よろし。されど右歌歌《々》がらまされり。「はやわが」ぞ人人おぼつかなげなる。されど名歌の・ことば《詞》なり。

〔現代語訳〕　四番　左　俊頼朝臣

35　庭が狭く感じるほど咲きほこっている月草の花にしがみついている露の白玉。

右勝　基俊

36　岩の上の苔の葉ごとにおく露を、玉を敷き詰めた庭とみているよ、私は。

左の歌、「さきすさびたる」はまったく和歌のことばのようではないと思います。万葉集などにはあるかもしれません。このような歌合や古今、後撰などには特に詠んでいるとも見えません。「すがれる露《つゆ》」もさほど趣があるようには見えません。右の歌、たいしたことはないけれど、歌の様子はなだらかで、詠みなれている様子なので、右が勝っているのではないでしょうか。

〈裏書〉左の歌は悪くない。けれども右の歌は歌の品格がまさっている。「はやわが」は人々が疑問に思っているようだ。けれど名歌のことばである。

〔語釈〕　35　**○さきすさびたるつきくさ**　咲きほこっているつきくさの花。万葉集に典拠がある。「あさつゆにさきすさびたるつきくさの〈咲酢左乾垂鴨頭草之〉ひたくるともにけぬべくおもほゆ」（巻十・二二八一）**○すがれる露の白玉**　しがみついている露の白玉。露を擬人化している。俊頼は長歌にも「…ふく風に　すがれるつゆの　たまよりも…」（散木集・一五二〇）と詠んでいるが、「すがる」という動詞を和歌に詠んだ例は他には見あたらない。

36**〇岩のうへの苔**　庭に配置された岩にむす苔であろう。庭に生える苔は、漢詩には「苔庭木落紅無跡《たいていにきおちてくれなゐあとなし》　雲碓月《うんたいにつ》晴雪有声《きはれてゆきこゑあり》」（新撰朗詠集「山家」五二三・匡衡）のような例があるが、苔の庭を和歌に詠んだのは堀河百首の二首が最初のようである。「むかしよりあれたる宿も庭におく苔の莚はふりせざりけり」（「苔」一三三四・源顕仲）「ふむ人もなき庭の面に秋のよは苔莚にぞ月はやどれる」（「苔」一三三五・仲実）**〇はやわが**　『枕草子』に「しほのみついつものうらのいつもいつも君をばふかく思ふはやわが」とある。基俊は裏書判で「はやわが」を名歌のことばと述べている。

〈判〉判定は右の勝ち。基俊は自分の歌を勝ちにしている。**〇いみじう褻におぼえはべれ**（→「野風」一番15補説）**〇万葉集などには侍りもやすらん。かやうの歌合古今後撰などにこそ**　同じ内容のことが元永元年十月二日「残菊」二番27の基俊判でも述べられている。

〈裏書〉**〇名歌のことば**（**名歌詞**）　評判の高い歌のことば。基俊は名歌のことばを尊重しているが、俊頼は名歌のことばなら無条件によいというわけではなく、その詠み方が問題だと考えている。（→元永二年「暮月」一番23補説）

【他出】　35散木集・四三五「殿下にて庭露といへる事をよめる」

五番　左　　重基

37　うつしうゑし草葉《くさは》の露《つゆ》のこぼるれば秋の庭《には》をばはらはでぞ見《み》る

右　　時昌

38　玉敷《し》くと人《ひと》や見《み》るらむ朝《あさ》ごとにこけむす庭《には》における白露

（空白）

〈裏書〉左歌、うつしうう《ふ》る草葉《は》やその名《な》あるべからん。されど歌《うた》ざまあしくもはべらず。右歌も難なければ持《ち》とや申すべき

〔現代語訳〕 五番　左　重基

37 移し植えた草葉の露がこぼれるので、秋の庭を掃き清めないで見る。

右　時昌

38 宝石を敷いていると人は見るだろうか。毎朝、苔むしている庭に置いている白露。

〈裏書〉左の歌、移し植える草葉は、その名前を詠むべきだろう。けれど歌の様子は悪くはない。右の歌も批難すべきことがないので持と申しましょう。

〔語釈〕 37 **○うつしうゑし** 野に生えている草を庭に移植するのである。「わがやどにはなをのこさずうつしうゑてしかのねきかぬのべとなしつる」（後拾遺集・秋上・三二一・頼実） **○はらはでぞみる** 「はらふ」は掃き清めるという意。「で」は打消接続の助詞。「ひとりぬるくさのまくらはさゆれどもふりつむゆきをはらはでぞみる」（後拾遺集・冬・四〇九・国基）「こずゑにてあかざりしかばもみぢ葉のちりしく庭をはらはでぞみる」（詞花集・秋・一四二・資通）など、少し前の時代から流行していた表現のようである。

38 **○人や見るらむ** 「や」は疑問の係助詞。二句切れの歌である。この語句は、後撰集や拾遺抄にも少し例があるが、堀河百首で好んで詠まれている。「世の中のうきもつらきもしのぶればおもひしらずと人や見るらむ」（拾遺抄・恋下・三四四・不知）「夜を寒みとる榊葉におく霜をしらゆふ花と人やみるらん」（堀河百首「神楽」一〇五一・基俊）

〈判〉判が書かれるべき個所が空白である。

〈裏書〉判定は持。**〇その名あるべからん**　具体的な草の名を詠んだほうがよいという。元永二年「草花」10の歌が「くさぐさ」と詠んでいることについて、又判に「女郎花ととりわかずして荒涼なり」とある。

六番　左持　親隆

39 露《つゆ》しげみさこそ恋《こひ》するやどならめたまちる庭《には》と人《ひと》や見《み》るらむ

右　為真

40 みどりなるたまぬきちらすここちして苔《こけ》むす庭《には》における朝露《あさつゆ》

左歌、「露《つゆ》しげみさこそ恋《こひ》するやどならめ」といへることばこそつづきもなきやうにはべれ。また《又》、露《つゆ》しげきやどには、かならず恋《こひ》することにやはあらん。また《又》、「たま《玉》ちる庭《には》」もいとおどろおどろしう。されば露のたまにはあらで、和泉式部《いつみしきふ》が貴船《きふね》にまゐりてよむ歌《うた》に、「ものおもへばさはのほたるをわがみよりあくがれにけるたまかとぞみる」、御かへし「おく山にたぎりておつるたきつせにたまちるばかりものなおもひそ」とはべれば、「たまちる」といふことは、露《つゆ》の歌《うた》かなひたりともおぼえはべらず。右歌、紙燭《しそく》五寸がうちに十首などよむ歌《うた》のここちしはべれば、あしよしまうすべきほどにもはべらざめり。されば持《ち》とや申すべき。

〈裏書〉左歌、「たまちる」とよめる、いかが《如何》。貴船《きふね》[1]明神託宣和泉式部歌に「たまちるばかりものなおもひそ」

とよめるにおもひよそへたるか。それはたましひちるとよませたまへるなり。さればつゆにはいかがあるべからん。方人申云、露は玉ににたり、涙も玉ににたりとよめれば、その難いかがはべるべからん。判者、なほ《を》かたぶかれて、持とぞみゆると申す。右歌ことなる難《な》なければなり。

〔校訂付記〕　1明神―神明（類）

〔現代語訳〕　六番　左持　親隆

39 露がたくさんおいているのでそれほどまでに恋をして涙をこぼしている私の家なのだけれども、露の玉が散らばって、宝石を散らしたように見える庭とあの人は見るのだろうか。

右　為真

40 緑の玉を貫き散らすような気がして、苔むす庭に置いている朝露。

左の歌、「露しげみさこそ恋する宿ならめ」といっていることばは、つながりが悪いようです。また、露がたくさんおいている家では必ず恋をするということがあるのでしょうか。また、「たまちる庭」もとてもおおげさで、それでは露の玉ではなく、和泉式部が貴船に参詣して詠む歌に「ものおもへばさはのほたるをわがみよりあくがれにけるたまかとぞみる」、御かへし「おく山にたぎりておつるたきつせにたまちるばかりものなおもひそ」とありますので、「たまちる」といふことばは、露の歌にかなっているとは思えません。右の歌、紙燭《しそく》が八センチほど燃える間に十首など詠む歌のような感じがしますので、良し悪しを申し上げるまでもないようです。だから、持と申すべきでしょう。

〈裏書〉左の歌、「たまちる」と詠んでいるのはいかが。貴船明神が和泉式部に託宣した歌に「たまちるばかりものなおもひそ」と詠んでいるのになぞらえたのか。それは魂が散るとお詠みになっているのだ。だから露にはどうだろうか。方人が申していう、露は玉に似ている。涙も玉に似ていると詠んでいるので、その批難はどうでしょうか。判者はそれでも首をかしげなさって、持と見えると申す。右の歌に、特に批難すべきことがないからである。

〔引用歌〕 ものおもへばさはのほたるをもわがみよりあくがれにけるいづるたまかとぞみる　御かへし　おくやまにたぎりておつるたきつせにたまちるばかりものなおもひそ（後拾遺集・神祇・一一六二・和泉式部／一一六三）。左注に「このうたはきぶねの明神の御かへしなり、をとこのこゑにて和泉式部がみみにきこえけるとなんいひつたへたる」とある。

〔語釈〕 39 **○露しげみ**　裏書判で方人がいうように、露は涙を連想させる。**○さこそ恋する宿ならめ**　「こそ」は係助詞。「め」は推量の助動詞「む」の已然形。この係り結びは文中の用法で、逆接の意味を添える。なお、本歌合では他に「恋」題があるので、あきらかに傍題をおかしているが、この歌について判では問題にしていない。（→七番41補説）**○たまちる庭**　露の玉が散らばって、宝石を散らしたように見える庭。裏書判によると、歌合の席では「たま」を「露の玉」と「魂」の掛詞ととるか、単に「露の玉」の意ととるかという論議があったようである。**○人やみるらむ**　和歌は一人称という原則にしたがうと、恋する宿に住むのは作者で、「人」は恋する相手。私が涙ながらに恋をするあの人は、私の恋心には気づかないだろうと詠んでいる。

40 **○みどりなるたま**　白露が苔の上においているのでみどりの玉に見える。36の歌と同じく庭の苔を詠んでいる。なお、「みどりなるたまをぬけるとみゆるかなやなぎのえだにかかる春さめ」（永承六年六条斎院歌合・一五）は冒頭が同じだが、苔ではなく柳の枝に雨の粒がかかっているのでみどりの玉に見えると詠んでいる。

〈判〉判定は持。**○つづきもなきやうにはべれ**　語釈39に述べたように、露から涙を連想し、恋につなげていると考えられるが、判者はそのような隠喩的な連想は認めないのであろう。**○紙燭《しそく》五寸がうちに十首などよむ歌**　（→補説）

〈裏書〉**○方人申云、露は玉に似たり、涙も玉に似たりとよめれば**　判者の基俊は、引用歌の貴船明神の歌のとおりに、「たまちる」を「魂」がちると解釈すべきだと考えているが、方人は、露に似た「涙」がちると解釈している。

〔補説〕紙燭の歌　紙燭は宮中などで用いられた照明用具のひとつで、五寸は約一五センチメートル。短時間で和歌を詠むための練習として、このようなことをおこなっていたらしい。速詠の方法としては、ほかにも、「堀川院御時に二間にてかなまりをうちならさせ給ひて、そのひびきのうちに雨中瞿麦といへる事をよませおはしましけるにつかうまつれる」（散木集・三二二）のように、金の椀をたたいてその響きが消えないうちに詠むということも当時おこなわれていた。すこし後の例になるが「今鏡」春の調に、崇徳天皇が「紙燭の歌金椀《かなまり》打ちて響きのうちに詠めなどさへ仰せられて」とある。「紙燭の歌」を速詠の歌という意味で用いているようである。

七番　左持　少《小》将君

41　庭《には》の面《おも》におくしら露《つゆ》のなかりせばくさばに[1]やどる月をみましや

右　明賢朝臣

42　あれゆけば秋ののらなる庭《には》の面《おも》をはらはでぞみるあさごとの露《つゆ》

此歌、いづれもいづれもいとしたたかにをかしうはべめり。

〈裏書〉[2]左歌、「月をみましや」とよめる。さきに「山月」といふ《云》題あり。かたはらの題ををかすはおほいなる難なり。右歌、「秋ののらなる」とよめる。「のら」とはなにをよめるぞ。方人申云、「のら」とは草をいふなり、やがて草といふもじなむよみはべると陳じ申す。また《又》、判者云、古歌に「のら」とよめるおぼえはべらず、また《又》、その《其》証歌を陳じ申さず《不陳申》。左歌、題をかせり。さればぢとや申すべからん。その外おのおの《〳〵》ことなる難なければなり《也》。

〔校訂付記〕 1やとる―やる（類） 2左歌月を―左歌月をも（類）

〔現代語訳〕 七番 左持 少将君

41 もしも庭の表面に置く白露が無かったら草葉にやどる月を見ただろうか、いや見ることはできなかっただろう。

右 明賢朝臣

42 荒れてゆくので、まるで秋の荒れ野である庭の表面を掃き清めないで見るのだ、毎朝おく露を。

これらの歌は、どれもどれもとてもしっかりしていてすばらしいようです。

〈裏書〉左の歌、「月をみましや」と詠んでいる。前に「山月」という題がある。傍らの題を侵すのは大きな落度である。右の歌、「秋ののらなる」と詠んでいる。「のら」とはなにを詠んでいるのか。方人が申していう、「のらとは草をいうのだ。そのまま草といふ文字を詠んでいます」と申し立てる。また、判者がいう、昔の歌に「のら」と詠んでいる歌は思い出せず、またその証歌を申し立てない。左の歌は、題を侵している。そこで持と申すべきでしょう。そのほかにはそれぞれ特に批難すべきこともないからである。

〔語釈〕 41**〇庭の面** 庭の表面。**〇草葉にやどる月** 草葉においた露にうつっている月。「秋の月草むらわかずてらせばややどせる露を玉とみすらん」（寛平御時后宮歌合・一一四）**〇なかりせば** もし無かったならば。反実仮想の用法である。**〇月をみましや** 見ただろうか、いや見ることはできなかっただろう。「や」は疑問の助詞。反実仮想と結びついて反語表現になる。

42**〇秋ののら** 秋の荒れ野。『綺語抄』は「のら」の項目をたてて「曠野《あらの》」と注記している。曠野とは荒れた野原のこと。ただし、裏書判によると、右の方人は草だという。古今集に「さとはあれて人はふりにしやどなれや庭もまがきも秋ののらなる」（秋上・二四八・遍昭）の例がある。
〈判〉判定は持。**○したたかに**（↓一番29判）
〈裏書〉判定は持。**○かたはらの題をかす**（↓補説）**○古歌にのらとよめるおぼえはべらず**　語釈42に引いたように古今集に用例がある。後日まとめた判にこの批判がないのはそれに気がついたからか。

〔補説〕　かたはらの題をかす　歌合の判で「傍題」について具体的に述べた例は、本歌合よりも前には見あたらない。本歌合は「山月」「野風」「庭露」「恋」という題で詠まれているが、左の歌が「庭露」題で「月」を詠んでいることを「かたはらの題をかす」といって強い調子で批難しているのである。しかし、「庭露」題で「恋」を詠んでいる六番39の歌については何も述べていない。元永元年十月二日の歌合でも「残菊」34の歌を菊の歌ではなく恋の歌だと指摘しているが、傍らの題を侵していると批難しているわけではない。

　後の時代の例になるが、太皇太后宮亮平経盛朝臣家歌合（一一六七年）の清輔判は、「鹿」題で「紅葉」を詠んでいる歌に対して「右も、もみぢ吹きおろすなど歌めきたり。そもそも傍題はよまぬことなりとや申す人もあれど天徳花山歌合にも侍るめれば、ひが事にはあらじとて持にさだめ侍りぬ」（26）という。たしかに、天徳四年（九六〇）内裏歌合では「桜」題で歌題の一つである「霞」を詠んでいる例（15）、「款冬」題で「霞」を詠んでいる例（16）、「首夏」題で「桜」を詠んでいる例（23）などがある。また「花山」というのは、花山天皇の御代である寛和二年（九八六）に催された内裏歌合と考えられるが、「網代」の題で歌題の一つである「紅葉」を詠んでいる例（27）がある。清輔はこれらを先例として、傍題を問題にしていない。

　その後も、歌合文治二年（一一八六）では、「紅葉」の歌について「すこしこひにわたりたるさまにしてはべらむ、傍題ををかすは、歌合にははばかりはべるにや、其例はおほく侍れども、持とぞ申しあはれてはべる」（116）と「恋」題をおかしていること、石清水社歌合（一二〇二年）では、「旅宿嵐」の歌について「しひて傍題の松さらでもや侍るべからん、よりて左勝つべきにや侍らん」（20）と「松」題をおかしていることが指摘されているが、重大な過ちにはしていない。

一番　恋　左　　俊頼朝臣

43 秋かへすさやだにたてるいなぐきの根《ね》ごとにもみをうらみつるかな

右勝　　基俊

44 からころもたつたの山《やま》にいぐしたて神《かみ》さびにけるわれが恋《こひ》かな

左歌、「秋かへすさやだ」といへることば、いかなる田にかはべらん。証歌もおぼえはべらず。「根《ね》ごとにもみ《身》を」などいへる、また《又》ふるくよみたらんこと見《み》はべらず。こと《事》ばいやしくてとりどころなし。右歌、「たつたの山《やま》にいぐしたて神さびにける」などいへるわたり、詠《よ》みしりてはべめれば、右の勝つべきにや侍らん。

〈裏書〉左歌、「秋かへす」とよめるはいかなることぞや。「さやだ」といふはいかなる田をいふにか。なかにも「もみ」とよめる、たねのことか。いまだ「もみ」とよめる歌《うた》聞《き》こえず。まさなくこそはべれ。右歌、ことなる難なし。よつて《仍》勝ち《為》と《勝》す。

〔現代語訳〕一番　恋　左　　俊頼朝臣

43 秋に掘り返すさや田にたっている稲茎の根が並んでいるように、つぎつぎとわが身を恨むことだなあ。

右勝　　基俊

44 からころもをたつという、たつたのやまにいぐしをたて、古めかしい私の恋だなあ。

左の歌、「秋かへすさやだ」といっていることは、どのような田でしょうか。証歌も思いうかびません。「ねごとにも身を」などいっているのも、また昔の和歌に詠んでいる例も見ません。ことばはいやしくて取り柄がない。右の歌、「たつたのやまにいぐしたて神さびにける」などといっているあたり、和歌の詠み方がわかっていますので、右が勝つべきでしょうか。

〈裏書〉左の歌、「秋かへす」と詠んでいるのはどういうことか。「さやだ」というのはどんな田をいうのだろうか。なかにも「もみ」と詠んでいるのは、種のことか。まだ「籾」と詠んでいる歌は耳にしたことがない。見苦しいでしょう。右の歌、特に批難することもない。よって勝ちとする。

〔語釈〕 43 **〇秋かへす**　秋に田の土を掘り返すこと。俊頼は大治元年「恋」13の歌にもこの語句をよんでおり、自らの判には涅槃経を引いている。なお、「わすらるる時しなければ春の田を返す返すぞ人はこひしき」（拾遺集・恋三・八二一・貫之）など、田を返すと詠むのは春が多い。**〇さやだ**　未詳。俊頼はもう一例「ながれつるけこのみわもりかずそひてさやだのさなへとりもやられず」（散木集・二八〇「十首歌中に早苗を」）と詠んでいるが、俊頼より前にこの語句を詠んだ例は見あたらない。斎田《さいだ》と同じか。斎田は大嘗祭に献上する米を作る田をいう。**〇いなぐきの根ごとに**　刈り取ったあとの稲の茎の根がたくさん並んでいるように。次々と後悔の念にとらわれるのである。俊頼が実際に見た田の風景を詠んでいるのであろう。「根ごと」は俊頼が好んだ表現である。「君が代をいはぬにひけるあやめ草ねごとにみえぬはるかなりとは」（散木集・六九四「郁芳門院の根合にあやめをよめる」）「あすよりもこひしくならばなるをなる松のねごとに思ひおこせん」（散木集・七四八）

44 **〇からころも**　「たつたの山」にかかる枕詞。衣を裁つという連想である。**〇いぐしたて**　『俊頼髄脳』は「いぐし立てみわすゑまつる神主のうずのたまかげ見ればともしも」（万葉集・巻十三・三二二九）を引いて、「田の神まつる時に御へいを五十はさみて田のくろといふ所に立て酒などもその料にて清くつくりまうけて祭るなり。その酒の名をみわと申すなり」と説明しているが、作者の基俊は田の神をまつるとは限定していなかったようである。「たつたのやま」にいぐしをたてると詠んでいる例は他には見あたらない。「いぐし」は「神」の縁語。**〇神さびにける**　古めかしくなってしまった。古今集に「いそのかみふりにしこひの神さびてたたるに我はいぞねかねつる」（雑体・一〇二二・よみ人しらず）の例がある。

〈判〉判定は右の勝ち。基俊は自分の歌を勝ちにしている。**〇ことばいやしくて**　和歌に詠むべき語句とは思えないのである。当座の判を伝える裏書によると、とくに「籾《もみ》」という語句についていう。

〈裏書〉判定は右の勝ち。**〇なかにも「もみ」とよめる**　「ねごとにも身《み》を」に「籾《もみ》」を掛けていることを批難している。ただし掛詞の裏の意味の「籾」をとりあげて批難するのは少し無理があるか。

二番　左勝　女房

45 ときのまにいのちをかへてなみだがはあはぬためしの名《な》をばながさじ

右　明賢朝臣

46 あふことをたのみたのまず伊勢ぢなるいなふ《う》の神のききもはてばや

〈裏書〉左歌、歌がらたくみにみえはべり。「あはぬためしの名《な》をばながさじ」、「いなふのききはてむ」よりはまさりてぞおもふたまふる。

〔現代語訳〕　二番　左勝　女房

45 少しの間でも私の命と引き換えにあの人と逢って、なみだ川よ、結婚しないという評判はながさないつもりだ。

右　明賢朝臣

46 あふことをあてにするのかあてにしないのか。伊勢ぢにおられるいなふの神のように、否かどうかをきちんと聞きたいものだ。

「あはぬためしの名をばながさじ」は、「いなふの聞きはてむ」よりは勝っていると思っております。

〈裏書〉左の歌、歌の様子は巧みに見えます。

〔語釈〕 45 **○ときのま** 少しの間 **○いのちをかへて** 自分の命と引き換えに何かを願うという表現がある。「いきたればこひする事のくるしきをなほいのちをばあふにかへてん」（拾遺集・恋一・六八四・よみ人しらず）「惜しからぬ命にかへて目の前の別れをしばしとどめてしかな」（源氏物語・須磨巻）**○あはぬためしの名** 結婚しないという評判。「かひもなきこひをのみしてよのなかにあはぬためしをわれやのこさむ」（麗景殿女御歌合「不会恋」忠見）
46 **○たのみたのまず** 全く同じ表現は見あたらないが、肯定語と否定語を続けて詠んだ例は「これやこのゆくも帰るも別れつつしるもしらぬもあふさかの関」（後撰集・雑一・一〇八九・蝉丸）の「しるもしらぬも」、「かずかずにおもひおもはずとひがたみ身をしる雨はふりぞまされる」（古今集・恋四・七〇五・業平、伊勢物語第百七段）の「おもひおもはず」など多く見られる。**○伊勢ぢなるいなふの神** 稲生の神。「否ぶ」を掛ける。（↓元永二年「尋失恋」九番61）

〈判〉判定は左の勝ち。

〈裏書〉判定は左の勝ち。

三番　左持　殿下
右　定信

47 わが恋《こひ》のころものうらのたまならばあらはれぬるもうれしからまし
48 恋《こひ》せじとおもひたちのの、こまなれど心ばしりはなほ《を》ぞくるしき左歌、歌《々》がらはあしくもはべらねど、恋《こひ》にはあらで、法華経の歌よまむに「以無価宝珠」を題に得《え》たらん歌の心地ぞしはべる。恋《こひ》にはいとたふとくぞきこえはべる。右歌、「恋《こひ》せじとおもひたちのこまなれど」といへるもじつづきよくもおもうたまへぬに、下《しも》のこころばしりのくるしからんも、とにかくにささへたらんところおほく、いづれも何《なん》の勝《か》ちたりとも見《み》えはべらねば、持とや申すべからん。

〈裏書〉左歌、法文ににたり。いみじうたふとし。恋《こひ》の歌《うた》とはおぼえず。右歌、「心ばしり」とよめるはいかがはべるべからん。証歌あらばたてまつるべし。方人、証歌あるのよしを申す《申有証歌之由》。されど分けて《不分》明らか《明》ならず。左、なほ《を》恋心ともおぼえず。持とや申すべからん。

〔校訂付記〕　以無価宝珠―以無価宝（類）

〔現代語訳〕　三番　左持　殿下

47 もしも私の恋が衣の裏の玉ならば、人に知られてしまってもうれしいでしょうに。

右　定信

48 恋はするまいと思い立つ、たち野の駒だけれど、胸がどきどきするのはやはり苦しい。

左の歌、歌の風格は悪くはないけれど、恋ではなくて、法華経の歌を詠むときに「以無価宝珠」を題に得たような歌の感じがします。恋にしてはとても尊く聞こえます。右の歌、「こひせじとおもひたちのこまなれど」といっている言葉遣いが良いとも思えませんのに、下句が「心ばしり」の苦しいようなのも、とにかくことばの流れを止めているようなところが多く、どちらの欠点が勝っているとも見えませんので、持と申しましょう。

〈裏書〉左の歌、法文に似ている。とても尊い。恋の歌とは思えない。右の歌、「心ばしり」と詠んでいるのは、どういうことでしょう。証歌があればお出しせよ。方人が証歌があるということを申す。けれど明らかではない。左はそれでも恋心とは思えない。持と申すべきでしょうか。

〔語釈〕 47 **〇ころものうらのたま**　法華経の語句。忠通の家集には「弟子品、以無価宝珠、繋着内衣裏」という題で「いまぞしる衣のうらにかけたりしたまたまゑひのさむる程とは」（田多民治集・一七五）と詠んだ歌もある。また、金葉集三奏本の詞書には「人のもとに経供養しけるに五百弟子品の心をときけるに、無価宝珠のたとひときけるをきてたふとかりけるよしの歌よみて…」（雑下・六三二・永縁）とある。忠通は本歌合が催されたころから釈教歌に興味をもちはじめたようである。**〇うれしからまし**　第三句「たまならば」と「まし」が結びついて反実仮想になる。私の恋は衣の裏の玉ではないので、人に知られてしまうとうれしくないというのである。

48 **〇こひせじと**　元永元年十月二日「恋」七番61の俊頼判は、初句に「こひせじと」と詠むことが「明言」をおかしていると批難しているが、基俊判は、特に問題にしなかった。この判でも同様である。**〇たちののこま**　「思い立ち」の「たち」と地名の「たちの」が掛詞になっている。「秋ぎりのたちのの駒をひく時は心にのりて君ぞこひしき」（後撰集・秋下・三六七・忠房）の歌は駒迎えを詠んだ歌である。「たちの」は信濃国の地名なので、「たちのこま」は信濃国から献上された馬をいうか。**〇心ばしり**　心が激しく動き、胸がどきどきすること。和歌の用例は見あたらないが、似ている表現に「むねはしり」がある。「人にあはむ月のなきには思ひおきてむねはしり火に心やけをり」（古今集・誹諧歌・一〇三〇・小町）

〈判〉判定は持。**〇恋にはいとたふとくぞ聞こえはべる**　釈教歌のようで「恋」題の歌としては適当でないというのである。

〈裏書〉判定は持。**〇方人、証歌あるのよしを申す**　方人がいう「心ばしり」の証歌は不明だが、語釈48にあげた小町の歌かもしれない。

四番　左持　　重基

49 憂《う》しとてもさのみや人《ひと》をうらむべきことわりとだにおもひなさばや

右　　時昌

50 人《ひと》ごころ憂《う》きたびごとにいとへどもたへたるものは我が身なりけり

此歌、左も右もすがたこころともにをかしう、げに恋《こひ》の歌《うた》はかやうにこそよまめとぞ見《み》たまふる。

〈裏書〉左右ともによろし。正義をよめる歌なり《也》。持とや申《まう》すべき。

〔現代語訳〕　四番　左持　　重基

49 つらいといってもそのようにばかり人をうらまなくてはならないのだろうか。せめて当然のことと思い込みたい。

右　　時昌

50 相手の人の気持ちが冷淡に感じられるたびに、この世から遁れたいと思うけれど、それに堪えているのは私自身なのだ。

これらの歌は左も右も姿、心ともに興趣があり、なるほど恋の歌はこのようによむべきだと見ました。

〈裏書〉左右、ともに悪くない。正しい道理を詠んでいる歌だ。持と申すべきか。

〔語釈〕　49 **○さのみやひとをうらむべき**　三句切れ。反語表現である。つらくても人を恨むまいと詠んでいるところは、「さのみやはわが身のうきになしはてて人のつらさをうらみざるべき」（金葉集・恋下・四五五・盛経母）に似ている。**○ことわりとだに**　「ことわり」は道理。「だに」は最低限の願望を表す。せめてもっともなことだと。**○おもひなさばや**　「思ひなす」は意識してそのように思い込むこと。「ばや」は願望の終助詞である。

50 **○人ごころ憂きたびごとに**　「憂し」には自分自身がつらいという意味と、自分以外の人が自分をつらい気持ちにさせるという意味がある。ここでは「人ごころ」とあるので、相手の冷淡さが自分をつらい気持ちにさせるのである。「ごとに」は「毎に」と書き、そのことがあるたびにという意。**○いとへども**　つらいこの世から遁れたいと思うけれど。「いとへどもきえぬ身ぞうきうらやまし風のまへなるよひのともし火」（和泉式部続集・一三四）

〈判〉判定は持。

〈裏書〉判定は持。**○正義をよめる歌なり**　「正義」は正しい道理。この語を歌合判詞に用いた例はほかにはみあたらない。

五番　左勝　　雅光

51 夜《よ》とともにしをるる袖《そて》やころも川《かは》みぎはによするもくづなるらん

右　　師俊

52 こころのみくだくる恋《こひ》や淵《ふち》となるそばゐによするおきつしらなみ

左歌、「しをるる袖《そて》やころも河」などよめる、いひなれをかしうはべめり。右歌、「淵《ふち》となるそばゐ」とは、いかにつづけてはべるにか。うたがらもおとりてはべれば、左かつとぞ。

〈裏書〉左右歌おなじやうなれども、所《ところ》の名《な》によそへむに「ころも川《かは》」はすこしまさりてやはべらん。されば左勝《為》ちと《勝》す。

〔現代語訳〕　五番　左勝　　雅光

51 夜になるとともにしおれる袖は、衣川の水際によせる藻くずのような、裳なのだろうか。

右　　師俊

52 心ばかりが砕ける恋は淵となるのだろうか。近くに寄せている沖の白波だよ。

左の歌、「しをるるそでやころも河」などと詠んでいるのは、言い慣れていて趣きがあるようです。右の歌、「ふちとなるそばゐ」とは、どのようにことばをつづったのでしょうか。歌の品格も劣っていますので、左の勝ちとします。

〈裏書〉左右の歌は同じようですが、所の名によそえるならば「ころもがは」はすこしまさっているでしょうか。それで、左の勝ちとします。

〔語釈〕 51**○ころもがは**　陸奥国、現在の岩手県奥州市を流れる。永久三年後度歌合の歌題。**○もくづ**　「あふまでのかたみとてこそとどめけめ涙に浮ぶもくづなりけり」（古今集・恋四・七四五・興風）は、詞書によると、恋人が脱ぎ置いていった裳を返す時に詠んだ歌で、「藻屑」に衣の縁語である「裳」を掛けている。

52**○くだくる**　波がくだけるイメージと心がくだけるイメージを重ねている。「かぜをいたみいはうつなみのおのれのみくだけてものをおもふころかな」（詞花集・恋上・二一一・重之）などにならったか。**○淵となる**　「淵」とは川の流れが滞って、深く水をたたえたところをいう。「つくばねの峰よりおつるみなの河恋ぞつもりて淵となりける」（後撰集・恋三・七七六・陽成院）**○そばゐ**　近い所。

〈判〉判定は左の勝ち。

〈裏書〉判定は左の勝ち。

六番　左勝　　女房

53 やまぶしのたびのとまりにともすひのうちいでて人にほのめかしつる

右　　明賢朝臣

54 うちとくることのかたくもみゆるよをいとひてあはむかたぞまたなき

左の、「山ぶしのたびのとまりの」とよめる、もしますらをの恋《こひ》にはあらで、まことに山ぶしの心うちにこめたりける恋《こひ》にやとぞおぼえはべる。「こけのころもはただひとへ」などよめる、まことの山ぶしの歌《うた》にてあるを、証《そう》にてよめるにやはべらん。右歌は六義とらへたるところはべらず。難ずべきことばだにおよばねば、なほ《を》、うちいでてほのめかすらん恋《こひ》やすこしまさりてはべらん。

〈裏書〉左歌の「山ぶしの」とよめるぞいとしもなけれど、右歌、てつきたるやうにみゆれば、左勝《為》ち《勝》とす。

〔現代語訳〕　六番　左勝　　女房

53 山伏が旅の宿でともす火のように、それとなく態度や言葉で恋心を知らせたよ。

右　　明賢朝臣

54 打ち解けることが難しいように見える私たちの仲をいやがって避けて、再び逢う方法も無いのだ。

左の、「山ぶしのたびのとまりの」とよんでいるのは、もしや立派な男子の恋ではなくて、ほんとうに山伏が心の奥にかくしている恋ではと思います。「こけのころもはただひとへ」などと詠んでいるのは、本当の山伏の歌であるので、証にして詠んでいるのでしょう。右の歌は六義をとらえているところがありません。批難すべきことばもみつかりませんので、やはり、態度や言葉でそれとなく知らせようとする恋が少し勝っているでしょうか。

〈裏書〉左の歌の「山ぶしの」と詠んでいるのはたいしてよくはないけれど、右の歌、手段が無くなったように見えるので、左の勝ちとする。

〔引用歌〕 山ぶしのこけのころもはただひとへかさねばうとしいざふたりねむ（西本願寺本遍昭集・一八）。後撰集の堀河宰相具世筆本も「世をそむく苔の衣はただひとへかさねばうとしいざふたりねん」（雑三・一一九六・遍昭）の初句に「ヤマブシノ」と傍記している。この歌は「いその神といふてらにまうでて、日のくれにければ、夜あけてまかりかへらむとてとどまりて、この寺に遍昭侍りと人のつげ侍りければ、ものいひ心見むとていひ侍りける」という詞書で「いはのうへに旅ねをすればいとさむし苔の衣を我にかさなん」（同・一一九五）と詠みかけた、小野小町の歌に対する返しの歌である。なお、大和物語第百六十八段にもこれらの贈答歌が見えているが、大和物語では「少将大徳」の歌とする。

〔語釈〕 53**〇やまぶし** 山野をめぐって仏道修行する僧。**〇ともすひの** 「やまぶし」から「ともすひの」までが「ほのめかす」を導く序詞。助詞の「の」は比喩を表す。**〇ほのめかしつる** 恋心を態度や言葉でそれとなく知らせたのだ。左53の歌のように「火」を詠んでいる例はめづらしく、他には「かくなむとあまのいさりびほのめかせいそべのなみのをりもよからば」（後拾遺・恋一・六〇七・頼光）があるぐらいである。

54**〇うちとくる** 打ち解ける。「思ふことといやとしのはにつもるかなまだうちとくる人しなければ」（源宰相中将家和歌合「歴年恋」三四）の例がある。**〇よ** 男女の仲。**〇いとひて** いやがって避ける。

〈判〉判定は左の勝ち。**〇ますらをの恋** 「ますらを」は立派な男子という意。万葉集に用例が多い。忠通家歌合の常連メンバーであり、本歌合にも参加している道経は「恋ひわびぬちぬのますらをならなくにいくたの川にみをやなげまし」（千載集・恋二・七三二）と詠んでいる。**〇六義**（→補説）

〈裏書〉判定は左の勝ち。**〇てつきたるやうにみゆれば** 「手」は手段・方法。右の歌の詠みぶりでは、逢うための方法がまったくないように思えるという。

〔**補説**〕　**六義**　基俊は「六義」を「すぐれた和歌の性質」という意味で用いている。この語句はもともと詩経の大序にあったが、古今集仮名序はこれを「そもそもうたのさまむつなり、からのうたにもかくぞあるべき、そのむくさのひとつにはそへうた…、ふたつにはかぞへうた…、みつにはなずらへうた…、よつにはたとへうた…、いつつにはただことうた…、むつにはいはひうた…」と読み解き、古今集真名序には「和歌有六義。一曰風、二曰賦、三曰比、四曰興、五曰雅、六曰頌」とある。

基俊は、本歌合の判のほかに「六義」ということばを二度用いている。一つは、源宰相中将家和歌合（一一〇〇年）の判である。類聚歌合とは別の系統の伝本に基俊が俊頼の歌について書き記した追判が残っているが、そこに、「この歌詞六義を備へ」とある。

此歌詞備六義、興入万端、就中腰句、非古歌康和時勢粧也、是驚心自可以庶幾而已

もう一つは、忠通の命により基俊が編集した相撲立詩歌合の序文で、「歌赤人の六義を伝ふ」とある。

…同廿日御教書云、所令献給、倭漢両篇金玉有声、詩慣白氏之一体、歌伝赤人之六義、就中和歌為体、不慙古人、无双当世、深染心肝所感思食也者

後代の例になるが、新古今集真名序に「六義相兼ぬるがごとく」とあるのは、基俊の用法をうけついでいるようである。

七番　左　俊頼朝臣

55　くれゆけばしのびもあへぬわが恋《こひ》や鳴門《なると》の浦《うら》にみつしほの音《おと》

右勝　基俊

56　よそながらしらせてしがなみかり野にましろのたかのこゐ《ひ》の心を

左歌、「なるとのうらにみつしほの音《おと》」といへる、むげにつぶぎれににほひなくおぼえはべるに、「ましろのたかのこゐ《ひ》の心」はいますこしたかくやはべらん。

〈裏書〉左歌、「しほの音《おと》」はいかにあるべきぞ、恋《こひ》するはかならず音《おと》あるものかは。右歌、難なし《無難》。よつて《仍》勝ちとす《為勝》。

〔現代語訳〕　七番　左　　俊頼朝臣

55 暮れてゆくと堪え忍ぶことができない私の恋よ、鳴門の浦に満ちてくる潮の音のように胸が高鳴る。

右勝　　基俊

56 間接的にそれとなく伝えたいものだなあ。みかり野に真っ白な鷹がとまっている木居のような恋の心を。

左の歌、「なるとのうらにみつしほのおと」といっているのは、ひどく細切れで美しさもないとおもいますが、「ましろのたかのこひの心」はもうすこし「たかい」ところにあって、ことばがなめらかにつながっているでしょう。

〈裏書〉左の歌、「しほのおと」はどのようなものか。恋をすると必ず音がするものだろうか。そんなはずがない。右の歌、批難すべきところは無い。よって勝ちとする。

〔語釈〕　55 **〇しのびもあへぬ**　堪え忍ぶことができない。**〇鳴門**　干潮満潮の際に潮が激しく流れ、渦を巻いて鳴り響くところ。現在の兵庫県の淡路島と徳島県の間にある、阿波国の鳴門が有名である。「なるとよりいでてやきつるみつしほのひるまはるかもみねばこひしき」（古今六帖・二五八七）**〇みつしほ**　潮が満ちてくる様子に恋心が増してくるイメージを重ねている。「しほのえにみちくるしほのいやましにこひはませどもわすられぬかも」（万葉集・巻十二・三一五九）**〇音**　潮の音と胸が高鳴る音を掛けるか。当時の和歌とすれば、実感にもとづく斬新な表現である。

56 **○よそながら**　それとなく間接的に。**○しらせてしがな**　伝えたいものだなあ。「てしがな」は願望の終助詞。二句切れである。**○ましろのたか**（↓元永元年十月十三日「鷹狩」26）**○こゐ**　木居。鷹が木にとまっていること。本文は「こひ」を「こゐ」に改めた。『俊頼髄脳』に「恋をば…鷹のこゐにかけ」とあるように、音が似ている「木居」と「恋」を掛ける。「われがみはとがへるたかとなりにけりとしはふれどもこゐはわすれず」（後拾遺集・恋・六六一・俊房）

〈判〉判定は右の勝ち。自分の歌を勝たせている。**○つぶぎれに**　他の歌合判詞には見あたらない。下に「たかくやはべらん」とあるので、それと対照的な意味をあらわすとすれば、粒のように細かく切れているという意味になるか。**○たかくやはべらん**　木居が高い場所にあることと、歌評用語の「たかし」を掛けてこのようにいう。（↓「山月」三番5補説）

〈裏書〉判定は右の勝ち。**○恋するはかならず音あるものかは**　恋の音という表現を批難する。「ものかは」は反語。

八番　左持　親隆

57 恋《こひ》をのみすまの浦《うら》なるはまひさぎたれかはしらぬしをれたりとは

右　為真

58 よど川《かは》の淵《ふち》にわが身はあらねども恋《こひ》のすみかとなりにけるかな

此歌、左右みぐるしからずはべめり。見どころあるここちぞしはべる。

〈裏書〉左歌、歌がら優なり。右歌、こころ《有》あり《念》。されば持《ち》とぞ。

〔**現代語訳**〕　八番　左持　親隆

57 恋をのみする、須磨の浦にあるはまひさぎ。誰が知らないというのか、しをれていると誰もが知っているよ。

右　為真

58 わが身は淀川の淵ではないけれど、恋の住みかとなってしまったなあ。

これらの歌、左右とも見苦しくないようです。見どころがあるような気持ちがします。

〈裏書〉左の歌、歌の品格はすぐれている。右の歌、思いが感じられる。それで持とする。

〔**語釈**〕　57 **○こひをのみすま**　地名の「須磨」に「為《す》」を掛ける。この用法はこの歌が最初だと思われるが、「恋をのみすまのうらびともしほたれほしあへぬ袖のはてをしらばや」（新古今集・恋二・一〇八三・良経）など、後の時代の和歌に影響をあたえている。**○すまの浦**　ここが在原行平が配流された土地であることは、「わくらばに問ふ人あらば須磨の浦に藻塩垂れつつわぶとこたへよ」（古今集・雑下・九六二「田むらの御時に事にあたりてつのくにのすまといふ所にこもり侍りけるに…」）によってよく知られており、『源氏物語』須磨巻の舞台にもなっている。**○はまひさぎ…しをれたりとは**（→補説）**○たれかはしらぬ**　「か」は疑問、「は」は強意の係助詞。反語を表す。

58 **○よど川**　琵琶湖から流れ出し、現在の大阪府を流れる川。名前から「よどむ」、すなわち流れが滞っている川というイメージがある。「よど川のよどむと人はみるらめどながれてふかきこころあるものを」（古今六帖・一五四四）**○恋のすみか**　恋が住んでいるところ。自分の心が恋に占拠されていることをいうか。他に用例は見あたらないが、39の歌は「恋するやど」と詠んでいる。

〈判〉判定は持。

〈裏書〉判定は持。

〔**補説**〕　**はまひさぎ**　判ではまったくふれられていないが、源宰相中将家和歌合（一一〇〇年）において、はまひさぎを「しを《ほ》る」とよむことについての論難があった。すなわち、「君こふとなるみのうらの浜ひさぎしを《ほ》れてのみもとしをふるかな」（「歴年恋」三五・俊頼、新古今集・恋二・一〇八五）について、「左の歌に『浜ひさぎしをるる』とよまれたるは、証歌や侍らん。『なみしほる』といふ証なくば、頗荒涼なり。…又、ふるき歌には、浜ひさぎとよみては、ひさしとこそつづくめれ」という批難があり、それに対して、「…はまにあらんきくさの、いづれかなみにぬれぬものははべらん。しを《ほ》ると申す事は、波にぬれてやもおひぬにはあらず。ただぬると申す事なり…『浜ひさぎひさし』とつづくべしと侍るは、いとたへがたし。さらばひとへのふる歌にこそははべらめ」と反駁している。源宰相中将家和歌合は衆議判でおこなわれているが、「君こふと」の歌の番の相手が基俊なので、おそらくは基俊が批難し、和歌作者の俊頼が反駁したと考えられている。このようなやりとりがあったことは、記録などによっても知られていたはずなので、左の歌の作者は、基俊が判者をつとめる本歌合でわざとあてつけるように「はまひさぎがしをれることを知らない人はいない」と詠んだのではないかと憶測する。

九番　左持　宗国

59 みせばやな時雨《しくれ》ふるやのさびしきにひとり寝《ぬ》る夜の床《とこ》のけしきを

右　道経

60 あやにくに夜をながめ月のあきしまれ草かれがれ《く》に人のなるらむ

左、「寝《ぬ》る夜《よ》の床《とこ》のけしき」はまことにものさびしくあはれにはべるに、また《又》、「草かれがれ《く》」になるらん人の身《み》もいと心ぼそきことにこそ。さればこの恋《こひ》の心はいづれも難《なん》なくこそおぼえはべれ。

〈裏書〉左右おなじやうにぞおぼえはべる。

〔現代語訳〕　九番　左持　宗国

59 見せたいものだ。時雨が降る古屋のようにさびしいので、ひとりで寝る夜の床の有様を。

右　　道経

60 折悪しく、夜が長い、長月の秋にかぎって、どうして草が枯れるように人が離れ離れになってしまうのだろうか。

左、「ぬる夜のとこのけしき」はほんとうに寂しく心にしみますが、また、「草かれがれ」になるとかいう人の身もとても心細いことです。だから、これらの歌の恋の心はどれも批難すべきところはないと思います。

〈裏書〉左右、同じように思います。

〔語釈〕 59 **○みせばやな** 「ばや」は願望、「な」は詠嘆の終助詞。寂しいので、あなたに独り寝の床の有様を見せたいというのである。「よとともにたまちるとこのすがまくら見せばや人によはのけしきを」（金葉集・恋上・三八七・俊頼、源宰相中将家和歌合） **○時雨ふるやの** 時雨が降る古屋のように。「降る」と古屋の「古」が掛詞、格助詞「の」は比喩の用法である。

60 **○あやにくに** 折悪しく。**○夜をなが月の** 夜を「長」と、長月の「長」が掛詞。**○あきしまれ** 「秋しもあれ」に同じ。秋に限って。「すみのぼる光のきよき秋しまれしなへうらぶれ月をみるかな」（永久百首「八月十五夜」二四〇・仲実）元永二年「草花」七番13では「ひとのにもあらず」を「ひとのにまらず」と短縮して詠んでいることを、顕季判、又判ともに強く批難しているが、基俊の判は同様に短縮しているこの語句を問題にしていない。**○草かれがれに** 「かれがれ」に、草が「枯れ」と人が「離れ」を掛けている。

〈裏書〉判定は持。

〈判〉判定は持。

十番　左　　殿下

61 わすれじのよそのなさけはさもあらばあれ憂《う》きめなりともあひてこそみめ

右勝　　定信

62 おもひかねかへすころもはももよぐさかりにあひみぬ恋《こひ》もするかな

「わすれじのよそのなさけは」といへるよりも、「かりにあひみぬ恋《こひ》」は、いますこしききなれたるここちぞしはべる。

〈裏書〉左歌、くちをしきさまなり。右歌勝ちとす《為勝》。

〔現代語訳〕　十番　左　　殿下

61 わすれまいという他の人の恋愛はどうでもよい。たとえ悲しい目をみるとしても、あの人と結婚してみたい。

右勝　　定信

62 思いかねてかへすころもは百夜《ももよ》、ももよぐさを刈るように、仮にも逢えない恋をするなあ。

「わすれじのよそのなさけは」といっているよりも、「かりにあひみぬこひ」はもうすこし聞き慣れている感じがします。

〈裏書〉左の歌、残念な詠みようです。右の歌を勝ちとする。

〔語釈〕 61 **○わすれじの**　初句に「わすれじの」と詠んだ歌としては、後に百人一首にも採られた「わすれじのゆくすゑまではかたければけふをかぎりの命ともがな」（新古今集・恋三・一一四九・儀同三司母、前十五番歌合・二四）がある。**○よそのなさけ**　「よそ」は自分とは関係がないという意、「なさけ」は恋愛という意である。（↓補説）**○さもあらばあれ**　どうともなるがよい。字余り句。「ひたぶるにしなばなにかはさもあらばあれいきてかひなく物をおもふ身は」（拾遺抄・恋上・三五三・不知）の例がある。**○憂きめ**　悲しい目。「我を君なにはの浦に有りしかばうきめをみつのあまとなりにき」（古今集・雑下・九七三・不知）の例がある。

62**○かへすころも**　恋しい人と逢うことを願って衣を返すのである。「いとせめてこひしき時はむば玉のよるの衣を返してぞきる」（古今集・恋二・五五四・小町）**○ももよぐさ**　百夜を掛ける。万葉集のことばである。「ちちははがとののしりへのももよぐさ〈母母余具佐〉ももよいでませわがきたるまで」（万葉集・巻二十・四三二六）また、古今集の「暁のしぎのはねがきももはがき君がこぬ夜は我ぞかずかく」（古今集・恋五・七六一・不知）の歌について、『奥義抄』は、今は伝わっていない『歌論議』という書の百夜通いの説話を引く。俊頼も「しるしあれよたけのまろねをかぞふればもも夜はふしぬしぢのはしがき」（散木集・一一三二「人人あまたまうできて五首歌よみけるに恋の心を」）と歌会とおぼしき場で詠んでおり、右62の歌もこのような説話を意識して詠んでいるのかもしれない。**○かりに**　草を「刈り」と「仮」を掛けている。「おふれどもこまもすさめぬあやめ草かりにも人のこぬがわびしさ」（拾遺抄・恋上・二七五・躬恒）。

〈判〉判定は右の勝ち。忠通を負けにしている。

〈裏書〉判定は右の勝ち。**○くちをしきさまなり**　ぐずぐずと繰り言を述べているような、風変わりな詠みぶりを批難するか。

【他出】　61田多民治集・一四八、第四句「憂身なりとも」

【補説】　**わすれじのよそのなさけ**　初句に「わすれじの」と詠んだ儀同三司母の歌は、公任が前十五番歌合に採るなど、よく知られていた。本歌合の開催当時は、本歌取の萌芽は見られるものの、手法としてはまだ確立していなかったが、初句に「わすれじの」と置くことで引歌的に儀同三司母の歌を取り込み、それを「よそのなさけ」すなわち、他の人の恋愛と称して、恋が成就したこの時に死んでしまいたいといった人もいるが、私はつらい思いをしても結婚生活を続けたいと詠んでいるとも解釈できる。

63 十一番　左勝　雅光

さもあらばあれなみだの川《かは》はいかがせむあひみぬ名《な》さへながさずもがな

64 右　師俊

よとともに袖《そで》のみぬれてあさりするあまゆふなりやわがおもふこと

左歌、「あひみぬなさへながさずもがな」とおもふらん人もことわりにいとほしう《を》。右、「あまゆふなりや」とよめる、おほかた心もえはべらねば、「なみだの川」こそあはれにおぼえはべる。

〈裏書〉右歌、「あまゆふなれや」とよめるはなにごとぞや。左歌、よろしくみえはべれば勝《為》ちと《勝》す。

〔現代語訳〕　十一番　左勝　雅光

63 もうどうとでもなれ。涙の川はしかたがない。逢っていないという評判までは流さないでいたいものだ。

右　師俊

64 夜とともに袖ばかりがぬれて、漁をする海士のようにたくさんあるだろうか、私が思うことは。

左の歌、「あひみぬなさへながさずもがな」と思うような人ももっともなことで気の毒だ。右、「あまゆふなりや」と詠んでいるのは、全く理解できませんので、「なみだの川」のほうが心にひびくように思います。

〈裏書〉右の歌、「あまゆふなれや」と詠んでいるは何のことだ。左の歌、悪くないように見えますので勝ちとする。

〔語釈〕　63 **〇さもあらばあれ**　初句が字余りである。**〇あひみぬ名さへながさずもがな**　45の歌に「あはぬためしのなをばながさじ」という似た表現がある。

64 **〇袖のみぬれてあさりする**　海人が袖をぬらして漁をするように、涙で袖をぬらすのである。**〇あまゆふ**　上に

「あさりする」とあるので、ひとつには海士を掛けているとみられるが、もうひとつの意味は未詳。現代語訳では、判の語釈に引いた沖縄県の方言の意味によって、試みにたくさんと訳した。

〈裏書〉判定は左の勝ち。

〈判〉判定は左の勝ち。**○「あまゆふなりや」とよめる**　本歌合の末尾に「あまゆふなれやとは、あまゆふとはならぬことをいふなり。それをしらざらむひとをまけにせむとてこそうたのぬしはらだたせたまふめりしか」とある。腹を立てている作者には申し訳ないが、それでも意味が不明である。なお、日本国語大辞典は沖縄県の方言として「あまゆう」（甘世）をのせて、意味を「豊年」と記し、「「にがゆう（凶年）」に対していう」と説明する。

十二番　左勝　親隆

65 恋《こ》ひ死《し》なでこころづくしにいままでもたのむればこそいきの松ばら

右　為真

66 あしのやのかりそめぶしはつのくにのながらへゆけどわすれざりけり

左の心づくしのいきの松ばらは、あしのやのかりそめぶしには、恋《こひ》の心も歌《うた》のすがたもまさりてぞおぼえはべる。

〈裏書〉左歌、すこぶるよろしくはべり。右歌もよけれども、なほ左勝《を》つとや申すべからん。

【現代語訳】　十二番　左勝　親隆

65 恋死にしないで心をつくし、今までずっと頼みにしていればこそ生きている、筑紫のいきの松原だよ。

右　為真

66蘆で出来た粗末な家で仮寝したことは、津の国の長柄に行くように、長い間たっても忘れないのだ。

左の心づくしのいきの松ばらは、あしのやのかりそめぶしよりは、恋の心も歌の姿も勝っていると思います。

〈裏書〉左の歌、とてもよいです。右の歌もよいけれども、やはり左の勝ちと申すべきでしょう。

【語釈】 65**○恋ひ死なで**　恋ひ死にしないで。恋死の用例は万葉集に多い。「恋ひしなんのちはなにせんいけるひのためこそ人を見まくほしけれ」（拾遺抄・恋上・二四七・太宰監大伴百世、万葉集巻四・五六〇、巻十一・二五九二）**○心づくし**　いきの松原がある「筑紫」を掛けている。**○いきの松原**　筑前国、現在の福岡市西区にある。「生き」を掛けている。「わかるるを心づくしにくだるとも生の松原色かはらめや」（海人手古良集・六四）「恋ひしなでいきの松原いきたりとつげだにやらぬ道のはるけさ」（永久百首「隔遠路恋」四五〇・源顕仲）

66**○かりそめぶし**　仮寝に同じ。ひとときを恋人とすごしたのである。**○つのくにのながら**　摂津国、現在の大阪市大淀区の地名。**○わすれざりけり**　「つのくにのながら」を詠んだ「しばしこそおもひもいでめつのくにのながらへゆかばいまわすれなむ」（後拾遺集・雑二・九五八・中宮内侍）は、「しばらくは思い出すでしょうが、つのくにのながらに行けば、すぐに忘れてしまうでしょう」と解釈できるが、右66の歌は恋人と共寝したことを忘れないと詠んでいる。

〈判〉判定は左の勝ち。

〈裏書〉判定は左の勝ち。

【他出】　65金葉集二度本異本歌・七一四「頼めて不逢恋」　66千載集・恋四・八七四「題しらず」

十三番　左勝　　重基

67 つらさのみありそのうみのいそづたひわすれ貝《かひ》だにいかでひろはむ

右　　時昌

68 心ざしあこねの浦《うら》のそこ深《ふか》く恋《こ》ふるしるしはいつかみるべき

（空白）

〈裏書〉右歌、「あこねのうら」とよめる、かみのいつもじ、古歌《こか》にあはず。心えられず。左歌、させる難みえずしてよろし。されば勝ち《為勝》とす。

〔現代語訳〕　十三番　左勝　　重基

67 つらさだけがある、波が荒く岩石の多い海辺の磯を伝って、せめてわすれ貝だけでも、なんとかして拾いたいものだ。

右　　時昌

68 愛情は、あこねの浦が深いように、心の底から深く恋い慕うその効果は、いつの日か見ることができるのだろうか。

〈裏書〉右の歌、「あこねのうら」と詠んでいる、上の五文字がよく知られた昔の歌にあわず、理解できない。左の歌、たいした欠点は見えないので悪くない。それで勝ちとする。

〔語釈〕　67 **○ありそのうみ**　波が荒く岩石の多い海辺。「ありそ」は「荒磯《あらいそ》」に同じ。「有り」を掛ける。「ありそ海の浦とたのめしなごり浪うちよせてけるわすれがひかな」（拾遺集・恋五・九七九・不知）**○わすれがひだに**　せめて恋を忘れるという貝だけでも。「だに」は最低限の願望を表す。**○いかでひろはむ**　なんとかして拾いたいものだ。「いかで」は願望を強める用法。

68**○心ざし**　愛情。（→裏書）**○あこねの浦**　紀伊国、現在の和歌山県にあるか。**○そこふかく**　あこねの浦が深いように、深く心に思って。「深く」は「わがほりしのしまはみせつそこふかきあごねのうら〈阿胡根能浦〉のたまぞひろはぬ」（万葉集・巻一・一二）による。**○いつかみるべき**　いつの日か逢ふことができるのだろうか。反語表現なので、逢うことはできないのである。

〈判〉判のあるべき場所が空白である。

〈裏書〉判定は左の勝ち。**○かみのいつもじ古歌にあはず**　『俊頼髄脳』は、仙人を詠んだ歌の中に「心ざしふかうのさとにおきたらばはこやの山をゆきて見てまし」（万葉集・十六・三八五一　初二句「心乎之無何有乃郷尓〈こころをしふかうのさとに〉」）を引く。古歌には「こころざしふかうのさと」とあるので、「こころざしあこねのうら」ではないということだろう。

十四番　左勝　　宗国

69　わりなしや心をいづちやりてましゆきてなぐさむかたもありやと

右　　道経

70　そりかへりあづさのまゆみふすよなき人をばなにと恋《こ》ひわたるらむ

左、「やりてまし」といへるわたり、をかしげにもみえはべらず。いとこはげにぞはべれど、「そりかへる」にくらぶれば、いますこし耳《み》ちかくぞおぼえはべる。

（裏書なし）

〔現代語訳〕　十四番　左勝　宗国

69 どうしようもなくつらいなあ。心をどこへ遣ろうかしら。そこに行ってなぐさめられるところもあるのだろうかと思って。

右　道経

70 そりかへった梓の真弓のように横になることもない人をどうして恋い慕いつづけているのだろう。

左、「やりてまし」と詠んでいるあたり、趣のある様子には見えません。とてもごつごつしているようですが、「そりかへる」と比べると、すこしは聞いたことがあるように思います。

〔語釈〕　69 ○わりなしや　どうしようもなくつらいなあ。○心をいづちやりてまし　心をどこにやろうかしら。「まし」はためらいの気持ちを表す。「わりなくもねてもさめてもこひしきか心をいづちやらばわすれむ」（古今集・恋二・五七〇・不知）

70 ○そりかへり　同じ表現は他には見あたらないが、弓の「そり」を詠んだ例に「あづさゆみさこそはそりのたかからめはるほどもなくかへるべしやは」（金葉集・雑上・五五七・時房）がある。○あづさのまゆみ　「あづさゆみ」と同じで、あずさの木で作った弓。「ま」は美称。○ふすよなし　共寝することはない。「弓」と「ふす」を続けているのは伏竹弓《ふせだけゆみ》を連想したからか。伏竹弓は木に竹を貼り合わせて弾力を増加させた弓。「よ」も竹の節《よ》を掛けているとみられる。後代の歌だが「あづさ弓すゑまでとほすふせたけのはなれがたくもちぎるなかかな」（新撰和歌六帖「あひおもふ」一三五九・信実）の例がある。

〈判〉判定は左の勝ち。

〈裏書〉判のあるべき場所が空白である。

あまゆふなれやとは、あまゆふとはならぬことをいふなり。それをしらざらむひとをまけにせむとてこそうたのぬしはらだたせたまふめりしか。いさらなみとは、きりのななりとぞ。たれかしらぬことぞ。よろづのずいなうにはべり。

〔現代語訳〕「あまゆふなれや」とは「あまゆふ」とはならないことをいうのである。それを知らないような人を負けにせよといって、作者は腹をたてていらっしゃった。「いさらなみ」とは、霧の名であるという。知らない人がいるのか。多くの髄脳にあります。

〔語釈〕 **○あまゆふなれやとは**（→「恋」十一番64） **○いさらなみとは**（→「山月」四番8）

大治元年　摂政左大臣家歌合

摂政左大臣家歌合　大治元年八月□日率爾合之 後日献判詞

題　旅宿雁　恋

歌人　俊頼朝臣　師俊朝臣　定信　道経

雅光　国能　時昌

御作　女房二人　堀川　参河

旅宿雁

一番　左　俊頼朝臣

1 かぎりありていそぎたちぬるいほ《を》のうちにたれをたのむのかりしたふらん

右勝　定信

2 むさし野にたびねする夜《よ》のさびしきにたのむのかりのなくぞうれしき

さきの歌は、させるふしもなく、ことばのつづきもすべらかならず。次の歌《うた》は、「たのむのかり」とはただかりの名《な》と思ひてよみたるにや。これは田面のかりと申すことなり。むさしのは田《た》あるべしともきこえぬ野なれば、ひがごとともやまうすべからん。されど文字《もし》づかひなどのいますこしなだらぎたれば、勝《か》つと定め申す。

〔現代語訳〕　一番　左　　　　　　　　　　俊頼朝臣

1　時間に限りがあって急いで出立した庵の中で、誰を心だのみにして、田面の雁が鳴いて慕うのだろう。

右勝　　　　　　　　　　　　定信

2　むさし野にたびねする夜はさびしいので、たのむのかりが鳴くことがうれしい。

前の歌は、たいした趣向もなく、ことばのつづきかたもなめらかではない。次の歌は、「たのむのかり」とはただ雁の名と思ってよんだのだろうか。これは「田面のかり」と申すことです。「むさし野」は田があるはずともきこえてこない野なので、まちがいと申すべきでしょう。けれど文字づかいなどがいますこしなだらかなので、勝つと定めます。

〔語釈〕　1 **○かぎりありて**　限りは限度、限界。初句に「かぎりありて」と詠んだ歌は歌合当時の流行だったらしく、金葉集に三例ある。忠通も「かぎりありてちるだにをしき山吹をいたくなをりそゐでのかはなみ」（金葉集・春・七七）と詠んでいる。**○たのむのかり**　俊頼の説は「田面の雁」。『俊頼髄脳』に「さかこえてあべのたのもにゐるたづのともしききみはあすさへもがも」（万葉集・巻十四・三五四四）を引いて、「万葉集にかくよめり。これ雁の歌ならねども、心をえあはするになほ《を》雁がねとぞきこえたる…田《た》の雁《かり》のあまたみるに、みな雲ゐにはなかせで、まぢかくなきたるよしをよめり。たのむといへるはなほ《を》田おもてといへること《事》なめり」と記している。

2 **〇むさし野**　武蔵国の平野。江戸時代以前は家畜を放牧したり、牧草を採取する野原だったという。『八雲御抄』名所部に「たのむのかりといへるは伊せ物語にはむさし也」（「たのむの沢」の項）とあるが、これは「むかし、おとこ、武蔵の国までまどひありきけり」ではじまる『伊勢物語』一〇段に、「みよし野のたのむの雁もひたぶるに君が方にぞよると鳴くなる」と詠まれていることによる。右2の歌はこの説によって詠んでいる。

〈判〉判定は右の勝ち。**〇たのむのかりとはただかりの名と思ひてよみたるにや**　判者の俊頼は「田面の雁」という説によって、田のない武蔵野に詠んではならないと主張する。（↓補説）

〔補説〕　**一番左の歌の負け**　歌合の最初の番では、左の勝ちまたは持と判定するのが通例だったので、この判はめずらしい。『袋草紙』判者骨法は「古今の歌合に、一番の右の勝つ例多くは見えざる者なり」とし、「弘徽殿女御歌合」「小野宮右大臣歌合」「今殿下歌合」「野宮歌合」をあげている。さらに顕昭が「顕昭考、承暦後番歌合」と追記しているが、この中の「今殿下歌合」が本歌合のことである。『袋草紙』はつづけて「就中《なかんづく》、俊頼に至りては、判者たるにより吾が歌を優るとし難きか。」と記す。俊頼が判者をつとめた歌合で、自分の歌を勝ちと判定したことは無い。

たのむのかり　『俊頼髄脳』は田面の雁説とは別に、鹿狩説を紹介し、否定している。

このたのむのかりといへること《事》は、よのひとおぼつかながること《事》なり。このころあるひと、かやうのことしりがほにいへる人あり。いか《如何》が申すとたづねしかば、ひがしくにに鹿がりするに、たのものかりとてかたみによりあひてかりをして、その日《ひ》とりたる鹿《しゝ》をあるかぎりむねとお《を》こなひたるひとにとらするなり。さてのちの日かたみごとにてたがひにするをたのむのかりとはいふなりとぞ申すめる。されどその心このうたどもにかなはず。

顕昭の「袖中抄」は「故左京兆の被申しは、たのむのかりといへばしゝ狩共いはれたり。なくとよみたるは雁と云詞に付てよまんくるしかるまじとありしを、いかゞと思給へしかどよく〳〵思あはすれば、さもとおぼえ侍り」と田面の雁説、鹿狩説の両方が成り立つとする。「左京兆」は左京権大夫の唐名で、ここでは顕輔をさす。語釈1に引いた万葉集歌には「たのむ」ではなく「たのも」とあること、『伊勢物語』は東国でたのむのかりを詠んでいることを合理的に説明しようと考えたのが鹿狩説なのである。

左右の歌は「鹿狩」とは無関係に「雁」を詠んでいるが、歌合当時にはこのような歌語論議もあった。

二番　左　　師俊朝臣

3 おもひやれかりなきわたる秋の夜《よ》のたびのねざめの心ぼそさを

右勝　　雅光

4 さよふかきくもゐにかりもおとすなりわれひとりやはたびのそらなる

さきの歌《うた》は、べちのことなけれど、なだらかにてあしうもきこえず。次の歌《うた》は「われひとりやは」などいへるわたり、すこぶる《頗》心あり、よりて《仍》勝ちとす《為勝》。

〈現代語訳〉　二番　左　　師俊朝臣

3 思いやってほしい。雁が鳴きながら通り過ぎていく秋の夜に、旅先で夜中に眠りからさめたまま寝つけない心細さを。

右勝　　雅光

4 深夜に雲の上で雁が鳴いているようだ。私ひとりが旅の空というわけではないのだなあ。

前の歌は、特別なこともないけれど、なだらかで悪くはきこえません。次の歌は「ひとりやは」などといっているあたり、とても思いがこもっています。そこで勝ちとします。

〔**語釈**〕 3**○おもひやれ**　初句にこの語句をおいて詠んでいる歌は、後拾遺集以降、多く見られる。「おもひやれとふ人もなき山ざとのかけひのみづのこころぼそさを」（後拾遺集・雑三・一〇四〇・上東門院中将）**○たびのねざめ**　旅先で、夜中に眠りからさめたまま寝つけないこと。

4**○さよふかき**　夜もふけて。「さ」は接頭語。「ききつともきかずともなくほととぎす心まどはすさよのひとこゑ」（後拾遺集・夏・一八八・伊勢大輔）**○かりもおとすなり**　前項に引いた伊勢大輔の歌をはじめとして、これまでは夜中に鳴く郭公の声がよく詠まれている。右4の歌はそれをふまえて、郭公だけではなく「雁も」と詠んでいるのだろう。**○われひとりやは**　私ひとりというわけではない。反語表現である。自分ひとりが旅をしているのではないという着想は「草枕我のみならずかりがねもたびのそらにぞなき渡るなる」（拾遺集・別・三四五・能宣）に似ている。10の歌も「ひとりとおもふに」と詠んでいる。

〈判〉判定は右の勝ち。

〔**他出**〕 4千載集・羇旅・五〇八「法性寺入道内大臣のときの歌合に、旅宿雁といへる心をよめる」

三番　左　　道経

5 草枕こしぢは夜はのさむければころもかりがねなきわたるなり

右勝　　殿下

6 なくかりのなみだやそらにこぼるらん露けきたびの草まくらかな

さきのうたは「こしぢはよはの寒けれは」などいへるほど、昼《ひる》はこしぢはさむからぬにやなど、たづねられぬべし。「ころもかりがね」は、裳《も》の腰《こし》よりお《を》ちたることばなれば、めづらしげなくや。つぎのうた、はじめのいつつの文字ぞ、ありのままにてを《お》さなびたるやうなれど、すゑ優なり《也》。もつ《尤》とも勝《可》ちと申《申》すべ《勝》し。

〔現代語訳〕　三番　左　　道経

5　旅をしてやって来た越路は夜中で寒いので、衣を借りたいと雁が鳴いて空を通り過ぎていくようだ。

右勝　　殿下

6　鳴く雁のなみだは空にこぼれているのだろうか。露がおいたように涙でぬれている旅先の草枕だなあ。

前の歌は、「こしぢは夜半のさむければ」など詠んでいるあたり、それでは昼は越路は寒くはないのですかなどと、尋ねられるにちがいありません。「衣かりがね」は、裳が腰から下にさがっているようにありふれたことばなので、めずらしさもない。次の歌、はじめの五文字はありのままで幼稚なようだけれど、末句は優美です。当然勝ちと申すのがよいでしょう。

〔語釈〕　5**○草枕**　『俊頼髄脳』が異名を列記した中に「旅　くさまくらといふ」とある。万葉集では枕詞として「くさまくらたび」とつづけて詠んでいるが、三代集以降は「草枕我のみならずかりがねもたびのそらにぞなき渡るなる」（拾遺集・別・三四五・能宣）のように、旅と同じ意味で詠まれている。**○こしぢ**　「越路」は北陸道のことで、「来し」を掛けている。**○ころもかりがね**　衣を借りたいと雁が鳴いて。「かり」は「借り」と「雁」の掛詞。「夜をさむみ衣かりがねなくなへに萩のしたばもうつろひにけり」（古今集・秋上・二一一・不知）がよく知られている。**○なきわたるなり**　鳴いて空を通り過ぎていくようだ。「なり」は推定の助動詞。雁の姿は見えないが、鳴き声によって推測している。

6**○かりのなみだ**　この語句は「なきわたるかりの涙やおちつらむ物思ふやどの萩のうへのつゆ」（古今集・秋上・二二一・不知）による。

〈判〉**○昼はこしぢはさむからぬにや**　「夜半の寒ければ」と限定しているのでこのようにいう。**○裳《も》の腰《こし》よりおちたることば**　（↓元永元年十月二日「時雨」十二番23俊頼判）

〔他出〕　6田多民治集・七三「旅宿雁」

四番　左　　国能

7　いなぶきのやまだのいほにたびねしてもる夜《よ》ばかりのこゑのみぞする

右勝　　時昌

8　草枕《くさまくら》ねざめてきけばはつかりの旅《たび》の空《そら》にぞ鳴《な》きわたるなる

さきの歌《うた》のいつもじそらごとなり。まもらん稲《いね》を、もはらいほ《を》にふくべからず。また《又》、旅《たび》の心すくなし。いほ《を》にいでて田まもらんをば、旅《たび》とやは申すべき。次《つぎ》の歌《うた》、させる難なけれど、別のとが見えず。かちともや申すべからん。

〔現代語訳〕　四番　左　　国能

7　稲で屋根を葺いた山田の庵に旅寝をして田を守る夜は雁の声だけが聞こえる。

右勝　　時昌

8　旅をして夜中に目を覚して聞くと、初雁が旅先で鳴いて通り過ぎていくようだ。

前の歌の五文字はうそです。大切に守るような稲で、決して庵の屋根を葺くはずがありません。また、旅の心が少ない。庵に出かけて田を守るようなことは、旅とは申せません。次の歌、これといった問題もないけれど、格別な欠点は見えません。勝ちと申すべきでしょう。

〔**語釈**〕　7**〇いなぶき**　稲で屋根を葺くこと。多くの場合は「とふ人のなきあしぶきのわがやどはふるあられさへおとせざりけり」（後拾遺集・冬・四〇〇・俊綱）など、葦や萱で葺く。**〇やまだのいほ**　山の中にある田で農作業をするために作った小屋

8**〇旅の空**　旅先。「さよふかくたびのそらにてなくかりはおのがは風やよさむなるらん」（後拾遺集・秋上・二七六・伊勢大輔）と詠まれている。

〈判〉判定は右の勝ち。**〇まもらむ稲を、もはらいほにふくべからず**　判者の俊頼は、現在の大津市にある田上で暮らしたこともあるので、稲が貴重であることを知っていたのであろう。**〇旅とやは申すべき**　農作業小屋に行くのは旅ではないという。「やは」は反語表現。

五番　左持　　　　　　堀川

9　かりがねとともにこしぢにあらねどもおなじたびねになきわたるなり

右　　　　　　参河

10　かりがねも旅《たび》の空《そら》にぞきこゆなる草のまくらはひとりとおもふに

ともにあしうもきこえず。おなじほどの歌《うた》にや。よ《仍》りて持と定め申す。

〔**現代語訳**〕　五番　左持　　　　　　堀川

9　かりがねとともに越路を通って来たわけではないけれど、同じように旅寝をして、雁が鳴きつづけているように、私も泣きつづけているよ。

右　　　　　　参河

10 雁の鳴く声も旅の空に聞こえているようだ。旅をするのは自分ひとりだと思っていたのに。

ともに悪くは聞こえない。おなじ程度の歌では。そこで持と定めます。

〔語釈〕 9 **〇かりがねとともにこしぢにあらねども** 作者は雁とは逆に京都から北陸道を北に向かって旅しているのだろうか。**〇なきわたるなり** 私が「泣き」と雁が「鳴き」を掛ける。「なり」は推定の助動詞。ずっと雁の鳴き声が聞こえるのである。

10 **〇旅の空** 4の歌と同じく「草枕我のみならずかりがねもたびのそらにぞなき渡るなる」（拾遺集・別・三四五・能宣）に着想が似ている。

〈判〉判定は持。

恋　　師俊朝臣

勝　　殿下

11 とへあまりみへかさなれるをかのやのたふべくもなく人ぞこひしき

12 いさりするよさのあま人こよひさへあふことなみにそでぬらせとや

さきの歌《うた》は、おもひもかけぬ風情なれば、ともかうも申しがたし。次《つき》の歌《うた》は、心もことばも優なり《也》。恋《こひ》の歌《うた》などはかやうによむべきにや。より《仍》てかちとまうす。

〔校訂付記〕 「恋」題では番が書かれておらず、左右も書かれていない。以下同じ。

〔現代語訳〕 恋　　師俊朝臣

11 十三重も重ねて葺いている岡屋のようにまったく隙がないので、心が抑えられないほどあの人が恋しい。

勝　殿下

12 漁をするよさの海の海人のように、今夜もまた逢うことがないので、波にぬれるように涙で袖をぬらせというのか。

前の歌は、思いもかけない詠み様なので、あれこれ申すことは難しい。次の歌は、心もことばも美しい。恋の歌などは、このようによむのがよいでしょう。そこで勝ちと申します。

〔語釈〕 11**○とへあまりみへ** 十三重。判にいうように和歌にはあまり例のない表現である。**○をかのや** 賤の住まいをいう。なお、宇治川東岸に岡屋という地名があり、西行が「ふしみすぎぬをかのやになほとどまらじ日野までゆきてこま心みん」（山家集・一四三八）と詠んでいるが、ここでは地名とは考えない。（↓補説）

12**○よさのあま人** 丹後国、現京都府北部の宮津湾を与謝の海といい、天の橋立がある。与謝の海の漁師をよさのあま人というのであろう。**○あふことなみに** 逢うことがないので、波に。「無み」と「波」を掛ける。「いさりするよさのあま人出でぬらし浦風ゆるく霞みわたれり」（新千載集・春上・一五・恵慶法師）

〈判〉判定は右の勝ち。

〔他出〕 12田多民治集・一四九

〔補説〕 **をかのや** 左11の歌に詠まれている「をかのや」「をかや」の用例はあまり多くなく、『八雲御抄』枝葉部にもこの語句は採られていないが、新古今時代の歌人たちが、

秋ののをかやがしたの虫のねにこころみだれぬ人はあらじな（拾玉集〈慈円〉四三二六「虫」）
さびしとよおきまよふ霜の夕まぐれをかやのこ屋の野べの一村（拾遺愚草〈定家〉一六五三）
しほれふす野辺のをかやのかりまくらむすぶや露のやどりなるらん（明日香井集〈雅経〉四三四）

と詠んでいるので、これらの歌から、野にたてられた粗末な小屋の意だとわかる。

左11の歌の「とへあまりみへかさなれる」と同じ表現は見当たらないが、何重にも屋根を葺いていると解釈でき

ることから、和泉式部のよく知られた歌、

つのくにのこやとも人をいふべきにひまこそなけれあしのやへぶき（後拾遺・恋二・六九一）

を下敷きにして詠んでいると推測される。和泉式部の歌を後代の歌人たちは、

やへぶきのひまだにあらばあしのやにおとせぬ風はあらじとをしれ（後拾遺・雑二九五六・定頼）

山がつのあしの八重垣八重葎ことわりなれや人の分けこぬ（堀河百首「山家」源顕仲・一四九四）

のように利用して詠んでいて、「八重ぶき」を相手が訪れる隙がないことの象徴ととらえている。左11の歌は「八重」を上回る「十三重」なので、さらに言い寄る隙がないことになる。なお、「あしのや」と詠まなかったのは、この語句が歌合の歌にふさわしくないからであろう。「あし」は「悪し」に通じる。

13 秋の田《た》のかるほどもなくかへされてしのびもあへぬねにぞそぼつる　　俊頼朝臣

勝

14 あだしののはぎのすゑばのつゆよりもあやしくもろきわがなみだかな　　雅光

さきの歌《うた》は「田は秋かへすや」など人たづねらる。もっと《尤》もしか《可》るべ《然》し。証歌を申すべけれどおぼえず。ただ《但》し涅槃経名字功徳品の中に「譬如耕田為勝、此経如是諸経に勝」といへる文をおもへば、などか秋かへすとよまざらん。ただ《但》しそのたづねまでにもおよばず、次《つき》の歌《うた》いとをかし。[1]うたがひもなく勝《か》つべきにや。

〔校訂付記〕 1うたかひもなく―「うたかし」の「し」の右に「ひ」と注記する。

〔現代語訳〕 俊頼朝臣

13 秋の田が稲を刈るとすぐに土が返されて根が外に出るように、すぐに追い返されて耐えきれず声をあげて泣きぬれるのだ。

勝 雅光

14 移り気なあだし野に生えている萩の地面に近いところの葉においた露よりも、不思議なことに、さらに涙もろい私の涙だよ。

前の歌は「田は秋に土を返すか」などと人がおたずねになる。もっともなことです。証歌を申すべきですが思い出せません。ただし、涅槃経名字功徳品の中に、「譬如耕田為勝、此経如是諸経に勝」といっている文を思うと、どうして秋に返すとよまないことがありましょう。ただし、そのおたずねを考慮するまでもなく、次の歌はとても趣があります。疑いもなく勝つでしょう。

〔語釈〕 13 **○ねにぞ** 「ね」は稲の「根」と「音」を掛ける。堪えかねて声をあげて泣いてしまうのである。「しのびつつおもへばくるしすみの江の松のねながらあらはれなばや」（拾遺集・恋二・七三九・不知）

14 **○あだし野** 山城国、現在の京都市右京区にある。「あだ」すなわち移り気な心を掛ける。**○はぎのすゑば** 萩の花は低木に咲くが、下のほうにある複葉をいう。「秋はぎのすゑばの露になづさひてさまにもおはぬすり衣かな」（堀河百首「萩」六〇〇・俊頼）

〈判〉判定は右の勝ち。判者俊頼は自分の歌を負けにしている。**○田は秋かへすや** 忠通の問いかけか。保安二年「恋」43の歌でも、俊頼は「秋かへす」と詠んでいる。**○涅槃経名字功徳品の中に修如耕田為勝、此是諸経勝と** 「修如耕田」の後に「秋」とあるべきか。大斎院選子内親王の発心和歌集には「涅槃経　譬如耕田秋暇為勝、此経如是諸経中勝　秋の田のかへすがへすもかなしきはかぎりのたびの御法なりける」（54）とある。

〔他出〕 13散木集・一一五四「殿下にてかへさるる恋といへる事を」

持　　　　　　　　　　定信

15 はかなしやただかりそめの世《よ》の中にわが恋草《こひくさ》のしげりまさるよ

道経

16 にはにおふるゆふかげくさのゆふつゆやくれをまつまのなみだなるらん

さきの歌《うた》、なだらかなり。はての四文字《よもし》ぞ、すべらかならずきこゆる。次《つき》の歌《うた》、「にはにおふる」といへる五文字お《を》かば、「なづなは」とぞうたはまほしきさまなる。下字、かやうのことばは心をえてさるべしと先達も申ししやうにおぼえはべる。このとがともにふかからねば、持とぞ申すべき。

〔現代語訳〕 持　　　　　　　　　　定信

15 はかないことだなあ。ほんの一時の世というのに、私の恋草が刈られることもなくしげりまさっているよ。

道経

16 庭に生えているゆふかげ草の夕露は、日が暮れるのを待っている間にこぼれ出た涙なのだろうか。

前の歌、なだらかです。終わりの四文字はなめらかでないように聞こえます。次の歌、「庭におふる」という五文字をおくなら、「なづなは」と詠じたいようです。上の字のこのようなことばは、理解して避けなくてはならないと先達も申したように思います。これらの欠点はどちらも深刻なものではありませんので、持と申すのがよいでしょう。

〔語釈〕 15**〇はかなしや**　はかないことだなあ。初句を「はかなしや」と詠んでいる例は、人丸集に「はかなしや風にうかべるくものいよ心ぼそくぞ空にわたれる」（二九〇）とあるぐらいだったが、堀河百首で二例詠まれてからは、後代の歌人たちの間でも盛んに詠まれている。**〇ただかりそめの**　ほんの一時の。「かり」は「仮」と「刈り」を掛けており、「刈り」と「恋草」は縁語。**〇世の中**　男女の仲という意味もあるが、上に「かりそめ」とあるので、ここでは現世という意味であろう。**〇恋草**　万葉集に出典をもつことばで、本歌合と同じころに好んで詠まれはじめた。「こひくさ〈恋草〉をちからくるまになくるまつみてこふらくわがこころから」（万葉集・巻四・六九四）「あふことは夏野にしげるこひ草のかりはらへどもおひむせびつつ」（散木集・一一〇三）

16**〇ゆふかげ草**　万葉集に出典をもつ。「わがやどのゆふかげくさ〈暮陰草〉のしらつゆのけぬがにもとなおもほゆるかも」（万葉集・巻四・五九四）**〇くれをまつま**　日が暮れるのを待っている間。「いつしかとくれをまつまのおほぞらはくもるさへこそうれしかりけれ」（拾遺抄・恋上・二五〇・不知）の例がある。

〈判〉**〇「なづなは」とぞうたはまほしきさまなる**　庭の「なづな」を詠んだ歌としては「にはのおもになづなのはなのちりぼへばはるまできえぬゆきかとぞみる」（好忠集・三七七）がある。**〇下字、かやうのことばは心をえてさるべしと**　「にはにおふるゆふかげくさのゆふつゆや」と第二句と下につづく第三句の一番上の語が同じ「ゆふ」なので避けたほうがよいという意味にとると、第二句は「なづなは」とするほうがよいという直前の指摘と符合する。**〇先達も申ししやうに**　公任の『新撰髄脳』に「やまひ数多ある中にむねとさるべきことは、二所に同じことのあるなり」とある。（→元永元年十月二日「時雨」十一番21補説）

〔他出〕　16新古今集・恋三・一一九〇「法性寺入道前関白太政大臣家歌合に」

持　　　　参河

17 なみだ川《かは》みぎはにうかぶうたかたのあふせもなくてきえはてねとや

国能

18 よとともにつつむとすれどなみだ川恋《こひ》する名《な》をもながしつるかな

此歌ともに《共》いとを《お》かし。おなじほどの歌《うた》にや。

〔現代語訳〕

持　　　　参河

17 なみだ川、水際にうかぶ泡のように、逢う機会もなく消えてしまえというのか。

国能

18 夜になるとつつみかくそうとするけれど、なみだ川、ながれだす涙が恋をしているという評判をながしてしまうのだなあ。

これらの歌はともにとても趣がある。同じ程度の歌でしょう。

〔語釈〕

17 **○うたかた**　水にうかぶ泡。はかなさを象徴する。「おもひがはたえずながるる水のあわのうたかた人にあはできえめや」（後撰集・恋一・五一五・伊勢）**○きえはてねとや**　消えてしまえというのか。「ね」は完了の助動詞「ぬ」の命令形。

18 **○恋する名**　恋をしているという評判。「恋すてふわがなはまだきたちにけり人しれずこそおもひそめしか」（拾遺抄・恋上・二二八・忠見）によるか。「恋すてふ名をだにながせなみだ川つれなき人もききやわたると」（金葉集・恋上・三五九・不知）

〈判〉判定は持。

（空白）　時昌

19 君こふることのはばかりいろにいでてあはでのもりのちりぬべきかな

堀川

20 つれなしとかつは心をみやま木《き》のこりずもをののおとづるるかな

さき《前》の歌は、いろにいづることのはと、あはでのもりとはおなじきか。おぼつかなきやうにきこゆれど、なほ《を》、あはでのもりのことのはなめりとおもひなせば、あしうも[1]きこえず。次の歌はうためいたり。いとをかし。ただし《但》ちかくぞ《近曽》しのびたる人の歌合に見しやうにおぼえさぶらへば、ひがごとにやさぶらふらん。よみあはせたらばよし。かくれの歌なりとて、おしてとりたらば、ぬしやはなむかんとおぼえさぶらふかな。

〔現代語訳〕

19 あなたを恋い慕う言葉ばかりがおもてにあらわれて、あはでのもりの紅葉が散るように、結局逢うことができないまま終わってしまうのかなあ。　時昌

20 つれない人だと思い、でも一方では心をたしかめようと、深い山の奥にあるみやま木に斧の音がひびくように、こりずに文をおくりつづけるのだなあ。　堀川

前歌は、「色にいづることのは」と、「あはでのもり」とは同じでしょうか。よくわからないように聞こえますが、やはり、あはでのもりのことのはなのだろうと思うようにすれば、悪くはありません。次の歌は、歌めいています。とてもすばらしい。ただし、近ごろ、ある人が私的に催した歌合で見たように思いますので、なにかの手違いでしょうか。もしたまたま似ているのならよいのです。人が知らない歌だといって、無理に盗ったりしたら、その和歌をよんだ主は承知しないだろうと思いますよ。

〔語釈〕 19 **○あはでのもり**　「逢わない」という意味を掛ける。本歌合とほぼ同じ時期に詠まれはじめた地名である。「つひになほあはでのもりのほととぎすしのびかぬなるこゑたてつなり」（山家五番歌合「郭公」一三・琳賢）**○ちりぬべきかな**　紅葉が散るように、言の葉も相手の心に届かないまま散り、逢えないまま終わるのだなあ。
20 **○心をみやま木の**　「心を見」の「見」と「みやま木」の「み」を掛けている。「みやま木」の例は「み山木をあさなゆふなにこりつめてさむさをこふるをののすみやき」（拾遺集・雑秋・一一四四・曾禰好忠、金葉集初度本・冬・四三三、金葉集三奏本・冬・二九二）。

〈判〉判定は不明。**○いろにいづることのはと、あはでのもりとはおなじきか**　「言の葉」とあはでのもりの「木の葉」が別のものに思える。また、「あはでのもりが散る」という表現は不自然である。遠回しにそれを指摘するのであろうか。**○しのびたる人の歌合**　どの歌合をさしているのかは不明である。

〔参考〕 千五百番歌合（一二〇一年）恋三・二六一六の判　判者顕昭。「同太相国の歌合に、『つれなしとかつは心をみやまぎのこりずもをののおとづるるかな』と女房堀川がよめりしをば、判者俊頼朝臣申していはく、此歌、さいつころ、しのびたる人の歌合にみしやうにおぼえ侍るはひがごとにや。よみあはせたらばよし。かくれの歌とておしてとりたらば、ぬしやはなふかんとおぼえぬべきかなとかけり。これをおもふに歌のぬしきかずとも、世の人のおもはん事も同じか。いかにも勅撰の歌のみならず、内内の会、歌合の歌も可被尋見事歟。」

〔補説〕 **歌を盗ること**　右の歌と直接の関係はないが、清輔の「袋草紙」には、金葉集の永縁の歌（春・九〇）は、高階政業が法会で詠んだ歌であるのに、永縁の訴えによってそのまま永縁の歌として入集したとあり、さらに詞花集の安芸の歌（雑下・三九七）は清輔自身が詠んだ歌なのに、政業と同じような目にあってしまい耐えがたいと記されている。似たようなことは、勅撰集だけではなく歌合でもあったようである。

解説

忠通家歌合の伝本について

一、類聚歌合

忠通の家の歌合は、類聚歌合の「巻十二　大臣家下」に収められているが、類聚歌合は早い時期から本文が分割されて諸家に伝わっており、巻十二については、原表紙と、後に示す巻頭の目録のみが陽明文庫に所蔵されている。堀部正二氏『纂輯類聚歌合とその研究』（初版一九四五年、復刊一九六七年　大学堂書店）は、現在、陽明文庫に所蔵されている歌合巻のうち、もとは二十巻から成っていたと推定される歌合巻（以下、「類聚歌合」）を中心に、目録などの本文の内容と、料紙、筆跡、書風などを検証して得られた結果を照らし合わせることで、「和歌合抄」→「古今歌合」→「類聚歌合」と、歌合巻が段階をおって増大していった過程を論証している。ある程度の形ができていながら作業が中断していた「和歌合抄」に、新たに歌合を追加したり、別の系統の伝本と対校して異文や注記を書き入れたり、切り継ぎをして構成を変えるなどして「古今歌合」が編纂されつつあったが[1]、それを命じたと考えられている堀河天皇の逝去によって作業が中断し、その後、同様の増補、校訂をさらに加えて「類聚歌合」を編纂していたが[2]、これも未完成で終わっているとする。忠通の家の歌合が集められている巻は、この最終段階の「類聚歌合」の成立過程を考える上で、重要な資料とされているのである。また、もう一つ注意すべきことは、巻十二は一つの巻がすべて忠通の家の歌合であるということである。「類聚歌合」の編纂作業に忠通が深く関わっていることは、疑いのないところであろう。(3)

なお、現在、類聚歌合に関する研究が活発にすすめられており、その成果が期待される。

注

（1）『中右記』嘉承二年（一一〇七）六月三日の条に、「早旦参内、於北御所方被切続古歌合、終日候、入夜退出」という記事があり、「古今歌合」と思われる歌合巻（萩谷説では「和歌合抄」）の編纂作業を指していると考えられている。なお、堀河天皇が逝去したのは同じ年の七月十九日のことである。

（2）陽明文庫に所蔵されている類聚歌合のうち、新中将雅定家歌合の紙背には、巻頭の目録より前の段階を示していると見られる目録が残っているが、そこには、

類聚歌合巻第九 十
　　大臣家下　　　大臣（下略）

とあり、巻数の「九」を見せ消ちにして「十」としている。類聚歌合は、開催された場所によって、内裏、后宮、内親王、斎宮・斎院、親王、大臣家、納言家、雲客、士大夫家、僧房、雑のように歌合を分類しているが、増補や切り継ぎを重ねることによって、巻数が増加していったことがわかる。

（3）萩谷氏は村上源氏の源雅実が中心となって歌合巻の編纂をおこなったと考えておられる。忠通は、雅実の同母妹である宗子と元永元年（一一一八）十月に結婚している。ただし、筆者は雅実とする根拠が理解できていないので、賛否の判断は保留したい。

◇類聚歌合巻十二の巻頭目録には、次のように十二度の歌合が記されている。本書ではこれらの歌合の総称として、忠通家歌合という名称を用いることにする。

類聚歌合巻第十二

大臣家下

A　内大臣家歌合　永久三年十月廿六日
兼日被下題　無判

題　水鳥　氷　寄神楽恋
歳暮　鷹狩　雪

B　同家歌合　同日　前歌講了当座被下題
無判

題　衣河　宮木野　鹽竃浦
白河関　季松山　忍里

C　同家歌合　永久五年五月九日

題　郭公

D　同家歌合　永久五年五月十一日
去九日郭公会次被下題当座探被合也

題　桜　郭公　月
雪　恋　祝

E　同家歌合　元永元年十月二日
去月晦日被下題　有俊頼基俊両人判

題　残菊　時雨
恋

F　同家歌合　元永元年十月十一日　判者俊頼後日献判
当座被出題　講席探被分左右

題　雨後寒草

G　同家歌合　元永元年十月十三日　判者俊頼朝臣

題　千鳥　初雪
　　鷹狩

H　同家歌合　元永元年十月十八日　兼日被下題

題　寄所水鳥　旅

I　同家歌合

題　水上霧　恋

J　同家歌合　判者顕季卿

題　草花　晩月
　　尋失恋

K　同家歌合　保安二年九月十二日　判者基俊
　　　　　　兼日被下題　当時被分左右

題　山月　野風
　　庭露　恋

L　同家歌合　大治元年九月八日　判者俊頼朝臣

題　旅雁　恋

A～Lの記号は私に付した。このうち、最後にみえているL大治元年の歌合、すなわち摂政左大臣家歌合については、後から目録に書き加えられたもののようである。この歌合が、類聚歌合に収められている歌合の中では最も新しく、ここから類聚歌合が成立した時期も、大治元年からさほど離れていないのではないかと推測されている。つまり、類聚歌合巻十二に収められていた忠通家歌合の本文は、歌合がおこなわれてほどなく書写されている第一級の資料なのである。

類聚歌合巻十二の歌合本文のうち、現在もまとまって伝わっているのは、A永久三年十月二十六日前度、B永久三年十月二十六日後度、Ｇ元永元年十月十三日、Ｋ保安二年、Ｌ大治元年の歌合である。Ｊ元永二年の歌合は、三題のうち「草花、晩月」題の本文がまとまって伝わっており、残りの「尋失恋」の本文についても、断簡などによってほとんどが確認できる。

歌合本文の断簡だけが伝わっているのは、Ｄ永久五年五月十一日、Ｆ元永元年十月十一日の歌合である。Ｅ元永元年十月二日の歌合も「時雨、恋」題の断簡のみが伝わっている。

目録に名前があるだけで本文が全く伝わっていないのは、Ｃ永久五年五月九日、Ｈ元永元年十月十八日、Ｉ開催日不詳の歌合である。

本書では、類聚歌合の歌合本文が一部分でも伝わっているＡ、Ｂ、Ｄ〜Ｇ、Ｊ〜Ｋの九度の歌合を注釈することにする。

なお、刊本で見ることができる類聚歌合断簡の影印や翻刻の所在の一覧表を399ページに収めている。用いた刊本は次の四冊である。

『古筆学大成21　歌合一』（講談社　一九九二年）

『平安朝歌合大成』（同朋舎出版　増補新訂一九九六年）

『纂輯類聚歌合とその研究』（大学堂書店　初版一九四五年、復刊一九六七年）

『平安歌合集上・下』（陽明叢書国書篇第四輯　思文閣　一九七五年）

現在、陽明文庫に所蔵されている歌合巻は、その影印が『平安歌合集上・下』として公刊されて、私たちも容易に見ることができるようになったが、陽明文庫が設立されるまでは近衛家文書として京都大学付属図書館に寄託されていたそうである。この近衛家文書の中に眠っていた歌合巻が発見され、紹介された経緯については、萩谷朴氏が『平安朝歌合大成』の史論・総説・書志篇第五章に述べておられる。また、小松茂美氏も『古筆学大成21　歌合一』の解説の中に、その裏話を記しておられる。日中戦争がはじまり、日本が第二次世界大戦に向かっていた大変な時期に、学問研究に情熱を傾けた方々や、それを支える方々がおられたことに深く感動するとともに厳粛な気持ちになるのである。御学恩に感謝したい。

二、永久三年前度　内大臣家歌合

〔底本〕類聚歌合『国宝伝西行筆内大臣家歌合』（貴重図書複製会　一九三八年）

忠通家で催された最初の歌合である。同じ日に二度催された。歌合本文の冒頭には、

内大臣家歌合　永久三年十月廿六日
題　水鳥　氷　寄神楽恋
　　歳暮　鷹狩　雪
歌人　内大臣　顕国朝臣　顕俊　永実　忠隆　宗国
　　　雅光　重基　盛家　仲房　忠房　兼昌
読師　顕国朝臣
講師　宗国

とある。兼日題で、判は無い。講師を顕国、読師を宗国がつとめたとあるが、忠通家歌合の中で講師、読師の名を記しているのは本歌合だけである。

7の永実の歌は、金葉集に「摂政左大臣家にて各題どもをさぐりてよみけるに、歳暮をとりてよめる」（冬・三〇一）という詞書とともに採られている。「兼日」とは前もって題が与えられているということなので、探題という

方式とは矛盾するようだが、永久五年五月十一日の内大臣家歌合について巻十二の巻頭目録をみると、

同家歌合　永久五年五月十一日 去九日郭公会次被下題当座探被合也

とあり、九日に「郭公」題で催した歌合の時に題が下され、十一日の歌合当日に誰がどの題の歌を詠むかをくじで決めたことがわかる。本歌合も同じ形式、つまり探題でおこなわれたのであろう（→解説418ページ）。

『歌合大成』は、本歌合で歳暮が四番に位置したり恋の人事題が三番におかれていることをあげて、「常の歌合とは余程異なった歌題構成を有している」と指摘しているが、当座のくじによって題と歌人とが決められたと考えれば理解できそうである。一番が「水鳥」題であるのは、主催者の忠通が「水鳥」の題を探り当てたからである。元永元年十月二日以降に催された歌合のような、忠通が身分を隠し「女房」と称して出詠する〈隠名歌合〉ではない。

〔歌合大成〕永久三年十月廿六日内大臣忠通前度歌合（歌合番号二七五）

三、永久三年後度　内大臣家歌合

〔底本〕類聚歌合『国宝伝西行筆内大臣家歌合』（貴重図書複製会　一九三八年）

歌合本文の冒頭に、

同家歌合　同夜講了 探分左右　当座被下題　奥州所名

とある。前度の歌合は、事前に題を出すなどの準備をしたようだが、その歌合が終わっても、興が尽きなかったからであろう、ひきつづき同じ顔ぶれでおこなわれたのが本歌合である。陸奥国の所の名を詠んでいる。

〔歌合大成〕永久三年十月廿六日内大臣忠通後度歌合（歌合番号二七六）

四、永久五年五月十一日　内大臣家歌合

〔底本〕類聚歌合　断簡
　a　千草会刊『つちくれ』所載
　b　法書会刊『書苑』所載

兼日題の歌合である。類聚歌合巻十二の巻頭目録によると「去九日郭公会」のときに「桜、郭公、月、雪、恋、祝」題が下されたという。また「当座探被合」とあるので、本歌合も探題でおこなわれたことがわかる。

3の歌は「永久五年五月内大臣家歌合、祝」という詞書で夫木抄にとられているが、夫木抄には同じ詞書の歌がもう一首ある。

　　永久五年五月内大臣家歌合、恋　　藤原重基

下くぐるたにのほそみづ結びあげて岩うつよりも君はつれなし　（一二五三七）

「桜」題ということで、俊頼の家集にある、

　おなじ殿下（注　忠通家）にて、探題の歌よませ給ひけるに、桜をとりてよめる

心あらば風もや人を恨みましをるは桜のをしからぬかは　（散木集・一四五）

の歌も本歌合で詠まれた可能性があるが、確証はない。

〔歌合大成〕永久五年五月十一日内大臣忠通歌合（歌合番号二九二）

五、元永元年十月二日　内大臣家歌合

〔底本〕

1　今治市河野記念美術館蔵『歌合集』（一一三―九五八）所収「内大臣家歌合　三十六番」

2　類聚歌合　断簡

a　国文学研究資料館蔵

b　春敬記念書道文庫蔵手鑑「筆鑑」

c　個人蔵

d　（歌合大成）

e　徳川美術館蔵手鑑「玉海」

f　個人蔵

g　（歌合大成）

h　個人蔵

i　東京国立博物館蔵

j　（歌合大成）

k　個人蔵手鑑「むさし野」

l　（歌合大成）

m　個人蔵

俊頼と基俊の二人判という試みが評判となったために、早い時期に本文が切り出されて流出したらしく、現在確認できる類聚歌合の断簡はわずかである。そのため、別系統の今治市河野記念美術館蔵本を底本に用いた。

類聚歌合と別系統の伝本の違いとして特徴的なことは、次のとおりである。

1　歌題の順序　本来は「残菊　時雨　恋」題の順に詠んだと考えられるが、今治本など類聚歌合以外の諸本はすべて「時雨　残菊　恋」の順に和歌を配列している。

2　番《つがい》の番号　類聚歌合が一番から三十六番まで通して番号を付しているのに対して、別系統の伝本はそれぞれの歌題ごとに一番から十二番の番号を付している

3　作者名　①類聚歌合では、俊頼朝臣、顕国朝臣、雅兼朝臣、顕仲朝臣の四人だけに「朝臣」がつく。歌合ではなく歌会の例だが、『袋草紙』には「於親王大臣家、六位同前〔注　官位名〕、五位官名朝臣、四位官姓朝臣、三位以上官許、愚作読名許」（位署書様）とあり、「朝臣」は五位以上の人につけるならわしだったことがわかる。別系統の諸本は、男性歌人にはすべて「朝臣」をつけ、女房には「公」または「君」とつけている。②別系統の諸本は「盛家」を「盛方朝臣」とするが、忠通家の家司の「盛家」が正しい。千載集初出の歌人である盛方は、元永元年（一一一八）にはまだ生まれていない。

別系統の伝本は次のように分類される。**今**、**書**、**東**、**群**、**和**、**昌**は注釈の際に校異を示すために用いた略号である。

i「内大臣家歌合　三十六番」　**今**　今治市河野美術館蔵『歌合集』所収本（底本）

書　宮内庁書陵部蔵本（五〇一―五八〇）

ⅱ「内大臣家歌合　元永元年十月」
東　東京大学国文学研究室蔵『歌合類纂』所収（中古一一・一八・一一・一）
ⅲ（ⅰとⅱの中間本的性格）
群　群書類従本
和　内閣文庫和学講談所旧蔵本
昌　内閣文庫昌平坂学問所旧蔵本

　他に、篠山市教育委員会青山会文庫蔵本、松野陽一氏蔵本、彰考館文庫『歌合部類』所収本など。

　底本とした今治市河野美術館蔵『歌合集』は小沢盧庵本である。親本である『歌合集』は原則的に開催年次順に歌合を配列しているが、本歌合は、兼実が主催した『左大臣家歌合』の次に誤っておかれている。元永元年十月二日内大臣家歌合の小沢盧庵本は他には見あたらない。本文は書陵部蔵本とほとんど同じで兄弟本の関係にあると考えられるが、書陵部蔵本は不注意による誤写が目立つので、河野美術館蔵本を底本とした。ⅰの系統の特徴は「時雨」八番左の歌が一首欠落していることである。ⅱの系統にはある。

　校注本の『全書』、『大系』と、『新編国歌大観』はいずれもⅱの群書類従本を底本としているが、東京大学国文学研究室蔵『歌合類纂』所収本の本文も群書類従本とほとんど同じである。

　ⅲは伝本を便宜上ひとつにまとめたが、書写者がそれぞれに校訂を加えたことによって、ⅰとⅱの両方の系統の本文と一部が相違し、一部が一致しており、中間本的性格といえる。独自本文はほとんどない。内閣文庫和学講談所旧蔵本と内閣文庫昌平坂学問所旧蔵本の二本を代表させて対校に用いることとした。

　ⅱの系統ではなく、ⅰの系統の河野美術館蔵本を底本にした理由は、次表に示したように、類聚歌合の本文にわずかに近いことである。とはいえ本文は一長一短で、類聚歌合の本文によってはじめて意味が通じる個所も多い。

			類聚歌合	一致	i 今治本	ii 東大本
時雨　九番	17	二十一番	しなの	―	信濃君	信濃公
			いづこにか	―	いづくにか	いづくにか
			たちかくる	《今》	立かくる	たちかへる
	俊		いづこにも	―	いづくにかも	いづくにかも
			なだらかにもきこえぬ	―	なだらかに聞え侍らぬ	なだらかに聞え侍らぬ
			このはちるとみてこえむ	―	木葉の散を	このはの散を
			ことをおもひ			
			もみぢのうた	―	みちの歌	みちのうた
	基		たちかくる	《今》	立かくる	たちかへる
時雨　十番	基	(二十二番)	わかずふるも	―	わかずふるらん	わかず降らむ
			おもひやらむも	―	思ひよらでも	おもひよらでも
			しりぬ	―	侍ぬ	侍ぬ
			はら〳〵とふりかからん	―	只かれ	たゝかる
			おとは	《今》	をとは	音を
時雨十一番	22	(二十三番)	いろをこそおもへ	―	色をしぞおもふ	色をしぞ思ふ
	俊		さきにこそあるべけれ	―	さきに有べければ	さきにあるべきか
			これまさるとぞ		まさりぞ	まさりてぞ
時雨十二番	24	(二十四番)	山ざとは	《今》	山家は	山家には
	俊		いろなくてもみぢをそめ	―	紅葉そめ	紅葉そめ
			きくを	―	草木を	草木を

			ものこしより	—	もすそより	裳すそより
			しぐれおとなはゞ	—	時雨の音はげし	しぐれの音はげし
			そめさりたらむ	—	すこしまさらん	少まさらん
	基		左右	《今》	左右	左右の
			こゝろは	—	こゝろ	心
			すくなくて	—	なくて	なくて
恋　四番	基	（二十八番）	こゝちしはべれ	—	こゝちし侍り	こゝちし侍り
			をかし　こころは	—	おかしき心は	おかしき心は
			なをくもゐのつきや	—	雲ゐの月は	雲ゐの月は
恋　五番	57	二十九番	つきなさの	—	つれなさの	つれなさの
			人なげかせて	—	人歎かせん	人なげかせん
			はてはよしやは	—	はてはすくやは	はてはすくやは
	俊		ひだりのうたは	—	左は	左は
			すがたことば	—	体詞	体詞
	基		ことばゝ滑稽のことばに	—	詞滑て詩に	詞滑て詩に
			のろのろしく	—	色々しく	けつ〳〵しく〈よろイ〉
			はべることかな	—	侍る恋かな	侍る恋哉
			なかとみのとくゐん	—	なかとものとくゐ	なかとものとくゐ
			むくつけゝに	《今》	むくつけゝに	むくつけに
恋　八番	63	三十二番	もりいへ	—	盛方朝臣	盛方朝臣
	64		のぶたゞ	—	信忠朝臣	信忠朝臣
			とひみばや	《東》	人みばや	とひみばや

			いとわがごとは	—	いと我ばかり	いと我ばかり
恋　十番	67	三十四番	たゞふさ	—	忠房朝臣	忠房朝臣
	68		宗国	—	宗国朝臣	宗国朝臣
			こひすてふことは	—	恋すてふ恋は	恋すてふこひは
	俊		このひとの	《東》	この人	この人の
			あすよりはこひしといへる		ナシ	ナシ
			と、ひとをこひしといはゞ	—		
			こゝろざしあり。			
			きこえねば	—	聞えねば	聞えねば／〔群〕聞えぬ
						は
			このうたおなじほどの	—	おなじほどの	おなじ程の

類聚歌合の歌合本文の冒頭に

内大臣家歌合　元永元年十月二日、当座探被分左右、依仰毎講、左右作者各献疑難詞。俊頼基俊為上首。但隠作者、任意疑難也。

題三首　残菊　時雨　恋

歌人　上総 顕国、、　摂津 雅兼、、　少将 顕仲、、　女房 師俊　信乃 盛家　俊頼朝臣 基俊
定信 忠房　道経 雅光　信忠 宗国　重基 兼昌　俊隆 為真　忠隆 時昌

とある。私に訓読する。

元永元年十月二日、当座、探りて左右を分けらる。仰せにより講ずるごとに、左右の作者各《おのおの》疑ひ難ずる詞を献ず。俊頼基俊を上首と為す。但し作者を隠し、意に任せて疑ひ難ずるなり。

本歌合は、九月末日に出題した兼日題で、歌合の席で左右を分け、作者名を隠して披講された。主催者の忠通は「女房」と称している。番ごとに参加者が論難しており、俊頼と基俊の判詞は、それらをふまえて、後日提出されたと考えられる。

〔歌合大成〕元永元年十月二日内大臣忠通歌合（歌合番号二九六）

六、元永元年十月十一日　内大臣家歌合

〔底本〕類聚歌合断簡

a　逸翁美術館蔵

b　個人蔵手鑑「毫戦」

c　藤田美術館蔵手鑑「野草芳」

d　（歌合大成）

e　「中世古筆切資料聚影―架蔵、和歌関係資料を中心に」（池尾和也　中京大学図書館学紀要14　一九九三年）所載

歌合本文の冒頭には、

同家歌合　元永元年十月十一日
当座出題　講席次探被分左右

題　雨後寒草

歌人　相府　季房　師俊　盛家　尹時
重基　忠隆　朝隆　清高　盛定

判者　俊頼朝臣

とある。

「雨後寒草」という題は、忠通の祖父にあたる、二条関白師通の家の歌会の「雨後野草」題（金葉集・夏・一五〇）にならったか。類聚歌合の断簡のみが伝わっているが、十人の参加者が一首づつ詠んだ小規模な歌合で、題も当日出題されている。判者は俊頼。二十巻本の断簡が諸所に伝わっていて本文はほぼ復元できるが、一番右の歌と判詞、五番左の歌が欠けている。

〔歌合大成〕元永元年十月十一日内大臣忠通歌合（歌合番号二九七）

七、元永元年十月十三日　内大臣家歌合

〔底本〕『纂輯類聚歌合とその研究』『歌合大成』（底本は三井家旧蔵本）
三井家旧蔵本は、『古筆学大成』に冒頭部分の写真が収められているが、現在の所在がわからないため、『纂輯類聚歌合とその研究』と『歌合大成』の本文を適宜参照しつつ底本とした。両本は三井家旧蔵の類聚歌合本から直接翻刻しており、翻刻の方針も明らかに示されているので、より信頼できると判断した。『新編国歌大観』は類聚歌合の転写本である宮内庁書陵部蔵本（五〇一―六〇五　摂津守有綱家歌合と合綴）を底本にしている。
歌合本文の冒頭に、

内大臣家歌合　元永元年十月十三日　加御作　俊頼朝臣歌
題　千鳥　初雪　鷹狩

歌人　兼昌　忠隆　雅兼　女房
　　　宗国　顕仲　師俊　道経
　　　顕国　盛家　定信　雅光
判者　前木工頭俊頼朝臣

とある。判者の俊頼は、歌合には出詠していないが、歌合後に三つの題で一首ずつ詠んでいる。忠通は、歌合にも出詠し、歌合後もさらに俊頼と同様に詠んでいる。

〔歌合大成〕元永元年十月十三日内大臣忠通歌合（歌合番号二九八）

八、元永二年　内大臣家歌合

〔底本〕

1　類聚歌合断簡

a　根津美術館蔵『国宝　内大臣殿歌合』（根津美術館編　便利堂　一九四三年）

b　個人蔵

c　千草会刊『つちくれ』所載　手鑑「瑞穂帖」

d　個人蔵手鑑「夏山帖」

e　（歌合大成）

f　尚古会刊『ちとせの友』所載

g　個人蔵

h　（歌合大成）

i　吉田丹左衛門編『ひくらし』所載

j　個人蔵

k　不二文庫蔵手鑑

2　静嘉堂文庫蔵『元永二年内大臣家歌合』（一八五四二―一〇四三七）　静嘉堂文庫編『歌学資料集成』所収

『国宝　内大臣殿歌合』として複製されている、類聚歌合の歌合本文の冒頭に、

内大臣殿歌合

　判者　修理大夫藤原顕季朝臣

左方人

備後守季通朝臣　皇后宮津君

無名女房実内大臣殿　馬権頭盛家

刑部少輔尹時　前左衛門佐基俊

時昌　皇后宮前大夫進兼昌

前和泉守道経　散位忠季

右小弁師俊

右方人

前淡路守仲房　左中弁源雅兼

刑部大輔定信　　散位忠隆
故中宮上総君　　式部少輔行盛
為真　　治部大輔雅光
前兵衛佐顕仲　　宮内少輔宗国
左近衛権少将顕国

題二
草花　晩月　□□□

とある。題の晩月の下に摺り消ちの痕があるのは、「尋失恋」題以降の部分が切断されているためであろう。「尋失恋」題の本文も複数の断簡によってそのほとんどが確認できる。

また、顕季の判のあとに「又判云」として追判を記した、類聚歌合とは別系統の本文も伝わっている。元永元年十月二日の歌合の場合は、類聚歌合以外の本文は江戸時代以降に書写された末流の本文ばかりだが、元永二年の歌合の場合は、「又判」を付した別系統の本文も古い本文をとどめている。別系統の主な伝本は次のとおりである。

2　i　静嘉堂文庫本〔底本〕
神宮文庫本
ii　小沢盧庵本　龍谷大学大宮図書館
刈谷市中央図書館　村上文庫　小沢盧庵書入歌合部類
今治市河野美術館　河野信一文庫『歌合集』所収

本歌合は、元永二年七月十三日に催され、顕季がその席で判をおこなった。そして歌合歌と顕季の判をまとめたものを俊頼のもとに送り、後日、俊頼が忠通らの前で評定した。その評定をまとめたのが「又判」である（→解説432ページ）。

注釈にあたり、「又判」を付した静嘉堂文庫本と類聚歌合の両方の本文を校訂して示すことにした。両本の顕季判にさほど大きな違いは見あたらないが、和歌本文については、判をうけて本文を修正しているのではないかと考えられる例がいくつかある。

次表は和歌本文の異同を整理したものである。

		校訂本文	類聚歌合	静嘉堂文庫	判詞
歌題		暮月	晩月	暮月	
草花一番	2	まねくかたには	まねくかたへは	まねくかたにも	顕（類・静）「まねくかたへは」 又「まねくかたには」
草花三番	5	たはれふすかな	たれをレふすかな	たはれふすかな	又　露にたはれふすと…
草花六番	11	秋の野の	**あきのゝに**	秋の野の	又「秋の野の」といへるはての「の」文字をぞ、「に」といふべし
草花七番	13	ひと野にまらず	ひとのにまあらす	ひと野にもあらす	顕（類）ことはづかひの「まらす」こそ 顕（静）詞づかひの「あらず」

		ほころびぬらん	ほころひにけり	ほころひぬらん	―
草花九番	17	むすびてゆかん	むすひてをかん	むすひてゆかん	又「むすびてゆかん」といへば
		すそ野に尾花	すその《に》をはな	すそ野の小《尾歟》花	顕（類）「すそのに」といへる、ちがひたり 又「すそ野の尾花」といへば
	18	はぎの錦や	はきのにしきや	花の錦や	又「萩のにしきや床ならん」
草花十番	19	たまぬきかくる	たまぬきかくる	またぬきかくる	―
草花十一番	21	おひながら	おひなから	ありなから	―
	22	やまのかげ	やまのかけ	山陰の	又「山かけ」も思かけぬ五文字也 ―
暮月一番	24	ともしき影を	ともしか《き》け《も》	ともしき影を	
暮月二番	26	くもまより	くもまより	このまより	―
暮月三番	27	照る月を	てる月を	照月の	顕（類・静）「…てる月を…」
暮月四番	30	あづまぢや	あつまち**や**	あつまちの	顕（類）はじめのくの「や」、はての「の」 顕（静）初句のはての「の」
暮月五番	31	ものはかなしき	ものはかなしき	秋はかなしき	―
暮月七番	35	木のまの月し	このまのつきし	木のまの月も	―

		たどりぞわたる	たとりそわたる	たとりそすくる	—
暮月八番	38	筏おろす	いかた**おろす**	筏おとす	顕（類）いかたは「おとす」とこそいへれ、「おろす」はこころえす 顕（静）「いかたおろす」とこそいへれとは心えず
暮月九番	39	夕されや	ゆふされや	夕されは	顕（類・静）上五文字のはての「や」もじも、いとにくし
暮月十一番	43	たちどまりても	たちとまりても	たちとまらても	—
尋失恋一番	46	かひもなく	かたもなく	かひもなく	—
尋失恋二番	48	あはぬいもかな	あはぬきみかな	あはぬいもかな	—
尋失恋三番	49	人しれぬ	ひとしれぬ	人しれず	又 人しれぬ心ゆきかよふばかりにて
	50	ゆくへもしらぬ	行ゑもしらす	行末もしらぬ	—
尋失恋四番	51	君なれば	きみなれは	君なれと	—
		夢に命を	ゆめに心を	夢に心《命》を	又 「夢にいのちをかく」とはいかに
	52	夢にしるがに	ゆめにしる**かに**	夢にみるかと	又 はての「がに」いとにくし
尋失恋六番	55	ながれてこひに	なかれてこひに	なかれてつゐに	—

尋失恋七番	58	見てしかな	見へしかな	見てしかな	――
尋失恋九番	61	ねきごとを	ねきことも	ねきことを	――
		いなうの神の	いなうの神の	いなはの神の	又「いなう」ぞおぼつかなけれど
		いなうとも	いなうとも	いなゝらで	――
	62	恋をするかな	恋もするかな	恋をするかな	――
尋失恋十一番	66	うらまさしくは	うらまさしくは	うらまさしかれ	――

たとえば、「草花」六番11は、類聚歌合の本文が又判の指摘「『に』といふべし」と同じ「あきのゝに」と修正されている。一方、「暮月」八番38は、静嘉堂文庫本の本文が顕季判「いかだは『おとす』とこそいへれ」と同じ「筏おとす」と修正されている。さらに静嘉堂文庫本の又判は和歌本文が「筏おとす」となっているのにあわせて「『いかたおろす』とこそいへれとは心えず」と本文を合理化している。類聚歌合の本文と静嘉堂文庫の本文のどちらか一方がすぐれているというわけではない。両本の〈祖本〉が相互に干渉しあっていて、和歌本文が顕季判や又判の指摘に従って〈添削〉されている個所が双方に見つかっているのである。

和歌本文については、それが可能な場合は、それぞれの判者が判の対象とした本文を顕季判、又判の指摘などから割り出して校訂本文とした。個々の例については注釈で述べている。

なお、類聚歌合を編纂するにあたり、編者はなぜ「又判」を付した本文を採用しなかったのかということが気になっている。類聚歌合の成立にもかかわる何らかの理由があるはずだが、今は問題を指摘するにとどめる。

〔歌合大成〕元永二年七月十三日内大臣忠通歌合（歌合番号三〇〇）

九、保安二年　関白内大臣家歌合

〔底本〕類聚歌合『関白内大臣家歌合　宮本家本』（複刻日本古典文学館第二期　ほるぷ出版　一九七六年）

歌合本文の冒頭に、

関白内大臣家歌合　保安二年九月十二日
兼日被下題　当座分左右

題　山月　野風　庭露
恋二首

歌人

左　殿下　前木工頭俊頼朝臣　宮内少輔宗国　散位重基
治部大輔雅光　大膳亮親隆　女房

右　前弾正大弼明賢朝臣　前左衛門佐基俊　右少弁師俊
刑部大輔定信　散位道経　蔵人修理亮為真
文章生時昌

判者　前左衛門佐基俊

とある。本歌合は基俊が単独で判者をつとめた。

類聚歌合の紙背には、同筆で別の判詞も記されている。『袋草紙』がこの裏書判を「俊頼云」として引用していることから、かつては俊頼の判と考えられていたが、小松正「関白内大臣家歌合判詞考―二十巻本裏書は果して俊頼判か―」（文芸研究・二九　一九五八年）によって、表に書かれた判と同じく基俊の判であることが論証され、現在では定説となっている。

ただし、より厳密にいうならば、裏書判は、当座で交わされた論議を判者とは別の人が書き記した当座の記録と考えられる。もちろん当座での論議は判者である基俊がリードする形ですすめられているようだが、たとえば、一番「庭露」29の歌について「右方人、『なほ、庭のあさぢはいかが』とかたぶきはべりしかど、判ののちなりしかば思ひながらぞ」と裏判の末尾に書かれているが、この発言は基俊の耳には届いていないはずである。また、「野風」19の歌が詠んだ「ゐなの」ということばについて、裏書判には方人が意見をのべ、判者の基俊と議論していることが記録されているが、表に書かれた判は「ゐなの」について全く触れていないなど、表に書かれた判が裏書判に記された説を取捨している例は、注釈で述べたようにかなりある。表側の判は、基俊が整理して、後日提出したものである。

　類聚歌合を転写した末流の伝本は一様に、裏書判を表の判の後に一字から二字程度下げて書いているのだが、注釈を施していくうちに、先に裏書判を読み、次に表の判を読むほうが、全体の論旨が理解しやすいことに気づいた。これは、右に述べたように、裏書判は当座の判の記録、表に書かれた判は基俊が後日整理して献上した判だからである。

　裏書判の資料価値は高いと考えるので、注釈では裏書判をすこし目立たせることにした。先に裏書判を詠んでみることをおすすめしたい。

〔歌合大成〕保安二年九月十二日関白内大臣忠通歌合（歌合番号三〇五）

十、大治元年　摂政左大臣家歌合

〔底本〕類聚歌合　『金鯱叢書　史学美術史論文集　第三十三輯』（徳川黎明会　二〇〇六年）

歌合本文の冒頭には、

摂政左大臣家歌合　大治元年八月□日率爾合之 後日献判詞

題　旅宿雁　恋

歌人　俊頼朝臣　師俊朝臣　定信　道経

雅光　国能　時昌

御作　女房二人　堀川　参河

とある。

本歌合の類聚歌合の本文は所在が不明であったが、近年出現し、『金鯱叢書　史学美術史論文集　第三十三輯』に四辻秀紀氏の資料紹介とともに写真が掲載された（「大治元年八月摂政左大臣家歌合―新出の廿巻本類聚歌合の紹介をかねて―」）。二題一〇番、計二〇首の歌合で、「恋」題には「番」「左」「右」の表示がない。また、本文の冒頭部分に「率爾合之」とあるので、当座歌合と考えられる。判者は俊頼で、後日判詞を提出した。

本歌合は二十巻本類聚歌合に所収された歌合のなかで最も開催年が新しく、この後ほどなく二十巻本が成立したと推測されている。

〔歌合大成〕大治元年八月摂政左大臣忠通歌合（歌合大成三〇〇）

類聚歌合断簡所載書・所蔵者一覧

	番・題	歌番号	古筆学大成21歌合一〈ページ数〉	平安朝歌合大成増補新訂三〈歌合番号〉	纂輯類聚歌合とその研究	平安歌合集下	所蔵者《古筆学大成による》	所蔵者《歌合大成による》
巻十二巻頭目録				○	○	◎179-183		陽明文庫
永久三年前度			◎288-291	二七五	○215-217		個人蔵	
永久三年後度			◎292-295	二七六	○217-218		個人蔵	
永久五年五月十一日	月	1	◎350	二九二A			千草会刊『つちくれ』所載	
		2	……					
	祝	3	◎350	B	○218		法書会刊『書苑』所載	
元永元年十月二日	冒頭部分		……	二九六A				国文学研究資料館蔵
	二十一番	41	◎308	B	○218		春敬記念書道文庫蔵 手鑑「筆鑑」所載	
		42判	◎308	C			個人蔵	
		（42）判	……	D				個人蔵
	二十二番	（44）判	◎309	E			徳川美術館蔵手鑑「玉海」所載	
	二十三番	46	◎310	F			個人蔵	
		46判	……	G				個人蔵

	二十四番	47・48判	◎310-311	H			個人蔵	
	二十八番	（56）判	◎312	I	○218		東京国立博物館蔵	
	二十九番	57						
		（58）判	……	J	○219			個人蔵
	三十二番	63・64	◎312	K	○219		個人蔵　手鑑「むさし野」所載	
		64判	……	L				個人蔵
	三十四番	67・68判	◎313	M			個人蔵	
元永元年十月十一日	一番	1	◎314-315	A	○219		個人蔵	
	（二番）	2・3判	◎315	B			個人蔵　手鑑「毫戦」所載	個人蔵　手鑑「筆陣」所載
	三番	4・5判	翻229	C	○219-220		藤田美術館手鑑「野草芳」所載	
	四番		……	D			……	個人蔵　手鑑「毫戦」所載
	（五番）	8判	……	E			……	個人蔵「中世古筆切資料聚影」所載
元永元年十月十三日			◎316-317（冒頭部分）		○220-224		個人蔵　三井家旧蔵	
元永二年	草花・晩月		◎318-321（中略）	A	○224-231		根津美術館	
	尋失恋一番	45・46	◎322	B	○231-232		個人蔵	

尋失恋二番	47・48判	◎350	C	○232		千草会刊『つちくれ』所載	手鑑「瑞穂帖」所載
尋失恋三番	49・50判	◎323	D			個人蔵	手鑑「夏山帖」所載
	50判		E				個人蔵　小手鑑所載
尋失恋四番	51・52判	◎350	F	○232		尚古会刊『ちとせの友』所載	
尋失恋五番	53・54判	◎324	G			個人蔵	
尋失恋六番	55・56判	……					
尋失恋七番	57・58判						
尋失恋八番	59・60判						
尋失恋九番	61・62	……	H				個人蔵
	(62)判	◎351	I	○232		吉田丹左衛門編『ひくらし』所載	
尋失恋十番	63						
	64判	◎325	J			個人蔵	
尋失恋十一番	65・66判	◎325	K			不二文庫蔵　手鑑所載	

◎は写真、アルファベットまたは○は翻刻　歌番号を除く数字は本文ページ数　『歌合大成』の漢数字は歌合番号　『歌合大成』には所蔵者の名前が書かれていることが多いが個人蔵に統一。

藤原忠通と忠通家歌合について

はじめに

藤原忠通は摂関家に生まれ、鳥羽、崇徳、近衛、後白河と四代の摂政・関白を歴任している。父は富家殿とよばれた藤原忠実、母は源顕房の娘の師子。二人の間には嘉保二年（一〇九五）に泰子（勲子のちに泰子と改名）、承徳元年（一〇九七）に忠通が生まれている。

忠通が生まれて二年半がすぎた承徳三年（一〇九九）六月、摂関家に衝撃が走った。関白師通が急死したのである。この時、父の忠実はまだ二十二歳、若年であることを理由にすぐには関白の位に就けず、長治二年（一一〇五）十二月、二十八歳で関白の位に就くまで、氏長者でありながら、政治的な決裁を下せない内覧という立場におかれた。さらに忠実が頼みとしていた「大殿」師実も、康和三年（一一〇一）二月十三日に亡くなっている。摂関家に関白不在の期間が生じたのである。しかし、摂関家が重苦しい空気に包まれていた中で、嫡子忠通の成長は明るい話題だったにちがいない。忠実の日記『殿暦』には、威徳とよばれていた幼いころの忠通や、姫君（泰子）のことが、細かく書きとめられている。忠実は後に、頼長を寵愛して、関白となった忠通と対立するのだが、幼年期から青少年期の忠通に対して豊かな愛情をそそいでいたことが日記の記述から推察できる。

『殿暦』によると、威徳（忠通）が忠実に伴われて始めて参内したのは、康和四年（一一〇二）七月八日、六歳の時である。同じ年の十二月十七日に、姫君と威徳の着袴がおこなわれた。翌康和五年（一一〇三）の十一月二十五日には、威徳の童殿上の装束の制作を始め、十二月九日に参内の儀が盛大におこなわれている。献上する名簿に書く名は大江匡房が選んで、忠通と決まった。嘉承二年（一一〇七）四月十日には、院、東宮への昇殿を許されている。この日、正式に白河院と東宮にお目通りしたのである。その後、同十六日に、威徳は白河院から馬を賜り、同十八日、二十一日とつづけて、忠実に伴われて白河法皇のもとに参上している。同二十六日に忠通は元服したが、六月十一日には仰せによって白河院の猶子となっている。同十八日には忠通は侍従に任ぜられ、同十九日には牛を、同二十九日には馬を、白河院から賜わる。忠通に対してなみなみならぬ好意をいだかれたことがわかるのである。忠通は同じ年の十二月八日に中将に任ぜられ、天永二年（一一一一）正月二十三日には、摂関家の嫡子の慣例により、参議を経ずに中納言に任ぜられている。永久三年（一一一五）四月に十九歳で内大臣に就任した忠通は、元永元年（一一一八）十月二十六日に藤原宗通の娘宗子と結婚。舅となった宗通は、幼少のころから白河院に養育され、白河院の信任が厚い実力者である。また宗通の妻は藤原顕季の長女であった。

　歴史的にみると、摂関家と院や院の近臣はきびしく対立していたという印象が強いのだが、そのような先入観にとらわれてしまうのはよくないようである。白河院と父、忠実の関係は、少なくとも忠通の青年期ごろまでは、具体的にいうと泰子の入内をめぐって感情的に齟齬をきたすまでは、興福寺や荘園経営の問題が生じつつあったとはいえ、比較的良好なものだったと考えられる。忠実が白河院の不興を買って蟄居を命じられ、関白を辞したのは、保安二年（一一二一）正月二十二日のことであった。曲折があったようであるが、忠通は、院の近臣の藤原顕隆の進言によって、同じ年の三月五日に関白に就任し氏長者となった。二十五歳の時である。その後、保安三年（一一

二二）十二月には左大臣に就任、翌年に崇徳天皇の即位により関白を改め摂政となった。〔455ページ「忠通略年譜」参照〕

本書で注釈した忠通家歌合は、忠通が内大臣に就任した年でもある永久三年から、摂政左大臣の位に就いていた大治元年（一一二六）までの間、すなわち十九歳から三十歳までの間の、特に前半期に集中しておこなわれている。

一、忠通家歌合の性格

摂関家と〈密儀〉

『八雲御抄』巻二作法部は、歌合を内裏歌合と執柄家歌合に分けて、歌合の作法を記している。

一内裏歌合〔院宮可准之〕
　天徳四年。永承四年。承暦二年。以此三ケ度為例。自余者、或菊合根合等次、又率爾内々密儀也。〔下略〕
一執柄家歌合〔大臣家可准之〕
　長元八年五月　三十講次　左大臣〔頼〕歌合
　寛治八年八月十九日　前関白〔師〕高陽院歌合
　　已上両度為例。其外無可然歌合。〔下略〕

『八雲御抄』のこの部分は、『袋草紙』下巻の歌合の作法に関する記述〔和歌合次第〕を、内裏歌合と執柄家歌合に分けて整理しなおしたものである。

「執柄家歌合」すなわち、摂関家が主催した歌合として、二つの歌合の名前があがっている。長元八年（一〇三五）の賀陽院水閣歌合（忠通家歌合を除く歌合の名称は新編国歌大観による。以下同じ）は、時の関白左大臣頼通が高陽院（賀陽院）の水閣において法華三十講を行ったときに催した晴儀の歌合である。寛治八年（一〇九四）の高陽院七番歌合は、前関白師実が自邸である高陽院で催した歌合で、摂関家が主催した最後の晴儀歌合とされている。どちらの歌合も、詳細な行事の次第が伝わっており、優美な文台や州浜を用意して華々しく催されている。

帝や院、后以外に晴儀歌合を催すことができるのは、「執柄家」すなわち、摂関家だけなのである。そして、〈晴儀〉があるからこそ、それに対する〈密儀〉が存在する。

◇

摂関家では、歌合以外にもさまざまなことを〈晴儀〉と〈密儀〉に厳格に区別している。父、忠実の日記『殿暦』の中から、忠通の教育にかかわる記事を三つ取り上げよう。なお、漢文で書かれた資料については、読みやすさを考え、原則として訓読した本文を示す。（以下同じ）

一つめは、忠通の読書始の記事である。

今日威徳、密々に文を読み始む。又、手を模し始む。時範、文を教ふ。件の文、大殿が読み始め給ふ文なり。

史記一巻　〈嘉承元年（一一〇六）正月十一日の条〉

威徳は忠通の幼名で、この時十歳。「大殿」すなわち曾祖父の師実の例にならって、「密々」に史記を読み始めたという。

一方、正式な読書始は天仁二年（一一〇九）十二月二十一日、公卿、殿上人を招き、高陽院において盛大に行われている。

…中将着座す。〔文机の上に広紙一枚を敷き、左右の端を机に付け、その上に壇紙二枚、五帝本紀を裹みてこれに置く〕

その右〔カクヒアリ〕師の敦宗朝臣を召し同じ文を取り副へ持ちて書を開き読みて云ふ。〔史記、集解、序〕次に中将微音にて同じく読む。師起座する。…

このときの文机は白河院から賜ったものである。

摂関家では、晴儀の読書始に先だって、慣例によって「密々」に教育を開始しているのである。

◇

二つめは、忠通が中将中納言の時に催した作文会に関する記事である。

天永二年（一一一一）九月二十四日　この間中納言忠通毎夜詩を講ず。密々の儀なり。陰干公達一両北面にあり、六位諸大夫等この座に預かる。和歌これに同じ。

同　九月二十九日　今朝中納言中門廊に於いて作文す。…午後曹司に於いて同じく作文す。両三度、密々の事なり。

同　十月五日　今日中納言始めて作文す〔東三条亭〕…戌剋ばかりに人々来たり。…先ず三献し、朗詠す。撤饗し、詩を講ず。序者〔在良〕、題者〔大蔵卿〕、講師〔行盛〕、読師〔為房〕。講ずる間、余出座して之を見る〔烏帽子を着す〕。文人皆衣冠を着す。亥の刻事了はる。

九月二十四日、二十九日の条に、忠通が連夜、公達を招いて「密々」に作文会をおこなったことが記されているが、十月五日の条をみると、東三条殿で「晴儀」の作文会が催されている。これは忠通が初めて催した晴儀の作文会で、行事の次第や参加した殿上人、上達部の名などが詳細に記されている。殿上人、上達部を邸宅に正式に招いて催す作文会は、当然のことながら、「密々」の作文会とはっきり区別されるものだったことがわかる。この晴儀の作文会については『中右記』にも記事がある。筆者の藤原宗忠は「抑も中納言殿の御作、優美の由、衆人感じ申す。就中御手跡誠に以て神妙なり、年十五で始め已にかくのごとき事あり。我朝の文道の中興か」と、忠通の書と作文の才能を手放しで褒めている。九月の下旬に連夜もよおした「密々」の作文会は十月五日の「晴儀」の作文会のための準備練習という意味合いもあるようである。

忠通はさらに十一月二十三日にも密儀の作文会をおこなっている。

今夜中納言作文の事あり、題者〔在良〕、講師〔宗光〕、文者両三人。その後連句す。余この座に出ず。この事密々の儀なり。博士七八人ばかり云々。公達一両人云々。事了はり、文士等皆以て退出す。

忠通はかなりの〈凝り性〉、すなわち「一つのことに熱中して、満足するまでやりとおす性質」〔日本国語大辞典〕だと推測できる。

永久三年（一一一五）四月に内大臣に就任した後も、作文会の記事がつづく。

永久三年六月二十七日　今日内府東三条に於いて作文・和歌の事あり云々。余向かはず。上達・殿上その数あり云々。

永久五年三月十八日　内府方和歌会あり〔近来、和歌読多く集会す云々〕。

同　八月十九日　内府御方に於いて作文あり。

当時の貴族にとっての正式な教養は漢詩文だったからであろうか、『殿暦』の記事には作文会に付随して和歌を詠んだという記述はあるが、和歌会についてのくわしい記述は見あたらない。その中で、永久五年三月十八日の「内府方和歌会あり」「近来、和歌読多く集会す」という記事は、忠通家歌合がはじまった時期とも重なっていることもあって、これまでも注目されてきた。

◇

忠通家歌合が行われた日付のうち、『殿暦』には、永久三年十月二十六日、永久五年五月九日、同十一日、元永元年十月二日、同十一日、同十三日、同十八日の日記が存在するが、いずれも忠通が家で歌合を催したという記述は見あたらない。しかし父、忠実の日記に記述が見あたらないから、歌合が存在しないということではない。逆に『殿暦』に和歌会の記事があった永久五年三月十八日の歌合は『類聚歌合』の目録には見あたらないのである。

そこで三つめは、元永元年十月十一日前後の『殿暦』の記事である。忠実の日常が次のように記されている。

十日　…不出行、昨日笙吹時元終日習楽、自今日大般若供養講師禅仁律詩
十一日　不出行、終日時元来習楽、講師来、講説如昨日
十二日　…及曉参院、参内、侍宿、講如昨日
十三日　及午剋退出、参院、退出、及秉燭講師来、如昨日
十四日　（記事無し）
十五日　（記事無し）
十六日　…今日有種々祈事…
十七日　念珠
十八日　同昨日　（〜二十一日まで同じ）

忠通は、同じ月の二十六日に、東三条殿から宗子のもとに通いはじめているが、嫡子忠通の結婚を目前にしたこの時期、関白家では平穏な毎日が続いていたようで、父の忠実は、笙の名手の豊原時元から楽を学ぶなどしている。十日、十一日の条には記されていないが、たとえば、康和二年二月五日、六日の条には、俊頼の息子の俊重が忠実

の管弦の相手をつとめたとあるので、元永元年十月十日、十一日にも何人かの貴族が招かれたのだろう。作文はもちろんのこと、管弦や和歌は天皇や上皇が催す御遊には欠かすことのできないもので、貴族にとっては必須の教養であった。それらの中でも忠実は特に管弦を好んだようである。そして、忠実にとっての管弦にあたるのが、この時期の忠通にとっては和歌だったのではなかろうか。

つまり、忠通が家で催した「密々」の歌合は、忠実の笙の練習に相当するような、非常に個人的な和歌の練習の場だったと推測されるのである。

勅撰集の詞書

開催された当時、忠通家歌合はどのようにとらえられていたのだろうか。忠通家歌合の歌は、金葉集以下の勅撰集に採られているが、金葉集では、

摂政左大臣家にて各題どもをさぐりてよみけるに、歳暮をとりてよめる（金葉集・冬・三〇一・藤原永実）
↓永久三年前度「歳暮」7

摂政左大臣家にて蘭をよめる（金葉集・秋・二三四・源忠季）
↓元永二年「草花」20

摂政左大臣の家にてゆふづくよの心をよませ侍りけるによめる（金葉集・秋・一七五・藤原忠隆）
↓元永二年「夕月夜」28

摂政左大臣家にてよめる（金葉集初度本・秋・三〇二・藤原時昌）
↓保安二年「山月」12

のように、「歌合」の歌であることが詞書に書かれていない。言うまでもないが、金葉集の撰者は、多くの忠通家歌合で判者をつとめた俊頼である。

勅撰集では撰集時の官位または最終官位を書くので、忠通が内大臣の時に詠まれた歌も、金葉集では「摂政左大臣家にて」とある。

金葉集には、他にも「摂政左大臣家にて」ではじまる詞書が、

摂政左大臣家にて、人人に三月尽の心をよませ侍りけるによめる（金葉集・春・九二・源俊頼）

摂政左大臣家にて恋の心をよめる（金葉集・恋上・四一三・源雅光）

摂政左大臣家にてときどきあふといふことをよめる（金葉集・恋下・五一四・源顕国）

のようにあり（459ページ「忠通家歌会関連歌一覧」参照）、忠通家歌合の歌と忠通家の歌会等で詠まれた歌を詞書では全く区別していないことがわかる。

◇

金葉集の詞書に「歌合」と書かれているのは、次の場合である。

a　摂関家の晴儀歌合

b　摂関家以外の貴族の家で催された歌合

c　晴儀、密儀を問わず、内裏歌合、院、后宮主催の歌合

a摂関家主催の歌合では、前に引いた『八雲御抄』に晴儀歌合の例としてあがっていた、賀陽院水閣歌合と高陽院七番歌合の歌が、

宇治入道前太政大臣三十講歌合に月の心をよめる（金葉集・秋・二〇一・読人不知）など

宇治前太政大臣家歌合によめる（金葉集・春・四九・皇后宮摂津）など

という詞書を付して採られている。俊頼は、忠通家歌合などの〈密儀歌合〉は正式のものではなく、〈晴儀歌合〉

こそが摂関家の歌合なのだと考えていたようである。摂関家の歌合が「特別」であることは、b摂関家以外の貴族の家で催された歌合歌の詞書と比較することで裏付けられる。

俊忠卿家歌合によめる（金葉集・夏・一一七・筑前）
↓左近権中将俊忠朝臣家歌合〈長治元年五月〉一番「郭公」1

実行卿家の歌合にかすみの心をよめる（金葉集・春・九・少将公教母）
↓六条宰相家歌合〈永久四年〉二番「霞」3

長実卿家歌合に郭公をよめる（金葉集・夏・一〇九・藤原経忠）
↓内蔵頭長実白河家歌合〈保安二年閏五月十三日〉三番「郭公」5

国信卿家歌合によはのこひの心をよめる（金葉集・恋上・三八七・源俊頼）
↓源宰相中将家和歌合〈康和二年〉十四番「夜恋」27

最初にあげた俊忠家の場合は、

俊忠卿家にて恋歌十首人人よみけるに頓来不留といへることをよめる（金葉集・恋上・四一六・源俊頼）

のように歌合の歌と歌会などで詠まれた歌とが詞書で区別されている。

これらの歌合と忠通家歌合は、歌合のあり方にはほとんど違いが無く、主催者が異なるだけである。摂関家は〈晴儀歌合〉を催す資格があり、だからこそ、それに対する〈密儀歌合〉が存在する。他の貴族家では晴儀も密儀も存在しない。

金葉集の次の勅撰集である詞花集や、准勅撰集の扱いをうける続詞花集の詞書も、金葉集と同様である。

関白前太政大臣の家にてよめる（詞花集・秋・九九・藤原重基）
↓保安二年「山月」11

法性寺入道前太政大臣家にて、時雨をよみ侍りける（続詞花集・冬・二八六　源定信）

↓元永元年十月二日「時雨」13

詞花集の撰者、顕輔や続詞花集の撰者、清輔は、忠通家歌合を〈密儀歌合〉として扱っていることになる。

◇

ところが、千載集以降の勅撰集では変化がみられる。千載集の詞書をみると、忠通家歌合の歌は、

法性寺入道前太政大臣、内大臣に侍りける時、家の歌合に、残菊をよめる

（千載集・秋下・三四六・藤原基俊）↓元永元年十月二日「残菊」30

法性寺入道前太政大臣、内大臣に侍りける時、家の歌合に、時雨をよめる

（千載集・冬・四〇三・源定信）↓元永元年十月二日「時雨」13

法性寺入道内大臣に侍りける時の歌合に、たづねうしなふ恋といへるこころをよめる

（千載集・恋三・七九四・藤原時昌）↓元永二年「尋失恋」48

法性寺入道前太政大臣、内大臣に侍りける時の家の歌合に、野風といへる心をよめる

（千載集・秋下・三〇五・藤原時昌）↓保安二年「野風」28

法性寺入道、内大臣のときの歌合に、旅宿雁といへる心をよめる

（千載集・羈旅・五〇八・源雅光）↓大治元年「旅宿雁」4

それ以外に忠通の家の歌会などで詠まれた歌は、

法性寺入道さきのおほきおほいまうちぎみの家にて、女郎花随風といへるこころをよみ侍りける

（千載集・秋上・二五二・源雅兼）

法性寺入道前太政大臣、内大臣に侍りける時、関路月といへるこころをよみ侍りける
（千載集・羇旅・四九九・源師俊）

法性寺入道前太政大臣、内大臣に侍りける時、家にて寄花恋といへるこころをよめる
（千載集・恋四・八四九・源雅光）

などとあり、金葉集とは異なり、歌合の歌と歌会等で詠まれた歌が詞書で区別されている。新古今集、新勅撰集も千載集と同様である。保安二年の歌合の開催時、忠通の官位は「関白内大臣」、大治元年の歌合の開催時は「摂政左大臣」だが、『類聚歌合』では一律に「内大臣家歌合」としている。千載集以降の勅撰集が、保安二年、大治元年の歌合をも「内大臣にはべりける時の家の歌合」とするのは、『類聚歌合』を撰集資料として忠通家歌合の歌を採ったからだと考えられる。

忠通家歌合は『類聚歌合』に収められたことによって、摂関家の晴儀歌合と同等の「歌合」と認められたのである。

『平安朝歌合大成』の説

歌合研究に大きな功績を残した萩谷朴氏は、『平安朝歌合大成』（以下、『歌合大成』）の「永久三年十月廿六日内大臣忠通前度歌合」（歌合番号二七五）の解説で、忠通家歌合の全体像について述べている。やや長くなるが主要な個所を次に抜き出す。

1a　忠通家の歌合というものは、むしろ廿巻本の編纂事業に刺戟せられて催され、編纂事業の終末と共に催されなくなったと考えることが出来るのではあるまいか。

ｂ　その意味において忠通家歌合が、摂関家歌合であるにもかかわらず、晴儀歌合としての行事的内容や宴遊的要素を殆ど備えることなく、極めて私的な色彩を帯びた文芸本位の純粋歌合に終始したということも理解せられるであろう。（成立名称の項）

２ａ　元来、協調的開放的な文学行事であった歌合が、しかも、摂関大臣の家の歌合のように、内裏歌合にも次ぐ公的な立場にあるものが、このように閉鎖的孤立的な人的構成の下に行われたということは、和歌の歴史における完全な中世の出発を思わしめるものであると同時に、主催者忠通の内向的な性格と、そしてまたそのような忠通が歌合を催したということの特殊な意味を立証するものといえよう。

ｂ　それは即ち、成立名称の項に触れたように、十二ケ度もしくはそれ以上の忠通歌合が、類聚歌合の増輯事業の継続と成立の時期を同じくすることに、特殊な意味を見出だす著者の推測の線に繋がるものである。

（構成内容の項）

３ａ　本歌合の主催者忠通の、温和な、むしろ内向的な性格によるものではあろうが、大臣家の歌合において、主催者たる大臣が、他の歌人と全く同列になって、常に、方人即歌人として、歌合の場に位置したということは、殆ど例のない現象である。

ｂ　このことは内裏歌合や後宮歌合と等しく、晴儀歌合として資格づけられた大臣家の歌合から宴遊的要素を全く払拭して、文芸本位の純粋歌合としてこれらの歌合が運営されたという事実と共に、歌合史における本格的な中世の開始を意味するものといわねばならない。

（史的評価の項）

1～3はそれぞれがひと続きの記述だが、便宜的にａｂに分けて示した。

まず、萩谷氏は〈摂関家歌合＝晴儀歌合〉を前提として、晴儀歌合から宴遊的要素を取り除いたものが忠通家歌合だと考えている（１ｂ、３ｂ）。しかし、すでに述べてきたように、忠通家歌合は〈密儀歌合〉である。忠通が本当に「内向的」で「温和」な性格（２ａ、３ａ）であったのかどうかはさておき、もともと〈密儀歌合〉であったことが、「閉鎖的孤立的な人的構成」（２ａ）の家歌合で、「他の歌人と全く同列になって」（３ａ）和歌を詠んだ理由なのである。

また、萩谷氏の考察によると、忠通が自邸で歌合を催したきっかけは類聚歌合の編纂事業だという（１ａ2ｂ）。たしかに類聚歌合巻第十二は、他の巻とは異なり、収められている歌合のすべてが忠通が自邸で催した歌合である。さらに、類聚歌合に収められている全歌合の中で開催年がもっとも新しいのが、大治元年の摂政左大臣家歌合である。忠通が類聚歌合の編纂に重要な役割を果たしたことは疑いの無いところであろう。しかし、忠通家歌合を催した動機が、類聚歌合の編纂事業に刺激をうけたためというだけでは物足りない。そこで、〈和歌の練習の場〉という視点を以下に提示していきたい。

二、忠通家歌合の内容

類聚歌合巻十二の巻頭目録

ここで忠通家歌合の内容を見ていくことにしよう。類聚歌合巻十二の本文は早い段階で流出したらしく、陽明文庫に巻頭目録のみを残して、他家にばらばらに伝わっている。完本で伝わる本文は少なく、断簡しか伝わっていないものや、巻頭目録に名前があるにもかかわらず本文が確認できないものもあるが、類聚歌合巻十二の巻頭目録を次の上段に示し、下段にはそれぞれの歌合の冒頭部分に記されている関連記事を抜粋した。

〔巻頭目録〕

類聚歌合巻第十二

大臣家下

A　内大臣家歌合　永久三年十月廿六日
兼日被下題　無判

題　水鳥　氷　寄神楽恋
歳暮　鷹狩　雪

B　同家歌合　同日　前歌講了当座被下題
無判

題　衣河　宮木野　鹽竈浦
白河関　季松山　忍里

C　同家歌合　永久五年五月九日

題　郭公

D　同家歌合　永久五年五月十一日
去九日郭公会次被下題当座探被合也

題　桜　郭公　月
雪　恋　祝

E　同家歌合　元永元年十月二日
去月晦日被下題　有俊頼基俊両人判

題　残菊　時雨
恋

F　同家歌合　元永元年十月十一日　判者俊頼後日献判
当座被出題　講席探被分左右

題　雨後寒草

G　同家歌合　元永元年十月十三日　判者俊頼朝臣

題　千鳥　初雪
鷹狩

〔歌合冒頭部分〕

永久三年十月廿六日

同夜講了　当座被下題　奥州所名
探分左右

元永元年十月二日、当座探被分左右、依仰毎講、左右作者
各献疑難詞。俊頼基俊為上首。但隠作者、任意疑難也。

元永元年十月十三日　加御作俊頼朝臣歌

H　同家歌合　元永元年十月十八日　兼日被下題

題　寄所水鳥　旅

I　同家歌合

題　水上霧　恋

J　同家歌合　判者顕季卿

題　草花　晩月　尋失恋

K　同家歌合　保安二年九月十二日　兼日被下題　当時被分左右　判者基俊

題　山月　野風　庭露　恋

L　同家歌合　大治元年九月八日　判者俊頼朝臣

題　旅雁　恋

元永二年己亥七月十三日　鳥羽院御時也

保安二年九月十二日
兼日被下題　当座分左右

大治元年八月□日率爾合之
後日献判詞

A〜Lの記号は私に付した。また、次の表は右の内容を一覧にしたものである。不明な個所は―とした。

	開催日	特徴	規模		出題	判	歌題
A	永久三・十・二十六	探題	六題六番	十二人	兼日	無判	水鳥　氷　寄神楽恋　歳暮　鷹狩　雪
B	永久三・十・二十六	探題	六題六番	十二人	当座	無判	衣河　宮木野　塩竈浦　白河関　末松山　忍里
C	永久五・五・九	―	―	―	〔兼日カ〕	―	郭公

D	永久五・五・十一	探題	六題 ―	―	兼日	―	桜 郭公 月 雪 恋 祝
E	元永元・十・二	隠作者	三題三十六番	二十四人	兼日	俊頼・基俊	残菊 時雨 恋
F	元永元・十・十一	―	一題 ―	十人	当座	俊頼 ＊後日	雨後寒草
G	元永元・十・十三	隠作者	三題十八番	十二人	〔兼日カ〕	俊頼	千鳥 初雪 鷹狩
H	元永元・十・十八	―	二題 ―	―	兼日	―	寄所水鳥 旅
I	（不明）	―	二題 ―	―	（不明）	―	水上霧 恋
J	元永二・七・十三	隠作者	三題三十三番	二十二人	〔兼日カ〕	顕季／追判	草花 晩月 尋失恋
K	保安二・九・十二	隠作者	四題三十五番	十四人	兼日	基俊	山月 野風 庭露 恋〈二番〉
L	大治元・八・	隠作者	二題十番	十人	当座	俊頼 ＊後日	旅雁 恋

（1） 特徴

探題和歌

探題和歌とは、歌題が書かれた短冊をくじのようにひいて、探り当てた歌題によって和歌を詠むというものである。忠通家歌合では、A永久三年前度、B永久三年後度、D永久五年五月十一日といった初期の歌合が探題和歌の形式をとっている。

A永久三年前度の歌合で詠んだ藤原永実の歌は、次のような詞書と左注とともに、金葉集に採られている。

摂政左大臣家にて各題どもをさぐりてよみけるに、歳暮をとりてよめる

かぞふるにのこりすくなき身にしあればせめてもをしきとしのくれかな

この歌よみてとしのうちに身まかりにけるとぞ　（金葉集・冬・三〇一）

A、Bは六番十二首の歌合で、参加歌人が一首ずつ詠む小規模なものである。D永久五年五月十一日の歌合も、断簡しか残っていないが、A、Bと同規模の歌合と推測できる。

俊頼の家集、散木奇歌集に、

おなじ殿下（摂政殿下）にて、探題の歌よませ給ひけるに、桜をとりてよめる

心あらば風もや人を恨みましをるは桜のをしからぬかは（一四五）

とある。Dの歌合本文の断簡の中にこの歌は見あたらないが、Dで詠んだ可能性は高い。

◇

勅撰集の詞書を見ると、堀河院の御時、堀河天皇の御前でしばしば探題和歌が行われている。例えば、

堀河院御時御前にて各題をさぐりて歌つかうまつりけるに、すすきをとりてつかまつれる

うづらなくまののいりえのはまかぜにをばななみよる秋のゆふぐれ　（金葉集・秋・二三九・源俊頼）

おなじ（注　堀河院）御時、うへのをのこども題をさぐりて歌つかうまつりける時、つり舟をとりてよみ侍りける

いはおろすかたこそなけれいせの海のしほせにかかるあまのつり舟　（千載集・雑上・一〇四三・藤原俊忠）

堀河院御時、殿上にて題をさぐりて十首歌よみ侍りけるに、しほがまをよみ侍りける

うらむともきみはしらじなすまのうらにやくしほがまのけぶりならねば　（新勅撰集・恋二・七六八・源国信）

これと同じ時に詠んだと思われる「しほがま」題の歌が、散木集にある。

　堀河院御時、御前にて探題歌よませ給ひけるに、しほがまをとりてつかまつれる

すまのうらにやくしほがまの煙こそ春にしられぬかすみなりけれ

（一二四九、詞花集・雑上・一七三「堀河院御時、うへのをのこどもを御前にめして歌よませさせ給けるによめる」）

このときの殿上での歌会も、同じ題を得た二人が、番で詠むという形式だったのかもしれない。

また、白河天皇の御前でも探題和歌が行われている。

うへのをのこども、ところのなをさぐりてうたたてまつりはべりけるに、あふさかのせきのこひをよませたまひける

あふさかのなをもたのまじこひすればせきのし水にそでもぬれけり　（後拾遺・恋一・六三一・白河天皇）

　承暦二年（一〇七八）御前にて殿上のをのこどもさぐり題して歌つかうまつりけるに時雨をとりて

神な月しぐるるままにくらぶやましたてるばかりもみぢしにけり　（金葉集三奏本・冬・二五九・師賢）

つまり、A、B、Dの歌合の探題和歌の形式は、殿上での歌会の形式を模したものだと考えられるのである。

なお、後代の資料だが、夫木抄には次のような詞書がある。

　承徳二年（一〇九八）正月庚申夜当座探題名所歌合

子の日するながらのをかのこまつばら君よろづ代はひくとつきせじ　（九一七三・実樹）

隠名歌合

E元永元年十月二日の歌合以降、忠通家歌合は名前を隠して披講するようになり、忠通は女房と称して出詠して

いる。これは作者名を隠すことで、身分を離れて参加者同士が対等の立場になることを意味している〔後述する〕。

（2）　規模の拡大

右に述べた探題和歌の場合は、一人が一首だけ和歌を披講するが、E元永元年十月二日の歌合以降は、417ページの表に示したように、一人が複数の和歌を披講するようになる。とくに、E元永元年十月二日、J元永二年、K保安二年の歌合は、番の数が三十六番、三十三番、三十五番と多くなっている。参加者もE、Jの歌合は二十人を超え、一人が三つの歌題で計三首詠んでいる。Kの歌合は約十四人の参加だが、一人が三つの歌題で三首、恋題で二首の計五首詠んでいる。また、G元永元年十月十三日の歌合は番の数は少ないが、すべての歌を披講したあとでさらに忠通と判者の俊頼が三つの題で一首ずつ詠んでいて、忠通は計六首出詠したことになる。

歌合に多くの歌人が参加し、判者が勝負を付けるなど、しだいに本格的なものになっていくのである。

（3）　歌題

堀河百首

A、B、E~Hと冬に催された歌合が多いが、その歌題をみると、堀河百首の冬部の歌題と一致するものが多いことに気づく。堀河百首の冬部の歌題をすべてあげて、忠通家歌合の歌題と一致するものに傍線を付け、一致する歌合の記号を（ ）内に記すと次のようになる。

初冬　時雨（E）　霜　霰　雪（A・D）　寒蘆　千鳥（G）　氷（A）　水鳥（A・H〔寄所水鳥〕）
網代　神楽（A〔寄神楽恋〕）　鷹狩（G）　炭竈　炉火　除夜

このうち、「神楽」と「鷹狩」は、「『堀河百首』以前の諸歌集・百首歌・歌合等で、それまであまり取りあげられ詠まれた事のないもの」のリスト（『校本堀河院御時百首和歌とその研究』研究篇三三八ページ）に入っている。忠通家歌合の和歌に堀河百首歌の影響が見られることについては、それぞれの歌の注釈でもふれたが、歌題の選択についても、当時、人々の関心が高かった堀河百首を意識しているようである。

拙稿「当代歌人たちの堀河百首享受」和歌文学大系15『堀河院百首和歌』月報17（明治書院）二〇〇二年

内裏歌合

冬に催された内裏歌合としては、永承四年（一〇四九）一一月九日に後冷泉天皇が主催した歌合がある。これは『八雲御抄』も指摘していたように宴遊を伴う晴儀の歌合で（404ページ）、開催にあたっては当時の関白左大臣、藤原頼通の助力が大きかったという。その永承四年内裏歌合の歌題をすべてあげて、忠通家歌合の歌題と一致するものに傍線を付け、一致する歌合の記号を（　）内に記すと次のようになる。

松　月（D）　紅葉　残菊（E）　初雪（G）　池水　擣衣　千鳥（G）　祝（D）　恋（D、E、I、K、L）

永承四年の内裏歌合の歌題をも意識しているとみてよいだろう。

摂関家歌合・歌会

冬題以外にも、D永久五年五月十一日の歌合の歌題は、四季題と恋、祝というオーソドックスなものであるが、高陽院七番歌合の歌題「桜　郭公　月　雪　祝」と、恋題を除いて一致している。すでに述べたように、高陽院七番歌合は摂関家が催した最後の晴儀歌合で、主催したのは忠通の曾祖父の師実である。

また、晴儀歌合ではないが、摂関家の歌会と関連する歌題もある。F元永元年十月十一日の歌合の歌題「雨後寒草」は、忠通の祖父にあたる師通の家の歌会で詠まれた歌題「雨後野草」と一字違うだけである。

　二条関白の家にて雨後野草といへる事をよめる

このさともゆふだちしけりあさぢふに露のすがらぬくさの葉もなし（金葉集・夏・一五〇・源俊頼）

歌題の複雑化

さらに忠通家歌合の歌題を、歌合が開催された時期と関連づけてみると、後半に催されたI～Lの歌合のほうが歌題が複雑になっている。すなわち、「霧」ではなく「水上霧」（I）、「月」ではなく「暮月」（「晩月」J）、「山月」（K）、「風」ではなく「野風」（K）、「露」ではなく「庭露」（K）、「雁」ではなく「旅宿雁」（L）というように、題の心を細かく設定しているのである。それぞれの歌合の判においても、題の心を過不足無く詠んでいるかどうかを厳しく指摘している。参加者、特に忠通の技量の向上にあわせて、題詠の難度をあげているのではないかと考えられる。

◇

前に引用した『歌合大成』に「大臣家の歌合において、主催者たる大臣が、他の歌人と全く同列になって、常に、方人即歌人として、歌合の場に位置したということは、殆ど例のない現象である」（414ページ3a）と指摘されていたが、それは忠通が実作をとおして和歌を「まなぶ」場だったからなのである。

三、忠通の和歌師範

忠通家歌合の参加者

次にあげているのは、忠通家歌合の参加者一覧表である。現在確かめることができる範囲でまとめている。

参加者一覧表

	永久三	永久五断簡	元永元②	元永元⑪	元永元⑬	元永二	保安二	大治元	勅撰集	備考
忠通	AB		E	F	G	J	K	L	◎	和漢兼作集
俊頼			E判	判	判	?	K	L	◎	堀河百首・永久百首
永実	AB								○	和漢兼作集
顕俊	AB								ナシ	
盛家	AB		E	F	G	J			ナシ	
忠隆	AB		E	F	G	J			○	
重基	AB	D	E	F			K		△	和漢兼作集
師俊			E	F	G	J	K	L	○	和漢兼作集
雅光	AB		E		G				○	
道経		D	E		G	J	K	L	○	
定信			E		G	J	K	L	○	

宗国	AB		E		G	J	K		ナシ	
兼昌	AB		E		G	J			○	永久百首
顕国	AB		E		G	J			○	
源顕仲		D	E		G	J			○	堀河百首
雅兼			E		G	J			○	和漢兼作集
女房			◎			◎	◎	◎		
時昌／時雅			E			J	K	L	△	
基俊			E判			J	K判		◎	堀河百首・和漢兼作集
忠房／忠季	AB		E			J			○	永久百首
為真		D	E			J	K		△	
仲房	AB					J			ナシ	
顕季						判			◎	
季通						J			○	
行盛						J			△	和漢兼作集
俊隆			E						ナシ	
信忠			E						ナシ	
季房				F					ナシ	
清高				F					ナシ	
盛定				F					ナシ	
朝隆				F					△	和漢兼作集
尹時				F		J			ナシ	

親隆							K		△	和漢兼作集
明賢							K		△	
国能								L	ナシ	

略号の元永元②は十月二日、元永元⑪は十月十一日、元永元⑬は十月十三日の歌合のことである。このうち元永元年十月十一日の歌合は本文の断簡がわずかに伝わるのみだが、巻頭部分の断簡によって参加歌人が確かめられる。

勅撰集の項の記号は、金葉集（二度本を基本とした）、詞花集、千載集、新古今集、新勅撰集に入集した和歌の数が、△は一〜四首、○は五〜二十首、◎は三十首以上あることを意味している。

備考に記した『和漢兼作集』は後代のものだが、和歌と漢詩の両方が優れた人に限ってその作品を集めた集である。忠通家歌合に和漢兼作の作者が多く参加していることに気づく。密儀の作文会の参加者とも一部共通しているのであろうか。

元永元年十月は、E十月二日、F十月十一日、G十月十三日、H十月十八日と続けて忠通家歌合が開催されている。このうち、H十月十八日の歌合の本文は伝わっていないが、EFGの歌合と、つづくJ元永二年の歌合に参加している歌人を、前ページの「参加者一覧表」で見ると、大まかに次の三グループに分けることができる。

(Ⅰ)　E**F**GJすべてに参加　忠通・俊頼・盛家・忠隆・師俊・〔重基〕　※Fのみ　季房・清高・盛定・朝隆

(Ⅱ)　E・**G**Jに参加　雅光・道経・定信・宗国・兼昌・顕国・源顕仲・雅兼　※Eのみ　俊隆・信忠

(Ⅲ)　E・Jのみ参加　時昌・基俊・〔忠房〕・女房　※Jのみ　顕季・季通・行盛

(Ⅰ)は、ほぼいつも参加しているメンバーで、俊頼はここに入る。俊頼はJの歌合には出詠していないが、後日関わったと考えられる〔後述する〕。(Ⅰ)と(Ⅱ)の違いは、Fの歌合への参加の有無である。Fの歌合は当座の歌合なので、声をかけやすい人々が参加したと思われる。Fの歌合だけ参加しているのも忠通家の家司や乳母子である。

(Ⅱ)は、忠通家歌合の中核メンバーで、勅撰集にも入集し、忠通家歌合以外にも多くの歌合に参加しているなど、実績のある専門歌人が含まれている。

(Ⅲ)は、E、Jの歌合だけに参加している人々で、K保安二年の歌合の参加者もこれに含めることができる。ここに、基俊と顕季が入っている。また、次のように女房が参加しているのが特徴である。

E　上総　摂津　少将　信濃
J　上総　摂津
K　上総　　　　少将

L大治元年の歌合にも女房の堀川、参河が参加しているが、「率爾合之」とあるように、当座の規模の小さな歌合なので、除外して考える。

Eの歌合以降、忠通家歌合では作者の名前を隠して和歌を披講するようになり、忠通は「女房」と称して出詠している。これは、参加した歌人たちが出詠された和歌について忌憚のない意見を言い合うための処置なので、忠通の歌であることを他の参加歌人たちに隠そうとすれば、女房たちを本当に参加させる必要がある。

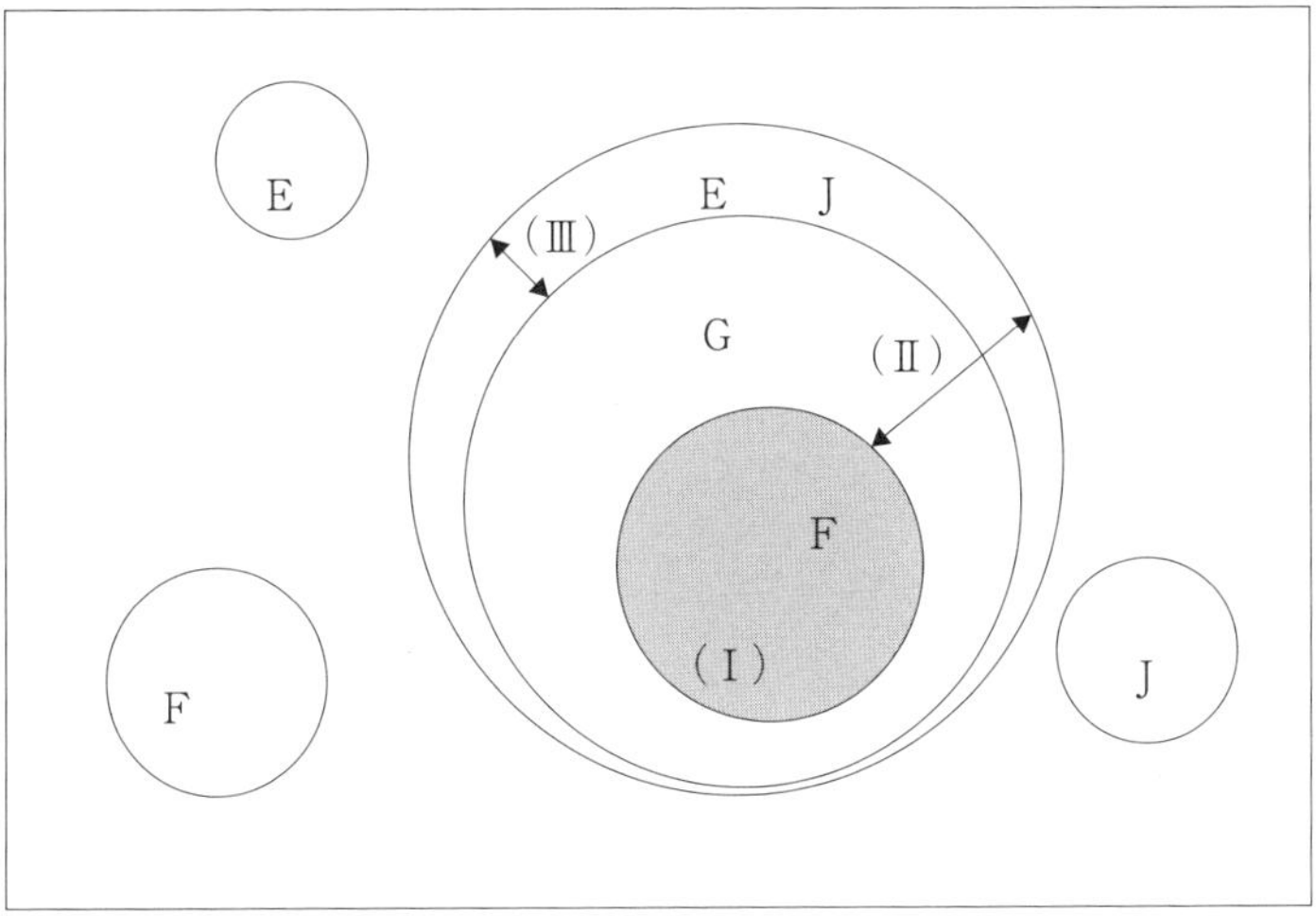

逆に、女房が参加していないF元永元年十月十一日、G元永元年十月十三日の歌合の場合は、忠通が「女房」と称することで、その歌を詠んだのが忠通であることを暗に知らせているようなもので、身分を隠す効果は無い。

つまり、女房が参加している歌合と参加していない歌合では歌合の性格が異なっていて、参加者の顔ぶれも少し異なっている。基俊や顕季が参加した歌合は、忠通家歌合の中では普段よりもあらたまった〈よそゆき〉の歌合なのである。

作者名を隠しても「女房」の歌ということはわかっただろうと考えている。直接の根拠ではないが、『袋草紙』上巻の「和歌会次第」によると、「ただし、僧侶ならびに女房の歌においては、貴賤を論ぜず、終わりにこれを講ず」「また女房の歌は、諸人の歌講じ畢りし時これを出だす」「女の歌は題目ならびに名字を書かず」など、女房が詠んだ歌が特別扱いされている。和歌会と歌合の違いはあるが、歌合においても女房の歌に特有の作法があったと推測される。

俊頼と基俊

基俊は、E元永元年十月二日の歌合で俊頼と二人で判をおこなっている。この二人判が古くから注目されていたので、忠通家歌合において俊頼と基俊は対等の立場にあると、これまでなんとなく考えられてきたかもしれない。しかし、忠通家歌合全体を見渡してみると、忠通家歌合における基俊の立場は、ほぼ毎回参加している俊頼とは異なっている。基俊は〈よそゆき〉の歌合を開催する時に特別に招待されるゲストであり、俊頼は忠通家歌合の実質的な指導者兼、演出家なのである。

◇

俊頼と基俊の立場の違いを、元永元年十月二日の歌合における女房の歌の勝負付けによって検証してみよう。

前述したように、忠通は「女房」と称し身分を隠して出詠しているが、俊頼はそのことを事前に知っていて、すべての女房の歌の判に特別な配慮をした可能性が高い。次ページ上段の表に示したように、女房が詠んだ歌に対する俊頼の判定は「勝ち」が六、「持」が九で、「負け」は無い。歌合全体の「持」の数は十五、そのうち女房の歌の「持」の数は六で、全体の60％をしめる。作者を匿名にしても、男性歌人の詠んだ歌と女房の詠んだ歌とは区別できるので、歌の欠点は的確に指摘する（「残菊」五番など）が「負け」にはせず、代わりに「持」と判定しているようなのである。参考のため、左近権中将俊忠朝臣家歌合の俊頼の判を下段の表にまとめたが、忠通家歌合以外の歌合では、俊頼は女房が詠んだ歌を遠慮無く「負け」にしている。

一方、基俊の勝負付けには女房の歌に対する配慮はなく、「勝ち」が八、「負け」が六、「持」が一である。しかし、431ページ下段の表をみると基俊が単独で判者をつとめた保安二年の歌合では「勝ち」が五、「負け」が一、「持」が四と変化している。忠通の歌の可能性があると知ってしまえば、女房の歌を「負け」にするのはやはり避けたいのである。つまり、基俊は元永元年十月二日の歌合の時点では、忠通が女房として出詠することを前もって知らされていなかったと考えられる。〈演出家〉俊頼と〈特別ゲスト〉基俊という立場の違いがここにあらわれている。

忠通が本当に平等な立場で出詠するのであれば、「女房」と称する必要はなく、ただ名前を隠せばよいはずである。忠通自身がそれに気づいていたかどうかはわからないが、「女房」と称して出詠することは、勝負を付けるときに判者が忠通の和歌を不用意に負けにしてしまわないようにと考えられた巧妙な方法といえよう。

◇

俊頼と基俊の判を比較すると、元永元年十月二日の歌合の時点では俊頼に一日の長があるように思う。康和二年

元永元年十月二日の歌合

題	番	作者 左方	作者 右方	俊頼 左の判	基俊 左の判	基俊 右の判
時雨	一番	摂津	俊頼	勝	勝	負
	二番	女房	顕国	持	勝	負
	三番	少将	雅兼	勝	負	勝
	五番	上総	基俊	持	勝	負
	九番	信濃	信忠	持	勝	負
残菊	一番	上総	俊頼	勝	勝	負
	五番	信濃	女房	持	勝	負
	六番	少将	信忠	持	負	勝
	十一番	信濃	時昌	持	持	持
恋	一番	摂津	顕国	勝	負	勝
	三番	女房	雅兼	勝	勝	負
	四番	上総	顕仲	勝	勝	負
	六番	少将	信濃	持	負	勝

	俊頼	基俊
女房の歌（全15首）の勝負 勝	6	8
女房の歌（全15首）の勝負 負	0	6
女房の歌（全15首）の勝負 持	9	1
全体（三十六番）の左方の勝負 勝	12	12
全体（三十六番）の左方の勝負 負	9	18
全体（三十六番）の左方の勝負 持	16	6

左近権中将俊忠朝臣家歌合（判者　俊頼）

番	左	右	左の判	右の判
一番	筑前君	道経	持	持
二番	尾張君	中納言君	勝	負
三番	仲正	前兵衛佐	持	持
四番	俊忠	信濃君	勝	負
五番	尾張君	紀伊君	持	持
六番	仲正	道経	勝	負
七番	仲正	上総	勝	負
八番	尾張君	顕綱	負	勝
九番	治部卿	顕綱	負	勝
十番	尾張君	俊頼	持	持
十一番	筑前君	俊忠	勝	負
十二番	女房	仲実	負	勝
十三番	基俊	顕綱	負	勝

女房の歌（全12首）の勝負	
勝	2
負	5
持	4

の源宰相中将家和歌合の衆議判の中に基俊のものと推察される発言がみられるが、現存する歌合の中で、基俊がはじめて判者をつとめたのは永久四年の雲居寺結縁経後宴歌合、次が元永元年十月二日の歌合の二人判である。「古今、後撰、拾遺并中比の歌合に、この詞よみたりとも見えず」（「残菊」三番）などの判詞に見られるように、先例をふまえながら歌合の歌として適当かどうかを判断するという態度を示すなど、強い意気込みが感じられるが、その反面、主君を寿ぐ祝の歌（「残菊」三番、「残菊」九番）や神を詠んだ歌（「時雨」七番）に対して特別な配慮をしてない。『俊頼髄脳』は、永承四年内裏歌合の例をあげて、祝の歌は沙汰するまでもなく勝ちという、当時の関白教通の発言を記している。俊頼の父の経信が、高陽院七番歌合のあとで筑前と交わした書簡のなかで、この例をあげているので、俊頼は経信から伝えられていたのであろう。また、承暦二年内裏歌合の判にも「いはひのうたはとかくなまうしそとて、ひだりかちぬ」とある。基俊は、元永元年十月二日の歌合の時点では、上記のような内裏歌合や摂関家の晴儀歌合の慣例に疎いところが見受けられるのである。その後、保安二年の歌合の「山月」三番の判や、同六番の判では祝の歌や神仏詠に一応の配慮を示すように変化している。

保安二年関白内大臣家歌合（判者　基俊）

題	番	左	右	左の判
山月	一番	女房	明賢	持
山月	三番	殿下＊	定信	勝
野風	二番	上総	明賢	勝
野風	五番	殿下＊	定信	勝
庭露	三番	殿下＊	定信	持
庭露	七番	少将	明賢	持
恋	二番	女房	明賢	勝
恋	三番	殿下＊	定信	持
恋	六番	女房	明賢	勝
恋	十番	殿下＊	定信	負
女房の歌（全10首）の勝負		勝	5	
		負	1	
		持	4	

元永二年内大臣家歌合の追判者

元永二年の歌合の判者は顕季である。類聚歌合本には顕季の判だけが書かれているが、別系統の静嘉堂文庫蔵本などには、顕季の判の後に「又判云」と追判が書き加えられている。この追判者について、これまで顕季、基俊、俊頼の三人の名前があがっているが、結論的にいうと、後日判を加えたのは俊頼だと考えられる。

その大きな根拠として古き歌の扱いをあげることができる。基俊の場合は、すでに述べたように「古今、後撰、拾遺并中比の歌合に…」と先例を重視する態度を明確に示しており、保安二年の歌合の判詞でもそれは変わらない。このような態度は、逆にいうと、昔の歌に用例があれば詠んでもかまわないということになる。それがよくあらわれている例を一つだけあげると、基俊自身が詠んだ「いはのうへのこけのはごとにおくつゆを玉しくにはとみけるはやわが」（保安二年「庭露」四番36）の歌について、自ら「『はやわが』ぞ人人おぼつかなげなる。されど名歌のことばなり」（裏書）と述べている。つまり、名歌の語句だからよいというのである。

それに対して元永二年内大臣家歌合の追判は、古今集に例がある「目離《めか》れ」ということばを詠んだ歌を、「又判云、…げにふるき歌にもよまぬ句にもあらねど、中の詞も心もえもいはぬにひかれて、あしうも聞こえぬなり。これははじめてよみあぐるに耳とどまりて聞こえ（下略）」（「草花」四番7）、同じく古今集に例がある「がに」ということばを詠んだ歌を「又判云、…『がに』などはふるき歌にあるを見ては、さはかうもよむべきにやとおろか心を得てよめるにや（下略）」（「尋失恋」四番52）と、昔の歌に詠まれていることばだからといって安易な詠みかたをすることを強く批難している。これは俊頼に特徴的な主張で、元永元年十月二日内大臣家歌合でも「たとひふるきことばなりとも、よみたることとあらん。この歌にては聞きつかぬここちぞする」（「残菊」二番27）のように述べている。昔のよく知られた歌の語句の扱いについては、俊頼と基俊は決定的に違っているのである。

俊頼が判で多用する「おぼつかなし」（あいまいでよくわからない）という評語が、又判でも多用されているという事実もある。

もう一方の顕季を追判者とする説については、「白真弓」（「暮月」九番39）という語句の解釈が顕季判と追判で相違していることを反例としてあげれば充分であろう。

以上のことから、元永二年内大臣家歌合の追判は、当日何らかの理由で参加できなかった俊頼が後日献上した判だと考えるのである。「草花」六番12の「又判」に「『おりだす』とかかれたるは書写のあやまりにや。作者の書きたらば、とがとも申すべし」とあるところをみると、歌合の記録を見ながら判を加えていったのであろう。

顕季の判は全般に儀礼的で、六条宰相家歌合における判詞などと比べると、表面的な批評に終始しているように感じられるが、「又判」ではそれを補うような解説がされていることが多い。また、「ただし、みる心ありてこそこれにもよみ候ふらめ。偏に難じ申すべきにはあらず。ただ御言に候ふべきなり」（「暮月」六番33）のように、忠通に気をつかっているような個所、また、「行き着きなばただおして入れかし」（「尋失恋」二番48）、女の家が知りたければ「なほきかまほしうは人をぞつくべき」「また従者などにや…せためてとふべし」（同六番56）のように、和歌の論評をはなれて、男女のことについて調子よく冗談を飛ばしているような個所がある。ここから、「又判」は後日、俊頼が忠通の質問に答えながら、複数の人たちの前で口頭で評定をした記録がもとになっていると考えられるのである。

演出された対立

人々が「対立」や「論争」に強く引きつけられるのは、昔も今も変わらないことである。

鴨長明の『無名抄』には、元永元年十月二日「恋」二番の俊頼歌51をめぐる逸話が、次のように記されている。

基俊ひが難する事

俊恵云、法性寺殿にて歌合ありけるに、俊頼基俊ふたり判者にて名をかくして当座に判しけるに、俊頼の歌に、

くちをしや雲井がくれにすむたつも思ふ人にはみえけるものを

是を基俊鶴と心えて、たづはさはにこそすめ、雲井にすむ事やはあると難じてまけになしてけり。されど俊頼其座には詞もくはへず。其時殿下よろこびのことばおのおのかきてまゐらせよとおほせられける時なむ、俊頼朝臣の「是はたづにてはあらず、龍なり。かのなにがしとかやがたつをみむと思へる心ざしふかかりけるにより、かれがためにあらはれてみえたりし事侍をよめるなり」とかきたりける。

基俊弘才の人なれと思わたりけるにや。すべてはおもひはかりもなく、人のことを難ずるくせの侍ければ、ことにふれて失おほくぞありける。

右の逸話の趣旨は基俊を批判することだが、視点を変えてみると、俊頼が、基俊の「人のことを難ずるくせ」を利用して、基俊をうまく操ったことになる。

そして、よくいわれる俊頼と基俊の〈新旧の対立〉も、こちらのほうは陥れようとする悪意とは無関係だと思われるが、基俊の反論を期待して、ある程度は意図的に演出されたものではないかと思えてくるのである。一例をあげると、基俊が万葉語の「真袖」（元永元年十月二日「残菊」二番27）を厳しく批難するときに、よくない先例として取りあげた「とよむ」という歌語を、保安二年の歌合では、常連歌人の一人である定信が詠んでいる（保安二年「野風」五番24）。当然、基俊は批難するのであるが、この例などは常連の歌人たちも〈ぐるになって〉、基俊の批難を上手く引き出しているように思えてならない。俊頼と基俊の〈新旧の対立〉は、歌合の場における論争によって

人々に強く印象づけられた。基俊の参加は、歌合をおもしろくし、忠通の和歌への興味をかき立てるのに非常に効果的だったといえよう。

忠通が中将中納言のころ

忠通家歌合を主導した指導者は俊頼であるという立場で論じてきたが、俊頼が忠通の〈和歌師範〉となったのはいつごろだろうか。ここで忠通家歌合がはじまる前に目を向けてみたい。忠通は嘉承二年（一一〇七）十二月に中将に任ぜられ、天永二年（一一一一）一月から永久三年（一一一五）正月までの間は中納言と中将を兼任している。『類聚歌合』に収められている忠通家歌合はすべて、忠通が内大臣に就任した永久三年四月以降に催されたものであるが、新古今集には、忠通が中納言中将のころに詠んだ歌がとられている。

中納言中将に侍りける時、家に、山家早秋といへる心をよませ侍りけるに　法性寺入道前関白太政大臣
あさぎりや立田の山のさとならで秋きにけりと誰かしらまし　（新古今集・秋上・三〇二）

「山家早秋」という題で詠まれた歌は、ほかにも、

法性寺入道前関白、中納言中将に侍りける時、山家早秋といへる心をよませ侍りけるに　菅原在良朝臣
山ざとはくずのうら葉をふきかへす風のけしきに秋をしるかな　（新勅撰集・秋上・二〇四）

法性寺入道前太政大臣家にて、山家早秋の心をよみ侍りける　前治部卿雅兼
山里はいとどあはれぞまさりけるいくかもあらぬ秋のけしきに　（続詞花集・秋上・一五一）

などが知られる。最後の歌の作者雅兼は、忠通が九歳の時に初めて庚申待ちの和歌会を催した時の序者で（『殿暦』長治二年二月二十一日の条）、忠通家歌合の(II)中核メンバーでもあり、漢詩も堪能である。

そして注目されるのが、二番目の歌の作者菅原在良である。在良は、前掲した『殿暦』の天永二年の記事の中に、作文会の序者（十月五日の条）や題者（十一月二十三日の条）として度々その名が見えている。在良は、新勅撰集に入集してはじめて勅撰歌人となったのであるが、「山家早秋」題のほかにも、

法性寺入道前関白家にて、七夕の心をよみ侍りける

天河ほしあひのそらも見ゆばかりたちなへだてそよはの秋ぎり　（新勅撰集・秋上・二一四）

対月惜秋といへる心をよみ侍りける

月ゆゑにながき夜すがらながむれどあかずもをしき秋のそらかな　（新勅撰集・秋下・二八六）

など、全部で三首の歌が新勅撰集にとられている。これらの和歌は、前に見た『殿暦』の記事によると、作文会のあとで詠まれたものであろう。在良は鳥羽天皇の侍読に任命されるなど、儒者・詩人として当時の第一人者であった。忠通の作文の指導にふさわしい人物であり、忠通が中将中納言のころには、雅兼とともに和歌の指導役も兼ねていたのかもしれない。ところが、在良は忠通家歌合には参加していないのである。

J元永二年の歌合だけ判者として参加した顕季も家集などを見ると、忠通家の歌会などに参加している。

内府於東三条、夏夜月并怨人恋

あくるかとみるほどもなくあけにけりをしみもあへぬ夏のよの月

ことのはをたのまざりせばとしふともひとをつらしとおもはざらまし　（六条修理大夫集一六八・一六九）

顕季と同じくJの歌合だけ参加している行盛も、忠通家の歌会で詠んだ歌が伝わっている。

法性寺入道前太政大臣、連夜見月心人人によませ侍りけるに

よひのまのかたわれ月と見しものをながめぞあかす有明の空　（続詞花集・秋上・一七五）

忠通家では作文会や歌会がしばしば催されていて、多くの人々が訪れていた（巻末「忠通家歌会関連歌一覧」参照）。そ

のなかの一部の歌人たちが忠通家歌合に参加していたようである。

◇

一方、俊頼は忠通が中将中納言のころに催した作文会や歌会に、直接は参加していないようである。俊頼の家集である散木集には、忠通家で詠んだことを示す「殿下にて」という詞書を持つ歌が五十首余りあるが、忠通が中将の時に詠んだと詞書に書かれている例は二つしかない。ひとつは、

　摂政殿下の中将と申しける時、東三条殿にて池上鶴といへる事を人にかはりてよめる

あしたづのきゐるいはねの池なればなみもやみよのかずにたつらん　（散木集・七〇三）

歌会の歌の代作をしているのである。同じ時に俊頼が自分自身の歌として披露したと思われる歌は見あたらない。もうひとつは次のような連歌の例である。

　殿下中将にておはしましけるころ、人人に連歌せさせてあそばせ給ひけるにせさせ給ひたりける

かりぎぬはいくのかたちしおぼつかな

　これを人人つけおほせたるやうにもなしとて、のちに人のかたりければ心みにとてつけける

しかさぞいるといふ人もなし　（散木集・一五六八）

この例については、同じ上句を含む連歌が『俊頼髄脳』にも、

かりぎぬはいくのかたちしおぼつかな　　中納言殿

わがせこにこそとふべかりけれ　　俊重

　わがせことはをとこをいふなり。をとことはいかでかしらむと人々申しけり。

のように見えている。「中納言殿」は忠通をさしており、「俊重」は俊頼の息子である。散木集の詞書に「人人つけ

おほせたるやうにもなし」とあるのは、思うような付け句ができなかったということであろうが、それを俊頼に語った「人」が俊重だった可能性は高い。ともかく俊頼は、忠通たちが連歌を楽しんでいた場には居あわせていなかったのである。

また、金葉集にも俊頼が忠通家で詠んだ歌が多く採られているのであるが、忠通が中納言中将のころに詠んだことがわかる歌は見あたらない。これらのことから、忠通が中将中納言の時期に指導役をつとめていたのは在良で、俊頼は忠通の和歌の指導にはまだかかわっていなかったと考えられる。忠通に仕えていたのは息子の俊重であり、俊頼の長女も関白家の女房であった。

『俊頼髄脳』の執筆

右にあげた『俊頼髄脳』の連歌の記事で、忠通を「中納言殿」と記していることによって『俊頼髄脳』が最初に執筆された時期がほぼ特定されるのであるが、忠通が『俊頼髄脳』を読んだことがきっかけとなって、俊頼を家に招くようになったのではないかと推測される。忠通家歌合で詠まれている歌語や判詞の内容と『俊頼髄脳』の内容は、次表で示すようにいくつかの項目でつながりがある。内大臣に就任したころから和歌に強い興味をもつようになった忠通が、俊頼を〈和歌師範〉に選んだのである。将来、天皇や院の御前で和歌を詠む機会が多くなることに備えて、本格的に和歌を学ぼうと考えたのかもしれない。

『今鏡』によると、『俊頼髄脳』は忠実の依頼により忠通の姉、高陽院泰子のために書かれたというが、その後も加筆を重ねて、忠通家歌合の参加者のあいだで和歌の参考書のような存在になっていったのではなかろうか。

項目	『歌学大系』ページ数	歌合	番
誹諧の体	一二三	保安二年	「野風」一番
歌の病をさること	一二六	元永元年十月二日	「時雨」十一番
こしのはての「に」もじ	一二九	元永二年	「草花」六番
字余り	一二九	元永元年十月二日	「時雨」八番
しるしの杉（三輪の明神）	一三二	元永二年	「尋失恋」二番など
たまちるばかり	一三三	保安二年	「庭露」六番
がに（末なだらかならぬ歌）	一四二	元永二年	「尋失恋」四番
こゐ	一四七	保安二年	「恋」七番
べらなり	一四七	元永元年十月二日	「残菊」一番
〔明言〕	一四八	元永元年十月二日	「恋」七番
時雨	一五四	元永元年十月二日	「時雨」題・四番補注
野中のしみづ（野守のかがみ）	一五六	元永元年十月十三日	十五番「鷹狩」
たむけぐさ	一六一	元永二年	「草花」九番
祝の歌	一六二	元永元年十月二日	「残菊」三番
たのむの雁	一六四	大治元年	「旅宿雁」一番
ゐもりのしるし	一六五	元永元年十月二日	「時雨」六番
衣をかへす	一六六	保安二年	「恋」十番
ゐなの	一六七	保安二年	「野風」三番
しのぶもぢずり	一七七	永久三年後度	「忍里」
をばすてやま	一七九	保安二年	「山月」二番

やまかたつきて	一八〇	元永元年十月十三日	「鷹狩」42
神風や	一八一	元永元年十月十三日	二番「千鳥」
いせのはまをぎ	一八一	保安二年	「野風」二番
とぶひののもり	一八三	元永二年	「草花」五番
いぐしたて	一八五	保安二年	「恋」一番
神のたたり（葉もりのかみ）	一八五	元永元年十月二日	「残菊」一番
おきなさび	一八五	元永元年十月二日	「残菊」三番
たかさごのをのへ	一九二	保安二年	「山月」四番
心ざしふかうのさとに…	一九四	保安二年	「恋」十三番
やまめぐり	一九八	元永元年十月二日	「時雨」十番
かるもかき、ふすゐのとこ	二一一	保安二年	「野風」三番

四、忠通家歌合の終焉

俊頼が判者をつとめた、大治元年（一一二六）の歌合を最後に忠通家歌合の記録は残っていない。『歌合大成』がいうように、『類聚歌合』の編纂が一段落したということも理由の一つかもしれない（413ページ1a）。しかし、筆者は〈まなびの場〉としての忠通家歌合が途絶えた最大の理由は、指導者である俊頼が大治四年に死去したことにあると考える。

また、忠通が充分な和歌の実力を獲得したということもあるだろう。忠通の歌が最も多くとられている勅撰集は金葉集だが、詞花集、千載集には、天皇が催した歌会や、行幸、内裏歌合などで詠まれた〈晴れの歌〉が多くとられている。たとえば、百人一首に入っている忠通の歌、

わたのはらこぎいでてみればひさかたのくもゐにまがふおきつしらなみ

は、詞花集では「新院位におはしましし時、海上遠望といふことをよませ給けるによめる」(雑下・三八二)という詞書をもち、忠通の家集、田多民治集には「保延元年四月内裏歌合、海上遠望」(一六三)とある。他にも、

新院位におはしましし時、牡丹をよませ給けるによみ侍りける
さきしよりちりはつるまでみしほどにはなのもとにてはつかへにけり　(詞花集・春上・四八)

新院位におはしましし時、雪中眺望といふことをよませ給けるによみ侍りける
くれなゐにみえしこずゑも雪ふればしらゆふかくる神なびのもり　(詞花集・冬・一五七)

新院位におはしましし時、雖契不来恋といふことをよませ給けるによみ侍りける
こぬ人をうらみもはてじちぎりおきしそのことのはもなさけならずや　(詞花集・恋下・二四八)

また、自邸への行幸の折にも崇徳院と詠み交わしている。

近衛殿にわたらせたまひてかへらせ給ひける日、遠尋山花といへる心をよませ給うける　崇徳院御製
たづねつる花のあたりになりにけりにほふにしるし春の山かぜ

法性寺入道前太政大臣
かへるさをいそがぬほどの道ならばのどかにみねの花はみてまし　(千載集・春上・四六・四七)

ほかにも、田多民治集一六八〜一九七番の釈教歌には、「是は近衛院に、法華の心をしへたてまつらんがために、よみてたてまつりし歌なり」という注記がある。一例をあげると、

序品、仏此夜滅度、如薪尽火滅

人しれずのりにあふひをたのむかなたきぎつきにし跡に残りて　（一六八）

これは、むかし仏、人をみなわたしはてて滅に入り給ひしなり、薪つきぬれば火もきえうせぬるがごとくに、衆生わたしつきては我きえにきといふたとへなり。されば仏うせ給ひにし跡なれど、法のとどまれるをたのみて、心をよみてぞ。

近衛天皇の教育のために、経典の文言を和歌にやわらげて詠んでいるのである。

忠通の女である聖子は崇徳天皇の中宮であり、近衛天皇は聖子の養子である。生母は美福門院得子。

忠通家歌合を催して和歌に熱中した成果は、天皇、院にかかわる晴の場において十分に発揮されているといえよう。

五、摂関家と和歌

以上のように論じてきたなかで、もしも忠通の日記が完全な形で現存していたなら、忠通の和歌活動がもっと詳しくわかっただろうにと残念に思うことがあった。しかし、忠通の息子である兼家の日記『玉葉』の中の和歌に関する記事がその欠落を補う手がかりになるかもしれない。

『玉葉』に着目したきっかけは、今治市河野美術館所蔵の歌合集である。全二十六冊の歌合が集成されているが、本書はその中の一冊「内大臣家歌合　三十六番」（内題）を元永元年十月二日の歌合の底本とした。外題「内大臣家三十六番歌合」の下には「治承之比歟」と注記されている。この歌合集では、元永元年十月二日の歌合は、同じく忠通家で催された元永二年や保安二年、大治元年の歌合とは離されて、治承三年の右大臣家歌合の次に配列されている。右大臣家歌合と内大臣家歌合を混同してしまったためであるが、この誤りによって、筆者はこれらの歌合のつながりに気づいた。右大臣家歌合の主催者である兼実は、父の忠通が催した内大臣家歌合を踏襲したのではないかということである。

『玉葉』の和歌に関する記事は、忠通の和歌活動そのものではないが、それを推測する材料になりそうである。

なお、『玉葉』の和歌に関する記事をもちいた、清輔や俊成、百首和歌に関する研究成果がすでに多く発表されているが、本解説では深入りしない。あくまでも『玉葉』の記事を忠通の和歌活動を推測するための材料としてとりあつかうことにする。『殿暦』の忠通の密儀の読書始の記事に、大殿の例にならって史記を読んだという記述があったように（嘉承元年正月十一日の条　405ページ）、先例を重視する摂関家にあって、兼実が父忠通の和歌の練習方法を踏襲したという推測にもとづいて、以下の考察をすすめる。

『玉葉』の和歌会に関する記事は承安三年（一一七三）から文治元年（一一八五）に集中しているが、忠通家歌合との関連において特に注目されるのは、安元三年（一一七七）に清輔が逝去するまでの間の記事である。次ページの表の中段には事項、下段には参加者に関する記述を一部簡略にして抜き出した。

参加者

まず、歌会および歌合の参加者について三つに分けることができる。

(Ⅰ)　参加者について記していない場合。表の下段には「―」と示した。「小和歌」（②）「最も密儀なり」（④）と記していることもある。

		事項	参加者等
①	承安3・3・1	密々に和歌会の事あり	―　清輔朝臣の許に遣りて、勝負を付けしむ
	承安3・3・21	▽和歌の事等を談ず	清輔
	承安5・7・2	密々に和歌等あり	―
②	承安5・7・3	小和歌あり。密々の事なり	―
	承安5・7・7	密々に和歌あり	―
③	承安5・7・23	密々に和歌あり。連歌。当座の会	清輔〔判〕、清輔、頼政已下会する者十余人
	安元1・8・1	密々に和歌あり	―
④	安元1閏9・15	密々に和歌あり。最も密儀なり	―
⑤	安元1閏9・17	密に和歌会あり。連歌	清輔〔判〕、清輔、頼政棟梁と為す、会する者十余人
⑥	安元1閏9・20	和歌を評定す	清輔
	安元1閏9・29	密々に和歌あり。当座あり。連歌。折句、隠題、旋頭、混本等歌。	季経朝臣已下常に祗候の男ども六七ばかりの輩
⑦	安元1・10・10	密々に和歌を講ず	清輔〔判〕、大弐重家卿已下、先度会する者皆以て参入す
⑧	安元1・11・4	▽和歌の事を談ず	清輔
	安元1・11・5	密々に和歌あり、又当座あり	清輔、季経已下常に祗候の輩六七ばかりの輩なり
⑨	安元2・4・14	窃に和歌の事あり	兼親、隆信両朝臣以下常に祗候の男ども又両三
	安元2・4・19	密々に当座の和歌及び連歌の興あり	―
	安元2・4・23	密々に和歌会の事あり。当座の連歌等	清輔、頼政朝臣等已下常に祗候の輩、会する者十余人
	安元2・5・19	密々に当座の和歌の事あり	―

安元2・5・28	密々に和歌会あり	季経朝臣、頼輔朝臣、頼政朝臣已下十余人会合す
安元2・6・1	※今日より両三男ども密々に百日和歌を始む。毎日題二首云々。余窃かにその中に交じる	
安元2・10・27	▽和歌の事等を談ず	清輔
安元3・1・12	▽和歌の事等を談ず	清輔
安元3・6・20	清輔逝去	

(Ⅱ)　六、七人が参加している場合。「常に祇候の男ども」が参加している。

(Ⅲ)　十人あまりが参加している場合。⑦の安元元年十月十日の歌合〔「右大臣家歌合　安元元年」〕は歌合本文が伝わっている。

歌合の規模が三つに大別されるのは、忠通家歌合と同じである。〔忠通家歌合の参加者　426ページ〕

和歌の事

『玉葉』の和歌に関する記事に、清輔の名前がはじめて登場するのは承安二年のことである。

①今日、密々和歌会の事あり。清輔朝臣の許に遣はし、勝負を付けしむ。〔承安二年三月一日の条〕

この時、清輔は和歌会には参加していないようで、記録を清輔のもとに送って判定させている。勝負付けをするのだから、歌合の形式で披講したのであろう。

次は、(Ⅲ)十人あまりが参加した歌合に関する記事である。

③晩景密々和歌あり。清輔、頼政已下会する者十余人、題五首、当座に於て作者を隠し、これを合はせて評定す。

清輔勝負を判す。その後連歌、又当座の会（題二首）。夜半に及び、事了り分散す。…今日、余、歌三首、清輔これを感ず。悦びと為すに足る。作者を隠すに依りてその人と知らざるなり。

（承安五年〈安元元〉年七月二十三日の条）

作者の名を隠して披講し、清輔が席上で判をした。名前を隠して「女房」として出詠した兼実は、自分が詠んだ三首の歌を清輔がすぐれていると評価したと喜んでいる。

⑤今日、密に和歌会あり。作者を隠しこれを合はす。清輔朝臣、命に依り勝負を付す。会する者十余人、清輔、頼政を棟梁となす。題十首、作者二十二人、合はせて百十番なり。歌甚だ多く時刻を移す。その後連歌あり。鶏鳴に及び人々退出す。

（安元元年閏九月十七日の条）

余、書を（自筆）清輔に送り、一昨の判の間の事を感ず。報じて曰はく、この御教書錦の袋に入れ、家の宝物となすべしと云々。

（安元元年閏九月十九日の条）

⑥清輔朝臣来たり。終日和歌の評定。

（安元元年閏九月二十日の条）

この一連の記事によると、前もって集められた二十二人の作者の歌を、十人余りの人が参加して九月十七日に披講し、清輔が席上で判をしている。そして三日後の二十日に、さらに清輔が〈評定〉したとある。

前述した元永二年の忠通家歌合の〈又判〉も、このように後日、評定した記録だと考えられるのである。（432ページ参照）ただし、歌合の席で判者をつとめたのは顕季、後日評定したのは俊頼と、別人が評定しているという違いはある。

⑤の歌合の本文は伝わっていないが、百十番の歌合は、忠通家歌合では例が無い大規模なものである。

◇

新編国歌大観に収められている⑦安元元年十月十日の歌合〔「右大臣家歌合　安元元年」〕は、永青文庫所蔵本を底本にしている。その奥書を私に訓読して示す。〔　〕内の注記、a〜cの記号も私に付した。

a　本に云ふ　大略御気色を伺ひて勝負を付くる所なり。当座に勝負を付け、翌日判詞を書く。その後作者を付くる所なり。

b　兼〔実〕、歌合の儀只比興を為すを存ぜず。期に臨んで作者を隠しこれを合はす、最も密事なり。就中未だその境に入らざるの輩、且に練習してこれを詠まんとす。努々《ゆめゆめ》披露すべからず。胎後の代必ず恥辱を招くなり。早く破却すべし。これ以前の両度の会、又以て前に同じ。

c　本　安元々年十月廿九日　　これを書写す

aの「本云」は、後代の書写者が付加したとみられるが、「大略」以下の筆者は判者の清輔、bと、cの「安元」以下の筆者は兼実であろう。bによると、本歌合は和歌に未熟な者たちが「練習」に詠んだとし、以前の家歌合と同様に、披露することなく「破却」せよと指示している。安元元年十月十日の右大臣家歌合は三題三〇番の歌合で、元永元年十月二日、元永二年、保安二年の内大臣家歌合とほぼ同規模の歌合である。兼実は、父が催した忠通家歌合の例にならい、和歌の練習を目的にして家歌合を催したのである。

また、『玉葉』によると、兼日題で歌合を催したあとで、当座題でさらに歌合を催すこともあった。（承安五年七月二十三日、安元元年閏九月二十九日、安元元年十一月五日の条）これは永久三年十月二十六日に催された前度、後度の歌合と同じである。

和歌談

清輔が兼実邸を訪れて「和歌の事等を談ず」こともしばしばあった。その中の安元元年十一月四日の記事を引用する。

⑧清輔朝臣来たり。深更に及び、和歌の事を談ず。その才貫之及び四条大納言等のごとし。その道の長、誰人ぞ。

◇

『俊頼髄脳』には、記事に名前があがっている「四条大納言」公任と「宇治殿」頼通のやりとりや、「帥大納言」経信と頼通のやりとりが記されている。

次に誹諧歌といへるものあり。…宇治殿の《の、》四条大納言にとはせ給ひけるに、「これはたづねお《を》はしまじきこと《事》なり。公任あひとあひし先達どもに随分にたづねさぶらひしにさだかに申す人なかりき。しかればすなはち後撰拾遺集《せう》にえらべることなし」とまうされければ、さればすぢなきこと《事》なりと申してやみにきとぞ帥大納言におほせられける。

公任、経信がはたしてきた〈摂関家の和歌師範〉としての役割を受け継いだという自負が俊頼にはあったのだろう。清輔のように、俊頼が忠通邸を訪れて和歌のことを談じることもあったはずである。

清輔が逝去したあとは、〈和歌師範〉の役割は俊成に受け継がれている。俊成は隆信の仲介によって兼実のもとに訪れることになり（治承二年二月二十六日の条）、はじめて兼実の邸を訪れた（治承二年六月二十三日の条）。俊成が出入りするようになってからは百首和歌が盛んに詠まれているが、和歌会も催されている。また、和歌について談ずることもあった。（治承三年二月二十八日の条）

しかし、治承三年（一一七九）十一月十一日の「密々に和歌あり」という記事を最後に和歌会についての記述はない。この時、兼実は三十一歳である。

◇

『玉葉』の中には、兼実の二男の良通、三男の良経の記事もある。

養和元年十月一日　侍従方、庚申の次連句和歌等事あり
寿永三年二月二十二日　密々に詩歌を詠む…大将中将同じくこれを詠む
文治元年九月六日　大将方又密々詩あり。その後又当座の和歌あり
文治元年十一月六日　大将中将密々に和歌あり

養和元年（一一八一）十月に侍従だったのは良経である。『殿暦』に忠通が十四歳のときに庚申待ちの作文と和歌を催したという記事があったが（天永元年十月二十五日の条）、良経はこのとき十三歳である。良通は治承三年に大将、良経は寿永元年（一一八二）に中将に就任している。寿永三年（一一八四）と文治元年（一一八五）九月に作文会を催し、和歌も詠んでいるが、文治元年十一月六日には単独で和歌会を催している。この時、良通は十九歳、良経は十七歳である。

忠通家歌合は忠通が十七歳の時から三十歳になるまでの間に催されている。摂関家の〈教育システム〉では、十七歳ごろから三十歳ぐらいまでの間に、和歌の練習のために歌人を招いて和歌会や密儀の歌合を催すということが慣例化していたのかもしれない。

忠通より前の摂関家のことについては、別に検討する必要があるが、今は保留とする。

類聚歌合巻十二の目的

忠通家歌合は密儀の歌合である。忠通家歌合の中でも規模が大きい元永元年十月二日、元永二年、保安二年の歌合ならば、類聚歌合が編纂されていなくても、歌合本文が後世に伝えられたかもしれない。しかし忠通家で催された密儀の歌合を、小さな歌合も含めて一巻にまとめ、類聚歌合巻十二としたのはなぜだろうか。類聚歌合の編纂の時期と重なったからという答えだけでいいのだろうか。筆者はずっと疑問に思っていたのだが、一つの可能性に思い至った。忠通家歌合を集めた一巻には、和歌の〈教育システム〉をまとめて摂関家の子孫に伝えるという目的があったのかもしれないということである。

現代に生きる我々にとって書物の編纂は、その成果を広く世間に公開するという目的をもってなされるものである。しかし、平安時代の書物はもともとは特定の貴人のためにつくられたり、子孫に伝えるためにつくられたものなのだ。

おわりに——十二世紀のワークショップ

考えて見れば、歌合という集団の場で、自分が詠んだ歌だけではなく、他の人が詠んだ歌に対する批評を聞き、勝ち負けを決めるという方式は、和歌の学習法として非常に効果的である。元永元年十月二日の歌合以降は、作者の名を隠し、忠通は「女房」と称して出詠しているが、これを仕組んだのが俊頼であるらしいということはすでに述べた。参加者が同じ立場で、相互に影響を与えあいながら和歌を創りだす場。このように考えると、忠通家歌合は十二世紀におこなわれた〈和歌のワークショップ〉だと言える。

ワークショップとは、近年盛んにおこなわれるようになってきた「まなび」の手法で、次のように定義されている。

> 講義など一方的な知識伝達のスタイルではなく、参加者が自ら参加・体験して共同で何かを学びあったり創り出したりする学びと創造のスタイル
>
> （中野民夫『ワークショップ―新しい学びと創造の場』一一頁、岩波新書　二〇〇一年）

また、雑誌『社会教育』（一九九四年一〇月号）の特集ページの冒頭部分に、次のようにまとめられている。

> ①　ワークショップに先生はいない
> ②　「お客さん」でいることはできない
> ③　初めから決まった答えなどない
> ④　頭が動き、身体も動く
> ⑤　交流と笑いがある
>
> （「特集―ＷＯＲＫ　ＳＨＯＰ　体験的参加型学習とワークショップ」薗田碩哉）

①～⑤の番号は便宜的に私に付した。①「先生はいない」とあるが、元永元年十月二日、保安二年の歌合など、ほとんどの歌合で俊頼も他の歌人と同じく出詠している。⑤の「交流と笑い」についても、元永二年の追判に、男女のことについて冗談を飛ばしているような個所があることをすでに指摘した。ほかにも、元永元年十月二日「恋」三番の俊頼判に「汝がためつらきと女をいはんことは、なめげにやあるべき」と、女房はもっと敬わなくてはとたしなめているような個所もある。表現の不備を指摘するというよりは、六十歳半ばの俊頼が恋愛道を説いているかのようである。また、元永元年十月二日「時雨」六番12の俊頼判には「もし木の葉の色にしまば、おびたたしくや

あるべき」、基俊判には「ゐもりのしるしなどのようにきこえ侍るかな」のようにあるが、これも時雨が身にしむという表現をからかって、それでは全身が真っ赤になってしまいますなぁと一座で笑い合ったことを、このように書きとどめていると考えられる。

説の対立や論争、交流と笑いなどがある忠通家歌合によって、忠通の和歌への関心はますます高まったことであろう。元永元年十月二日につづけて、十一日、十三日、十八日と歌合を催していることからもそれはうかがえるのである。

ただしひとつ注意しておかなくてはならないのは、参加者の個を尊重するワークショップを俊頼が運営することができたのは、俊頼が開明的な平等主義者だからというわけではない。参加者である忠通を尊重しようとする心くばりが、結果として参加者全員が対等に議論し合う、現代風のワークショップの場を作り上げたと言えるのである。

主要参考文献（単行本のみ掲げる）

『殿暦』　大日本古記録　東京大学史料編纂所編　岩波書店　一九六〇年
『中右記』　増補史料大成　増補史料大成刊行会編　臨川書店　一九八〇年
『今鏡』　竹鼻績全訳注　講談社　一九八四年
『玉葉』　国書刊行会　一九〇六年、
　吾妻鏡・玉葉データベース　新訂増補国史大系本ＣＤ-ＲＯＭ版　吉川弘文館　二〇〇九年
『訓読玉葉』　高橋貞一　高科書店　一九八八～九〇年
堀部正二　『纂輯類聚歌合とその研究』（大学堂書店　初版一九四五年、復刊一九六七年）
萩谷　朴　『平安朝歌合大成　増補新訂　三』（同朋舎出版　初版一九六九年、増補新訂一九九六年）
『平安歌合集上・下』（陽明叢書国書篇第四輯　思文閣　一九七五年）
小松茂美　『古筆学大成21　歌合一』（講談社　一九九二年）
峯岸義秋　日本古典全書『歌合集』（朝日新聞社　一九四七年）
谷山　茂　日本古典文学大系『歌合集』（岩波書店　一九六五年）
岩津資雄　『歌合せの歌論史研究』（早稲田大学出版部　一九六三年）

峯岸義秋『平安時代和歌文学の研究』（桜楓社　一九六五年）
橋本不美男『院政期の歌壇史研究』（武蔵野書院　一九六六年）
井上宗雄『平安後期歌人伝の研究』（笠間書院　一九七八年）
元木泰雄『人物叢書　藤原忠実』（吉川弘文館　二〇〇〇年）
美川　圭『白河法皇　中世をひらいた帝王』（ＮＨＫブックス　二〇〇三年）

藤原忠通略年譜

天皇	院	年次	西暦	年齢	忠通関係事項	参考事項
堀河	白河	承徳元	一〇九七	一		
		二	一〇九八	二		
			一〇九九	三		○源宰相中将家和歌合
			一一〇〇	四		
			一一〇一	五		
			一一〇二	六		
			一一〇三	七		
		長治元	一一〇四	八		『堀河百首』長治年間に成立。
		二	一一〇五	九	2・21庚申待和歌	
		嘉承元	一一〇六	一〇		
		二	一一〇七	一一	12中将（〜永久三1）	
		天仁元	一一〇八	一二		
		二	一一〇九	一三		
		天永元	一一一〇	一四	10・25庚申待作文・和歌 権中納言就任	
		二	一一一一	一五	5・11和歌会　密々	『俊頼髄脳』この頃成立か。

鳥羽	白河	三	一一一二	一六	9・24講詩、和歌　密々 9・26作文会　密々 9・29作文会　密々 10・5作文会 11・1作文、連句 11・23作文、連句　密々 11・28〕	○山家五番歌合
		永久元	一一一三	一七		『新撰朗詠集』永久年間に成立。
		二	一一一四	一八		
		三	一一一五	一九	1・29権大納言就任 4・28内大臣就任	
		四	一一一六	二〇	**内大臣家歌合（十月二十六日前度・後度）**	△六条宰相家歌合〈判者顕季〉 ○雲居寺結縁経後番歌合〈判者基俊〉 『永久百首』
		五	一一一七	二一	**内大臣家歌合**（五月九日・**十一日**）	
		元永元	一一一八	二二	**内大臣家歌合（十月二日・十一日・十**三日・十八日）	△新中将家歌合 △人麿影供が顕季邸で催される。
		二	一一一九	二三	**内大臣家歌合（七月十三日）**	△右兵衛督家歌合

天皇	院	年号	西暦	年齢	事跡	歌壇
	白河	保安元	一一二〇	二四		摂津
	白河	二	一一二一	二五	1・22内覧 3・5関白就任 **関白内大臣家歌合（九月十二日）**	△内蔵頭長実白河家歌合〈判者顕季〉 △内蔵頭長実家歌合〈判者顕季〉 源顕国（39）
	白河	三	一一二二	二六	12・17左大臣就任	○無動寺歌合〈判者俊頼・基俊〉
崇徳	白河	四	一一二三	二七	1・28関白改め摂政	藤原顕季（69）
崇徳	白河	天治元	一一二四	二八		○奈良花林院歌合〈判者基俊〉・永縁奈良房歌合〈判者俊頼〉 『金葉集』撰集の院宣。
崇徳	白河	二	一一二五	二九		
崇徳	白河	大治元	一一二六	三〇	**摂政左大臣家歌合（八月）**	『金葉集』（初度本・二度本・三奏本）奏上。大治元～二年の間。
崇徳	白河	二	一一二七	三一		源雅実（69）
崇徳	白河	三	一一二八	三二	12・17太政大臣就任	○西宮歌合〈判者基俊〉○南宮歌合 ○住吉歌合〈判者源顕仲〉 源兼昌
崇徳	白河	四	一一二九	三三	7・1摂政を辞し関白	白河院（77）源俊頼（75）
崇徳	鳥羽	五	一一三〇	三四		
崇徳	鳥羽	天承元	一一三一	三五		
崇徳	鳥羽	長承元	一一三二	三六		
崇徳	鳥羽	二	一一三三	三七	『相撲立詩歌合』基俊に編纂を命じ、成立。	

近衛		三	一一三四	三八		
		保延元	一一三五	三九	内裏歌合に参加。	
			一一三六	四〇		
			一一三七	四一		
			一一三八	四二		
			一一三九	四三		
			一一四〇	四四		
		永治元	一一四一	四五		源師俊（62）
		康治元	一一四二	四六		藤原基俊（83）
		二	一一四三	四七		源雅兼（65）
					（中略）	
二条	後白河	永暦元	一一六〇	六四	忠通家月三十五首会	
		長寛二	一一六四	六八	死去	

忠通家歌会関連歌一覧

本書に収めた歌合の歌以外で、忠通家で詠まれたと思われる歌を『新編国歌大観』の本文によって次に示すことにする。俊頼が撰集にあたった金葉集や、俊頼の家集である散木奇歌集（一覧では散木集と略称）では、『類聚歌合』に収められている歌合の歌と歌会の歌を区別せず、どちらも「摂政左大臣家にて…」（金葉集）「摂政殿下にて」「殿下にて」（散木集）という詞書を付していることがわかる。「殿下にて」などと書かれていなくても、歌題が一致している場合は△を付して示した。

霞

摂政殿下にて十首の歌よませ給ひけるにつかまつれる

さほ山に霞のころもかけてけりなにをかよもの空はきるらん

煙かとむろのやしまをみしほどにやがても空のかすみぬるかな

（散木集・八、九）

関の霞

殿下にて関の霞といふ事をよめる

ふはの関あしみをこまにをしへゆくこゑばかりこそかすまざりけれ

（散木集・一七）

鶯

法性寺入道前関白の家にて、十首歌よみ侍りけるに、うぐひすをよめる　権中納言師俊

うぐひすのなきつるなへにわがやどのかきねの雪はむらぎえにけり　（新勅撰集・春上・九）

山里の鶯

おなじ心を殿下にてよめる

山里はつれづれになく鶯のこゑよりほかに友なかりけり　（散木集・四九）

桜

摂政殿下にて、人人に十首歌よませさせ給ひけるに、桜をよめる

をちこちに花咲きぬればさぎのゐるそなれの松にみぞまがへける　（散木集・一〇九）

摂政殿下にて、十首歌よませ侍りけるに、桜をよめる

心とも散りけるものをさくら花なにぬれぎぬを風にきせけん　（散木集・一四四）

おなじ殿下にて、探題の歌よませ給ひけるに、桜をとりてよめる

心あらば風もや人を恨みましをるは桜のをしからぬかは　（散木集・一四五）

雨中桜

法性寺入道前関白家にて、雨中花といへる心をよみ侍りける　基俊

山ざくらそでににほひやうつるとて花のしづくにたちぞぬれぬる　（新勅撰集・春下・八七）

殿下にて雨中桜といへる心をよめる

雨ふらば枝にささせよ桜花おのがみかさのやまにはあらずや　（散木集・八〇）

春駒

摂政殿下にて、十首歌よませ給ひけるに、春駒をよめる

春の野にをばなあしげの見えつるはひきまがへたる心ちこそすれ　（散木集・一五八）

雨中のすみれ

殿下にて雨中のすみれをよめる

たれとみて忍びかはせんつれづれとこしあめふりてすみれさく野を　（散木集・一六〇）

三月尽

摂政左大臣家にて、人人に三月尽の心をよませ侍りけるによめる　源俊頼朝臣

かへるはるうづきのいみにさしこめてしばしみあれのほどまでもみん　（金葉集・春・九二　Ⅰ一三八Ⅲ九六）

殿下にて、三月晦日の心を〔金葉集・九二〕　（散木集・一九三）

△三月尽

わがをしむ春にかはればあすよりは心う月とおもふべきかな　（田多民治集・二四）

卯花

殿下にて、卯花をよめる

卯の花の身のしらがともみゆるかなしづのかきねも俊頼にけり　（散木集・二〇〇）

郭公十首

摂政左大臣家にて、人人ほととぎすの歌十首づつよませ侍りけるに　源雅光

ほととぎすなきつとかたるひとづてのことのはさへぞうれしかりける　（金葉集初度本・夏・一五九）

藤原重基

すみよしのまつとしりせばほととぎすうらみぬさきにおとづれてまし　（金葉集初度本・夏・一六〇）

ほととぎすのうた十首人人によませ侍るついでに　摂政左大臣

ほととぎすがたはみづにやどれどもこゑはうつらぬ物にぞありける　（金葉集・夏・一〇六）

関白前太政大臣の家にて郭公の歌おのおの十首づつよませ侍りけるによめる　藤原忠兼

ほととぎすなくねならではよのなかにまつこともなきわが身なりけり　（詞花集・春・五六）

郭公歌十首よみ侍りけるに　法性寺入道前関白太政大臣

よしさらばなかでもやみね郭公きかずはひともわするばかりに　（新勅撰集・夏・一四七）

殿下にて、郭公の歌人人よませ給ひけるに

はじめなきみのはじめより郭公あかでもよよをすごしけるかな

なかずともなきつといはんほととぎす人わらはれにならじと思へば

郭公声まちつけてきく程や人に我が身のうらやまるらん

ほととぎすまちしわたらばやつはしのくもでのかずに声をきかばや

ほのめかすうきたのもりの郭公思ひしづみてあかしつるかな

ほととぎすなかぬなげきのもりにきていとども声をほほめつるかな

しとみ山風はおろせど郭公声はこもらぬ物にぞ有りける

かきねにはもずのはやにへたててけりしでのたをさに忍びかねつつ　（散木集・二二二三～二二三〇）

郭公十首

はつ声をなにをしむらん時鳥またれぬねとておろかなるかなかは

われききて人にかたらむ此里にまづなきそめよ山ほととぎす

よしさらば…〔歌略〕

きのふまでしのびしかども時鳥ふじのたかねに今はなくなる

ほととぎす花たちばなに木づたへばおのがは風もめづらしきかな

聞くたびになどめづらしき郭公ありし五月の声にあらずや

時鳥きく夜のかずを七夕のあはぬ月日とおもはましかば

ほととぎすしでの山路のくらきよりいかで五月のやみにきつらん

神がきやみむろの山のほととぎすときはかきはの声をきかばや

郭公…〔歌略〕　（田多民治集・三三～四二）

暁聞郭公

殿下にて、暁聞郭公といへる事をよめる　源定信

みくまののはまゆふかけて郭公なくねかさねよいくへなりとも　（散木集・二六八）

△暁聞郭公といへる事をよめる

わぎもこにあふさか山のほととぎすあくればかへるそらになくなり　（金葉集初度本・夏・一八五）

五月五日

殿下にて五月五日の心をつかうまつれる

ながきねも花のたもとにかをるなりけふやまゆみのひをりなるらん　（散木集・二八五）

夏月・夏夜月

摂政左大臣家にて夏月の心をよめる　神祇伯顕仲

なつの夜のにはにふりしくしら雪は月のいるこそきゆるなりけれ　（金葉集・夏・一四一　Ⅰ二〇七Ⅲ一三六）

殿下にて夏夜の月をよめる

あぢさゐの花のよひらにもる月を影もさながらをる身ともがな　（散木集・三三〇）

夏夜月

いもせ山みねたちはなれ夏の夜のたれとか月の空にすむらん　（田多民治集・五四）

内府於東三条、夏夜月并怨人恋

あくるかとみるほどもなくあけにけりをしみもあへぬ夏のよの月　（六条修理大夫集〈顕季〉・一六八）

夏夜月

風ふけばかたよるさはのまこもぐさかげさだまらぬなつのよの月　（雅兼集・一七）

くひな

摂政左大臣家にてくひなの心をよめる　源雅光

夜もすがらはかなくたたくくひなかなさせるともなきしばのかりやを　（金葉集・夏・一四三　Ⅰ二〇八Ⅲ一三八）

山家早秋

法性寺入道前太政大臣家にて、山家早秋の心をよみ侍りける　前治部卿雅兼

山里はいとどあはれぞまさりけるいくかもあらぬ秋のけしきに　（続詞花集・秋上・一五一）

中納言中将に侍りける時、家に、山家早秋といへる心をよませ侍りけるに　法性寺入道前関白太政大臣

あさぎりや立田の山のさとならで秋きにけりと誰かしらまし　（新古今集・秋上・三〇二）

法性寺入道前関白、中納言中将に侍りける時、山家早秋といへる心をよませ侍りけるに　菅原在良朝臣

山ざとはくずのうら葉をふきかへす風のけしきに秋をしるかな　（新勅撰集・秋上・二〇四）

七夕

法性寺入道前関白家にて、七夕の心をよみ侍りける　菅原在良朝臣

天河ほしあひのそらも見ゆばかりたちなへだてそよはの秋ぎり　（新勅撰集・秋上・二一四）

水辺萩

同殿下にて水辺萩をよめる

風ふけば萩のはひえに波こえてえもいはぬまのみはぎをぞみる　（散木集・四一一）

女郎花随風

法性寺入道さきのおほきおほいまうちぎみの家にて、女郎花随風といへるこころをよみ侍りける

前中納言雅兼

をみなへしなびくをみれば秋かぜの吹きくるすゑもなつかしきかな　（千載集・秋上・二五二）

女郎花随風

をみなへし夜のまの風にをれふして今朝しら露に心おかるな　（田多民治集・六五）

旅宿鹿

摂政左大臣家にて旅宿鹿といへることをよめる　源雅光

さもこそはみやこ恋しきたびならめしかのねにさへぬるるそでかな　（金葉集・秋・二二五　Ⅰ三二六Ⅲ二二三）

殿下にておなじ心をよめる

けふここに草の枕をむすばずはたれとか鹿のつまをこひまし　（散木集・四五〇）

鹿を所の名に寄せて

法性寺入道前太政大臣家にて、鹿をところの名によせてよませ給ひけるに　源雅光

心からあだしの野べにたつしかは妻さだまらぬねをや鳴くらん　（続詞花集・秋上・二〇八）

殿下にて鹿を所の名に寄せてよませさせ給ひけるによめる

よとともにすむはつまぎの山なればなかでや鹿の秋をすぐらん　（散木集・四五三）

原上鹿

殿下にて原上鹿といへる事をよめる

秋くればしめぢが原にさきそむるはぎのはひえにすがるなくなり　（散木集・四五七）

田家霧

殿下にて田家霧といへる事をよめる

山里ははれせぬ霧のいぶせさにをだのをぐろにうづら鳴くなり　（散木集・四六五）

八月十五夜

関白前太政大臣の家にて、八月十五夜のこころをよめる　藤原朝隆朝臣

ひくこまにかげをならべてあふさかのせきぢよりこそ月はいでけれ　（詞花集・秋・一〇二）

殿下にて八月十五夜の心をよめる

ひきわくる駒ぞいばゆるもちづきのみまきのはらやこひしかるらん　（散木集・四八六）

連夜見月

法性寺入道前太政大臣、連夜見月心人人によませ侍りけるに　藤原行盛朝臣

よひのまのかたわれ月と見しものをながめぞあかす有明の空

久堅の月のさかりに成りぬれば中中ひるぞまどろまれける　源雅光

（続詞花集・秋上・一七五、一七六）

月秋友

法性寺入道前太政大臣内大臣に侍りける時、月毎秋友といへる心をよませ侍りけるとき、よめる　源俊頼朝臣

おもひぐまなくてもとしのへぬるかなものいひかはせ秋のよの月

（千載集・秋上・二八六）

殿下にて月秋友といへる事をよめる〔千載集・二八六〕

（散木集・四九三）

澗底月

法性寺入道前太政大臣家にて、澗底月といへるこころをよみはんべりける　源俊頼朝臣

てる月のたびねのとこやしもとゆふかづらき山のたに川のみづ

（千載集・秋上・三〇一）

殿下にて五首の歌よませ給ひけるに、たにそこの月といへる事をよめる〔千載集・三〇一〕

（散木集・五〇八）

野径月

摂政左大臣家にて野径月といふ事をよめる　源定信

ひるとのみいはれののべの月かげは露ばかりこそよるとみえけれ

（金葉集初度本・秋・二九三）

殿下にて野往（ママ）月といへる事を

おぼつかな心は月にあくがれていかでいくののさとをすぐらん

（散木集・五二一）

野径月

八重むぐらしげみのをののふる道にやどるもをしくすめる月かな　（田多民治集・七七）

関路月

法性寺入道前太政大臣、内大臣に侍りける時、関路月といへるこころをよみ侍りける　中納言師俊

はりまぢやすまのせきやのいたびさし月もれとてやまばらなるらん　（千載集・羇旅・四九九）

九月十三夜

九月十三夜殿下にてよめる

おぼつかないかなるむかしさえそめてこよひの月の名をのこしけん　（散木集・五三六）

月照紅葉△

月照紅葉

かづら木の神やうれしとみ山なるもみぢも月に照りまさりけり　（田多民治集・八四）

月照紅葉

よるきたるにしきとはみよちりかかるもみぢも月のくましなければ　（在良集・一四）

月照紅葉

うすくこきもみぢのいろのみゆるまでくまなくてらすよはの月かな　（六条修理大夫集・一一〇）

水辺紅葉

殿下にて五首の歌よませ給ひけるに、水辺紅葉といへる事をよめる

もみぢ葉のかげだにちらぬ物ならばたれかみぎはをたちはなれまし　（散木集・五六一）

紅葉隔牆

摂政左大臣の家にて紅葉隔牆といへるこころをよめる　藤原仲実朝臣

もずのゐるはじのたちえのうすもみぢたれわがやどの物と見るらん　（金葉集・秋・二四三　Ⅰ三五六Ⅲ二四三）

牆をへだてたるもみぢ

ははそ原しづのかきねのなかりせばもみぢての色をうそにみましや　（田多民治集・八五）

隔垣紅葉

はおちしはまばらにかこへははそはらしづえのもみぢよそながらみむ　（雅兼集・三三）

ちる紅葉

殿下にてちる紅葉をよませ給ひけるによめる

雲のゐるふじのなるさはかぜこしてきよみが関ににしきおりかく　（散木集・五八四）

駒迎

駒迎　内府にて

あふさかのせきもる神にこととはむいくよかみつるもち月のこま　（雅兼集・三九）

冬夜月

摂政太政大臣家にて冬夜月をよめる　源雅光

あらちやまゆきふりつもるたかねよりさえてもいづるよはの月かげ　（金葉集初度本・冬・四二五）

殿下にて冬夜月を

霜のうへにひかりさしそふ月かげをこの身ながらもながめつるかな　（散木集・六三五）

初雪

殿下にて初雪を

いそのかみむかしの跡もはつ雪のふりしきぬればめづらしきかな　（散木集・六五二）

雪中遠情

殿下にて雪中遠情といへる事をつかうまつれる

すすたれるまやのあしよりもる雪やみししほこしのひにもあるらん　（散木集・六六〇）

祝

殿下にて祝の心を

春日山さかへしふぢの末なれば君もうらばのうちとけてみゆ　（散木集・七一六）

恋

摂政左大臣家にて恋の心をよめる　源雅光

あやにくにこがるるむねもあるものをいかにかわかぬたもとなるらん　（金葉集・恋上・四一三）

摂政左大臣家にて恋の心をよめる　源雅光

なにたてるあはでのうらのあまだにもみるめはかづく物とこそきけ　（金葉集・恋下・四五六）

摂政左大臣家にて恋の心をよめる　源雅光

かずならぬ身をうぢがはのはしばしといはれながらもこひわたるかな　（金葉集・恋下・五〇九　Ⅲ四八四）

摂政左大臣家にて恋のこころをよめる　藤原為真朝臣

あふ事のなきをうき田の森に住むよぶこどりこそわが身なりけれ　（金葉集異本歌七一三、恋上・三六四の次）

関白前太政大臣の家にてよめる　藤原親隆朝臣

かぜふけばもしほのけぶりかたよりになびくを人のこころともがな　（詞花集・恋上・二三八）

関白前太政大臣の家にてよめる　藤原基俊

あさぢふにけさおくつゆのさむけくにかれにし人のなぞやこひしき　（詞花集・恋下・二六四）

殿下にて恋のこころをよめる

夜とともにこひをおぼめく人にこそ我がすがたをば見すべかりけれ
みなくぐりあみのはがひのかひもなくひとをくもゐのよそにみるかな
としへたるひまのうゑきのこちたさをしらでも人に身をかふるかな
君こひてわがせこにさへうとまれぬこやうらやみてあゆみせし人
みさごだにうやまふいそをうちさらじあらぶるしほをなごめかねつる
こひしさになみだの色もかはりゆくつもりはいかがならんとすらむ
たまさかにくるとはすれどすをわたるとりのはやくもかへりぬるかな　（散木集・一〇一八〜一〇二四）

殿下にて

恋しともさのみはいかがかきやらんふでの思はん事もやさしく　（散木集・一〇三四）

殿下にてこひのこころをよめる

いひそめしことばとのちの心とはそれかあらぬかいぬかからすか　（散木集・一〇七一）

殿下にて恋の歌よませ給ひけるにつかまつれる

君こふとゐのかるもよりねざめしてあみけるぬたにやつれてぞをる　（散木集・一一三三）

殿下にてこひの心をよめる

昨日まできびはにみえしひめゆりのいつたちなれてひとそめむらん（散木集・一一六八）

殿下にて十首歌よませ給ひけるに恋の心をつかまつれる

心のみくだくるこひや玉つしまいそこすなみのかへるなるらん（散木集・一一九五）

ときどきあふ

摂政左大臣家にてときどきあふといふことをよめる　源顕国朝臣

わがこひはしづのしげいとすぢよわみたえまはおほくくるはすくなし（金葉集・恋下・五一四　Ⅲ四八八）

時時逢恋

あひ見ては久しくなると思へどもぬる夜の数はつもらざりけり（田多民治集・一四一）

頼めて不逢恋

（摂政左大臣家にて）頼めて不逢恋（保安二歌合）　藤原親隆朝臣

恋ひしなで心づくしにいままでもたのむればこそいきのまつばら（金葉集異本歌七一四、恋上・三六四の次）

怨人恋

法性寺入道前関白家に、怨恋といふ心を　左京大夫顕輔

つらしとて心のままにうらみてものちは思ひにたへんものかは（続後撰集・恋五・九九九）

内府於東三条、夏夜月并怨人恋

ことのはをたのまざりせばとしふともひとをつらしとおもはざらまし（六条修理大夫集〈顕季〉・一六九）

おなじ殿にて人を恨むといへることをよめる

いしばしるとがはの滝もむすぶてにしばしはよどむ物とこそきけ　（散木集・一一九六）

怨恋

さもこそは人の心はうぢやまのかひがひしくもぬるる袖かな　（田多民治集・一四四）

我恋人・人恋我

殿下にてわれ人をこふといへる事を

したのおびのいひまどはせどいきもあはずみじかかりける我がすくせかな　（散木集・一〇六一）

人恋我

くちぬらん袖ぞゆかしきわがこまのつまづくたびに身をしくだけば　（散木集・一〇六二）

かへさるる恋

殿下にてかへさるる恋といへる事を

秋の田のかるほどもなくかへされて忍びもあへぬねにぞそほつる　（散木集・一一五四）

推量恋

殿下にて推量恋といへる事を

大かたのこころにくさをしるべにてあやふく物を思ふ比かな　（散木集・一一五九）

寄花恋

摂政左大臣家にて寄花恋といへる事をよめる　源雅光

吹く風にたへぬ梢の花よりもとどめがたきは涙なりけり　（金葉集異本歌六九三、恋上・四一五の次）

法性寺入道前太政大臣、内大臣に侍りける時、家にて寄花恋といへるこころをよめる　源雅光

吹く風に…〔歌略〕　（千載集・恋四・八四九）

寄花恋

わがこふる人ににほひの庭ざくらをれば心のゆきもするかな　（散木集・一一六九）

寄水鳥恋

寄水鳥恋　摂政左大臣

あふこともなごえにあさるあしがものうきねをなくと人はしらずや　（金葉集・恋下・四五四）

寄水鳥恋といへることをよめる　源師俊朝臣

みづとりのはかぜにさわぐさざなみのあやしきまでもぬるる袖かな　（金葉集・恋上・三六四）

殿下にて寄水鳥恋といへる事をつかまつれる

うらやましいかなるかものわぎもこがすがたの池にうきねしつらん　（散木集・一一九二）

寄水恋《（ママ）》〔金葉集四五四〕　（田多民治集・一四〇）

寄水鳥恋

をしどりはすがたのいけにうつしてやおのがおもひのほどをしるらん　（雅兼集・六一）

寄海恋

殿下にて寄海恋を

ちぬのうみ浪にただよふうきみるのうきを見るはたゆゆしかりけり　（散木集・一二一八）

上陽人、青黛画眉眉細長

青黛画眉眉細長といへることをよめる　源俊頼朝臣

さりともとかくまゆずみのいたづらにこころぼそくもおいにけるかな　（金葉集・雑上・五八六　Ⅲ五七五）

殿下にて上陽人の心をよませ給ひけるに青黛画眉眉細長といへる事をよめる〔歌略〕　（散木集・一四〇五）

上陽人、苦最多少苦老亦苦

上陽人苦最多少苦老亦苦といふことをよめる　源雅光

むかしにもあらぬすがたになりゆけどなげきのみこそおもがはりせね　（金葉集・雑上・五八五　Ⅲ五七六）

法華経神力品

神力品、如日月光明、能除諸幽冥

人しれず法の月日にまかすれど心のやみのはれがたきかな　（田多民治集・一八八）

法華経神力品

くさぐさにとをのしるしをしらせしもひとつみのりのゆかりなりけり　（在良集・二八）

判詞索引

(1) この索引は本書で注釈した忠通家歌合のうち、左に示す年に開催された歌合の判詞索引である。（ ）内は略称。
・元永元年十月二日…俊頼判（元元俊）基俊判（元元基）・元永二年…顕季判（元二顕）又判（元二又）・保安二年…表の判（関白）裏書判（関白裏）・大治元年（摂政）
略称のあとの算用数字は該当する番の左方の歌番号を示す。判詞中の評語とは別の語句で補説に項目をたてた場合は、◇を付けて示した。

(2) 索引は人名、引用句・引用歌・漢詩句、事項に分かれている。表記は歴史的仮名遣いを用い、配列は現代仮名遣いの五十音順によった。

(3) 引用句、引用歌索引は判詞に引用されていて特定の和歌の語句であることが明らかなものを収めた。和歌が一首すべて引用されている場合は、第三句以下を…で省略し、初二句のみをあげた。

(4) 事項索引は、評語、判で取りあげられている「語句」、歌集、歌合、歌書等を収めた。互いに参照すべき項目については、見出し語の次に＊を付して示した。

人名

引用句・引用歌

漢詩句

事項

あ行

か行

関白61
ききなれず　元元25基
きこえかぬ　元元27俊
元元39俊
◇擬人法　元元21
貴船　関白39
興ある歌　元二21題
くちをし　元二5題
関白61裏
「くらぶやま」　元元17俊
褻　関白15裏
関白35
懸想の歌　元二47又
源近公相鶴経　元元51基
権門　元元41俊
荒涼　元二9又
元二51又
こか（古歌）　＊ふるきうた　関白67裏
古今　元元27基
関白35
古今の序　元元27基
心ちあり　元二19又
元二23又
心あり　元元19基
元二15又
関白57裏
摂政3
心すくなし　元元23基
元元57俊
心なきにあらず　元元65俊
元二15題
心ゆかず　元二1題
心をとる　元二41又
こころざしあり　元元67俊
心ばへ　元二19題
「こしの白山」　関白1
こしのはての「に」　元二11又
後拾遺抄　元二43又
◇語順　元元5
後撰（集）　元元27基
関白35
滑稽のことば　元元57基
ことありがほ　元元39俊
ことおほし　元二33又
ことがまし　元二61題
ことぎれず　元元45俊
ことたらず　元元49俊
元二35又
関白21
元元31基
ことば
—いやし　関白43
—さきにあるべし　＊語順　元元21俊
—だびたり　関白5裏
—たらず　元二41又
元二63題
関白29裏
—ゆかず　関白15
ことばづかひ　元二13題
関白33裏
ことよす
▽祝に—　元元29俊
元二13又
▽権門に—　元元41俊
▽みかさのやまの神に—　関白5
ことわり　元元17基
元元51基
関白11
関白63
こはげ　元元63俊
関白69
こはごはし　元二7又
関白33
こはし　元二9題
こよみ　元元27俊

さ行

ま行

各句索引

(1) この索引は本書で注釈した忠通家歌合の和歌の各句索引である。
(2) 表記は歴史的仮名遣いによる平仮名表記とし、配列は現代仮名遣いによる五十音順とした。
(3) 出典の略称はそれぞれの歌合の開催年月日による。
永三前…永久三年十月前度、永三後…永久三年十月後度、永五…永久五年五月十一日、元元十・二…元永元年十月二日、元元十・十一…元永元年十月十一日、元元十・十三…元永元年十月十三日、元二…元永二年、関白…保安二年、摂政…大治元年
(4) 略称の次の数字は歌番号である。＊印をつけているのは、校訂本文以外の主な異文である。

あ

う

か

こころのかぎり	関白	3
こころのみ	関白	52
こころばかりと	元元十・二	34
こころばしりは	関白	48
こころはそらに	元二	24
	元二	64
こころはゆきて	元二	49
こころひとつに	元二	16
こころぼそさを	摂政	3
こころみに	元元十・二	54
こころもおかぬ	元元十・二	43
こころゆるさず	元元十・十三	34
こころをいづち	関白	69
こしげきものを	関白	14
こしぢはよはの	摂政	5
こしのしらやま	関白	2
こしのねわたし	元元十・十三	20
こずゑをそむる	元元十・二	7
ことしだに	元二	4
ことのかたくも	関白	54
ことのはばかり	摂政	19
ことはこれにて	元元十・二	68
ことよせて	元元十・十一	2
ことわりしらぬ	元元十・二	73
ことわりとだに	関白	49

このしたかげも	関白	11
このはとともに	元元十・二	1
	元元十・二	14
	元元十・二	18
このはのみ	元元十・二	12
このまのつきし	元二	35
このまより	＊元二	26
	元二	28
	元二	30
	関白	1
こはぎはら	元二	4
こひこそわたれ	元元十・二	60
こひしきことの	元元十・二	50
こひしきひとを	元二	53
こひしなで	関白	65
こひすてふ	元元十・二	64
	元元十・二	68
こひするなをも	摂政	18
こひせじと	元元十・二	61
	関白	48
こひのすみかと	関白	58
こひはこれにて	＊元元十・二	68
こひもするかな	永三前	6
	元元十・二	49
	元二	47

	関白	62
こひわたるらむ	元元十・二	67
	関白	70
こひわぶる	元元十・二	55
こひをするかな	元二	62
こひをのみ	関白	57
こひをやすめむ	永三前	5
こふるしるしは	関白	68
こぼるらん	摂政	6
こぼるれば	関白	37
こまなれど	関白	48
こやのいけみづ	関白	19
	関白	23
こやのまつばら	元二	35
こよひさへ	摂政	12
こよひしも	関白	3
こりずもをのの	摂政	20
ころもがは	元元十・二	60
	関白	51
ころもがはかな	永三後	1
ころもかりがね	摂政	5
ころもなりけり	元二	12
ころものうらの	関白	47
ころものかはと	永三後	2
こゐするたかの	元元十・十三	32

よ

わ

ゐ→い・を→お

作者索引

(1)　この索引は本書で注釈した忠通家歌合に参加した作者名に簡単な解説を加えたものである。人名の表記は歴史的仮名遣いを用い、配列は現代仮名遣いの五十音順によった。
(2)　歌合の開催年月日を略称とし、歌番号を記した。和歌を詠んだ女房名が特定できない場合は、女房とのみ記した。
(3)　作成するにあたり、『平安朝歌合大成』、『平安後期歌人伝の研究』（井上宗雄　笠間書院　一九七八年）、「忠通家歌壇形成に関する考察―先行歌壇との関連について―」（渡辺晴美　和歌文学研究51　一九八五年）を参照した。

明賢（あきかた）◇関白2・18・42・46・54

顕国（あきくに）村上源氏。永保三（一〇八三）～保安二（一一二一）五月二十九日、三十九歳。父は堀河百首にも参加した源国信。国信は顕房の男である。金葉集初出。◇永三前3　永三後2　元元十・二3・28・50　元元十・十三9・24・31　元二21・31・51

顕季（あきすえ）藤原。天喜三（一〇五五）～保安四（一一二三）九月六日、六十九歳。白河院近臣。母は白河院乳母の親子。堀河百首の歌人。顕輔、清輔とつづく六条藤家の祖である。後拾遺集初出。顕季の女婿の宗通は忠通と結婚した宗子の父である。◇元二（判者）

顕俊（あきとし）村上源氏。父は源雅俊。雅俊は顕房の男である。◇永三前5　永三後3

顕仲（あきなか）藤原。康平二（一〇五九）～大治四（一一二九）、七十一歳。堀河百首の歌人。金葉集初出。◇永五1　元元十・二5・31・56　元元十・十三6・21・32　元二17・25・57

朝隆（あさたか）藤原。忠通の乳母子。母は讃岐宣旨、父は藤原為房。親隆（別掲）とは兄弟である。◇元元十・十一（参加）

上総（かずさ）金葉集の作者名表記は「前中宮上総」「堀河院中宮上総」堀河天皇の中宮篤子内親王家の女房。金葉集初出。◇元元十・二1・33・55　元二11・41・53　関白17

兼昌（かねまさ）源。永久百首の歌人。金葉集初出。◇永三前12　永三後10　元元十・二20・44・61　元元十・十三1・22・30　元二16・24・66

清高（きよたか）藤原。父は藤原季永。祖母は師通の北の方、麗子の乳母。父方の叔母に忠実乳母、令子乳母がいる〔渡辺論文〕。◇元元十・十一（参加）

国能（くによし）◇摂政7・18

定国（さだくに）　◇元元十・十三36

定信（さだのぶ）　源。◇元元十・二13・37・58　元元十・十三11・15・28　元二6・36・56　関白6・24・34・48・62　摂政2・15

重基（しげもと）　藤原。父の藤原有佐は実は後三条院の子で、姪にあたる令子内親王の後見人だったらしく、その縁で令子内親王家の歌会にも参加していたらしい〔渡辺論文〕。詞花集初出。長承三年（一一三四）11月18日没。◇永三前4　永三後11　元元十・二17・47・69　元元十・十一（参加）関白11・27・37・49・67

信濃（しなの）　父は藤原永実〈別掲〉。為真〈別掲〉は兄または弟である。◇元元十・二9・21・41

少将（せうしやう）　元永元年十月二日内大臣家歌合の今治本などは、歌人名の下に「俊頼朝臣女　関白家女房」と注記する。『殿暦』康和4年正月11日の条に「今夜左京大夫俊頼朝〔臣〕女大君始来」と見えているが、同じ人物か。◇元元十・二11・29・59　関白41

季房（すえふさ）　源『今鏡』に「六条殿〈顕房〉の御子には、また男も、丹波前司〈季房〉…など申しておはしき」（村上の源氏）と名前が見えている。◇元元十・十一　4

季通（すえみち）　父は藤原宗通。母は顕季女。姉または妹の宗子は忠通と結婚している。詞花集初出。久安百首の歌人に追加された。『殿暦』には、侍賢門院璋子と密かに通じていたと記されている。（永久5年10月11日の条）◇元二1・37・63

摂津（せつつ・つ）　金葉集の作者名表記は「皇后宮摂津」二条太皇太后宮令子内親王家の女房。『今鏡』村上の源氏、「有栖川」に令子内親王の宮の様子を描いたなかに「古きうたよみ、つの御」と名前が見えている。金葉集初出。◇元元十・二25・49　元二3・33・45

忠季　↓忠房

忠隆（ただたか）　藤原。金葉集に入集。◇永三前9　永三後6　元元十・二18・40・66　元元十・十一7　元元十・十三2・18・33　元二8・28・58

忠房（ただふさ）　村上源氏。父は堀河百首にも参加した源顕仲。永久百首の歌人。後に、忠季（ただすえ）と改名。元永二年内大臣家歌合の作者名は忠季である。金葉集初出。◇永三前10　永三後4　元元十・二8・43・67　元二〔忠季〕20・30・60

忠通（ただみち）　藤原　承徳元（一〇九七）～長寛二（一一六四）二月十九日、六十八歳。父は藤原忠実。ほとんどの歌合で「女房」と称して出詠している。内大臣、女房、内府、殿、殿下　◇永三前1　永三後1　元元十・二10・27・53　元元十・十一1　元元十・十三4・14・35・37・38・39元二5・35・55　関白5・23・33・47・61　摂政　6・12

為真（ためざね）　藤原。父は永実〈別掲〉。信濃〈別掲〉は姉または妹である。金葉集初出。◇永五2　元元十・二24・48・71　関白14・22・40・58・66

為実　↓**為真**

為忠（ためただ）　◇元二13・43・47

親隆（ちかたか）藤原　忠通の乳母である讃岐宣旨の子。朝隆〈別掲〉とは兄弟である。父は藤原為房。◇関白　13・21・

39・57・65
殿下 →忠通
時昌（ときまさ） 父は藤原盛房か。時雅とも。◇元元十・二22・46・72 元二14・44・48 関白12・28・38・50・68 摂政8・19
俊隆（としたか） 村上源氏。◇元元十・二23・45・70
俊頼（としより） 源 天喜三（一〇五五）―大治四（一一二九）、七十五歳。父は経信。少将（別掲）の父。息子の俊重も忠通に仕えていた。堀河百首、永久百首の作者であり、第五番目の勅撰集である金葉集の撰者である。金葉集初出。◇元元十・二2・26・51 元元十・十三40・41・42 関白3・15・35・43・55 摂政1・13
殿 →忠通
内大臣 →忠通
内府 →忠通
永実（ながざね） 藤原。金葉集初出 為真〈別掲〉、信濃〈別掲〉の父 ◇永三前7 永三後5
仲房（なかふさ） ◇永三前8 永三後9 元二2・38・64
女房 →忠通
女房 ◇関白1・45・53
信忠（のぶただ） ◇元元十・二12・42・64
堀河（ほりかわ） ◇摂政9・20
雅兼（まさかね） 村上源氏。承暦三（一〇七九）～康治二（一一四三）十一月八日、六十五歳。右大臣顕房男。『殿暦』に忠通が九歳の時に催した庚申和歌会の序者として名前が見えている（長治二年（一一〇五）二月二十一日の条） 金葉集初出。◇元元十・二7・30・54 元元十・十三3・19・29 元二4・34・46
雅光（まさてる・まさみつ） 村上源氏 寛治三（一〇八九）―大治二（一一二七）十月三日、三十九歳。右大臣顕房男。金葉集初出。恋歌の名手で、金葉集に入集した十首のうち、七首までが恋部に入っている。◇永三前2 永三後12 元元十・二14・36・62 元元十・十三12・17・25 元二15・23・65 関白7・19・29・51・63 摂政4・14
正時（まさとき） ◇元二9・39・61
尹時（まさとき） ◇元元十・十一6
参河（みかは） 金葉集の作者名表記は「摂政家参河」 源三位頼政の妹。◇摂政10・17
道経（みちつね） 藤原。父は藤原顕綱。金葉集初出。◇元元十・二16・32・65 元元十・十三8・16・34 元二18・26・58 関白10・26・32・60・70 摂政5・16
通経 →道経
宗国（むねくに） 藤原。『殿暦』によると忠通が元服した時に、忠通の職事となっている（嘉承二年四月二十六日の条）。行盛（別掲）の弟。金葉集初度本に1首入集。◇永三前11 永三後8 元元十・二19・38・68 元元十・十三5・20 元二19・29・59 関白9・25・31・59・69
基俊（もととし） 藤原。康平三（一〇六〇）～永治二（一一四二）正月十六日、八三歳。堀河百首の作者。金葉集初出。◇元元十・二6・34・52 元二12・42・54・関白4・16・36

盛家（もりいへ）源。延久二（一〇七〇）―天治二（一一二五）二月二十日、五十六歳。『殿暦』に、盛家が師実の使いとして、忠実に笛を届けたという記事がある。（康和二年正月二十二日の条）その後忠実の職事となり、祭事などを取り仕切っていたが、天永三年に忠通の家司となっている（『中右記』）。◇永三前6　永三後7　元元十・二15・39・63　元元十・十一（参加）元元十・十三10・23・26　元二7・27・49

元永元年十月二日内大臣家歌合の類聚歌合以外の諸本は作者名「盛方」とするが、盛家の誤りである。千載集初出の歌人である藤原盛方は、元永元年にはまだ生まれていない。

盛方（もりかた）→盛家の誤り

盛定（もりさだ）◇元元十・十一5

師俊（もろとし）村上源氏。承暦四（一〇八〇）～永治元（一一四一）十二月七日、六十二歳。金葉集初出。◇元元十・二4・35・57　元元十・十一（参加）元元十・十三7・13・27　元二22・32・52　関白8・20・30・52・64　摂政3・11

行盛（ゆきもり）藤原。『殿暦』などによると、天永2年10月5日に忠通が初めて催した正式な作文会で講師をつとめているほか、密々の作文・和歌会にも参加している。また、家司となっている。（永久四年七月二十一日の条）。宗国（別掲）の兄。◇元二10・40・62

あとがき

注釈書を書いてみませんかと久保木哲夫先生に声をかけていただいたのは、二〇〇二年一月十二日に東洋大学で催された和歌文学会例会修了後のことである。そういうときの私は、それがよいのか悪いのか、そういう性分ですからとしか言えないのだが、いつもやりますと即答するのである。そしてピピとひらめいて、忠通家歌合を全部注釈しようと思いますとお答えした。猪突猛進型ふるまいである。すぐに原稿を書き始め、何度も何度も書き直して、気がつけばもう十三年が経っていた。しかし、かるもかく猪研究者の私には必要な十三年であったと、いま心から思っている。

でも正直なところ、さすがに忠通家歌合とは別の作品にも手を出したくなり、高陽院七番歌合の注釈をひそかに書いてみたところ、出詠された和歌の完成度が全く違うことに気づいた。撰者が吟味した和歌を披講する関白家の晴儀歌合と解説で述べたように和歌の実践練習の場でもあった忠通家歌合との性格の違いは歴然としている。やはり生の批評が交わされる忠通家歌合はおもしろいなと戻ってきた。歌合の判詞を読む楽しみは、自分も歌合の場に居合わせているような気持ちになれることである。読者のみなさんにそれがすこしでも伝われば幸いである。

私事だが、娘が国文学の若手研究者の仲間入りをしようと現在奮闘中である。狭く険しい道を行こうとするとき、親ができることはほとんどない。どうかたくさんの御学恩と幸運が娘のうえにも降り注ぎますようにと願うばかりである。

私の最大の幸運は、大阪女子大学で一年生のときから片桐洋一先生のご指導をうけることができたことである。先生のご指導は最近流行の「手取り足取り」ではなく、「鷹の目」で方向を示してくださるようなものだった。また、大学の四年生のときから見習いで参加させていただいた八雲御抄研究会（当時は大阪女子大学歌語研究会）の存在も大きい。北海道に行っても岡山に来ても研究を続けることができたのは、研究会があったからだ。あとは夫の理解と応援とも書いておかなくては。

最後になりましたが、十三年も気長に待ってくださり、歌合ごとに本文の体裁が異なる原稿を整えてくださった青簡舎と、新注和歌文学叢書の編集委員の諸先生方に心よりお礼を申し上げます。

二〇一五年九月

鳥井千佳子

鳥井千佳子（とりい・ちかこ）

1959年１月大阪市に生まれる。

1982年大阪女子大学卒業。1985年同大学院修士課程修了。

2004年神戸女子大学大学院博士後期課程修了。博士（日本文学）。現在、就実短期大学、岡山中学校・岡山高等学校非常勤講師。著書『八雲御抄の研究』全三冊、付巻一冊〔共著〕、『宴曲索引』〔共著〕（いずれも和泉書院）他。

新注和歌文学叢書 18

忠《ただ》通《みち》家《け》歌合《うたあわせ》新注

二〇一五年一〇月二五日　初版第一刷発行

著　者　鳥井千佳子
発行者　大貫祥子
発行所　株式会社青簡舎
〒一〇一-〇〇五一
東京都千代田区神田神保町二-一四
電　話　〇三-五二一三-四八八一
振　替　〇〇一七〇-九-四六五四五二
印刷・製本　株式会社太平印刷社

ISBN978-4-903996-88-2 C3092